특성
없는
남자 3

Der Mann ohne
Eigenschaften

Robert Musil

특성
없는
남자

3

로베르트 무질
안병률 옮김

북인더갭
BOOKinheGAP

차례

2부 그렇고 그런 일이 벌어지다(2권에서 계속)

84. 일상적인 삶도 유토피아적이라는 주장 009
85. 슈툼 장군이 시민정신에 질서를 부여하려 시도하다 021
86. 사업의 왕과 영혼-사업의 합병: 정신으로 향한 모든 길은 영혼에서
    출발한다. 그러나 아무도 영혼으로 되돌아가지는 않는다 039
87. 모오스브루거는 춤춘다 061
88. 위대한 일에 말려들기 070
89. 우리는 시대와 함께 가야 한다 073
90. 이상주의의 폐위 084
91. 정신에서의 주가 상승장과 하락장에 대한 숙고 090
92. 부자들의 삶을 지배하는 규칙들에서 105
93. 육체적 문화로는 시민정신에 다가서기 힘들다 110
94. 디오티마의 밤들 113
95. 위대한 문필가: 뒷모습 118

96. 위대한 문필가: 앞모습　125

97. 클라리세의 신비한 능력과 사명　129

98. 언어의 결함 때문에 망해가는 나라에서　148

99. 절반의 지식, 그리고 그것의 풍족한 또다른 절반에 대하여.
두 시대의 유사성에 대하여. 가령 사랑스런 야네 아주머니와
새로운 시대라고 불리는 허튼소리　162

100. 슈툼 장군이 도서관에 침입하여 도서관과 사서,
그리고 정신적 질서에 대한 지식을 모으다　173

101. 서로 적대적인 친척　183

102. 피셸의 집에서 벌어진 사랑과 투쟁　206

103. 유혹　223

104. 전쟁터에 나선 라헬과 졸리만　239

105. 고결한 사랑은 비웃음거리가 아니다　249

106. 현대적 인간은 신을 믿는가 아니면
세계기업의 우두머리를 믿는가? 아른하임의 우유부단　256

107. 라인스도르프 백작은 뜻밖의 정치적 성공을 거둔다　267

108. 구원받지 못한 민족들과 구원의 언어들에 대한
슈툼 장군의 숙고　276

109. 보나데아, 카카니엔: 행복과 균형의 체계　284

110. 모오스브루거의 해체와 보관　297

111. 법학자들에게 반쯤 미친 사람은 없다　305

112. 아른하임은 자신의 아버지 자무엘을 신의 반열에 두었고
     울리히를 차지하기로 결심했다. 졸리만은 왕족 출신의
     아버지에 대해 뭔가를 더 알아내고 싶어했다 313

113. 울리히는 이성을 초월한 것과 이성의 지배 아래 있는 것의
     경계에 관한 언어를 한스 제프, 게르다와 함께 이야기했다 330

114. 관계는 첨예화되었다. 아른하임은 슈툼 장군에게 관대해졌다.
     디오티마는 영원으로 떠날 채비를 했다.
     울리히는 책 읽는 사람처럼 살아갈 가능성을 꿈꾸었다 355

115. 네 유두는 양귀비 잎 같다 377

116. 인생의 두 나무, 그리고 정확성과 영혼을 위한
     사무국 설치 요청 389

117. 라헬의 어두운 날 419

118. 그래도 그를 죽여라! 426

119. 대항 그룹과 유혹 446

120. 평행운동이 혼란을 불러오다 460

121. 토론 476

122. 귀로 499

123. 방향 전환 510

옮긴이의 말 529

84.
일상적인 삶도 유토피아적이라는 주장

집에 돌아온 울리히는 라인스도르프 백작이 으레 자신한테 넘기는 편지더미를 발견했다. 한 기업가는 시민계급 자녀들에게 행해지는 군사교육을 평가하여 그중 최고의 성과에 막대한 상금을 주자고 제안하고 있었다. 대주교 교구청에서는 큰 고아원을 짓자는 제안에 찬성하면서 그것으로 초교파적인 생각에 맞서야 한다고 주장했다. 예배·교육위원회는 궁전 근처에 위대한 평화의 황제와 오스트리아 민중을 상징하는 조형물을 건립하자는 계류 안건이 어떻게 진행되었는지를 보고했다. 공공예배와 교육을 위한 제국황실사무국과 논의를 거치고 예술가, 엔지니어, 건축가연합 지도자들의 자문을 받은 끝에 위원회는 궁극적으로 나올 결과물에 대한 편견 없이, 또한 중앙실행위원회의 동의를 얻어, 조형물을 지을 수 있는 가장 좋은 계획을 공모하는 수밖에 없다는 난처한 결론에 이르렀다. 3주 전에 올라온 제안에 대한 답변 의무가 있었던 궁정사무국은 중앙실행위원회로 서한을 보내와, 유감스럽게도 최근 경애하는 황제폐하로부터 내려진 전갈, 즉 어떤 결정도 통과될 수 없지만 당분간 공공의 의견은 계속 형성되도록 하라는 말을 전했다. 공공예배와 교육을 위한 제국황실사무국은 위원회의 번호가 붙은 문서에 답하면서 윌^{Öhl} 속기협회의 요청을 받아들일 수 없다고 밝혔다. 이름을 밝히지 않은 민중건강단체는 단체 설립을 알려왔고 기부금을 신청했다.

이처럼 편지는 계속 이어졌다. 울리히는 현실세계를 담은 편지 꾸러미를 제쳐두고 잠시 생각에 잠겼다. 그는 갑자기 일어서서 모자와 외투를 달라고 하고는 한 시간쯤 후에 돌아오겠다는 말을 남기고 집을 떠났다. 그는 택시를 불렀고 다시 클라리세를 찾아갔다.

어둠이 깔렸다. 그 집에는 단 하나의 창만이 거리로 불빛을 드리우고 있었다. 거리에는 누군가 비틀거린 듯 얼어붙은 발자국이 만든 어지러운 구멍이 남아 있었다. 문은 닫혀 있었고 뜻하지 않은 방문이었기에 소리를 지르고 문을 두드리고 손뼉을 쳐봐도 오랫동안 아무 기척이 없었다. 마침내 울리히가 방에 들어섰을 때, 그곳은 얼마 전까지 그에게 친숙했던 곳이 아니라, 뭔가 낯설고 자신의 침입으로 놀란 세계처럼 보였다. 식탁에는 간단한 2인용 식사가 차려져 있었고 의자마다 살림이 놓여 있었으며 벽은 침입자에게 뚜렷한 적대감을 표시하며 서 있었다.

클라리세는 울로 된 간편한 잠옷 차림에 미소를 짓고 있었다. 늦은 방문객을 맞아들인 발터는 눈을 껌뻑이면서 커다란 집 열쇠를 식탁 서랍에 넣었다. 울리히는 단도직입적으로 말했다. "클라리세에게 대답해줘야 할 말이 있어서 돌아왔어." 그러고는 발터가 도착하는 바람에 끊겼던 부분에서 이야기를 다시 시작했다. 얼마 후에 방과 집, 시간감각은 사라져버렸고 대화는 별들의 그물 속 푸른 우주 위의 어디쯤 걸려 있었다. 울리히는 세계의 역사 대신 생각의 역사에서 살아가려는 계획을 들려주었다. 그가 말한바 두 역사의 차이는 무엇이 일어났느냐가 아니라 인간이 사건에 부여하는 의미에, 사건과 연관된 의도에, 그리고 하나하나의 사건을 에워싼 체계에 있었다. 오늘날 유효한 체계란 수준 낮은 연극과도 비슷한 현실의 체계다. 최근 세계 연극이라고 할 만한 현상이 생겨났는데 왜냐하면 항상 같은 역할과 같은 전개와 같은 스토리가 삶 속에 일어나기 때문이다. 인간은 세상에 사랑이라는 게 있기 때문에 사랑하며 마치 원주민이나 스페인 사람처럼, 젊은 여자나 사자처럼 우쭐해한다. 또한 사람이 살인을 저지르는 이유는 열에 아홉 살인이 비극적인 동시에 웅장하게 보이기 때문이다. 몇몇 아주 뛰어난 예외를 제외하고 현실세계의 성공한 정치적 창안자들은 하나같이 싸구려 극작품의 작가와 다를 바가 없다. 그들이 생생하게 보여주는 장면은 정신과 새로움이 부족해 지루하기 그지없고, 그래서 결국 우리를 무력하게 잠들게 하며 어떤 변화도 받아들이게 한다. 이런 관점에서 볼 때 역사는 일상적인 생각에서, 곧 생각에 대한 무관심에서 나오며 그래서 생각을 위해서는 아무 일도 일어나지 않는다. 간단히 요약하자면 우리는 무엇이 일어났느냐에 관해서는 거의 관심이 없는 반면 누구에게, 언제, 어디에서 일어났느냐에 대해선 너무나 큰 관심을 가진 나머지 결국 일어난 일의 정신이 아니라 그 줄거리가, 새로운 인생의 개척이 아니라 이미 우리에게 알려진 것들의 분배가 더 중요해진 것이다. 이것은 결국 좋은 연극과 그저 흥행에 성공한 연극의 차이와 정확하게 일치한다. 이로써 다음과 같은 역설적인 결론이 도출되는데, 인간은 경험을 향한 인간적인 욕심을 포기해야만 한다는 것이다. 인간은 체험을 인간적이거나 현실적으로 바라보는 대신 좀더 보편적이고 추상적이며 비인간적인 것으로 바라봐야 한다. 그것은 체험을 마치 그림이나 노래로 생각하는 것과 같다. 또한 체험을 자기 쪽으로 끌어당기지 말고 위쪽이나 바깥쪽으로 밀어내야 한다. 그리고 이것이 개인적인 영역에서의 일이라면, 집단적인 영역에서도 뭔가가 더 일어나야 하는데, 그것은 울리히가 적당한 표현을 찾아내지 못한 나머지 '정신의 과즙을 압착하고 저장하며 농축한다'고 부르는 것으로 이런 과정이 없다면 당연히 개개인은 무력감과 판단을 포기한 듯한 느낌을 벗어나지 못할 것이다. 그런 이야기를 하는 동안 울리히는 언젠가 디오티마에게 현실은 폐기돼야 한다고 말했던 때가 떠올랐다.

매우 당연하게도 발터는 이 모든 것이 아주 흔한 일이라는 말로 이야기를 시작했다. 그 말은 전체 세계, 문학, 예술, 과학, 종교가 절대 "압착되고 저장되지" 않을 거라는 말인 듯했다. 또한 어떤 교양인은 사상의 가치를 부정하거나 정신과 미와 선에 신경을 쓰지 않는다는 말이며 모든 교육이 인간 정신의 체계로 인도되지는 않는다는 것이었다.

울리히는 교육이 그저그런 예방수단에 불과한 임시방편의 보편적인 지식으로 우리를 인도할 뿐이라는 점을 분명히했으며 그렇기 때문에 자기 자신의 정신을 획득하려는 사람은 무엇보다 아직 어떤 것도 가진 것이 없음을 명심해야 한다고 주장했다.

그러자 발터는 거의 불가능한 주장이라고 맞받았다. "그런 자극적인 주장을 하다니," 그는 말했다. "마치 우리에게 사상을 실현하고 우리 자신의 삶을 살아갈 선택권이 있다는 소리 같군! 그러나 결국 너도 이 인용을 떠올리게 될 거야. '나는 머리를 쥐어짜낸 책이 아니네, 나는 모순을 간직한 인간이라네.' 왜 한발 더 나아가지 않는 거지? 왜 우리의 사상들을 위해 위장을 떼어버려야 한다고 요구하지 않는 거지? 그러나 내가 하고 싶은 말은 '인간은 평범하게 만들어졌다'는 거야. 우리가 왼쪽으로 가는지 오른쪽으로 가는지 모르는 채 팔을 앞으로 뻗었다가 뒤로 젖히는 것처럼, 우리가 습관과 편견, 흙으로 만들어졌다고 해도 최선을 다해 우리의 길을 가거든. 그게 바로 인간을 완전하게 하는 거야! 네가 말한 대로라면 인간은 그저 현실을 평가하면 그만이라는 건데 그건 기껏해야 문학이 될 뿐이라고!"

울리히는 그 말을 인정했다. "그 주제 아래 다른 모든 예술과 삶의 교훈들과 종교 등을 포함시켜도 좋다면, 나는 우리 존재가 완전히 문학으로 이뤄진다고 말하고 싶어."

"뭐라고? 너는 신의 가호나 나폴레옹의 인생을 문학이라고 할 셈이구나!" 발터가 내뱉었다. 그런데 마침 발터에게 더 좋은 생각이 떠올랐고 가장 좋은 패를 쥔 사람처럼 침착해져서 친구에게 말했다. "너는 통조림 채소를 신선한 채소라고 주장하고 있어!"

"네 말이 절대 옳아. 아마 내가 소금 하나로 요리를 하려는 인간이라고 말해도 틀리지 않을 거야." 울리히는 조용히 대답했다. 그는 더이상 아무 말도 하고 싶지 않았다.

이때 클라리세가 끼어들더니 발터에게 말했다. "왜 그의 말에 반대하는지 모르겠어! 우리에게 뭔가 굉장한 일이 일어나면 너 스스로도 이렇게 말했잖아. '이건 무대에 올릴 만한 일이야. 모든 사람이 보고 느껴야 한다고!'라고 말이야. 우리는 노래를 불러야 해!" 그녀는 찬성하는 뜻에서 울리히에게 돌아서 말했다. "우리가 해야 할 일은 노래야!"

그녀는 일어서더니 의자들 사이에 만들어진 작은 원 안으로 들어갔다. 그녀의 행동은 마치 자기의 생각을 표현하기 위해 춤이라도 추려는 듯 어색했다. 그런 속된 감정의 노출이 왠지 거북했던 울리히는, 뭔가를 창조하지는 못한 채 정신만 고양된 대부분의 사람들이—좀더 정확히 말하자면 평균적인 인간들이—자신을 표현하고자 하는 강한 소망을 품는다는 사실을 떠올렸다. 이런 사람들은 뭔가 '말할 수 없는 것'을 즐겨 찾는데, 이 말은 그들의 모든 것을 말해주는 단어이자 그들이 무엇이든 애매하게 과장하는 바람에 무슨 말을 하는지 모르는 안개에 둘러싸이게 만드는 단어다. 그 말을 멈추게 하기 위해 울리히가 말했다. "내 말이 그런 뜻은 아니었지만 클라리세가 맞아. 연극은 강렬한 인간적 체험이 비인간적인 목적에, 즉 그저 인간적이기만 한 감정을 뛰어넘는 의미와 은유의 결합에 기여한다는 점을 증명했지."

"울리히가 뭘 말하는지 알겠어." 클라리세가 다시 끼어들었다. "나는 뭔가가 나에게 일어났다는 것으로 특별한 기쁨을 느꼈던 적을 기억할 수 없어. 그건 그냥 일어났던 일일 뿐이야!" 그녀는 남편에게 돌아서며 말했다. "가령 너는 음악조차 소유하고 싶어하지 않잖아. 음악의 기쁨은 단지 거기 있다는 것이야. 사람들은 체험을 자기 것으로 만들어 한순간에 자신을 넘어서는 것으로 확장시키지. 인간은 자기를 실현하려고 하지만 그건 가게주인이 이익을 실현하는 것과는 달라!"

발터는 머리를 감싸쥐었다. 하지만 클라리세를 위해 또다른 반박으로 나아갔다. 그는 자기의 말이 차갑고 냉정한 빛처럼 들리도록 최선을 다했다. "네가 주장하듯 만약 행동의 가치가 오직 정신적인 힘을 내뿜는 데 있다면," 발터는 울리히에게 말했다. "하나 물어보고 싶은 것이 있어. 정신적 힘과 능력을 만들어내는 것이 인간의 유일한 목표라는 말인가?"

"모든 존재하는 나라가 성취하려는 목표는 삶이야." 울리히가 대답했다. "그런 나라에서 사람들은 위대한 열정과 이상, 철학과 소설의 영향을 받으며 살아가지 않나?"

발터가 말을 이었다. "하나만 더 물어보자. 사람들이 그렇듯 위대한 철학과 시를 실현하고자 한다면, 과연 철학과 시는 그들의 삶 전체에서 살과 피로 녹아들어 있는 것일까? 첫번째 가정에서 보자면 너의 말이 전적으로 옳아. 오늘날 문화국가라는 말과 정확히 일치하니까 말이야. 하지만 두번째 결론에서 네가 간과한 것은 철학과 문학이 이미 필요없게 됐다는 점이야. 예술적인 방식에 따른 삶이든 뭐든 이제 그런 것을 상상할 수 없음은 바로 예술의 종말을 의미하거든!" 이 말로 발터는 클라리세를 위한 카드 한장을 분명히 내민 셈이었다.

그건 주효했다. 울리히조차 힘을 모으기 위해서는 머뭇거려야만 했다. 하지만 울리히는 이내 웃으며 물었다. "모든 완성된 삶은 예술이 다다른 종말인 것을 모르니? 내가 보기엔 너조차 예술을 끝까지 밀어붙여서 삶을 완성하려는 것 같던데?"

악의를 가지고 한 말은 아니었는데도 클라리세는 신경을 곤두세웠다.

울리히가 말을 이었다. "모든 위대한 책은 전체 사회가 강제하는 형식을 견디지 못한 개개인들의 운명을 사랑하면서 숨쉬고 있지. 그 책들은 우리를 결정될 수 없는 결정으로 이끌어가거든. 우리는 그저 그들의 삶을 다시 이야기할 수 있을 뿐이지. 모든 문학에서 의미를 끌어낸다면, 너는 불완전하지만 생생하고 끊임없는 개별 삶들의 체험을 얻게 될 텐데 그것은 문학을 사랑하는 사회가 발딛고 선 모든 적법한 규칙과 원칙, 규정들을 부정하는 것이야. 결국 하나의 시^{詩}는 수천개의 일상적인 말들과 세상의 의미가 맺어지는 지점을 파고들어가 신비를 통해 그 모든 끈들을 잘라서 말들의 풍선을 우주로 날려보내지. 흔히 말하듯 이것을 아름다움이라고 한다면, 이 아름다움은 그 어떤 정치적 혁명보다도 더 표현하기 힘들 정도로 가차없고 잔인한 전복인 셈이야."

발터는 입술까지 창백해졌다. 예술을 삶의 부정이자 삶에 대한 모반으로 본 이런 견해를 그는 혐오했던 것이다. 그의 눈에 이것은 집시처럼, 또한 '시민계급'을 분노하게 하려는 철지난 시도의 잔재처럼 보였다. 완벽한 세계 속에는 더이상 어떤 아름다움도 없다는 것은 아이러니하지만 명백했다. 그곳에서 아름다움은 잉여에 불과하기 때문이다. 이 점을 발터 역시 알았다. 그러나 친구의 말 속에 숨겨진 질문을 그는 들으려 하지 않았다. 울리히조차 자신의 주장이 편협하다는 사실을 알고 있었을 테니까. 발터는 그와 반대되는 말을 쉽게 만들어낼 수 있었다. 가령 예술은 사랑이기 때문에 부정한다. 사랑하는 가운데 예술은 아름다워지며, 전체 세계에서 오직 사랑만이 사물이나 존재를 아름답게 만들 것이다. 또한 사랑조차 파편들로 이루어져 있기 때문에, 아름다움 역시 격앙하거나 대립하며 존재한다. 그리고 오직 사랑의 바다에서만 완전함이란 개념은 격앙에 의지하는 아름다움의 개념과 하나가 된다. 그 어떤 격앙도 없이 말이다. 다시 한번 울리히의 생각은 '제국'을 스쳤고, 화가 난 채 머뭇거렸다. 그사이 발터 역시 자신을 추슬렀고, 인간은 읽은 바대로 살아야 한다는 친구의 주장을 평범하지만 불가능한 생각으로 몰아붙이다가 급기야는 사악하고 천박한 주장이라고 매도하기까지 했다.

 "만약 어떤 사람이," 발터는 이전처럼 예술적으로 절제된 화법으로 말을 이었다. "네 말처럼 읽은 바대로 살아간다면 내면에서 아름다운 이상을 불러일으키는 것은 무엇이든—다른 불가능한 의미들은 제쳐두고라도—그리고 심지어 그런 가능성이라도 보이는 것은 무엇이든 받아들여야 할 거야. 물론 이것은 전반적인 타락을 의미하지만 너는 그런 건 별로 신경쓰지 않으니까—아니면 구체적인 대안 없이 어떤 모호하고 일반적인 대비책을 생각하는지도 모르지만—인간적인 결론에 대해서만 이야기해보자. 내가 보기에 읽은 대로 살아가는 사람은 스스로 삶을 주관하는 시인이 되지 못하는 경우엔 언제나 짐승보다도 못한 삶을 살게 될 거야. 그가 어떤 생각도 할 수 없고 결국 어떤 결정도 내리지 못한다면, 그래서 인생의 대부분을 충동이나 변덕, 따분한 열정 같은 인간의 요소 중 가장 비인간적인 것에 허비한다면, 그리고 더 높은 지위에 이르는 길까지 막혀 있다면 아마도 그는 머릿속에 떠오르는 충동에 자신을 맡길 수밖에 없겠지."

 "그 사람은 무언가를 하려 하지 말아야 해!" 울리히 대신 클라리세가 대답했다. "그게 그런 상황에서 인간이 할 수 있는 적극적인 수동주의라는 것이지."

발터는 그녀를 쳐다볼 엄두를 내지 못했다. 그녀가 지닌 거부의 힘은 그들의 인생에서 아주 큰 역할을 맡고 있었다. 발끝까지 잠옷을 걸친 작은 천사처럼 클라리세는 침대에 올라서서 반짝이는 이빨로 니체를 암송했다. "나는 다림줄처럼 너의 영혼에 질문을 던졌어! 너는 아이와 결혼을 원했지. 하지만 나는 물었어. 네가 아이를 가질 만한 남자인지? 스스로의 힘으로 승리를 쟁취하는 주인인지? 아니면 그저 자연적 욕망을 품고 짐승의 목소리를 불러낸 것에 불과한지?…" 발터가 그녀를 아래로 끌어내리려고 헛되이 애쓰는 사이 어두컴컴한 침실에서 그녀의 말은 섬뜩하게 울려퍼졌다. 그리고 지금 그녀는 '적극적인 수동주의'라는 새로운 슬로건을 내걸었다. 그건 사람은 늘 필요에 따라서 능력을 발휘해야 한다는 것으로 특성 없는 남자의 생각과 유사한 것이었다. 클라리세가 울리히를 신뢰하게 된 것일까? 울리히가 클라리세에게 기이한 행동을 유도한 것일까? 질문들은 발터의 마음속에서 벌레처럼 꿈틀거렸으며 속을 메스껍게 만들었다. 그의 안색은 거의 잿빛이 되었고 긴장감이 물러난 자리에 무기력한 주름살이 새겨지고 있었다.

이 상황을 목격한 울리히는 발터에게 뭔가 더 할 말이 있는지 따뜻하게 물었다.

발터는 애써 아니라고 대답했고 밝게 웃으면서 이제 허튼소리를 계속 해보라고 말했다.

"어떻든," 울리히는 관대하게 그의 말을 받아들였다. "네 말은 틀리지 않아. 하지만 종종 우리는 스포츠 정신이라는 명목하에 우리 자신을 해치는 행위조차도 참아내야 해. 적수가 그런 행위를 매력있게 행하고 있다면 말이야. 또한 아주 흔히 우리는 뭔가 새로운 행위를 향한 이상에 사로잡히지만 곧장 습관이나 타성, 자기이익, 남들의 부추김 등에 이끌리고 말지. 그건 어쩔 수 없어. 아마도 나는 어떤 방식으로든 결론이 나지 않는 상황을 말했는지도 몰라. 하지만 한 가지 부인할 수 없는 사실은 그것이 바로 우리가 살고 있는 세계의 상황이라는 거야."

발터는 평정을 되찾고 말했다. "진실을 뒤집으면 언제든 뒤집힌 채로의 또다른 진실을 만들어낼 수 있어." 더이상의 논쟁은 하고 싶지 않다는 의도를 숨기지 않은 채 발터는 부드럽게 말했다. "너는 꼭 어떤 불가능한 것이 있지만, 그것이 현실이라고 주장하는 것 같아."

하지만 클라리세는 거칠게 반박했다. "난 그게 정말 중요한 것 같아," 그녀가 말했다. "우리 모두에게 뭔가가 불가능하다는 말에는 아주 많은 의미가 있지. 너희들의 이야기를 들으면서 우리들의 전체 삶을 잘라보면 이 반지처럼 어떤 것 주위를 돌고 있을 것 같다는 생각이 떠올랐어." 그녀는 한참 전에 뺀 결혼반지의 구멍을 통해 은은하게 빛나는 벽을 바라보고 있었다. "그러니까 중심은 텅 비어 있지만, 그 비어 있음이야말로 가장 중요한 것이라는 듯 말이야. 울리히조차 그걸 완벽하게 표현하긴 어려울 거야!"

이 대화는 결국 유감스럽게도 다시 한번 발터에게 상처를 입힌 채 끝나고 말았다.

85.
슈툼 장군이 시민정신에 질서를 부여하려 시도하다

예정했던 것보다 한 시간이나 더 머문 후 집에 돌아왔을 때 울리히는 한 관료가 오랫동안 자신을 기다리고 있다는 말을 들었다. 2층에 올라가자 놀랍게도 슈툼 장군이 와 있었고 오랜 동료처럼 인사를 건넸다. "반갑네 친구," 그는 큰 소리로 말을 이었다. "늦은 시각 불쑥 찾아온 것을 용서하게나. 낮엔 업무가 있어서 시간을 못 내다가 이렇게 두 시간이나 자네의 서가에 둘러싸여 기다리고 있었네. 웬 책을 이리도 많이 모았나!" 격식을 차린 인사가 오간 후에 슈툼은 어떤 절박한 사정 때문에 찾아왔음을 고백했다. 그의 체형으로는 좀 무리다 싶을 정도로 과감하게 다리를 꼬고 앉아서 그는 작은 손으로 팔을 지탱한 채 설명했다. "절박함? 내 사무관들이 절박하다는 용무를 가져오면 나는 적당한 때와 장소를 찾는 것 빼고는 이 세상에 절박한 것이란 없다고 말하지. 하지만 솔직히 말해서 아주 중요한 일 때문에 자네를 찾아왔다네. 이미 말했듯이 자네 사촌의 집에서 나는 문명 세계의 중요한 문제들을 배울 좋은 기회를 얻었지. 결국 그것은 비군사적인 것이었고 장담하건대 나에게 큰 감명을 주었다네. 다른 한편으로 우리는 비록 군인으로서의 한계가 있지만 사람들이 생각하듯 그렇게 멍청하지는 않아. 우리는 무슨 일을 해도 질서 있고 원칙있게 잘한다는 사실을 자네도 인정하리라 믿네. 그렇지 않나? 내가 우리 군대의 정신을 부끄러워하면서도 이렇게 자네에게 터놓고 이야기할 수 있는 것은 자네가 믿을 만하기 때문이야. 내가 부끄럽다고 말했군! 마치 종군 성직자처럼 나는 기껏해야 군대의 정신적인 면에만 관여할 수 있는 처지라네. 하지만 우리 군대의 정신을 가만히 살펴보면 아주 탁월하다고 감히 말할 수 있는데, 아침 점호를 한번 떠올려보게나. 자네도 아침 점호가 어떤지 알 거라고 믿네. 당직 장교가 보고서를 쓰지. 사람이 몇명이고 말이 몇마리며 참석하지 못한 사람과 말은 몇이며 어떤 이유인지, 그중 창기병槍騎兵 라이토미슐은 이유 없이 결석했다는 것 등을 말이야. 하지만 왜 어떤 말과 사람은 참석했고 나머지는 아픈지에 대해선 쓰지 않는다네. 이것이 바로 우리가 문명인을 다루고자 할 때 반드시 알아야 할 것이지. 군인들은 말을 짧고 간명하며 요점에 맞게 하지. 그런데 그 회의에 참석해 여러 분야의 시민계급들과 이야기를 나누다보면 그들은 늘 내가 왜 그런 제안을 하는지를 묻고 더 높은 차원의 사유와 연관성을 요구하더군. 그래서 나는—이건 우리끼리만의 이야기임을 맹세해주게나—내 상사인 프로스트 각하께 제안했지. 아니, 그를 좀 놀라게 해주고 싶었어. 그래서 내 생각은, 자네 사촌네 집에서 그 모든 더 높은 차원의 사유와 연관성을 깨달아서—허풍을 떨지 않고 말하자면—이것을 군대의 지성을 끌어올리는 데 이용하겠다는 것이네. 마침내 군대는 자신의 의사, 수의사, 약사, 성직자, 법관, 회계책임자, 엔지니어, 지휘자 등을 소유하게 되었지. 하지만 시민적 지성과 소통할 중앙연락소는 아직 없다네."

울리히는 슈툼 보르트베어의 서류가방 하나를 눈여겨보았다. 책상다리에 기대어 놓인 그 가방은 정부 청사의 서로 멀리 떨어진 건물 사이를 어깨에 메고 지나다니기 좋게끔 튼튼한 끈이 달린 가죽가방이었다. 울리히가 직접 보지는 못했지만 장군과 함께 온 부하가 분명히 아래층에 있을 것이다. 왜냐하면 슈툼은 무거운 가방을 무릎에 올려놓고 그 무시무시한 전쟁기계 같은 용수철 자물쇠를 여는 것도 겨우겨우 했기 때문이다. "당신네 모임에 참석한 이래 한번도 헛되이 시간을 보낸 적이 없네." 그가 상체를 구부리며 웃자 밝은 청색 윗도리가 금단추 주위에서 팽팽해졌다. "하지만 자네도 알겠지만 내가 완벽하게 이해하지 못한 것들이 있다네." 그는 서류더미에서 괴상한 기호와 선들로 가득 찬 종이뭉치를 잔뜩 꺼냈다. "자네의 사촌과," 장군이 설명했다. "자네 사촌과 나는 그 문제를 면밀하게 토론했네. 그녀가 원하는 것은 아주 당연하게도 우리 위대한 황제를 위한 기념비를 세우려는 노력 가운데 하나의 이상, 즉 지금의 어떤 이상보다 뛰어난 이상이 솟아오르게 하는 것이더군. 하지만 난 이제 알게 되었네. 그녀가 초대한 사람들이 감탄을 자아내면 낼수록 더 심각한 어려움이 생겨난다는 것을 말일세. 한 사람이 이 말을 하면 다른 사람은 반대의견을—당신은 그걸 모른단 말인가,라면서—내지. 그런데 더 나쁜 것은 시민정신이란 게 이른바 안 먹어서 형편없이 마른 말처럼 보인다는 것이네. 자네도 기억하지 않나? 그런 놈에게는 두 배의 건초를 줘봤자 전혀 살이 찌지 않지! 허나 그런다 해도," 집주인의 사소한 반대에 부딪히자 그는 말을 더 보탰다. "그러니까, 그런 말이 살이 찔 수도 있겠지만 뼈는 자라지 않고 가죽은 광택이 없지. 풀로 배만 빵빵해진다네. 그건 흥미로운 일이야. 그래서 나는 도대체 왜 이 모임에는 질서가 잡히지 않는지를 알아보기로 결심했다네."

슈툼은 웃으며 자기 수하의 소위였던 울리히에게 서류 첫장을 건넸다. "그들은 제멋대로 우리에 대해 떠들어대지," 그가 말했다. "하지만 우리 군인들에게는 언제나 질서가 있거든. 이건 자네 사촌의 회합에 참석하는 자들에게서 내가 직접 뽑아낸 것이네. 여기에는 그들의 주요 사상의 개요가 들어 있지. 자네도 알겠지만, 그들에게 직접 물어보면 아마 누구나 이것이 자신만의 독특한 관점이라고 대답할 것이네." 울리히는 놀라서 그 서류를 바라보았다. 마치 전입신고 혹은 수평과 수직으로 칸을 나눠놓은 군사용 명세서처럼 보이는 서식에는 왠지 그런 형식에는 어울리지 않는 단어들이 적혀 있었는데, 그 단어들은 예수 그리스도, 고타마 싯다르타, 노자, 마르틴 루터, 볼프강 괴테, 루트

비히 강호퍼^{Ludwig Ganghofer}(독일의 소설가—옮긴이) 등이었다. 그 다음 페이지에는 체임벌린^{Chamberlin}(영국의 정치가—옮긴이)을 비롯한 더 많은 사람들의 이름이 기록돼 있었다. 두번째 세로단에는 '기독교, 제국주의, 교환의 세기' 같은 말들이 있었고, 그 옆으로 더 많은 단어가 적힌 세로단이 이어졌다.

"그건 현대 문화의 토지대장이라고도 할 수 있지," 슈툼이 설명했다. "왜냐하면 문화는 꾸준히 확장돼왔고 지난 25년간 우리를 움직여온 사상의 이름과 그 창시자들을 다 담고 있으니 말이네. 그게 무슨 가치가 있는지 모르지만 말일세!" 어떻게 이런 목록을 완성하게 되었는지를 울리히가 묻자 장군은 기꺼이 자신의 비법을 말해주었다. "그걸 빨리 완성하려고 대위 하나와 소령 둘, 하사관 다섯을 투입했다네. 만약 아주 현대적인 방법을 쓰자면 모든 연대에 '당신이 생각하는 가장 위대한 사람은?'이라는 설문을 보내면 되겠지. 요즘 신문 같은 데서 쓰는 방식으로 결과를 퍼센트로 정리해 알려준다네. 하지만 그런 걸 군대에서 기대하기는 어렵다네. 어떤 부대에서도 '황제폐하' 외의 대답이 나와선 안 되기 때문이지. 그래서 난 어떤 책이 가장 많이 읽혔으며 가장 많이 인쇄되었을까를 생각해봤네. 하지만 성경을 제외하면 우편배달부에게 주는 팁에 대한 대가로 누구나 받는 신년 소책자—우편요금표와 구식 유머가 적힌—정도가 될 게 뻔하지. 그래서 우리는 시민정신이 얼마나 까다로운 것인지를 알게 되었다네. 말하자면 누구에게나 호소력이 있는 책은 보통 베스트셀러가 되며 적어도 독일에서 누군가 저명한 사상가로 인정을 받으려면 수많은 독자들을 확보해야 한다는 말도 들었네. 결국 우리는 그 방식을 택할 수 없었고 그래서 마지막으로 선택한 것이 무엇이었는지 당장 말해줄 수는 없다네. 그건 하사관 히르쉬와 멜리하르 소위의 아이디어였고 우리는 결국 해냈다네."

슈툼 장군은 서류더미를 옆으로 치우더니 매우 실망한 표정으로 다른 서류를 꺼냈다. 중부유럽의 사상 창고를 샅샅이 뒤져 재고조사를 마친 그는 그 사상들에 많은 모순이 있음을 발견하고는 실망했을 뿐 아니라 자세히 살펴볼수록 이 모순들이 서로 섞여들어가기 시작하는 것을 발견하고는 깜짝 놀랐다. "내가 뭔가를 가르쳐달라고 부탁할 때마다 자네 사촌 집에 모이는 유명한 인사들은 각자 다른 대답을 하더군. 난 거기에 이미 익숙해졌다네." 슈툼이 말했다. "하지만 내가 그들과 좀 오래 이야기를 나눌라 치면, 그들이 뭔가 비슷한 말을 하는데도 나는 전혀 이해가 안 되었네. 내 군사적 두뇌로는 도저히 따라갈 수 없는 말이기 때문이겠지!" 슈툼 장군의 머리를 괴롭히는 문제는 결코 사소한 것이 아니었고 비록 전쟁과 밀접한 관련이 있는 문제라 하더라도 국방부에만 맡겨둘 것은 아니었다. 현대 세계에는 수많은 위대한 사상들이 태어났고 운명의 각별한 선의로 각각의 사상은 반대되는 사상과 짝을 이루게 되었다. 개인주의와 집단주의, 민족주의와 세계주의, 사회주의와 자본주의, 군국주의와 평화주의, 이성주의와 신비주의 등이 동등하게 공존하며 그것들과 대등하거나 조금 저급한 가치를 지닌 수많은 반대진영의 새로운 찌꺼기들이 함께 존재한다. 이제 그것은 밤과 낮, 뜨거움과 차가움, 사랑과 증오, 혹은 우리 몸에서 한쪽 근육이 수축하면 다른 근육이 늘어나는 것처럼 자연스러워 보였다. 만약 디오티마를 사랑하는 마음 때문에 뛰어든 모험이 아니었다면 아마 슈툼 장군에게도 이 모든 것들은 그렇게 이상하게 여겨지진 않았을 것이다. 사랑은 서로 반대되는 속성에 기반을 둔 자연의 연합을 견뎌낼 수 없으며 부드러움을 향한 사랑의 요구는 모순 없는 연합을 원하기 때문이다. 그래서 장군은 그런 연합을 마련하기 위한 모든 노력을 아끼지 않았다. "여기서 나는," 장군은 보고서의 해당 페이지를 보여주면서 말했다. "사상의 사령관들을 제시하는 표를 만들게 했네. 비유적으로 말하자면 최근 제법 큰 사상의 전투를 승리로 이끈 사람들의 이름을 가져온 것이지. 여기 다른 페이지엔 전투 명령이 적혀 있네. 이건 진격 계획이고, 여기 이것은 사상을 전방으로 공급해줄 병참 및 군수 기지를 세운 것이라네. 자네도 알아차리겠지만—그 표에도 명확히 부각돼 있다시피—오늘날 교전중인 사상그룹을 관찰해보면 그들은 지원부대와 지적인 보급품을 자체 병참기지뿐이 아니라 적진의 병참에서도 끌어온다네. 그들의 전방은 계속 바뀌고 갑자기 별 이유도 없이 전방을 되돌려 아군의 병참기지에 공격을 퍼붓지. 사상들은 끊임없이 이쪽저쪽을 넘나들고 그래서 한번은 이쪽에서, 다음번에는 저쪽에서 전투가 이어진다네. 한마디로 거기엔 질서있는 군사계획도, 군사분계선도 없으며—비록 나조차도 믿을 수 없긴 하지만!—우리 군사 지도자들의 용어로 표현하자면 깡그리 엉망진창이라네."

슈툼은 서류뭉치 수십장을 울리히에게 건넸다. 그 종이들은 전략적 계획, 철도 선로, 도로망, 사정거리, 부대의 표식, 사령부의 위치, 원·네모·선으로 체크된 공간 등으로 가득 차 있었다. 마치 작전참모의 작전계획처럼, 거기에는 붉은색, 초록색, 노란색, 푸른색 선들이 이리저리 뻗어 있었고 여러가지 사물을 의미하는 각양각색의 작은 깃발들—한 1년 후에는 유명해질 것 같은—로 채색돼 있었다. "그건 아무 소용도 없다네." 슈툼은 탄식하며 내뱉었다. "나는 전략적인 방식 대신에 군사·지정학적으로 문제를 풀어보는 다른 시도를 해보았다네. 그렇게 하면 적어도 명확히 구분된 작전지역이 나올까 했지만 결국 아무 도움도 되지 않았지. 저 산악지역과 수로지역을 한번 보게나." 울리히는 산꼭대기 표시가 갈라져 나와 시냇물, 강의 지류, 호수로 모여드는 것을 보았다. "나는," 쾌활한 눈에서 어떤 갈망과 공포의 빛을 내뿜으면서 장군은 말했다. "그 전체를 하나로 모으기 위한 여러 시도를 해보았다네. 하지만 어떻게 되었는지 아나? 그건 열차의 이등석 칸을 타고 중부유럽을 여행하다가 사면발니(음모에 서식하는 이—옮긴이)를 발견한 것 같은 느낌이었다네. 내가 아는 한 최고로 더럽게 무력한 기분이었지. 사상을 가지고 너무 오랜 시간을 보내면 온몸이 가려워진다네. 결국 피가 날 때까지 몸을 긁어야지만 좀 시원해지게 마련이지."

젊은 울리히는 이 노련한 묘사에 웃지 않을 수 없었다. 하지만 장군은 요청하기를, "제발 웃지 말게나. 내 생각에 자네는 뛰어난 문명인이 되었으니 이런 일들뿐 아니라 내 처지도 이해해줄 거라고 믿네. 그래서 자네가 나한테 좀 도움을 줄 수 있을까 해서 찾아왔다네. 나는 정신이란 것에 굉장한 경의를 품고 있기 때문에 지금의 내가 옳다고 믿을 수가 없다네!"

"너무 진지하게 생각을 하셔서 그럴 겁니다, 중령님." 울리히가 위로하며 말했다. 중령이란 말이 뜻밖에 튀어나온 데 대해 울리히는 해명했다. "슈툼 장군님이 장교식당 구석에서 저에게 철학적인 말을 해보라고 시키신 옛 일이 자연스럽게 떠올라서 그만 중령님이라는 호칭이 튀어나왔습니다. 제가 다시 말할 수 있는 것은 사상을 마치 행동처럼 진지하게 받아들이면 안 된다는 것입니다."

"진지하게 받아들이지 말라고!" 슈툼은 신음하듯 내뱉었다. "하지만 이젠 머릿속에 고차원적인 질서가 없이는 살 수 없게 되었네. 이해하겠나? 내가 얼마나 오랫동안 병영과 막사에서 아무 질서 없이 그저 동료들의 저질스런 농담이나 여자들과의 무용담 따위만 접하며 살아왔는지를 생각하면 소름이 끼칠 정도라네."

그들은 식탁에 앉았다. 울리히는 그렇듯 남성다운 용기에서 나온 장군의 순진한 생각과, 인생의 적절한 시기를 작은 주둔지에서 보낸 덕분에 생겨난 지칠 줄 모르는 젊음에 감동을 받았다. 울리히는 기억 저편으로 사라진 날들의 동료를 초청해 저녁식사를 대접했고 장군은 울리히의 신비한 세계를 엿보고 싶은 욕망에 사로잡혀 소시지 한조각을 집어올릴 때조차 놀라운 집중력을 발휘했다. "자네의 사촌은," 장군은 와인잔을 들어올리며 말했다. "내가 아는 한 가장 놀라운 부인이네. 그녀가 제2의 디오티마라는 사람들의 말은 옳아. 나는 그런 부인을 본 적이 없네. 자네가 만난 적은 없지만 나는 아내가 있고 별 불만도 없으며 자식까지 있지. 하지만 디오티마 같은 부인이라니! 그건 전혀 다른 차원이라네! 그녀가 사람들을 맞이할 때 나는 종종 그녀의 뒤에 선다네. 그녀의 여성적인 풍만함은 얼마나 감탄스러운지! 그녀가 아주 빼어난 시민과 수준 높은 이야기를 나눌 때면 나는 메모라도 하고 싶어진다네. 그런데 그녀가 결혼한 국장이란 자는 자기 부인이 얼마나 대단한지도 모르지. 자네가 투치에게 호감이 있다면 용서하게나. 하지만 나는 그자를 견딜 수 없다네! 그는 마치 보물이 어디 있는지 알지만 가르쳐주지 않는 사람처럼 여기저기를 어슬렁거리다가 슬며시 미소지을 뿐이지. 하지만 난 속지 않는다네. 내가 시민사회를 아무리 존경한다지만 나에게 정부 관리들은 가장 낮은 급에 속하기 때문이지. 그들은 마치 나무에 앉아 개를 쳐다보는 고양이처럼 어떤 뻔뻔스러운 공손함을 가장해 어떡하든 우리를 이겨보려는 일종의 시민적 군대에 불과하다네. 아른하임 박사는 다른 종류의 사람이지." 슈툼은 계속 수다를 떨어댔다. "그 역시 거만하긴 하지만 그의 탁월함은 인정해줘야 하네." 이제 편안해진 데다 허물이 점점 없어지자 그는 대화를 마친 후에 지나치게 빨리 마셔댔다. "그게 뭔지 모르겠어," 그는 말을 이었다. "아마 내가 이해하지 못하는 이유는 오늘날 사람들의 지성이 너무도 복잡하기 때문이겠지. 하지만 이 말은 꼭 해야겠네. 나는 마치 목에 뭔가 커다란 게 걸린 것처럼 자네 사촌을 경배하면서도 여전히 그녀가 아른하임을 사랑한다는 것에 마음이 놓인단 말이네."

"뭐라고요? 그들 사이에 뭔가 있다는 게 확실한가요?" 그 문제에 큰 관심이 없었음에도 울리히는 화들짝 놀라 물었다. 슈툼은 그런 반응이 여전히 미덥지 못하다는 듯 잘 안 보이는 눈으로 그를 뚫어지게 바라보더니 코안경을 치켜올렸다. "그가 그녀를 차지했다고는 안했네." 슈툼은 꾸밈없이 대답하고 코안경을 다시 집어넣더니 매우 군인답지 못하게 덧붙였다. "그녀를 가진다 하더라도 별 수 없지. 제길, 자네에게 말했다시피 거기 모인 사람들은 복잡한 지성을 소유하고 있다네. 확실히 내가 난봉꾼은 아니네만 디오티마가 아른하임에게 전할 부드러움을 상상하면 그 부드러움이 나한테까지 느껴져서 마치 아른하임이 그녀에게 한 키스를 꼭 내가 한 것만 같다네."

"그가 키스를 했다고요?"

"내가 어떻게 알겠나. 스파이를 붙인 것도 아닌데. 다만 그가 키스를 했다면 그렇다는 말이지. 내가 무슨 말을 하는지 모르겠네. 하지만 그가 그녀의 손을 잡는 것은 보았지. 그들은 아무도 보지 못한다고 생각했을 거야. 그러고는 둘은 한참을 말없이 함께 있었네. 그건 마치 '군모 벗고 무릎 꿇고 기도!'라는 명령이 떨어졌을 때의 침묵과 같았지. 그후 그녀는 뭔가를 간구하듯 낮게 속삭였고 그가 대답했는데 그게 무슨 말인지 이해하기가 어려워서 나는 들리는 대로만 기억하네. 즉 그녀가 말하길 '우리를 구원할 만한 사상을 발견할 수만 있다면!'이라고 하자 그는 '오직 순수하고 파괴되지 않은 사랑의 정신만이 구원을 줄 수 있지요!'라고 하더군. 그가 그녀의 말을 너무 사적으로 받아들인 것이 분명했네. 그녀가 구원할 만한 사상을 원했던 이유는 자신의 위대한 모임을 위한 것이었으니까 말이네. 뭐가 그리 우습나? 마음껏 웃게나. 나에게는 늘 나만의 방식이 있었고 이제 나는 그녀를 돕기로 결심했다네! 그건 실현 가능한 일이어야 하지. 아주 많은 생각이 있는데 그중 하나는 분명히 구원의 사유가 될 것이네! 자네가 도움을 줘야만 해."

"경애하는 장군," 울리히가 다시 한번 말했다. "거듭 말씀드리지만 장군은 생각을 너무 깊게 하십니다. 하지만 워낙 궁금해하시니까 제가 최선을 다해 시민정신이란 어떻게 작용하는지를 말씀드려보겠습니다." 그들은 막 담배에 불을 붙였고 울리히는 말을 시작했다. "우선 잘못 짚으셨습니다. 장군께서 생각하듯이 시민들이 정신을, 군대가 육체를 차지하는 것은 아닙니다. 오히려 그 반대라야 맞습니다! 규율이야말로 하나의 정신인데 군대에서보다 더 많은 규율이 있는 곳이 있을까요? 모든 옷깃의 높이는 정확히 4센티미터고, 단춧구멍의 숫자도 정확히 정해져 있으며 심지어 꿈을 꾸는 밤조차도 침대를 벽에 일렬로 정렬해야 하지 않습니까. 기병대를 전투태세로 배치하기, 연대 정렬, 말馬굴레의 정확한 착용 같은 것들이 중요한 정신적 산물이 아니라면, 정신적 산물이란 아예 없을 겁니다."

"예수 앞에서 설교를 하는군!" 장군은 자신의 귀를 의심해야 할지 포도주를 의심해야 할지 의아해하면서 조심스럽게 투덜거렸다.

"성급하시군요," 울리히는 주장을 이어나갔다. "학문이란 것은 사건이 반복되거나 통제될 수 있는 곳에서만 가능하게 마련이지요. 그런데 군대처럼 반복과 통제가 일어나는 곳이 또 있을까요? 7시에나 9시에나 똑같이 모서리가 직각이 아니라면 그걸 주사위라고 할 수 있을까요? 행성이 궤도를 움직일 때의 법칙은 일종의 탄도학입니다. 만약 모든 것이 그저 한번 획 스쳐지나간다면 우리는 어떤 개념이나 판단기준을 만들어내지 못할 겁니다. 뭐든지 가치를 지니거나 이름을 얻으려면 반복될 수 있어야 하고 여러 표본으로 제시될 수 있어야 하는 거죠. 만약 달을 한번도 본 적 없는 사람은 그걸 휴대용 램프로 생각할 겁니다. 신과 관련해 학문이 겪는 곤란함은 신이 창조 때에 단 한번만 모습을 드러냈기 때문이지요. 그때에는 숙련된 관찰자도 없을 때인데 말입니다."

하지만 슈툼 폰 보르트베어의 생각을 돌리기엔 역부족이었다. 군사학교 시절부터 모자의 형태에서 결혼의 승낙까지 그에게는 모든 것이 미리 정해져 있었기 때문이다. 또한 그는 그런 말에 자신의 마음을 여는 사람이 아니었다. "이보게 친구," 슈툼은 기분이 상해 반박했다. "그게 보편적인지는 몰라도 나한테는 해당이 안 된다네. 우리 군대에서 학문이 발명된다는 자네의 말은 재치가 넘치긴 하네만 내가 말한 것은 학문이 아니라, 자네 사촌이 말한 대로 영혼이라네. 그녀가 영혼에 대해 말할 때면 나는 그저 옷을 다 벗어버리고 싶은 심정이라네. 영혼은 제복과는 도대체 어울리지 않으니 말이야!"

"경애하는 장군," 울리히는 단호하게 말을 이었다. "많은 사람들이 학문은 영혼이 없고 기계적이며 다른 모든 것들 역시 그렇게 만든다면서 비난합니다. 그러나 놀랍게도 그 사람들은 감성이 이성보다 훨씬 규칙적이라는 사실을 모릅니다. 과연 언제 감성은 진실로 자연스럽고 간명할까요? 그건 같은 상황에서 모든 사람에게 자동적으로 나타날 거라 기대되는 그런 순간이 아닐까요? 만약 착한 행동이 의도대로 반복될 수 없다면 과연 어떤 사람에게 착한 행동을 기대할 수 있을까요? 저는 더 많은 예들을 들 수 있습니다. 이런 단조로운 규칙성에서 벗어나 예측하기 어려운 움직임이 거주하는 존재의 어두운 심연으로, 우리를 증발시켜버리는 이성의 빛에서 벗어나 축축한 야생의 심연으로 들어간다면 무엇을 발견하게 될까요? 자극과 일련의 반사작용,

강고한 습관과 기술, 반복, 고정, 각인, 연속, 단조로움! 경애하는 장군, 그것이 바로 제복이고 병영이며 규칙입니다. 또한 시민적인 영혼은 군대와 엄청나게 유사하죠. 시민적인 영혼은 결코 가까이 다가서지 못하는 이 표본에 강하게 집착한다고 할 수 있습니다. 그리고 시민 영혼이 표본에 다가설 수 없을 때, 그 영혼은 마치 홀로 버려진 아이처럼 되고 맙니다. 여성의 아름다움을 예로 들어보죠. 장군을 놀라게 하며 사로잡은 아름다움에 대해 아마 난생 처음이라고 생각하겠지만 실제로는 내면에서 오랫동안 알아왔고 찾아왔던 것이며 항상 눈에 어른거려오던 모습이 이제 완전한 빛 아래 드러난 것일 뿐입니다. 반면에 진짜 한눈에 반한 사람, 그러니까 장군께서 한번도 인식해본 적이 없는 아름다움과 마주쳤다면 아마 뭘 해야 할지 아무것도 알 수 없을 겁니다. 그와 같은 일은 한번도 일어나지 않았고 거기에 붙일 이름도 없으며 아무런 준비도 돼 있지 않고, 아무 희망 없이 당황스러워져서 눈먼 경이의 상태, 행복과는 아무 상관없는 백치상태로 떨어지고 마는 것이죠."

여기서 장군은 친구의 말을 완고하게 가로막았다. 지금까지 장군은 연병장에서 상관으로부터 질책과 교훈을 듣던 때의 숙련된 기분으로 그의 말을 들어왔다. 사실 그런 때는 마음속으로 받아들이지는 않으면서 명령을 복창할 수밖에 없었는데, 그렇게 하지 않으면 마치 안장도 없이 고슴도치의 등에 올라탄 것 같았기 때문이다. 그러나 지금은 울리히가 그를 자극했고 그는 거세게 끼어들었다. "단언컨대 자네가 핵심을 잘 짚었네! 내가 자네 사촌을 향한 경배에 빠졌을 때 내 안의 모든 것이 녹아 없어졌다네. 그리고 다시 정신을 가다듬고 뭔가 유용한 생각이 떠올랐을 때 내 마음속은 아주 불쾌한 공허로 빠져들었지. 정신이 나갔다고 하기엔 지나치지만 거의 그런 상태와 유사했다네. 또한 내가 제대로 이해했다면 자네는 우리 군대가 매우 규율적이라고 했지. 시민적 이성에 관해 말하자면 우리가 그것의 표본이 된다고 했는데 나는 받아들일 수 없네. 그건 그저 자네의 익살일 뿐이지. 하지만 우리가 같은 종류의 이성을 가졌다는 생각은 나도 자주 한다네. 그런데 자네는 이성을 뛰어넘은 모든 것들, 그러니까 우리 군대에게는 현저하게 시민적이라고 생각되는 영혼이나 덕, 내면, 공감 같은 것들까지 이성적이라고 말하지. 이건 아른하임이 놀랄 정도로 잘 다루는 것이기도 하네. 자네는 물론 그것이 인간 정신의 일부이며 사실상 우리가 이야기해온 더 높은 종류의 숙고를 담고 있다고 말하고 있네. 하지만 또한 자네는 그것이 우리를 멍청하게 만든다고도 하지. 나는 자네에게 완전히 동의할 수밖에 없네. 그러나 모든 말과 행동에서 시민적 지성이 명백하게 우월하다고 할 때, 자네에게 물을 수밖에 없네. 도대체 자네 말을 어떻게 받아들여야 하나?"

"저는 맨 처음에 그렇게 설명드렸습니다—아마 잊어버리신 것 같습니다. 첫째로 군대의 삶은 원래부터 정신적이고, 두번째로 시민적 삶은 육체적이라는 것이죠…."

"하지만 그건 앞뒤가 안 맞지, 그렇지 않나?" 슈툼은 못 믿겠다는 듯 반대했다. 군대가 육체적으로 우월하다는 것은 마치 사무직 직원이 왕보다 낮은 서열이라는 믿음처럼 절대적 교리에 가까웠다. 비록 운동선수는 아니었지만 슈툼조차 육체적 우월성에 대한 의심이 이는 순간마다 시민의 뚱뚱한 배가 자신의 배보다 훨씬 축 늘어졌을 거라는 확신에 사로잡히곤 했던 것이다.

"다른 모든 것과 마찬가지로 그렇게 엉터리도, 덜 엉터리도 아니죠." 울리히는 방어에 나섰다. "제가 이야기를 끝까지 한번 해보겠습니다. 장군님도 알다시피 백년 전에 독일 시민계급의 리더들은 머리를 사용하는 인간은 책상에 앉아서 세계의 법칙들을 유추해낼 수 있다고 믿었습니다. 삼각형에 대한 수많은 정리들을 유추하듯이 말이죠. 당시의 사상가들이란 무명바지를 입고 긴 머리를 이마 앞으로 늘어뜨린 채 기름램프가 뭔지, 전기나 축음기가 뭔지도 모르는 사람들이었습니다. 그때부터 그런 자만심이 우리에게 밀려들었죠. 지난 백년간 우리는 우리 자신과, 자연, 그리고 다른 모든 것들을 훨씬 더 많이 알게 됐습니다. 하지만 우리가 질서를 더 자세하게 알게 될수록 전체는 잃어버렸습니다. 그래서 우리가 더 많은 질서를 얻을수록 질서는 더 줄어들게 된 것입니다."

"그건 나의 발견과도 일치하는군." 슈툼이 동의했다.

"사람들은 사태를 이해하기 위해 장군처럼 열심이지 않죠." 울리히가 말을 이었다. "그러한 악전고투 끝에 우리는 이제 퇴보의 시기에 접어들었습니다. 오늘날이 어떤지 한번 떠올려보세요. 어떤 선구적인 사상가가 하나의 사상을 제출하자마자 그 사상은 찬성과 반대로 나뉘는 배치과정을 겪죠. 처음에는 숭배자들이 그의 사유 중 자신들에게 맞는 큰 덩어리 하나를 골라내 마치 여우들이 사냥감을 찢듯이 갈기갈기 찢어버립니다. 그 다음에 반대자들이 나서 약한 관절들을 파괴해버리면 결국에는 친구든 적이든 서로 마음껏 써먹을 수 있는 아포리즘만 남게 마련이죠. 결국 일반적인 모호함만 가득하지요. '아니오'가 붙지 않은 '예'는 없는 것입니다. 장군님이 원하는 무슨 일을 하건 그 것을 지지하는 아주 괜찮은 12가지 사상을 발견할 수 있으며 또한 그것에 반대하는 12가지 사상을 찾아낼 수도 있어요. 그건 마치 사랑이나 미움, 배고픔과 같아서 취향이 서로 달라야만 자기 것을 찾아낼 수 있습니다."

"탁월하군." 슈툼은 다시 한번 찬성하면서 소리쳤다. "그 비슷한 것을 디오티마에게 말한 적이 있지. 하지만 이런 무질서가 군대의 상황을 정당화한다고는 생각하지 말게. 비록 내가 한동안 그렇게 믿은 것을 부끄러워하기는 하지만 말일세."

"한마디 조언해드리고 싶은 것은," 울리히가 말했다. "우리가 여전히 잘 모르는 신이 아무래도 우리를 육체적 문화의 시대로 이끄는 것 같다는 말을 디오티마에게 귀뜸해주는 것이 군대 관료인 당신한테 좀 유리하게 작용할 겁니다. 왜냐하면 이상에 어떤 종류의 발판을 마련해주는 단 하나의 것은 그 이상이 속한 육체이기 때문이죠."

작고 뚱뚱한 장군은 움찔했다. "육체문화 속에서 나는 아마 깎은 복숭아만큼이나 매력이 없을 거야." 그는 씁쓸한 만족에 젖어 잠시 후 입을 열었다. "이 말은 꼭 하고 싶네만," 그는 덧붙였다. "나는 디오티마를 오직 경애할 뿐이며 그래서 그녀의 눈에 거슬리지 않고 남아 있기를 바라네."

"유감이네요," 울리히가 말했다. "장군의 목표는 나폴레옹만큼이나 가치가 있겠지만 그 목표를 이루기 위한 적당한 시대를 발견하지 못할 겁니다."

장군은 마음속의 여인을 위해 감수해야 하는 품위로 이 조롱을 조용히 받아들였다. 그는 뭔가를 생각한 후에 말했다. "아무튼 흥미로운 충고를 해줘서 고맙네."

86.
사업의 왕과 영혼-사업의 합병:
정신으로 향한 모든 길은 영혼에서 출발한다.
그러나 아무도 영혼으로 되돌아가지는 않는다

디오티마를 향한 슈툼 장군의 사랑이 디오티마와 아른하임에 대한 경배에 자리를 내주던 이 시기에 아른하임은 다시는 고향으로 돌아가지 않으리라는 결심을 굳혀야만 했다. 그는 체류연장을 신청했다. 호텔에 머물 방을 얻었고 그래서 분주해 보이던 그의 삶도 어느 정도 안정이 되는 듯했다. 당시는 세계가 여기저기서 흔들리던 때였고, 잘 지내던 사람들조차 1913년 말경에는 끝내 부글대며 끓어오르는 화산을 보게 될 거라고 수군댔다. 비록 평화로운 사업이 벌어지는 곳에서만큼은 이 화산이 다시 터질 리 없다는 예상이 나오긴 했지만 말이다. 이 예상은 모든 곳에서 똑같은 힘을 발휘하지는 못했다. 투치가 지배하는 발하우스플라츠(당시 제국외무성 청사건물—옮긴이) 근처의 오래되고 아름다운 궁성의 창문은 반대편 정원의 차가운 나무들을 향해 종종 늦게까지 빛을 내뿜고 있었다. 만약 교양있는 산책자가 그 밤에 근처를 지나간다면 무서운 전율에 휩싸였을 것이다. 마치 성 요셉이 평범한 목수 요셉에게 스며들듯이, '발하우스플라츠'라는 이름은 칸막이 뒤에서 인간의 운명을 담아내는 12개의 신비로운 부엌 중 하나라도 되는 듯이 그 궁전에 슬며시 스며들었다. 아른하임 박사는 무엇이 진행되는지 잘 보고받고 있었을 것이다. 그는 암호로 된 전보를 받았고, 이따금 회사의 상부에서 믿을 만한 정보를 가져오는 간부들의 방문을 받기도 했다. 그가 묵는 호텔의 창문 역시 종종 불을 밝혔고, 상상력이 풍부한 관찰자라면 여기에 틀림없이 현대적이고 비밀스럽게 편성된 야간조가 있으며 이곳은 제2의, 또는 대항정부의 성격을 띤 경제외교의 싸움터라고 굳게 믿었을 것이다.

아른하임 역시 그런 이미지를 만들어내는 데 꽤 관심을 두었다. 뭐든 밖으로 드러내지 않는 사람은 그저 껍데기도 없이 과즙만 많은 과일에 불과하다는 이유로 그는 아침조차 혼자 먹지 않고 모든 사람에게 개방된 레스토랑을 이용했다. 그는 경험 많은 지배자이자 모든 시선이 자신에게 집중되는 것을 아는 공손하고 침착한 사람의 권위를 갖추고 수행 속기사에게 그날의 명령을 받아적게 했다. 아른하임이 그 명령들에서 만족할 만한 기쁨을 얻지는 못했지만 나름 그의 의식을 사로잡을 뿐 아니라 덕분에 아침식사를 허겁지겁 먹지 않아도 됐기에 어떤 고상함을 누릴 수 있었다. 인간의 재능이란—이건 그가 좋아하는 생각이기도 한데—그 가능성을 최고로 펼쳐 보일 수 있으려면 어느 정도 제한될 필요도 있을 거라고 그는 생각했다. 오만하고 자유로운 사유와 기가 꺾인 공허한 사유 사이의 너른 경계는 모든 인생의 사상가들이 깨달았듯 실은 매우 좁은 것이다. 뿐만 아니라 그는 누가 사유를 소유하는지가 매우 중요하다고 확신했다. 새롭고 중요한 사유가 한 사람에게서 한꺼번에 나오기는 어렵다는 사실을 누구나 알고 있다. 반면 다른 한편으로, 생각하는 일에 익숙한 한 사람의 뇌는 끊임없이 서로 다른 가치들을 담은 사유들을 키워내서 결국엔 사유자 자신의 사유뿐 아니라 주변 환경의 전체적인 연관에서 나온 사유에 도달하게 된다. 비서의 질문, 옆 테이블의 시선, 방에 들어오는 사람의 인사 같은 것들은 항상 바로 그 순간 아른하임에게 자신의 존재를 인상적으로 드러내야 한다는 일깨움을 주었고 이런 태도의 완벽주의는 사고로까지 전염되었다. 그것은 결국 자신의 필요에 꼭 맞는 확신을 가져왔는데, 생각하는 사람은 언제나 행동하는 사람이어야 한다는 것이었다.

그런 생각에도 불구하고 그는 자신의 현재 업무에 그리 큰 중요성을 부여하지는 않았다. 그 사업을 잘만 운용하면 엄청난 이득을 얻을 수 있음에도 그는 여전히 이곳에 너무 오래 머물고 있다는 우려를 씻어내지 못했다. 그는 '분할해서 지배하라'^{Divide} $^{et\ impera}$는 옛 격언의 차가운 숨결을 반복하여 되뇌었다. 그 격언은 모든 사람과 사물의 교류에 적용되었고 전체를 위해 개별적인 관계는 크게 신경쓰지 말라는 명백한 요구이기도 했다. 왜냐하면 성공의 숨겨진 비밀은 막상 자기는 별 관심이 없지만 여러 여자의 사랑을 받는 남자의 비밀과 비슷하기 때문이다. 그러나 그런 깨달음은 소용이 없었다. 큰일을 하기 위해 태어난 남자에게 부과된 요구에 아무리 유념해본들, 또한 자기의 내면에 자주 호소해본들 자신이 사랑에 빠졌다는 사실을 숨길 수는 없었다. 놀라운 일이었다. 오십이 다 되어 이미 질긴 근육이 돼버린 심장이 사랑의 전성기인 20대처럼 그렇게 유연하게 움직일 리가 없기 때문이다. 또한 이런 상황은 그에게 심각한 불쾌감을 안겨주었다.

폭넓은 세계에 대한 관심은 뿌리를 잃어버린 꽃처럼 시들고, 창가의 참새 한마리나 급사의 친절한 웃음처럼 일상의 의미없던 것들이 다시 피어나고 있는 사실을 그는 근심스레 깨달았다.

올바른 행동의 거대한 시스템을 구성하여 어떤 것도 그 촘촘함에서 벗어나지 못하던 그의 도덕적 체계는 연관을 잃고 풀어져서 이제 그 자리에 육체적인 것이 대신 들어서고 말았다. 그건 헌신이라고 불릴 수 있었지만 역시 폭넓은 여러 다른 의미를 품은 말이었다. 왜냐하면 헌신 없이는 어떤 일도 이뤄질 수 없기 때문이다. 의무에 대한 헌신, 상사나 지도자에 대한 헌신, 심지어 삶에 대한 헌신 등등 엄청나게 풍부하고 다양한 의미에도 불구하고 그에게 헌신은 남성다운 특성, 즉 타인에게 열려 있으면서도 항상 자신을 희생하는 것이 아니라 스스로를 억제하는 강직함 자체처럼 보였다. 여성에 한정돼 있으며 제한의 의미를 가지는 정절이라는 것도 비슷했다. 기품이나 온유함, 이타심과 동정심 같은 덕목들은 보통 부인들과 연관된 것이지만 당시엔 그 풍요로운 특성을 잃어버렸다. 따라서 사랑에 대한 남자의 체험이 마치 물이 낮은 곳에 모이듯이 오직 여성에게로 흘러가는 것인지, 또는 여성의 사랑이 분화구의 중심 같아서 그 분화구의 따듯함으로 지구의 모든 생명을 살리는 것인지 둘 다 의심스럽긴 마찬가지였다. 따라서 높은 경지에 있는 남성적 허영심은 여성들보다는 남성들과 함께 있을 때 더 편안한 느낌을 주었다. 또한 아른하임이 권력의 영역으로 끌어들인 사상의 풍부함과 디오티마에게 영향을 받은 행복한 상태를 비교해봐도 그는 뭔가 후퇴한다는 느낌을 지울 수가 없었다.

이따금 자기의 바람대로 되지 않을 때 아른하임은 마치 거절하는 연인의 발치에 열정적으로 뛰어드는 소년처럼 포옹이나 키스를 갈망하기도 했다. 또는 한순간 흐느껴 울거나 세상을 향해 욕을 퍼부어서 연인을 자신의 품으로 유인하고 싶기도 했다. 이야기와 시를 만들어내는 인간 의식의 무책임한 영역은 우리의 심신이 노곤해지거나 술에 취한 것처럼 흐트러지거나 뭔가 우리를 즐겁게 하는 간섭이 일어나는 드문 경우에 떠오르는 유치한 기억들의 원천이라는 것을 우리는 안다. 아른하임의 갑작스런 감정 분출 역시 이런 환영보다 더 나을 것이 없었다. 이런 어린애 같은 퇴행 덕분에 자신의 내면이 빛바랜 도덕적 고정관념에 불과하다는 것을 깨달았기에 그는 화가 치밀고 말았다(결과적으로는 격앙이 심각하게 고조되었다). 유럽에 거주하는 사람으로서 그가 자신의 행동에 적용하도록 늘 애쓰는 보편타당성은 어느날 갑자기 내면과의 연관을 잃어버리고 말았다. 어떤 것이 누구에게나 타당하다는 가정은 매우 자연스럽지만 이 순간 그를 괴롭히는 문제는 만약 일반적으로 타당한 것이 내면적 진실을 갖추지 못한다면, 반대로 내면의 인간은 일반적으로 타당하지 못하다는 사실이었다. 그래서 이제 아른하임은 도처에서 음계가 맞지 않은 팡파르를 듣거나 멍청한 불법을 저지르라는 압력을 받는 듯한 착각에 사로잡힐 뿐 아니라 어떤 비이성적인 수준에서는 이것이 합당한 일이라는 골치아픈 생각에 사로잡히기도 했다. 자신의 혀를 마르게 하는 불을 다시금 깨닫게 된 이후로 아른하임은 늘 걸어왔던 길을 잃어버렸다는 느낌에 점

령당했으며 자신을 지배했던 위대한 인간의 보편적 이데올로기 조차 잃어버린 것들에 대한 대용품 정도로 생각되었다.

아름하임은 자연스럽게 어린 시절을 회고했다. 어린 시절 그는 예배당에서 대제사장들과 논쟁하는 그림 속 예수의 초상처럼 크고 검고 둥근 눈을 하고 있었다. 그는 워낙 탁월한 소년인데다 늘 자신의 재능에 찬탄하는 똑똑한 가정교사들에 둘러싸여 있었다. 또한 그는 어떤 불의도 참아내지 못하는 따뜻하고 민감한 소년이었다. 그의 삶은 사소한 불의도 틈입해오지 못할 정도로 단단히 방어돼 있었기 때문에 그는 우연히 마주친 남들의 나쁜 짓까지 자기 것으로 여기고는 그것들을 교정하기 위해 투쟁하곤 했다. 이런 일들에 끼어드는 방해들을 고려할 때 이것은 대단한 일이었는데, 언제나 얼마 지나지 않아 그를 적에게서 떼어놓으려는 사람이 허겁지겁 달려와 그의 투쟁을 말렸기 때문이다. 그런 투쟁은 뭔가 고통스러운 체험을 전해주기가 무섭게, 스스로 불굴의 용기를 가졌다는 인상을 주고는 사라져버렸다. 그 덕분에 아른하임은 아직도 그때의 체험을 만족스럽게 기억하고 있었다. 또한 자신의 동시대인들에게 행복하고도 품격있게 사는 법을 전해줘야 하는 책과 금언들에서 이 고결한 용기는 빠지는 법이 없었다.

어린 시절은 여전히 그의 마음에 생생하게 남아 있었던 반면, 그 이후 시기의 일들은 시간이 지나면서 변화를 겪은 나머지 마치 긴 잠에 빠진 듯 흐릿했다. 좀더 정확하게 말하자면 돌처럼 딱딱해졌다고 할 수 있는데, 그건 단순히 돌이라기보다는 다이아몬드의 딱딱함에 가까웠다. 디오티마와 접촉하면서 그에게 새로운 삶을 일깨운 것은 바로 사랑으로, 재밌는 것은 그의 젊은 시절 겪은 사랑은 여성이나 어떤 특정한 인간과는 전혀 관계가 없었다는 사실이다. 비록 세월이 지나면서 가장 최신의 설명을 듣고 깨닫긴 했지만 사랑이란 평생 그가 대처하기엔 난처한 일이었던 것이다. "사랑이 의미하는 바는 어떤 부재로부터 낯선 것이 찾아오는 것이다. 그것은 마치 아무 연관도 없이, 보이는 것의 경계 너머에서, 갑자기 여러 다른 얼굴에서 피어오른 알 수 없는 표정 같다. 사랑은 소음 가운데 울리는 작은 멜로디며 인간 내면의 감정이다. 또한 내면에서 느껴지긴 하지만 언어로 붙잡으려 할 때는 아직 뭔지 모르겠는 것이기도 하다. 단지 아주 작은 것이 껍질을 뚫고 나오는데 그건 마치 그림자가 사물의 뒤를 기어다니다 조용히 안식을 취하듯, 그렇게 열에 들뜬 봄날을 뚫고 나와 축축이 젖어가면서 생각이 흘러가듯 한 방향으로 흘러가는 것이다." 이것이 바로 아른하임이 높게 평가하는 한 시인의 입에서 아주 나중에, 색다른 어조로 나온 말이었다. 아른하임은 대중에게 잘 알려지지 않은 이런 은둔형 인간을 알고 있어야 어느 정도 전문가의 반열에 들 수 있음을 알고 있었다. 아른하임이 이 시인을 이해한 것은 아니었다. 그는 그런 암시를 그저 젊은 시절 유행한 새로운 영혼을 일깨우는 잠언이나 마치 통통한 꽃봉오리처럼 그려진, 빼빼 마른 소녀의 입술 같은 것으로 이해했기 때문이다.

1887년 무렵—세상에나, 벌써 한세대 전이군,이라고 아른하임은 탄식했다—찍은 사진에서 아른하임은 목까지 단추를 채운 검은 조끼에다 비더마이어 시대에 유행했던 폭이 넓은 실크 스카프를 매고 있었는데 이는 보들레르를 흉내낸 것으로 '현대적 인물'이라는 이미지를 만들어냈다. 게다가 당시 새로 유행을 타던, 상의에 꽂은 난초 덕분에 그는 저녁 만찬 가는 길에 다시금 주목을 받았으며 부친의 혈기왕성한 사업가 친구들에게 깊은 인상을 심어주었다. 일할 때의 의상은 계산할 때 쓰는 자^{R}와 같은 모습이었는데 영국식 스포츠 재킷의 느낌을 주었으며 꼿꼿이 세운 칼라는 꽤나 우스꽝스럽긴 해도 머리를 강조하는 효과가 있었다. 그게 아른하임의 외양이었으며 이런 외양이 분명히 호감을 줄 것이라고 그는 믿어 의심치 않았다. 아른하임은 여전히 잔디에서 테니스를 치던 시기에 몇 안 되는 테니스광이었고 꽤 잘 치기도 했다. 또한 학창 시절 취리히에서 어쭙잖게 사회주의 사상을 배워—물론 며칠 후엔 아무 생각 없이 자기 말을 타고 노동자 주거지역을 어슬렁거렸지만—돌아와서는 노동자들의 공개 집회에 참여해 아버지를 놀라게 하기도 했다. 간단히 말해서 모순과 도전으로 가득 찬 새로운 경험들은 그에게 시대를 잘 타고 태어났다는 고혹적인 환상을 심어주었다. 비록 나중에야 시대의 가치가 꼭 희귀한 것에 있지 않다는 사실을 깨닫긴 했지만 그런 환상은 젊은이에겐 중요한 것이었다. 시간이 지날

수록 아른하임은 점점 더 보수적으로 변해갔으며 날로 새로워
지면서도 결국에는 진부해지고 마는 감각이란 자연의 쓸데없는
낭비가 아니겠느냐는 회의에 빠져들었다. 하지만 그는 원래 자
신에게 속했던 어떤 것이라도 포기하길 원치 않았으므로 결코
새로운 기분을 포기하지 않았고 수집가로서의 그러한 면모는
당시에 존재한 모든 것을 자신 안에 고이 간직하게 만들었다. 자
신의 삶이 아무리 다채롭고 통합적이었다고 해도 그는 일단 척
보기에 다른 어떤 것보다도 비현실적으로 보이는 것에 가장 오
랫동안 영향을 받았고 또 가장 각별하게 감동을 느낀 것 같았다.
다시 말해 그 예감에 가득 찬 낭만적인 상태는 활기차게 역동하
는 외부의 세계뿐 아니라 마치 내쉬지 않은 숨처럼 내면에서 움
직이는 세계 또한 존재한다고 그에게 속삭였다.

　디오티마의 영향으로 원초적인 모습을 되찾은 이렇듯 몽롱한
예감은 모든 일과 활동을 잠잠케 했고, 젊은 시절의 희망과 갈
등, 변덕스러운 내면은 물결 위의 어지러움을 벗어나 모든 말과
사건과 요청이 깊은 곳에서 합류하는 한낮의 꿈에 자리를 내주
었다. 그런 순간만큼은 야망조차도 잠잠해졌다. 세상은 정원 담
너머 먼 소음의 세계에 속해 있었고, 그의 영혼은 마치 둑을 넘
어 처음으로 자신과 마주선 것처럼 느껴졌다. 그런 순간은 형이
상학적이라기보다는 마치 낮이 찾아왔는데도 조용히 하늘에 걸
려 있는 달을 보는 것처럼 확실하고도 생생한 육체적 체험이었
다. 그런 상태에서 젊은 파울 아른하임은 고상한 식당에 앉아 어

떤 자리에서나 잘 어울리는 옷을 차려입고 조용히 식사를 했으며 수행해야 하는 모든 일을 처리했다. 그러나 그 자신과의 거리는 다른 사람 또는 다른 사물들과의 거리와 다르지 않다고 할 수 있었다. 그것은 마치 외부세계가 그의 피부에서 멈추지 않으며 그의 내면세계가 단지 사유의 창문을 통해서만 밖으로 새나가지 않는 것과 같았다. 오히려 외부와 내면은 서로 나뉘지 않는 분리와 현존 가운데 합쳐져서 꿈 없는 잠처럼 부드럽고 조용하며 고귀하게 자리잡았다. 도덕적으로 그것은 진정으로 위대한 무관심, 모든 가치들이 평등해지는 상태처럼 느껴졌다. 어떤 것도 저급하거나 우월하지 않았다. 한 편의 시도, 여성의 손에 입을 맞추는 일도 그 중요성 면에서는 몇권의 학술적 업적이나 정치인의 위대한 행동에 뒤지지 않았다. 또한 모든 사악함이 의미없는 것처럼 모든 선한 것 역시 존재의 부드러운 동질감에 녹아들다보면 근본적으로는 쓸데없는 것에 불과했다. 아른하임은 아주 편안하게 행동했다. 그 행동은 다만 뭔가 알 수 없는 의미를 내포한 것처럼 보였다. 떨리는 불꽃 뒤에 선 내부의 인간은 꿈쩍도 하지 않고 서서 사과를 먹거나 새 옷을 맞추기 위해 치수를 재는 외부의 인간을 바라보았다.

그것은 환상이었을까? 아니면 절대로 완벽하게 이해될 수 없는 진실의 그림자였을까? 한 가지 대답할 수 있는 것은 모든 연인들이나 낭만주의자들, 달이나 봄날, 이른 가을날의 황홀한 죽음에 마음이 기우는 모든 사람들과 마찬가지로 어느 정도로 발전한 종교 역시 그런 식의 그림자가 존재함을 주장해왔다는 점이다. 그러나 결국 그림자는 사라지고 만다. 미처 분간할 새도 없이 증발하여 수증기처럼 날아가버린다. 사람들은 그림자의 자리에 어느새 채워진 다른 무엇을 발견하며 마치 비현실적인 체험이나 꿈, 환영을 잊어버리듯이 한순간에 잊어버리고 만다. 이 근원적이고 장대한 사랑의 체험은 대체로 사랑에 빠지는 첫 순간에 겪게 되는데 우리는 흔히 그 체험을 선거에서 투표권을 행사할 만큼 충분히 성숙하기 이전에 하는 바보짓 정도로 간주함으로써 모든 것을 다 이해했다고 생각한다. 아른하임에게도 같은 일이 벌어졌지만, 그는 한번도 여성과 엮인 적이 없었기 때문에 그 일을 자연스럽게 마음에서 떠나보내지 못했다. 대신 그 일은 자신이 학업을 마치고 아버지의 사업에 처음 입문했을 때 받은 인상과 겹쳐졌다. 어떤 일도 대충 넘어가는 법이 없는 그는 창조적이면서도 생산적인 삶은 시인이 골방에 처박혀 지어낸 그 어떤 시보다 훨씬 위대하며 질적으로도 다르다는 사실을 즉각 발견해냈다.

지금 아른하임은 생전 처음으로 모범적인 면에서 재능을 발휘하고 있었다. 삶이라는 시는 다른 어떤 시에 비해서도 우월한데, 내용이 무엇이든 상관없이 모든 단어가 대문자로 씌어지는 시와 같기 때문이다. 세계적인 기업에 근무하는 하찮은 견습생일지라도 세계의 중심에 서 있으며 전세계가 그를 바라보고 있기 때문에 중요하지 않은 일이란 하나도 없다. 그에 비해 방에서 홀로 뭔가를 쓰고 있는 사람은 아무리 열심히 뭔가를 얻으려 해봐야 그 주위를 기웃거리는 것은 기껏 파리 정도일 것이다. 사람들이 스스로 먹고살 나이가 될 무렵, 전에는 감동으로 다가왔던 것이 '그저 문학'으로 보이는 현상은 뚜렷하게 나타난다. 다시 말해 그런 감동은 잘해봐야 나약하고 혼란스러울 뿐이고 대부분 스스로의 모순에 빠져 허우적대며 결국 그토록 사람들이 떠들어대던 지양止揚과는 아무런 연관성도 찾지 못하게 된다. 물론 아른하임이 딱히 그러하지는 않았다. 그는 예술의 고귀한 영향력을 부정하지 않았을뿐더러 자신을 깊이 감동시킨 예술을 멍청한 짓이나 헛된 망상으로 여기지도 않았다. 꿈같은 젊은 시절보다는 성인으로서의 책임감이 우월하다는 사실을 깨닫고 나서 아른하임은 새롭게 정립된 성숙한 시각으로 두 체험을 융합하는 일에 나섰다. 그는 다른 교양있는 계층이 그러하듯 본격적인 사회생활이 시작되자마자 이전의 관심사에서 완전히 등을 돌리는 대신 젊은 시절의 열광적인 충동과 고요하면서도 성숙한 관계를 생애 처음으로 맺어나갔다. 삶이라는 위대한 시를 발견하는 것, 그리고 그 시 안에서 자기 역할을 아는 것은 자신이 쓴 시를 불태우면서 잃어버렸던 호사가적 용기를 되찾게 해주었다. 자신의 삶을 시로 지어내면서 교양있는 계층은 마침내 스스로를 타고난 전문가로 보게 되었고 지적인 책임감을 가지고 일상을 파고들게 되었다. 또한 그들은 천 개의 작은 결정結晶들과 마주하여 도덕적이면서도 아름다워지려는 자신의 모습을 마주했고 괴테의 모범을 따라서 음악이나 자연의 아름다움, 순진무구하게 뛰어노는 아이들과 동물들이 없는 삶은 가치가 없음을 설파했다. 이 영혼으로 충만한 중간계급은 독일에서 여전히 예술과 쉬운 대중문학의 주된 소비층이었다. 하지만 당연하게도 이 계급의 구성원들은 한때 자신들의 소망을 완성했다고 생각한 문학과 예술을—이것이 그들에게 허락된 것보다 양식상으로는 훨씬 완벽했음에도 불구하고—마치 이제는 낡은 것인 양 멸시했다. 그들은 석고상 조각가를 보면서 자신이 얼마나 나약해져야 그런 조각품에서 아름다움을 볼 수 있을까를 생각하는 철강 제조업자 같아졌던 것이다.

풍성하고 화려하게 피어난 정원의 패랭이꽃이 길가에 초라하게 핀 야생 패랭이꽃과 닮은 것처럼 아른하임은 그 교양있는 중간계급과 닮게 되었다. 그는 문화적 혁명이나 근본적인 변혁을 절대 고려하지 않았다. 오히려 그는 권력에서 점점 사라져가는 권위들을 새로운 것에 짜맞추기, 다시 점유하기, 부드럽게 변형시키기, 도덕적으로 부활시키기 같은 활동에 관심을 기울였다. 그는 속물이 아니었고 자신보다 사회적 위치가 높은 사람들을 숭배하는 사람도 아니었다. 법조계는 물론 명문가와 정부의 최고위층과도 호의적인 관계를 유지하면서도 아른하임은 절대 모방자가 되려 하지 않았고 오히려 보수적이고 봉건적인 생활양식을 좋아하는 사람—이른바 프랑크푸르트 출신의 괴테적인 부르주아임을 스스로 잊지 않고 또 남에게도 잊지 않게 만드는―임을 받아들이려고 했다. 하지만 이런 순응을 통해 그의 저항 능력은 소진되었으며 위대함과 거리를 두려고 아무리 애써봐도 별로 진실되게 보이지 않았다. 아른하임은 부의 창조자들―삶을 주도하며 새로운 시대를 이끌어가는 사업가들―이 예전의 주도권을 물려받을 것이라고 확신했으며 이는 이후 벌어진 일련의 사건들에 의해 옳다고 증명되면서 그에게 약간의 교만을 느끼게도 해주었다. 그러나 돈에 대한 통치권이 전제되려면 이 욕망된 권력이 어떻게 올바로 쓰일지에 대한 질문이 제기돼야 한다. 그것은 은행의 수장들이나 재계의 거물들에게는 쉬운 문제였다. 그들은 도덕이라는 무기는 성직자에게 넘겨둔 채 적들을 구워삶아 고기수프를 만드는 중세의 기사들이었다. 아른하임도 목격하듯 요즘 사람들은 모든 행동을 통제하는 가장 확실한 방법을 돈에서 찾는다. 그러나 그 방식이 아무리 단두대처럼 거칠고 정확하다 하더라도 때론 류머티즘을 앓는 환자처럼 연약하기도 하며―시장은 아주 작은 충격에도 절뚝거리며 고통스러워하지 않는가!―자신이 통제하는 모든 것들에 아주 섬세하게 관여하기도 한다. 오로지 오만한 이데올로기 추종자들만 잊어버리곤 하는 이런 삶의 연약한 상호관계를 잘 아는 아른하임은 변화와 불변의 영속성, 권력과 시민적인 교양, 잘 계산된 모험과 특색있는 지식 등 결국 한창 확장중인 민주주의의 상징적인 모습들이 제왕적인 사업가들에게 서로 결합돼 있는 것을 목격했다.

자신의 인격을 끊임없이 엄격하게 연마하고, 자신에게 친근한 경제적·사회적 관계들을 조직하며, 또한 국가의 전체적인 지도력과 기반을 성찰함으로써 아른하임은 운명이나 타고난 성향에 따라 불균등하게 분배된 사회적 권력이 적절하면서도 생산성있게 분배되는 세대, 그리고 이상이 현실의 불가피한 제약 때문에 좌절되지 않고 오히려 더욱 정제되고 강화되는 그런 신세대가 도래하기를 기원했다. 이를 객관적으로 말하기 위해 아른하임은 사업의 왕이라는 주개념을 활용하여 사업과 영혼이라는 두 관심사를 결합시켰다. 그리고 한때 모든 것이 원래 하나임을 가르쳐주었던 사랑의 감정은 이제 모든 인간의 관심사와 문화가 전체적으로 조화를 이루고 있다는 확신을 형성하는 데 핵심적인 역할을 했다.

아른하임이 자신의 글을 발표하기 시작한 것도 그 즈음이었으며 그는 이런 글에서 갑자기 영혼이라는 말을 사용했다. 추측건대 그는 이 말을 하나의 수단, 비상飛翔, 왕가의 언어로 사용했던 것 같다. 왜냐하면 군주나 장군들에게는 영혼이 없었으며 사업가로서는 그가 최초로 영혼을 가진 사람이었기 때문이다. 또한 확실한 것은, 그와 밀접한 계산적인 주변인들로부터, 그리고 더욱 각별하게는 그의 부친이—그 곁에서 아른하임이 점점 황태자의 형상을 만들어가는—가진 탁월한 사업적 지도력으로부터 보호될 필요가 있다는 점에서 영혼은 중요한 역할을 했다. 또한 그 모든 가치있는 지식을 정복하려는 그의 야망—어떤 사람도 따라잡기 힘들 정도로 엄청나게 강렬한 박식함에 대한 애착—이 자신의 두뇌로는 포용하기 힘든 수단을 영혼에서 발견했다는 것도 마찬가지로 확실한 사실이다. 그 점에서 아른하임은 종교적인 소명에 이끌려서가 아니라 돈이나 지식, 계산 같은 것—그 모든 것에 영혼이 열정적으로 무릎을 꿇은 바 있는—에 발끈하는 여성적인 저항에 이끌려 종교에 귀의하는 동시대인들과 다를 것이 없었다. 하여튼 영혼에 관해서 여전히 문제적이고 불확실한 점은 아른하임이 과연 영혼을 믿느냐는 것이며 영혼이 그가 소유한 증권처럼 실제적이냐는 것이다. 그는 뭔가 달리 사용할 말이 없을 때 영혼이란 말을 썼다. 필요에 의해서 그 말을 쓰게 되면서—그는 좀처럼 다른 사람이 끼어들 틈을 주지 않는 대화 상대였다—또한 그 말이 다른 사람에게 감명을 준다는 것을 깨닫게 되면서 아른하임은 글에서 그 말을 더 자주 인용했으며, 마치 누구든 절대 스스로는 볼 수 없지만 있는 것만큼은 확실한 몸 뒤편의 등처럼 당연하게 그 말을 사용했다. 그는 정말 열정적으로 뭔가 모호하고 징후적인 글을 쓰면서 그것을 사업 세계의 지극히 현실적인 업무들과 연관시켰다. 마치 심오한 침묵을 생생한 연설과 연결시키듯 말이다. 그는 지식이 유용하다는 사실을 부정하지 않았다. 오히려 그는 정보원에 접근할 수 있는 사람만이 할 수 있는 일이라는 듯 누구보다 열심히 정보를 수집하는 편이었다. 그러나 이 영역에서 자신의 능력을 입증한 후에는 이런 종류의 날카로움과 정확성 너머에는 오직 예언자들만이 볼 수 있는 좀더 높은 지혜의 영역이 있다고 말하곤 했다. 그는 국가와 세계적인 사업가들을 떠받치는 의지에 대해서 말했다. 자신이 아무리 위대하다 하더라도 보이지 않는 곳에서 뛰는 심장 박동에 의해 움직여지는 팔에 불과하다는 것을 스스로 증명하기 위함이었다. 아른하임은 누구나 알아들을 만큼 쉽게, 그리고 구제적으로 과학의 진보나 도덕의 가치에 대해 설명하고는 만약 표면적인 잔물결만 봐서는 느끼지 못할, 대양의 깊은 곳에서 요동하는 움직임을 알지 못한다면 그런 자연의 이용과 인간의 정신력은 그저 숙명적인 무지에 불과할 뿐이라고 덧붙였다. 그는 마치 쫓겨난 여왕의 섭정을 받아들여 그 여왕이 질서지운 세계를 개인적으로 습득한 사람처럼 그런 정서들을 전달했다.

이 같은 질서는 아마도 아른하임의 가장 진실되고 강한 열망이었을 것이다. 그 열망은 그와 같은 지위에 있는 사람에게 허용된 것 중에서도 가장 강렬한 것이어서 현실적인 영역에서 그렇게 강한 성품의 인물조차 적어도 1년에 한번은 변경의 성으로 가 자신이 구술하는 내용을 비서가 받아적게끔 했다. 아주 어렸을 때부터 시작됐고 젊은 시절 가장 왕성하게 드러났던 기이한 사명감이 지금은 이따금씩 미약하게 찾아오긴 하지만 여전히 이런 길로 그를 이끌어갔다. 세계적인 사업 한가운데서도 그 열망은 달콤한 마취상태나 수도원을 향한 갈망처럼 그를 찾아와서는 속삭여댔다. 모든 모순과 위대한 사상, 세계적인 경험과 시

도 들은 문화나 인문이라고 불리는 모호한 것들처럼 원래 하나
일 뿐 아니라—마치 병적으로 아름다운 날 누군가 손을 모으고
강과 목초지를 건너다보며 무아지경에 빠지는 것처럼—원시적
인 언어를 간직한 희미하고 무위에 가까운 감각이기도 했다. 이
런 면에서 그의 글쓰기는 하나의 타협이었다. 또한 손에 잡히지
않는 먼 곳에 오직 하나의 영혼이 있었고, 그 영혼에 대해서는
오직 하나의, 알쏭달쏭한 해법만이 존재했으며, 그에 반해 세상
에는 황실의 통치가 적용될 수 있는 셀 수 없이 많은 문제가 있
었기 때문에 그는 많은 정통주의자와 예언자들이 지난한 일들
때문에 겪었던 그런 심각한 곤란에 처하게 되었다. 아른하임은
책상에 홀로 앉아 마치 유령처럼 흘러넘치는 단어들을 가지고
영혼에서부터 마음의 문제, 도덕적인 삶, 경제, 정치에 이르는,
어떤 보이지 않는 근원에서 흘러나와 명징하면서도 마술적으로
한결같이 빛나는 모든 것들을 펜으로 적어나갈 뿐이었다. 그런
확장에는 뭔가 도취적인 면이 있었다. 그러나 그는 많은 저자들
에게 창조적인 글쓰기를 가능케 하는 모든 의식적 균열에 의지
했으며 그 가운데 자신의 원래 의도와 맞지 않았던 것들은 마음
에서 지워버렸다. 세상과 자신을 연결시켜주는 상대와 대화를
나눌 때 아른하임은 절대 흥분에 빠지지 않았다. 하지만 자신의
견해를 펼치기 위한 종이 앞에 몸을 구부릴 때는 마음껏 비유적
표현에 생각을 내맡겼다. 그 표현 중 아주 작은 부분에만 사실적
인 근거가 있었고 나머지 대부분은 피어오르는 단어의 구름 같

았는데 그 구름이 진실에 호소하는 단 하나의 무시하기 힘든 측면은 자기도 모르게 항상 같은 곳에서 피어오른다는 점이었다.

아른하임을 비난하려는 사람들이 기억해야 할 것은 이중 인격이 이제 더이상 정신병자들만 겪는 혼란이 아니라는 점이다. 오히려 오늘과 같은 속도의 시대에, 우리의 정치적 통찰력, 신문에 기사 하나를 쓸 능력, 예술과 문학에서의 새로운 운동을 받아들일 능력 등등은 때로는 우리의 신념을 거부하고 완벽한 의식에서 일부를 떼어내어 그 일부를 완전히 새로운 확신으로 확장시키는 일에 온전히 의지한다. 그래서 어쩌면 아른하임이 스스로의 말을 전적으로 신뢰하지 못하는 것은 장점일 수도 있었다. 인생의 전성기에 접어든 그는 어떤 주제에 대해 무슨 말이든 할 준비가 돼 있었다. 또한 어디가 끝인지 모를 폭넓은 식견이 있었고 옛 견해에서 새로운 것으로 옮겨갈 때에는 조화롭고 균형 잡힌 태도를 유지했다. 그렇게 효율적으로 생각을 정리하고 균형을 유지하는 동시에 따라올 이득까지 잘 계산해내면서 다른 생각으로 넘어가는 사람은 지치지도 않고 사방으로 확장되는 자신의 행동에 어떤 정해진 길이나 모양이 없다는 사실을 놓치진 않을 것이다. 행동은 반드시 그의 인격 안에 머물렀고 그도 자존감이 꽤 높은 사람이었지만 이성에 비추어 만족할 만한 행동을 하지는 못했다. 아른하임은 훈련된 관찰자라면 어디서나 찾아낼 수 있는 비이성적 요소의 찌꺼기라며 행동을 비난해보려고 했고 오늘날 모든 것은 한계를 넘어선다는 이유에서 행동을 무시해보려고도 했다. 또한 누구도 시대의 한계를 초월할 수는 없다는 사실을 전제하고 자신보다 좀더 편안한 시대를 살았다는 이유로 호머나 붓다 같은 인물을 자신 위에 놓음으로써 위대한 인물 특유의 겸손을 떨어보려고도 했다. 그러나 자신의 황태자 같은 상태에 어떤 변화도 없이 필자로서의 명성이 하늘을 찌르게 되자, 비이성적인 찌꺼기, 가시적인 성과의 부족, 원래의 결심과 목표를 잃어버렸다는 불쾌감 같은 것들이 점점 더 그를 압박했다. 아른하임은 자신의 작업을 되돌아보았다. 그리고 그게 비록 좋아 보이긴 했지만 마치 보석으로 된 벽이 점점 두꺼워지듯이 자신의 생각들이 어떤 잊을 수 없는 근원으로부터 점점 멀어진다는 느낌을 받았다.

최근 아른하임에게는 이런 식의 불쾌한 일이 일어났고 그 일은 그에게 깊게 각인되었다. 그는 이전보다 훨씬 더 자주 정부의 건물과 국가 개념의 조화에 대한 글을 비서가 타이핑하도록 구술하는 데 여유 시간을 쓰고 있었다. 그는 "이런 건축물을 잘 관찰해보면 그 벽에서 침묵을 발견하게 된다" 같은 문장을 말하다가 '침묵'이라는 단어에서 잠시 멈칫하기도 했다. 뜻하지 않게 내면의 눈에 로마의 팔라초 델라 칸첼레리아 궁전이 떠올라 그 이미지를 좀더 음미하기 위해서였다. 그러나 아른하임이 원고를 힐끔 넘겨다보았을 때, 이미 예상한 것처럼 비서는 "우리는 영혼의 침묵을 본다…"고 타이핑하고 있었다. 그날 아른하임은 더이상 구술하지 않았고 다음날 그 문장을 삭제하도록 지시했다.

그렇게 깊고 폭넓은 체험에 비해 한 여인과 맺은 보통의 육체적인 사랑은 값어치가 얼마나 나가는 것일까? 슬프게도 아른하임은 정신으로 향하는 길은 영혼에서 시작하지만 한번도 다시 영혼으로 돌아가지는 않는다는 사실을 자신의 전 생애에 걸쳐 깨달았음을 인정할 수밖에 없었다. 물론 그와 친밀한 관계를 즐겁게 유지하는 많은 여성들이 있었지만 천성적으로 의존적인 사람이 아니라면 그들은 실제적인 일에 종사하는 교육받은 여자들이거나 예술가들이었다. 그렇게 자립적이거나 생계를 보장받는 사람들이라야 투명한 의사소통이 가능하기 때문이다. 아른하임의 도덕적 본성 덕분에 끊임없이 이어지는 여성들과의 만남에서도 본능은 이성적으로 통제될 수 있었다. 하지만 디오티마는 생애 처음으로 도덕을 뛰어넘어 비밀스럽게 그의 삶을 뚫고 들어온 여자였고 그 때문에 아른하임은 디오티마를 자주 질투에 찬 눈으로 바라보았다. 그녀는 분명 내세울 만한 인물이긴 하지만 그저 정부 관료의 아내일 뿐, 오직 권력 있는 자들에게만 가능한 최고의 교양까지는 갖추지 못했다. 반면 아른하임은 미국 재력가의 딸이나 영국의 귀족과 결혼할 수도 있었다. 그는 유년 시절의 방에서 쫓겨나온 듯한 원초적인 순간을 체험했다. 마치 잘 자라던 아이가 처음으로 공립학교에 들어가 끔찍하게 순진한 교만이나 경악에 휩싸이는 것처럼, 그의 성숙해가던 연모의 감정은 위협적인 치욕처럼 느껴졌다. 잠시 후 아른하임이 마치 죽었다 살아난 사람처럼 우월하고 차가운 정신으로 다시 업무에 복귀하자 절대 오염되지 않는 그 차가운 돈의 합리성은 사랑보다 훨씬 더 깨끗해 보이기까지 했다.

하지만 이것이 의미하는 바는 그저 왜 목숨을 건 투쟁 없이 자유를 빼앗겼는지를 한탄하는 죄수의 입장과 비슷할 뿐이었다. 왜냐하면 디오티마가 "우리 영혼을 둘러싼 소란이란 뭐죠?^{Un} peu de bruit autour de notre âme..."라고 물었을 때 그는 마치 어떤 진동이 삶의 기반을 흔드는 듯한 느낌을 받았기 때문이다.

87.
모오스브루거는 춤춘다

그사이 모오스브루거는 여전히 지방법원의 연구용 유치장에 갇혀 있었다. 그의 변호인은 순풍에 돛을 단 것과 같은 상황에서 당국이 최종 결정을 내리지 못하도록 지연 전술을 쓰고 있었다.

모오스브루거는 그 온갖 것들에 웃음이 나왔다. 그는 지루함에 지쳐 웃었다.

지루함은 그의 마음을 이리저리 흔들었다. 보통 지루함은 금세 마음에서 사라졌지만 이번에는 오래 마음이 흔들렸다. 마치 출연을 앞둔 배우가 의상실에 대기하고 있을 때의 심정 같았다.

만약 모오스브루거에게 큰 칼이 있었다면 아마 칼을 꺼내 의자의 꼭지를 찍어버리고 말았을 것이다. 그러고는 테이블이며 창문, 변기통, 문 따위의 윗대가리도 베어버리고 말았을 것이다. 그러고는 그 베어낸 자리에 자신의 머리를 올려놓을 것이다. 왜냐하면 이 감옥에는 자신의 머리만이 있으며 그래야 마땅하기 때문이다. 그는 거대한 두개골을 자랑하며 마치 모피를 정수리에서 이마까지 뒤집어쓴 것 같은 자신의 머리가 사물의 꼭대기마다 매달려 있는 것을 상상해보았다. 그는 그런 걸 좋아했다.

방이 좀더 넓고 음식이 조금만 더 괜찮았다면 얼마나 좋을까!

모오스브루거는 사람들과 만날 수 없어서 아주 기뻤다. 그는 사람들을 견딜 수 없었다. 사람들은 종종 침을 뱉거나 어깨를 구부정하게 숙였는데, 그러면 몹시 절망적인 기분이 들어 벽에 구멍을 내듯 인간의 등에 주먹을 날리고 싶게끔 했다. 모오스브루거는 신을 믿지 않았으며 오직 자기 안의 이성을 믿었다. 그는 영원한 진리를 외치는 자들, 곧 판사나 경찰, 목사 같은 사람들을 경멸했다. 그는 모든 일을 혼자 처리해야 했으니 그런 사람에게 타인이란 방해물처럼 보이게 마련이었다. 그는 종종 눈에 띄던 것들을 보았다. 잉크병, 녹색 천, 연필, 벽에 걸린 황제의 초상 같은 것들은 언제나처럼 있던 곳에 있었다. 그것들은 마치 위장 폭탄 같았는데, 나뭇잎이나 풀이 아니라, 감정으로 위장된 것처럼 보였다. 마치 숲이 강의 굴곡에서 멈추듯이 모오스브루거의 기억들이 되살아났다. 그것들은 두레 우물에서 나는 끽끽거리는 소리처럼 한번도 알아채거나 본 적이 없는 끝없는 기억의 창고에서 끌려나온 것으로 서로 연관성이 없는 풍경들이 마구 뒤엉켜 있었다. '그걸 말로 설명할 수만 있다면!' 마치 젊은이들이 꿈을 꾸듯이 그도 몽상에 빠졌다. 하도 많이 감금되어서 그런지 그는 더이상 늙지 않는 것 같았다. '다음에는 좀더 정확히 살펴봐야겠어,' 모오스브루거는 생각했다. '안 그러면 그들을 이해시킬 수 없을 거야.' 그러고는 완고한 미소를 지으며 마치 아버지가 아들을 두고 말하듯 내면의 재판관을 향해 말했다. "그는 아무 소용도 없어요. 감옥에 가둬버리면 아마 정신을 차릴 겁니다."

물론 모오스브루거는 더러 감옥의 규율에 화가 치밀었다. 어딘가 아프기도 했다. 그러면 교도소 의료진이나 감독관을 부를 수 있었고 마치 쥐가 물에 빠져 죽고나면 수면이 잠잠해지듯 다시 고요와 질서가 찾아오곤 했다. 그가 이 같은 상상을 곧장 떠올린 것은 아니다. 비록 말로 표현할 수는 없었지만 최근에는 어떤 것에도 방해를 받지 않고 커다랗게 빛나는 수면처럼 순간의 인상을 즉각적으로 받아들이곤 했다.

그가 가진 단어는 흠흠, 응응 정도였다.

책상은 모오스브루거였다.

의자는 모오스브루거였다.

격자 창문과 자물쇠로 채워진 문도 그 자신이었다.

그가 말하는 어떤 것도 비정상적이거나 미친 것은 없었다. 그저 고무밴드가 사라진 것과 같았다. 세상의 모든 피조물들과 사물들이 서로 가까이 다가설 때, 그 뒤에는 팽팽하게 잡아당겨 고정시켜주는 고무밴드가 있다. 그것이 없다면 사물들은 결국 서로를 관통해 나갈 것이다. 또한 모든 움직임 안에는 누구든 원하는 바대로 나아가지 못하도록 하는 고무밴드가 있다. 그런 고무밴드들이 한꺼번에 사라져버렸다. 아니면 그건 그저 고무밴드처럼 거추장스런 생각일 뿐이었을까?

사물을 그렇듯 정확하게 떼어놓을 수 있는 사람이 있을까? '가령 여자들이 고무밴드로 스타킹을 잡아매고 있듯이 말이야, 바로 그렇다고.' 모오스브루거는 생각했다. '그들은 마치 부적처럼 고무밴드를 다리에 매고 있지. 벌레가 기어오르지 못하도록 과일나무에 동그랗게 칠을 해둔 것처럼 말이야.'

하지만 그건 부수적인 것일 뿐이다. 모오스브루거는 모든 것들과 사이가 좋아야 한다는 의무감을 가진 사람이 아니다. 사실은 그렇지 않았다. 그는 외향적인 동시에 내면적인 사람일 뿐이었다.

모오스브루거는 만물을 지배했고 호통을 쳐댔다. 사람들이 자신을 죽이기 전에 그는 모든 것을 질서있게 재배치하는 중이었다. 그는 좋아하는 일들에 대해 생각할 수 있었고 그럴 때는 마치 잘 훈련된 개가 '앉아!'라는 명령을 듣는 순간처럼 온순했다. 비록 그는 갇혀 있었지만 엄청난 감각의 힘을 소유하고 있었다.

정확한 시간에 수프가 나왔다. 정확한 시간에 일어나 산책을 나갔다. 감옥에서의 모든 시간은 정확히 엄수되었고 절대 바뀌지 않았다. 그는 때때로 이런 정확함을 믿을 수 없었다. 비록 규정들을 적용받고 있는 입장인데도 그는 마치 자신이 규칙들을 만들어냈다는 혼란스런 느낌을 받았다.

보통 사람들은 한여름 생울타리 그늘에 누워 벌들이 윙윙거리는 소리를 들으며 태양이 우윳빛 하늘에 작고 강하게 떠오를 때 세계가 마치 장난감처럼 주위를 도는 듯한 느낌에 사로잡힌다. 모오스브루거는 감옥에서의 기하학적인 풍경에서도 그런 느낌을 받았다.

모오스브루거는 좋은 음식에 대한 미칠 듯한 갈망에 빠져 있었다. 그는 음식을 꿈에서 보았고 낮 동안 어떤 일에서 잠시 한눈을 팔 때면 미묘한 순간을 틈타 포크 스테이크가 담긴 훌륭한 접시 형상이 눈앞에 어른거렸다. "두 접시요!" 그럴 때면 모오스브루거는 주문했다. "아니, 세 접시요!" 그런 생각이 강렬해지고 상상력이 탐욕스럽게 부풀어서 이윽고 너무 많이 먹어서 토할 기분에까지 이르렀다. '왜, 인간은 식욕을 느끼고 나선 그렇게 또 포만감이 오는 것일까?' 그는 고개를 흔들며 의문에 사로잡혔다. 식욕과 포만감 사이에 세상의 모든 쾌락이 있다! 아, 세상은 정말 그렇다. 그 사이의 공간이 얼마나 좁은지를 설명할 수 있는 수백 가지의 예가 있다. 하나만 예로 들어보자. 자기가 소유하지 못한 여자는 마치 한밤중의 달처럼 높게 높게 떠올라 마음속에 끊임없이 스며든다. 하지만 그녀를 소유하고 나면 장화로 그녀의 얼굴을 짓밟아주고 싶을 것이다. 왜 그럴까? 그는 종종 그런 질문을 받았던 때를 기억했다. 여자는 남자를 쫓아다니기 때문에 여자이자 남자라고 대답할 수 있을 것이다. 하지만 그건 그에게 질문을 던진 사람이 이해할 수 없는 대답일 것이다. 왜 남들이 자신을 싫어하기로 작당한다고 생각하는지를 사람들은 그에게 물었다. 마치 그 자신의 육체가 상대들에게 맞지 않기라도 한 것처럼 말이다. 상대가 여성이라면 이 말은 확실히 들어맞는다. 그러나 남자의 경우에도 그의 육체는 그 자신보다도 상대를 더 잘 파악한다. 내뱉은 말은 다른 말로 이어지고 누구든그 말의 의미를 안다. 사람들은 다른 이들의 주위를 하루종일 맴돌고 어느 한순간 그들과 아무 문제 없이 경계선을 허물고 잘 어울린다. 하지만 그의 육체가 누군가를 이 경계선 안으로 데려온다면, 차라리 그 사람을 다시 쫓아내는 것이 나을 것이다! 모오스브루거에게 기억나는 것은 그저 화가 나거나 두려웠다는 것뿐이며, 그의 가슴은 마치 명령을 받은 큰 개가 뛰어들듯이 그들에게 뛰어들었을 뿐이다. 모오스브루거가 이해할 수 있는 거라곤 만족감과 포만감 사이에는 거의 차이가 없다는 것이며 뭔가한번 시작되면 아주 빠르게 공포로 바뀐다는 사실이었다.

늘 낯선 말을 사용하며 심판석에 앉아 있던 사람들은 그를 향해 이런 말을 내뱉었다. "그러나 당신이 그런 이유로 사람을 죽이진 않았겠지요?!" 모오스브루거는 어깨를 으쓱했다. 누군가는 자만심에 빠져 돈 몇푼에, 또는 한푼도 받지 않고 그런 일에 뛰어들 수도 있을 것이다. 하지만 그는 그런 부류가 아니었고, 그런 자들보다는 자존감이 있었다. 곧 그는 비난하는 듯한 인상을 지어 보였다. 왜 세상이 자신을 궁지로 몰아넣는 느낌이 드는지, 그래서 또다시 그의 머리에서 피가 흘러내릴 때까지 완력으로 모든 것을 쓸어버리는지 그는 의아해했다. 그는 곰곰이 생각했다. 하지만 생각도 비슷하지 않았을까? 어떤 생각에 빠질 만한 좋은 시기가 찾아올 때 그는 기쁨에 젖어 그저 웃기만 했다. 그러고 나면 생각은 더이상 두개골에 고이지 못하고 갑자기 단 하나의 사유만이 떠올랐다. 그것은 마치 아이의 걸음마와 우아한 부인의 춤처럼 서로 다른 것이었다. 주문에 걸린 것과도 같았다. 아코디언이 연주되는 소리가 들렸고 테이블 위에는 램프가 있었으며 여름밤으로부터 나비들이 날아왔다. 그렇게 그의 생각은 하나의 사유의 빛으로 날아들었다. 또한 모오스브루거는 생각들이 날아올 때 마치 작은 용들이 그러하듯이 결정적인 순간을 기대하며 자신의 큰 손가락으로 생각들을 잡아 으스러뜨렸을 것이다.

　모오스브루거가 흘린 피 한방울이 세상에 떨어졌다. 그 피가 검기 때문에 사람들은 볼 수 없지만 그는 거기서 무슨 일이 일어나는지를 알았다. 헝클어진 것이 스스로 정돈되었다. 주름잡힌 것들은 말끔히 펴졌다. 소리 없는 춤이 견딜 수 없이 윙윙거리는 소리—그렇듯 그를 괴롭히던—를 대신했다. 이제 모든 사건들은 아름다웠다. 그것은 마치 한 소녀가 더이상 혼자 서 있지 않고 누군가의 손을 잡고 둥글게 돌아가며 춤을 출 때와 같이 아름다웠다. 그때 그녀의 얼굴은 자신을 내려다보는 계단참의 사람들을 향하고 있었다. 놀라운 일이었다. 모오스브루거가 눈을 뜨고 때마침 모든 것이 그에게 복종해 춤을 추는 그런 순간에 함께한 사람들을 바라보았을 때, 그 사람들 역시 그에게는 아름다워 보였다. 그들은 더이상 그와 맞서지 않았고 그를 향해 어떤 벽도 만들지 않았다. 또한 사물과 인간의 외양을 마치 억압인양 일그러뜨리는 것은 오직 자신을 능가하려는 노력뿐임을 그는 깨달았다. 그런 순간에 모오스브루거는 그들을 위해 춤을 추었다. 현실에서는 그 누구와도 춤을 춰본 적이 없는 그가 위엄있게, 그러나 눈에 띄지 않게 춤을 추었다. 그가 춤을 따라추는 음악은 점점 자기성찰과 잠으로 빠져들었고 성모의 자궁이 되더니 급기야는 하느님 자신의 평화, 도무지 믿을 수 없을 정도로 놀라운 죽음 같은 안식의 상태가 되었다. 그는 아무도 보지 않는 상태에서, 모든 것이 자기에게서 다 빠져나갈 때까지 하루종일 춤을 추었다. 그것은 마치 거미줄이 이슬에 젖어 쓸모없어질 때까지 빳빳하고 촘촘하게 사물에 붙어 있는 모습과 같았다.

이 일들을 함께 겪어보지 않고 어떻게 사람을 평가할 수 있을까? 거의 피부에서 빠져나올 듯 기분이 가벼운 몇날 몇주가 지나고 나면 어김없이 긴 수감기간이 이어졌다. 국립교도소는 더할 나위 없이 좋았다. 그가 뭔가를 생각하려 할 때 내면의 모든 것들은 공허하고 쓸쓸하게 쪼그라들었다. 그에게 생각하는 법을 가르치던 노동자센터나 국가교육원 같은 곳을 그는 싫어했다. 어차피 그는 마치 대나무 말에라도 탄 것처럼 자신의 생각이 의기양양해지리라는 것을 알았다. 그곳들은 다시금 뭔가 다른 것이 생겨나는 장소를 꿈꾸며 다리를 질질 끌고 나아가야 한다는 느낌을 주었다.

이제 모오스브루거는 그런 꿈을 그저 체념의 미소로만 떠올릴 수 있었다. 그는 두 극단 사이에서 편안히 쉴 장소를 끝내 찾아낼 수 없었다. 이제 그 일에는 신물이 났다. 그는 다가오는 죽음을 향해 크게 웃었다.

그는 세상의 여러 면을 보았다. 바이에른과 오스트리아, 터키까지 돌아다녔다. 또한 신문에서 읽은 바대로 그의 생애 동안 많은 일들이 일어났다. 대체로 다채로운 시기였던 것이다. 그는 마음속 깊이 이런 시대의 일부로 살아온 것을 자랑스럽게 여겼다. 그걸 하나하나 생각해보면 복잡하고 지루한 일들이지만 한 사람의 입장에서 보자면 그 한가운데를 뚫고 달려온 셈이었다. 태어나서 죽기까지를 되돌아보면 분명해질 것이다. 모오스브루거는 자신이 사형에 처해진다고는 생각하지 않았다. 그는 다른 사람의 도움을 받아 스스로를 처형하고 있었으며 그것이 사태를 관망하는 그의 자세였다. 모든 것들은 결국 모여서 전체가 된다. 고속도로, 도시, 경찰, 새, 죽은 자와 그의 죽음… 그는 모든 것을 명확히 알지는 못했고, 다른 사람들은 비록 더 많이 떠들어대기는 했지만 그보다도 더 몰랐다.

그는 침을 뱉고 하늘이 마치 쥐덫처럼 푸르게 걸려 있다고 생각했다. '슬로바키아에서는 저렇게 둥글고 높은 쥐덫을 만든다지.'

88.
위대한 일에 말려들기

이제 지금까지의 여러 접촉을 통해 하나의 경구가 될 만한 것을 언급해야 될 때가 되었다. 그것은 바로 위대한 일에 말려드는 일보다 정신에 더 위험한 것은 없다는 것이다.

한 사람이 숲을 거닐고, 산을 올라 자신 앞에 펼쳐진 세계를 바라보며, 자기의 품에 처음으로 안긴 아기를 쳐다보고, 모든 이들에게 부러움을 살 만한 인생의 행운을 즐긴다. 우리는 묻는다. 그 사람에게 무슨 일이 일어났는가? 분명한 것은, 그가 생각하기에 이 모든 일들은 다채롭고, 심오하며, 중요한 일이라는 것이다. 다만 그것을 현재의 언어로 구체적으로 표현할 정신이 없을 뿐이다. 자신의 내부와 외부에서 마주한 경탄할 만한 일들은 마치 자석 포장처럼 그 사람을 둘러싸 정신을 홀딱 빼내버린다. 그의 시선이 수천 가지 일들에 꽂혀 있을 때조차 탄환을 다 써버린 사람처럼 남모르게 공허를 느낀다. 외적으로는 영혼과 태양으로 가득한, 심오하고 빛나는 순간이 아주 작은 잎새와 모세혈관까지 강력한 은도금으로 덮어주지만, 개인적인 내면의 극단에서는 내적인 소재가 뚜렷하게 결핍되면서 이른바 거대하고 공허하며 둥근 '공'^{空}이 만들어진다. 이런 상태는 마치 인간과 자연의 최고봉에 머문 때와 같으며, 모든 영원하고 위대한 것들과 접촉할 때 나타나는 고전적인 증상이다. 위대한 일을 우선시하는 사람들―무엇보다 위대한 영혼에 소속돼 있으며 하찮은 일들은 존재할 여지가 없는― 은 뜻하지 않게도 자신의 내면이 과도한 피상성으로 치닫는 것을 발견한다.

위대한 일에 말려드는 위험성은 그러므로 정신적 질량보존의 법칙이라 할 수 있으며 그것은 대체적으로 어디서나 적용되는 듯 보인다. 큰 영향력을 가진 사회적 저명인사의 발언은 일반적으로 평범한 사람들의 말보다 더 공허하다. 특별히 존중받는 주제와 밀접하게 연관된 사상들은 그 사상을 뒷받침하는 지위가 아니라면 하찮게 치부될 것이다. 우리에게 가장 중요한 소명들 가령 국가, 평화, 인간성, 덕성 같은 것들은 인간 정신의 가장 싸구려 식물들을 등에 지고 있다. 그것은 앞뒤가 매우 전도된 세계다. 어떤 주제가 심각하게 다뤄지지 않을수록, 사실은 그 주제가 심각한 세계라면, 그 세계는 질서가 지배하는 세계가 될 것이다.

그러나 유럽의 정신세계를 이해하는 데 도움이 될 이런 법칙이 언제나 명확하게 밝혀진 것은 아니다. 어떤 위대한 주제를 가진 한 그룹에서 다른 새로운 그룹으로의 전환이 일어나는 시기에는 그 위대한 주제에 봉사하려는 정신이 전복적으로 보이기까지—그저 제복만 바꿔 입었는데도— 한다. 우리가 이야기하고자 하는 사람들이 승리와 우려를 표하는 동안 그런 종류의 전환은 이미 감지되고 있었다. 예를 들어, 아른하임에 대한 각별한 주제를 다룬 책에 관해서 먼저 이야기하자면 아직 독자들이 그 내용에 큰 경의를 표하지 않았는데도 이미 팔리는 숫자에 의해 지나친 주목을 받는 책들이 생겨나기 시작했다. 또한 축구와 테니스는 이미 영향력 있는 산업이 되었지만 기술대학에 그런 종목을 가르치는 과를 설치하자니 여전히 주저되는 것도 사실이었다. 사실 미국에서 감자를 들여와 유럽 전역의 반복되는 기근을 끝낸 싸움꾼 드레이크^{Drake} 제독이나 그보다 덜 추모되기는 하지만 높은 교양을 지녔고 그만큼이나 싸움을 좋아했던 롤리^{Raleigh} 제독, 또는 이름없는 스페인 선원들과 씩씩한 악당들, 그리고 노예상 호킨스^{Hawkins} 등이 이미 있었다. 또한 오직 무지개에 대해서만 제대로 설명할 줄 알았던 알 쉬라지$^{Al\ Schirazi}$(페르시아의 학자—옮긴이) 같은 물리학자보다 감자를 가지고 온 이들이 더 중요한 사람들이라는 생각은 아주 오래전부터 있었던 것이다. 하지만 부르주아의 시대에 이르러 알 쉬라지 같은 사람들에 대한 재평가가 일어나면서 아른하임의 시기에는 크게 융성했고, 오로지 몇몇 구닥다리 같은 옛날식 편견을 가진 이들만이 이에 저항했다. 누가 보더라도 존경스럽고 새로운 양量의 효과는 낡고 맹목적이며 관료적인 위대한 질質에 대한 숭배와 여전히 다툼을 벌이고 있었다. 그러나 상상의 세계에서는 그 투쟁으로부터 위대한 정신에 비견되는 엄청난 결합이 일어났는데, 그 것은 인류의 지난 세대에서 알게 된바, 그 자체로 중요한 것과 감자 때문에 중요한 것의 결합이었다. 왜냐하면 인류는 고독한 천재성을 가진 동시에 밤꾀꼬리처럼 누구에게나 쉽게 이해되는 사람을 기다리기 때문이었다.

이런 식으로 나아갈 때 과연 무엇이 탄생할지 예상하기는 어려웠다. 위대한 일에 말려드는 위험성은 보통 그 위대한 일이 반쯤 지난 후에야 모습을 드러내기 때문이다. 황제폐하의 이름을 들먹이며 손님들에게 거들먹거리는 사환을 조롱하는 일은 쉽다. 하지만 내일의 이름을 걸고 오늘 존경을 표한 인물이 사환일지 아닐지는 보통 모레까지도 알지 못한다. 위대한 일에 말려드는 위험성은, 사물은 변하지만 위험은 그대로 남는다는 불쾌한 일까지도 포함하는 것이다.

89.
우리는 시대와 함께 가야 한다

아른하임 박사는 자기 회사 중역 두 명의 예정된 방문을 받고 오랫동안 회의를 가졌다. 이 아침, 서류와 계산한 종이 등이 어지럽게 나뒹구는 거실은 비서의 손길을 기다리고 있었다. 그 사절단들이 오후 기차로 돌아가야 했기 때문에 아른하임은 그전에 결정을 내려야 했다. 아른하임은 어떤 일이 있어도 확실한 긴장을 보장하는 오늘 같은 상황을 즐겼다. 그는 생각했다. '10년 내로 기술이 발전하여 우리 회사도 비행기를 갖게 되는 날이 올 거야. 그러면 히말라야에서 여름휴가를 보내고 돌아와서 우리 직원들을 감독할 수 있겠지.' 이미 결정은 지난밤에 내렸고 낮 동안은 그것을 검토하고 확정하기만 하면 되었기 때문에 그는 당장 할 일이 없었다. 그는 아침식사를 보내달라고 주문하고 하루의 첫 담배를 태우면서 지난 저녁 일찍 자리를 떠야 했던 디오티마 집에서의 모임을 떠올렸다.

그 모임은 최근 들어 가장 유쾌한 모임이었다. 참석자 대부분이 서른살 미만이었고 많아야 서른다섯이었으며, 아직 젊은 예술가들이지만 유명세를 타 신문에도 등장하는 사람들이었다. 그들은 국내뿐 아니라 세계 각처에서 온 사람들로, 카카니엔의 상류사회를 이끄는 부인이 세계로 향한 정신의 길을 내준다는 소식에 매료돼 모여든 사람들이었다. 이따금 카페 같은 인상을 주는 자기 집에서 유독 겁을 먹은 듯 보이는 디오티마를 생각하면서 아른하임은 미소를 지었다. 하지만 모임은 대체로 고무적이었고 그가 보기에도 독특한 실험이었다. 아주 위대한 사람들의 모임이 별 성과도 없는 것에 실망한 그의 여자친구는 평행운동에 새로운 정신을 쏟아붓기로 단단히 결심했고 그 목표를 위해 아른하임을 잘 활용했다. 어쩔 수 없이 들려오는 대화들을 떠올릴 때마다 아른하임은 고개를 저었고 거의 미쳤다고 생각했지만 '젊은이들에게 기회를 줘야지. 그저 거부만 해서는 뭐가 되겠어'라고 혼자 중얼거렸다. 말하자면 그는 모임이 진심으로 흥겨웠는데 그건 갑자기 견해들이 풍부해진 덕분이었다.

그들이 던져버리라고 했던 것은 무엇인가? 체험이었다. 불과 15년 전까지만 해도 무슨 기적의 꽃이라도 되는 양 인상주의자들이 열광했던 개인적 체험—따뜻한 흙과 현실적 친밀성을 의미하는—을 던져버리라는 것이다. 그들은 이제 인상주의가 무기력해졌을 뿐 아니라 무지해졌다고 말하면서 감각의 억제와 정신의 통합Synthese을 요구했다.

또한 그 통합이란 대체로 이전 세대의 문학적 경향이었던 회의주의와 심리학, 실험과 분석에 대한 반대를 의미했을 것이다.

일반적으로 이해하기론, 그들이 아주 철학적인 근거에 기반하여 그런 말을 한 것은 아니었다. 젊은 뼈와 근육을 가진 세대들은 자유로운 행동을 요구했으며, 그들이 이해하는 통합이란 비판에 의해 흐름이 끊긴 도약과 춤을 의미했다. 그들의 기분에 따라서는 분석과 모든 숙고를 던져버린 것처럼 통합 역시 던져버릴 수도 있을 것이다. 그러고는 정신은 감각의 수액을 받아 자라나야 한다고 주장할 것이다. 보통 그렇게 주장하는 그룹은 당연히 따로 있었지만 논쟁이 뜨거워질 때면 서로의 주장은 크게 다르지 않았다.

그들의 슬로건은 얼마나 멋지던지! 그들은 지적인 온도를 요구했다. 또한 세계의 가슴까지 차오르는 번개 같은 사유를 요구했다. 유머러스한 인간의 톡톡 튀는 사고 역시 요구되었다.

기계화 능력의 도움으로 마련된 미국식 세계 생산계획과 그에 걸맞은 인류의 재탄생도 요구되었다.

삶의 집요한 드라마화에 기초한 서정성도 요구되었다.

기계 시대에 필수 정신인 기계주의도 요구되었다.

그들 중 하나가 소리쳐 불렀던 블레리오^{Louis Blériot}(프랑스의 항공기술자─옮긴이)는 영국해협을 시속 50킬로미터의 속도로 비행하여 건넜다. 이러한 '50킬로미터'를 시로 쓸 수만 있다면 다른 모든 불쾌한 문학은 쓰레기통에 던져버려도 무방하리라.

가속화도 요구되었는데, 이는 스포츠의 생체역학과 서커스 곡예단의 정확성에 기반하여 체험의 속도를 극한까지 올리는 것을 의미한다.

영화를 통한 사진의 재발견도 요구되었다.

어떤 사람들은 인류는 비밀에 가득 찬 내면을 가졌기 때문에 원뿔이나 구, 원기둥, 정육면체를 이용해 인류의 우주를 찾아주어야 한다고 말했다. 반면에 다른 이들은 개인적 예술관에 기초한 견해는 이제 소용없다면서 다가오는 인류에게는 공동 거주와 정착을 토대로 한 새로운 주거개념이 도입돼야 한다고 역설했다. 또한 이렇듯 개인주의적이고 사회주의적인 파당이 형성되는 틈새로 제3의 경향이 끼어들었는데, 그들은 종교적인 예술이야말로 근본적으로 사회적이라는 주장을 펼쳤다. 그와 관련해 새로운 건축가 집단은 건축의 목적은 종교라면서 자신들의 주도권을 내세웠다. 게다가 이들은 조국애와 국토에 뿌리를 둔 안정감에 호소했다. 기하학적 예술관에 자극받은 종교 집단은 예술은 주변부의 것이 아니라 중심부의 사건이며 우주적인 법칙의 완성이라고 단언했다. 토론이 더 진행되자 기하학자들은 다시 종교주의자들과 결별했다. 기하학자들은 인류와 우주의 교감은 개개인에게 가치와 성격을 부여해주는 공간의 형식에서 가장 잘 드러난다는 점에서 건축학자들과 의견을 같이했다. 우리는 인류의 영혼을 깊숙이 들여다봐야 하며, 그 영혼을 3차원에 묶어두어야 한다는 말도 튀어나왔다. 그러자 도대체 무슨 그 따위 생각을 하느냐는 도전적이고 강력한 질문이 여기저기서 제기되었다. '만 명의 굶주린 사람이 중요한가 아니면 하나의 예술작품이 더 중요한가?' 사실상 거기 모인 사람들은 거의 예술가들이었기 때문에 인간 영혼의 치유는 오직 예술로 가능하다고 믿었다. 다만 그들은 이 치유 과정의 성질과 관련해 평행운동에 부과된 요구에 동의할 수 없을 뿐이었다. 그러나 이제 근본적으로 사회적인 그룹이 주도권을 잡았고 새로운 목소리를 내기 시작했다. 하나의 예술작품이 만 명이 겪는 어려움보다 중요하냐는 질문은 만 점의 예술작품이 한 인간에게 주어진 비극을 감당할 수 있겠느냐는 질문을 불러일으켰다. 혈기 왕성한 예술가들은 예술가가 스스로를 과대평가하지도, 자기애에 빠지지도 말 것을 주장했다. 오히려 예술가들은 배가 고파야 하며 사회적 요구에 민감해야 한다는 것이다! 인생이야말로 가장 위대한 단 하나의 예술작품이라고 누군가는 말했다. 사람들을 하나로 만드는 것은 예술이 아니라 배고픔이라고 누군가 목소리를 높였다. 누군가는 예술가에 대한 과대평가를 억제하는 가장 좋은 방법은 건강한 수공업적 기초라는 사실을 중재하듯 환기시켰다. 또한 이런 중재안이 나온 후 서로에 대한 감정과 피곤에 지친 틈을 이용해 누군가 물었다. '인간과 공간의 결합이 정의되지 않으면 아무것도 할 수 없단 말인가요?' 이 질문이 신호가 되어 다시금 보수주의자들과 진보주의자들이 이야기를 보탰으며 논쟁은 또다시 여기저기서 길게 이어졌다. 결국 사람들은 집에도 가야 하고 또 결과물도 있어야 했기 때문에 의견의 일치를 보았다. 그들이 의견을 같이한 바는 대충 다음과 같은 주장이었다. '이 시대는 기대에 차 있고 조급하며 다루기 힘든 동시에 비참하기까지 하다. 세계가 희망하고 기다리는 메시아는 도래하지 않았으며 여전히 눈에 띄지 않는다.'

아른하임은 잠시 생각에 잠겼다.

회합 내내 아른하임을 중심으로 하나의 원이 그려져 있었다. 바깥 쪽에 있어서 잘 들리지 않거나 무슨 말인지 알아듣지 못하는 사람들이 빠져나가면, 곧바로 새로운 사람들이 자리를 채웠다. 매너 없는 논쟁으로 얼룩질 때조차도 아른하임이 새로운 모임의 중심이라는 사실은 변함이 없었다. 그는 모임에서 논의되는 것들을 오래전부터 잘 알고 있었다. 그는 정육면체와 연관된 모든 활용을 알고 있었고, 직원들을 위해 전원주택을 지어주기도 했다. 또한 나름의 이성과 템포를 가진 기계들도 그의 신뢰를 받았다. 그는 영혼에 이르는 통찰력으로 말할 줄 알았으며 이제 막 태동하는 영화산업에 투자할 줄도 알았다. 토의의 내용을 복기하다가 그는 이미 무의식적으로 파악했듯이 토의가 잘 진행되지 못했음을 알아챘다. 그런 토론에는 마치 다면체의 방에서 눈을 가린 채 지팡이 하나에 의지해 앞으로 가는 것처럼 기괴한 면이 있었다. 논리를 상실한 혼란스럽고 싫증나는 연극 같다고 나 할까. 하지만 이것이야말로 대체로 삶이 진행되는 모습 아닐까? 또한 삶은 그저 경찰서에서나 최고의 가치를 증명받는 논리적 금지나 규율이 아니라 정신의 자유로운 충동에서 제대로 된 결과를 얻는 게 아닐까? 토론을 떠올리면서 아른하임은 이런 질문을 던졌으며 새로운 사고방식은 분명히 매우 느슨하게 이완된 이성의 결합과 비슷할 것이며, 그런 결합은 대단히 고무적일 것이라고 결론내렸다.

원래 감정적인 나약함을 허락하지 않는 아른하임이었으나, 그날 아침만큼은 두번째 담배에 불을 붙였다. 그리고 성냥을 손에 쥔 채 첫 모금을 빨아들이려 얼굴 근육을 움직이려 할 때 회합에서 대화를 나눴던 땅딸막한 장군 생각이 나서 갑자기 웃음을 터뜨리고 말았다. 아른하임 일가는 대포와 장갑차 공장을 소유했고 전시에는 엄청난 군수품을 생산하기 때문에, 누구나 인정하듯 급진적으로 평화주의적인 그날 밤, 코믹하지만 호감 가는 장군(프로이센의 장군들과는 아주 달라서 느슨하게 말을 했고, 그래서 옛 문화의 세례를 받았다고 볼 수 있었으나 굳이 덧붙여 말한다면 기울어져가는 문화의 세례라고 해야 할)이 아른하임을 향해 은밀하게 돌아서서 탄식하는 동시에 엄청 철학적으로 주변 대화에 대해 언급할 때, 그는 당연히 주의 깊게 들을 준비가 돼 있었다.

모임에 참석한 유일한 군인이었기 때문에 장군은 확실히 소외감을 느꼈고 삶의 신성성에 대한 언급이 두루 받아들여지자 공적 의견의 변덕스러움에 실망을 느끼기도 했다. "난 이 사람들을 이해하지 못하겠습니다"라는 말을 던지며 장군은 마치 국제적으로 탁월한 지성에게 계몽의 정신을 구한다는 듯이 아른하임을 향해 마주섰다. "왜 이 새로운 사람들이 알지도 못하면서 '피에 굶주린 장군' 따위의 말을 늘어놓는지 모르겠단 말이에요. 나는 정말 눈곱만큼도 군사에 대해 모르는 좀더 나이든 사람들이 여기 있다 해도 그들 말은 잘 이해할 것 같아요. 예를 들어 이 집 여주인이 말하는바, 이 시대가 낳은 가장 뛰어난 지성이라는 저명한 시인—솔직히 이름이 기억나지는 않지만—이자 그리스의 신들과 별들, 그리고 영원한 인간의 감정을 노래한 배가 나온 노신사에 대해 한번 말해봅시다. 이미 말했듯이 나는 그의 작품을 읽어본 적이 없어요. 하지만 시인의 주제가 아주 작은 일에 매달리는 것이 아니라면, 그래서 우리 군인들이 전략이라고 부르는 것과 일맥상통한다면 나는 그를 확실히 이해할 겁니다. 어떤 상사가—이런 천박한 비유를 용납해주신다면—자기 휘하에 있는 개개인의 안녕을 염려하는 것이 마땅하다면, 적어도 한번에 천 명 정도를 움직이는 전략가는 더 높은 목표가 요구될 때 그 열 배에 해당하는 인명 정도는 희생할 각오를 해야합니다. 이런 일을 가지고 어떤 때는 피에 굶주린 장군이라고 부르고 또 다른 때에는 영원한 가치관이라고 하니 저로서는 영문을 모르겠습니다. 가능하다면 당신의 해명을 좀 듣고 싶군요!"

이 도시와 사회에서 아른하임이 가진 각별한 위치는 그의 마음속에 세심하게 숨겨둔, 조롱하고 싶은 욕망을 일깨웠다. 그는 키작은 군인이 직접 말은 하지 않았지만 누구를 두고 하는 말인지를 알았다. 게다가 그건 별 문제가 되지도 않았다. 왜냐하면 아른하임조차도 그날 밤 간과할 수 없을 정도로 나쁜 모습을 보여준 저명인사들을 여럿 지목할 수 있었기 때문이다.

한동안 언짢은 마음으로 무언가를 생각하던 아른하임은 벌어진 입술 사이에 머금은 연기를 들이마셨다. 이 모임 안에서 그의 위치는 한번도 편안한 적이 없었다. 그의 명성에도 불구하고 직접 그를 겨냥한 듯한 수많은 추악한 말들을 들었으며, 그들이 저주를 퍼부은 것들은 종종 다름 아닌 그가 젊은 시절 사랑했던 것들이기도 했다. 젊은이들은 자기 세대의 생각을 좋아하기 마련이었다. 아른하임은 거의 섬뜩하다고 해도 좋을 만큼 이상한 느낌을 받았다. 자신이 비밀스럽게 공유해온 과거를 맹렬히 조롱하는 바로 그 젊은이들이 동시에 자신을 숭배하기 때문이었다. 아른하임은 자신 안에 유연성, 적응력, 기업가 정신이 있음을 깨달았다. 그건 잘 감춰진 나쁜 마음이 무자비하고 대담하게 드러난 것이라고 할 수 있었다. 그는 무엇이 새로운 세대와 자신을 갈라놓는지 재빠르게 생각했다. 이 젊은이들은 모든 주제에서 서로 대립했고 그나마 동의하는 것은 단지 객관성, 지적인 책임감, 균형 잡힌 인간성이었다.

그 상황에서 아른하임은 남의 불행을 보고 기뻐하는 묘한 마음이 들었다. 개성이 너무 두드러지게 톡톡 튀는 동시대인에 대한 과대평가가 그는 늘 마음에 들지 않았다. 그처럼 뛰어난 적의 이름을 마음속으로나마 지칭하는 것이 적절하지는 않았지만, 그는 누구를 심중에 두었는지를 정확히 알았다. '사려깊고 겸손한 청년들은 고귀한 기쁨을 갈망한다네.' 아른하임이 남몰래 숭배한 사람이자 지금 인용하는 사람은 하이네[H. Heine]였다. '인간은 시에 기울인 수고와 땀을 칭찬해야 마땅하며… 시를 지을 때의 뼈아픈 노력, 한없는 인내, 엄숙한 분투에도 찬사를 보내야 한다… 시의 여신은 그에게 미소짓지 않지만 시인은 천재적인 언어를 손에 쥐고 있다. 스스로에게 부과하는 그 떨리는 부담을, 그는 언어 속의 위대한 행위라고 부른다.' 뛰어난 기억력 덕분에 아른하임은 그 페이지를 통째로 암기할 수 있었다. 그의 생각은 마구 흘러넘쳤다. 자기 시대와 투쟁했으며 지금 벌어지는 현상들을 선취한 하이네 같은 작가를 아른하임은 경외했다. 또한 독일 이상주의의 두번째 거장이자 장군의 시인이기도 한 하이네에게 주의를 집중하자 그를 따라하고 싶은 욕망이 일었다. 빈약한 것이 지나가고 살찐 정신의 충격이 찾아왔다. 시인의 장엄한 이상주의는 마치 오케스트라의 크고 깊은 관악기 소리 같았으며 기관차의 꼭대기에 달린 증기기관 같기도 해서 다소 거추장스러운 불평과 툴툴거림을 뿜어내기도 했다. 그 소리는 단 한번의 음으로 수천 가지의 가능성을 품어안았다. 또한 영원한 감정으로 가득 찬 꾸러미를 불어댔다. 오늘날에는 적어도 그 정도의 규모로 시를 토해내는 사람이라야—아른하임은 쓸쓸함을 느끼며 생각했다—단순히 문학적인 사람과 비교하여 시인으로 쳐주는 것이다. 그렇다면 시인을 장군으로 부르지 못할 이유가 있을까? 장군들은 최고의 족적을 남기며 삶의 한순간을 명예롭게 즐기기 위해 수천명의 죽음을 필요로 하니 말이다.

하지만 그때 누군가는 장군의 개조차 장미 향기가 진동하는 어느 밤 달을 향해 짖어대며 이렇게 항변할 것이라고 주장했다. "저건 달이지 않습니까? 이건 내 종족의 영원한 감정입니다. 그 유명한 시인의 시와 다를 바가 없다고요!" 마치 그런 짓을 하기로 한 유명한 신사처럼 그 개는 심지어 자기의 감정은 말할 것도 없이 생생하고, 자신의 표현은 감동으로 꽉 차 있으며, 그러면서도 아주 단순해서 대중이 완벽하게 이해할 수 있다고 덧붙였다. 또한 자신의 생각이 감정에 비해 예리하지 못하지만 그것은 현재의 시류에 완전히 부합하는 것이며 문학적인 약점은 없다고도 했다.

이런저런 생각에 혼란스러워진 아른하임은 마치 내면과 외부

세계의 경계에 쳐진 장벽이라도 되는 듯 반쯤 열린 입술 사이에 담배 연기를 머금고 있었다. 그는 뛰어나게 순수한 시인들을 당연히 칭송했고 어떤 때는 돈으로 후원하기도 했다. 물론 그조차 그들의 과장된 시구에 역겨움을 느낄 때가 있었다. '자신조차 지켜낼 수 없는 이 문장가 양반들은,' 아른하임은 생각했다. '마지막 들소와 독수리들과 함께 자연보호구역에 들어가야 할 사람들이야.' 또한 그날 밤의 일들이 증명하듯이, 그들의 시는 자신들을 지켜내는 시대와도 부합하지 못했기에 아른하임의 숙고 역시 아주 쓸모없지는 않았다.

90.
이상주의의 폐위

영혼이 상품시장에 잠식된 시대가 자신과는 아무 상관도 없는 시인을 진실한 반대자로 지목하는 것은 어쩌면 당연한 일이다. 시인은 시대와 영합하는 생각으로 자신을 더럽히지 않으며 신도들에게 위대한 성인의 한물간 격언을 낭독하듯이 순수한 시를 지어낸다. 그들은 마치 영원에서 살다가 지구로 귀환한 사람들 같고 어쩌면 미국에 간 지 3년밖에 안 된 사람이 고향에 돌아와서는 모국어를 더듬더듬 말하는 것 같기도 하다. 이런 현상은 마치 구멍을 메꾸기 위해 그 위에 텅 빈 돔을 설치하는 것과 마찬가지다. 또한 돔의 숭고한 공허는 평범한 공허를 더 확장시키기 때문에 결국 위대함이나 책임감에 대한 모든 호들갑에 등을 돌린 뒤에 개인을 존중하는 시대가 오는 것은 무엇보다 당연한 일이었다.

아른하임은 조심스럽게, 실험적으로, 그리고 개인적으로 받을 상처에 대비하는 마음으로 편안하게, 다가올 미래의 발전에 적응해보기로 했다. 확실히 쉬운 일은 아니었다. 그는 최근에 미국과 유럽에서 본 모든 것을 고려해야만 했다. 베토벤 음악을 신나는 춤곡으로 편곡해 쓰거나, 아니면 신선한 리듬에 관능적인 느낌을 부여하는 새로운 춤꾼들이 출현했고, 최소한의 선과 색으로 최대한의 의미를 표현하려는 화가들도 새롭게 등장했다. 표정 하나에도 세계적인 의미를 부여하는 영화는 아주 작은 표정의 변화만으로도 세상을 깜짝 놀라게 했다. 마지막으로 그는 스포츠를 숭배하는 평범한 사람들을 생각했다. 그들은 마치 허우적대는 것만으로 자연의 젖가슴을 차지할 거라 믿는 어린아이 같았다. 이런 현상들에서 놀라운 것은 비유와의 연관성이었다. 그건 모든 것이 원래의 정직한 의미 이상의 의미를 가진다는 정신적인 관점으로 이해되었다. 바로크의 세계가 투구와 한 쌍의 엇갈린 칼에서 그리스의 모든 신과 신화를 보았듯이, 또한 한 영주가 어떤 백작의 딸에게 한 키스가 아니라 전쟁의 신이 순결의 여신에게 한 키스처럼, 오늘날 선남선녀가 서로 안고 키스할 때, 그들은 우리 시대의 기운 또는 수십 개의 새로운 신화들을 체험할 것이다. 물론 그 신화들은 정방형 정원 위에 떠 있는 올림포스 신전의 묘사가 아니라 현대의 모든 잡동사니를 재현한 것이다. 영화관에서, 극장에서, 춤에서, 콘서트에서, 차, 비행기, 물, 태양, 재단사의 작업실, 영업 사무실 등에서 지속적으로 내적·외적인 표현, 몸짓, 행동, 체험으로 가득 찬 낯선 표면이 드러났다. 이런 현상들은 대체적으로 활발하게 회전하는 몸체 같아서 그 안의 모든 것들은 표면 쪽으로 밀려나 서로 결합하는 반면에 안쪽의 내부는 부글부글 끓으며 떼지어 모이면서 흉하게 일그러진다. 아른하임이 몇년의 미래를 내다보는 능력만 있었다면 그는 아마도 1920년을 이어온 크리스천의 도덕, 충격적인 전쟁으로 발생한 수백만의 사망자, 여성적인 정숙함 속에 고이 간직돼온 독일적인 시의 숲 같은 것들조차 점점 짧아지는 여성들의 치마와 머리, 또한 천년 동안의 금기에서 풀려나 마치 바나나 껍질처럼 옷을 벗어젖히는 처녀들을 막지 못한 현실을 목격했을 것이다. 그런 생활상의 혁명을 재단사나 패션, 우연의 길이 아니라 철학자, 화가, 시인의 정신적 발전이 지향하는 책임감 넘치는 길로 인도하려는 시도가 얼마나 거대하고 헛되었는지를 숙고해볼 때 그는 아마도 절대 불가능한 또다른 변화를 목격했을 것이고 그런 변화 중 어떤 것이 살아남고 어떤 것이 사라지는지 따위는 중요하지 않았을 것이다. 그런 과정에서 우리는 두뇌의 쓸모없는 완고함에 비해서 사물의 표면이 얼마나 창조적인지를 깨닫게 된다.

그것이 바로 이상주의와 두뇌의 폐위이며 정신이 주변부로 이동하는 과정이다. 아른하임이 생각하기에 이것은 궁극적인 문제였다. 인생은 뚜렷하게 이 길을 따라가며 바깥에서부터 안으로 인간을 다시 만들어갔다. 차이가 있다면 예전에는 자신의 내부에서 밖으로 뭔가를 산출해야 한다는 의무감을 느끼곤 했다는 것이다. 아른하임이 때마침 친근하게 떠올린바, 심지어 장군의 개조차도 이런 변화를 전혀 눈치채지 못했을 것인데 그 이유는 인간의 이 충직한 동반자는 여전히 이전 세기의 안정감 있고 충성된 사람의 본보기에 따라 훈련되었기 때문이다. 그러나 그 사촌 격인 야생 수탉은 모든 것을 충분히 이해했을 것이다. 몇시간이고 춤을 추는 그 수탉이 깃털을 고르고 땅을 발톱으로 파헤칠 때 학자가 책상에서 생각을 이리저리 굴리는 것보다 더 많은 영감이 떠올랐을 것이다. 왜냐하면 결국 모든 사유란 관절이나 근육, 분비선, 눈, 귀, 피부가 속한 흐릿한 인상에서 나오기 때문이다. 지난 세기들은 어쩌면 오성과 이성, 숙고, 개념, 특성 등에 지나친 중요성을 부여하는 큰 잘못을 저질렀는지도 모른다. 그때는 그저 중앙에 위치한다는 이유만으로 다른 기관들의 지시를 받는 입장임에도 기록실이라든가 문서보관실을 가장 중요한 행정기관으로 간주하곤 했던 것이다.

그런데 갑자기 아른하임은—이는 아마도 내면의 사랑이 불러일으킨 긴장의 이완 덕분일지도 몰랐다—이 모든 복잡한 문제들을 해결하는 균형 잡힌 사고방식을 발견했고 그것은 마침

매출 증가라는 개념과도 잘 맞아떨어졌다. 사고와 경험에서의 매출 증가는 부정할 수 없는 새 시대의 특징이었으며 틀림없이 지루하게 시간이 많이 걸리는 정신적 과정을 피해서 나온 결과였을 것이다. 그는 시대의 지성을 대체한 수요와 공급, 고뇌하는 사상가를 대체한 사업가에 대해 생각했다. 그는 경험의 광대한 생산이 자유롭게 섞였다가 풀어졌다 하는 역동적인 광경을, 또한 약한 자극에도 사방으로 떨리는 푸딩 같은, 또는 조금만 손을 대도 쾅쾅 울리는 징 같은 불안한 삶의 광경을 즐길 수밖에 없었다. 이런 이미지들이 하나로 일치하지 않는 것은 그 이미지들이 아른하임을 꿈같은 몽상으로 인도했기 때문이었다. 그에게 인간의 삶은 하나의 꿈과 같았는데 그 꿈에서 우리는 놀라운 사건들의 외부에 존재하는 동시에 내면 한가운데 구멍 뚫린 자아를 품고 있으며, 그 진공을 통과해 나온 모든 감정들은 푸른 네온관처럼 빛을 내뿜고 있다. 우리 주변을 돌며 사유하고 우리 이성이 공을 들여 조각조각 짜맞출 수 있는 연관들을 춤추듯 만들어내는 것이―만화경에 빠지는 일 없이―바로 인생이다. 사업가로서, 동시에 손가락과 발가락 스무 개의 끝마디에 이르기까지 밝아오는 시대의 자유로운 정신적·육체적 교류에 열광해 마지않는 사람으로서 아른하임의 생각은 이와 같았다. 앞으로 집단적이고 더 이성적인 사람들이 나타나 낡아빠진 개인주의를 청산하고, 백인 인종의 모든 우월함과 탁월함을 바탕으로 에덴동산의 전원풍 후진성에 근대적이며 다양한 프로그램을 도입해 개혁된 천국을 이뤄내리라 아른하임은 굳게 믿었던 것이다.

거기에는 하나의 옥의 티가 있었다. 꿈을 꾸는 동안에 우리는 모든 인간을 꿰뚫는, 해명할 수 없는 감정을 현실 속에 주입할 수 있지만, 깨어 있을 때 이런 일을 할 수 있는 인간은 열다섯이나 열여섯살짜리 학생들밖에 없었다. 잘 알듯이 그 나이에는 내면이 들끓고 열망이 치솟으며 어렴풋이 손에 잡히지 않는 체험으로 가득 차 있다. 감정은 요동치지만 여전히 정리가 덜 된 상태이며 사랑과 분노, 기쁨과 경멸 같은 모든 도덕적 추상성은 한때 온 세상을 발견할 듯하다가 갑자기 무^{無}로 쭈그러드는 급작스러운 전환을 겪는다. 또한 슬픔, 부드러움, 고귀함, 관대함 같은 감정이 텅 빈 하늘에 아치를 그린다. 그러고는 무슨 일이 일어나는가? 외부로부터, 체계화된 세상으로부터 하나의 확고한 형식이, 하나의 단어가, 하나의 문장이, 악마적인 웃음이, 나폴레옹이, 시저가, 그리스도가, 혹은 그저 부모의 무덤에서 흘린 눈물이 찾아온다. 그리고 '일'이 마치 번개처럼 나타난다. 이 십대들의 '일'은 우리가 잘 간과하듯이 그 학생의 감정을 완벽하게 표현한 것이고, 외면과 내면이 가장 정확하게 일치된 것이며, 위대한 나폴레옹에 대한 젊은이의 체험에 가장 완벽하게 들어맞는 것이다. 하지만 위대한 것이 작은 것을 포함한다는 순서는 뒤바뀌지 않을 것 같다. 우리는 그것을 꿈에서뿐 아니라 젊은 시절에도 체험한다. 우리가 꿈속에서 위대한 연설을 하다 잠에서 깨어나도 그 마지막 말들은 여전히 귀에 울리지만, 불행하게도 생각했던 것보다 그렇게 뛰어난 연설은 아닌 것과 같다. 그 순간 우리는 스스로를 춤추는 수탉처럼 가볍게 빛나는 존재가 아니라 오히려 기대에 찬 장군의 폭스테리어처럼, 강한 열망으로 오후를 향해 울부짖는 개로 여기게 된다.

'뭔가 들어맞지 않는 것이 있어.' 아른하임은 다시 정신을 차리며 말했다. '하지만 어떤 경우라도 우리는 시대와 함께 가야 해.' 그는 좀더 맑은 정신으로 덧붙였다. 이처럼 신뢰할 만한 생산 원칙을 삶의 생산에 적용하는 것보다 그에게 더 지당한 일은 또 없을 테니 말이다.

91.
정신에서의 주가 상승장과 하락장에 대한 숙고

투치 집에서의 회합은 이제 규칙적으로 열렸고 많은 사람들로 붐볐다.

투치 국장은 '위원회'에서 '사촌'에게 말했다. "이 모든 게 전에도 있었던 사실을 아십니까?"

국장은 잠시 홀로 동떨어진 채 방에서 들끓고 있는 인간들을 눈으로 가리켰다.

"초기 기독교가 시작되던 시절, 그러니까 그리스도가 태어나고 몇세기 동안 유대-헬레닉-레반트-크리스천이 들끓는 시대에 수많은 공동체가 형성되었지요." 그는 목록을 나열하기 시작했다. "아담파, 가인파, 에비온파, 집정관파, 유대파…." 주제에 대한 해박함을 감추기 위해 일부러 우스꽝스럽고 조급한 척하며 그는 그리스도 전후 공동체의 긴 목록을 읊었다. 마치 아내의 사촌에게 자신은 이 집에서 일어나는 일에 대해 보통 내비치는 것보다 더 많은 일을 알고 있다는 사실을 이해시키려는 것만 같았다.

그는 그 공동체 중 하나가 정결을 존중한다는 뜻에서 결혼에 반대한다는 이름을 가지고 있다고 설명했다. 그런데 정결을 존중하는 다른 단체는 우습게도 방탕한 의식을 통해 이 목적을 성취한다고 했다. 어떤 공동체는 여성의 육체를 악마의 창조물로 여긴 나머지 자해를 행하기도 했고 다른 공동체는 남녀가 완전나체로 교회 집회에 참석하기도 했으며 어떤 신자들은 교리를 숙고한 끝에 낙원에서 이브를 꼬셔낸 뱀은 신성을 가진 사람이며 남색에 빠졌다고 결론을 내렸다. 또다른 이들은 그들이 연구한바 성모가 예수 이외의 아이를 잉태한 것이 분명한 만큼 처녀성은 위험한 오류라면서 어떤 처녀도 공동체에 들어오지 못하게 했다. 이처럼 한 공동체가 이런 일을 하면, 다른 공동체는 정반대의 일을 했는데, 그들 각자가 내놓은 이유와 설명은 뿌리가 그리 다르지 않았다. 투치는 역사적 사건에 걸맞은 진지함으로 이야기했지만 어떤 부분에서는 저속한 농담을 할 때의 낮은 톤으로 말하기도 했다. 그들은 벽 근처에 서 있었다. 국장은 살짝 음침한 미소를 머금은 채 담뱃재를 재떨이에 털면서 담배 한 대를 피울 시간이면 모든 이야기를 끝낼 수 있다는 듯 여전히 무심하게 무리를 쳐다보았다. 그 이야기는 아마 다음과 같을 것이다. "내가 보기에 당시를 풍미한 수많은 의견과 입장의 차이는 우리시대 지성들의 싸움과 그리 다르지 않습니다. 내일이면 다 바람에 날아갈 것입니다. 정치적 중요성을 가진 종교적 관료체계가여러 역사적 상황 속에서 적당한 때 나타나지 않았으면 오늘날그리스도교는 흔적조차 남지 않았을 것입니다…."

울리히가 동의했다. "신자들로부터 적당히 보수를 받는 관료라면 직권을 남용하거나 하진 못합니다. 인간의 저속한 특성상우리는 절대 정의롭지 못하니까요. 만약 관료들이 신뢰를 받지못한다면 어떤 역사도 만들어지지 못할 것입니다. 왜냐하면 정신적인 노력은 영원히 불완전하고 작은 바람에도 흔들리기 때문입니다."

국장은 울리히를 의심스러운 눈초리로 올려다보더니 곧 시선을 거두었다. 관료 운운하는 발언이 국장에게는 지나치게 막나가는 느낌을 주었다. 비록 아내의 사촌을 알게 된 지는 얼마 되지 않았지만, 국장은 그를 아주 친근하고 화통하게 대했다. 이집에서 벌어지는 모든 일에도 불구하고, 국장은 다른 이들의 눈에 띄지 않게, 고상한 의미를 품은 채 닫힌 세계에 홀로 있는 듯한 인상을 풍기며 주변을 맴돌았다. 하지만 그 역시도 더이상 견딜 수 없어서 모호하게라도 자신을 누군가에게 드러내야만 하

는 때가 있었는데, 그때마다 대화하게 되는 사람은 꼭 그 사촌
이었다. 이따금 아내가 부드럽게 대해주는 척하지만 실제로는
무시당하는 남자한테 그런 현상은 어쩌면 당연한 것이었다. 자
상할 때 아내는 마치 타고날 때부터 작은 남자아이를 키스로 다
룰 줄 아는 열여섯 어린 소녀처럼 그에게 키스를 했다. 그럴 때
면 곱슬거리는 수염 아래 숨은 투치의 윗입술은 당황스럽게 뒤
로 움츠러들었다. 그의 집에서 벌어지는 새로운 일들은 그와 그
의 부인을 불가능한 상황으로 몰아가고 있었다. 그는 자신의 코
고는 소리에 대한 부인의 불평을 똑똑히 기억하며 그간 아른하
임의 글들을 찾아 읽고 토론할 준비까지 마쳐두었다. 국장에게
그의 글들은 일부 수긍이 되었고, 많은 부분은 틀린 말처럼 보였
으며, 어떤 부분은 확실히 저자에게 문제가 있기 때문이라고 추
측하면서도 잘 이해가 되지는 않았다. 하지만 그는 늘 이런 문제
에는 그 분야 전문가들의 권위적인 판단을 따르는 데 익숙했다.
또한 매번 자신의 의견에 반대하는 디오티마의 덜떨어진 견해
와 논쟁하는 일이 사생활에 너무나 부당한 변화를 일으킨 것에
충격을 받은 나머지 이젠 어떤 의견도 그녀에게 내보일 수가 없
었다. 심지어 그는 자신의 의견을 아른하임에게 피력하는 듯한
환상에 사로잡히기까지 했다. 갑자기 투치는 아름다운 갈색 눈
을 화가 난 것처럼 찌푸리더니 감정을 잘 살펴야겠다고 혼자 중
얼거렸다. 그 곁의 사촌은—그는 전 같으면 투치가 전혀 가까이
두고 싶어하지 않을 사람이었다—구체적인 내용이라고는 없는

의견을 나눌 때만 자기의 아내가 그와 친척이라는 생각을 갖게 했다. 또한 투치는 오래전부터 아른하임이 뚜렷하게 이 젊은이한테 호감을 드러냈지만 막상 젊은이는 드러내놓고 아른하임을 싫어한다는 사실을 알고 있었다. 그런 관찰이 대단한 것은 아니었지만 투치가 왜 울리히에게 설명하기 힘든 호감을 갖는지에 대해서는 충분한 설명이 되었다. 투치는 갈색 눈을 크게 뜨고는 실제로는 아무것도 보지 않는 부엉이처럼 방 안을 둘러보았다.

아내의 사촌은 투치처럼 정면을 응시하면서 지루해했지만 투치와는 편하게 있었으며 그사이 대화가 끊긴 줄도 모르고 있었다. 투치는 뭔가 말을 해야만 할 것 같았다. 침묵하고 있으면 왠지 자신만의 상상을 들킬 것 같기 때문이었다. "당신은 모든 것을 좀 부정적으로 보는 편이군요." 투치는 마치 종교적 관료에 대한 울리히의 언급이 자기 귀에 들어오기까지 지금껏 기다려야만 했다는 듯이 웃으며 말했다. "그리고 제 아내가 친척으로서 당신에게 깊은 호의를 가지고 있긴 하지만 당신의 도움에 전적으로 기대지 못하는 것이 내가 보기엔 그럴 만한 것 같소. 이렇게 말해도 된다면, 인간들에 대한 당신의 생각은 주식 하락을 예측하는 듯한 측면이 있는 것 같아요."

"정말 탁월한 표현입니다." 울리히는 반색하며 대답했다. "내가 정말 그렇게 불릴 자격이 있는지는 잘 모르겠지만 말입니다. 역사에는 언제나 주가 상승을 예측하는 인류와 주가 하락을 예측하는 인류가 있었어요. 하락 예측 부류는 간계나 폭력을 사용하고, 당신 부인처럼 상승을 예측하는 부류는 이념의 힘을 신뢰하죠. 아른하임 박사 같은 경우도, 그의 말을 믿을 수만 있다면 상승 예측 부류죠. 반면에 마치 천사들의 합창단원이 모인 것 같은 이곳에선 전문적인 하락 예측 부류인 당신의 견해야말로 내가 정말 알고 싶어하는 것이죠."

울리히는 국장에게 공감하는 듯한 태도를 보였다. 투치는 주머니에서 담배 케이스를 꺼내더니 어깨를 움찔해 보였다. "왜 제가 아내와는 다르게 생각하는 부류로 보였습니까?" 투치가 되물었다. 그는 이야기가 너무 사적으로 흐르는 것을 경계하려던 것인데 그런 경향을 오히려 더 자극하는 질문을 던지고 말았다. 다행히도 그런 뜻을 눈치채지 못한 울리히는 말을 이었다. "우리는 어떤 식으로든 주형 안에 담기게 마련인 그런 물질로 이뤄져 있지요."

"너무 어려운 말이군요." 투치는 회피하듯이 대답했다.

울리히는 그 말을 듣고 통쾌했다. 투치는 울리히 자신과는 상반되는 사람이었다. 투치는 지적인 대화에 휘말리지 않고 자신의 전인격 외에는 어떤 방어수단도 없는 사람들과 대화하는 것을 매우 좋아했다. 투치에 대한 울리히의 비호감은 투치의 집에서 행해지는 사람들의 거드름에 대한 더 큰 비호감 덕분에 오히려 진정되었다. 울리히는 투치가 왜 그런 비호감을 견디는지가 이해되지 않을 뿐이었으며 그래서 오직 추측해볼 뿐이었다. 그는 동물을 관찰하듯이, 어떤 간단한 언어의 도움도 없이 아주 천천히 투치를 알아갔다. 처음 울리히의 마음에 든 것은 딱 중간키의 바싹 마른 체형과 불편한 감정을 숨긴 깊고 강렬한 눈―투치의 대화에서 느껴지는 원래 인격과도 어울리지 않아 보이는―이었다. 그 밖에도 흔치 않은 점을 고르라면, 마치 문이 잠긴 채 오래 방치돼 잊혀진 창문처럼 밖을 내다보는 소년 같은 눈이었다. 울리히가 다음으로 알아챈 것은 투치의 몸에서 나는 냄새로, 그것은 중국풍의 냄새 혹은 마른 나무상자 냄새 아니면 태양과 바다, 이국적인 풍경, 딱딱함, 이발소의 신중한 향취가 뒤섞인 냄새 같기도 했다. 이 냄새 때문에 울리히는 생각에 잠겼다. 그가 냄새로 알아챈 사람은 딱 두 사람이었는데 하나는 투치였고 다른 하나는 모오스브루거였다. 그가 투치의 날카롭지만 예민한 냄새를 떠올리고 또 풍만한 육체에서 어떤 것도 숨기지 않으려는 듯 은은한 화장품 냄새를 풍기는 디오티마를 생각할 때 이 부부가 공유한, 약간 코믹하고 현실 생활과는 전혀 상관없어 보이는 상반된 두 종류의 열정이 다가왔다. 울리히는 투치의 냉정한 대답에 답하기 위해서라도 다시 거리를 두고 생각을 정리해야만 했다.

"주제넘은 짓이긴 하지만," 울리히는 마치 상황 때문에 상대방을 따분하게 만들 수밖에 없는 사람이 양해를 구하듯이 약간 지루하면서도 단호한 목소리로 다시 말을 시작했다. "제가 당신에게 외교의 개념에 대해 설명한다면 분명 주제넘은 짓이지만, 당신이 제 의견을 바로잡아주리라 믿고 말을 꺼내봅니다. 외교는 믿을 만한 사회적 관계가 오로지 거짓과 비열함, 잔인함 같은, 한마디로 견고한 인간 본성을 통해서만 이뤄진다고 상상합니다. 당신의 주목할 만한 언급을 다시 인용하자면, 주가 하락의 이념에 기반한 것이죠. 제 생각에 이는 대단히 황홀한 슬픔을 안겨줍니다. 왜냐하면 그런 가정에 따르자면 우리의 뛰어난 능력은 천성적으로 너무나 불확실한 나머지 식인종이 될 수도 있고 『순수이성비판』의 독자가 될 수도 있기 때문입니다."

"유감스럽게도," 국장은 반박에 나섰다. "당신은 외교에 대해 너무 낭만적인 견해를 가졌군요. 다른 사람들이 흔히 그렇듯이 당신은 정치와 음모를 혼동하고 있는 겁니다. 만약 외교가 호사스러운 비전문가들에 의해 행해지던 시대라면 당신의 말도 일리가 있겠지요. 하지만 모든 것이 시민계급의 관점에 바탕을 둔 시대에 그건 말이 안 되는 소리죠. 우리는 비관적이지 않습니다. 오히려 낙관적입니다. 우리는 미래를 믿어야 합니다. 그렇지 않으면 다른 모든 인류와 다르지 않은 우리의 양심을 지킬 수 없을 겁니다. 식인종을 언급했는데, 나 같으면 식인 풍습에서 세계를 구해내는 데 가장 큰 공을 세우는 게 외교라고 말하겠어요. 하지만 그러기 위해서라도 더 높은 존재를 믿어야 합니다."

"당신은 무엇을 믿습니까?" 사촌은 단도직입적으로 물었다.

"아시다시피," 투치는 말했다. "나는 그런 질문에 순순히 답하는 어린애는 아니에요. 내가 말하고 싶은 것은 외교가 시대의 지적인 흐름에 더 깊이 부합할수록 더 쉽게 자신의 소명을 찾을 거라는 말이에요. 수세대를 거치며 학습해왔듯이 모든 분야에서 더 많은 진보를 이룰수록 외교에 대한 필요성은 더 커질 겁니다. 결국 그것만이 자연스러운 행보예요!"

"자연스럽다고요? 하지만 그건 제가 한 말과 다르지 않군요." 울리히는 두 명의 교양있는 사람들이 대화에 임하는 자세를 보여주려는 듯이 매우 열정적으로 대답했다. "저는 유감스럽긴 하지만 우리의 지성과 도덕은 결국 악과 물질의 도움 없이는 스스로를 유지할 수 없다는 사실을 강조했습니다. 또한 당신은 대답하기를 대략 더 많은 지적인 힘이 작용할수록 더 많은 관심이 요청된다고 했습니다. 이렇게 한번 얘기해보죠. 우리가 누군가를 야비한 사람으로 취급한다고 해서 그에 대한 전체가 드러나지는 않으며, 반대로 누군가에 열광한다고 해서 그의 전체가 드러나지도 않습니다. 그렇게 우리는 두 접근방식 사이에서 왔다갔다하며 둘을 혼합하지요. 그것이 바로 우리가 하는 일의 전부입니다. 제가 당신과 일치하는 부분이 당신이 인정하는 것보다 훨씬 많다는 사실에 큰 기쁨을 느낍니다."

투치 국장은 불편한 질문을 해대는 울리히 쪽으로 몸을 돌렸다. 투치의 콧수염 가로는 옅은 미소가 떠올랐고 반짝이는 눈에는 참을성이 있으면서도 비웃는 듯한 표정이 담겨 있었다. 그는 대화를 끝내고 싶었다. 대화는 마치 빙판에서 얼음을 지치는 아이처럼 위험했고 또한 요점이 없었다. "당신은 미개하다고 여길지는 몰라도," 투치는 대답했다. "이것만은 좀 말해야겠습니다.

철학은 교수들에게 맡겨두어야 합니다. 언제나 나는 내가 높이 평가하고 그들의 모든 저작물을 다 읽은 우리의 위대하고 저명한 철학자들을 빼놓고 말하지요. 하지만 그들은 우리와 함께 있어야 합니다. 또한 우리의 교수들은 학문이 직업이기도 하거니와 다른 어떤 것보다도 그 일을 위해서 고용돼 있습니다. 모든 걸 이어가려면 우리는 선생이 필요합니다. 또한 옛 오스트리아의 격언에 시민은 이미 옳다고 여겨진 일까지 사유할 필요가 없다는 말도 있습니다. 그런 사유는 도움이 되지 않을뿐더러 뭔가 주제넘은 짓이기도 합니다."

국장은 종이담배를 말더니 조용히 입을 다물었다. 그는 더이상 '미개함'을 사과할 필요성을 느끼지 못했다. 울리히는 국장의 매끈한 갈색 손가락을 바라보다가 그가 들려준 뻔뻔하고 백치 같은 말에 기쁨을 감추지 못했다. "당신은 수천년 동안 교회가 신도에게, 그리고 최근에는 사회주의자들이 추종자들에게 사용하는 매우 현대적인 원칙과 똑같은 말을 하시는군요." 울리히는 깍듯하게 대답했다. 사촌의 비유가 무엇을 의미하는지를 살피려고 투치는 그를 힐끗 쳐다보았다. 그러고는 울리히가 다시금 생각에 빠져 이와 같은 실언이 이어지는 것에 대해 스스로 부끄러워하겠거니 하고 짐작했다. 그러나 막상 울리히는 3월혁명(1848년 독일, 오스트리아 각지에서 벌어진 구체제 타도 혁명—옮긴이) 이전의 생각으로 가득 찬 인물을 웃는 얼굴로 바라보고만 있었다. 울리히는 오래전부터 투치가 어떤 이유에서인지 아른하임과 아내의 관계를 어느 선까지 눈감아주고 있음을 알았고 또한 그것으로 투치가 무슨 유익을 노리는지가 궁금했다. 여전히 명확하진 않지만 아마도 투치는 평행운동을 경외하는 은행가들과 같은 입장을 취하고 있는지도 몰랐다. 은행가들은 평행운동에 손가락 하나 얹기를 완전히 포기하지 못한 채 겉으로는 점잖은 척물러서 있었는데 그건 마치 디오티마가 새로운 사랑에 빠진 것이 너무나 뚜렷이 감지되는데도 모르는 척하는 것과 비슷했다. 울리히에게는 그렇듯 의심하는 경향이 있었다. 울리히는 그 남자의 얼굴에서 깊은 주름과 갈라진 틈을 찾아내는 것을 좋아했으며 그가 담배 끝을 물 때 턱 근육이 심하게 흔들리는 모습을 즐겨 지켜보았다. 울리히는 투치를 보며 순수한 남성의 이미지를 떠올렸다. 울리히는 자신이 혼잣말을 너무 많이 하는 데 질려있었기에 과묵한 남자는 어떠해야 하는지를 떠올려보기를 즐겼다. 울리히가 보기에 투치는 어렸을 때에도 말을 많이 하는 아이들을 좋아하지 않았을 듯했다. 그런 아이들은 자라서 지식인이되었다. 반면 입을 여느니 차라리 이빨 사이로 침을 내뱉는 아이들은 쓸데없는 생각을 하기보다는―감정이나 사유가 필수적인 상황에 대한 보상으로―자기 방어든 아니면 인내의 차원에서든 실제적이고 자극적인 것을 구하기 마련이었다. 그리고 그들은 사유와 감정을 오직 다른 사람을 속이는 일에만 이용하고 싶어하는 자신들의 모습을 매우 부끄러워했다. 만약 누군가 그런 말을 투치에게 해줬다면 안 그래도 지나치게 감정적인 것을 싫어하는 그는 당연히 부정했을 것이다. 왜냐하면 그는 근본적으로 어떤 식으로든 과장과 기이함을 견디지 못하기 때문이다. 투치가 호평하는 사람들에 관해서는 그와 직접 말하지 않는 것이 좋았다. 그건 마치 음악가나 극작가, 또는 무용수에게 원래 작품의 의도가 무엇이었는지를 묻는 것과 비슷하다. 그럴 때 울리히는 말 없는 무언극이 그들 사이의 일종의 암묵적 합의가 되기를 바라면서 국장의 어깨를 쓰다듬거나 부드럽게 자신의 머리칼을 뒤로 넘겼다.

울리히가 제대로 생각하지 못한 단 한 가지는 바로 이 순간 투치는 소년으로서가 아니라, 남자로서 이빨 사이로 침을 내뱉어야겠다는 의무감을 느꼈다는 사실이다. 투치는 근처에서 뭔지 모를 호의를 느꼈는데, 그게 유쾌하지만은 않았던 것이다. 그는 철학에 대한 자신의 언급이 낯선 이방인에게는 받아들이기 힘든 것투성이였음을 스스로 깨달았으며, 자신이 무슨 마귀가 들려서 이 사촌(몇가지 이유로 그는 늘 울리히를 이렇게 불렀다)에게 그런 경솔한 말을 내뱉었는지 어리둥절해했다. 그는 수다스러운 사람들을 경멸했으며, 무의식적으로 이 남자를 아내 곁의 동맹자로 얻고 싶어한 것은 아닌지 깜짝 놀라며 자문했다. 그런 생각이 들자 부끄러움으로 그의 안색은 어두워졌다. 그는 그런 도움을 받아들일 수 없었다. 투치는 뭔가 어색한 변명을 하듯이 자신도 모르게 울리히에게서 몇걸음 물러섰다.

그러나 곧장 투치는 마음을 되돌려 다시 울리히에게 다가와 물었다. "아른하임 박사가 도대체 왜 그렇게 오래 머무르는지 생각해본 적이 있소?" 갑자기 그런 질문이야말로 아른하임 박사와 아내의 연관성을 신경쓰지 않는 듯한 가장 좋은 증거라는 생각이 들었기 때문이다.

그 사촌은 엄청나게 당황한 눈빛으로 그를 바라보았다. 올바른 대답은 너무나 명확해서 다른 답을 찾기 어려울 정도였다. "그렇다면 당신은," 울리히는 머뭇거리며 물었다. "뭔가 특별한 이유가 있다고 보십니까? 그게 그저 사업 때문일까요?"

"더 할 말은 없군요." 투치는 다시금 외교관으로 돌아온 듯이 대답했다. "하지만 과연 다른 이유가 있을까요?"

"당연히 사실상 별다른 이유는 없겠지요," 울리히는 정중하게 동의했다. "정말 관찰력이 있으시군요. 저로서는 그 문제에 대해 깊이 생각해본 적이 없다고 인정할 수밖에 없네요. 저는 그저 아른하임 박사의 문학적 취향이겠거니 짐작하고 있었습니다. 그것도 하나의 가능성이겠지요."

투치 국장은 명한 미소를 지을 뿐이었다. "그렇다면 아른하임 같은 사람이 무슨 이유로 문학적 취향을 가지게 되었는지를 좀 설명해줘야 하지 않겠소?" 투치는 그렇게 물으면서 약간 후회했는데 그건 사촌이 이미 장황한 대답을 했기 때문이었다. "그런 사실을 아직도 모르십니까?" 울리히는 말했다. "요즘엔 엄청나게 많은 사람들이 거리에서 그들끼리 이야기를 나누죠."

투치는 어깨를 으쓱해 보였다.

"그들에겐 뭔가 문제가 있는 거죠. 사람들은 자신의 체험을 완전히 체득할 수 없거나 아니면 체험과 완전히 동화될 수 없는 겁니다. 그러니 뭔가 나머지는 내다버려야 하는 것이죠. 제가 보기에 글쓰기에 대한 과도한 의무감은 바로 그것에서 나온 것입니다. 글쓰기에서는 이런 폐기가 잘 드러나지 않을지도 모릅니다. 왜냐하면 글쓰기는 재능이나 체험에 따라 원래의 기원을 엄청 뛰어넘기도 하니까요. 그러나 읽기에서는 그런 경향이 명확히 드러납니다. 오늘날 그 누구도 더이상 읽지를 않아요. 사람들은 그저 찬성이나 반대의 형식으로 자기의 잉여분을 삐딱하게 내다버리는 데 작가를 이용할 뿐이죠.

"그러니까 아른하임의 인생에 뭔가 틀어진 게 있다는 말인가요?" 투치는 다시금 주의를 기울이며 말했다. "나는 최근에 그의 책을 읽어봤어요. 많은 사람들이 그가 정치적으로 엄청 유망하다고 하니까 호기심이 생겼지요. 하지만 그런 책들이 무슨 필요가 있는지 어떤 목적에서 씌어졌는지 도무지 모르겠더군요."

"이런 질문을 좀더 보편적인 질문으로 바꿔보겠습니다." 사촌은 말했다. "원하는 것은 뭐든지 할 수 있을 정도로 돈과 영향력이 풍족한 사람이 도대체 왜 글을 쓰는 걸까요? 더 간단하게는 다음과 같은 순진한 질문이 되겠죠. 왜 모든 직업 문필가는 글을 쓸까요? 그들은 일어나지 않은 일을 일어난 것처럼 씁니다. 분명합니다. 그렇다면 그들은 마치 거지가 부자들을 칭송하는 것처럼 삶을 칭송하는 걸까요? 막상 그 부자들은 거지들에게 이루

말할 수 없이 무관심한데도 말이죠. 아니면 되새김질의 일종일까요? 또는 현실에서는 절대 이뤄질 수도, 감수할 수도 없는 일을 상상 속에서 만들어냄으로써 일종의 행복 절도를 감행하는 걸까요?"

"당신은 전혀 글을 쓰지 않나요?" 투치가 끼어들었다.

"그게 마음에 걸리긴 하지만, 글을 쓰진 않습니다. 그렇게 행복하지 않기 때문에 글을 쓸 이유도 없는 거지요. 조만간 글을 쓸 마음이 생기지 않는다면 완전히 비정상적인 소질을 타고났으니 스스로 죽음을 택해야 한다고 결심하고 있습니다."

그가 이 말을 워낙 진심을 담아 상냥하게 해서 그런지 마치 물이 빠지면서 물에 잠겼던 돌이 얼굴을 내밀듯이 농담이 대화의 물결을 타고 튀어나왔다.

투치는 그것을 알아차리고 약삭빠르게 상황을 원상으로 되돌려놓았다. "대체로," 그는 결론을 맺었다. "당신의 견해는 정부 관료들은 퇴직 후에 글을 쓰기 시작한다는 내 견해와 일치하는군요. 하지만 그게 아른하임에게도 적용이 될까요?" 사촌은 그저 침묵을 지켰다.

"그렇게 소중한 시간을 빼앗기며 한다는 이 사업에 대해 아른하임이 비관적이며 전망을 전혀 밝게 보지 않는다는 것을 알고 있나요?" 투치는 목소리를 낮추며 갑자기 말했다. 그는 아른하임이 자신과 자신의 아내 앞에서 애초부터 평행운동에 대해 매우 회의적인 이야기를 했던 순간을 떠올렸다. 또한 그렇게 오랜 시간이 지난 후 바로 이 순간 그 사실이 떠올랐다는 게 하나의 외교적인 성과로 여겨졌다. 비록 아른하임이 오래 머무는 이유에 대해서는 아무것도 알아채지 못했지만 말이다.

그 사촌은 정말 놀란 표정을 지었다.

아마도 그건 울리히가 더이상 말을 하고 싶지 않았기 때문에 예의상 연출한 표정이었을 것이다. 아무튼, 바로 다음 순간 손님들이 다가와 헤어지게 된 두 신사는 이런 식으로 뭔가 흥분된 대화를 나누었다는 인상을 남겼다.

92.
부자들의 삶을 지배하는 규칙들에서

아른하임에게 쏠린 넘치는 관심과 칭송 때문에 사람들은 아른하임을 의심스럽고 위험한 사람으로 바라보았다. 아른하임 스스로는 그 이유를 자신의 돈 때문이라고 생각했다. 아른하임은 그런 의심이 오직 인간의 재정적인 기반을 통해서만 지위를 판단하는 사람들의 야비한 신념에서 나온다고 여겼다. 또한 그는 여하간 부자라는 건 개인의 특성이라고 확신했다. 가난한 사람도 마찬가지다. 모든 세상이 암묵적으로 거기에 동의한다. 이런 인식은 돈을 소유하는 것이 어떤 특성을 부여하긴 하지만 결코 그 자체로 인간적인 특성일 수는 없다는 논리에 의해서만 반박된다. 하지만 그런 반박에 사람들은 속지 않는다. 모든 인간의 코는 부자들에게서 자유의 냄새, 습관화된 명령의 냄새, 스스로를 위해 가장 좋은 것을 고르는 자세의 냄새, 가벼운 염세주의의 냄새, 권력과 함께하는 확고한 책임감의 냄새를 맡는데, 그 냄새는 풍족하고 안정적인 수입에서 풍겨 나오는 것이다. 부자들은 세계권력의 정수로부터 영양분을 공급받으며 매일매일 새로워진다는 사실을 우리는 목격한다. 돈은 마치 만개한 꽃 속으로 수액이 흐르듯이 그의 피부 밑을 순환한다. 거기에 어디서 수여된 특성이라든가 습득된 습관 같은 건 없으며 간접적이거나 누구를 통한 것도 없었다. 그의 은행계좌와 신용을 깨트려보라. 즉시 그 부자는 돈을 잃어버릴 뿐 아니라 시든 꽃이 돼버린 자신의 처지를 깨닫게 되리라. 부유함이 그의 개인적 특성으로 인식되던 예전만큼이나 신속하게 이제는 빈털터리가 된 그의 믿기 어려운 특성이 마치 불확실하고 수상한 구름처럼, 무책임과 무능과 가난의 냄새를 풍기며 다가온다. 부유함은 그러므로 깨지지 않는 이상 분리될 수 없는 개인적이고 근본적인 특성이다.

하지만 이 희귀한 부의 효과와 영향은 워낙 복잡해서 그것을 다루기 위한 엄청난 정신적 힘이 요구된다. 오직 돈이 없는 사람들만이 부유함을 꿈처럼 상상한다. 돈이 있는 사람은 없는 사람을 만날 때마다 돈이 얼마나 불편한지를 단호하게 설명한다. 아른하임은 자기 회사의 모든 기술자나 재정 임원들이 자신보다 훨씬 많은 지식을 소유하고 있다는 사실을 돌이키면서도 아주 높은 경지에서 보자면 사유나 지식, 충성, 재능, 신중함 등은 워낙 풍부하게 널려 있기 때문에 돈으로 살 수 있다고 스스로를 위로했다. 그러나 그들을 사용하는 능력은 오직 지체 높은 집안에서 태어나 자란 극소수의 사람에게만 허락된 특성임에 틀림없다. 부자들의 또다른 큰 문제는 모든 이들이 그들에게 돈을 요구한다는 점이다. 돈은 아무런 역할도 하지 못한다. 부자들에겐 수천 마르크(독일의 옛 화폐 단위—옮긴이)건 수만 마르크건 아무 차이가 없는 것이다. 그래서 그들은 틈만 나면 돈이 인간의 가치를 변질시킬 수 없다고 말하길 좋아한다. 그것은 돈이 없어도 자기들의 가치는 여전하다는 것이며 그 점에서 뭔가 오해가 생기면 자신들의 감정이 다칠 수 있다는 말이다. 그러나 정말 유감스럽게도 그런 오해들은 종종 발생하는데, 특히 재능있는 사람들과의 교류에서 흔하다. 재능있는 사람들에겐 놀라울 정도로 돈이 없고 그저 자신들의 가치를 스스로 감내할 만큼의 계획이나 재능만 있을 뿐이다. 또한 그들은 돈에는 거의 신경을 쓰지 않는 부자 친구들에게 좋은 목적으로 여윳돈을 좀 내놓으라고 아주 자연스럽게 요청한다. 부자 친구들이 스스로의 계획과 능력, 매력으로 자신들을 지원하고 싶어한다는 사실을 재능있는 사람들은 끝내 알아차리지 못한다. 게다가 그들은 돈의 성향과 반대되는 곳으로 부자들을 이끄는데, 돈이란 동물들이 생식에 열중하는 것과 마찬가지로 증식에 정확한 목적이 있기 때문이다. 또한 돈은 돈의 명예로운 영역에서 보자면 망하는 지름길에 투자

될 수도 있다. 타던 차가 새 차나 다름없이 좋은데도 차를 구입할 수도 있고 경주용 조랑말을 데리고 세계적으로 유명한 리조트의 가장 비싼 호텔에 머물 수도 있으며 예술이나 경마 분야의 새로운 상^賞을 세울 수도 있고 수백 가정이 1년 동안 먹을 수 있는 비용으로 하룻밤 파티를 열어 수많은 사람들을 초청할 수도 있다. 이 모든 것으로, 부자는 마치 농부가 씨를 뿌리듯이 돈을 창문 밖으로 내던지고, 그 돈은 더 불어서 문을 열고 다시 들어온다. 하지만 아무 소용도 없는 목적과 사람들을 위해 조용히 돈을 내놓는다는 것은 돈을 암살하는 것이나 진배없는 짓이다. 목적이 좋고 사람들이 훌륭하다면 단지 돈만이 아니라 어떤 도움이 제공되어도 마땅하다. 그것이 아른하임의 원칙이었다. 또한 그칠 줄 모르게 그 원칙을 적용함에 따라 그는 당대의 정신적 발전에 창조적이고 역동적으로 참여한다는 명성을 얻었다.

또한 아른하임은 자신뿐 아니라 많은 부자들이 사회주의자와 비슷하게 사고한다고 감히 주장할 수 있었다. 부자들은 자신의 자본이 사회의 자연법칙에 의해 주어졌다는 사실에 거부감이 없었으며, 사람보다는 물질이 더 큰 가치를 가진다는 사실을 확고하게 믿었다. 부자들은 자신들이 더이상 존재하지 않고 소유 또한 사라진 미래에 대해 조용히 이야기하며, 강직한 사회주의자들이 가난한 사람들이 아닌 부자들 가운데서 피할 수 없는 혁명이 일어나기를 종종 기대하듯이 스스로를 사회적 존재로 자리매김하길 주저하지 않았다. 아른하임이 마스터한 돈의 모든 관계들을 묘사하면서 부자들은 오랫동안 전진할 수 있었다. 경제적 행위는 여타의 정신적 행위와 떨어질 수 없는 행위이며 따라서 그의 학계나 예술계 친구가 갈급하게 요구할 때 충고뿐만 아니라 돈까지 건네는 일은 항상 주는 것도 아니고 절대 많이 주지도 않지만 부자연스러운 일이 아니었다. 그들은 아른하임이야말로 그 문제에 합당한 지적인 능력을 소유했기 때문에 세상에서 돈을 빌릴 수 있는 유일한 사람이라고 확신했다. 또한 아른하임도 자본에 대한 요구는 마치 숨을 쉴 때 공기가 필요하듯이 모든 인간관계에 깊숙이 스며들어 있다고 확신했기에 그들의 요구를 신뢰했다. 하지만 그는 아주 조심스러운 절제의 태도로 돈이 정신적 힘을 가진다는 그들의 생각과 타협했다.

그런데 도대체 어떤 이유로 인간은 추앙받고 사랑받는 것일까? 그것은 마치 둥글고 깨지기 쉬운 달걀처럼 그 속을 알 수 없는 미스터리가 아닐까? 인간은 그가 소유한 자동차가 아니라 코밑수염 덕분에 사랑받는 것일까? 햇볕에 그을린 남부지방의 아들이라고 사랑을 받는 것이 대기업의 아들이라고 사랑받는 일보다 더 인간적일까? 당대의 유행을 따르는 멋쟁이들이 모두 매끈하게 면도를 할 때·아른하임은 여전히 작고 뾰족한 턱수염에 짧게 다듬은 코밑수염을 하고 다녔다. 이 작고 생뚱맞지만 친근한 수염은 왠지 모를 이유로, 그가 열광하는 청중들에게 열변을 토할 때마다 다시금 돈을 떠올리게 해주었다.

93.
육체적 문화로는 시민정신에 다가서기 힘들다

장군은 이미 오랫동안 그 지적인 경기장 벽을 따라 줄지어진 의자 중 하나에 앉아 있었고, 그가 '후원자'라고 부르길 좋아하는 울리히는 그 옆 의자에 앉아 있었다. 그들 사이에 하나 더 놓인 의자 위에는 뷔페에서 음료로 가져온 두 잔의 와인이 놓여 있었다. 장군의 밝고 푸른 톤의 재킷은 추켜올려져 마치 근심스러운 이마처럼 배 위에서 주름을 만들어냈다. 두 남자는 입을 다물고 그들 앞에서 오고가는 대화에 귀를 기울였다. "보프레^{Beaupré}의 경기는," 누군가 말했다. "천재적이라고 해야 합니다. 전 지난여름 이곳에서, 그리고 지난겨울에는 리비에라에서 그의 경기를 보았어요. 실수를 할 때조차 운이 따라주더군요. 오히려 그는 자주 실수를 하는 편이었는데, 그건 테니스 교본의 규칙을 위반하는 그의 플레이 탓이었습니다. 하지만 그는 탁월한 재능을 겸비한 사람이라 평범한 규칙 따위는 신경쓰지 않았죠."

"저는 직관적인 테니스보다는 학구적인 테니스가 더 좋던데요." 상대방이 반대하고 나섰다. "가령 브라독^{Braddok}처럼 말이에요. 완벽한 경기란 없겠지만, 그는 완벽에 가깝죠."

첫번째 사람이 말했다. "보프레의 천재적이고 예측 불가능하고 무질서한 플레이는 과학이 실패하는 순간 최고에 오르죠!"

세번째 사람이 말했다. "하지만 천재란 좀 지나친 말인 듯하군요."

"어찌 다른 말이 있겠소? 천재는 가장 예상치 못한 순간에 정확히 볼을 때려내는 사람이 아닌가요?"

"제가 좀 덧붙이자면," 브라독의 팬이 거들었다. "개성이 있다면 손에 쥔 것이 테니스 라켓인지 아니면 민족의 운명인지를 보여줄 수 있어야 합니다."

"아니지, 아니야. 천재란 말은 과해요." 세번째 사람이 반대했다.

네번째 사람인 음악가가 말했다. "당신들이 완전히 틀린 게 뭐냐면, 여전히 논리적-체계적 사고를 높이 평가하는 데 익숙한 나머지 스포츠에 내재한 육체적인 사고를 간과한다는 점이에요. 그건 음악은 감정을 풍부하게 하고 스포츠는 의지를 키워준다는 편견처럼 낡아빠진 사고방식입니다. 순수한 육체의 움직임은 정말 마법 같아서 어떤 완충장치 없이는 견디기 어려울 정도죠. 음악이 없는 영화에서 그것을 확인할 수 있어요. 음악은 내적인 운동이어서 움직임이라는 환상을 필요로 하죠. 만약 음악에서 마법적인 것을 파악한 사람이라면, 단 일초의 주저함도 없이 스포츠에서 천재를 발견할 수 있습니다. 천재가 없는 분야는 과학이죠. 그건 두뇌의 곡예일 뿐이니까요."

"그러면 내가 맞았네요," 보프레의 팬이 말했다. "브라독의 과학적인 경기에선 천재성이 없다고 봤으니까요."

"당신은," 브라독의 팬이 방어하듯 말했다. "우리가 '과학'이란 단어에서 새로운 활력을 이끌어낼 필요가 있음을 전혀 고려하지 않고 있어요."

"도대체 둘 중 누가 더 옳은 거요?" 누군가 물었다.

아무도 몰랐다. 그들 각자는 종종 승리를 거두었지만 아무도 정확한 점수를 알지 못했던 것이다.

"아른하임한테 물어봅시다." 누군가 제안했다.

모임은 흩어졌다. 세 개의 의자가 있던 자리에는 침묵만이 남았다. 마지막으로 슈툼 장군이 머뭇거리듯 말했다. "나는 대화 전체를 들었네. 음악을 제외한다면 승리한 장군에게도 그 모든 것을 똑같이 말할 수 있을 것 같은데 왜 저들은 테니스 선수는 천재라고 하면서 장군은 야만적이라고 하는 건가?" 디오티마에게 접근하려면 육체적 문화를 이용해보라고 '후원자'가 충고했기 때문에, 장군은 개인적으로는 거부감을 느꼈지만 시민적 이념에 다가설 수 있는 촉망받는 접근법을 어찌하면 잘 이용할 수 있을까를 여러 차례 고민했다. 하지만 매번 목격하듯이, 이런 접근법이 마주치는 어려움은 말할 수 없이 컸다.

94.
디오티마의 밤들

디오티마는 아른하임이 이 모든 사람들을 기쁜 마음으로 견
뎌내는 것을 보고 놀랐다. 그때마다 세계의 사업은 '우리 영혼
을 둘러싼 소란'에 불과하다고 수도 없이 말했던 그때의 기분과
정확히 일치했다. 사회와 문화계의 귀족들로 채워진 자신의 집
을 목격할 때 그녀는 자주 혼란스러운 느낌을 받았다. 그녀의 삶
을 되돌아보니 깊은 바닥과 높은 천장이라는 두 극단, 즉 협소한
중간계급에서 느꼈던 작은 소녀의 근심과 지금 이곳에서의 눈
부신 성공이라는 극단만이 존재하는 것 같았다. 또한 이미 어지
러울 정도로 높고 좁은 계단에 올라섰지만, 좀더 높은 곳을 향해
한발을 더 내딛어야겠다는 생각이 들었다. 불확실성이 그녀를
사로잡았다. 그녀는 행동과 마음, 영혼, 꿈이 하나가 되는 곳에
들어가려는 결심과 사투를 벌였다. 그녀는 평행운동을 위한 최
고의 이념을 마련하지 못했다고 해서 더이상 걱정하지 않았으
며 오스트리아 세계라는 이상도 이제 큰 의미는 없었다. 심지어
모든 위대한 인간 정신의 구상은 반대의 구상에 부딪힌다는 발
견조차도 그리 놀랍지 않았다. 진짜 중요한 삶의 이유는 논리적
인 데 있기보다는 오히려 빛과 불 같은 데 있었다. 또한 디오티
마는 더이상 자신을 둘러싼 위대함을 이해하려고 애쓰지도 않

았다. 마치 어린아이들이 문제들을 내버려둔 채 어른의 품으로 뛰어드는 것처럼 차라리 그녀는 모든 행동을 내려놓고 아른하임과 결혼하고 싶었다. 하지만 엄청나게 커져버린 사업이 그녀의 발목을 잡았다. 그녀에게는 결단을 내릴 시간이 없었다. 외적인 사건과 내적인 사건이 각각 독립적으로 나란히 진행되었으며 그 둘을 통합하려는 시도는 매번 헛수고가 되고 말았다. 그건 마치 그녀의 결혼생활 같아서 겉으로는 더없이 행복해 보였지만 안으로는 온통 혼란에 빠진 모습이었다.

그녀의 성격대로라면 디오티마는 남편에게 솔직히 말했을 것이다. 하지만 그녀에겐 할 말이 없었다. 그녀는 아른하임을 사랑했을까? 그와의 관계에 관해서는 정말 많은 이름을 붙일 수 있어서 때로는 아주 사소한 것까지 그녀의 머릿속에 떠오르곤 했다. 그녀는 아른하임과 키스를 한 적도 없었다. 하지만 영혼의 포옹에 대해서 투치는 이해하지 못했다. 심지어 투치에게 그런 포옹에 대해 직접 이야기한 적도 있었는데 말이다. 디오티마는 자신과 아른하임 사이에 더이상 설명할 수 있는 게 없음을 알고 이따금 깜짝 놀랐다. 하지만 그녀는 나이 많은 남자를 열정적으로 우러러보는 얌전하고 어린 소녀의 습성을 결코 버리지 않았다. 차라리 그녀는 자신보다 어려 보이고 약간은 무시하기도 하는 사촌 사이에는 확실한 것은 아니지만 뭔가 설명할 만한 것이 있다고 상상했다. 그러나 이런 상상은 그녀가 사랑하고 또 감정을 더 높은 차원의 보편적인 숙고 속에 녹일 줄 아는 자신의 능력을 인정해주는 남자 앞에선 일어나기 어려운 일이었다. 삶의 환경이 급격하게 변화될 때 인간은 어디론가 곤두박질쳐지며, 어떻게 그곳에 이르렀는지도 모른 채 사면이 벽으로 둘러싸인 곳에서 정신을 차린다는 것을 디오티마는 알았다. 하지만 그녀는 자신을 깨어 있게 한 영향력에 노출돼 있음을 느꼈다. 그녀는 평균적인 오스트리아인들이 독일의 형제들에게 느끼는 혐오에서 자유롭지 못했다. 지금은 희귀해졌으나 전통적인 형식을 갖춘 이 혐오감은—다소간 존경을 받기는 했지만 끈적끈적한 푸딩과 소스로 식사를 했으며 뭔가 비인간적인 내면을 소유했던—괴테와 실러의 모습과 일치했다. 그녀의 주변에서 거둔 아른하임의 성공 역시 첫번째 경탄을 자아낸 이후에는 어쩔 수 없이 저항이 뒤따름을 느꼈다. 그런 저항은 결코 겉으로 드러나거나 구체적인 모습을 띠지는 않았다. 하지만 그런 저항은 그녀의 확신을 깎아내렸고 이전 같으면 그녀가 행동의 모범으로 삼았을 많은 사람들의 의구심과 자신의 견해 사이에서 그 차이점이 뭔지를 의식하도록 만들었다. 아무튼 인종적인 혐오는 보통 자기 자신에 대한 혐오에 다름 아니며, 스스로에 대한 깊고 어두운 반박을 끄집어내서 만만한 희생자에게 퍼붓는 것에 불과했다. 마치 원시시대의 의식처럼, 악마를 대신한 작대기를 쥔 주술사가 병자의 몸에서 병을 끄집어내는 행위와도 같았다. 그녀의 연인이 프로이센인이라는 사실은 디오티마의 마음을 큰 충격으로 흔들어댔지만 그녀는 그 사실에서 어떤 부정적인 결론도 이

끌어내지는 못했다. 그래서 자신의 결혼생활이 갖는 촌스러운 단순함과 극렬하게 대비되는 이런 불안정한 상황을 열정이라고 부르는 게 전혀 이상하지 않았다.

디오티마는 밤에 잠을 이루지 못했다. 이런 밤에 그녀는 프로이센의 산업 군주와 오스트리아의 고위관료 사이에서 뒤척였다. 반쯤 잠이 든 상태의 광휘 가운데 아른하임의 위대하고 빛나는 삶이 그녀 곁을 행진해 지나쳤다. 그녀는 새롭고 영광에 찬 하늘을 뚫고 연인 곁에서 날고 있었다. 하지만 그 하늘은 프로이센의 불쾌하게 푸른 하늘이었다. 깜깜한 침실에는 투치 국장의 노란 육신이 여전히 그녀와 함께했다. 그녀는 옛 카카니엔 문화의 검고 노란 상징을 뚜렷이 예감하고 있었다. 비록 투치는 그 문화에 거의 문외한이었지만 말이다. 그 문화의 배경에는 라인스도르프 백작과 고상한 친구들의 저택에 장식된 파사드는 물론, 베토벤과 모차르트, 하이든, 오이겐 왕자^{Prinzen Eugen}(오스트리아를 터키의 침공에서 구한 프랑스 출신 왕자이자 장군—옮긴이)의 흔적이 마치 망명길에 오르자마자 찾아오는 향수^{鄕愁}처럼 어른거렸다. 디오티마는 남편을 은밀히 증오하고 있었지만 감히 자기 세계 바깥으로 걸음을 내딛을 수 없었다. 그녀의 아름답고 풍만한 육체 안에 영혼이, 마치 꽃이 만발한 너른 들판에 있는 섯처럼 꼼짝 없이 머물렀기 때문이다.

"불의해서는 안 돼." 디오티마는 혼자 중얼거렸다. "정부의 그 관료는 이제 더이상 깨어 있지도, 뭔가를 받아들일 자세도 돼 있지 않아. 하지만 청년 시절 그는 그렇지 않았을 거야." 그녀는 투치 국장이 결혼할 무렵 이미 청년기를 벗어났음에도 신혼 시절을 그렇게 떠올렸다. '그는 성실하고 책임감 있는 헌신으로 자신의 지위와 인격을 얻었지.' 그녀는 온화하게 생각에 잠겼다. '그 사람은 그걸 얻으려고 자기만의 삶을 희생했다는 사실에 대해서는 아무것도 몰라.'

사회에서 승리를 거둔 후 그녀는 남편에 대해 좀더 관대해졌으며 남편을 용인하는 태도를 가졌다. '어떤 사람도 타고나면서부터 이성적이거나 속물적이지는 않지. 누구나 처음에는 살아 있는 영혼으로 살아간다고.' 디오티마는 생각에 잠겼다. '하지만 하루하루의 일상이 우리를 바꿔놓지. 자연스러운 인간의 열정은 마치 화염처럼 타버리고 냉혹한 세계가 우리 안의 차가움을 끄집어내서 영혼을 병들게 하지.' 그녀는 아마도 투치에게 이런 점을 강하게 충고하기에는 너무 겸손했는지도 모른다. 참으로 슬픈 일이었다. 그녀에게는 투치 국장을 이혼 스캔들로 끌어들일 용기가 부족해 보였다. 그것은 공공업무로 둘러싸인 그 같은 사람을 분명 심각하게 뒤흔들 것이기 때문이었다.

95.
위대한 문필가: 뒷모습

너무나 잘 알려져 있어서 따로 언급하기도 뭐한 일이다. 한 저명한 손님이 디오티마의 사업이 진지하기만 한 나머지 사람들에게 어떤 위대한 행동도 요청하지 않으며 그저 평범할 뿐이라고 지적하자, 여러 소음과 의견으로 가득 찬 집을 바라보던 디오티마는 실망에 빠졌다. 고결한 영혼의 소유자인 그녀는 남자들이 사적인 영역에서는 업무를 볼 때와 정반대로 행동한다는 '신중함의 원칙'을 알지 못했다. 그녀는 회의장에서 서로를 거짓말쟁이에다 사기꾼이라고 욕하는 정치인들이 아침을 먹으러 사이좋게 조찬식장으로 향하는 것을 몰랐다. 법률가로서 한 판사가 불쌍한 사람에게 가혹한 형벌을 내린 후 연민에 사로잡혀 자기 손을 짓누르는 것을 혹시 그녀가 알지는 모르지만, 직접 눈으로 본 적은 없었다. 그녀는 여성 무용수들이 자신의 일 밖에서는 완전히 모성에 이끌리는 삶을 산다는 말을 들었고, 그 사연에 뭉클해지기까지 했다. 또한 오로지 인간이고 싶어서 이따금 왕관을 벗어던진 군주의 이야기는 아름다운 상징처럼 보였다. 하지만 몰래 세상에 나와 아무렇지도 않게 평민 행세를 하는 군주를 볼 때는 그런 이중생활이 기이해 보이기도 했다. 사람들을 자신의 전문적인 직업 밖으로 향하게 하는 이런 경향에는 도대체 어떤 욕망과 법칙이 숨겨져 있는 것일까? 그들은 마치 깨끗이 정돈된 사무실 서랍에 필기도구가 보관되거나 의자가 책상 위에 놓이듯이 그렇게 일이 끝나기만을 바란다. 혹시 그들은 저녁의 인간이 되어야 할지 아니면 아침의 인간이 되어야 할지 모르는 두 인간으로 이뤄진 존재는 아닐까?

그녀의 영혼의 동반자가 모든 이들에게 인기가 있고, 특히 젊은 사람들과 잘 통할 때 그녀의 마음도 매우 우쭐해졌지만 때로는 이런 사교 활동에 전념하는 그의 모습에 우울해지기도 했다. 그녀가 보기에 위대한 정신의 군주는 그저그런 지식인들과 교류를 해서는 안 되고, 시장바닥의 사고방식과 어울려서도 안 되기 때문이었다.

그런데 사실 아른하임은 위대한 정신의 군주가 아니었고, 그저 위대한 문필가였던 것이다.

위대한 문필가는 정신의 군주를 계승한 자로서 요즘 시대에는 정치적 세계에서 성공을 거둔 큰 부자들이 그 역할을 이어받았다. 정신의 군주가 왕위계승 시대의 인물이었듯이, 위대한 문필가는 대형 선거운동과 대형마트 시대의 인물이다. 위대한 문필가는 거대한 상품과 정신이 결합한 독특한 형태의 인물인 것이다. 그래서 위대한 문필가에게 적어도 자동차 한 대 정도는 있어야 한다는 게 요즘 사람들의 심리다. 그는 고위급 관료들의 요청을 받아 강연 여행을 많이 다니는 사람이어야 한다. 또한 여론을 이끄는 지도자들에게 꽤 평가를 받는 도덕적 영향력을 행사해야 한다. 그는 민족국가의 영혼을 지키는 자이자, 외국에서도 인문주의를 후원하는 사람이어야 한다. 그는 고결한 손님들을 집으로 맞아들이며 무엇보다도, 마치 서커스를 하는 사람이 어떤 긴장도 내비치지 않고 부드럽게 묘기를 보여주는 것 같은 유연함으로 늘 일을 해야 한다. 왜냐하면 위대한 문필가는 절대 돈이나 잘 버는 작가와는 차원이 다르기 때문이다. 올해의, 또는 이달의 베스트셀러 같은 책을 그가 직접 쓸 필요는 전혀 없었고 그저그런 평가 방식에 반대만 하지 않으면 그만이었다. 왜냐하면 모든 심사위원회에 참여하는 사람도 그였고, 모든 성명서에 사인을 하는 사람도, 모든 서문을 쓰는 사람도, 모든 개업축하 연설을 하는 사람도, 모든 중요한 일을 공표하는 사람도 그였으며 어떤 새로운 진보가 이뤄졌는지를 증언해야 할 때마다 그가 필요했기 때문이다. 위대한 문필가는 고로 모든 행위에서 전체 민족의 대변자가 아니라, 오직 선구적인 입장을 취하며 이미 다수를 차지한 위대한 지식인들의 대변자이며, 따라서 그는 늘 지적인 긴장에 휩싸인 인물이어야 했다. 당연하게도 지적인 삶을 거대산업으로 육성하는 것은 오늘날 우리 사회생활의 한 형식을 대변한다. 반대로 말해도 마찬가지인데, 산업이 원하는 것 중 하나도 문화와 정치, 공적 의식을 지배하는 것이기 때문이다. 즉, 두 현상은 중간에서 만난다. 그래서 위대한 문필가의 역할은 특정한 개인의 것이 아니라, 규칙과 의무를 가지고 시대의 흐름에 따라가는 사회적 체스판의 한 말馬과 같은 것이다. 이 시대에

선의로 가득 찬 사람들은 그저 지적인 것만으로는 부족하다는 기준을 세웠고(사실 지식의 많고 적음은 크게 구별되지 않았고, 자신이 필요한 만큼은 있으리라는 생각이 만연했으므로) 오히려 위대한 문필가라면 무지에 맞서 싸워야 한다고, 다시 말해 눈앞의 현실에 작동하는 지식을 위해 힘써야 한다고 생각했다. 또한 위대한 문필가는 보통 사람들에게 거의 이해되지 못하는 '더 위대한 문필가'보다 이런 목적을 더 잘 수행했으므로 사람들은 눈에 띄는 위대함을 더 위대한 것으로 만드는 데 힘을 아끼지 않았다.

이런 사실을 깨달은 후, 사람들은 아른하임이 바로 그 첫번째이자 시범적인 사례임을 부정하지 않았다. 진작에 그는 공적 표상의 완벽한 화신이자 그런 역할에 타고난 체질임이 알려진 터였다. 대부분의 저자들은 위대한 문필가가 되길 원했지만, 실상 그들은 그저그런 산들이 그렇듯이 고만고만했다. 그라츠^{Graz}와 플뢰텐^{Plöten} 사이에 몽테 로자$^{Monte\ Rosa}$처럼 높아 보이는 산들이 많긴 하지만 그 높이에는 못 미치는 것과 비슷했다. 위대한 문필가가 되기 위해 꼭 필요한 조건은 상류층이나 하류층에게 똑같이 인기있는 책 아니면 희곡을 써야만 한다는 사실이다. 선한 사람들을 움직이기 위해서 작가는 반드시 영향력 있는 사람이 되어야 하며, 이것이야말로 위대한 문필가의 기본 원칙이다. 아주 놀라운 원칙이며 고립되려는 욕망을 제어하는 좋은 해독제로, 바로 괴테가 말하듯 선한 세계를 자극하면 다른 것들은 따라오게 돼 있다는 원칙과도 같은 것이다. 저자가 한번 영향력을 갖기만 하면, 그의 삶은 놀라운 변화를 겪는다. 그런 저자와 일하는 출판업자들은 사업가가 책을 내는 것은 거의 비극적인 이상주의자가 되는 셈이라는 말—왜냐하면 그는 어차피 깨끗한 종이나 섬유를 이용해서라도 더 많은 돈을 벌 테니까—을 더이상 하지 않는다. 평론가들은 위대한 문필가에게서 좋은 작업거리를 얻는데, 평론가란 나쁜 사람이 아니라 원래는 시인이 되고 싶었던 사람이며 그저 때를 잘못 만나 뭔가 자기를 표현할 수 있는 것에 마음이 사로잡힐 수밖에 없는 사람이기 때문이다. 평론가들은 좋은 수익을 내야 한다는 내적 본능에 따라 움직이는 전쟁 시인이자 연애 시인으로서 당연히 다른 저자보다 위대한 문필가를 선호하게 돼 있다. 이들 평론가들이 다룰 수 있는 것에는 한계가 있어서 한해의 결과물 중 가장 최고에 선정되는 작품은 흔히 위대한 문필가의 책이기 십상이었다. 또한 그 작품들은 말하자면 국가 문화산업의 저축은행 같은 것이며, 각자의 작품은 마치 은행계좌에서 돈이 빠져나가듯이 하나하나 비평을—그저 설명이 아니라—불러일으킨다. 반면, 여기로 돈이 다 빠져나가다보니, 나머지 작품에 쓸 돈은 거의 남지 않는 것이다. 그러나 정말 돈이 늘어나는 분야는 에세이스트, 전기작가, 유행에 민감한 역사학자들로서, 이들은 위대한 사람들 덕분에 먹고사는 자들이다. 나쁜 뜻으로 하는 말은 아니지만, 본성상 개들은 외딴 바위보다는 활기찬 거리의 구석을 더 좋아한다. 하물며 후세에 이름을 드높이기를 원하는 인간이 어찌 외딴 바위 따위를 선택하겠는가? 스스로 눈치채기도 전에, 위대한 문필가는 독립된 개체가 아니라 가장 예민한 의미에서 민족적 노동공동체의 산물로서 사회적 공유물이 되었고, 스스로의 번영을 수많은 다른 사람의 번영과 연결시키는, 존재가 선사하는 가장 아름다운 확신을 체험하게 되었다.

아마도 이것이 위대한 문필가가 자주 각별하게 좋은 느낌을 주는 캐릭터로 그려지는 이유일 것이다. 위대한 문필가는 오직 자신의 가치가 위협받을 때만 글쓰기를 투쟁의 도구로 사용한다. 그 외의 경우 위대한 문필가의 행동은 균형 잡혀 있고 선의로 가득 차 있다. 자신의 명성에 흠집을 내는 어떤 사소한 것들에도 이들은 너그럽다. 이들은 다른 작가들에 대해 경망스럽게 떠들어대지 않는다. 그렇게 한다고 해도, 그는 명망있는 자들에게 아첨하지 않으며 오히려 49%의 능력과 51%의 무능을 소유한, 그리 야단스럽지 않은 재능을 가진 사람들에게 용기를 주는 것을 더 좋아한다. 이런 적당한 재능 비율 덕분에 그들은 강한 개성을 가진 사람들이라면 망쳐버렸을 일도 재주껏 잘 해내며 그래서 조만간 그들 모두는 작가 세계에서 영향력 있는 지위에 오른다. 그러나 이런 설명으로 우리는 위대한 문필가의 정의에서 지나치게 벗어난 것인지도 모른다. 될성부른 나무는 떡잎부터 알아본다는 말처럼, 오늘날 위대한 작가가 되기 한참 전부터 그러니까 여전히 독서평론가나 칼럼니스트, 라디오 작가, 영화작가, 작은 잡지의 편집자 시절부터 평범한 작가의 주위에는 온갖 야단법석이 벌어진다. 그들 중 몇몇은 마치 등에 바람을 넣는 작은 튜브가 달린 고무 당나귀 또는 고무 돼지 같다. 위대한 문필가들이 이런 상황을 주의깊게 고민하고 또한 그 속에서 위대한 인격을 존경하는 유용한 대중의 상을 만들어내려고 애를 써주니 어찌 이들에게 감사하지 않을 수 있겠는가? 그들은 깊은 연민으로 삶을 더 고귀하게 만드는 자들이다. 이와 같은 일을 전혀 하지 않는 정반대의 작가를 한번 상상해보자. 그 작가는 따뜻한 초대를 거절할 것이고 사람들을 밀어내며, 칭찬을 감사하게 받아들이지 못하고 마치 재판관처럼 이리저리 가늠해볼 것이며, 당연한 사실을 찢어버리고 아주 좋은 기회를 단지 너무 좋다는 이유로 의심스럽게 받아들일 것이다. 또한 자신의 머릿속에만 있는, 극히 표현하기 어렵고 가늠하기 어려운 글이 아니면 답례품이랍시고 내놓지도 않는데, 그것조차도 이미 위대한 문필가가 소유한 것이라 별 가치도 없는 것이다. 그런 사람은 공동체밖에 머물다 결국 현실로부터 멀어진 것이 아닐까? 아무튼 그것이 아른하임의 생각이었다.

96.
위대한 문필가: 앞모습

위대한 문필가의 삶은 정신적인 면에서조차 장사꾼이 되어야 하면서도 또 그 언어는 전통을 따라 이상적이어야 한다는 어려운 문제를 품고 있다. 또한 이런 장사와 이상주의의 결합은 아른하임의 인생여정에서 결정적인 부분을 차지했다.

그렇듯 시대에 어울리지 않는 결합은 오늘날 흔히 일어난다. 가령 첫 예로 죽은 자들조차 지금은 내연기관이 달린 차를 이용해 묘지로 옮겨지는데, 그 말끔한 영구차의 지붕은 또 중세 투구와 십자 모양의 두 자루 검으로 장식된다. 이런 일은 어디서나 벌어진다. 인간의 진화는 아주 천천히 진행된다. 불과 두 세대 전만 해도 사람들은 업무용 편지에 미사여구를 잔뜩 써댔다. 반면 오늘날 인류는 사랑에서 순수논리학의 문제까지 세상의 모든 것들을 수요와 공급, 담보와 할인 같은 용어를 써서 심지어는 심리학이나 종교적 용어까지 동원하여 표현한다. 문제는 그것을 행동으로 옮기지 못한다는 것이다. 그 이유는 우리의 새 언어가 여전히 부정확하기 때문이다. 욕심 사나운 장사꾼들은 오늘날 어려운 처지에 놓여 있다. 그들이 옛 권력자들에 필적하려면, 반드시 장사를 위대한 이념과 연결시켜야 하기 때문이다. 그러나 이 회의적인 시대는 신은 물론 인간성도, 황실도, 도덕도 믿지 않기 때문에 혹은 그 비슷한 것들을 대충 믿어버리기 때문에 충성을 바칠 만한 위대한 사상이란 오늘날 존재하지 않는다. 그래서 위대함—나침판과도 같은—을 포기하고 싶지 않은 기업인들은 위대함의 측량할 수 없는 영향력을 측량 가능한 영향력의 위대함으로 교체하는 민주주의적 기교에 의지할 수밖에 없다. 오늘날 위대하다고 인정받은 것은 모두 위대하다. 이 말은 결국 위대하다고 크게 떠들어댄 것이 위대해진다는 뜻이며, 우리 시대의 이렇듯 가장 내밀한 진실을 받아들일 때 누구도 고통을 느끼지는 않는다는 뜻이다. 아른하임은 이를 해결할 방법을 찾기 위해 무던히도 노력해왔다.

교양있는 사람이라면 중세시대의 학문과 교회의 관계를 떠올려볼 수 있을 것이다. 당시 동시대인들에게 영향력을 끼치고 성공하길 원하는 철학자는 교회와 사이좋게 지내야 했다. 그래서 흔해 빠진 자유사상가는 교회의 족쇄가 위대한 사상을 방해한다고 생각했다. 하지만 사실은 그렇지 않았다. 믿을 만한 견해에 따르면 그토록 탁월하게 아름다운 고딕의 사상은 바로 교회에서 비롯되었다고 한다. 또한 학문을 손상시키지 않고도 교회를 인정할 수 있었다면, 왜 상품광고인들 인정하지 못하겠는가? 뭔가를 성취하고자 하는 사람이라면, 오늘과 같은 상황이라고 못할 것이 있겠는가? 아른하임은 동시대를 지나치게 비판하지 않는 것이 위대한 사람의 한 특징이라고 확신했다. 최고의 말을 탄 최고의 기수라 하더라도 그 말과 거칠게 씨름한다면 비록 노쇠한 말이라도 한몸이 되어 타는 기수만큼 가볍게 장애물을 뛰어 넘지는 못할 것이다.

다른 예를 들자면, 바로 괴테가 있다! 괴테는 두 번 다시 나기 어려운 천재지만, 그 역시 독일 상인 집안 출신으로 귀족 작위를 받았으며, 아른하임이 인정한바, 이 민족이 낳은 최초의 위대한 문필가였다. 아른하임은 여러모로 괴테를 자신의 모범으로 삼았다. 그러나 그가 괴테에 관해 가장 좋아하는 이야기는 괴테가 곤경에 처한 요한 고틀리프 피히테를 두고 떠나버렸던—속으로는 동정하면서도—그 유명한 사건이었다. 이 세계적인 시인은 철학자 피히테가 신을 두고 "위대하긴 하지만, 완벽하게 점잖지는 않다"고 말하는 바람에 예나^{Yena} 대학에서 쫓겨날 당시 '좀 부드럽게' 사건에서 빠져나오는 대신, '극한 감정에 휩싸여' 자신을 방어했다고 회고록에 썼다. 아른하임은 당연히 괴테와 똑같이 행동할 것이고, 더 나아가 이 사례야말로 오직 괴테적이며 의미있는 행동임을 모든 사람들에게 각인시키려 노력할 것이다. 아른하임은 하찮은 사람들이 옳은 일을 할 때보다 위대한 사람들이 나쁜 일을 할 때 더 동정심이 생긴다는 기이한 사실만으로는 만족하지 못할 것이다. 아마도 아른하임은 한술 더 떠 자신의 원칙을 지키려는 막무가내의 투쟁이 효과도 없을뿐더러 역사적 아이러니나 깊이도 없는 행동임을 꼬집을 것이다. 그 아이러니란 바로 그가 괴테의 아이러니라고 부르는 것으로, 유머를 잃지 않으며 성실함으로 나름의 최선을 다하는 것이자 시간이 모든 것을 증명한다는 느긋한 태도를 유지하는 것이다. 오늘날 생각해볼 때, 그 올바르고 정직하며 뭔가 과장된 피히테가 당한 부당한 일은 그의 명성에 큰 영향이 없는 매우 사적인 일에서 비롯되었다. 반면 괴테는 나쁜 일을 하고서도 그 명성에 큰 손해를 입지 않았다는 점에서 시대의 지혜가 진정 아른하임의 지혜와 일치한다는 것을 우리는 인정해야 한다.

시대에 어울리지 않는 결합의 세번째 사례는—아른하임은 늘 좋은 사례를 들어 이야기했다—앞의 두 사례에 깊은 의미를 부여하는 것으로, 바로 나폴레옹이다. 하이네는 그의 여행기에서 나폴레옹을 묘사하면서—이는 아른하임과 똑같은 생각이기도 한데—(아른하임이라면 거의 외우다시피 하는) 그의 말을 직접 인용하는 것이 가장 좋다고 썼다. "그런 정신은—" 하이네는 나폴레옹을 언급하며 썼다. 하지만 아마도 괴테에 대해 썼다면 더 수월했을 것이다. 왜냐하면 하이네는 마치 자신이 흠모하는 대상과 절대 하나가 될 수 없다는 사실을 잘 아는 연인만이 가질 예민함으로 괴테의 외교적 성정을 변호해왔기 때문이다. "그런 정신은, 칸트가 암시한 바대로 말하자면, 우리의 지성이 아니라 직관으로만 생각해낼 수 있는 것이다. 우리가 천천히 분석하고 오랜 추론을 거쳐 얻어내는 것을 직관적인 사람은 순식간에 알아내 깊이있게 인식한다. 따라서 시대와 현실을 이해하고, 지성을 이끌어내는 그의 재능은 대상을 그냥 지나치지 않고 언제나 직관을 이용한다. 그러나 이런 시대의 정신은 혁명과 보수의 양

진영으로부터 영향을 받기 때문에, 나폴레옹은 결코 그저 순진하게 혁명적이거나 반동적이지 않았으며 언제나 양쪽의 시각, 양쪽의 원칙, 양쪽의 경향을 견지하고 있었다. 이런 것들이 내면에서 섞여 나폴레옹은 늘 자연스럽고 단순하며 위대하게, 또한 결코 격렬하거나 차갑지 않고 차분하면서도 온유하게 행동할 수 있었다. 그는 절대 하찮은 것들에 관심을 가지지 않았으며, 그의 혁명은 대중을 장악하고 움직이는 기술에서 비롯되었다. 쩨쩨하고 분석적인 정신이 느리고 복잡한 책략에 끌리는 반면, 종합적인 직관은 시대에서 건져올린 가능성을 종합하는 놀라운 방식을 사용하므로, 자신의 목적을 빠르게 달성할 수 있다."

아마도 하이네는 자신을 숭배하는 아른하임과는 조금 다르게 생각했을 테지만, 아른하임은 하이네의 말이 정확히 자신의 생각과 같다고 느꼈다.

97.
클라리세의 신비한 능력과 사명

클라리세는 방에 있었다. 발터는 옆에 없었고, 그녀는 나이트가운을 걸친 채 사과 하나를 들고 있었다. 두 물질, 사과와 나이트가운에서 어떤 가늘고 눈에 띄지 않는 빛이 나와서 그녀의 의식 속으로 흘러 들어가고 있었다. 왜 모오스브루거는 음악처럼 보일까? 그녀는 그 이유를 알지 못했다. 아마도 모든 살인자들은 음악과 같은 것일까. 다만 이 질문을 놓고 라인스도르프 백작에게 편지를 썼던 적은 있었다. 그녀는 대충 무엇을 썼는지 기억했지만 굳이 끄집어내려고 하지는 않았다.

그런데 특성 없는 남자는 음악적이지 않을까?

적당한 답이 떠오르지 않자 클라리세는 질문을 그만두고 다른 일로 넘어갔다.

잠시 뒤 이런 생각이 들었다. '울리히는 특성 없는 남자야. 특성 없는 남자는 당연히 음악적일 수 없지. 하지만 음악적이 아닐 수도 없지 않을까?'

울리히는 이렇게 말한 적이 있었다. '너는 소녀 같으면서도 영웅적이야.'

그녀는 중얼거렸다. "소녀 같으면서도 영웅적이라고!" 그녀의 뺨이 후끈 달아올랐다. 그때부터 뭔가를 해야겠다는 마음이 생겼지만, 그게 무엇인지를 그녀는 알지 못했다.

그녀의 생각은 마치 육박전을 할 때처럼 두 방향으로 나아갔다. 그녀는 특성 없는 남자에게 매력을 느끼기도 했고, 상처를 받기도 했지만 무엇이 어떻게 된 것인지는 알지 못했다. 마침내 어떤 이유로 남겨졌는지 모를 부드러움이 그녀를 이끌어 발터를 찾게 만들었다. 그녀는 사과를 내려놓고 일어섰다.

클라리세는 발터에게 고통을 주면서 미안해했다. 겨우 열다섯 살 무렵 그녀는 자신에게 발터를 고통스럽게 할 능력이 있음을 깨달았다. 그저 그의 주장이 틀렸다고 단호하게 소리치기만해도 발터는—자신의 주장이 옳을 때조차도—깜짝 놀라 몸을움츠렸다! 그녀는 발터가 자신을 두려워한다는 사실을 잘 알았다. 그는 클라리세가 미칠 수도 있음을 두려워했다. 발터는 그런말을 슬쩍 흘렸다가 이내 재빨리 주워담았다. 하지만 그녀는 그런 생각이 그의 마음속에 있음을 알았다. 클라리세는 그런 상황을 즐겼다. 니체는 말한다. "강한 자의 비관주의는 없을까? 거칠고, 두렵고, 악한 것에 끌리는 지성은 없는가? 도덕에 저항하는내면의 힘은? 위엄있는 적, 두려움에 대한 갈망은 없는가?" 그런 말들이 떠오를 때마다 그녀의 입에는 관능적인 흥분이 일었고, 그 흥분은 마치 우유처럼 부드럽고 강해서 그냥 삼켜버릴 수가 없었다.

클라리세는 발터가 자신에게 요구하는 아이의 모습을 떠올렸다. 그런 요구조차 발터는 두려워했다. 그녀가 언젠가 미쳤었다고 발터가 생각한다면, 이해할 만한 일이기도 했다. 클라리세 스스로는 격렬하게 부정하긴 했으나, 그를 향한 부드러움은 남아있었다. 다만 그녀는 발터를 찾던 중이라는 사실을 잊어버렸다. 그녀의 몸에서 무슨 일이 벌어지고 있었다. 가슴은 부풀어 올랐고, 팔과 다리의 정맥을 따라 피가 더 진하게 흘러갔으며, 내장과 방광에 이상한 압력이 느껴졌다. 그녀의 마른 몸은 내면으로들어가 점점 더 민감하고, 생기있으며, 낯설게 변해갔다. 한 아이가 그녀의 팔에 안겨 밝게 웃고 있었다. 그녀의 어깨에 걸친 성모^{聖母}의 황금망토가 빛을 내며 바닥까지 끌렸고, 신도들은 찬양을 불렀다. 그건 그녀의 소관이 아니었다. 주님이 세상에 나신 것이다!

하지만 이런 현상은 오래가지 않았다. 곧 그녀의 몸은 마치 나무의 쪼개진 틈에 끼워넣은 쐐기가 빠져나가듯 그 벌어진 이미지의 틈을 재빨리 닫아버렸다. 그녀는 날씬한 몸으로 돌아왔고 메스꺼움과 함께 잔인한 희열을 느꼈다. 그녀는 발터를 편하게 해주고 싶지 않았다. '아이를 원하는 것은 당신의 자유고 당신의 승리다!' 클라리세는 중얼거렸다. '살아 있는 기념비를 너 스스로 만들라고. 하지만 그전에 너 스스로의 몸과 영혼을 먼저 만들어야 해.' 클라리세는 웃었다. 큰 돌 밑에서 피어오르는 불처럼 날렵하게 타오르는 그녀만의 미소였다.

갑자기 클라리세는 자신의 아버지가 발터를 두려워했다는 사실을 떠올렸다. 그녀는 수년 전으로 되돌아갔다. "너 그거 기억나?"라는 말은 발터와 클라리세가 흔히 하는 질문이었다. 그 질문을 던지면 과거의 빛이 마법처럼 현재로 흘러들었다. 그런 흥미로운 체험을 그들은 좋아했다. 그럴 때면 수시간 동안 억지로 길을 가다가 되돌아보니, 공허하게만 보였던 방황이 한순간 굉장한 만족으로 바뀌는 것과 같았다. 하지만 그들은 그런 관점에서 바라보지 못했고, 추억을 매우 진지하게 받아들일 뿐이었다. 그러기에 당시만 해도 권위적으로만 보이던 그녀의 나이든 아버지가 이 집에 새로운 시대를 열었던 발터를 두려워했던 것은 그녀에게 힘이 되면서도 기이한 일이었다. 게다가 발터는 바로 클라리세 자신을 두려워했으니 말이다. 그건 마치 그때 자기 친구 루시 파흐호펜^{Lucy Pachhofen}이 아빠의 연인임을 알면서도 친구에게 팔을 두르고 친구의 연인을 향해 '아빠'라고 불러야 했던 것과 비슷했다.

클라리세는 다시금 볼이 화끈거림을 느꼈다. 그녀는 그 생생하고 독특했던, 낑낑거리는 소리를 다시 떠올리는 데 집중하고 있었다. 그 낑낑거림은 언젠가 친구 울리히에게도 말한 적이 있는 소리였다. 그녀는 아버지가 그녀의 침대로 찾아온 밤마다 그녀가 지어야 했던, 두려움에 입술을 꽉 다문 그 표정을 거울을 집어들고 다시 지어보려고 했다. 그녀는 유혹의 상황에 가슴속에서 나왔던 소리를 되살릴 수는 없었다. 그녀는 그 소리가 마치 그때처럼 자신의 가슴속 어딘가에 있을 것이라고 믿었다. 그러나 어떤 자제나 분별도 없는 소리는 결코 다시 표면으로 떠오르지는 않았다. 거울을 내려놓고 자기 혼자 있다는 사실을 확실히 증명이라도 하듯 모든 사물을 눈으로 쓰다듬으며 유심히 살펴보았다. 그러고는 손가락으로 옷을 쓰다듬으며 아주 놀라운 비밀을 간직한, 벨벳처럼 까만 배내 점을 찾아보았다. 사타구니 깊숙한 곳, 넓적다리 안쪽에 반쯤 숨겨진 채, 음모^{陰毛}가 드문드문 나 있는 곳에 그 점이 있었다. 그녀는 손을 그 점에 대고 모든 생각을 지워버린 채 그녀가 기억하는 느낌이 찾아오기를 숨죽여 기다렸다. 곧 그 순간이 찾아왔다. 그건 욕망의 부드러운 분출이 아니었고 오히려 그녀의 손은 남자의 손처럼 뻣뻣하게 굳어버렸다. 그녀는 그 점을 들어올려 다른 모든 것과 함께 내동댕이칠 수 있을 것만 같았다. 그녀는 자신의 몸에 있는 이 점을 악마의 눈이라고 불렀다. 바로 이 지점에서 아버지는 행동을 멈추고 물러났던 것이다. 악마의 눈은 어떤 옷이든 뚫고 나가 남자의 눈을 사로잡아 넋을 잃게 만들지만 클라리세가 원하지 않는 한 상대방을 꼼짝할 수 없게 만든다. 클라리세는 두꺼운 펜으로 밑줄이 쳐진, 그렇게 강조된 인용부호 안의 단어들을 떠올렸다. 그 단어들은 지금 그녀의 손이 그렇듯 긴장에 가득 차 있었다. 누가 감히 어떤 것을, 또는 누군가를 그 눈으로 사로잡았다고 상상이나 할 수 있을까? 하지만 그녀는 돌이 목표물을 맞히듯 그 단어를 획득한 첫번째 사람이었다. 그것은 그녀의 손에서 떨어져나간 힘의 일부였다. 이 모든 것은 그녀가 애초에 고민했던 그 낑낑거리는 소리를 잊게 만들었고, 대신 그녀는 여동생 마리온^{Marion}에 대해 생각했다. 마리온이 네살이었을 때, 밤마다 그 아이의 손을 묶어둘 수밖에 없었다. 왜냐하면 그저 재밌다는 이유만으로 나무에 매달린 벌집에 달려드는 두 마리 곰처럼 그 아이는 아무 생각 없이 지붕 밑으로 기어나갔기 때문이다. 한참 뒤에 클라리세는 발터를 마리온에게서 떼어놔야 했다. 그녀의 가족은 마치 포도 농부가 포도에 홀리듯 정념에 사로잡히곤 했는데 그것은 가족의 운명이었고 그녀가 짊어져야 하는 가혹한 짐이었다. 클라리세의 생각이 과거로 이리저리 빠져드는 동안 팔의 긴장은 풀렸고 그녀의 손은 무의식적으로 무릎에 올려졌다. 그때만 해도 그녀는 여전히 발터와 말을 놓지 못하고 있었다. 그녀는 발터에게 신세를 많이 졌다. 발터는 별 장식도 없는 단순한 가구를 들여놓고 진실을 담은 그림을 벽에 걸어놓은 신세대들에 대한 소식을 전해주었다. 그는 페터 알텐베르크$^{Peter\ Altenberg}$(오스트리아의 작가—옮긴이)의 새로운 작품들도 읽어주었다. 그 이야기 속 소녀들은 튤립 화단 사이에 굴렁쇠를 던져놓았으며 그들의 눈은 빛나는 밤처럼 달콤하고 순진하게 빛났다. 그때부터 클라리세는 아직 어린아이에 불과한 자신의 가는 다리가 어느 누군가의 스케르초처럼 중요하다는 사실을 깨닫게 되었다.

당시 그들 모두는 엄청난 무리가 모인 여름 숙소에 머물고 있었다. 친척 가족들은 호수 옆의 빌라를 빌렸고 모든 침대가 초대된 남녀 친구들로 꽉 들어찼다. 클라리세는 마리온과 함께 잤는데 열한시 무렵 비밀에 찬 달빛을 타고 종종 마인가스트^{Meingast} 박사가 잡담을 하러 오곤 했다. 스위스에선 유명인사가 된 그는 노는 데는 도가 튼 사람으로 모든 엄마들의 우상이기도 했다. 그때 그녀는 몇살이나 됐을까? 열다섯 아니, 열여섯? 열넷 아니면 열다섯쯤? 당시 그가 데려온 게오르크 그뢰슐$^{Georg\ Gröschl}$이란 학생은 아마 마리온이나 클라리세보다 약간 위였을 것이다. 그날 저녁 마인가스트는 달빛이나 무정하게 잠들어버린 부모들, 새로운 사람들에 대해 산만하게 몇마디 횡설수설하더니 마치 마인가스트의 숭배자인 그 땅딸막한 게오르크를 남겨두기 위

해 오기라도 한 것처럼 갑자기 가버렸다. 게오르크는 당황한 듯
아무 말도 하지 못했고, 그전까지 마인가스트와 이야기를 나누
던 두 자매도 입을 다물었다. 그런데 게오르크가 어둠 속에서 입
을 다물더니 마리온의 침대로 올라가는 것이었다. 그 방은 외부
에서 어느 정도 빛이 스며들긴 했으나 침대가 있는 구석은 어두
운 그림자의 무리가 드리워져 클라리세는 무슨 일이 일어나는
지 잘 볼 수 없었다. 그저 게오르크가 침대 곁에 똑바로 서서 마
리온을 내려다보는 것처럼 보일 뿐이었다. 그러나 그는 클라리
세를 등지고 있었고, 마치 방에 없는 듯 마리온의 소리는 들리지
않았다. 그런 채로 꽤 시간이 흘렀다. 마리온이 여전히 미동 없
이 있는 동안 게오르크는 마치 살인자처럼 그림자 속에서 걸어
나왔다. 그 찰나 그의 어깨와 옆모습은 방 한가운데로 비치는 환
한 달빛을 받아 창백해 보였고 그가 클라리세에게 다가오자 그
녀는 재빨리 누워 담요를 턱밑까지 끌어당겼다. 클라리세는 마
리온에게 일어났던 그 은밀한 일이 자신에게도 일어날 것을 알
았고, 게오르크가 조용히 침대 곁에 서자 긴장으로 몸이 뻣뻣해
졌다. 순간 그의 입술은 기괴하게 꽉 다물려 있었다. 마침내 그
의 손이 뱀처럼 다가와 클라리세를 만지기 시작했다. 클라리세
는 그가 무엇을 하는지 몰랐고 자신이 흥분하고 있음에도 그
어떤 작은 움직임도 감지할 수 없었다. 그녀는 욕망을 느끼긴 못
했지만—그것은 나중에 찾아왔다—순간 강하고 표현하기 힘
들며 근심에 찬 흥분이 일었다. 마치 무거운 짐마차가 견딜 수

없이 느리게 다리 위를 지나는 동안 그 다리를 받친 돌 하나가 떨며 흔들리듯이 그녀는 조용히 있었다. 그녀는 아무 말도 할 수 없었고 무슨 일이 벌어지든 그냥 내버려두었다. 몸에서 떨어진 후 게오르크는 인사도 없이 떠나버렸고 두 자매는 자신들이 같은 일을 겪은 것인지 서로 확신할 수 없었다. 몇년 후 그 일에 관해 말을 나누기 전까지 자매는 서로 도움을 요청하지도, 동정을 구하지도 않았다.

클라리세는 사과를 다시 발견하고는 이빨로 잘게 쪼개서 씹어먹었다. 게오르크는 그때 생애 처음으로 돌처럼 의미심장한 눈빛을 보냈던 것 외엔 아무것도 발설하지 않았다. 게오르크는 행정부의 전도유망하면서도 품위있는 변호사가 되었으며 마리온은 그새 결혼을 했다. 마인가스트 박사에게는 더 많은 일이 있었다. 그는 회의주의를 벗어던지고 이른바 대학 밖의 철학자가 되어 수많은 남녀 학생들에게 둘러싸여 있었다. 박사는 최근 발터와 클라리세에게 편지를 한통 보냈다. 그 편지에는 박사가 이제 추종자들에게서 벗어나 고향에 돌아가 일을 좀 해야겠다는 내용이 담겨 있었다. 또한 그는 발터와 클라리세가 "자연과 대도시의 경계"에 산다는 말을 들었다면서 자신을 반겨줄 수 있는지를 물었다. 이 소식은 또한 클라리세가 그 무렵 빠져 있던 생각을 더욱 촉발시켰다. "오, 이런 절묘한 때에!"라고 그녀는 생각했고 그 여름 직전에 루시와 지냈던 일을 떠올렸다. 그때 마인가스트는 마음에 내킬 때마다 루시에게 키스를 했다. "당신에게 키스를 해도 좋겠습니까?" 그는 키스하기 전에 정중하게 물었고 결국 클라리세의 모든 여자친구들과 키스를 했다. 클라리세는 그중 치마를 입은 한 친구가 볼 때마다 겸손한 척 눈을 내리깔던 것을 잊지 못했다. 마인가스트는 그 일들을 클라리세에게 직접 말했고 그녀는 당시 겨우 열다섯살이었다! 그가 그녀의 여자친구들과 벌인 일들을 떠벌릴 때마다 그녀는 "이 돼지 같은 놈!"이라고 대꾸해주었다. 그런 상스런 말이 클라리세에게 마치 여행길을 떠나는 듯한 즐거움을 주긴 했지만 그녀 역시 그에게 저항하지 못할 거라는 두려움을 없애주진 못했다. 결국 멍청하다는 인상을 주기 싫어서 그가 키스를 제안했을 때 그녀는 감히 거부하지 못했다.

하지만 발터가 처음으로 그녀에게 키스했을 때 클라리세는 심각하게 말했다. "난 이런 짓은 하지 않을 거라고 엄마한테 약속했어." 그게 바로 다른 점이었다. 발터는 천사처럼 말했고 무척 말을 많이 했다. 그는 마치 달이 구름떼에 둘러싸인 것처럼 철학과 예술에 둘러싸여 있었다. 그는 그런 책을 읽어주었다. 그러나 실제로 그가 한 일은 그녀를 뚫어지게 쳐다보는 것이었다. 그녀의 친구들 가운데서 오직 그녀만을. 처음에는 그 모임에 참석하는 게 전부였다. 마치 달이 세상을 비추게 내버려두듯, 팔짱을 끼고 있기만 하면 되었다. 확실히 그들의 관계는 손을 잡음으로써 더욱 나아갔다. 그건 아무 말 없이 아주 조용히 이뤄졌는데, 그 행위 속에는 뭐라 비할 바 없이 강한 끈끈함이 있었다. 클라리세는 그의 손을 통해 온몸이 정화되는 기분을 느꼈다. 만약 발터가 무심코 차갑게 손을 건넸다면 그녀는 무척 속이 상했을 것이다. '너는 아마 내 기분을 모를 거야.' 그녀는 애원하듯 중얼거렸다. 그때만 해도 클라리세는 이미 마음속으로 발터를 '너'라고 부르기 시작했다. 그녀가 지금껏 자연에 관해 아는 거라곤 아빠나 친구들이 그려주거나 설명해준 풍경이 전부였지만 발터를 만나면서 산이나 딱정벌레 같은 것들을 처음 이해하게 되었다. 가족에 대한 비판적 생각 또한 그때부터 부쩍 커졌다. 그녀는 스스로 새로워지고 달라졌다고 생각했다. 클라리세는 스케르초를 연주했던 일을 생생히 기억했다. "클라리세 양, 당신의 발은," 발터가 말했다. "당신 아빠가 그린 그림보다 훨씬 더 사실적인 예술미를 갖추고 있어요." 여름 별장에는 피아노가 한 대 있었고, 그들은 함께 연주했다. 클라리세는 그에게 피아노를 배웠다. 그녀는 친구들과 가족에게서 벗어나고 싶었다. 그들 중 아무도 그렇게 찬란한 여름날 배를 타거나 수영을 하지 않고 피아노를 치며 시간을 보내는 것을 이해하지 못했을 것이다. 하지만 그녀는 희망을 발터에게 걸었고 그때 이미 '그의 짝'이 되어 그와 결혼하기로 결심했다. 그래서 그녀의 연주가 틀렸다고 발터가 꾸짖을 때도 클라리세는 속으로는 부글부글 끓어올랐으나 기쁨으로 화를 이겨냈다. 실제로 발터는 이따금 그녀에게 호통을 쳤다. 그의 정신이 관용을 몰랐기 때문이지만 그건 오직 피아노에만 해당되는 일이었다. 음악 이외의 문제에 대해 발터는 너

그러웠다. 여전히 마인가스트는 때때로 그녀에게 키스를 했으며, 한밤중 보트를 타러 나가서 발터가 노를 저을 때 그녀는 마인가스트의 가슴에 머리를 기대곤 했다. 마인가스트가 워낙 이런 일에 능숙하다보니 그녀로서는 무슨 일이 일어나는지조차 몰랐다. 반면 그들이 피아노 레슨을 마치고 거의 문 앞까지 갔을 때 발터가 그녀를 뒤에서 붙잡아 키스를 했는데, 그때 그녀는 숨을 쉬기가 힘들어 그저 그에게서 빠져나오고 싶은 마음이 들 정도로 불쾌했다. 그럼에도 그녀는 무슨 일이 벌어지든 이 사람과 헤어져서는 안 된다는 마음을 굳혔다.

아무튼 기이한 일이었다. 마인가스트의 숨결에는 모든 저항을 녹여버리는 뭔가가 있었는데 그건 마치 부지불식간에 사람을 행복하게 만드는 순수하고 가벼운 공기 같은 것이었다. 반면 클라리세가 이미 알고 있듯이 소화불량에 시달리는 발터의 숨결은, 뭔가를 결정할 때 늘 망설이는 그의 모습을 연상시키며 어딘가 답답하고 너무 뜨거우며 퀴퀴한 데다 사람을 무감각하게 만들었다. 그런 육체와 정신의 결합은 실은 묘한 것이었으나 "한 인간의 육체가 곧 그의 정신이다"라는 니체의 말을 당연하게 생각했던 클라리세는 그런 현상에 전혀 놀라지 않았다. 그녀의 발은 그녀의 두뇌가 그런 것처럼 천재가 아니었다. 발과 머리는 그 자체로 똑같은 것이었다. 그녀의 손을 발터가 만지면 곧바로 머리끝에서 발끝까지 어떤 의도와 약속의 흐름을 만들어 냈다. 또한 그녀의 젊음은 자아를 인식한 이후로 부모의 모든 확신과 어리석음에 맞서 싸웠다. 그 싸움의 무기는 바로 단단하고 젊은 육체의 신선함이었다. 그 신선함은 풍만한 부부침대라든지 사치스런 터키 카펫처럼 도덕적으로 엄격한 세대에게 만족을 주던 모든 느낌들을 경멸했다. 육체적인 것은 사람들이 가질 법한 것과 다른 시각을 갖게 해주었다. 하지만 여기서 클라리세는 회상을 멈추었다. 그게 아니라면 그녀가 어떤 신호도 없이 회상을 갑자기 현재로 착륙시킨 것인지도 몰랐다. 클라리세는 특성 없는 친구에게 여전히 말하지 못한 모든 것을 알려주고 싶었다. 아마도 그 이야기 속에는 마인가스트가 너무 많은 자리를 차지하고 있을 것이다. 그는 그 격앙된 여름이 지나자 바로 내빼버렸는데도 말이다. 외국으로 간 그는 제멋대로의 방탕아에서 저명한 철학자로의 놀라운 변신을 시작했다. 이후로 클라리세는 그를 스치듯 한번 봤을 뿐인데 둘 모두 전혀 과거를 떠올리지 못했다. 하지만 그녀가 직접 목격했듯이, 그의 변화에 그녀가 차지하는 부분은 뚜렷한 것 같았다. 그가 떠나기 몇주 전 둘 사이에서는 여러 일들이 더 있었다. 발터가 없을 때, 물론 발터가 질투하며 있을 때조차 그가 스스로 이겨내도록 하거나 배제하면서 그녀와 마인가스트는 감정적인 풍랑을 겪었다. 좀 심할 때는 그 풍랑에 정신을 잃을 정도였고 격랑이 지나가면 비가 오고 난 후의 푸른 초원처럼 모든 열정이 우정의 순수한 공기 속으로 사라져버렸다. 클라리세는 그리 싫은 내색 없이 많은 일들이 일어나도록 내버려두었으나 모든 것을 알고 싶어했고 나중에 자신이 생각했던 바를 모조리 털어놓음으로써 그 음탕한 친구에게 자기 나름대로 복수를 가했다. 또한 마인가스트는 떠나기 전 마지막 순간에 이미 진지한 친구로 돌아와 있었고 발터와의 경쟁에서도 점잖게 물러서 있었다. 그래서 클라리세는 그가 스위스로 떠나기 전 최선을 다해 그를 우울하게 만든 것이 결국 그가 엉뚱하게 변하는 데 기여했을 것으로 굳게 믿었다. 이후 그녀와 발터 사이에서 일어난 일들은 이런 생각을 더욱 확고하게 해주었다. 클라리세는 이 일들이 아주 오래전 일인지 아니면 몇달 전 일인지조차 구별할 수 없었다. 하지만 그건 그리 중요하지 않았다. 만만치 않은 거부감을 이겨내고 그녀와 발터가 가까워지자 긴 산책과 고백들, 그리고 고통스럽지만 지극히 행복한 무수히 많은 작은 방탕들—두 연인의 마음을 홀딱 뺏어버린—로 채워진 정신적 소유의 꿈결 같은 시간이 찾아온 것이 더 중요했다. 그 방종에는 이미 그들이 순결했을 때도 없었던 결정적인 용기가 부족했다. 그것은 마치 마인가스트가 그들에게 그의 죄를 물려주자 그 죄가 더 높은 의미에서 한번 더 체험되고, 가장 높은 곳에서 흩어져버린 것과 같았다. 그 둘 또한 이 사실을 알고 있었다. 또한 발터의 사랑을 별로 달가워하지 않은 나머지 그 사랑이 역겨워지기까지 하는 요즘, 그녀는 그토록 자신의 마음을 비치게 만든 황홀한 사랑의 갈구가 다름 아닌 현현顯現—그녀가 아는바, 뭔가 비육체적인 것이 육체적인 것을 덧입음—같은 것일 수 있었겠다고 점점 더 확신했다. 말하자면 의미, 사명, 운명처럼, 선택되기 위해 별들 사이에서 준비된 그런 비육체적인 것의 육체화가 아니었을까.

예전과 지금을 비교하면 그녀는 부끄럽지 않았고 오히려 눈물이 날 것 같았다. 그러나 클라리세는 절대 울지 못했고 그저 입술을 꽉 다물었는데 그러자 오히려 웃는 것처럼 보였다. 겨드랑이까지 키스를 받은 그녀의 팔, 악마의 눈에 감시된 그녀의 다리, 연인의 욕정에 의해 수천번이나 꼬였다가 다시 풀어진 실 같은 그녀의 육체, 그 모든 것들은 사랑과 동반된 놀라운 감정을 확인시켜주었다. 또한 매 순간의 몸짓은 비밀스런 신중함으로 가득 차 있었다. 클라리세는 자리에 앉았고 자신이 휴식시간에 잠시 앉아 있는 여배우가 된 듯한 느낌을 받았다. 그녀는 도대체 뭘 해야 할지 몰랐다. 하지만 사랑하는 사람들에게 주어진 끊임없는 임무는 상대방에게 가장 최고의 순간들로 있어주는 것임을 깨달았다. 여기 그녀의 팔이 있었고, 다리가 있었다. 이들은 반드시 일어나는 신호들을 가장 먼저 잡아내려고 무시무시한 준비태세를 갖추고 대기했다. 클라리세가 뭘 하고 싶어하는지는 이해하기가 매우 어려웠지만 그녀에게만큼은 너무나 분명한 일이 있었다. 클라리세는 라인스도르프 백작에게 편지를 써 '니체의 해'와 그 여성 살해범의 석방을 청원했고, 가급적 그를 대중에게 공개해 모든 이의 죄를 자신에게 돌려야 했던 십자가의 고난을 기념하라고 요청했다. 그녀는 왜 이런 일을 하는지를 알고 있었다. 누군가는 먼저 말해야 할 것들이었다. 아마도 그녀가 잘 표현하지는 못했겠지만, 그건 문제가 되지 않았다. 중요한 것은 누군가 시작하는 것이고, 인내와 여유를 가지고 끝을 맺는 것이다. 역사에는 이따금―시간에서 시간으로^{von Zeit zu Zeit}(독일어에서 이따금이라는 숙어로 쓰임―옮긴이)라는 이 말은 그녀에게 마치 가까운 곳에 있지만 눈에는 보이지 않는 두 개의 종^鐘 같았다― 함께 살 수 없고 함께 거짓말할 수 없어서 불쾌하게 받아들여지는 사람이 필요하다. 여기까지는 명확했다.

또 하나 분명한 것은 불쾌함을 불러일으키는 사람들은 세상의 억압을 받는다는 사실이다. 클라리세는 인류가 배출한 천재들은 대부분 고통을 겪는다는 사실을 알았으며, 그녀 삶의 많은 나날들이 마치 무거운 바위에 깔린 듯 육중한 억압에 시달렸다고 해서 그리 놀라지도 않았다. 하지만 매순간 그것은 지나갔고 모든 사람들은 그렇게 살아갔다. 교회는 지혜롭게도 무슨 일이 벌어지건 슬픔을 모아 한꺼번에 추모하는 기간을 정해 사람들이 반백년 동안이나 낙담과 냉혹한 기분에 젖어 지내지 않도록 했다. 클라리세의 인생에서 더 어려운 일은 너무 자유롭고 거칠 것 없는 순간에 대처하는 것이었다. 그런 때 단 한마디만 하면 그녀는 열차에서 뛰어내렸을 것이고 제정신이 아닌 채 어디에 있는지를 말할 수조차 없었을 것이다. 그러나 그녀는 절대 징신이 나가지 않았다. 반대로 그녀는 그 어느 때보다도 멀쩡한 정신이었고, 그녀의 육체가 세계 속에 점유한 그 깊은 방 안에는 일반적인 생각으로는 정의하기 어려운 것들이 숨어 있었다. 그러나 무슨 이유로 거리에는 없는 단어들을 찾아 헤매는 것일까?
아무튼 클라리세는 곧 타인들 곁으로 돌아왔고 그저 코피를 흘
린 후처럼 머릿속이 약간 간지러울 뿐이었다. 클라리세는 그때
가 자신이 수차례 경험한 그 위험한 순간임을 깨달았다. 그녀 앞
에는 분명히 시험과 난관이 있었다. 그녀에겐 많은 것들을 동시
에 생각하는 습관이 있었고, 그건 마치 접었다 폈다 하는 부채
같아서 일이 너무 복잡해질 때는 한번에 확 접어서 빠져나오는
게 바람직했다. 많은 사람들이 그랬으면 하지만 또 그렇게는 못
하는 게 사실이지만.

그래서 클라리세는 다른 사람들이 왕성한 소화력을 자랑하
면서 유리 조각이라도 씹어먹을 수 있다고 말하는 것처럼, 결심
과 예감을 즐겼다. 게다가 클라리세는 이미 자신이 뭔가를 실제
로 획득할 수 있다는 사실을 증명해 보였다. 그녀는 아버지에게
힘을 과시했고, 마인가스트에게, 게오르크 그뢰슐에게도 그랬
다. 비록 머뭇거리긴 했으나 발터에게도 그런 긴장은 여전히 진
행중이었다. 클라리세는 언제부턴가 자신의 힘을 특성 없는 남
자에게도 발휘해보고 싶었다. 그게 언제인지를 정확히 말할 수
는 없었다. 아마도 발터가 특성 없는 남자라는 이름을 생각해내
고 울리히가 받아들인 때부터였을 것이다. 그녀가 확실히 말할
수 있는 것은, 그전에는 비록 아주 좋은 친구이기는 해도 울리히
에게는 거의 관심이 없었다는 것이다. 하지만 '특성 없는 남자'
라는 말은 실제로 아무런 열정도 없으면서 우울하고 기쁨이 넘

치며 분노를 일으키는 피아노 연주를 떠올리게 했다. 클라리세는 그런 것들에 친밀감을 느꼈다. 그때부터 온 마음을 담아내지 못하는 일은 무슨 수를 써서든 거부해야 마땅했고 그래서 그녀는 결혼생활의 격동 속으로 끌려들어갔다. 특성 없는 남자는 삶을 향해 아니야!라고 말하지 않았다. 그는 아직!이라고 말했으며 적당한 때를 위해 힘을 아꼈다. 클라리세는 그런 심정을 온몸으로 이해했다. 그건 아마도 그녀가 자기의 육신을 떠나서 성모 마리아라도 돼야 하는 순간의 느낌일지도 몰랐다. 그녀는 불과 15분 전에 자신에게 떠올랐던 환영을 기억해냈다. '아마 모든 엄마들은 성모 마리아가 될 수도 있을 거야,' 그녀는 생각했다. '만약 그 엄마가 굴복하거나 거짓말하거나 행동을 취하지 않고 그저 자기 안에 깊숙이 숨겨진 것을 한 아기를 출산함으로써 드러낸다면 말이야! 자신을 위해서는 아무것도 얻지 못하는 그런 엄마를 생각해보라고!' 그녀는 슬프게 덧붙였다. 왜냐하면 그 생각이 전혀 만족스럽지 않았고 오히려 고통과 황홀 사이를 갈라서 뭔가를 희생해야 할 것 같은 기분이 들었기 때문이다. 그녀의 환상은 양초들이 갑자기 불을 밝히듯 타오르는 잎새들 사이로 보이는 나뭇가지 같았다. 그러나 가지가 서로 부딪히자 환영은 사라져버렸다. 지금 그녀의 기분은 다시 차분하게 가라앉았다. 다음 순간 그녀는 모반Muttermal(母班, 태어날 때부터 있는 반점—옮긴이)이라는 단어에 엄마Mutter라는 말이 포함돼 있음을 깨달았다. 아마 다른 사람들에게는 그 반점이 의미없을지 몰라도 그녀에게는 마치 운명이 갑자기 별에 새겨지기라도 한 듯이 각별했다. 여자는 남자를 어머니로서 또한 연인으로서 받아들여야 한다는 그 놀라운 생각 때문에 그녀는 부드러워졌고 동시에 흥분을 느꼈다. 어디서 비롯되었는지는 몰라도 그런 생각은 반항을 누그러뜨리면서도 뭔가 힘을 주었다.

그렇지만 절대 특성 없는 남자를 신뢰하지는 않았다. 그는 자기가 말하는 바에 진실하지 않았다. 그가 자신의 생각을 다 실행할 수는 없다고 주장하거나 아무것도 진지하게 받아들이지 않는다고 주장할 때 그것은 속임수에 불과했다. 그녀는 그 사실을 분명히 이해했다. 그들은 서로 냄새를 맡았고 상대방의 신호를 알아차렸지만 발터는 그저 클라리세가 종종 정신이 이상해진다고 생각했다. 그러나 울리히에게는 지독하게 사악한 것이 있었고 그것은 세계의 느릿느릿한 산보를 악마적으로 따라가는 그 무엇이었다. 그는 자유로워야 했고 그녀는 그를 데려와야만 했다.

클라리세는 발터에게 말했다. "그를 죽여." 그 말은 사실 아무 의미도 없었고 그녀조차 무슨 말인지 알지 못했다. 여하튼 그를 파괴시키기 위해선 어떤 대가를 치르더라도 뭔가를 해야만 한다는 뜻이었다.

그녀는 특성 없는 남자와 필사적으로 싸워야 했다.

그녀는 웃었고 코를 문질렀다. 이어 어둠 속에서 이리저리 걸었다. 평행운동에 뭔가가 일어나야만 한다. 그것이 무엇인지는 그녀도 몰랐다.

98.
언어의 결함 때문에 망해가는 나라에서

시간의 열차는 선로를 따라 앞으로 굴러간다. 시간의 강물도 스스로 물길을 따라 흘러간다. 여행자들은 단단한 벽과 단단한 바닥 사이에서 움직이지만 알게 모르게 바닥과 벽은 여행객들이 움직일 때마다 생기있게 요동친다. 늘 생각에 잠긴 클라리세의 영혼의 휴식을 위해서는 얼마나 큰 다행인지 그녀에게 그런 요동은 아직 없었다.

하지만 라인스도르프 백작도 요동에서 해방돼 있었다. 그는 자신이 현실정치^{Realpolitik}를 집행하는 자라는 생각 덕분에 이런 요동에서 벗어나 있다고 믿었다.

하루하루는 흔들리면서 한주를 만든다. 한주 한주는 그냥 머물러 있지 않고 둥글게 원을 만든다. 끊임없이 일이 일어난다. 그리고 무슨 일이든 계속 일어난다면 사람들은 뭔가 실제적인 일을 실현한다는 인상을 받기 쉬울 것이다. 그러니 라인스도르프 백작과 집사들 사이에 세세한 논의가 있고나서 그 날짜와 구체적인 행사일정이 확정된 이후에는 백작의 성에 있는 호화로운 방들이 폐결핵 아동 환자들을 위한 자선모금 축제에 개방될 수도 있었던 것이다. 그와 동시에 경찰은 전체 사교계가 참여하는 경찰 전시회를 계획했고 경찰청장은 개인적으로 백작에게 찾아와 사람들을 모아줄 것을 부탁했다. 라인스도르프 백작이

식장에 도착하자 경찰청장은 자발적 조력자이자 충실한 비서를 알아보았고 백작은 다시 한번 여유롭게 자신을 소개했으며 청장이 자신에 대한 전설적인 기억을 더듬어낼 기회를 주었다. 왜냐하면 시민 열 명 중 하나는 백작과 친분이 있거나 적어도 들어서라도 알고 있었기 때문이다. 디오티마 역시 남편을 대동하고 왔으며, 자리에 나타난 모든 사람들은 혹시 자신들이 소개를 받을지도 모르는 황실 인사가 등장하기를 기대했다. 또한 모두들 행사가 매우 훌륭하고 매력적이라고 입을 모았다. 벽에는 엄청나게 많은 그림들이 걸려 있었고 위대한 범죄행위를 기억하는 기념품들이 유리장과 진열장 안에 전시돼 있었다. 절도범의 흉기, 위조범이 쓰던 기구들, 범행의 단서를 제공한 뜯어진 단추들, 악명을 날린 살인자들이 쓰던 끔찍한 무기와 그와 연관된 이야기들도 진열되었다. 반면 공포의 복도와는 달리, 벽에 걸린 그림은 경찰관의 일상을 교훈적으로 표현하고 있었다. 그림 속에는 작은 노인들을 데리고 길을 건너는 친절한 경찰관, 강에서 떠밀려온 시체를 내려다보는 심각한 경찰관, 두려워하는 말의 고삐를 잡으려 뛰어드는 용감한 경찰관이 있었다. 또한 경찰을 시市의 수호천사로 표현한 비유적인 그림도 있었는데, 보호소에서 엄마 같은 경찰에 둘러싸인 길 잃은 아이들, 불길 속에서 소녀를 구출해 품에 안은 경찰관, '첫번째 구조' 또는 '순찰구역에서 홀로' 같은 더 많은 그림들, 그리고 1896년까지 돌아본 정의로운 경찰관들의 사진이 있었고, 그들의 업적을 기록한 글들과 경찰의 역할과 각 개인의 활약을 찬양한 시가 액자로 진열돼 있었다. 카카니엔에서 심리학적 용어로 '내적 문제'를 다루는 부서라고 알려진 그 내각의 최고 각료는 환영사를 통해서 이 그림들이 시민의 진실한 모습으로서의 경찰의 정신을 표현하고 있다고 말했다. 그렇듯 헌신적인 정신과 엄격한 도덕의 활력은 예술과 삶이 감각적인 태만함에 물들어 음산한 문화로 기우는 이런 시대에 놀라움을 던져준다는 것이다. 라인스도르프 옆에 서 있던 디오티마는 이 말이 자신이 현대의 예술을 위해 기울여온 노력에 역행하는 것처럼 느껴져 기분이 좋지 않았고, 그래서 부드럽지만 완고한 표정으로 허공을 응시함으로써 카카니엔에는 이런 각료들과 다른 생각을 하는 사람이 있다는 사실을 공식적으로 표명했다. 이때 디오티마의 사촌은 평행운동의 명예비서답게 적당한 거리를 두고 그녀를 관찰하고 있었다. 그런데 갑자기 촘촘한 군중 속에서 조심스럽게 손 하나가 튀어나와 그의 팔을 가볍게 만지는 게 느껴졌다. 그 주인공은 놀랍게도 고위직 판사 남편과 이미 도착해 있던 보나데아였다. 그녀는 때마침 모든 시선이 각료와 그 앞에 서 있던 대공에게로 쏠린 틈을 이용해 자신의 믿지 못할 친구에게로 다가온 것이다. 이 무례한 행동은 오랫동안 준비된 것이었다. 보나데아가 펄럭이는 욕망의 깃발을 내려놓으려고 어렵게 고투하는 동안 연인이 자신을 내버리자 지난 몇주 동안 그녀에겐 온통 그의 마음을 다시 얻으려는 생각뿐이었다. 울리히는 그녀를 피해 다녔고 혼자 있으려는 사람을 억지로 괴롭히는 사람으로 그녀를 몰아갔다. 그래서 그녀는 자신의 연인이 매일 나타나는 모임에 나가리라 결심했다. 남편이 소름 끼치는 살인자 모오스브루거 사건을 담당하고 있다는 사실, 그리고 남자친구는 이 살인자의 운명을 어떻게든 가볍게 해주고자 노력한다는 사실, 또한 그 둘 사이에 연락이 필요하다는 현실적 관계를 그녀는 이용하기로 했다. 그래서 보나데아는 최근 범죄적 정신병자들의 복지를 위한 영향력 있는 단체들에 관심을 가지고 참여하라고 남편에게 수차례 종용했으며, 경찰 전시회의 오프닝 행사가 열리자 자기를 데려가달라고 했다. 그녀는 본능적으로 이 자선행사에서 디오티마와 교제하게 되리라 짐작했기 때문이다. 장관이 연설을 끝내고 청중들이 둥그렇게 모여 앉자 그녀는 당황해하는 연인에게서 조금도 물러서지 않고 그의 옆에 딱 붙어서 무시무시하게 핏빛을 내뿜는 무기들을―사실 본인은 참기 어려울 정도로 혐오함에도 불구하고―둘러보았다. '당신은 누구나 원하지 않는다면 모든 걸 피할 수 있다고 말했지.' 그녀는 중얼거렸고 자신의 집중력을 보여주려는 착한 아이처럼 연인을 향해 내뱉은 마지막 말을 떠올렸다. 잠시 후 사람들에 밀려서 그에게 가까이 다가가게 되자 그녀는 웃으며 그에게 중얼거렸다. "당신은 누구나 때가 오면 어떤 나약한 짓도 할 수 있다고 말했지." 그녀가 이렇듯 대놓고 따라붙는 것은 울리히에게 몹시 당황스런 일이었다. 그가 아무리 막으려 해봐도 보나데아가 디오티마에게 접근하는 것을 제지하지는 못했고, 또한 이 많은 사람들 앞에서 그녀가 한 행동에 대해 일장 연설을 할 수도 없는 노릇이었기에 울리히는 그렇게 반대했던 두 여인의 교류를 주선할 수밖에 없었다. 그들은 이미 디오티마와 백작이 한가운데 서서 한무리를 이룬 그룹 근처에 서 있었고 때마침 보나데아는 한 전시물을 보고 크게 외쳤다. "저기 봐요, 모오스브루거의 칼이 있네요!" 거기 정말 칼이 있었고, 보나데아는 마치 할머니가 준 첫 선물을 서랍에서 발견한 소녀처럼 흥분하여 그 칼을 바라보았다. 그때 울리히는 이제 여자친구를 자기 사촌에게 소개해야겠다고 갑자기 결심했다. 모든 선하고 진실하며 아름다운 것이라면 열정적으로 알고 싶어하는 사촌 역시 이 여인을 만나고 싶어할 것이라는 생각이 들어서였다. 어떤 사람도 날이 가고 해가 가는 동안 뭔가 거대한 일이 일어난다고 말할 수는 없을 것이다. 사실 경찰 전시회나 그것과 관련된 모든 것들 역시 아주 사소하다고밖에 할 수 없었다. 가령 영국에서라면 훨씬 더 웅장한 일들이 일어나 이곳에서까지 많이 회자되곤 한다. 영국에서는 아주 유명한 건축가가 여왕에게 인형의 집을 선물했는데 식당만 해도 1미터는 되고 그 안에는 저명한 현대 화가들의 미니어처 초상화가 걸려 있으며 욕실에는 진짜 수도꼭지가 있어서 더운물과 찬물이 나온다고 한다. 또한 서재에는 여왕이 왕실의 작은 사진을 붙일 수 있는, 순금으로 된 앨범뿐 아니라 각별히 소형으로 인쇄된 철도 및 배의 시간표, 그리고 저명한 작가들이 여왕을 위해 손으로 직접 쓴 시와 소설의 미니 판본이 2백여

권이나 있었다고 한다. 디오티마는 그것을 다룬―이제 막 영국에서 출간된―호화판 양장본 두 권을 가지고 있었는데, 뛰어난 삽화를 그려넣어 볼 만한 가치가 있을 뿐 아니라 이 책들 덕분에 그녀는 자신의 살롱에서 최고위 인사들과 더 많이 교제할 수 있었다. 또한 사람들이 적합한 단어를 찾기 어려울 정도로 모든 일이 끊임없이 이어졌기 때문에 영혼에서 울리는 북소리가 미처 눈에 띄기도 전에 코너를 돌아가는 것처럼 느껴졌다. 그때 처음으로 황실 전신국이 아주 떠들썩하게 파업에 돌입했는데, 그 파업은 이른바 수동적 저항으로 모든 직원들이 규칙에 따라 정확히 일을 하는 일종의 시간준수 투쟁이었다. 그것은 정확히 법을 준수하는 것이 막무가내의 무정부상태보다 훨씬 더 빨리 업무를 마비시킨다는 사실을 입증해주었다. 프로이센의 쾨페니크 Köpenick 대위라는 사람은 중고상에서 계급장이 달린 옷을 구해 입고 순찰하던 경찰을 불러세워 가짜 계급과 프로이센 황실에 대한 충성심을 이용해 지방 금고를 털어간 인물로 지금까지도 기억되고 있다. 이처럼 수동적 저항이란 상상력을 자극하기는 하지만 그와 동시에 사람들이 내밀하게 표현하고 싶어하는 비난을 누그러뜨린다. 동시에 언론은 황제의 정부가 다른 황제의 정부와 평화를 지키고 경제를 발전시키며 모든 사람의 권리를 존중하기 위해 서로 협력할 것이고 이것이 위협받을 경우 적절한 조치를 취하겠다는 계약을 맺었다고 보도했다. 투치 국장의 상급자인 내각 장관은 며칠 후 연설을 했는데, 그때 그는 세 대류의 제국들이 긴밀하게 협조해야 하며, 현대의 사회적 발전을 무시해서는 안 되고 오히려 새로운 급진 사회조직에 맞서서 왕조 공통의 이해를 돈독히 해야 한다고 역설했다. 이탈리아는 리비아에서 무력시위를 전개하고 있었고 독일과 영국은 바그다드 문제에 연루돼 있었으며 카카니엔은 남부에서 세르비아가 해양으로 진출하는 것을 허락하지 않은 채 오로지 철도망만 허용한다는 사실을 세계에 보여주기 위해 명백히 무력을 전개하고 있었다. 또한 이런 모든 사건과 더불어, 스웨덴의 여배우 포겔장이 카카니엔 방문 첫날 밤에 거의 잠을 이루지 못했으며 환호하며 밀려드는 군중에게서 자신을 보호해준 경찰관에게 감사한 나머지 그 경찰관이 두 손으로 자신의 손을 세게 잡도록 허락했다는 기사가 실렸다. 그렇게 다시 화제는 경찰 전시회로 되돌아왔다. 많은 일들이 성사되었고 사람들도 그걸 알았다. 자신이 한 일에 대해서는 좋은 평가가 있었으며 남들이 한 일은 우려를 자아냈다. 개별 사건들은 어린 학생들도 이해할 수 있었지만 눈앞에 벌어진 일들이 전체적으로 무엇을 의미하는지는 극소수의 사람들만 이해했으며 그들의 이해마저도 확실하지는 않았다. 시간이 좀 지나서야 모든 것이 뒤틀리고 변화된 순서로나마 드러날지 모르지만 여전히 사람들은 그 차이점을 발견하지 못할 것이며 시간의 경과가 남긴 매우 불가해한 변화, 그리고 역사라는 달팽이가 지나간 자리에 남은 그 끈적끈적한 흔적 외에는 아무것도 발견하지 못할 것이다.

그런 상황에서 도대체 무슨 일이 벌어지는지를 알아보려는 외교 대사는 어려움을 겪을 게 분명했다. 외교 대사들은 아마도 라인스도르프 백작에게서 지혜를 빌리고 싶었지만 백작은 어려움만 만들어내기 일쑤였다. 백작은 자신의 일에서 확고한 신뢰가 던져주는 만족에 매일 새로워지는 느낌을 받았다. 또한 낯선 관찰자들이 보기에 그의 얼굴은 질서정연하게 진행되는 일 속에서 빛나는 차분함을 간직하고 있었다. 제1부서가 보고서를 제출하면 제2부서가 답을 했다. 제2부서가 답을 하면 제1부서의 직원은 통지문을 작성해야 하며 보통의 경우라면 서로 구두로 의견을 전달하는 게 권장되었다. 제1부서와 제2부서가 협의에 도달하면 그 문제에 대해 더이상 언급하지 말아야 한다는 결론이 났다. 그런 식으로 끊임없이 일이 진행되었다. 또한 고려돼야할 수많은 다른 결정들이 있었다. 결국 사람들은 여러 다른 부처들과 협력해서 일했다. 또한 이들은 교회를 자극하지 않으려고 했으며 사람들과 사회적 관계들을 고려해야만 했다. 한마디로, 사람들이 뭔가 특별한 일을 하지 않는 시간 속에서도 하지 말아야 할 일들은 많았으며 그래서 늘 뭔가 해야 할 일이 많다는 느낌 속에서 살아야 했다. 백작은 그것이 옳다고 생각했다. "사람이 더 많이 운명에 좌우될수록," 그는 말하곤 했다. "모든 것이 확고한 의지와 잘 계획된 행동 같은 몇개의 간단한 규칙에 의존한다는 것을 확실히 알게 될 테지." 또한 그는 자신의 '젊은 친구'와 이야기할 때 이런 체험에 더 가까이 다가갔다. 독일의 통일 노력에 관해서 그는 1848년에서 1866년 사이에 일군의 사려 깊은 지식인들이 정치에 많은 조언을 던졌음을 인정했다. "하지만 때마침," 그는 말을 이었다. "비스마르크가 등장해서는 정치가 어떤 것인지를 보여줌으로써 그 누구의 정의와도 다른 좋은 모범을 선사한 것이지. 그건 바로 정치가 말이나 지식으로 되는 게 아니라는 거야. 자신의 어두운 면에도 불구하고 비스마르크는 그의 시대에 말을 할 줄 아는 사람이라면 누구나 지식이나 말이 아니라 오로지 침묵하는 사고와 행동만이 희망을 준다는 사실을 안다고 생각했거든." 라인스도르프 백작 역시 디오티마의 모임에서 비스마르크와 비슷한 이야길 한 적 있는데 이따금 그 자리에 참관하는 외무부의 대표들은 그의 말이 의미하는 바를 헤아리느라 애를 먹기도 했다. 그 모임에서 아른하임의 참여와 투치 국장의 역할은 주목을 받았고 결국 이 두 남자와 라인스도르프 백작 사이에 비밀스런 연대가 있으리라는 짐작을 가능케 했다. 또한 이들의 정치적 목적은 투치 국장의 부인이 벌이는 범문화적인 노력으로 위장된 채 뒤에 숨겨져 있었다. 조금도 힘들이지 않고 노련한 참관자들을 꾀어낸 라인스도르프 백작의 재주를 생각하면 그 스스로 현실정치에 타고난 재능을 지녔다고 생각하는 바가 그저 허풍만은 아님이 분명했다.

그러나 축제 때 금박 이파리나 훈장을 연미복에 달고 나타나는 신사들조차도 자기 분야의 현실정치적 편견을 고수하기 마련이며 평행운동의 이면에서 어떤 구체적인 사건도 찾아내지 못한 탓에 그들은 이른바 '아직 해방되지 못한 민족'이라 불리는 카카니엔에서 해명되지 못한 현상들의 원인이 무엇인지에 시선을 돌렸다. 오늘날 우리는 민족주의가 무기 거래상들의 명백한 발명품인 것처럼 말하지만 여기에 대해서는 좀더 명확한 해명을 내놓아야 하며 카카니엔은 그 해명에 중요한 기여를 할 것이다. 이 황실의, 그리고 왕실의 제국이자 황실-왕실의 이중제국 거주민들은 심각한 문제에 봉착해 있었다. 즉 이들은 황실의, 그리고 왕실의 오스트리아-헝가리 애국자로 자임하는 동시에 헝가리 왕실의, 또는 오스트리아 황실의 애국자로서도 자부심을 가졌기 때문이다. 그런 어려움에 직면하여 그들이 내세운 표어는 '단합된 힘으로!'였으며 이는 연합된 힘$^{viribus\ unitis}$이라는 라틴어에서 비롯되었다. 그런데 오스트리아인은 헝가리인보다 훨씬 더 큰 힘이 필요했다. 왜냐하면 헝가리인들은 처음에도 나중에도 오로지 헝가리인이었으며 그들의 언어를 전혀 모르는 이웃나라 사람들에 의해 오스트리아-헝가리인으로 규정당했기 때문이다. 그에 비해 오스트리아인은 처음부터 근본적으로 아무 실체가 없었으나 그들의 지도자들에 의해 오스트리아-헝가리인이나 오스트리아적인 헝가리인으로—여기에는 적당한 단어조차 없었다—자인하도록 내몰렸다. 오스트리아라는 국가도 실체가 없었다. 헝가리와 오스트리아라는 두 조합은 마치 검고 누런 바지에다 붉고 하얗고 초록인 재킷을 입은 것처럼* 보였

* 오스트리아 제국의 국기는 노란색-검은색 조합이었고 헝가리 왕국 국기는 붉은색-흰

다. 재킷은 그렇다 치고, 그 바지는 이미 1867년에* 찢어져 더이상 검고 노란 옷으로 존재하지 않는 유물이 되었다. 오스트리아라는 바지는 그때부터 공식적으로는 '제국의회에서 대표되는 왕국과 나라들'로 불렸는데 내용은 하나도 없었고 이름만 따온 것이었다. 예를 들면 완전히 셰익스피어스러운 왕국인 로도메리아Lodomerien나 일리리아Illyrien 같은 왕국조차도 더이상 존재하지 않았으며 여전히 완벽하게 검고 노란 옷이 유행하던 때에도 그 왕국들은 이미 다 사라져버렸기 때문이다. 그래서 사람들은 오스트리아인이 무엇이냐고 물으면 당연히 대답을 할 수가 없었다. 그건 '나는 제국의회에서 대표되는 왕국과 나라들 사람인데 그런 나라는 없습니다'라고 말하는 셈이었다. 그렇기 때문에 사람들은 나는 폴란드인이라거나, 체코인, 이탈리아인, 프리울리인, 라디노인, 슬로베니아인, 크로아티아인, 세르비아인, 슬로바키아인, 루테니아인, 왈라키아인이라고 대답하길 더 좋아한 것이며 이것이 이른바 민족주의가 된 것이다. 그건 자신이 다람쥐인지 청솔모인지 모르는 새끼 다람쥐를 상상해보는 것과 같았다. 자기 자신에 대한 아무런 개념이 없는 그런 존재는 어떤 상황에서 자기 꼬리를 보고도 터무니없는 공포를 갖게 마련이다. 카카니엔에서 그런 관계들은 흔했으며 이는 마치 공포에 사로잡힌 사지四肢가 각각 서로의 자립을 방해하는 것 같았다. 지

색-초록색 조합이었다.
* 오스트리아 제국과 헝가리 왕국 사이에 대타협이 맺어져 오스트리아-헝가리 제국이 수립된 해.

구가 생겨난 이래 어떤 존재도 언어의 실패 때문에 죽은 적은 없다. 하지만 오스트리아와 헝가리의 오스트리아-헝가리 이중제국은 그 표현 불가능성 때문에 멸망해왔음은 덧붙여둘 필요가 있다.

외부인들로서는 라인스도르프처럼 노련한 고위층 카카니엔인이 어떻게 이런 어려움과 타협하는지를 알아가는 게 도움이 될 것이다. 라인스도르프는 결국 헝가리를 조심스럽게 정신에서 지워버렸으면서도 영리한 외교관으로서 그 사실을 한번도 발설하지는 않았다. 마치 자신들의 뜻을 거슬러 살고자 한 아들이 또 한번 일이 풀리지 않기를 바라면서도 절대 그 아들에 관해 말하지 않는 부모의 심정과 같았다. 그런 잉여들을 그는 '민족주의자'라거나 '오스트리아 출신'이라고 불렀다. 그건 매우 교묘한 발견이었다. 백작은 국법을 배웠고 거기에서 전체 세계로 확장되는 개념을 발견했다. 바로 하나의 민족이 국법을 소유한다면 그 민족은 하나의 국가를 구성할 수 있다는 것이었다. 그로써 백작은 카카니엔 국가들은 기껏해야 소수민족 국가들에 불과함을 깨달았다.

다른 한편으로 라인스도르프 백작은 인간이 발견할 수 있는 완전하고 진실한 의미는 한 국가의 좀더 고귀한 공동체적 삶에 있음을 알았다. 또한 누구도 공동체적 삶에서 제외되기를 바라지 않기 때문에 소수민족 국가들과 혈연적 인종집단을 국가보다 우위에 둘 필요가 있다고 결심했다. 비록 인간의 눈으로 통찰

될 수 없을지라도 그는 신의 질서를 믿었다. 또한 이렇듯 혁명적인 현대와 자주 마주치면서 그는 새로운 시대에 강력하게 각인된 국가라는 이념이 황제의 신적 권리라는 이념과 다를 게 없으며 이런 이념은 이제 더욱 젊어진 형식으로 나타나기 시작했음을 알 수 있었다. 아무튼—현실 정치가로서 백작은 너무 치우친 생각에는 빠지지 않았고 카카니엔 국가의 이념은 세계평화의 이념과 같다는 디오티마의 견해에 동조하기도 했다—중요한 것은 비록 제대로 된 이름은 아니지만 카카니엔 국가가 존재한다는 사실이며 또한 각각의 카카니엔 민족은 그 국가를 위해 꼭 필요하다는 사실이다. 백작은 이를 설명하기 위해 예를 들곤 했는데, 그것은 학생이라면 반드시 학교에 다녀야 하지만, 학교에 학생이 없더라도 그 학교는 학교라는 것이었다. 학교를 벗어나 하나의 민족을 이루길 원하는 각 민족 집단들이 카카니엔 학교에 더욱 거세게 저항할수록 백작에게 그 학교는 더욱 중요한 것처럼 보였다. 그 민족 집단들은 자신들이 독립된 국가임을 힘주어 강조하고 이른바 오랫동안 잊혀진 역사적 권리의 회복을 주장하며 경계를 가로질러 형제들과 친척들에게 추파를 던지면서 제국을 가리켜 해방되어야 할 감옥이라고 공공연하게 일컬었다. 그럴수록 라인스도르프는 그들을 더 잠잠해져야 할 민족이라고 불렀다. 그는 그들이 처한 미성숙한 상태—그들 스스로 말하듯—를 강조했다. 또한 그들을 오직 오스트리아 민족의 일원으로 양육함으로써 그런 약점을 보완하고자 했다. 자신의 계획에 부합하지 않거나 과도하게 선동적인 태도를 마주할 때마다 그는 자신에게 익숙한 방식으로 그런 성향을 여전히 극복되지 못한 미성숙으로 치부해버렸다. 또한 보완을 위해서는 교활한 관용과 규율적인 인내를 적절히 혼용하는 것이 가장 좋다고 주장했다. 라인스도르프 백작이 평행운동을 가동시켰을 때 여러 민족들은 곧장 그것을 비밀스런 범게르만주의적 구상으로 치부했다. 또한 경찰 행사에 백작이 참여한 것은 정치적인 경찰과의 연합이자 동조의 증거로 보였다. 외부의 관찰자들은 모든 것을 알고 있었고 그들이 기대했던 대로 평행운동의 추악한 면모를 이미 모두 들은 뒤였다. 여배우 포겔장에 대한 영접, 여왕의 인형의 집, 공무원들의 파업 같은 이야기를 듣는 동안에도, 또한 가장 최근에 공표된 국제조약이 무엇인지 질문 받는 순간에도 그 사실은 이미 관찰자들의 머릿속에 들어 있었다. 또한 그 각료가 엄정한 규율의 정신이라고 부른 말에서 정부의 의중을 짐작할 수는 있었지만 어떤 편견 없이 봐도 경찰 전시회의 개막식은 말만 많았지 도무지 뭐 하나 건질 게 없는 행사로밖에 보이지 않았다. 하지만 다른 사람들과 마찬가지로 관찰자들도 뭔가 보편적이면서도 불명확한 것—명백히 검증된 바는 없지만—이 눈앞에 아른거린다는 느낌을 받았다.

99.

절반의 지식, 그리고 그것의 풍족한 또다른 절반에 대하여.

두 시대의 유사성에 대하여.

가령 사랑스런 야네 아주머니와 새로운 시대라고 불리는 허튼소리

위원회 회의에서 정리된 생각을 끌어내기란 여전히 불가능했다. 당시 진보적인 사람들은 보통 행동하는 정신을 옹호했다. 머리로 생각하는 사람들은 먹고사는 데만 치중하는 사람들에게서 주도권을 가져와야 한다는 의무감에 빠져 있었다. 그 외에도 이른바 표현주의라고 불리는 것이 있었다. 그것이 정확히 무슨 뜻인지 알 수 없었지만 사람들은 '밖으로 표출해내는 것'이란 의미라고 짐작했다. 아마도 이는 건설적인^{constructive} 관점이겠지만 예술적인 전통에서 봤을 때는 파괴적인^{destruktive} 관점이기도 해서 사람들은 어느 하나에 구애받을 필요 없이 그냥 구성적인^{struktive} 관점이라고 부르기도 했는데 그런 세계관은 겉으로 보기엔 매우 훌륭해 보였다. 그러나 그게 다가 아니었다. 그때 사람들의 경향은 현재와 세계를 향해 있었고 내부에서 외부로 나아가고 있었지만 또한 외부에서 내부로 향하는 움직임도 있었다. 주지주의와 개인주의는 이미 낡고 자기중심적으로 보였으

며 사랑은 또 한번 신임을 잃었다. 대중들에게 작용하는 키치예술의 건강한 영향력은 순진한 행동을 지지하는 인간들에 의해 새롭게 재발견되었다. '사람이 무엇인가'라는 문제는 '사람이 입는 옷'이 변하는 만큼 빠르게 변해갔고, 패션 산업에 종사하는 사람들조차 '사람'이라는 말의 비밀을 풀 수 없다는 점에서는 우리와 다를 게 없었다. 그러나 이런 풍조에 반발하는 사람은 마치 전자감응장치의 양극 사이에 묶여서 자기의 적이 누구인지 알아볼 새도 없이 심하게 경련하며 꿈틀대는 사람처럼 세상의 조롱거리가 될 것이다. 왜냐하면 그 적이란 주어진 사업 환경에서 재빨리 기지를 발휘하는 사람들이 아니기 때문이다. 적은 오히려 전반적인 상황이 액체 또는 기체처럼 유동적이며 불안전하다는 그 자체였다. 수많은 영역에서 흘러나온 것들을 합류시키는 힘, 변신과 결합을 거듭하는 무한한 능력, 게다가 수용자의 입장에서 보면 유효하고 지속적이며 규율적인 원칙이 부족하든지 아니면 거기에서 자유롭다는 점에 그 적의 특징이 있었다.

이런 현상의 변화 속에서 하나의 고정된 모습을 찾는 것은 마치 분수의 물줄기에 손톱 하나를 박아넣는 것만큼이나 어려운 일이었다. 하지만 거기에도 여전히 변치 않고 남아 있는 것처럼 보이는 것이 있었다. 만약 세태에 민첩한 사람이 테니스 선수를 천재라고 부를 때 무슨 일이 벌어지는 것일까? 만약 경주마가 천재로 불린다면? 그들은 뭔가 많은 것을 생략하고 말한 것이다. 그들은 마치 축구 선수가 학문적이라거나 펜싱 선수가 영적이라고 말하는 것처럼, 또는 한 권투 선수의 비극적인 패배를 말하는 것처럼 뭔가를 빼놓고 말한다. 그들은 항상 주요한 뭔가를 생략한다. 그들은 과장한다. 하지만 그러한 과장을 유발한 것은 결국 부정확성이다. 마치 작은 마을에서 상점주인의 아들이 세계적인 인물로 평가되듯이 부정확성은 그렇게 과장의 원인이 된다. 거기에는 뭔가 진실이 있기도 하다. 왜 챔피언의 기적은 천재의 기적이 되어서는 안 되는가? 또한 왜 챔피언의 탐구는 노련한 연구자의 탐구와 달라야만 하는가? 그렇듯 뭔가 진실이 있는 건 맞지만 그 이상은 당연히 아니다. 그 작은 진실 밖의 나머지 것들은 실제의 언어 사용에서 전혀 고려되지 않았거나, 또는 일부러 무시된 것이다. 근본적으로 거기엔 무시당하고 생략된 가치의 부정확성이 자리잡고 있다. 또한 이 시대가 경주마나 테니스 선수를 천재라고 부를 때 그 천재라는 개념은 결국 높은 정신적 경지에 대한 불신에 다름 아닐 것이다.

  이쯤에서 언젠가 디오티마가 빌려준 가족 앨범을 넘기다가 울리히가 기억해낸 야네 고모에 대해 이야기를 해야겠다. 그리고 앨범에서 본 얼굴들과 고모의 집에서 본 얼굴을 비교해봐야겠다. 소년 시절 울리히는 종종 고모할머니 댁에 오래 머물렀는데 야네 고모는 알 수 없던 시절부터 고모할머니의 친구였다. 그러니까 그녀는 원래 고모가 아니었고 그저 집에 머무는 아이들에게 피아노를 가르치러 오는 선생님이었다. 그녀는 큰 존경을 누리지는 못했으나 많은 사랑을 받았는데 그 이유는 그녀가 늘 말하듯 타고난 음악가가 아닌 한 피아노 연습이란 큰 의미가 없다는 원칙을 고수했기 때문이다. 그녀는 아이들이 나무에 기어오르는 모습을 더 좋아했고 이런 방식으로—세월이 거꾸로 흐르는 효과에 힘입어—2대에 걸친 고모가 되었으며 그녀에게 실망한 고용인의 평생 친구가 되었다.

"아, 그래, 무키!" 야네 아주머니는 세월을 잊은 듯한 기분으로 이미 사십줄에 접어든 네포무크 아저씨를 너그러우면서도 경탄을 담은 목소리로 이렇게 불렀고, 그 목소리는 아마 한번 들어본 사람이라면 여전함을 느낄 정도로 생생했다. 야네 아주머니의 이런 목소리는 마치 밀가루로 버무려놓은 것 같았고, 마치 최상급 밀가루에 맨손을 집어넣을 때의 느낌 같았다. 또한 약간 허스키하면서도 부드럽게 튀겨진 듯한 목소리였는데 그건 아주머니가 오랫동안 가늘고 독한 버지니아산 담배를 피웠고—그것 때문에 그녀의 이빨은 점점 검게 삭았다—블랙커피를 너무 많이 마셨기 때문이었다. 그녀의 얼굴을 잘 보면, 그녀의 목소리가 동판화의 선처럼 가늘고 정교한 무수한 주름들과 공명하여 울리고 있음을 알 수 있을 것이다. 그녀의 얼굴은 길고 온화했으며 다른 모든 것들이 그렇듯이 나중에도 전혀 변한 게 없었다. 그녀는 평생 같은 옷을 입었는데 그럼에도 마치 여러 옷을 번갈아 입는 것처럼 보였다. 그 옷은 목에서 발끝까지 골이 진 비단으로 만든 긴 통옷으로 너무 타이트해서 몸이 자유롭게 움직이지 못했으며 마치 가톨릭 사제의 정복처럼 여러 개의 작은 단추들이

달려 있었다. 옷의 목둘레에는 귀퉁이가 닳은 채 낮고 빳빳하게
세워진 칼라가 있었고 그녀가 담배를 빨 때마다 살점이라곤 없
는 목 한가운데는 생기있게 쿨렁거렸다. 꽉 끼는 소매는 빳빳하
고 흰 소맷동으로 마감돼 있었고 머리에는 붉은색과 금발이 섞
인 남자용 곱슬머리 가발을 썼는데 한가운데로 가르마가 나 있
었다. 세월이 지나면서 이 가르마가 화폭처럼 변해가는 동안 색
이 있는 가발 사이로 노인의 머릿속 맨살이 그대로 드러나 더욱
감동을 주었고 이는 야네 아주머니가 평생 똑같지만은 않다는
것을 보여주는 거의 유일한 증거였다.

  사람들은 야네 아주머니가 수십년 전부터 여성 사이에서 유
행한 남성적인 행동을 선취했다고 생각할지 모르지만 그건 전
혀 사실이 아니다. 그녀의 남성 같은 가슴속에는 매우 여성적
인 심장이 뛰고 있었기 때문이다. 또한 사람들은 그녀가 나중에
는 세상과 접촉을 끊긴 했지만 원래는 굉장히 유명한 피아니스
트라고 생각할지도 모르는데, 이는 그녀가 그렇게 보였기 때문
이지 역시 사실은 아니었다. 그녀는 피아노 교사 이상은 아니며
그녀의 가톨릭 정복과 남자 같은 머리 스타일로 추적해보니 소
녀 시절 프란츠 리스트(헝가리의 피아니스트 겸 작곡가. 가톨릭 정복 스타
일의 옷을 즐겨 입었다—옮긴이)에 열광했던 적이 있고 어떤 모임에서
그를 잠시 만나기도 했으며 그래서 야네 아주머니는 자신의 이
름을 그처럼 영어식으로(야네는 제인Jane과 철자가 같다—옮긴이) 바꿨
다는 것이다. 마치 사랑에 빠진 기사가 노년에 이르러서까지 어

떤 의문도 없이 자기 아내의 옷 색깔을 고집하듯 리스트와의 만남은 그녀에게 깊은 신뢰를 안겨주었다. 그래서 은퇴한 후 이런 저런 기념일에 입었던 예복보다 그 평상복이 아주머니에겐 훨씬 감동적인 복장이 되었다. 보통 청소년기의 통과의식처럼 그녀의 개인사적 비밀 역시 엄격한 책망을 받은 후에야 가족 일원들에게 전해졌다. 가족의 반대를 무릅쓰고 사랑하는 남자를 찾아서 결혼을 감행할 무렵 야네는 더이상 어린 소녀가 아니었다. (신중한 영혼이라면 그런 선택을 공들여 하기 마련이다.) 그녀의 남편은 비록 소도시의 환경에서 비천한 불운을 겪은 사진작가에 불과했지만 어쨌든 어엿한 예술가였다. 하지만 결혼 후 얼마 되지 않아 그는 여느 천재들이 그러하듯 빚을 잔뜩 지더니 분노에 가득 차 술독에 파묻히고 말았다. 야네 아주머니는 그를 구하기 위해 애썼다. 그녀는 남편을 술집에서 집으로 데려왔고 그 앞에 무릎을 꿇고 울었다. 큰 입과 자부심 강한 머리를 한 천재처럼 보인 그는 만약 야네 아주머니가 자신의 절망감으로 그를 감염시킬 수만 있었다면 아마 자신의 처참한 죄악으로 바이런 경만큼이나 위대해졌을 것이다. 그러나 그 사진작가는 그런 감정의 수용 능력이 없었으므로 야네의 투박한 하녀를 임신시킨 채 떠나버렸고 얼마 지나지 않아 비참하게 죽었다. 야네는 그의 멋진 머리카락 한줌을 잘라내 간직했다. 또한 큰 희생을 감수하고 하녀 사이에서 태어난 그의 아이를 데려다 키웠다. 그녀는 좀처럼 이 과거에 대해 이야기하지 않았다. 그처럼 거친 삶을 쉽게 이야기하기는 어려웠기 때문이다.

야네 아주머니의 삶에는 낭만적인 기이함이 가득했다. 하지만 나중에 그 사진작가가 지상의 한계에 부딪혀 더이상 그녀에게 마법을 행하지 못하자 그녀의 사랑이 간직한 불완전한 상태도 거의 종적을 감춰버렸고 사랑과 영혼의 영원한 형식만이 남게 되었다. 시간이 지나서 봤을 때 이런 경험은 매우 격정적일 수밖에 없었다. 하지만 야네 아주머니에게는 그렇지 않았다. 그녀의 지적인 능력이 뛰어나다고 볼 순 없었지만 영혼만큼은 아름다웠다. 그녀의 태도는 영웅적이었고, 그런 태도가 뭔가 잘못된 내용으로 채워질 때만 좋지 않게 보였다. 하지만 그 태도가 완전히 비워질 때, 그녀는 빛나는 불꽃이자 믿음으로 되돌아왔다. 야네 아주머니는 오로지 차와 블랙커피, 그리고 두 접시의 고기수프로 하루를 살았다. 하지만 그녀가 검은 정복을 입고 지나갈 때 그 작은 마을에 사는 누구도 멈춰 서서 그녀를 쳐다보지 않았다. 왜냐하면 그들은 그녀가 누군지, 얼마나 단정한 사람인지 알았기 때문이다. 더욱이 사람들은 비록 상세한 사정은 모르지만 그녀가 단정할 뿐 아니라 자신이 좋아하는 대로 외모를 꾸밀 용기가 있다는 점에서 그녀를 존경하기까지 했다.

이것이 야네 아주머니의 대략적인 인생사다. 아주머니는 오래오래 살다 돌아가셨고 고모할머니도 돌아가셨으며 네포무크 아저씨도 그렇다. 그런데 이들의 인생은 무슨 의미가 있었을까? 울리히는 자문해보았다. 하지만 그가 다시 야네 아주머니를 만나 이야기한다면 아마 할 말이 많을 것이다. 울리히는 두껍고 오래된 가족 앨범을―이제는 디오티마의 소유가 된―훑어보았다. 이 새로운 시각예술의 시초로 거슬러 올라갈수록 그 대상들은 더욱 우쭐하게 자신을 드러낸다는 사실을 울리히는 발견했다. 그들은 종이를 꼬아서 만든 가짜 바위 위에 다리를 올려놓았다. 장교들은 다리를 벌리고서 그 사이에 군도軍刀를 세워두었으며 소녀들은 손을 무릎에 얹고 눈을 크게 떴다. 자유인이라면 과감한 낭만주의 방식으로 주름 없는 바지를 치켜 입었는데 그 모습은 마치 땅에서 연기가 구불구불 피어오르는 것 같았다. 또한 그들의 겉옷은 둥근 곡선을 이뤄서 마치 폭풍이 불어 부르주아식 프록코트의 뻣뻣함을 날려버린 듯한 인상을 주었다. 그때는 1860년과 1870년 사이로, 사진이 그 첫 단계에서 벗어나던 때였을 것이다. 1840년대의 혁명은 황폐한 옛일이 되었고, 이제는 정확히 뭔지 모를 새로운 삶의 양식이 싹트고 있었다. 새로운 시민계급이 자신들의 시대를 맞아 추구했던 눈물과 포옹, 고백조차 이제 찾을 수 없었다. 그러나 마치 물결이 모래를 타넘듯이 이런 고귀한 생각들은 사람들이 차려입은 옷으로 이동했으며 뭔가 더 적합한 표현이 있을 것 같은 개인적인 활력은 그저 사진으로만 남겨졌다. 그때는 사진사가 화가처럼 벨벳 카디건을 입고 팔자수염을 기르는 시대였으며 화가는 중요한 인물들을 큰 화폭에 대량으로 스케치하던 때였다. 일반인들에게도 그때는 대량생산이 불멸을 선사할 것처럼 보였던 시대였다. 한 가지 덧붙여야 할 말은 이 시대만큼이나 사람들이 천재적이고 뛰어나다는 느낌을 준 적이 없음에도 뭔가 비범한 사람들은 거의 등장하지 않았다는 것이다. 아니면 그렇게 많은 사람들 가운데 눈에 띄기가 어려운 것일 수도 있었겠지만.

술을 마시고, 칼라를 내어서 옷을 입으며, 최첨단 기술의 도움으로 렌즈 앞에 포즈를 취하는 사람 누구에게나 자신의 위대한 영혼을 투사할 수 있기 때문에 일개 사진사를 천재로 일컫던 시대와, 그저 다리를 뻗었다가 접는 탁월한 능력 덕분에 천재로 일컬어지는 경주마가 있는 시대 사이에 어떤 연관이 있는지 울리히는 종종 궁금했다. 두 시대는 달라 보인다. 현재는 자신만만하게 과거를 얕보고 있으며 과거는 아마 좀더 뒤에 일어났다면 역시나 우쭐해서 현재를 얕보았을 것이다. 하지만 둘은 결국 비슷해지는데, 왜냐하면 둘 다 부정확성^{Ungenauigkeit}과 생략^{Auslassung}에 의해 작동되기 때문이다. 위대함의 한 조각이 전체로 여겨지며 엉뚱한 비유가 진실로 받아들여지기도 한다. 또한 위대한 언어라는 속이 텅 빈 박제는 현대의 유행으로 그 속이 꽉 채워진다. 그것은 비록 오래가지는 못하지만 여하튼 훌륭하게 전개된다. 디오티마의 살롱에 모인 사람들은 완선히 틀린 말을 하지는 않는데, 그들의 개념이 짙은 연무 속의 형상처럼 너무 불명료하기 때문이다. '그 개념들은 마치 독수리가 날개에 매달려 있듯, 삶에 매달려 있군.' 울리히는 생각했다. '그런 엄청나게 도덕적이고 예술적인 삶의 개념들은 본성상 아주 멀리 있는 단단한 산처럼 고요하고 은은한 법이지.' 그런 말들은 몇번이나 뒤집어지면서 혀 위에서 쏟아져 나왔고 다음 말에 돌연 사로잡히지 않고 하나의 생각을 이어가기는 불가능했다.

모든 시대에 걸쳐 이런 사람들은 스스로를 '새로운 세대'라고 일컬었다. 그 말은 마치 아이올루스^{Aeolus}(그리스신화에 나오는 바람의 신—옮긴이)가 바람을 가두어두었다는 그 자루 같은 단어였다. '새로운 세대'라는 말은 사물을 질서 안에 두지 못하는, 다시 말해 사물을 어떤 특정하고 현실적인 질서가 아니라 망상에 가까운 혼돈의 질서에 가두는 말이다. 그러나 그 말 속에는 어떤 고백이 담겨 있다. 그것은 세상에 질서를 가져와야 할 의무가 있다는 인식으로, 새로운 세대들에게 기묘하게 스며들어 있었다. 만약 우리가 그들의 목표를 반쪽의 지식이라고 명명할 수 있다면 솔직히 말해서 한번도 정확하고 올바르게 불리지 못했던 그 멍청하고 이름 없는 나머지 반쪽은 아마도 무한한 창조력과 결실을 소유했다고 평가받을 수 있을 것이다. 거기에는 삶이 있으며, 끊임없는 변화와 불안정성, 관점의 변화가 있다. 아마도 그 나머지 반쪽은 사태를 스스로 인식하는 감각을 가지고 있을 것이다. 그것은 혼란을 일으켰고 강하게 머리를 때리는 바람 같았으며 신경이 예민한 세대들은 뭔가 잘못됐다는 것, 말하자면 각 사람들은 충분히 똑똑했으나 그 사람들이 모인 전체는 전혀 생산적이지 못하다는 사실을 깨닫고 있었다. 만약 새로운 세대에게 재능이 있다면 그래서 그들의 불확실한 지식이 이런 재능을 배제하지 않는다면 그들의 머릿속에서 벌어지는 일들은 마치 날씨와 구름, 기차, 전선, 나무, 동물 같은 우리 세계의 모든 움직이는 형상을 좁고 때가 낀 창문으로 바라보는 것 같을 것이다. 게다가 그마저도 자신의 창문이 아니라 다른 사람의 창문을 통해 바라보는 것 같을 것이다.

울리히는 언젠가 그저 농담삼아 새로운 세대들에게 그들이 말하는 것이 정확히 무엇을 의미하는지를 물은 적이 있다. 그들은 못 믿겠다는 듯 울리히를 바라보더니 삶에 대해 기계적 관점을 가지고 있으며 너무 회의적이라고 그를 몰아붙이고는 가장 복잡한 문제들은 가장 간단한 해결책으로 풀어야 한다고 응수했다. 그러니 새로운 세대는 혼란스런 현재에서 풀려나기만 하면 아주 간명해진다는 것이다. 아른하임과 달리 울리히는 그들 세대에게 강한 인상을 받지 못했지만 야네 아주머니라면 울리히의 볼을 만지면서 이렇게 이야기했을 것이다. "나는 그 애들의 마음을 잘 알아. 너의 진지함 때문에 그들이 너를 멀리하는 거란다."

100.
슈툼 장군이 도서관에 침입하여 도서관과 사서,
그리고 정신적 질서에 대한 지식을 모으다

슈툼 장군은 자신의 '동지'가 좌절하는 것을 보고 그를 위로하려고 했다. "그런 막무가내 토론이 무슨 소용이란 말인가!" 장군은 화를 내며 회의 참석자들을 탓하더니 조금 뒤에는 울리히가 아무런 대꾸를 하지 않아도 스스로 어떤 즐거움에 고무되어서는 말을 이어갔다. "자네도 기억하다시피," 그는 말했다. "나는 디오티마가 찾는 그 구원의 사상을 그녀 발밑에 대령하리라 마음먹었거든. 세상에는 아주 많은 중요한 사상이 있지만 결국 오로지 단 하나의 사상만이 가장 중요하다는 것은 논리적이지 않나? 그러니까 그 사상들에 순서를 매기는 것이 중요하다는 말이거든. 자네는 나폴레옹이 하나의 해결책이 될 거라고 이야기하지 않았나. 기억나지? 그러고는 이러저러한 훌륭한 조언을 해주기도 했지만 나는 그 충고를 써먹진 않았지. 그러니까 한마디로 말하자면 그 문제를 내 방식대로 해결했다는 말일세."

장군은 코안경 대신 뿔테안경을 주머니에서 꺼내 코에 걸쳤다. 사물이나 사람을 더 정확히 살피겠다는 뜻이었다.

군사전략의 가장 중요한 전제는 적의 군사력을 정확히 가늠하는 것이다. "그래서 나는," 장군은 설명했다. "우리의 세계적인 제국도서관의 입장권을 마련했고 내가 누구인지 말했을 때 호의적으로 대해준 도서관 사서의 도움을 받아서 적진으로 진입하게 되었다네. 우리는 거대한 서가로 곧장 진군했고 자네에게 말하지만 나는 전혀 동요하지 않았다네. 책들의 대오는 주둔 행렬이나 별반 다름없어 보였거든. 얼마 후 나는 머릿속으로 계산을 해봤는데 거기서 뜻밖의 결과를 얻었다네. 자네도 알다시피 나는 그런 고민을 한 적이 있네. 하루에 책 한권씩을 읽는다면 분명 지치긴 하겠지만 언젠가는 끝을 볼 테고 비록 건너뛰는 것도 있겠으나 지적 세계에서 확고한 위치를 차지하지 않겠느냐는 것이지. 하지만 나는 끝도 없어 보이는 이 미친 도서관 서가에 도대체 책이 몇권이나 있느냐고 사서에게 물어봤거든. 자네는 그 사서가 뭐라고 대답했을 거 같나? 350만권이라고 하더군. 우리는 겨우 70만권 정도를 지나쳐온 거였네. 하지만 나는 이 숫자들을 계속 계산해보고 있었네. 자네에게 계산을 맡기진 않겠네. 내가 그걸 사무실에서 종이와 연필을 가지고 계산해봤거든. 그러니까 내 계획을 수행하려면 대략 1만년이 걸린다는 계산이 나오더군.

순간 나는 그 자리에서 얼어붙는 듯한 느낌이었네. 세싱이 마치 하나의 거대한 사기처럼 느껴지더군. 지금 비록 진정이 되기는 했으나 내가 단언하건대 거기엔 뭔가 근본적인 오류가 있을 것이네!

자네는 사람이 모든 책을 읽을 필요는 없다고 말하겠지. 그렇다면 난 이렇게 대답하겠네. 전쟁에서도 모든 병사들을 살릴 필요는 없지만 여전히 각각의 병사들은 필요하단 말이네! 그러면 자네는 말하겠지. 모든 책도 필요하다고. 하지만 보게나, 그건 사실이 아니기 때문에 잘못된 거라네. 나는 사서에게 물어봤거든!

여보게, 나는 수백만권의 책과 함께 있는 사람은 모든 책들이 어디 있는지 알기 때문에 나를 도와줄 수 있다고 생각했다네. 당연히 나는 직접적인 질문은 하지 않으려 했네. 가령 '세상에서 가장 아름다운 사상은 어디서 찾나요?' 같은 질문 말이지. 그건 마치 동화의 첫 소절처럼 들리거든. 나는 그 정도는 알아차릴 만큼 똑똑하다네. 게다가 어렸을 적부터 나는 동화를 싫어했단 말일세. 하지만 '뭘 하려는 겁니까', 같은 질문을 결국 할 수밖에 없었지! 다른 한편으론 적절하지 못하다는 생각 때문에 그에게 사실을 말하지 못했고 우리 평행운동에 관해서 알려주지 못했으며 그 운동을 위한 가장 합당한 목표를 찾고 있다는 말도 하지 못했네. 그런 말을 하기엔 내가 자격이 없다고 느꼈기 때문이지. 그래서 나는 작은 계략 하나를 짜낸 거야. '아무튼,' 나는 아무 의도도 없는 것처럼 말을 꺼냈다네. '한 가지 까먹은 게 있는데 이 수많은 책들 가운데 어떻게 항상 적합한 책을 찾아내는 거지요?' 나는 다오티마가 했을 법한 말투로 물었고, 내 목소리에 몇푼어치의 존경을 담아서 그가 속아 넘어가도록 했다네. 그랬더니 사서는 매우 기분이 좋아져 충성스러워지더니 장군 각하께서 알고 싶은 분야가 무엇이냐고 묻더군. 나는 좀 당황해서는 '엄청나게 많지요'라고 막연하게 말했다네.

'제 말씀은 어떤 주제나 저자에게 관심이 있느냐는 것입니다. 전쟁의 역사인가요?' 그가 물었다네.

'아니요, 그건 아니고 차라리 평화의 역사 같은 것입니다.'

'역사인가요? 아니면 요즘의 평화주의 문학인가요?'

아니라고, 그렇게 간단한 게 아니라고 나는 말했네. '그러니까 모든 위대한 인간 사상의 총체라고 할까, 그런 거 있지 않습니까. 아마 당신도 기억할 텐데 내가 사람들 시켜서 그 분야의 책들을 엄청 찾아보라고 했거든요.'

그는 입을 다물었네. '아니면 가장 중요한 것을 실현하는 것에 관한 책은 없나요?' 내가 물었네.

'그러면 신학적 윤리학을 말하는 건가요?' 그가 말했네.

'그게 일종의 신학적 윤리학일 수도 있겠지요. 하지만 거기에는 우리 오스트리아의 문화와 그릴파르처[F. Grillparzer](오스트리아의 극작가—옮긴이)에 관한 내용이 포함돼 있어야 합니다.' 내가 건의했네. 자네도 알겠지만 내 눈은 학문에 대한 갈급함으로 불타오르고 있었을 것이고 그래서 사서는 아마 내가 밑바닥까지 털어가지 않을까 하는 두려움에 빠졌을 것이네. 나는 모든 종류의 사상을 모든 방향으로 연결시켜줄 기차시간표 같은 것이 가능하겠느냐고 재차 캐물었거든. 그러자 사서는 이내 엄청 친절해지더니 나를 목록실[Katalogzimmer]에 데려다줄 테니 찾고 싶은 것을 찾아보라고 권유하더군. 그 목록실이란 곳은 사서들만 출입이 가능한 곳이라 나 같은 사람에게는 원래 금지된 곳이라면서 말이야. 그러니까 나는 도서관의 성역에 들어가게 된 셈이지. 뭐랄까, 사람의 두개골 속으로 들어가는 것 같은 느낌이었네. 칸칸마다 책들이 가득한 서가에다 여기저기 널려 있는 사다리, 책꽂이와 책상 위에 가득한 목록집과 참고문헌집들, 이 모든 지식의 즙액들, 읽고 이해하기 위한 책들이 아니라 그저 책에 대한 책들. 거기선 뇌의 인(燐) 냄새가 적당히 풍겼고 어딘가에서 그 냄새를 맡은 적이 있다는 생각을 지울 수 없었다네. 하지만 그 친구가 나를 남겨두고 가버리려 하자 당연하게도 기묘한 느낌이 들었다네. 나는 불편하다고, 불편하면서도 경외감이 든다고 말하고 싶었네. 그는 마치 원숭이처럼 사다리를 타고 올라 작정한 듯 어떤 책을 뽑아 내게로 가져오더니 이렇게 말했다네. '장군, 여기 도서목록의 도서목록이 있습니다.' 그게 뭔지 자네 알겠나? 그러니까 지난 5년간 윤리 문제의 발전을 다룬―도덕신학이나 문학을 제외하고―모든 책과 논문들의 리스트를 알파벳 순서로 정리한 목록이라네. 하여튼 그 비슷하게 설명하고 나서 그는 도망치려고 했지. 하지만 나는 재빨리 그의 재킷을 붙잡아 끌어당겼다네. '사서 양반,' 나는 소리쳤다네. '당신은 비밀을 말하기 전엔 도망갈 수 없소. 어떻게 당신은 이런…' 나는 무심결에 정신병원이라고 말했다네. 그 말이 갑자기 떠올랐기 때문이라네. '어떻게 당신은 이런,' 나는 말했다네. '책의 정신병원에서 멀쩡하게 지낼 수 있단 말입니까?' 그는 나를 오해한 것이 틀림없었네. 나중에 생각난 거지만 미친 사람들은 흔히 다른 사람들이 미쳤다고 비난하기를 좋아하지 않나. 아무튼 그는 내 칼을 쳐다보더니 안절부절못하더군. 그러더니 나에게 큰 충격을 안겨주었네. 내가 그를 여전히 놓아주지 않자 그는 갑자기 몸을 펴더니 그 헐렁한 바지가 쑥 일어나서는 마치 이제 마지막 비밀을 이야기해야 할 때라는 듯 단어 하나하나를 강조하면서 말했다네. '장군, 제가 어떻게 이 모든 책들을 알고 있는지가 궁금하시나요? 제가 말씀드릴 수 있는 것은 단 하나입니다. 그건 제가 이 책을 하나도 읽지 않았기 때문입니다!'

또 한번 말하지만 내가 읽기엔 너무 많은 양이라네! 하지만 내가 당황한 것을 본 그는 설명을 해주었네. 좋은 사서가 간직한 비밀은 자신들에게 보내진 책에서 제목과 목차 외에는 읽지 않는다는 것이지. '책 내용에 빠져드는 사람은 사서로서는 자격 상실이죠!' 그는 나를 깨우쳐주었네. '그래서는 통찰력을 가질 수 없거든요.'

나는 숨을 죽이며 물었네. '그래서 당신은 이 책들을 한권도 읽지 않는다고요?'

'절대 읽지 않습니다. 카탈로그 빼고요.'

'그래도 당신은 박사님이지 않습니까?'

'그렇죠. 대학에서 도서관학에 관한 개별 특강을 하고 있습니다. 도서관학은 유일하고 자족적인 학문이죠.' 그가 설명했다네.

'책의 분류나 보관, 제목에 따른 목록화, 제목 페이지의 오류 수정 등에 관해 얼마나 많은 체계가 필요하다고 생각하시나요, 장군?'

자네에게 털어놔야 하겠지만 그가 떠나버리고 나면 나에겐 두 가지 선택만 남았을 것이네. 눈물이 터져 나오거나 담배를 피워 무는 것이지. 하지만 그곳에서는 허락되지 않는 일들이었지! 그렇다면 무슨 일이 벌어졌을 것 같나?" 장군은 흡족해하며 말을 이었다. "내가 완전히 망연자실해서 거기 서 있을 때 그동안 우리를 죽 지켜본 다른 나이든 직원이 내 주변을 조심스럽게 서성이다가 한순간 멈추더니 내 얼굴을 쳐다보고는 책 위의 먼지 때문인지 아니면 팁 냄새를 맡았는지 모를 아주 부드러운 목소리로 나에게 말을 걸기 시작했다네. '장군, 무엇이 필요하십니까?' 그가 물었네. 나는 사양했지만 그 노인은 다시 말했네. '종종 군사학교 분들이 여길 찾아오시죠. 어떤 주제에 관심이 있으신지 말씀만 해주십시오. 율리우스 케사르, 오이겐^{Eugen} 대공, 아니면 다운^{Daun}(오스트리아 육군 원수—옮긴이) 백작인가요? 아니면 현대적인 것? 병역법이나 예산심의?' 장담하네만 그 사람은 아주 조리있게 말을 하는 데다 책의 내용을 많이 알고 있었네. 그래서 나는 팁을 주고는 당신이라면 내 문제를 어떻게 처리할지를 물어보았네. 어떻게 됐을 거 같나? 그는 다시금 군사학교 학생들을 언급했네. 그들이 리포트를 써야 할 때마다 찾아와서는 책을 요청했다는 것이네. '제가 책을 가져다주면 종종 욕을 쏟아내곤 했죠.' 그가 말을 이어갔네. '그러곤 자기들이 배워야 하는 것들이 얼마나 엉터리인지 불평을 해댔죠. 그게 우리 같은 사람들이 늘 겪는 일이에요. 아니면 내년도 학교예산을 짜야 하는 국회의원이 와서는 지난해 국회의원이 같은 예산기획에 참고했던 자료들을 요청하기도 하죠. 아니면 지난 15년간 어떤 딱정벌레를 연구해온 주교 나리가 오기도 하고 어떤 대학교수는 요청했던 책을 3주간이나 받지 못하고 있다고 항의를 하는데, 그럴 때면 우리는 혹시 책이 잘못 꽂혀 있지 않을까 싶어 주변 서가를 뒤지지만 결국 책은 그 교수의 집에 지난 2년간 방치돼 있었던 사실이 드러나기도 합니다. 그렇게 해오기를 40년 세월이 흘렀어요. 그러다보면 사람들이 무엇을 원하는지 그것을 위해 무슨 책을 읽어야 하는지를 알게 됩니다.'

'글쎄요,' 내가 말했네. '하지만 내가 뭘 찾고 있는지 당신에게 말하기가 그리 간단치 않네요.'

자네는 그가 뭐라 대답했을 거 같나? 그는 나를 바라보며 고개를 끄덕이더니 말했네. '감히 말씀드리지만 아주 자연스런 일입니다, 장군. 얼마 전에 한 부인도 당신과 똑같은 말을 했죠. 아마 당신도 그 부인을 아실 텐데요. 그녀는 외무부에 있는 투치국장의 부인입니다.'

그래, 어떻게 생각하나? 나는 놀라 쓰러질 뻔했네! 그걸 알아차리고는 노인은 디오티마가 예약했던 모든 책을 가져오더군. 그래서 이제 내가 도서관에 올 때면 비밀스런 영혼의 결혼식 같을 것이라나. 나는 페이지 구석 여기저기에 연필로 표시를 해둘 테고 그녀는 다음날 그것을 보게 되겠지. 그녀는 자기와 똑같은 생각을 가진 사람이 누구인지 아마 영문도 모르는 채 궁금해할 것이네."

장군은 기쁨에 차서 말을 멈췄다. 그러나 그는 다시 냉정을 되찾고 심각한 표정이 되더니 말하기 시작했다. "이제 마음을 좀 다잡고 내 얘기에 주목해주길 바라네. 자네에게 뭔가를 물어볼 참이라네. 우리는 이 시대가 이제까지의 역사에서 가장 질서있는 시대라고 생각하지 않나? 나는 디오티마가 있는 자리에서 그것이 편견이라고 말한 적이 있네만 나 스스로도 그런 편견을 가지고 있다네. 그리고 나는 세상에서 믿을 만한 정신적 질서를 가진 단 하나의 부류는 사서들이라고 인정해야만 했네. 자네에게 묻겠네. 아니, 묻지 않겠네. 우리는 전에도 그 문제에 관해 이야기를 했었고 나는 최근의 경험 이후에 당연히 새롭게 그 문제를 고민해봤네. 그러니 이렇게 말해보겠네. 자네가 독한 술을 먹는다고 가정해보게. 어떤 상황에선 좋은 일이지. 하지만 그 술을 한잔 또 한잔 계속 마신다면 어떻게 되겠나? 내 말 듣고 있나? 우선은 취하겠고 그 다음에는 정신착란이 올 것이며 급기야 장례행렬이 이어질 것이네. 아마 교회 신부가 자네의 무덤 옆에서 이러저러한 업적을 읊어대겠지. 상상이 되나? 그럼 이제 물로 해보게나. 익사할 때까지 물을 마시는 걸 생각해보게. 아니면 장이 얽힐 때까지 음식을 먹는 걸 떠올려보게나. 약이나 키니네

Chinin(말라리아 치료제—옮긴이), 비소 같은 것도 떠올려보게. 아마 자네는 왜냐고 묻겠지. 하지만 친구, 나는 탁월한 제안을 해보려고 하네. 질서를 상상해보게나. 아니면 그냥 하나의 위대한 생각을 떠올리고 그보다 더 위대한 생각, 그보다 더더욱 위대한 생각을 차례로 생각해보게나. 마찬가지로 질서의 개념도 머릿속에서 점점 더 확장해보게나. 처음엔 나이든 처녀의 방처럼 산뜻하고 기병대의 마구간처럼 깨끗할 것이네. 그 후에는 전열이 펼쳐진 여단처럼 웅장하겠지. 그 다음에는 미칠 것 같은 기분이 든다네. 그건 마치 야밤에 카지노에서 나올 때나 별을 향해 '우주여, 차렷! 우로 봐!'라고 명령할 때와 같은 느낌이지. 아니면 이렇게 말해보자고. 처음에 질서는 마치 발을 헛딛는 신병 같아서 자네가 행진을 가르쳐야 하지. 그 후에 질서는 자네가 갑자기 승진하여 전쟁 장군으로 둔갑하는 꿈 같을 것이네. 그 다음에는 완전히 총체적이고 우주적인 온 인류의 질서, 한마디로 완벽한 문명의 질서를 떠올릴 것이네. 그러니까 내 주장은, 그것은 동사凍死, 시체의 경직, 달의 표면, 기하학적 전염병이라는 것이네.

나는 사서와 이런 문제들을 토론했다네. 그는 나에게 개념과 인식 능력의 한계를 다룬 칸트나 뭐 그런 유의 책을 읽어야 한다고 충고하더군. 하지만 나는 아무것도 읽지 않으려네. 나는 뭔가 엉터리 같다는 느낌을 받았거든. 말하자면 그건 위대한 질서로 무장한 우리 같은 군인들조차 어떤 순간에는 목숨을 포기해야만 한다는 깨달음 같은 것이었네. 나는 그 이유를 설명할 수 없었네. 어쩐지 질서는 죽음으로 나아가고 있지 않나 싶기도 하네. 그리고 지금 솔직히 걱정되는 것은 자네 사촌이 자신에게 해가 될 수도 있는 데까지 일을 밀어붙인다는 점이네. 나는 전처럼 그녀를 도와줄 수 없다네! 무슨 말인지 알겠나? 위대하고 경탄할 만한 사상에 관하여 학문과 예술이 수행하는 일은 당연히 존경받을 만하지. 그것에 반대하자는 말은 절대 아니라네!"

101.
서로 적대적인 친척

그즈음 디오티마는 다시 사촌에게 말을 걸었다. 어느 밤, 고요에 싸인 소파는 벽에 기대 있었고, 울리히는 그 위에 앉아 있었다. 그녀는 지친 무용수처럼 방에서 나와 끊임없이 강인한 소용돌이를 일으키며 그의 곁에 앉았다. 오래 못 보던 광경이었다. '드라이브 산책' 이후 그녀는 '업무 외적으로' 그와 만나는 것을 피하고 있었다.

디오티마의 얼굴은 열기 때문인지 아니면 피곤해서인지 조금 잡티가 올라와 있었다.

그녀는 소파 위로 손을 올리더니, "어떻게 지내나요?"라고 말하고는 뭔가 다른 할 말이 있다는 듯이 고개를 약간 숙이고 정면을 응시했으나 결국 아무 말도 하지 않았다. 그녀는 복싱 경기에서 빌려온 용어로 말하자면 '몸을 가누지 못하는' 상태처럼 보였다. 그래서 몸을 웅크리고 앉아 있으면서도 옷매무새를 만질 기운조차 없었다.

그녀의 사촌에게는 농촌 여자들의 헝클어진 머리와 스커트 아래 맨 다리가 떠올랐다. 그 겉껍질을 벗겨버리면, 강인하고 아름다운 인간의 몸만 남을 것이다. 하지만 농부처럼 여자의 손을 감싸쥐는 행동을 해서는 안 되었다.

"아른하임이 당신을 행복하게 해주지 않는군요." 그는 조용히 말했다.

이런 부당한 견해에 당장 반대했어야 마땅하지만 그녀는 이상하게도 마음이 움직였고 그래서 입을 열지 못했다. 얼마 후에야 그녀는 대답했다. "상냥한 남편 덕분에 정말 행복해요."

"제가 보기엔 그의 상냥함 때문에 괴로워하는 것 같은데요."

"무슨 소리예요?" 디오티마는 상체를 세워 옷매무새를 고쳤다. "누가 나를 괴롭히는 줄 알아요?" 그녀는 가급적 낮은 톤을 유지하려 애쓰며 물었다.

"당신 친구인 그 장군이에요! 그가 원하는 게 뭐죠? 왜 여기에 온 거죠? 그는 왜 나를 늘 주시하는 거죠?"

"장군은 당신을 사랑하고 있어요!" 사촌이 대답했다.

디오티마는 신경질적으로 웃었다. 그녀는 말을 이었다. "내가 그를 볼 때마다 얼마나 몸서리를 치는지 당신도 알잖아요. 그는 죽음을 떠올리게 하는 사람이에요!"

"선입견 없이 바라보면 무척이나 삶을 사랑하는 죽음처럼 보이죠!"

"나는 정말 선입견이 없어요. 그걸 뭐라고 설명해야 할지 모르겠네요. 하지만 그가 내게로 와서 내가 '탁월한' 생각을 '탁월한' 때에 '탁월하게' 밝힌다고 말할 때면 공황상태에 빠지고 말아요. 그럴 때면 뭔가 설명할 수 없고 이해 불가능하며 악몽 같은 공포가 나를 덮쳐오는 것 같다고요!"

"장군 때문이라고요?"

"그럼 누구겠어요? 그는 하이에나예요."

사촌은 웃을 수밖에 없었다. 그녀는 철없는 아이처럼 험담을 늘어놓았다. "그는 슬금슬금 기어와서는 우리의 훌륭한 시도가 물거품이 되기를 기다리죠."

"그게 아마 당신이 두려워하는 점일 겁니다. 사촌, 내가 일이 이렇게 틀어질 거라고 오래전에 했던 말 기억나지 않나요? 그는 피할 수 없는 사람이에요. 당신은 그와 맞설 수밖에 없습니다!"

디오티마는 울리히를 도도하게 바라보았다. 그녀는 물론 기억하고 있었다. 그가 처음 자신을 만나러 왔을 때 그에게 한 말까지 기억했고 지금까지 그녀에게 상처를 준 말도 기억했다. 그녀는 이 물질세계 가운데 영혼을 기억하기 위해 민족과 세계를 소환하는 일이 얼마나 좋은 것이냐고 훈계했다. 그녀는 낡은 것이나 오래된 영혼을 원하지 않았다. 그녀가 최근 사촌에게 주

는 인상은 교만한 것이 아니라 초월적인 것에 가까웠다. 그녀는
'세계의 해'를 고려하고 있었으며 하나의 도약과 서구문화의 빛
나는 영광을 추구하고 있었다. 그러나 그 목표에 거의 근접하는
가 하면 다시 멀어지곤 했다. 그녀는 무척이나 동요했고 또한 매
우 고통스러워했다. 지난 몇달은 마치 파도에 실려 한껏 솟구쳤
다가 다시 밑으로 가라앉는 일이 반복되는 기나긴 항해 같아서
도대체 무엇이 앞의 일이고 뒤의 일인지조차 구분할 수 없었다.
지금 그녀는 매우 힘든 일을 마치고 다행히도 아무 동요 없이
벤치에 앉아서 파이프에서 올라오는 담배연기를 바라보는 사람
같았다. 늦은 석양에 파이프를 문 노인이라는 이미지가 너무 마
음에 남아서 이 비유를 스스로 고른 것 같은 기분이 들었다. 그
녀는 자신이 거대하고 격렬한 전쟁을 치른 사람 같았다. 지친 목
소리로 그녀는 사촌에게 말했다. "나는 많은 일에 참여했어요.
그래서 이렇게 많이 변했나봐요."

"그게 나한테 도움이 될까요?" 그가 물었다.

디오티마는 고개를 젓더니 그를 쳐다보지 않고 웃었다.

"당신에게만 하는 말이지만 장군의 배후에는 내가 아니라 아
른하임이 있어요. 당신은 그를 데려온 책임을 나한테만 돌리더
군요!" 울리히가 갑자기 말했다. "하지만 당신이 나를 불렀을 때
내가 뭐라고 대답했는지 기억하지 않나요?"

디오티마는 기억했다. 그녀의 사촌은 장군과 거리를 두라고
말했지만 아른하임은 장군을 호의적으로 대해야 한다고 말했

다. 그녀는 마치 자기 눈 위를 급히 지나가는 구름 속에 앉아 있는 듯 뭐라 표현하기 힘든 느낌이었다. 하지만 동시에 깔고 앉은 소파의 딱딱함과 단단함을 느끼며 그녀는 말을 이었다. "어떻게 이런 장군이 우리에게 왔는지 모르겠어요. 적어도 내가 초대한 건 아니거든요. 또한 내가 물어보았지만 아른하임 박사조차 그 이유를 정확히 몰랐어요. 뭔가 착오가 있었던 게 분명해요."

그녀의 사촌은 고집을 꺾지 않았다. "나는 전에 장군을 알고 있었지만 다시 만난 건 여기서가 처음이에요." 그는 설명했다. "그가 국방부의 지시로 이곳을 염탐했을 가능성은 매우 크지요. 하지만 그는 진심으로 당신을 돕고 싶어했어요. 이건 장군에게 직접 들은 말인데 아른하임이 그에게 각별히 신경을 썼다고 해요."

"아른하임이야 모든 일에 관심이 많지요!" 디오티마가 대답했다. "그는 나에게 장군을 무시하지 말라고 했어요. 그의 선의를 믿는 데다가 영향력 있는 위치에 있으므로 우리에게 도움이 될 거라면서 말이에요."

울리히는 강하게 고개를 내저었다. "아른하임 주위에서 꽥꽥대는 사람들을 좀 봐요!" 울리히가 생각없이 소리를 높이는 바람에 주변 사람들에게 들릴 정도였고 집주인은 당황했다. "아른하임이 통하는 이유는 그가 부자이기 때문이에요. 그에겐 돈이 있고 모든 사람에게 찬동하죠. 그러면 그들 모두가 기꺼이 자신을 위해 홍보에 나서리라는 것을 아는 거예요."

"왜 그가 그런 일을 해야 하나요?" 디오티마는 반박했다.

"허영심 때문이죠!" 울리히가 말을 이었다. "도를 넘어선 허영심! 이 주장을 어떻게 논리적으로 설명해야 할지 모르겠습니다. 성서적 의미에서의 허영심이란 게 있죠. 공허하게 울려대는 북 말이에요! 누군가 자신의 왼쪽에선 아시아 위로 달이 뜨고 오른쪽에선 유럽의 해가 저문다고 자랑하며 말한다면 그가 바로 허영에 빠진 사람이죠. 아른하임은 마르마라해(흑해와 에게해를 잇는 바다—옮긴이)를 건너는 자기의 모습을 그렇게 표현하더군요. 아마 사랑에 빠진 소녀라면 화분 뒤로 떠오르는 달이 아시아 위의 달보다 훨씬 아름답겠지요!"

디오티마는 사람들에게 방해받지 않을 만한 자리를 찾아 나섰다. 그녀는 낮게 말했다. "당신은 그의 성공을 질투하고 있어요." 그녀는 방을 지나 그를 이끌었다. 그러곤 신중한 움직임으로 눈에 띄지 않게 문을 열고 들어가 곁방으로 건너갔다. 다른 방들은 손님으로 가득 찼기 때문이었다. "당신은 왜," 그녀는 목소리를 살짝 높였다. "아른하임을 적대시하죠? 그런 태도 때문에 저는 참 난처해요."

"나 때문에 난처하다고요?" 울리히는 놀라서 물었다.

"당신이 나더러 이야기를 하라고 말할 수 있나요? 당신의 그런 태도 때문에 나야말로 마음을 털어놓을 수 없어요!"

그녀는 곁방의 한가운데 멈춰 섰다. "그냥 하고 싶은 아무 말이나 편하게 하세요." 울리히가 간청했다. "당신들은 서로 사랑하고 있잖아요. 나는 그걸 알아요. 그가 결혼하자던가요?"

"맞아요. 결혼하자고 했어요." 디오티마는 사람들이 들어올 지도 모르는 상황에서도 서슴없이 대답했다. 그녀는 자신의 감정에 압도되었을 뿐 사촌의 무례한 솔직함에는 아랑곳하지 않았다.

"그럼 당신은요?" 울리히가 물었다.

그녀는 질문을 받은 어린 학생처럼 볼이 빨개졌다. "그건 엄청난 책임감을 주는 질문이군요!" 그녀는 머뭇거리며 대답했다. "누구나 부당한 일에 뛰어들어선 안 된다고 봐요. 그리고 정말 위대한 일에 관여된 것이라면 사람이 무엇을 하든 그리 중요하진 않죠!"

울리히는 이 말을 잘 이해하지 못했다. 왜냐하면 그는 디오티마가 갈망의 목소리를 이겨낸 그 밤들은 물론 사랑이 마치 평형을 이룬 저울처럼 동요없이 영혼의 평정심에 이른 경지를 알지 못했기 때문이다. 아무튼 그는 지금은 직설적인 화법을 피하는 게 더 낫다고 판단하고는 이야기를 이어갔다. "저는 저와 아른하임의 관계에 관해 더 이야기를 나누고 싶군요. 당신이 적대감을 느끼셨다고 하니 매우 죄송합니다. 저는 아른하임을 잘 안다고 생각합니다. 당신이 알아야 할 것이 있어요. 당신 집에서 이뤄지는 일들을 당신 뜻에 따라서 종합^{Synthese}이라고 해봅시다. 그로서는 이미 수도 없이 경험한 일이에요. 숙고의 형태로 드러나는 영혼의 움직임이란 그것에 반대되는 숙고의 형태로 동시에 나타나거든요. 또한 그 움직임이 이른바 위대한 정신적 인격의 형태를 부여받는 곳에서 그것은 마치 물에 던져진 종이상자처럼 아슬아슬해지고 그 인격은 곧 모든 곳에서 자발적인 찬사를 받지 못하게 됩니다. 적어도 독일이란 나라에선 마치 술취한 사람처럼 저명한 사람과 사랑에 빠지는 경향이 있어요. 다른 사람의 목에 팔을 두르더니 뭔가 알 수 없는 이유로 잠시 후 그를 다시 밀쳐버리는 것이죠. 저는 아른하임이 어떤 기분일지를 생생하게 떠올릴 수 있지요. 아마 멀미를 하는 기분일 겁니다. 그래서 그가 적절한 방법으로 돈을 사용하는 방법을 다시 떠올릴 때는 마치 멀고 먼 항해에서 돌아와 처음 견고한 땅을 밟는 그런 기분일 거예요. 그는 계약이나 제안, 수요, 승인, 지급이행 같은 것들이 어떻게 돈을 끌어모으기 위해 분투하는지를 보게 될 것이며 그런 것이 결국 정신의 형상 자체임을 깨달을 겁니다. 권력을 추구하는 사상은 이미 권력을 얻은 사상에 집착하기 마련입니다. 그걸 뭐라고 표현해야 될지 모르겠네요. 정말 야심찬 사상과 그저 출세지향적인 사상은 거의 구별하기가 어렵거든요. 하지만 세계적인 궁핍과 정신의 순수함 대신에 가짜 위대함이 작동되면 아주 당연하게도 위대함을 가장한 온갖 것들, 디시 말해 홍보나 상술 따위로 위대하다고 선전되는 것들이 밀려 들어올 겁니다. 당신은 그렇게 죄와 무죄로 가득 찬 아른하임을 맞아들이는 거죠."

"오늘따라 매우 성스럽게 말하는군요!" 디오티마는 비꼬듯 대답했다.

"당신 말대로 저는 그와 별 상관이 없어요. 하지만 그가 내적이면서도 외적인 위대함의 복잡한 효과들을 받아들이고 그것을 이상적인 휴머니즘으로 위장하는 그 방식은 저를 아주 격렬한 성스러움으로 몰아가네요!"

"아, 당신은 정말 잘못 생각하고 있어요!" 디오티마가 급하게 끼어들었다. "당신은 그가 거만한 부자인 줄 아는군요. 하지만 아른하임에게 돈은 더없이 철저한 책임감이에요. 그는 마치 자신을 신뢰하는 사람을 대하듯 사업을 대하죠. 세상에 끼치는 영향은 그에게 절대적으로 필요한 일이에요. 그는 세상과 친근하게 만납니다. 왜냐하면 그가 말하듯 세상으로부터 자극을 받는 것만큼 세상에 자극을 주어야 하기 때문이죠. 이렇게 말한 게 괴테였던가요? 그걸 나에게 아주 상세하게 말해준 적이 있어요. 그가 강조한 점은 누군가 영향을 주기 시작해야지만 결국 선한 영향력이 전달될 수 있다는 것이었지요. 지금 하는 말이지만 그렇다고는 해도 그가 너무 각양각색의 사람들에게 다가간다는 느낌은 들었어요." 이런 대화를 나누면서 그들은 거울과 옷가지만 걸린 텅 빈 곁방 안을 왔다갔다했다. 이제 디오티마가 멈춰 서서 사촌의 팔에 손을 얹었다. "모든 면에서 탁월한 운명을 타고난 그 사람은 겸손하게도 고독한 한 개인은 병든 사람보다 강하지 않다는 원칙을 가지고 있어요. 그에게 동의하지 않을 수 있을까요? 누군가 혼자 있다면 수천 가지의 환상에 빠지고 마는 거죠!"그녀는 마치 뭔가를 찾는 듯 바닥을 응시했고 사촌의 시선이 자기의 낮게 깔린 눈썹에 머무는 것을 느꼈다. "저런, 제 이야기만 해도 되는지 모르겠네요. 저는 어제까지만 해도 굉장히 외로웠거든요." 그녀가 말을 이었다. "하지만 당신도 그래 보여요. 기분이 울적하고 좋아 보이지 않아요. 당신이 하는 말을 들어보면 당신이 얼마나 주변과 불화하는지를 알 것 같아요. 그 천성적인 질투심 때문에 당신은 모든 것에 반대하죠. 솔직히 말하자면 아른하임은 당신이 친교를 거부한 것을 매우 안타까워하더군요."

"그가 저와 친교를 원했다고요? 거짓말이에요!"

디오티마는 그를 올려다보더니 웃었다. "당신은 또 과장하는 군요! 우리는 당신과 친교를 원해요. 아마 당신도 그걸 원하기 때문일 거예요. 제가 좀더 자세히 말해야겠군요. 아른하임은 그런 예를 든 적이 있어요." 그녀는 잠시 머뭇거리더니 이야기를 더 해나갔다. "아니에요. 그건 너무 나간 말이겠네요. 짧게 말하자면 아른하임은 시간이 허락해준 수단을 사용해야 한다는 것이었어요. 그건 두 개의 다른 의도를 기반으로 행동하는 것이죠. 말하자면 아주 혁명적이지도 않고 그렇다고 아주 반동적이지도 않게, 완선히 호의적이거나 완전히 적대적이지 않게, 어떤 하나의 것에 집착하지 않고 자신의 여러 면을 두루두루 살펴 행동하는 것입니다."

"그게 저랑 무슨 상관이 있나요?" 울리히가 물었다.

그 항변은 스콜라주의, 교회, 괴테와 나폴레옹, 그리고 디오티마의 머릿속에서 점점 짙어지던 안개처럼 모호한 교양을 두고 나눈 대화의 기억을 찢어버리는 효과가 있었다. 대화의 열정에 휩싸여 그를 데려온 그녀는 긴 신발장 위에 사촌과 나란히 앉아서 갑자기 아주 골똘히 생각에 잠겼다. 그의 등은 그들 뒤로 줄지어 걸려서 그녀의 머리를 헝클어뜨리는 외투들을 완고하게 외면하고 있었다. 그 외투들을 만지면서 그녀가 대답했다. "당신은 아른하임과 정반대군요! 당신은 자신의 형상에 맞춰 세계를 다시 만들어내고 싶어해요. 언제나 당신 특유의 수동적인 저항—이 말은 얼마나 끔찍한가요—으로 모든 것에 맞서죠." 그녀는 자신의 의견을 가감 없이 말한 것에 큰 기쁨을 느꼈다. 하지만 이제 손님들이 하나둘 떠날 것이고 곁방에 들어올 것이기 때문에 그녀는 앉아 있던 자리를 옮겨야 할 때가 왔다고 생각했다. "당신은 지독하게 비판적이어서 저는 당신이 뭔가를 좋게 보는 것을 한번도 본 적이 없어요." 그녀는 말을 이었다. "대신 당신은 순전히 부정적 의미에서 오늘날 견디기 힘든 모든 것들을 찬양하죠. 만약 신이 사라진 우리 시대 죽음의 황량함에서 감정과 직관을 구하려 한다면 당신이 그렇게 옹호하는 전문가주의, 무질서, 부정성 같은 것에 의존할 수 있겠죠!" 그녀는 웃으며 일어섰고 다른 장소를 찾아야만 한다고 양해를 구했다. 다시 대화를 이어가고 싶다면 새로운 은신처를 찾아야 했다. 벽지로 위장된 비밀문을 통해 투치의 침실로 갈 수도 있었지만 사촌을 그곳으

로 데려가는 일은 그를 너무 신뢰하는 것처럼 여겨졌고 특히 손
님맞이를 위해 방을 치울 때마다 그 방에 잡동사니가 엄청 들어
가 있기 때문에 은신처로 남은 선택은 오직 두 개의 하녀 방뿐이
었다. 다른 때 같으면 잘 들어가지도 않을 라헬의 방에 불쑥 들
어가겠다는 결심은 감시의 의무를 행하는 동시에 집시처럼 돼
버린 지금의 처지를 타개할 재미있는 생각이었다. 울리히에게
하녀의 방에 들어가야겠다고 양해를 구하면서도 그녀는 계속
말을 걸었다. "당신은 기회만 나면 아른하임을 깎아내린다는 인
상을 주고 있어요. 당신의 저항은 그에게도 치명적이죠. 그는 오
늘날 아주 뛰어난 인물 중 하나잖아요. 그래서 그는 현실과 연결
될 필요가 있는 거예요. 당신은 반면에 언제나 불가능에 뛰어들
준비가 돼 있죠. 그는 긍정의 존재이고 완벽하게 균형 잡힌 사람
이에요. 당신은 솔직히 반사회적인 사람이고요. 그는 단결을 위
해 노력하고 확실한 결정을 내리기 위해 애쓰죠. 당신은 모호한
의견으로 그에게 반대할 뿐이고요. 그에겐 돌아가는 일들에 대
한 견해가 있어요. 하지만 당신은? 당신은 뭘 하나요? 당신은 마
치 내일 세상이 시작될 것처럼 행동하죠. 왜 대답을 못하는 거
죠? 당신을 처음 만난 날부터 나는 우리에게 위대한 일을 할 기
회가 왔다고 했지만 당신은 지금까지도 아무 반응이 없어요. 또
한 사람들이 이 일을 운명으로 받아들이고 결정적인 순간에 이
끌려 숨죽이며 질문하는 눈으로 대답을 기다릴 때 당신은 마치
그걸 뒤엎으려는 불량한 소년처럼 행동했어요!" 그녀는 분별 있

는 언어를 사용하여 이 방의 추잡스런 분위기를 억누를 필요가 있었고 사실상 사촌에게 지나친 책망을 가함으로써 상황에 맞설 배짱을 얻었다. "내가 그랬다면 왜 나를 계속 이용한 거죠?" 울리히가 물었다. 그는 그 작은 시종 라헬이 눕는 철제 침대에 앉았고 디오티마는 그로부터 팔 하나 뻗을 거리의 밀짚의자에 앉아 있었다. 거기서 그는 디오티마의 경탄할 만한 대답을 들었다. "내가 당신 앞에서 아주 야비하고 나쁘게 처신한 사람이라면, 당신은 정말 천사처럼 훌륭한 사람이었어요!" 그 말을 해놓고 그녀는 스스로 경악했다. 그녀는 그저 그의 뒤틀린 욕망을 지적하고 사람들이 전혀 가치가 없다고 할 때 가장 친절하고 사려 깊어지는 그의 모습을 비꼬려고 했을 뿐이었다. 하지만 무의식 속에서 어떤 물줄기가 솟아오르더니 비록 말을 꺼낼 당시엔 우스꽝스러웠으나 그녀는 물론 그녀와 사촌간의 관계를 놀랄 만큼 잘 보여주는 말이 튀어나온 것이다.

울리히는 그 사실을 감지했다. 그는 아무 말 없이 그녀를 바라보았고 잠시 후에 질문을 던졌다. "당신은 정말, 그와 미치도록 사랑에 빠졌나요?"

디오티마는 바닥을 내려다보았다. "그렇게 무례한 말을 하다니요! 나는 사랑에 홀딱 빠진 어린 소녀가 아니에요!"

하지만 그녀의 사촌은 더 강하게 밀어붙였다. "나는 그럴 만한 이유가 있어서 이런 질문을 하는 겁니다. 나는 모든 사람들이—심지어 옆방에 있는 오늘밤의 손님들 중 가장 비열한 악한

들조차도—이야기를 나누는 대신 옷을 벗고 서로 어깨에 팔을 두르며 노래를 하고 싶어한다는 것을 당신이 알고나 있는지 묻고 싶어요. 그렇다면 당신은 우리 대표로 다른 남자에게 가서 누이처럼 키스를 해야만 할 거예요. 이런 표현이 좀 음란하다면 그들이 잠옷 정도는 걸치는 걸로 해두죠."

디오티마는 아무렇게나 대답했다. "당신은 아주 산뜻한 상상을 하셨군요!"

"하지만 당신도 예상했겠지만 나는 오래전부터 이런 요구들을 알고 있었어요. 어떤 저명한 인사는 그런 삶이야말로 세상에서 살아볼 만한 것이라고 주장하기도 하더군요."

"그렇게 살지 못하는 건 당신 잘못이에요!" 디오티마가 끼어들었다. "그걸 그렇게 우스꽝스럽게 묘사할 필요도 없고요!" 그녀는 아른하임과의 모험이 공평무사했으며 사회적 구분이 사라지고 행위와 영혼, 정신, 꿈이 모두 하나되는 삶을 추구했던 것을 기억했다.

울리히는 대답이 없었다. 그는 사촌에게 담배를 권했다. 그녀는 담배를 받았다. 강한 담배 향기가 좁은 방안을 채웠다. 디오티마는 생각했다. 라헬이 이 향기의 흔적을 발견하면 무슨 생각을 할까? 환기를 시켜야 할까? 아니면 아침에 그 작은 하녀에게 해명을 해야 할까? 이상하게도 라헬에 대한 생각이 그녀를 머뭇거리게 만들었다. 그녀는 점점 더 기묘해지는 이 만남을 이젠 끝내고자 했다. 그러나 정신적으로 우월하다는 특권의식, 또한 비

밀스런 방문이 남긴 담배 향기가 자신의 하녀를 어리둥절하게
할 것을 생각하니 더욱 즐거워지는 것이었다.

　사촌은 그녀를 바라보았다. 그는 자신이 한 말에 스스로 놀
라고 있었지만 이야기를 멈추지 않았다. 그는 연대를 갈구했다.
"제가 말하고 싶은 것은," 울리히는 말을 이었다. "어떤 조건에
서 제가 천사의 경지에 이를 수 있느냐는 것입니다. 왜냐하면 천
사의 경지란 타인을 그저 육체적으로 견뎌내는 것이 아니라 아
무 거리낌 없이 이른바 마음의 치맛자락 속으로 품어안는 것을
의미하기 때문입니다."

　"그 타인이 여자라는 말은 아니겠지요!" 디오티마는 집안에
서 사촌에 대해 떠도는 나쁜 소문들이 기억나서 덧붙였다.

　"혹시 여자일 수도 있겠군요."

　"당신이 옳아요. 저는 여성으로서의 인간을 사랑한다는 말은
거의 하지 않거든요!" 디오티마가 생각하기에 울리히는 점점 더
그녀의 의견에 가까워지고 있었다. 하지만 아직 그들 사이엔 어
긋남이 있었고 그가 무엇을 말하든 완전히 받아들이기는 어려
웠다.

　"좀 솔직하게 말할게요." 그는 완고하게 말했다. 그는 몸을 숙
여 팔을 근육질의 허벅지에 올려놓았으며 바닥에 시선을 고정
하고 있었다. "오늘날 여전히 우리는 그 사람에게 끌린다거나
거부감이 든다고 말하지 않고 나는 이 여자를 사랑한다거나 나
는 저 사람을 미워한다고 이야기합니다. 좀더 정확히 말하자면,

상대방에게서 나를 끌어당기거나 밀쳐내는 힘을 일깨우는 것은 바로 나 자신이라고 할 수 있습니다. 또한 그보다 좀더 나아간다면 상대방이 내 안에 있는 그런 특성들을 끌어낸다고 할 수 있을 겁니다. 우리는 그 첫번째 진전이 어디서 일어나는지 알 수 없습니다. 왜냐하면 그 과정은 마치 두 개의 튀어오르는 공이나 두 개의 전기회로 같아서 서로 기능적으로 독립해 있기 때문입니다. 우리는 왜 그런 느낌이 드는지를 당연히 오래전부터 알고 있습니다. 하지만 여전히 우리는 우리 주위를 둘러싼 감정의 자기장에서 스스로를 원인^{Ursache}이자, 근원적인 사건$^{Ur\text{-}Sache}$으로 바라보기를 더 좋아합니다. 다른 사람을 따라한 것임을 뻔히 알면서도 마치 스스로 창조해낸 일인 것처럼 묘사하는 것이지요! 그러니 당신에게 대책 없이 사랑에 빠진 것인지 혹시 분노한 것은 아닌지 또는 절망한 것인지를 묻는 겁니다. 정확한 관찰력을 가진 사람이라면 그렇게 극도로 격앙된 상태는 마치 유리창에 갇힌 벌이나 독이 든 물에 빠진 섬모충과 다를 바가 없음을 알기 때문입니다. 인간은 행위의 충동에 사로잡히고 맹목적으로 여러 방향으로 돌진하며 막힌 벽을 향해 수백번 주먹을 날리기도 합니다. 그러다가 행운이 따라준다면 자유로 들어가는 작은 문, 즉 우리가 얼어붙은 의식상태로 돌아갈 때 만나는 완전히 계산된 행동으로 즉각 귀환하게 되지요."

"그 생각에 반대할 수밖에 없어요," 디오티마가 말했다. "그건 한 인간의 일생을 좌지우지하는 감정에 대한 음울하고 모욕적인 정의에 불과할 뿐이에요."

"아마 당신은 인간이 자기 자신의 주인이 될 수 있느냐는 그 낡고 지루해진 관점을 떠올리는 것 같군요." 울리히는 재빠르게 눈을 치켜뜨며 대답했다. "만약 모든 사물에 자기 원인이 있다면 사람에게는 아무 책임이 없겠네요? 당신에게 고백하건대, 제 생애를 통틀어 그 문제에 관심을 가진 시간은 15분이 채 안 될 거예요. 더이상 주목받지 못하는, 한물간 시절의 문제제기에 불과해요. 그건 신학에서 온 것이며, 여전히 너무 많은 신학과 이교도 화형식의 탄내를 풍기는 법률가들에게서 온 것입니다. 아직도 인과율에 따라 사고하는 집단들이 있다면 그들은 '내 불면의 원인은 당신'이라든가 '곡물시세가 폭락한 것은 운이 없어서'라는 식으로 말하죠. 하지만 당신이 범죄자의 양심을 흔들어 깨운 후에 한번 왜 그런 짓을 했느냐고 물어보세요. 그는 이유를 모릅니다. 그 행위가 벌어지는 동안 그의 의식은 사라져버렸기 때문이지요!"

디오티마는 몸을 일으키면서 말했다. "왜 당신은 범죄 이야기를 자주 꺼내죠? 범죄를 특별히 좋아하나봐요. 무슨 각별한 의미라도 있는 건가요?"

"아닙니다." 사촌은 말했다. "아무 의미도 없어요. 있어봤자 일종의 흥분에 불과하죠. 일상적인 삶이란 우리가 저지를 수 있는 모든 범죄에서 비롯된 평균상태겠지요. 하지만 이미 신학이란 용어를 사용한 이상 당신께 몇가지 여쭤보고 싶군요."

"왜 대책 없이 사랑이나 질투에 빠졌느냐고 또 물어보는 건 아니겠죠?"

"아닙니다. 한번 생각해보세요. 만약 신이 모든 것을 미리 알고 예정해두었다면 인간이 어떻게 죄를 지을 수 있을까요? 아주 구식 질문이지만 오늘날 여전히 새로운 질문이기도 합니다. 그건 신에 대한 매우 사악한 생각이지요. 인간은 신의 승낙을 받아 신을 배신하는 셈이니까요. 신은 인간을 책망당할 죄악으로 몰아넣는 것입니다. 신은 우리가 무엇을 하게 될지를 미리 알 뿐 아니라—그렇듯 체념된 사랑에 관한 수많은 예들이 있으며—그런 행동을 유발하게도 합니다! 오늘날 우리 모두는 서로에 대해 그 비슷한 상황에 처해 있는 거예요! '나'라는 주체는 주권자, 즉 통치행위를 선포하는 자로서 지금까지 간직했던 의미를 잃어버립니다. 우리는 주권자가 적법한 존재임을 배워서 알고 있습니다. 우리는 또한 주권자의 주변환경이 끼치는 영향, 주권자의 구조적 형식, 가장 절정의 행동을 할 때 주권자가 사라져버리는 순간을 압니다. 한마디로 주권자의 형식과 행동을 결정하는 것은 법이라고 할 수 있습니다. 인격의 법이라는 말을 한번 생각해보세요. 그것은 마치 외로운 독사의 무역동맹이나 강도를 위한 상공회의소처럼 들리지 않나요? 법이 아마도 세상에 존재하는 것 중 가장 비인격적인 것처럼, 인격은 그저 비인격적인 것들의 상상의 집합소에 불과할지도 모릅니다. 그래서 당신이 포기하지 않는 그 영예로운 지점을 인격이 찾아내기가 그렇게 어려운 것입니다…"

사촌의 말에 디오티마는 이의를 제기했다. "하지만, 사람은 가능한 한 인격적으로 행동하는 법이에요!" 그녀는 끝을 맺듯 말했다. "오늘 당신은 매우 신학적이군요. 이런 면이 있는 줄 전혀 몰랐어요!" 그녀는 지쳐버린 무용수처럼 다시 자리에 앉았다. 강하면서도 아름다운 여성. 그녀는 뼛속에서부터 스스로를 그렇게 느꼈다. 그녀는 사촌을 수주일 동안, 아니 한 달이 다 되도록 피해왔다. 하지만 그녀는 이 동갑내기를 좋아했다. 연미복을 입은 그는 유쾌해 보였고 희미하게 빛나는 방에서 마치 수도원 기사단처럼 희고 검게 보였다. 또한 이 희고 검은 복장 안에는 십자가의 열정 같은 게 담겨 있었다. 그녀는 소박한 방을 둘러보았다. 평행운동은 멀리 있었고 그녀는 엄청난 감정의 싸움을 겪었으며, 아무것도 기록되지 않은 채 거울 모서리에 꽂힌 그림엽서와 버들개지로 온화하게 꾸며진 이 방은 어떤 의무처럼 단순해 보였다. 이렇듯 대도시의 이미지로 테두리가 꾸며진 거울 속으로 그 작은 하녀는 자신의 얼굴을 들여다보았던 것이다. '그녀는 도대체 어디서 씻을까?' 좁은 찬장 구석에는 뚜껑이 덮인 양철 주발이 들어 있었지―디오티마는 그 사실을 기억해내면서 다른 생각을 떠올렸다. '이 남자는 원하지만 또 원하지 않을 거야.'

그녀는 아주 친근한 대화상대가 된 것처럼 그를 조용히 바라보았다. '아른하임이 정말 나랑 결혼하고 싶은 걸까요?' 그녀는 중얼거렸다. 아른하임은 그렇게 말했었다. 하지만 더이상 집요하게 주장하진 않았다. 그는 다른 할 말이 너무 많았다. 하지만 그녀의 사촌 역시 그런 상관없는 이야기만 할 게 아니라 "요즘 어떻게 지냅니까?"라고 물어야 했다. 왜 그러지 않았을까? 그녀는 자신의 내적 갈등을 자세히 이야기해도 그가 이해해줄 거라는 생각이 들었다. 자신이 변했다고 말했을 때 그는 "그게 나한테 좋은 일일까요?"라고 습관적으로 되물었다. 그 뻔뻔함이라니. 디오티마는 웃었다.

이 두 사람은 원래 좀 독특했다. 왜 그녀의 사촌은 아른하임에 대해 그렇게 나쁘게 말했을까? 아른하임은 그와 친구가 되고 싶어했고 그녀는 그 사실을 알았다. 울리히 역시, 그의 신경질적인 언급에 의하면, 아른하임에게 관심이 있었다. '그가 얼마나 아른하임을 오해했던가,' 그녀는 다시 생각했다. '그건 어쩔 수 없는 일이지.' 이제는 그녀의 영혼이 투치 국장과 결혼한 자신의 육체에 저항할 뿐 아니라 육체가 영혼에 반발하기도 했다. 아른하임의 주저하면서도 예민한 사랑 때문에 그녀는 자신의 욕망이 신기루처럼 떨리는 사막의 가장자리에 서 있는 것 같은 느낌을 받았다. 그녀는 자신의 곤경과 나약함을 사촌에게 털어놓고 싶었다. 평소 그가 보여준 결단력 있는 단순함이 마음에 들었기 때문이다. 아른하임의 균형 잡힌 다면성은 분명히 더 높은 경지였으나 울리히는 극도의 불확실성으로 치닫는 사유에도 불구하고 결정을 내리는 데는 망설임이 없었다. 그녀는 그 이유를 몰랐지만 떠오르는 게 있었다. 그건 아마도 그를 처음 만났던 때 가졌던 느낌이었을 것이다. 당시 그녀에게 아른하임이 엄청난 긴장이자 영혼에 가해진 짐이며 모든 면에서 감당하기 힘든 부담으로 다가온 반면 울리히의 말은 단순명쾌한 면이 있어서 다소 미심쩍긴 하지만 수많은 관계의 책임감에서 벗어나 자유로움을 느끼게 해주었다. 그녀는 갑자기 원래의 자신보다 더 진중하게 처신해야 한다는 의무감이 들었으나 당장 그 방법을 말하지는 못했다. 대신 그녀가 어렸을 때 위험에 빠진 아이를 구해준답시고 팔로 안아 들고 있었던 기억이 났다. 그런데 그 아이는 품에서 빠져나가려고 그녀의 배를 무릎으로 계속 차고 있었다. 마치 굴뚝을 타고 이 작은 방에 뚝 떨어지듯이 너무도 예상 밖으로 떠오른 이 기억의 힘 때문에 그녀는 평정심을 완전히 잃어버렸다. '대책 없는 사랑이라고?' 그녀는 생각했다. 왜 그는 항상 그렇게 묻는 것일까? 혹시 그녀가 대책을 세울 수 있으리라 믿는 것인가? 그녀는 그가 하는 말을 듣지 않았고 그래서 그의 말이 적절한지 아닌지도 몰랐다. 그녀는 불쑥 그의 말에 끼어들어 마지막으로 웃으며(그렇게 갑자기 흥분해서 웃는 것이 매우 신뢰할 수 없는 일만 아니라면) 대답했다. "하지만 나는 대책 없는 사랑에 빠졌어요!"

울리히는 만면에 미소를 띠며 말했다. "당신한테 그건 불가능합니다."

그녀는 손을 머리에 얹은 채 놀란 눈으로 그를 바라보며 일어섰다.

"누군가 대책 없는 사랑에 빠지려면," 그는 조용히 설명했다. "매우 정확하고 객관적이어야 합니다. 오늘날 '나'라는 존재가 얼마나 미심쩍은지를 아는 두 '자아'가 서로에게 다가가는 것이죠. 그래서 제가 생각하기에 그건 결코 평범한 것이 아니에요. 만약 그 둘이 사랑하게 되고 서로 얽혀서 하나가 다른 하나의 원인처럼 되면, 그것들은 스스로 위대한 것으로 변화됨을 느끼며 마치 안개처럼 표류하게 될 거예요. 그런 상태에서 우리가 어떤 잘못된 방향으로 움직이지 않기는—비록 얼마간 바른 방향으로 움직였다고 하더라도—정말 어렵습니다. 한마디로 말해서 세상에서 올바른 것을 감지하기란 어려운 것입니다. 일반적인 편견과 달리, 그것은 세세한 것에 대한 지나친 집착에 속하는 것입니다. 아무튼 제가 말씀드리고 싶은 건 바로 그것입니다. 당신은 나를 대천사라도 될 수 있겠다면서 매우 높게 평가해주었습니다. 인간이 오직 객관적일 때만—비인간적일 때와 같은 말이지요—완전한 사랑의 인간이 됩니다. 왜냐하면 그럴 때 인간은 완전히 감각과 감정과 사유의 존재가 되기 때문이죠. 또한 그들은 서로를 갈구하기 때문에 인간을 형성하는 모든 요소들은 부드러워집니다. 단지 인간 자신만 부드럽지 않죠. 그러므로 대책 없이 사랑에 빠지는 일이란 아마도 당신이 전혀 원하지 않는 것일 거예요⋯."

그는 가급적 엄숙해 보이지 않게 말하려고 애썼다. 그는 얼굴

표정을 조절하기 위해 새로 담배 하나를 피워물기도 했으며 디오티마 역시 난처함에서 벗어나려고 그가 권하는 담배 한 대를 받았다. 사실 그녀는 울리히의 말을 완전히 이해하지 못했기 때문에 자신의 독립성을 보여주기 위해 우스울 정도로 반항적인 표정을 지으면서 연기를 내뱉었다. 하지만 전체적으로 그 상황은 디오티마에게 강한 영향을 주었고 그래서 그녀의 사촌은 그들만 있는 이 방에서 그녀의 손을 잡는다든가 머리카락을 만진다든가 하는—이 상황에서라면 자연스러울 법도 한—행동을 전혀 하지 않으면서 모든 것을 갑자기 그녀에게 털어놓았다. 사실 그들은 이 좁은 공간에서 마치 자기장이 작용하듯 서로에게 육체적으로 강하게 끌렸다. '만약 그랬다면…?' 그녀는 생각했다. 하지만 이 방에서 무엇을 할 수 있었겠는가? 그녀는 주위를 둘러보았다. 창녀처럼 해볼까? 하지만 그걸 어떻게 하지? 엉엉 울어볼까? '엉엉 울다'[flennen]는 학교에서 소녀들이 썼던 용어로 그녀에게 갑자기 떠오른 말이었다. 그가 말했던 것처럼 옷을 벗고 그의 어깨에 손을 올리고 노래를 부른다면, 무슨 노래를 부르지? 하프를 연주할까? 디오티마는 미소지으며 그를 바라보았다. 그는 마치 함께 있으면 원하는 일은 무엇이든 할 수 있는 버릇없는 남동생처럼 보였다. 울리히도 웃었다. 그렇지만 그의 웃음은 캄캄한 창문 같았다. 왜냐하면 디오티마와의 대화에 푹 빠지고 난 후엔 그저 부끄러움만이 밀려왔기 때문이다. 하지만 그녀는 이 남자를 사랑할 수도 있겠다는 예감이 들었다. 그건 이를 테면 현대 음악 같아서 듣기엔 좋지 않지만 긴장감 넘치는 새로움으로 가득 찬 느낌이었다. 비록 그녀는 그 사실을 그보다 더 많이 예감하고 있었지만 그와 마주하고 서 있다는 사실이 그녀의 다리를 비밀스럽게 달구기 시작했고, 그래서 그녀는 이미 너무 많은 대화를 나눈 것 같은 표정을 지으며 사촌에게 갑자기 말을 건넸다. "친애하는 친구, 우리는 뭔가 완전히 불가능한 일을 하고 있어요. 여기서 혼자 좀 있어요. 나는 손님들께 다시 얼굴을 비쳐야 하거든요."

102. 피셀의 집에서 벌어진 사랑과 투쟁

게르다는 헛되이 울리히의 방문을 기다렸다. 사실 그는 이 약속을 잊고 있었고 뭔가 다른 계획이 있을 때만 기억이 났다.

"잊어버려!" 은행장 피셀이 중얼거릴 때마다 클레멘티네는 말했다. "우리는 그에게 잘해주었지만 그는 이제 뭔가 더 높은 것을 도모하는 중이야. 네가 그를 찾을수록 상황은 더 나빠질 거야. 너에게는 정말 어울리지 않는 상대야."

게르다는 나이든 친구를 그리워했다. 그녀는 그가 온다고 해도 자신은 그를 떠나고 싶어한다는 사실을 알아주었으면 좋겠다고 생각했다. 스물세 해를 살아오는 동안 게르다는 그녀를 얻기 위해 아버지를 후원하는 글란츠 씨와 남자라기보다는 그저 사내아이 같은, 기독교적 독일주의에 빠진 친구밖에 알지 못했다. "왜 그는 오지 않을까?" 울리히를 떠올릴 때마다 그녀는 물었다. 그녀의 주변 친구들에게 평행운동은 독일 민족의 정신적 파괴가 분출된 현상에 불과했으며 그래서 그녀는 울리히가 그 운동에 참여한 것이 마뜩잖았다. 그녀는 그가 평행운동을 어떻게 생각하는지를 듣고 싶었고 그가 기본적으로 그 문제에 책임을 지지 않는 입장이었으면 좋겠다고 생각했다.

그녀의 어머니는 남편에게 말했다. "당신은 그 운동에 참여할 기회를 놓쳤어요. 안 그랬다면 게르다에게 좋았을 테고 그 아이에게 다른 생각을 심어주었을지도 몰랐을 텐데요. 많은 사람들이 투치 집에 가고 있어요." 그건 피셸이 백작 각하의 초대에 응하지 않은 데 따른 결과였다. 그 일 때문에 그는 곤란을 겪을 것이 분명했다. 게르다가 정신의 친구들이라고 부르는 젊은이들은 마치 페넬로페의 구혼자들*처럼 피셸의 집에 정착했고 평행운동에 직면해 젊은 독일인들이 무엇을 해야 할지를 토론했다. 피셸이 게르다의 '정신적 영도자'인 한스 제프[Hans Sepp]를 돈을 쓰면서 가정교사로 채용하지 않겠다고 단언하자 클레멘티네는 "금융인이라면 지금 상황에서 마에케나스** 같은 정신을 보여주

---

* 그리스신화에 나오는 영웅 오디세우스의 아내로 남편 오디세우스가 트로이 전쟁에 나가 돌아오지 않는 사이에 수많은 구혼자들로부터 결혼을 요구받으며 시달렸지만 끝까지 지조를 버리지 않고 남편을 기다렸다.
** 로마 아우구스투스 황제 시절의 정치가로 베르길리우스, 호라티우스와 같은 당대의 대 시인을 후원하는 등 문화예술의 보호자를 자처했다. 마에케나스의 프랑스어 발음이 메세나로, 이 말은 기업이 문화예술활동에 자금이나 시설을 지원하는 활동을 일컫는 말로 현재도 널리 쓰인다.

어야 해요!"라고 남편에게 요구했다. 생계를 책임질 가능성이라고는 눈곱만큼도 없는 학생 한스 제프는 교사로 이 집에 들어왔으며 가족 내 분란을 일으키면서 독재자로 군림해왔던 것이다. 그리고 그는 피셸의 집에서 이제는 게르다의 친구가 된 자기 친구들과 함께 디오티마와(그녀에 관해서는 자기 민족과 이민족 간에 구별을 못하는 사람이라는 평가가 떠돌아다녔다) 유대정신의 그물에서 독일의 귀족주의를 구원해낼 일을 모색하는 중이었다. 물론 유대인인 레오 피셸이 있을 때는 보통 좀더 관대한 객관성을 띠긴 했지만 그들의 말이나 원칙은 피셸의 신경을 거슬리기에 충분했다. 완전한 파멸로 이끌 것이 분명한 운동이 위대한 상징을 낳지 못할 그런 시대에 시도된 것에 그들은 불안해했으며, '매우 뜻깊은''고양된 인간성''자유로운 인간성' 같은 단어를 접할 때마다 피셸의 코안경은 가볍게 떨릴 수밖에 없었다. 그의 집에서는 '생의 사유방식''정신적 성장의 형상''행위의 파동' 같은 말들이 무럭무럭 자라났다. 그는 자기의 집에서 2주에 한번씩 열리는 '정화의 순간'을 목격했다. 피셸은 설명을 요청했다. 당시 일반적으로 슈테판 게오르게^{Stefan George}*의 시가 읽힌다는 해명이 돌아왔다. 레오 피셸은 자신의 낡은 백과사전에서 그 시인의 이름을 찾아보았지만 헛수고였다. 구식 자유주의자인 피셸을 제일 분노케 하는 일은 그 새파란 주둥이들이 평행운동에 참여하는 고위 공직자, 은행장, 학자들을 일컬어

---

* 1868~1933. 독일의 서정시인으로 프랑스 상징주의의 영향을 받아 독일 현대시의 초석을 놓았다.

'거들먹거리는 좀팽이'라고 부른 것이었다. 그들은 불만에 차 오늘날엔 더이상 어떤 위대한 이념도 없으며 그것을 이해하는 사람조차 없다고 주장했다. 또한 그들은 '인문주의'조차 하나의 상투어로 취급했으며 오직 민족이나 민족성, 전통 같은 말들만 취급할 가치가 있다고 보았다.

"인문주의에서는 어떤 구체성도 느껴지지 않아요, 아빠." 그가 게르다를 설득하려 하자 그녀는 항변했다. "이제 그런 말은 공허할 뿐이에요. 하지만 '나의 민족'이라고 하면 구체적이에요!"

"너의 민족이라고!" 레오 피셸은 위대한 예언자와 트리에스테에서 변호사로 있었던 자기 아버지 이야기를 하려고 했다.

"나도 알아요," 게르다가 끼어들었다. "하지만 나의 민족은 정신적인 것이에요. 그게 내가 말하고자 하는 거예요."

"네가 정신이 돌아올 때까지 방에 가둬야겠다!" 레오는 말했다. "네 친구들도 집에 들이지 않을 거야. 그 애들은 일도 하지 않으면서 자기 생각에만 몰두하는, 숙련 받지 못한 인간들이란다."

"아빠가 무슨 생각을 하는지 나도 알아요." 게르다가 대답했다. "아빠 세대는 우리를 양육했다는 이유로 모욕해도 된다고 생각하죠. 죄다 가부장적 자본주의자들이에요."

그런 논쟁은 종종 아버지의 걱정에서 비롯되었다.

"만약 내가 자본주의자가 아니라면 넌 어떻게 살 거니?" 그 집의 지배자가 물었다.

"내가 모든 걸 알 순 없죠." 게르다는 그런 식으로 대화가 확장될 때는 보통 말을 잘랐다. "하지만 학자와 교사, 종교지도자, 정치인, 그리고 다른 참여자들이 이미 새로운 가치체계를 창조하는 일에 나섰다는 사실은 저도 알아요!"

은행장 피셸은 아마도 아이러니하게 질문하려고 했을 것이다. "너희들 자신이 그런 종교지도자나 정치인들이 아닐까?!" 하지만 그건 마지막 말을 남겨두기 위한 것일 뿐이었다. 종국에는 그 모든 것이 그에게 얼마나 어리석게 느껴지는지, 또한 습관적으로 두려움을 일으켜 그를 물러나게 만드는지 게르다가 눈치채지 못하는 것 같아 그는 기뻤다. 그런 논쟁은 그가 자신의 집에서 벌어지는 거친 대항운동에 대비되는 평행운동의 질서를 조심스럽게 칭송하면서 끝이 나곤 했다. 하지만 그런 칭송도 클레멘티네가 듣지 못할 때만 가능했다.

조용한 순교를 행하듯 아빠의 훈계에 저항하는 게르다는— 레오 피셸과 클레멘티네에게도 모호하게나마 감지되었지만— 이 집에 흐르는 순진무구한 욕망의 호흡 같은 의미를 가졌다. 기성세대들이 분함을 억누르고 침묵하는 것들에 대해 젊은이들은 여러 방식으로 토론을 이어갔다. 그들이 민족적 감정이라고 부르는 것, 그러니까 각자의 주체를 어떤 상상의 공동체로 밀어넣어 섞어버리는 것—이른바 그들이 기독교-게르만시민정신이라고 부르는—조차도 기성세대의 그 지긋지긋한 사랑의 연대에 비하면 그나마 뭔가 날개 달린 에로스를 품은 것처럼 보였다. 나이에 비해 영리한 그들은 흔히 통용되는 '탐욕'이라든가 '상스러운 존재의 향유라는 과장된 거짓'을 경멸했다. 대신 그들은 감각의 초월이라든가 신비한 욕망에 관해서 지나치게 말을 많이 했고 그래서 그 말을 듣는 사람들에겐 그에 대한 반감으로 감각과 욕정에 대한 부드러운 친근감이 일게 만들었으며 레오 피셸마저도 그들의 언어 속에 표현된 거침없는 열정이 그들의 이념의 뿌리가 발끝에 닿아 있음을 느끼게 한다고 이따금 책망하였다. 왜냐하면 그에게 위대한 이념이란 위쪽으로의 향상을 경험하는 것이어야 하기 때문이다.

클레멘티네가 반대하면서 말했다. "그렇게 모든 것에 등을 돌려서는 안 돼요, 레오!"

"어떻게 그들은 재산이 정신을 나가게 한다고 말할 수 있지?" 그는 다시 논쟁을 시작했다. "내가 정신 나간 사람이라고? 아마 당신은 그럴지도 모르겠군. 그들의 말을 진지하게 받아들이니까 말이야!"

"당신이 잘못 이해한 거예요, 레오. 그들은 기독교적으로 말하고 있잖아요. 그들은 이 삶을 벗어버리고 지상에서 더 높은 삶을 원하는 거라니까요."

"그건 기독교적인 게 아니라 돌아버린 거라고." 레오가 반박했다.

"현실적인 사람이 아니라 내면적인 사람이 진실을 본다는 말이죠." 클레멘티네가 설명했다.

"웃기는 말이로군." 피셸이 주장했다. 하지만 그가 틀렸다. 그는 자신의 주변에서 벌어지는 정신적인 변화에 압도당해 속으로는 울고 있었다.

　은행장 피셸은 요즈음 전보다 더 신선한 공기를 필요로 했다. 일이 끝난 후에도 그는 서둘러 집에 오지 않았고 아직 대낮이라면 한겨울이라도 도심의 공원에서 잠시 산책하기를 즐겼다. 그는 견습사원 시절부터 이 도심 공원을 좋아했다. 이유를 알 수 없었지만 시 당국은 늦은 가을 철제 접이식 의자들을 새로 페인트칠했다. 그 의자들은 눈이 쌓인 길을 따라 밝은 녹색으로 늘어서 있어서 마치 봄의 색깔 같은 환상을 불러일으켰다. 레오 피셸은 이따금 놀이터나 산책로 주변의 의자에 혼자 몸을 감싸고 앉아서 보모들이 아이들과 함께 한겨울에도 건강함을 과시하면서 햇볕을 쬐는 모습을 바라보았다. 아이들은 장난감을 가지고 놀거나 작은 눈뭉치를 던졌고, 작은 여자아이들은 마치 성인 여성처럼 눈을 크게 떠 보였다. 피셸은 생각했다. '아, 아름다운 부인의 외모에서 느껴지는 그 찬란한 인상은 아이의 눈을 가졌기 때문이구나!' 동화 속 연못을 떠다니는 듯 눈 속에 사랑을 품은 작은 여자아이들이 노는 모습에 그는 기분이 좋아졌다. 그 연못에서 나중에 황새가 아이들을 데려올 것이고 이따금 여성 교사들도 데려올 것이다.* 그가 아직 인생의 쇼핑 진열대 앞에 서서 그 안으로 들어갈 돈도 없고 그저 운명이 무슨 일을 벌일지 짐작이나 해보던 젊은 시절에 그는 종종 이런 구경을 즐겼다. 얼마

* 서구의 동화에서 황새는 종종 여성에게 아이를 갖게 하는 동물로 그려진다.

나 가엾은 시절이던가. 그는 순간 흰 크로커스와 푸른 잔디 사이에 앉아 있던 젊은 시절의 그 팽팽한 긴장감을 다시 마주한 기분이 들었다. 그의 현실감각이 되돌아와 눈과 초록색 페인트가 시야에 들어왔을 때 그는 기묘하게도 자신의 봉급이 떠올랐다. 돈은 독립을 선사한다. 하지만 그의 수입은 전부 가족의 필요나 예상되는 예비자금에 쓰였다. 그래서 그는 사람이 독립하기 위해서는 직업말고도 다른 일을 해야 한다고 생각했다. 다른 은행장들처럼 증권 지식을 이용해 주식에 투자하는 일도 그런 종류의 일이었다. 레오는 놀고 있는 소녀들을 보면서 생각에 몰두했는데 더이상 생각을 이어갈 열정이 떨어지는 걸 느꼈고 그래서 그만두었다. 그는 은행장이란 직책을 가진 지배인이었고 그 위로 올라서려는 어떤 의도도 없었으며 자신처럼 일에 찌든 사람은 아무리 휘어진 등을 펴려고 해도 펴지지 않는다면서 의도적으로 스스로를 낮추려고 했다. 그는 자신과 아름다운 아이들이며 보모들—지금 이 순간 공원에서 그에게 인생의 매력을 의미하는—사이에 제거될 수 없는 벽을 세우려고 스스로 이런 생각을 하는 줄은 잘 모르고 있었다. 왜냐하면 그를 집에 가지 못하게 붙잡아두는 이 불쾌한 기분에도 불구하고 그는 집안의 지옥 같은 분위기를 신과 같은 아버지와 명목상의 은행장 주위를 감싸는 천사 같은 분위기로 바꿀 수만 있다면 무엇이든 내주는 구제불능의 가족주의자이기 때문이다.

울리히 역시 공원을 좋아했고 사정이 될 때마다 공원을 가로

질러 가곤 했다. 때마침 울리히와 피셀은 우연히 마주쳤고 순간 피셀은 자신이 평행운동 때문에 집에서 겪어야 했던 모든 일들이 떠올랐다. 피셀은 젊은 친구가 나이든 사람의 초청을 그리 쉽게 무시하는 데 대해 서운함을 표하고 덧없는 우정일지라도 시간이 지나면—열정적인 우정과 마찬가지로—나이를 먹는 법이니 그것만큼은 명심해주길 진지하게 부탁했다.

울리히는 피셀을 다시 보게 돼 정말 기쁘다면서 이게 다 자신을 괴롭혀온 사소한 일들 때문이라고 아쉬워했다.

피셀은 형편없는 시대와 더 나빠진 사업에 대해 한탄했다. 결국 도덕이 느슨해진 것이다. 모든 게 물질주의에 빠져 있고 매사에 여유가 없다.

"방금 당신이 부럽다는 생각을 했어요!" 울리히가 대답했다. "은행원이란 직업은 정말 영혼이 머무는 요양원 같지 않습니까! 그 직업이야말로 정신적으로 고결한 유일한 직업이에요."

"맞아!" 피셀이 맞장구를 쳤다. "은행원은 그저 합당한 이윤에만 몰두하여 인간의 진보에 기여하잖아. 하지만 그는 다른 사람들과 마찬가지로 그리 넉넉지는 못하네!" 그는 우울하게 덧붙였다.

울리히는 그와 함께 집까지 가기로 했다.

집에 도착하자마자 그들은 팽팽하게 긴장된 분위기를 감지했다.

게르다의 친구들이 모두 와 있었으며 격렬한 논쟁이 한창 진행중이었던 것이다. 이 어린 학생들은 대부분 아직 고등학생이거나 이제 대학에 진학한 1학년생들이었으며 그중 몇몇은 벌써 상업 쪽의 직업을 가지고 있었다. 어떻게 이런 그룹을 만들게 됐는지는 그들 스스로도 잘 몰랐다. 아마 알음알음으로 하나둘 모여들었을 것이다. 어떤 아이들은 국가 학생조직에서 알게 되었으며 다른 애들은 사회운동 또는 가톨릭운동 조직에서, 또다른 아이들은 반더포겔Wandervogel에서* 서로 만나기도 했다.

아마 그들 모두에게 공통된 한 가지가 있다면, 바로 레오 피셸의 집이라고 보아도 거반 틀리지 않을 것이다. 정신적 운동이 지속되려면 육체가 필요하다. 그 육체는 피셸의 집과 클레멘티네가 제공하는 음식, 그리고 교류의 규칙에 의해 구성된다. 게르다는 이 집에 속하고 한스 제프는 게르다에 속하며, 이 무지하게 순결한 영혼과 그보다 덜 순결한 얼굴을 지닌 남학생은 사실 지도자는 아니었는데 이는 젊은 학생들이 어떤 지도자도 인정하지 않기 때문이었다. 그러나 한스 제프가 가장 열정적인 학생인 것은 사실이었다. 그들은 이따금 게르다의 집이 아닌 다른 곳에서 만나기도 했지만 그들 운동의 핵심 장소는 이미 언급한 대로 이곳이었다.

아무튼 이 젊은이들의 정신세계는 마치 새로운 질병의 출현이나 당첨된 복권에서의 긴 숫자 나열처럼 주목할 만한 수수께끼였다. 낡은 유럽 이상주의의 태양이 사라져갈 무렵 수많은 횃

---

* 철새나 뜨내기를 뜻하는 말로 20세기 초 독일에서 창립된 청년 단체의 이름이다. 자연과 자유로 돌아가자는 취지를 띠고 있었으며 주변국으로 퍼져나가 심지어 일본에까지 이 단체가 설립되었다.

불이 손에 손을 거쳐 전달되었다. 그 이념의 횃불을 도대체 어디서 훔쳐왔으며 그것이 누구에 의해 발명된 것인지는 아마 신만이 알 것이다! 또한 그 횃불은 여기저기서 타올라 작은 정신의 집단을 불붙게 하는 춤추는 불의 바다가 되었다. 그래서 거대한 전쟁이 그런 결말을 맺기 전의 몇년 동안 젊은이들 사이에서는 사랑과 유대감이 엄청나게 많이 이야기되었으며 특히 은행장 피셀의 집에 모인 젊은 반유대주의자들은 모두를 끌어안는 사랑과 유대감 아래 서 있었다. 진실한 유대감이란 내적인 법칙의 작용이고 가장 깊고 간단하고 완벽한 것이며 이것들 중 가장 첫째는 사랑의 법칙이다. 이미 알려졌듯이 사랑은 절대로 감각적이거나 천박한 것이 아니다. 왜냐하면 육체적 소유란 재물의 신, 즉 맘몬의 발명품이며 결국 분열과 의미의 고갈만을 가져올 뿐이기 때문이다. 당연히 인간은 모든 사람을 사랑할 수 없다. 하지만 한 인간이 끈기있는 내적 책임감을 가지고 진정한 인간이 되려고 노력한다면 그는 모든 개인의 특성에 존경심을 품을 수 있을 것이다. 그렇게 그들은 사랑의 이름으로 모든 것에 대해 격렬하게 토론했다.

하지만 이 시기에 클레멘티네에 대항하는 급진파가 형성되었다. 클레멘티네는 다시금 젊어지는 것 같아 기뻐했으며 진정한 사랑이란 사실상 자본의 이자와 매우 유사하다고 인정하면서도 절대 평행운동을 혹평해서는 안 된다고 생각했다. 왜냐하면 아리아인이 다른 피와 섞이지 않고 순수함을 지킬 때만이 이상을 창출할 수 있다고 보았기 때문이다. 클레멘티네는 겨우 흥분을 억누르고 있었고 게르다는 방을 떠나려 하지 않는 엄마 때문에 화가 나서 뺨 밑에 붉은 반점이 올라왔다. 레오 피셸이 울리히와 함께 방에 들어섰을 때, 게르다는 한스 제프에게 그만하라고 애원하는 표정을 지어 보였고 한스는 화해를 원하는 듯한 목소리로 말했다. "우리 시대의 인간들은 위대한 것을 창조할 능력이 없어!" 이렇게 말함으로써 한스는 거기 있는 사람들에게 이미 익숙해진 비인격적 형식으로 문제를 끌어들였다고 믿었다.

그때 불운하게도 울리히가 대화에 끼어들었고—피셸을 향해선 약간 험한 농담이 되겠지만—한스 제프에게 당신은 진보를 전혀 믿지 않느냐고 물었다.

"진보라고요?" 한스 제프는 깔보는 듯한 자세로 대답했다. "백년 전의 인물들을 한번 떠올려보시죠. 그땐 진보가 시작되기도 전이었다고요! 베토벤! 괴테! 나폴레옹! 헤벨!^{F. Hebbel}(독일의 극작가—옮긴이) 같은 사람들을요."

"흠…" 울리히는 말했다. "헤벨은 백년 전에 겨우 막 태어난 아기였어요."

"젊은 사람들은 계산적인 정확성을 혐오하지." 피셸 은행장은 고소해하며 말했다. 울리히는 바로 대꾸를 하지 않았다. 그는 한스 제프가 자신을 질투한다는 것을 알았지만 게르다의 각별한 우정에 대해서도 고려했던 것이다. 울리히는 무리 가운데 앉았고 이야기를 계속했다. "우리가 인간 능력의 여러 분야에서 큰 진보를 이루어왔다는 사실은 부정할 수 없지요. 그러나 사실 우리는 그 진보를 따라가기에도 벅찬 실정입니다. 그렇다면 우리는 어떤 진보도 체험하지 못했다는 생각도 가능하지 않을까요? 결국 진보란 우리 모두의 결합된 노력의 산물이며 그래서 우리는 현재의 진보는 아무도 원치 않았던 진보라고 단언할 수 있지요."

한스 제프의 검은 앞머리는 마치 부르르 떨리는 뿔처럼 울리히를 향했다. "그건 당신이 방금 말한 그대로예요. 진보는 누구도 원하지 않았던 것이지요! 여기저기 수백 가지 길을 외치는 닭울음 소리가 있었지만 어떤 것도 길이 아니었죠! 사상은 물론, 영혼도 아니었어요! 또한 특성도 아니었지요! 문장은 페이지에서 튀어나왔고 단어는 문장에서 튀어나왔으며 전체는 더이상 전체가 아니라고, 이미 니체가 말한 적이 있어요. 니체의 자기중심주의 역시 존재에 대한 또다른 가치폄하라는 사실에 대해선 신경쓰지 마세요. 당신이 삶에서 간직한 단 하나의 확고하고 궁극적인 가치가 있다면 한번 말해보시죠!"

"그런 걸 성급하게 요구하다니!" 피셸 은행장이 제지하고 나섰다. 하지만 울리히는 한스에게 물었다. "어떤 궁극적 가치 없이 사는 게 당신에게 그렇게 불가능한 일인가요?"

"그럼요," 한스는 말했다. "하지만 그것 때문에 내가 불행하다는 건 인정하겠습니다."

"악마의 소행이로군요!" 울리히는 웃었다. "우리에게 모든 일이 가능한 이유는 우리가 완벽하지 않고 최고의 인식에 이르지 못한다는 사실에서 기인하죠. 중세에는 그런 일이 가능했고 그래서 무지한 채로 머물렀던 겁니다."

"그건 의문이군요." 한스 제프가 대답했다. "나라면 무지한 건 지금의 우리라고 말하겠습니다."

"하지만 당신은 우리의 무지가 명백하게 성공적이며 다양하다는 점도 인정해야 할 겁니다."

뒤쪽에서 누군가 참을성 많은 목소리로 중얼거리는 소리가 들렸다. "다양성, 지식, 상대적인 진보! 그런 것들은 자본주의에 의해 망가진 기계적 사고방식에서 나온 개념들이죠! 더 말할 필요도 없습니다."

레오 피셸도 혼자 중얼거렸다. 그가 바라본 바에 따르면 울리히는 이 무례한 친구들에게 너무나 관대했다. 피셸은 가방에서 꺼낸 신문 뒤로 자신을 숨겼다.

그러나 울리히는 그 순간을 즐겼다. "하녀의 욕실, 진공청소기에다 방이 여섯 개짜리 현대적 가옥은 높은 천장, 두꺼운 벽, 아름다운 아치를 갖춘 옛날 집에 비하면 진보입니까 아닙니까?" 그는 물었다.

"아닙니다!" 한스 제프가 소리쳤다.

"비행기는 역마차에 비해 진보인가요?"

"그렇지!" 피셸 은행장이 크게 대답했다.

"수공업에 비해 기계적 생산은요?"

"수공업이요!" 한스가 대답한 반면 레오는 "기계!"라고 외쳤다.

"제 생각엔," 울리히가 말했다. "모든 진보는 동시에 퇴보예요. 진보는 언제나 특정한 의미에서만 그렇습니다. 우리 삶에 전체라는 것이 의미가 없듯이 진보에도 완전함은 없는 것이죠."

레오는 신문을 내렸다. "그럼 대서양을 6일 만에 건너는 게 나을까, 아니면 6주에 걸쳐 건너는 게 더 좋을까?"

"둘 다 명백한 진보라고 말씀드리고 싶네요. 다만 우리 젊은 크리스천들은 어떤 것에도 동의하진 않을 겁니다."

젊은이들은 마치 팽팽하게 당겨진 활시위처럼 숨죽이고 있었다. 울리히는 대화에 찬물을 끼얹었지만 투쟁의지를 꺾지는 않았다. 그는 계속 말했다. "하지만 우리는 반대로 말할 수도 있죠. 만약 우리 인생이 각각 진보한다면, 그 의미도 각자 개인에게서 찾겠지요. 하지만 만약 우리가 인간을 신에게 희생물로 바친다거나 마녀를 불에 태운다거나 머리카락에 잿가루를 뿌린다든가 하는 것에서 의미를 찾는다면 더 위생적인 습관이나 더 인간적인 관습이 진보를 대표하는 상황에서도 그것은 여전히 삶의 뜻깊은 느낌 중 하나로 남게 될 것입니다. 문제는, 진보란 항상 옛날의 의미를 제거하려 한다는 점이죠."

"자네가 말하려 하는 바는," 피셸이 질문했다. "우리가 그 혐오스런 암흑의 시대에서 다행히 벗어났는데도 다시 인간 공양의 시절로 돌아가야 한다는 말인가?"

"그 시대를 암흑이라고 그렇게 확실하게 규정할 수 있을까요?" 이번에는 한스 제프가 울리히의 편을 들며 말했다. "당신이 죄 없는 토끼를 먹어버렸다면 그것이 바로 암흑이지요. 하지만 식인종이 종교적 의식 가운데 경외감에 차서 낯선 사람을 먹을 때 그의 내면에서 어떤 일이 일어나는지는 쉽게 알 수 없지요."

"분명히 지난 시대에 관해서는 더 생각해볼 게 있을 겁니다." 울리히는 한스의 말에 찬성했다. "그렇지 않다면 그토록 많은 훌륭한 사람들이 그 시대에 동의할 리가 없겠죠. 우리는 아마도 거대한 희생 없이 그 시대를 이용해먹는 게 아닐까요? 혹시 우리는 인류의 오래된 문제를 극복하는 방법에 확실하게 대면한 적이 없기 때문에 여전히 그렇게 많은 인간들을 희생하고 있는 것이 아닐까요? 그건 매우 표현하기 어렵고 모호한 연관성을 가지고 있습니다."

"하지만 당신의 사고방식에서는 이상적인 목표가 항상 손익 결산표나 대차대조표에 머물고 말죠." 한스 제프가 이번에는 울리히에게 버럭 대들었다. "당신은 피셀 은행장만큼이나 부르주아적 진보를 믿고 있으면서도 될 수 있는 한 비비 꼬고 왜곡시켜 표현할 뿐이죠. 그래야 사람들이 알아차리지 못할 테니까요!" 한스는 친구들의 의견을 대변해서 말했다. 울리히는 게르다의 얼굴을 바라보았다. 그는 피셀과 젊은이들이 서로간에 그러는 것처럼 자신에게도 달려들 것이라는 사실을 무시하고 생각을 냉철하게 전개해볼 생각이었다.

"하지만 한스, 당신도 뭔가 목표를 이루려고 하지 않나요?"

울리히는 다시금 물었다.

"뭔가 내 속에서, 나를 뚫고 나아가는 것이 있죠." 한스 제프는 짧게 대답했다.

"그런데 그게 목표를 향해 가고 있나요?" 레오 피셀은 이 조롱 섞인 질문에 도취된 나머지 스스로 울리히의 편에 선 것 같은 착각에 빠졌다.

"그건 모르겠어요!" 한스는 암울하게 대답했다.

"당신은 시험을 감내해야 해요. 그게 아마도 진보일 거요!" 피셀은 자신이 화가 나 있다는 것을 부정할 수 없었는데 그것은 덜 떨어진 악동뿐 아니라 자신의 친구에게도 실망한 탓이었다.

순간 실내는 터질 것만 같았다. 클레멘티네는 남편을 향해 애원하는 눈빛을 보냈다. 게르다는 한스를 말리려고 했고 한스는 마지막으로 다시 울리히를 공격할 말을 찾고 있었다. "당신은 아마도," 한스가 소리쳤다. "근본적으로 하나의 사상을 가지지 못한다는 점에서 피셀 은행장과 다를 바가 없군요."

그러고는 한스는 방을 뛰쳐나왔고 그의 지지자들은 분노한 표정으로 인사하며 그를 따라나왔다. 피셀 은행장은 클레멘티네의 눈치를 못 이겨 집주인으로서의 임무를 떠올리고는 젊은이들에게 작별 인사를 하기 위해 현관으로 나갔다. 이제 방에는 게르다와 울리히, 클레멘티네만 남았고 클레멘티네는 정화된 공기에 안도의 한숨을 내쉬었다. 곧 클레멘티네마저도 일어섰고 울리히는 뜻하지 않게 게르다와 둘만 남은 상황에 처하게 되었다.

103.
유혹

둘이 남았을 때 게르다는 확실히 화가 나 있었다. 울리히는 그녀의 손을 잡았다. 그녀의 팔은 떨리기 시작했고 곧 손을 뿌리쳤다. "당신은," 그녀가 말했다. "한스에게 목표가 무엇을 의미하는지를 몰라요! 당신은 그것이 싸구려라며 조롱하죠. 당신의 생각은 너무 저속해졌어요." 그녀는 가능한 가장 거친 말을 찾았고 그런 자신의 모습에 깜짝 놀랐다. 울리히는 다시 그녀의 손을 잡으려고 했으나 그녀는 팔을 움츠렸다. "우린 그런 행동을 원치 않아요!" 비록 경멸을 담아 쏘아붙이듯 말했지만 그녀의 몸은 동요하고 있었다.

"나는," 울리히는 조롱하는 투로 말했다. "너희들이 하는 일이 고상한 수준을 지키려 한다는 사실을 알고 있어. 바로 그 때문에 나는 너희들이 친절하다고 하는 그런 행동을 해야만 하지. 예전에 내가 너희들과 다른 방식으로 이야기 나누는 것을 얼마나 좋아했는지 잘 알잖아!"

"당신은 달랐던 적이 없어요!" 게르다가 빠르게 대답했다.

"나는 늘 망설였어." 울리히는 짧게 말하고 그녀의 얼굴을 훔쳐보았다. "내 사촌에 대해 이야기를 하면 좀 관심이 있을까?"

울리히가 곁에 있다는 불안함 때문에 어딘가 흔들리던 게르다의 눈이 갑자기 치켜 올려졌다. 그녀는 한스를 위해 정보를 캐내야겠다는 열망에 불타올랐으면서도, 그것을 숨기기 위해 애썼다. 그녀의 친구는 그런 태도에 만족해했고 마치 뭔가 심상치 않은 분위기를 눈치챈 짐승이 본능적으로 방향을 틀듯이 다른 화제를 꺼냈다. "언젠가 내가 달에 대해 이야기했던 것 기억나?" 그는 물었다. "뭔가 그 비슷한 것을 먼저 털어놓고 싶군."

"또 거짓말을 할 게 뻔해요!" 게르다가 대답했다.

"그렇지 않아! 너도 참여한 강의의 주제라 아마 기억할 거야. 어떤 것이 법칙인지 아닌지를 사람들이 알고 싶을 때 무슨 일이 생길까? 사람들은 물리학이나 화학에서처럼 자신의 근거를 내세울지도 모르지. 그래서 우리의 관찰이 기대하던 결과와 정확히 일치하지 않더라도, 특정한 방식으로 관찰을 결과에 근접시키고 그것에 따라 계산을 산출해내지. 또는 삶에서 흔히 그러하듯 법칙인지 아니면 그저 우연인지를 정확히 구별할 수 없는 근거 없는 현상들과 마주치기도 해. 그때 인간적인 흥분을 느끼게 되고. 그러면 사람들은 관찰의 더미 속에서 숫자더미를 만들어내. 말하자면 분류를 하는 것인데, 이러저런 것 사이에, 또는 다음 결과와 그 다음 결과 사이에 어떤 숫자가 있는지 따위를 잘게 나누는 것이지. 그러고는 일련의 분포 양상을 만들어내. 그것은 현상의 빈도가 체계적인 증가 또는 감소를 과연 증명하는지를 보여준다고. 여기서 그들은 고정된 순서나 분포의 기능을 얻지. 그들은 편차의 정도, 평균 편차, 임의값·중앙값·보통값·평균값

·분포 같은 것에서 얻은 편차 등을 계산하며 그 모든 개념을 이용하여 현상을 연구해."

울리히는 모든 것을 차분한 어조로 설명했고, 그래서 그가 스스로 숙고하기 위한 것인지 아니면 그저 재미로 게르다를 과학의 최면에 빠져들게 하려는 것인지 구별하기 어려웠다. 게르다는 그에게서 물러났다. 그녀는 안락의자에 앉아 몸을 앞으로 기울이고 미간 사이를 잔뜩 찌푸리면서 바닥을 바라보았다. 누구나 그렇듯 객관적인 이야기를 해서 그녀의 이성을 자극하면 반항심이 수그러들었다. 그의 말에서 그녀는 간명한 확실성을 간파했고 그 속으로 빠져 들어가는 느낌이었다. 그녀는 실업계 고등학교를 나와 대학에 몇학기째 다니고 있었다. 이제껏 그녀는 더이상 전통적인 인문주의에 가둘 수 없는 엄청나게 많은 새로운 지식들을 접했다. 많은 젊은이들 사이에서 예전의 교육과정은 완전히 무력해 보였다. 그들 앞에 놓인 새로운 시대는 마치 구식 농기구로는 재배될 수 없는 땅 같았기 때문이다. 울리히의 말이 어느 방향으로 나아갈지 그녀는 알지 못했다. 그녀는 그를 사랑했기 때문에 그를 믿었다. 동시에 그보다 열살이나 젊은 신세대에 속했기 때문에 그를 신뢰하지 못했다. 그의 말을 듣는 동안 상충되는 두 감정은 모호하게 서로 스며들었다. "게다가 지금," 울리히는 말을 계속했다. "우리는 거의 자연법칙처럼 보이는 정확한 관찰기록들을 가지고 있어. 하지만 그런 관찰기록들을 보이는 현상의 근거로 삼지는 않아. 통계적 수치는 종종 법칙만큼이나 큰 규칙성을 띠지. 너도 아마 사회학 강의에서 그런 사례들을 들어보았을 거야. 가령 미국에서의 이혼 통계 또는 남아-여아 출산율의 관계 같은 것은 매우 일정한 관계 양상을 보여주지. 그뿐 아니라 너도 알다시피 징병대상자 중 매년 일정한 숫자가 병역을 피하기 위해 신체 일부를 잘라버리며, 유럽 인구 중 자살을 택하는 사람은 매년 일정한 비율로 유지되지. 내가 아는 한 절도, 성폭행, 파산 등도 매년 일정한 발생률을 유지해…"

그때 게르다가 반발하고 싶은 욕구를 드러내 보였다. "지금 뭔가 진보적인 말을 하고 싶은 건가요?" 그녀는 가급적 경멸을 담으려 애쓰며 외쳤다.

"당연히 그렇지." 울리히는 물러섬 없이 대답했다. "뭔가 베일에 싸인 듯 거대한 숫자의 법칙으로 불리는 걸 생각해봐. 무슨 말이냐면 하나의 현상에 어떤 사람은 이런 이유를, 다른 사람은 저런 이유를 대지만 그 현상이 엄청난 숫자로 반복될 경우 그러한 우연성과 개인성은 폐기되고 뭔가 남는데…, 그래 도대체 뭐가 남는다는 걸까? 그게 내가 묻고 싶은 거야. 왜냐하면 그 남는 것은 우리 문외한들이 그저 평균이라고 부르는 것인데, 그게 정확히 무엇인지를 아는 사람은 아무도 없기 때문이지. 좀더 얘기해볼게. 사람들은 이 거대한 숫자의 법칙을 논리적이고 형식적으로 설명하려고 노력해왔어. 그러니까 자명한 것이라는 말이지. 또한 사람들은 그와 반대로, 서로 인과관계가 없는 현상의 그런 규칙성은 일반적인 사유방식으로는 도저히 설명될 수 없다고 주장하지. 또한 그들은 여러 다른 현상들은 개별적인 사건으로서가 아니라 전체의 숨겨진 법칙으로 분석돼야 한다는 주장을 펼쳐. 나조차도 별로 익숙하지도 않은 세세한 설명으로 널 괴롭히고 싶지는 않아. 하지만 과연 그렇듯 이해하기 힘든 공동의 법칙이 있는지, 또는 개별적인 사건은 그저 자연의 역설에 불과해서 사실 어떤 특수한 사건도 일어나지 않으며 일어나봤자 근원적으로 공허한 평균을 취함으로써 설명되는 의미에 불과한 것인지 나는 정말 알고 싶어. 다른 지식과 마찬가지로 그런 지식은 우리의 삶의 감각에 결정적인 영향을 끼칠 거야! 그것이 무엇이 됐든, 이 거대한 숫자의 법칙 속에서는 규칙적인 삶을 향한 가능성이 존재하기 때문이지. 또한 이런 평균법칙이 없다면 한 해 동안 아무 일도 일어나지 않는 것과 마찬가지며 결국 어떤 것도 확실하지 않은 상태에 놓이게 돼. 기아상태는 공급과잉으로 바뀌고, 아이들은 부족하다가 너무 많아지며, 인류는 마치 새장으로 다가오는 사람을 보고 작은 새가 요동치듯이 천당과 지옥의 가능성 사이를 펄럭이며 날아다닐 거야."

"그 모든 게 사실이라고요?" 게르다는 주저하며 물었다.

"그건 너 스스로 알아내야지."

"당연하죠. 세부적인 것들에 대해서는 나도 많이 알아요. 하지만 아까 다른 사람들과 논쟁할 때 당신이 한 말은 뭔지 모르겠어요. 당신이 진보에 대해서 한 말은 마치 그들 모두를 화나게 하려는 소리처럼 들렸어요."

"너는 항상 그렇게 생각해왔어. 하지만 우리가 진보에 대해 아는 것은 아무것도 없어! 진보가 무엇이어야 하는지에 관해서는 여러 가능성이 있으며 나는 그중 하나를 말한 것이지."

"'그건 무엇이든 될 수 있다!' 당신은 항상 그렇게 생각하죠. 당신은 한번도 '그건 어떠해야 한다!'는 식으로 대답한 적이 없어요."

"너희들은 너무 성급해. 항상 절대적인 목표, 이상, 계획이 있어야 하다니. 하지만 도출되는 결론은 절충이나 평균이란 말이야! 항상 최고를 추구하지만 결국 어떤 중간지점에 도달한다는 건 좀 웃기기도 하고 피곤한 일 아닌가?"

그건 본질적으로 디오티마와 나눈 대화와도 같은 내용이었다. 겉은 좀 다를지 몰라도 속은 다 통하는 이야기였기 때문이다. 어떤 사람이 그의 앞에 앉아 있든 대화의 내용은 다를 바 없었다. 정신적인 자기장에 들어온 육체는, 무조건 예정된 길을 따라야 하는 것이다! 울리히는 그의 마지막 질문에 대답을 하지 않는 게르다를 유심히 바라보았다. 두 눈 사이에 불만이 가득한 주름을 지으며 마른 처녀는 앉아 있었다. 그녀의 블라우스 틈으로 보이는 가슴 역시 우묵한 수직의 골을 만들고 있었다. 그녀의 팔과 다리는 길고 연약해 보였다. 그녀는 마치 때이른 여름의 열기에 축 늘어진 봄날 같았다. 또한 젊은 육체 안에 유폐된 완고한 고집스러움을 지니고 있었다. 갑자기 예상보다 빨리 어떤 결정을 내려야겠다는 생각과 함께 이 젊은 여성이 거기에 중요한 영향을 끼칠 것이란 예감이 들자 그는 묘한 거부감과 냉정함에 휩싸였다. 자기도 모르게 그는 평행운동 내부의 젊은이들에게 받았던 인상을 설명했고 몇마디 말로 결론을 내렸는데 그 말이 게르다를 놀라게 했다. "그 젊은이들은 거기서도 매우 급진적이고 그래서 나를 별로 좋아하지 않아. 나는 그들에게 똑같이 되갚아주는데, 왜냐하면 나 자신도 나름 급진적이고 어떤 무질서에도 지식인들보다 더 잘 견딜 수 있기 때문이지. 나는 생각이 발전되는 것도 좋아하지만 깨지는 것도 좋아해. 지각의 운동뿐 아니라 밀도 높은 이념 또한 좋아하지. 이것이 바로 나의 변함없는 친구여야 할 네가 무엇이 돼야 하는 것 대신 무엇이든 될 수 있는 것에 집착한다며 나를 비판하는 이유야. 나는 그 둘의 차이점을 알고 있어. 아마 그것은 지적인 엄정함과 생활의 감정이 뒤섞이고 우리의 기계적인 정확성이 삶의 부정확성을 하나의 적합한 보충으로 여기는 지경에 이른 오늘날 사람들이 가질 수 있는 가장 시대착오적인 특성일 거야. 왜 너는 나를 이해하려 하지 않지? 아마도 너는 나를 이해할 수 없을 것이고, 내가 시대에 적합한 너의 생각에 혼란을 일으키려 한다면 나쁜 짓이 될 테지. 하지만 게르다, 정말 나는 종종 내가 틀린 건 아닌지 자문하곤 해. 아마 내가 견딜 수 없는 많은 사람들이 내가 한때 이루고자 했던 것을 지금 하는 중일 거야. 그 사람들은 아마 그것을 잘못된 방향으로 이끌거나 아무 생각 없이 밀어붙일 것이고 어떤 이는 이쪽으로 다른 사람은 저쪽으로 달려갈 테지. 각자 이 세상에서 하나뿐인 생각을 낚았다고 생각하면서 말이야. 그들 각자는 스스로 엄청나게 똑똑하다고 생각하며, 그들 모두의 시대는 불모의 지대로 가고 있다고 믿을 거야. 하지만 반대로 생각해보면 그들 각자는 멍청하지만 전체로 보면 생산적인 것이 아닐까? 오늘날 각자의 진리는 대립되는 두 거짓으로 쪼개지는 것처럼 보이며 이것 역시 개인을 초월하는 경험의 한 방식이 될 수 있지. 시도된 것의 총합인 그 평균은 더이상 참을 수 없을 정도로 일면적이 된 개인에 달린 것이 아니라 오히려 실험에 내맡긴 공동체에 달려 있어. 한마디로 자신의 외로움을 이따금 난동으로 해소하는 늙은 남자 정도는 네가 너그럽게 봐달라는 거야."

"당신의 말 속에는 아직 설명되지 않은 게 있어요!" 게르다는 험악하게 받아쳤다. "왜 당신은 그런 생각을 책으로 쓰지 않나요? 책으로 남긴다면 우리한테 도움이 될 텐데요."

"하지만 책을 써야 한다면 그건 어떤 기분일까?" 울리히는 말했다. "나는 어머니에게서 태어났지 잉크병에서 나지 않았거든."

게르다는 과연 울리히의 책이 누군가에게 실제적인 도움이 될까 자문해보았다. 모든 젊은이들이 우정을 과대평가하듯이 그녀는 책의 힘을 과대평가했다. 둘 다 침묵에 빠지자 방은 완전한 정적에 빠져들었다. 피셀 부부는 분개한 손님들을 따라 집을 떠난 것 같았다. 게르다는 강한 남자의 육체가 바로 곁에서 압도하는 힘을 느꼈다. 그녀는 둘이 함께 있을 때 스스로의 다짐에도 불구하고 그런 힘을 느꼈다. 그녀가 그 힘에 저항하려 하자 몸이 떨리기 시작했다. 울리히가 변화를 알아채고 일어서서 손을 게르다의 연약한 어깨에 올리며 말했다. "게르다, 내가 제안을 하나 할게. 도덕적인 것이 마치 기체분자운동론 같은 물리적 법칙으로 작용한다고 한번 가정해봐. 모든 것이 규칙 없이 날아다니고 각자가 자기 마음대로 움직이지만, 이른바 그 현상에서 아무 법칙도 없다는 걸 누군가 계산해낸다면, 그것이 바로 실제 일어나는 일이라는 거야! 그런 기묘한 일치도 존재한다는 거지. 그래서 우리는 지금 시대를 날아다니는 수많은 이념들이 있다고 가정해보는 거야. 그 이념들이 매우 느리고 자동적으로 위치를 옮겨다니면서 어떤 평균값에 도달한다는 것이고 그것이 이른바 진보 또는 역사적 상황이라고 불리는 것이지. 하지만 가장 중요한 것은 우리의 인간적이고 개인적인 운동은 여기서 아무런 역할도 하지 못한다는 거야. 우리는 오른쪽이나 왼쪽으로 갈 수 있고 깊게 혹은 얕게 생각하거나 행동할 수 있어. 또한 신식으로나 구식으로, 예측 불가능하거나 생각한 바대로 할 수도 있지. 그러나 이 모든 것은 평균에는 완전히 무의미해. 신과 시계는 평균에만 관심이 있고 우리에게는 관심도 없다고!"

울리히는 말을 하면서 그녀의 어깨를 팔로 감싸려고 했다. 하지만 쉽지 않았다.

게르다는 분노했다. "당신은 항상 사색으로 시작하는군요." 그녀는 소리쳤다. "그러고는 꼬꼬댁거리는 닭 울음처럼 아주 뻔한 소리로 넘어가지요." 그녀의 얼굴은 뜨거워져서 동그란 반점

이 생겼고 입술은 마치 땀이 흐르는 것처럼 반짝였으며 그럼에
도 그녀의 분노에는 뭔가 아름다운 면모가 있었다. "당신이 만
들어낸 것은 정확히 우리가 원하지 않는 것이에요."

이제 울리히는 낮은 목소리로 그녀를 유혹하고 싶어 견딜 수
없었다. "소유가 그렇게 치명적인 거야?"

"당신하고 그런 이야기를 하고 싶지 않아요!" 게르다는 똑같
이 낮은 목소리로 대답했다.

"사물에 대한 소유든 사람에 대한 소유든 다 마찬가지야." 울
리히는 계속 말했다. "나는 생각보다 너와 한스를 더 잘 이해하
고 있어. 너와 한스가 원하는 게 뭔데? 나한테 털어놔봐."

"보시다시피 아무것도 없어요!" 게르다는 승리감에 취해 소
리쳤다. "그걸 말할 순 없죠. 아빠도 항상 말했어요. '네가 원하
는 걸 확실히 말해봐라. 그러면 그게 얼마나 무의미한 것인지 알
게 될 테니.' 확실히 말할 수 있다면 그건 모두 무의미한 것이에
요. 우리가 이성적이라면 절대 상투성에서 벗어날 수 없어요!
당신은 지금 또다시 이성에 기대서 뭔가를 항변하겠지만요!"

울리히는 고개를 흔들었다. "라인스도르프 백작에 대항하는
저항은 어때?" 그는 마치 주제를 바꾸지 않기라도 한 것처럼 부
드럽게 물었다.

"아, 당신은 우리를 염탐하는군요!" 게르다는 소리쳤다.

"내가 염탐한다고 생각해도 좋아. 하지만 게르다, 그 일에 관
해서 좀더 이야기해줘."

게르다는 당황했다. "별건 아니에요. 독일 청년들의 항의의 일종이죠. 그 백작의 집 근처를 행진하면서 '부끄러워해라!'고 소리치는 정도예요. 평행운동은 부끄러운 짓이니까요."

"왜 그렇지?"

게르다는 어깨를 으쓱해 보였다.

"들어봐." 울리히가 부탁했다. "너는 뭔가 과대평가하고 있어. 우리 한번 조용히 얘기해보자고."

게르다는 순종했다. "내 말을 듣고 말이 맞는지 한번 생각해봐." 울리히는 말을 이었다. "너는 소유가 치명적이라고 말했어. 일단 넌 돈을 생각하고 너의 부모를 생각하겠지. 그들은 당연히 죽은 영혼들이니까."

게르다는 우쭐한 태도를 취해 보였다.

"그러면 돈 대신에 다른 종류의 소유에 관해 이야기해볼까. 자기 자신을 소유한 사람, 자기의 확신을 소유한 사람, 자신의 욕망 또는 자신의 습관이나 성공, 아니면 다른 사람에게 자신을 소유하도록 내어준 사람, 무언가를 정복하고 싶어하는 사람, 혹은 당최 무언가를 원하지 않는 사람, 이런 사람들을 너는 모두 거부하는 건가? 너는 방랑자가 되고 싶어하지. 내가 정확히 기억한다면 한스는 영원히 떠도는 방랑자가 되고 싶다고 했어. 다른 의미와 존재를 향한 방랑자? 내 말이 맞나?"

"모두 정확한 말이에요. 지성은 영혼을 모방할 수 있죠!"

"그리고 지성은 모든 종류의 소유에 속하지? 지성은 마치 구식 은행원처럼 측량하고 무게를 재고 분류하며 모든 것을 모으니까. 하지만 내가 오늘 우리 영혼과 깊은 관계를 맺고 있는 엄청난 이야기들을 하지 않았나?"

"그건 차가운 영혼이죠!"

"네가 완전히 옳아, 게르다. 이제 나는 왜 내가 차가운 영혼, 혹은 은행원의 영혼 편에 서 있는지를 확실하게 말해야겠군."

"비겁하기 때문이죠." 울리히는 그녀가 마치 죽음의 공포에 빠진 작은 동물처럼 이빨을 드러내고 말한다는 사실을 알아챘다.

"신께 맹세코 그럴 거야." 그는 대답했다. "하지만 만약 모든 도피 시도에도 불구하고 다시 아버지에게 붙들리고 말 것이라고 확신하는 이상, 내가 피뢰침에 올라가든가 아니면 아주 작은 벽 위의 장식을 밟고서라도 도망가리라는 사실을 적어도 너는 믿어주겠지."

게르다는 지난번 비슷한 주제로 이야기를 나눈 이후 울리히와 이런 대화를 이어가려 하지 않았다. 대화에서 감정에 빠져드는 것은 그녀와 한스뿐이었다. 또한 그녀는 울리히가 빈정대는 것보다 자기편을 들어주는 것이 더 두려웠다. 그것은 상대방이 신뢰하는지 아니면 비방하는지를 알기도 전에 자신을 그에게 대책없이 넘겨주는 꼴이기 때문이었다. 일전에 그의 말 속의 우울함에 놀란 그 순간부터, 그녀는 내적인 흔들림을 견뎌왔으며 여전히 모든 걸 참아내야만 했다. 그런 사정은 울리히도 비슷했다. 그 처녀를 지배하는 권력에서 오는 타락한 기쁨 따위는 그와 상관없는 일이었다. 그는 게르다를 진지하게 받아들이지 않았고 그런 태도에는 약간이나마 정신적인 혐오가 들어 있었기 때문에 아무렇지도 않게 불쾌한 말들을 늘어놓았다. 그러나 언제부턴가 그가 그녀에 맞서 세상 편에 설수록, 그는 이상하게도 더욱 그녀에게 자신의 내면을 어떤 악의나 미화 없이 털어놓고 싶다는, 또한 마치 속이 다 비치는 길가의 달팽이처럼 그녀를 속속들이 들여다보고 싶다는 욕망에 사로잡혔다. 그는 다시금 그녀를 곰곰이 바라보다 말했다. "나는 마치 하늘의 구름처럼 내 눈을 너의 뺨 사이에 쉬게 하고 싶어. 구름이 하늘에서 어떤 기분일지 나는 알지 못하지만 신이 우리를 장갑처럼 움켜쥐고 아주 천천히 손가락 위로 말아올리는 그런 순간이 아닐까. 너희들에게 그건 아주 쉬운 일이지. 너희들은 우리가 사는 긍정적 세계의 부정적 측면을 감지하고는 그 긍정적 세계는 부모나 나이든 세대에 속하며 그늘이 드리운 부정적 세계는 젊은 세대에 속한다고 단번에 주장하니까. 나는 내 부모들을 위한 스파이가 되고 싶지는 않아, 게르다. 하지만 은행원과 천사 사이에서 선택을 할 때 은행원들의 현실적인 직업적 특성 역시 중요하다는 점을 말해주고 싶을 뿐이야."

"차 마실래요?" 게르다는 날카롭게 말했다. "당신을 편안하게 하려면 무얼 해야 하나요? 이 집의 완벽한 딸로 아무 부족함이 없는 모습을 보여드려야 할 텐데요." 그녀는 다시금 정신을 가다듬었다.

"한스와 결혼할 생각인가?"

"결혼할 생각은 전혀 없는데요!"

"사람에겐 목표가 있어야 하지. 부모와 반대편에 서는 것으로 평생을 이어갈 순 없잖아."

"나는 언젠가 집을 떠나 독립할 거예요. 한스와는 친구로 남게 되겠죠!"

"제발, 게르다, 한스와 결혼을 하든지 아니면 그 비슷한 걸 한다고 가정해봐. 모든 게 진행되면 그건 피할 수 없는 일이 될 거야. 지금부터 네가 아침에 이를 닦고 있으면 한스가 소득세 신고를 하는 그런 상황을 상상해보라고."

"그걸 내가 깨달아야 하나요?"

"아마 네 아빠라면 그러라고 할 거야. 만약 상상의 상황을 이해한다면 말이야. 유감스럽게도 보통 사람들은 인생의 항해에서 특이한 체험을 선박의 밑바닥에 깊숙이 처박아둠으로써 결코 아무것도 인식하지 못하지. 하지만 간단한 질문 하나 던질게. 너는 한스가 너에게 진실하리라 기대해? 신의는 복잡한 소유의 일부야! 한스가 다른 여자에게서 영감을 얻는다면 너는 그것을 받아들여야겠지. 사실 너의 원칙에 따른다면 너는 그런 상황을 스스로이 인생을 풍부하게 하는 계기로 여겨야 마땅하니까."

"당신은 혹시," 게르다가 대답했다. "우리가 한번도 그런 질문들을 던져보지 않았다고 생각하는 건가요? 인간은 단번에 새로운 사람이 될 수 없어요. 하지만 그렇게 될 수 없음을 반대 근거

236

로 내세운다는 것은 매우 부르주아적이네요."

"네 아버지가 원하는 것은 사실 네 생각과 완전히 달라. 그는 심지어 너와 한스를 제외한 어떤 일에 대해서도 더 알고 싶어하지 않아. 그는 그저 네가 하는 일을 이해하지 못하겠다고 말했을 뿐이야. 하지만 그는 권력이 매우 이성적임을 알고 있어. 그는 권력이 너나 한스, 그 자신보다 더 분별있는 존재라고 믿고 있어. 만약 그가 한스가 아무 걱정 없이 학업을 마치도록 돈을 댄다면 어때? 그 수습기간 후에 둘 사이의 결혼을 약속하는 것이 아니라, 다만 원칙적인 거부의 철회를 약속한다면? 단지 하나의 조건, 즉 수습기간이 끝날 때까지 너희들 간의 교류를 중단하거나 지금 정도의 교류를 유지한나는 조건을 내걸고 말이야."

"이게 당신이 끼어든 목적이군요?!"

"나는 네가 아버지를 이해하길 바랄 뿐이야. 그는 명백한 탁월함을 가졌으면서도 어두운 신성을 소유한 사람이야. 그는 한스가 현실적 이성이라고 말하는바, 본인이 원하는 성취를 돈으로 이룰 수 있다고 믿고 있어. 한정된 월급을 받는 한스는 현재의 어리석음을 벗어날 수 없다는 게 그의 생각이지. 하지만 네 아빠는 아마도 공상가인 듯해. 나는 타협, 평균, 건조한 사실, 죽은 숫자들을 추앙하는 것만큼이나 그를 추앙해. 나는 악마를 믿진 않지만 만약 믿었다면 그를 천국의 기록을 깨는 코치로 생각했을 거야. 아무튼 나는 너희들의 환상이 다 사라지고 오직 현실만 남을 때까지 너희들에게 매달리겠다고 네 아버지에게 약속을 했어."

이 말을 할 때 울리히는 명료한 의식상태가 아니었다. 게르다는 그 앞에 불타듯 서 있었고 눈에는 분노와 눈물이 뒤섞여 흐르고 있었다. 갑자기 그녀와 한스를 위한 길이 뚫렸다. 하지만 울리히는 그녀를 배반한 것인가 아니면 도와주려는 것인가? 그녀는 알지 못했다. 하지만 그게 무엇이건 모두 그녀를 행복하게 하는 만큼이나 또한 불행하게 했다. 혼란 가운데 그녀는 그를 불신했고 그러면서도 그와 그녀 사이에 신성할 정도의 유사점이 있음을—그가 드러내려 하지는 않겠지만—강렬하게 느꼈다.

그는 덧붙여 말했다. "네 아버지는 당연히 내가 너희들을 설득해 다른 생각을 갖게 하리라 기대하고 있어."

"불가능할 거예요!" 게르다는 애써 반박했다.

"너와 나 사이라면 불가능하겠지." 울리히는 점잖게 말했다. "하지만 우리에게 다른 길은 없을 거야. 나는 이미 너무 멀리 왔으니까." 울리히는 웃으려고 했으나 심한 자괴감이 밀려왔다. 그는 정말 그 모든 것을 원하지 않았다. 그는 그녀의 영혼이 우유부단하다고 느꼈고 그녀가 자신 안의 잔혹함을 일깨우는 바람에 스스로를 경멸했다.

바로 그 순간 게르나는 깜짝 놀란 눈으로 그를 바라보았다. 그녀는 갑자기 너무 가까이 다가간 불꽃처럼 아름다워 보였다. 그 모습은 어떤 형상도 없이 의지를 마비시키는 온기 같았다.

"언제 한번 나를 찾아와!" 그는 제안했다. "여기서는 마음대

로 이야기할 수 없군." 남성적인 무정함이 내뿜는 공허한 빛이
그의 눈에서 흘러나왔다.

"싫어요." 게르다는 거절했다. 하지만 그녀는 시선을 돌림으
로써 다시금 그의 시선에 호소하는 것 같았다. 울리히는 겨우 숨
을 내쉬며 서 있는, 아름답지도 추하지도 않은 젊은 처녀의 모습
을 슬프게 바라보았다. 그는 진정 깊게 한숨을 내쉬었다.

104.
전쟁터에 나선 라헬과 졸리만

투치의 집에 사상의 충만이라는 고귀한 임무를 띠고 모인 사
람들 가운데 날렵하고 재빠르며 열정적이면서도 독일인이 아닌
사람이 활동하고 있었다. 그 작은 하녀 라헬은 마치 하녀를 위
해 만들어진 모차르트의 실내악 같았다. 그녀는 입구의 문을 열
었고 외투를 받아들기 위해 팔을 반쯤 벌리고 서 있었다. 울리히
는 이따금 자신이 투치의 집과 맺고 있는 관계에 대해 라헬이 어
떤 생각을 하는지 알고 싶어서 그녀의 눈을 바라보려 했으나 그
녀는 눈을 돌려버리거나 마치 두 개의 눈 먼 벨벳 조각처럼 그의
시선을 무신경하게 받아쳤다. 그녀를 처음 만났을 때의 시선은
좀 달랐다고 울리히는 확신했다. 그리고 거실의 어두운 구석에
서 마치 두 개의 희고 커다란 달팽이집처럼 라헬을 응시하는 또

다른 한쌍의 눈도 이따금 관찰했다. 그것은 졸리만의 눈으로, 라헬이 신중해진 이유가 이 젊은이 때문인지는 의문이었는데 라헬이 울리히는 물론 졸리만의 시선에도 거의 반응하지 않았으며 방문객이 눈에 띄자 그쪽으로 사라져버렸기 때문이다.

진실은 호기심이 상상하는 것보다 더 낭만적이었다. 졸리만이 아른하임의 빛나는 존재를 어두운 음모로 이끌어가는 중상모략에 성공해 디오티마를 향한 라헬의 유치한 숭배마저 변질된 이후, 좋은 행실과 헌신적인 사랑을 위한 그녀의 모든 열정은 울리히에게 집중되었다. 졸리만을 통해 라헬은 이 집에서 진행되는 모든 사업은 엄격히 감시돼야 한다는 사실을 깨달았다. 그녀는 문에 매달려 열심히 말을 엿들었고, 손님을 기다리면서 투치와 부인의 여러 대화들을 훔쳐들었다. 디오티마와 아른하임 사이에서 반쯤은 적대적이면서 또 반쯤은 호의적인 대접을 받던 울리히의 위치는 그녀에게도 낯설지 않았다. 그런 어정쩡한 위치는 아무것도 모르는 여주인을 향해 반항과 회한의 감정을 동시에 품은 그녀의 상태와도 일치하기 때문이었다. 이제 그녀는 울리히가 오랫동안 자신에게 뭔가를 원해왔음을 기억해냈다. 그가 그녀를 좋아한다는 말은 아니었다. 집을 떠나온 그녀가 갈리치아에 있는 가족들에게 이렇게 멀리서도 보여주고 싶은 것은 깜짝 놀랄 행운과 뜻하지 않은 유산, 또는 그녀가 알고보니 고귀한 집안 출신이었다는 것, 왕자의 목숨을 구하는 것 등이었다. 그러나 여주인의 집에 손님으로 온 남자가 자기를 좋아해서 사랑에 빠진 나머지 결혼에 이른다는 것은 거의 일어날 수 없는 일이었다. 그래서 그녀는 울리히에게 그저 위대한 헌신을 보여주기로 결심했다. 울리히가 장군과 친하다는 걸 알고 장군에게 초청장을 보낸 것도 그녀와 졸리만이었다. 물론 모든 전력으로 봤을 때 장군이야말로 뭔가 일을 성취할 만한 인물로 보였기 때문이기도 했다. 울리히를 향한 작은 요정 같은 잠재된 동질감 때문에 라헬은 그와 과도한 일치감을 키워갔고 그래서 몰래 그의 입술과 눈, 손가락까지 모든 행동을 비밀리에 엿보았다. 그건 마치 사람들이 배우들에게 열정을 쏟은 나머지 자신의 하찮은 자아를 거대한 무대 위로 끌어올리는 것과 같았다. 꽉 끼는 옷을 입고 열쇠구멍 앞에 쭈그리고 앉아 있을 때처럼 이런 상호관계가 자신의 숨을 조인다는 것을 깨달을수록 그녀는 더욱 타락한 느낌을 받았는데 그건 그녀 자신이 졸리만과 똑같이 어두운 욕망에 확고하게 저항하지 못했기 때문이었다. 이것이 바로 그녀가 자신을 잘 훈련되고 모범적인 하녀로 보이기 위해 그토록 경외심을 품은 열정으로 그의 호기심을 건드리는데도 울리히가 아무런 눈치를 채지 못하는 이유였다.

울리히는 부드러운 사랑을 위해 창조된 듯한 이 존재가 기품 있는 부인들에게서 흔히 발견되는 냉혹한 적대감을 드러내며 왜 그렇게 순결하게 행동하는지를 헛되이 자문할 뿐이었다. 하지만 어느날 놀라운 장면을 마주하고 그는 마음을 바꿨고 심지어 적잖게 실망하기까지 했다. 아른하임이 도착했고 졸리만은 현관에 쪼그리고 앉았으며 라헬은 평소대로 재빨리 자리를 떠났다. 하지만 울리히는 아른하임이 도착하는 순간의 분주한 틈을 타 외투 주머니 속의 손수건을 가져오려고 다시 현관으로 갔다. 불은 다시 꺼져 있었지만 여전히 그 자리에 있던 졸리만은 연회장으로 사라진 줄 알았던 울리히가 어두운 현관에 와 있다는 사실을 알지 못했다. 졸리만은 조심스럽게 일어나 자신의 재킷에서 큰 꽃 한송이를 꺼냈다. 그건 희고 아름다운 붓꽃이었다. 그는 잠시 꽃을 바라보다가 발끝으로서 서서 잽싸게 부엌을 지나갔다. 울리히는 라헬의 방 쪽이라는 것을 알았고 조용히 그를 따라가 무슨 일이 일어나는지를 보았다. 졸리만은 문 앞에 서서 꽃을 입에 물더니 줄기를 두 번 비꼬아 손잡이에 걸고는 그 줄기의 끝을 억지로 열쇠구멍에 밀어넣었다.

꽃다발에서 이 붓꽃을 빼내 라헬을 위해 몰래 가지고 나오는 일은 쉽지 않았고 라헬은 그런 호의를 인지하고 있었다. 들키거나 해고된다면 라헬에게는 죽음이나 최후의 심판이 될 것이었다. 그래서 그녀가 가는 곳 어디서나 졸리만을 주의 깊게 살펴야 한다는 것은 매우 곤혹스런 일이었고 그가 어딘가 숨어 있다가 불쑥 발 아래로 튀어나와도 소리 한번 지를 수 없다는 게 영 기분 좋은 일은 아니었다. 그러나 누군가 위험을 무릅쓰고 자신의 주의를 끌고, 헌신적으로 모든 발걸음을 염탐하며, 아주 어려운 상황에서도 자신의 성품을 시험한다는 것이 인상깊지 않다고 할 수는 없었다. 이 작은 흑인은 무모하고도 위험하게 그녀에게 달려들었다. 하지만 그녀의 모든 원칙에는 어긋나지만, 머릿속 가득한 뒤틀린 기대에 이끌려 그녀는 이따금 하녀에 불과한 자신에게 모든 걸 바칠 준비가 된 두꺼운 입술의 아프리카 왕자를 이용해 앞으로 다가올 모든 중요한 일을 이뤄야겠다는 죄스러운 욕망에 빠지곤 했다.

　어느날 졸리만은 그녀에게 과연 용기가 있는지 물어보았다. 아른하임은 졸리만을 놔두고 디오티마와 친구들과 어울려 이틀 동안 산에 가 있었다. 요리사는 24시간 휴가를 얻었고 투치 국장은 레스토랑에서 밥을 먹었다. 라헬은 자기 방에서 찾아낸 담배꽁초 이야기를 졸리만에게 했고, 그 작은 하녀가 그것을 어떻게 처리할 것이냐는 디오티마의 무언의 질문은 위원회에서 졸리만과 라헬에게 책임있는 행동을 요청하는 어떤 조치들이 취해질 거라는 둘의 추정으로 어느 정도 대답이 되었다. 졸리만이 과연 그녀에게 용기가 있느냐고 물은 것은 그가 주인에게서 자신의 고귀한 출생을 증명할 서류를 훔쳐올 것임을 공표한 까닭이었다. 라헬은 이 서류의 존재를 믿지 않았지만 주변의 모든 유혹적인 일들은 뭔가 일어나리라는 피할 수 없는 기대를 부추기는 것도 사실이었다. 졸리만이 그녀를 마치 여주인의 심부름을 하러 온 것처럼 보이도록 아른하임의 호텔로 데리고 올 때, 그녀가 하녀용 흰 모자와 치마를 걸치리라는 사실은 그들 사이에 이미 약속된 것이었다. 그들이 거리로 나왔을 때 그녀의 앞치마 레이스 뒤에서 타는 듯한 열기가 올라와 그녀의 눈앞이 캄캄해졌지만 졸리만은 대담하게 차를 잡았다. 그는 아른하임이 방심하는 틈을 타 많은 돈을 소유하고 있었다. 이제 라헬도 용기를 가졌고 마치 그 작은 흑인이랑 돌아다니는 것이 자신의 의무이자 소명이라도 되는 양 세상의 시선을 받으며 차에 올라탔다. 이 거리의 합법적 지배자들인 잘 차려입은 한량들로 오전 한가운데의 거리는 매끈하게 채워졌고, 라헬은 마치 강도라도 된 듯 흥분에 젖었다. 그녀는 디오티마가 그러는 걸 본 대로 차에 적당히 몸을 기댔다. 하지만 쿠션 뒤에서 혼란스럽게 요동치는 움직임 때문에 그녀의 몸은 위아래로 흔들렸다. 차의 문은 닫혀 있었고 졸리만은 그녀가 기댄 자세를 틈타 마치 스탬프를 찍듯 넓은 입술로 그녀의 입술에 키스를 했다. 누군가 차창을 통해 볼 수도 있었지만 차는 내달렸고, 라헬의 등 뒤로 흔들리는 쿠션에서 향기나는 액체를 약하게 끓이는 듯한 흥분이 쏟아져 나왔다.

그 아프리카인은 호텔 앞까지 곧장 나아가는 것만큼은 포기했다. 라헬이 차에서 내리자 검은 실크 소매에 녹색 앞치마를 두른 짐꾼들이 히죽대며 웃었다. 졸리만이 찻삯을 치르자 문지기는 창문으로 엿보았고 라헬은 마치 포장도로가 발밑에서 꺼지는 것 같은 느낌이 들었다. 하지만 그들이 으리으리한 입구를 지나가는 동안 아무도 제지하지 않은 것을 보아 졸리만이 호텔에서 대단한 위세를 누리는 것이 틀림없어 보였다. 홀 소파에 앉은 몇몇 신사들의 시선은 라헬을 뒤쫓았다. 그녀는 다시금 부끄러움에 휩싸였지만 계단을 오르면서 그녀처럼 흰 모자에 검은 옷을 입은 많은 하녀들을 보자 마치 잘 알려지지 않은 위험한 섬을 떠돌다가 결국 인간과 마주친 탐험가와 같은 안도감이 들었다.

라헬은 마침내 생애 처음으로 품위 있는 호텔방을 보게 되었다. 졸리만은 모든 문을 닫아버렸다. 그는 여자친구에게 다시 키스를 해야겠다는 생각이 들었다. 라헬과 졸리만이 나눈 지난 키스는 뭔가 어린아이들처럼 달뜬 키스였다. 그것은 위험한 무력화가 아니라, 서로간의 확인에 가까운 것이었다. 지금 처음으로 그들은 잠긴 방안에 있었지만, 졸리만의 바람은 이 방을 좀더 낭만적으로 밀폐시키는 것이었다. 그는 커튼을 쳤고 밖으로 난 모든 열쇠구멍을 막았다. 이런 준비과정에 너무 흥분한 나머지 라헬은 발각되면 드러날 자신의 대담함과 창피함 이외의 어떤 것도 떠올릴 수 없었다.

그러고는 졸리만은 아른하임의 캐비닛과 트렁크로 그녀를 이끌었는데 그것들은 하나를 빼고는 모두 열려 있었다. 닫힌 것 속에 분명히 비밀이 숨겨져 있을 것이었다. 그 아프리카인은 열린 트렁크에서 열쇠를 뽑아 열어보았지만 소용이 없었다. 그러면서 자신의 모든 낙타와 왕자, 신비로운 파발꾼, 아른하임에 관한 중상모략 등을 끊임없이 중얼거렸다. 그는 라헬에게서 머리핀 하나를 빌리더니 그걸 곁쇠로 써서 열어보려고 했다. 이것마저 실패하자 그는 캐비닛과 서랍에서 모든 열쇠를 꺼내 쪼그려앉아 그것들을 무릎 사이에 펼치더니 새로운 생각이 떠오를 때까지 잠시 고민에 빠졌다. "그가 어떻게 모든 걸 숨기는지 한번 보라고!" 그는 이마를 문지르면서 라헬에게 말했다. "하지만 다른 걸 먼저 보여주는 게 좋겠군."

그는 아른하임의 캐비닛과 트렁크에서 꺼낸 당황스러운 사치품들을 라헬 앞에 펼쳐놓았고 그녀는 바닥에 쪼그려앉아 손을 무릎 사이에 움켜쥔 채 이 물건들을 호기심에 차서 바라보았다. 최고급 사치품에 길들여진 남자의 은밀한 옷장은 그녀가 전혀 보지 못하던 것으로 가득했다. 그녀의 남자 주인조차 옷을 형편없게 입는 편이 아니었지만 주인은 최고급 옷을 만들어내는 겉옷과 속옷 재단사는 물론 여행과 집에서 쓸 사치품을 만드는 사람에게 줄 돈도 없었고 또 그럴 필요도 없었다. 그녀의 여주인조차 이 엄청난 부자가 가진 정교한 물건들, 여성에게 어울릴 법한 부드럽고 뭐에 쓰는지도 알기 어려운 그런 물건들을 소유하고 있지는 않았다. 대부호를 향한 라헬의 소름끼치는 경외심은 다시금 살아났고 졸리만은 자신의 주인이 가진 것에 대한 엄청난 자부심으로 한껏 뽐을 냈으며 그 물건들을 과시하면서 열정적으로 온갖 비밀을 설명했다. 라헬은 뜻하지 않게 알게 된 그 모든 것들에 점점 신물이 나기 시작했다. 그녀는 언제부턴가 디오티마의 속옷가지와 가재도구 역시 비슷한 것들로 바뀌고 있음을 기억했다. 여기 있는 것들보다 더 비싸거나 가치있어 보이지는 않았지만 이전의 검소하고 단순한 물건들에 비하면 확실히 소박함을 잃었고 지금 여기 있는 것과 더 유사했다. 라헬은 순간 자신의 여주인과 아른하임의 관계는 생각했던 것만큼 정신적이지 않다는 모욕적인 기분에 빠져들었다.

라헬은 머릿속까지 빨개졌다.

그녀가 디오티마를 모신 이후 지금까지 이런 생각에 빠진 적은 한번도 없었다. 여주인이 가진 육체의 찬란함은 그 빼어남을 어디에 써야 할지 생각하기도 전에 마치 가루약을 포장지와 함께 삼켜버리듯이 그녀의 시선을 삼켜버렸다. 좀더 고상한 사람들과 살아간다는 그녀의 만족은 워낙 컸고 언제나 너무 쉽게 유혹당하는 라헬에게 남자란 다른 성性을 가진 존재가 아니라 낭만적이고 소설 같은 존재로 다가왔다. 그녀의 고결한 마음은 그녀를 아이처럼 만들어서 사춘기 이전, 즉 타인의 위대함을 향한 이타적인 열광의 시절로 되돌려놓았다. 어떤 요리사가 그토록 경멸하며 비웃어댄 졸리만의 허풍에 그녀가 너그럽게 도취된 이유도 바로 그런 고결함으로 설명되었다. 하지만 지금 바닥에 쪼그려앉아 아른하임과 디오티마의 부정한 결합을 떠올리게 하는 물건들을 백주대낮에 보고 있자니 그녀 안에서 이미 오래전 시작된 변화가 일어났다. 그것은 곧 부자연스런 정신의 상태에서 미심쩍은 육체적 상태로의 변화였다.

라헬은 단 한번의 충격에 완전히 낭만적인 태도에서 벗어났고 뭔가 화가 나 있으면서도 단호한 육신으로 거듭났다. 결국 그것은 하녀조차 어떤 권리를 가질 수 있음을 의미했다. 졸리만은 상품을 펼쳐놓고 곁에 앉아서 그녀가 특별히 칭송하는 물건들을 추려 그중 그리 크지 않은 것들을 선물삼아 그녀의 주머니에

집어넣었다. 그는 갑자기 일어나 주머니칼로 재빠르게 닫힌 트
렁크를 열어보려 했다. 그는 아른하임이 돌아오기 전에 주인의
수표장을 찾아내면 엄청난 여비를 마련해 라헬과 도망칠 수도
있지만 우선 서류를 먼저 찾아야 한다고 터무니없는 소리를 늘
어놓았다.

라헬은 일어서더니 그가 챙겨넣은 선물들을 주머니에서 단호
하게 모두 꺼내며 말했다. "그만 지껄여! 이젠 시간이 없다고. 몇
시나 됐지?" 그녀의 목소리는 더 무거워졌다. 그녀는 치마를 매
끄럽게 쓰다듬더니 모자를 고쳐 썼다. 그녀는 놀이를 그만두려
고 했고 졸리만은 갑자기 그녀가 그보다 나이가 많아 보인다는
사실을 곧장 알아차렸다. 그러나 그가 정신을 차리기도 전에 라
헬은 작별의 키스를 했다. 그녀의 입술은 전처럼 떨리지 않았고
오히려 그의 감미로운 입술을 세게 눌렀고 그 바람에 작은 졸리
만의 머리는 뒤로 젖혀져 거의 숨이 막힐 때까지 움직이지 못했
다. 졸리만은 버둥거렸고, 마침내 그녀에게서 벗어나자 마치 힘
센 아이가 자신을 물속에 처박은 것 같은 느낌에 빠졌다. 그는
당장 이런 불쾌한 모욕에 복수를 감행하고 싶었다. 하지만 라헬
은 문을 빠져나갔고 그녀를 뒤따르는 그의 시선은 불타는 화살
의 끝처럼 처음에는 분노에 가득 찼다가 결국 부드러운 재가 되
어버렸다. 졸리만은 주인의 물건들을 주워서 원래 자리에 갖다
놓았다. 그는 결국 얻게 될 무언가를 얻길 원하는 젊은 남자로
되돌아갔다.

105.
고결한 사랑은 비웃음거리가 아니다

산으로 여행길에 나섰던 아른하임은 내친김에 평소보다 오래
타국에 머물렀다. 이 '여행길에 나섰다'^{verreist}는 말은 그가 뜻하
지 않게 쓰게 된 말이지만 이상한 말이기도 했는데, 왜냐하면 그
에게는 '고향에 갔었다'^{zuhause gewesen}는 말이 더 옳은 말이기 때
문이다. 이와 같은 점 때문에라도 아른하임은 빨리 결정을 내려
야겠다는 조바심이 났다. 강력한 이성을 지닌 존재인 그가 최근
에는 한번도 경험해보지 못한 불쾌한 꿈에 쫓기는 일도 있었다.
그중 집요하게 반복되는 꿈은 그가 디오티마와 함께 높은 교회
탑에 올라가 발아래 펼쳐진 푸른 평원을 잠시 바라보다가 뛰어
내리는 꿈이었다. 기사도 정신이라고는 없이 투치의 침실로 쳐
들어가 그에게 총을 쏘는 꿈도 확실히 자주 꾸었다. 결투를 청해
서 투치를 쓰러뜨릴 수도 있었지만 그건 자연스럽지 못해 보였
다. 이런 판타지는 너무 많은 현실 속 세리머니에 의해 짓눌렸고
아른하임이 현실에 더 다가갈수록 억압은 불쾌하게 더 커져갔
다. 공개적으로 당당하게 투치를 찾아가 당신의 아내와 결혼하
겠다고 말할 수도 있었다. 하지만 투치는 뭐라고 하겠는가? 웃
음거리가 될 수 있는 모든 가능성에 스스로를 내맡기는 꼴이 될
것이다. 또한 투치가 문제를 온화하게 받아들여 스캔들이 최소

화되더라도, 아니 어떤 스캔들도 일어나지 않는다 해도 이혼이
란 최상층에게조차 견뎌내기 힘든 일이었으며 다 늙은 미혼남
의 결혼은 은혼식에 이르러 아이를 낳는 부부처럼 웃음거리가
되기 좋은 일이었다. 만약 아른하임이 결혼을 한다고 하면 사업
에 대한 책임감 때문에라도 그 상대는 미국의 저명한 과부라든
가 궁정과 가깝게 지내는 귀족이 마땅하지 부르주아 관료와 이
혼한 부인은 아닐 것이다. 그에게 모든 행동은, 그저 충동적일지
라도 책임감에서 나온 것이었다. 요즘처럼 우리의 생각이나 행
동이 책임감에 좌우되지 않는 시대에 그렇듯 책임감에 집착하
는 것은 그저 개인적인 야망 때문이 아니라 아른하임에 의해 키
워진 힘을—돈을 향한 근원적인 욕구에서 비롯된 이런 이미지
는 오랫동안 감당할 수 없을 만큼 커져서 그 자체의 이성, 그 자
체의 의지를 가지게 되었고 계속 자라고 그 위치를 확고히 해
야만 했다. 그것이 작동을 멈추면 병들거나 녹슬 수도 있기 때
문이었다—존재 자체의 힘과 위계로 일치시키려는 초개인적
인 요청 때문일 것이다. 본인이 아는 한, 그는 이런 것을 디오티
마에게 비밀로 하지도 않았다. 아른하임은 당연히 염소치는 사
람과도 결혼할 수 있었다. 그러나 그는 개인적 선택으로만 할
수 있었고 자신의 유약함을 내세워 여전히 결단을 회피하고 있
었다.

  그럼에도 그가 디오티마에게 청혼을 한 것은 사실이었다. 그
가 그렇게 한 이유는 위대하고 지적인 삶과는 어울리지 않는 간

통 같은 상황에 빠지지 않기 위해서였다. 디오티마는 그에게 고마워하면서 손을 꽉 잡고 예술사에 최고로 남을 만한 미소를 상기시키는 표정으로 그의 청혼에 답했다. "우리가 가장 깊게 사랑하는 사람은 결코 우리가 끌어안은 사람들이 아니에요…!" 마치 꼿꼿한 백합의 매혹적인 노란색처럼 너무 많은 의미를 지닌 이 대답 이후 아른하임은 자신의 청을 번복할 마음을 먹지 못했다. 하지만 대신에 그들은 이혼이나 결혼, 간통 같은 말들이 이상하게 불쑥불쑥 튀어나오는 일반적인 대화를 나눴다. 아른하임과 디오티마는 동시대 문학에서의 간통 행위에 대해 심오한 대화를 나눴고 디오티마는 이 문제가 자기훈련, 포기, 영웅적인 금욕 같은 위대한 가치가 아니라 단순히 육욕의 문제로만 다뤄진다는 사실을 깨달았다. 불행하게도 아른하임의 견해 역시 이와 정확히 일치해서, 그는 개인의 깊은 도덕적 비밀을 위한 공감이 오늘날 거의 사라졌다는 말을 덧붙일 뿐이었다. 이런 비밀이란 인간은 감히 모든 것을 허락받지 못했다는 것이다. 모든 것이 허용되던 시대는 어김없이 불행을 체험하고 말았다. 훈육, 절제, 기사도, 음악, 예절, 시, 형식, 금기 같은 것들은 모두 삶에 절제되고 올바른 모습을 마련해준다는 깊은 목적이 있는 것이다. 제한 없는 행복이란 없다. 커다란 행복에도 엄청난 금기가 따르기 마련이다. 사업에서조차 이윤만 좇다가는 쫄딱 망하기 쉽다. 자신의 한계를 인정하는 것은 현상의 비밀이자 권력과 행복과 믿음의 비밀이며 미약한 인간으로서 우주 안에서 살아가는 임무인 것이다. 이것이 아른하임이 피력한 견해였으며 디오티마는 딱히 반론할 것이 없었다. 그런 것들을 통해 일반적인 사람들에 겐 더이상 소용이 없는 합법성이라는 개념이 엄청난 의미를 획득했다는 사실이 어떤 면에선 그런 인식이 초래한 유감스런 결과였을 것이다. 하지만 위대한 영혼은 합법성이 꼭 필요한 법이다. 인간은 장엄한 순간에 우주의 수직적 엄정함을 감지한다. 또한 사업가는, 비록 그가 세계를 지배할지라도 왕좌와 귀족, 성직자를 신비의 화신으로 여긴다. 마치 모든 위대한 것이 단순하듯이 합법성 역시 단순하며 어떤 이해도 요구하지 않는다. 호머는 단순했다. 그리스도 역시 단순했다. 진실로 위대한 영혼은 항상 단순한 원칙으로 다가왔다. 사실 인간은 언제나 도덕적 상투성으로 회귀할 용기를 가져야 하며 전체적으로 봤을 때 진실로 자유로운 영혼이 전통에 반하여 행동하기가 어려운 것은 바로 그 때문이다.

그런 통찰은 그 자체로 진리이긴 하지만 남의 결혼 속으로 파고들어가는 데는 그리 유익하지 못한 결론이었다. 그래서 두 사람은 훌륭한 다리로 연결되어 있으나 그 한가운데 몇미터짜리 구멍이 있어서 서로 함께하지 못하는 상황에 놓인 기분이었다. 아른하임은 그것이 뭐가 됐든 무모한 사업에 손을 대듯이 무모한 사랑에 빠지고 싶은 욕망에 불을 붙일 만한 것이 없음을 깊이 애석해했다. 그는 애석한 나머지 계속 이 욕망에 대해 이야기했다. 그에 따르면 욕망이란 우리 시대 이성의 문화와 거의 일치하는 감정이다. 그 어떤 감정도 이처럼 명확하게 목표를 향하지 않는다. 그 감정은 이미 날아간 활처럼 한곳만을 향하지 새떼처럼 항상 새로운 곳으로 무리지어 날지 않는다. 그것은 마치 계산과 공학과 난폭함이 그러하듯이 영혼을 가난하게 만든다. 그래서 아른하임은 욕망에 동의하지 않으며 심지어 지하에서 울부짖는 눈먼 노예 같은 느낌을 받는다고 말한다.

디오티마가 추구하는 바는 달랐다. 그녀는 남자친구에게 손을 뻗으며 말했다. "우리 침묵하기로 해요! 언어는 위대한 것이지만 더 위대한 것이 있답니다! 두 사람 사이에서 정말 진실한 것은 말로 표현될 수 없어요. 우리가 말하는 순간 문은 닫힙니다. 말은 그저 비현실적인 전달일 뿐이어서 누군가 말하는 순간 거기에 삶은 없는 거예요…"

아른하임은 찬성했다. "당신 말이 맞아요. 강력한 자의식을 담은 말은 우리 내면의 보이지 않는 움직임에 자의적이고 초라한 형식을 던져줄 뿐이에요!"

"말하지 마세요!" 디오티마는 다시 말하고 손을 그의 팔에 얹었다. "나는 우리가 침묵함으로써 서로에게 생의 한순간을 선물한다고 보고 싶어요." 잠시 후 그녀는 다시 손을 거두더니 한숨지었다. "모든 숨겨진 영혼의 보석들이 드러나는 순간이 있어요!"

"아마 그런 시간이 오겠지요." 아른하임은 그 말을 보충했다. "영혼이 감각의 도움 없이 서로를 관찰하는 순간이 이미 가까이

왔다는 수많은 징조들이 있어요. 영혼은 입술이 서로 떨어질 때 하나가 되지요."

디오티마는 나비가 꽃으로 들어가는 입구를 만들듯이 입술을 오므려 작고 비스듬한 관 모양을 만들었다. 그녀의 영혼은 한껏 도취되었다. 모든 고양된 상태가 약간의 정신착란을 일으키듯이 사랑 역시 그런 특징을 지니고 있었다. 말이 떨어진 여기저기에 갖가지 의미가 빛나고 의미는 마치 베일을 두른 신처럼 걸어 들어와 침묵 속으로 사그라들었다. 디오티마는 이런 현상을 고요하게 고양된 시간에 깨달았지만 그전엔 한번도 이렇듯 참기 힘들 정도의 환희를 만끽해본 적은 없었다. 충만의 무정부상태였고 스케이트를 탄 것처럼 신적인 가벼움에 빠진 상태였으며 마치 실신이라도 할 듯한 상황이었다.

아른하임은 엄청난 말로 그녀를 들뜨게 했다. 그는 그녀가 여유를 되찾고 숨을 돌릴 시간을 주었다. 그러자 뜻깊은 생각의 그물이 그들 아래로 펼쳐져 다시 출렁거렸다.

이렇듯 확장된 기쁨 속에 숨겨진 고통에는 집중이 있을 수 없었다. 그의 기쁨은 항상 새로워지면서 떨리는 물결을 만들어내고 둥글게 확장되지만 결코 도도히 흐르는 행위로 모아지지는 못했다.

디오티마는 삶의 심각한 파국보다는 위험을 무릅쓴 이혼이 더 사려깊고 온유한 선택이라고 종종 마음속에 새기는 경지에 이르렀다. 또한 아른하임은 오래전부터 그런 희생을 애써 피하느니 그녀와 결혼을 하겠다는 도덕적 결심을 하고 있었다. 그들은 이런 방식이나 저런 방식으로, 어떤 때라도 결혼을 할 수 있었고, 둘 다 그 사실을 알고 있었다. 하지만 그걸 어떻게 해야 할지는 몰랐는데, 행복이 그들의 영혼을 그처럼 근엄한 높이로 끌어올려서 어떤 추한 행동 때문에 모든 것을 망쳐버릴지도 모른다는 두려움에 빠졌기 때문이다. 구름 위에 발을 디딘 사람이 느끼는 당연한 두려움이었다.

그 둘은 인생이 그들 앞에 부어주는 모든 위대하고 아름다운 음료를 남김없이 마셔버렸지만 최고 절정에 이르러서는 기묘한 단절에 직면했다. 다른 때 같았으면 그들의 존재를 채웠을 소원과 허영은 장난감 집이나 깊은 계곡의 농가처럼 그들 아래 멀리 놓여 있었다. 그곳에서는 거위들의 꽥꽥거림과 개 짖는 소리는 물론 모든 흥분까지도 고요 속으로 잠겨버렸다. 남겨진 것이라곤 침묵과 깊은 공허뿐이었다.

'과연 우리가 선택된 것일까?' 디오티마는 자신이 다다른 감정의 정점을 조망하는 한편 고통스럽고 예측 불가능한 무언가를 예감하면서 이렇게 자문했다. 그런 드문 경지는 그녀 자신이 체험했을 뿐 아니라 자기 사촌처럼 믿을 수 없는 남자조차도 하는 말이고 최근에는 여러 사람들이 글로 쓰는 주제이기도 했다. 하지만 그런 글들이 거짓이 아니려면 천년에 한번 정도는 전보다 더 각성되었으며 그저 독서나 말이 아니라 어떤 개인들에 의해 완전히 다른 시험을 거쳐 현실로 태어난 영혼이 실제로 있어야만 했다. 이런 연관 속에서 그녀에게 갑자기 떠오른 것은 초대받지도 않았는데 나타난 장군의 은밀한 등장이었다. 그리고 흥분으로 그들 사이에 떨리는 아치가 그려지는 동안 그녀는 새로운 대화를 고대하는 친구에게 나직이 말했다. "이성은 두 사람 사이를 이해하기 위한 유일한 방법이 아니에요!"

아른하임은 대답했다. "그렇습니다." 그의 시선은 마치 일몰 때의 태양빛처럼 수평으로 그녀의 시선과 마주쳤다. "당신은 이미 그렇게 말했어요. 두 사람 사이의 진실은 말로 표현될 수 없다고요. 그런 시도는 모두 방해가 될 뿐이라고요!"

106.
현대적 인간은 신을 믿는가
아니면 세계기업의 우두머리를 믿는가?
아른하임의 우유부단

아른하임은 혼자였다. 그는 생각에 잠겨 호텔방 창문 옆에 서서 잎이 다 떨어진 나뭇가지를 바라보고 있었다. 창살처럼 얽힌 가지들 아래로 사람들이 서로 부딪히며 다채로우면서도 어두운 두 줄의 행렬을—이맘때쯤 시작되는—만들어가고 있었다. 그 위대한 남자의 입술에서 노여운 웃음이 비져나왔다.

지금까지 그는 영혼이 없는 것을 판단하는 데 어떤 어려움도 없었다. 오늘날 영혼은 무엇에 깃들어 있는가? 그 드문 사례를 발견하는 것 역시 쉬운 일이었다. 그는 아주 예전에 들었던 실내 악의 밤을 기억해냈다. 보리수 향기가 풍기는 프로이센 국경 지역의 성을 방문한 친구들이 있었다. 그들은 젊은 음악가들로 돈을 많이 벌지는 못했지만 혼신을 다해 연주했다. 정말 영혼이 넘치는 연주였다. 다른 사례도 있었다. 그는 최근에 한 예술가와 맺었던 후원 계약을 파기한 적이 있었다. 그는 당연히 이 예술가가 자신한테 화를 낼 것이며 미처 성공하기도 전에 위기에 처했다는 상심에 빠지리라 예상했다. 분명히 사람들은 후원이 필요한 다른 예술가들이 있다는 식의 듣기 불편한 이야기를 그에게 했을 것이다. 하지만 아른하임이 지난 여행에서 이 예술가를 만났을 때 그는 힘겹게 그의 눈을 바라보면서 손을 잡고 말했다. "당신 때문에 어려운 처지에 놓였지만 당신 같은 사람이 아무 이유 없이 그런 일을 했으리라고 생각하지 않습니다!" 그건 한 남자의 영혼이었고 아른하임은 다른 기회에 기꺼이 남자를 위해 뭔가를 하리라 다짐했다.

이처럼 오늘날에도 많은 개인들에게서 영혼이 발견된다. 이 사실은 아른하임에게 항상 중요하게 여겨졌다. 하지만 누군가의 영혼과 직접적이고 조건 없이 교류해야 한다면 인간의 진정성은 큰 도전을 받게 될 것이다. 영혼이 감각의 중재 없이 서로 소통하는 시절은 올 것인가? 그 놀라운 여자친구와 그가 최근 내적으로 강요받은 충동처럼 서로 교유하는 데 요구되는 현실적 목표의 의미와 가치는 과연 존재할까? 온전한 정신일 때 그는 단 한번도 그런 목표를 믿지 않았지만 적어도 디오티마에게 그것을 믿으라고 유도했던 적은 있었을 것이다.

아른하임은 특별한 갈등의 순간에 처한 자신을 발견했다. 도덕적 부유함은 물질적 부와 밀접하게 결부되었다. 그는 이것을 잘 알고 있었고 그 이유 역시 매우 쉽게 이해했다. 왜냐하면 도덕은 논리를 통해 영혼을 대체하기 때문이다. 만약 한 영혼이 도덕을 소유한다면 그 사람에게는 도덕적 질문이 아니라 오직 논리적 질문만이 존재할 것이다. 영혼은 자신이 하고 싶은 것이 이러저러한 계율에 합당한지, 자신의 의도가 다르게 해석될 수 있는지 등등을 자문하는데, 이 모든 것은 마치 체조 선수들처럼 하나의 신호에 따라 오른쪽으로 돌거나 팔을 나란히 하거나 무릎을 굽히도록 훈련된 재빠른 인간 집단 같다. 그러나 논리는 반복 가능한 체험을 전제로 한다. 아무것도 반복되지 않고 현상이 소용돌이처럼 변하는 곳에서 우리는 절대 A는 A와 같다든가 더 큰 것은 더 작지 않다든가 하는 깊은 인식을 표현할 수 없을 것이며 오히려 꿈을 꾸게 될 것인데 그런 상황은 모든 사유자들이 혐오하는 것이다. 도덕도 마찬가지다. 반복될 수 있는 게 없으면 지시할 것도 없고, 인간에게 뭔가를 지시하지 못하면 도덕은 아무런 즐거움도 주지 못할 것이다. 도덕과 이성에 동일한 특성인 이 반복 가능성은 돈에 있어서 가장 강력하게 구현돼 있다. 돈은 반복성으로 이뤄져 있고 가치가 매겨지는 세상의 모든 즐거움을 구매력이라는 작은 블록으로 쪼개서 사람들이 원하는 것을 조립할 수 있도록 해준다. 그래서 돈은 도덕적이면서도 이성적인 것이다. 또한 잘 알려져 있듯이 그 반대는 성립하지 않는다. 즉 모든 도덕적이고 이성적인 사람들이 돈을 소유한 것은 아니다. 우리는 아마도 돈이 이런 특성들의 원천이거나 아니면 적어도 도덕적이고 이성적인 존재가 도달하는 최고의 경지라고 결론내릴 수 있을 것이다.

확실히 지금 아른하임은 교양이나 종교가 부유함의 자연스런 결과라는 식으로 생각하지는 않았다. 오히려 그는 부자들이 그런 것들에 책임을 지고 있다고 생각했다. 그러면서 그는 정신적 힘이 삶에서의 실제적인 힘을 충분히 이해하지 못하며 세상사에 무지함—본인이 전에 강조했던—에서 자유롭지 못하다고 생각했다. 또한 통찰력을 가진 사람으로서 그는 완전히 다른 여러 깨달음에 도달했다. 뭔가를 달아보거나 계산하는 것, 측정하는 것은 관찰 대상이 그 과정에서 변하지 않으리라는 사실을 전제로 한다. 그럼에도 변화가 일어난다면 정신은 뭔가 변하지 않는 것을 찾아내기 위해 모든 통찰력을 동원해야 한다. 그렇게 돈은 모든 정신적 힘과 유사하며 지식인들이 세계를 원자, 법칙, 가정, 놀라운 계산 등으로 나누고 기술자들이 새로운 세계를 만들기 위해 이 모든 허위를 이용하는 데 하나의 모범을 제시한다. 마치 보통의 독일 소설 독자들에게 성경의 도덕적인 전제가 익숙한 것처럼 그런 사실은 거대 산업의 소유자이면서 자신의 수

중에 있는 힘의 속성을 잘 이해하는 사람에게는 낯설지 않은 것이다.

사유와 계획의 성공을 위한 전제로서 이러한 명백함, 반복성, 고정성을 향한 요구는—거리를 아래로 내려다보면서 아른하임은 이렇게 생각했다—영혼의 영역에서 항상 폭력의 형식으로 충족되어야 한다. 사람을 다룸에 있어서 견고한 기반 위에 세우고자 하는 사람이라면 그저 천박한 특성과 욕망에 의존해야 한다. 왜냐하면 오직 이기심과 연관된 것만이 살아남을 수 있으며 한결같이 고려될 수 있기 때문이다. 고귀한 의도 따위는 믿을 수 없고 모순적이며 마치 바람처럼 도망가버린다. 제국이 조만간 공장처럼 통치되어야 함을 알았던 그 남자는 제복을 갖춰입고 우쭐함에 젖은 무리들을 우월함과 슬픔이 섞인 묘한 미소를 지으며 내려다보았다. 거기에는 어떤 의심도 있을 수 없었다. 신이 오늘날 우리 사이에 천년왕국을 세우기 위해 재림한다면, 마지막 심판이 경찰이나 파출소, 군대, 대역죄 심판소, 정부기구, 감옥 같은 형벌적 집행에 의해 이뤄지지 않는 이상 실용적이고 노련한 사람이라면 한 사람도 신뢰를 보내지 않을 것이다. 또한 계산될 수 없는 영혼의 집행을 억제하기 위해서는 무엇보다 요구되는 것이 있는데 그것은 미래의 하늘 거주민이 위협이나 추궁, 또는 뇌물—한마디로 '강력한 수단'—을 통해서만 필요한 모든 것들을 얻을 수 있다는 사실이다.

하지만 그때 파울 아른하임은 앞으로 나아가 신에게 말할 것이다. "주여, 왜 그러십니까? 이기주의는 인간의 생에서 가장 믿을 만한 특성입니다. 이기심의 도움이 없다면 정치가, 군인, 왕들은 간계와 억압을 동원해 세상에 질서를 부여하지 못할 겁니다. 이기심은 인간의 멜로디 같은 것입니다. 당신과 나는 그걸 인정해야 합니다. 억압을 멈추는 것은 질서를 약화시키는 것과 같습니다. 인간에게 위대한 일을 맡기는 것은 비록 그 사람이 나쁜 놈이라 할지라도 우리의 첫번째 임무입니다." 그러면서 아른하임은 공손하게 위대한 비밀을 깨닫는 것이 얼마나 중요한지를 잊지 않은 사람으로서 신 앞에서 몸을 삼가며 겸손한 미소를 지을 것이다. 그러고는 말을 이을 것이다. "하지만 돈은 확실히 폭력처럼 인간관계를 유지하는 확실한 수단이며 우리로 하여금 그것의 순진한 사용을 단념하도록 하지 않습니까? 돈은 정신으로 승화된 권력이며, 유연하면서도 고도로 발전한, 창조적이면서도 특별한 권력의 형식입니다. 사업은 간계와 억압, 사기와 착취에 근거하지 않습니까? 또한 이 간계와 억압은 문명화되고 내면화되어 자유의 외양을 걸치고 있지 않습니까? 돈을 마련하는 능력에 따라 권력을 계급화하여 이기심을 조직해낸 자본주의는 가장 위대할 뿐 아니라 가장 인간적인 질서이자 당신의 영광을 드러내는 것입니다. 인간의 행동을 측정하는 데 이보다 더 정확한 도구는 없을 겁니다!" 또한 아른하임은 천년왕국을 사업가적 원칙에 따라 설계하고 왕국의 행정을 철학적 세계전망을 갖춘 위대한 사업가에게 맡길 것을 신에게 충고했다. 순수하게 종교적인 것은 항상 고통스러운 것만을 마주하게 된다. 또한 전쟁 시기의 불확실한 실존에 비하면 사업가적인 행정은 천년왕국에 항상 더 큰 이점을 안겨줄 것이다.

아른하임의 깊은 내면에서 울리는 목소리는 돈이야말로 이성이나 도덕만큼이나 포기할 수 없는 것이라고 말했기 때문에 그의 이런 발언은 당연한 것이었다. 한편 또다른 내면의 목소리는 이성이나 도덕, 그리고 모든 합리적인 존재를 과감하게 포기하라고 그에게 말하고 있었다. 그가 미친 운석처럼 디오티마라는 태양 속으로 무작정 돌진하던 현기증나는 순간에 이런 목소리는 더욱 강력해졌다. 그런 순간 생각은 손톱이나 머리카락처럼 낯설게, 또한 아무 이유도 없이 확장되는 어떤 것처럼 느껴졌다. 도덕적인 삶은 그에게 생명력 없이 다가왔고, 도덕과 질서를 향한 숨겨진 혐오는 그의 얼굴을 붉게 만들었다. 아른하임은 자신의 전체 시대가 마주한 운명 때문에 고통받고 있었다. 이 시대는 돈, 질서, 지식, 계산, 측량과 측정, 다시 말해 돈의 정신과 그 친족들을 숭배하는 동시에 개탄했다. 그 시대가 노동 시간에 망치질하고 계산하며 그 외의 시간엔 '다음엔 뭘 하지'라는 과정의 연속이자 근본적으로 달갑지 않고 구역질나는 강요에 의해 움직이는 아이들처럼 행동하는 동안, 방향전환을 권고하는 내면의 목소리는 사라지고 말았다. 이 시대는 문제를 분업의 원칙에 의해 풀어가며 그런 예측과 내면의 슬픔을 일군의 지식인들이나 동시대의 고해자와 고해 신부들, 면죄부를 주는 사람들, 참회를 권하는 문학적인 설교자들이나 복음선포자들 같이 홀로 감당할 수 없는 상황을 해결해줄 수 있는 사람들에게 떠넘겼다. 또한 국가가 매년 문화시설에 쏟아붓는 바닥없는 기금과 실속 없는 말도 다를 바가 없어서 마치 인질을 위해 도덕적인 몸값을 지불하는 것과 같았다.

노동의 분업은 아른하임 자신에게도 똑같이 해당되었다. 사장실에 앉아서 매출을 계산하고 있을 때 그는 사업이나 기술적인 것 이외의 것을 생각한다는 이유로 부끄러움을 느꼈다. 하지만 회사 돈과 관련 없는 자리에선 다르게 생각하지 못하는 것, 즉 규칙이나 명령, 규범처럼 그 결과 내면적인 공허함과 비본질적인 상태에 처하는 잘못된 길에서 벗어나 다른 발전을 도모할 줄 알아야 한다는 요청을 제안하지 못해서 부끄러움을 느꼈다. 여기서의 다른 길이란 물어볼 것도 없이 종교를 의미했으며 아른하임은 그것에 관한 몇권의 책을 쓴 적도 있었다. 이 책들에서 그는 워낙 다양한 측면을 가진 종교를 신화, 단순함으로의 회귀, 영혼의 부유함, 경제의 정신화, 행위의 본질 등으로 불렀다. 더 정확히 말하자면 위대한 임무를 목전에 두면 반드시 해야만 하는 사람으로서의 자신을 사심없이 분석했을 때 그처럼 다양한 측면이 있는 것과 비슷했다. 하지만 이러한 노동의 분업이 결정의 순간에 망가지는 것은 분명히 아른하임의 운명이었다. 그가 정념의 불꽃에 스스로를 내던지려 했던 그 순간, 또는 태고의 형상처럼 위대한 동시에 완전하고, 오직 고귀한 인간에게만 가능한 진실함을 갖추며, 사랑의 화신처럼 철저하게 종교적이어야 한다고 생각한 순간, 결국 바지가 구겨지든 말든 아무 후회 없이 디오티마 앞에 무릎을 꿇으려던 그 순간 어떤 내면의 목소리가 그를 제지했던 것이다. 그건 부적절하게 튀어나온 이성의 목소리, 또는 그가 화를 내면서 말했듯이 오늘날 도처에서 위대한 삶의 모습이나 감정의 비밀에 맞서는 계산과 축적의 목소리였다. 그는 그 목소리를 싫어했지만 동시에 그 목소리가 그르지 않다는 것을 알았다. 만약 허니문이 있다면 디오티마와의 삶은 어떤 형식의 허니문이 되어야 할까? 그는 아마 사업으로 되돌아가서 그녀와 함께 나머지 삶의 의무들을 해치워나갈 것이다. 세월은 자연의 품 안에서, 또한 존재의 동물적이고 식물적인 요소 안에서 재정적인 활동과 휴식을 반복하며 변화될 것이다. 아마도 활동과 쉼, 인간의 요구와 아름다움이 빚어낸 위대하고 진실하며 인본주의적인 결혼이 될 것이다. 이런 경지야말로 아른하임의 눈앞에 어른거리는 매우 훌륭한 하나의 목표였다. 그는 완전히 긴장을 풀고 스스로를 포기하며 오직 허리에 두르는 천만 걸치고 세상의 반대편에 누워 자족하는 사람을 빼고는 어느 누구도 위대한 재정적 활동을 감당하지 못할 것이라고 믿었다. 하지만 거칠고 고요한 충만이 아른하임을 일깨웠는데 그것은 디오티마에게서 받은 하나부터 열까지의 인상이 이 모든 것과 맞섰기 때문이었다. 현대적인 몸매를 지닌 고전적인 미인을 볼 때마다 그는 혼란에 빠졌고 자신의 힘이 소진되는 것을 느꼈으며 균형 잡히고 자족적이며 조화롭게 순환하는 이 존재를 자신의 내면으로 끌어오는 일이 불가능하다고 생각했다. 그것은 절대 차원 높은 인간성이 아니었고 심지어 더이상 그냥 인간성도 아니었다. 그 상황에는 영원의 완전한 공허함만이 남았다. 그는 마치 천년이나 그녀를 찾아온 것인 양 아름다움을 응시했고 그녀를 발견한 곳에서 갑자기 아무 할 일이 없어진 채 명백히 혼수상태인 듯 거의 백치에 가까운 놀라운 무력감을 느꼈다. 그런 감정의 과잉 상태에서 그는 아무 대답도 할 수 없었으며 그저 그녀와 함께 대포 안에 들어가 세상으로 날아가버렸으면 하는 바람밖에 없었다!

재치있는 디오티마가 그 상황에 떡 어울리는 말을 찾아냈다. 그 순간 그녀는 위대한 작가 도스토예프스키가 사랑과 백치, 그리고 내면의 경건 사이의 연관을 밝혀냈음을 기억해냈다. 하지만 믿음이 좋은 러시아를 배경에 두지 못한 우리 시대의 사람들이 도스토예프스키의 사상을 실현하기 위해서는 특별한 구원이 필요할 것이다.

이런 말들은 아른하임의 마음속에서 우러나온 것이었다.

그런 대화를 나누던 순간은 자기의식과 대상에 대한 의식이 최고조로 높아져서 마치 트럼펫을 아무리 세게 불어도 구멍이 막혀 소리가 나지 않고 오히려 피가 머리로 역류하는 것 같은 상태였다. 그 안에서는 마치 고흐가 그린 방처럼 선반 위에 놓인 작은 컵 하나에서부터 인간의 육체까지—말할 수 없는 어떤 존재에 의해 부풀려지고 날카롭게 뾰족해져서 스스로 그 안에 들어간 듯 보이는—어느 하나 중요하지 않은 것이 없었다.

디오티마는 놀라서 말했다. "이제 농담이나 하면 좋겠어요. 유머는 아름다운 것이죠. 그건 탐욕에서 자유롭게 벗어나 현상 너머로 날아가버리니까요."

아른하임은 웃었다. 그는 자리에서 일어나 방안을 돌아다니기 시작했다. '내가 그녀를 찢어버린다면 어떻게 될까? 갑자기 소리를 지르거나 춤을 춘다면. 목구멍에 손을 넣어서 그녀를 위해 나의 심장을 꺼낸다면? 그러면 기적이 일어날 수 있을까?' 그는 자문했다. 하지만 마음을 가라앉히고 나자 아무 일도 일어나지 않았다.

이런 장면이 그에게 지금 다시 생생하게 떠올랐다. 그의 시선은 다시금 발아래 거리 쪽으로 싸늘하게 고정되었다. '구원의 기적이 일어난 게 분명해.' 그는 중얼거렸다. '누군가 그런 생각을 실행에 옮기기 전에 세상은 새로운 인류로 채워져야 할지도 몰라.' 그는 인간이 어떻게, 그리고 무엇으로부터 구원을 받아야 하는지를 더이상 캐내려 하지 않았다. 아무튼 모든 것은 다른 것이 되어야만 했다. 그는 30분 전에 앉아 있던 책상으로 다시 돌아와 편지며 전보를 보았고 비서를 부르기 위해 종을 울려 졸리만을 찾았다.

그가 비서를 기다리면서 사업상 계약서류의 첫번째 문장을 이미 완성했을 때 자기 안의 체험은 마치 결정結晶처럼 하나의 아름답고 세밀한 도덕적 형식으로 바뀌어갔다. '자신의 책임을 잘 알고 있는 사람은,' 아른하임은 단호하게 중얼거렸다. '영혼을 바칠 때일지라도 이자를 물면 물었지 원금을 까먹진 않는다!'

107.
라인스도르프 백작은
뜻밖의 정치적 성공을 거둔다

백작 각하가 공경할 만한 황제 가부장 주위로 환호하며 모여든 유럽의 국가 가문에 관해 이야기할 때, 그는 항상 암묵적으로 프로이센을 빼버렸다. 이런 말에는 전보다 더 진심이 담겨 있었는데 그건 라인스도르프 백작이 파울 아른하임 박사에게서 영향을 받는 게 거의 확실하기 때문이었다. 백작은 자신의 친구 디오티마에게 올 때마다 아른하임을 만나거나 그의 흔적과 마주하는데 그와 관련해 무슨 일이 일어나는지는 투치 국장만큼이나 아는 게 없었다. 디오티마는 요즘 영혼을 담아 그를 바라볼 때마다 전에 보지 못했던 것, 즉 백작 각하의 손과 목에 부풀어오른 정맥들과 나이든 사람의 냄새를 풍기는, 밝은 담배 색깔 같은 피부를 목격했다. 그녀가 그 위대한 귀족에게 여전히 존경을 바쳤음에도 그를 향한 호의의 빛은 마치 여름의 빛이 겨울의 빛으로 넘어가듯 뭔가 변화가 있었다. 라인스도르프 백작은 원래 음악이나 환상에는 관심이 없는 사람인데 아른하임과 접촉한 이후로는 눈에 띄게 자주 오스트리아 군대행렬 중의 팀파니나 쳄발로 같은 음악소리가 귀에 들렸고 눈을 감고 있으면 그 어둠 속에서 떼를 이룬 검고 노란 깃발(오스트리아 제국의 국기 색―옮긴이)이 움직이는 모습이 보였다. 그런 애국적인 환상은 투치 집에 찾아오는 다른 친구들에게도 보이는 것 같았다. 그가 듣기로 사람들은 도처에서 독일에 최고의 존경을 보냈지만 그가 위대한 애국운동이 형제 제국을 겨냥한 작은 독설이 될 수도 있다고 슬쩍 말하면 독일을 향한 존경은 소탈한 미소로 포장되고 말았다.

백작 각하는 자신의 영역에서 아주 중요한 현상과 마주쳤다. 확실히 이 현상에는 유난히 강력한 가족 감정 같은 것이 있었는데 그중 하나는 1차 세계대전 이전 유럽의 국가 가문들 사이에 널리 퍼져 있던 독일을 향한 적대감이었다. 독일은 정신적으로 가장 적게 통합된 나라이며 누구나 비호감을 가질 만한 나라였다. 독일의 옛 문화는 새로운 시대의 바퀴 아래로 가장 빠르게 끌려들어갔고 속임수와 판매를 위한 엄청나게 과장된 표어로 잘게 쪼개졌다. 그 외에도 독일은 모든 동요하는 집단과 마찬가지로 티격태격하고 약탈을 좋아했으며, 자만에 빠진 데다 무책임했다. 하지만 이 모든 것은 결국 유럽적인 것이었으며 유럽인들에게는 기껏해야 '지나치게 유럽적'으로 보였을 것이다. 세계는 명백히 어떤 부정적인 존재, 즉 혐오의 이미지가 필요했으며 거기에 오늘날 삶이 뒤에 남기는 불쾌, 불일치, 그을린 찌꺼

기 같은 이미지가 더해졌다. '그것이 그럴 수 있다'는 가능성에
서 갑자기 '그것이 그렇더라'는 사실이 드러나면서 모든 관련자
들은 엄청나게 놀랐으며, 이 무질서한 과정에서 무엇이 떨어져
나가든, 무엇이 부적합하고 피상적이며 만족스럽지 못하든 그
것은 우리 시대 문명의 성격을 강하게 띠고 있으며, 손쉽게 성취
될 불만족으로 만족의 결여를 보상하는 모든 살아있는 존재들
을 동요시킴으로써 활기찬 혐오를 만들어내는 것처럼 보였다.
또한 이런 혐오를 특별한 존재에게 부과하려는 시도는 명백히
가장 낙후된 심리적 방법의 하나일 뿐이었다. 주술사가 병자의
몸에서 세심하게 준비된 주물^{呪物}을 꺼내듯 훌륭한 크리스천은
자신의 잘못을 훌륭한 유대인에게 뒤집어씌우면서 유대인들이
자신을 광고나 이자율, 신문 같은 것들로 유혹했다고 주장한다.
역사의 순간마다 사람들은 천둥이나 마녀, 사회주의자, 지식인,
그리고 장군들에게 책임을 돌렸으며 1차 세계대전 전 마지막 순
간에 가장 대규모로 애용된 대상은 프로이센-독일이었다. 세계
는 신뿐만이 아니라 악마까지도 잃어버렸다. 세상이 악을 혐오
의 이미지로 바꿔놓은 것처럼, 세상은 선을 이상적 이미지로 바
꿔놓았는데 사람에게 부적절해 보이는 것을 행하기 때문에 선
은 숭배되기도 했다. 사람들은 다른 사람이 전력을 다하도록 해
놓고 그 모습을 관중석에 앉아서 지켜본다. 그것이 바로 스포츠
다. 또한 사람들은 누군가 일방적인 과장을 하도록 내버려두고
는 그 말을 듣는다. 그것이 바로 이상주의^{Idealismus}다. 사람들은

악을 떨어내고는 떨어낸 것으로 다시 몸을 적신다. 그것이 바로 혐오의 이미지다. 그렇게 모든 것은 세계 속에서 자신의 질서를 찾는다. 하지만 이런 심리적 투사를 통한 성인 숭배와 희생양 만들기의 테크닉은 세계를 해결되지 않은 내적 투쟁의 긴장으로 가득 채우기 때문에 적지 않게 위험하다. 사람들은 서로를 때려 죽이거나 의형제를 맺으면서도 진실한 행위인지 아닌지를 모를 수 있다. 왜냐하면 우리는 세계로 투사된 한 부분이며 모든 현상들은 진실의 이면에서 벌어지는 반쪽짜리 사랑과 미움의 속임수에 불과하기 때문이다. 모든 선과 악에 대한 책임을 천국-지옥과 같은 정신에 돌리는 고대의 악마주의 신앙은 더 훌륭하고 더 정확하며 더 완벽하게 발전해왔고 우리는 심리학의 점진적인 발전에 따라 오직 그러한 신앙으로 회귀하리라는 희망을 가질 뿐이었다.

특히 카카니엔은 애호나 혐오의 이미지와 아주 밀접하게 연관된 나라였다. 카카니엔에서의 삶은 안 그래도 뭔가 비현실적이었다. 스스로를—베토벤에서 오페레타까지—저명한 카카니엔 문화의 계승자이자 상속인으로 여기는 품위있는 카카니엔인이 한편으론 독일 제국을 역겨워하면서도 다른 한편으론 동맹이자 형제로 생각하는 일은 전혀 이상하지 않았다. 카카니엔 사람들은 독일인들에게 작은 충고를 하기도 하지만 그들의 성공을 보면 언제나 고향의 상황에 대한 우려가 앞섰다. 고향의 상황이란 다름 아니라 원래는 다른 나라 못지않았고 종종 월등하기까지 했던 이 나라가 세기가 바뀌면서 스스로에 대한 흥미를 잃어버렸다는 점이었다. 평행운동의 진행과정에서 수차례 목격 됐던 바대로 세계역사는 다른 역사와 그리 다르지 않았다. 다시 말해 저술가들은 뭔가 새로운 것을 내놓지 못했고 이제 비슷한 전개와 사상을 서로 베끼는 수준이 되었다. 하지만 거기엔 지금 까지 언급되지 않았던 이야기 자체에 대한 쾌락이 포함돼 있었 는데, 그건 모든 저술가들에게 익숙한 것으로서 자신의 귀를 달 귀 길게 늘리는 저자의 열정으로 모든 비판을 녹여버리는 좋은 이야기를 만들어내는 것을 의미했다. 라인스도르프 백작은 이 러한 확신과 열정을 소유했고 그의 친구들도 마찬가지였다. 그 러나 카카니엔의 변방에서 이런 열정은 사라져버렸고 사람들은 오래전부터 그 대체물을 찾아왔다. 그 결과 카카니엔의 역사 대 신 민족의 역사가 그 자리를 차지했다. 저술가들은 민족사에 매 달렸고 그것을 역사 소설이나 시대극에 감동하는 유럽인의 취 향에 맞게 가공하기까지 했다. 그래서 아직까지 충분히 주목되 지 못한 기이한 일들이 발생했는데 그것은 학교를 짓는다든가 역장을 임명한다든가 하는 아주 일상적인 일을 처리하던 사람 들이 1600년경이나 400년경에 벌어진 일로 논쟁을 하게 된 것 이다. 그들은 고트족의 대이동이나 반종교개혁 당시의 학살이 벌어졌을 때 알프스 저지대 사람들은 어디로 이주하는 게 더 나 았을지를 두고 논쟁했으며 이런 토론에 고결함이라든지 비열 함, 고향, 진실, 남성다움처럼 다소간 최근 주류들이 탐독하는 내용에 부합하는 의미들을 부여했다. 문학에는 거의 비중을 두지 않던 라인스도르프 백작은 이런 사실에 놀라지 않을 수 없었는데, 그가 독일과 체코에 흩어진 자신의 보헤미아 영지로 여행을 떠나 그곳에 거주하는 농부들이나 장인들, 마을 사람들을 만났을 때 그들이 얼마나 선량한지를 보았기 때문이었다. 그래서 그는 그 책임을 어떤 기이한 바이러스, 즉 혐오스런 선동가들의 사주로 돌렸다. 그들 사이에는 이따금 서로를 향한, 그리고 정부의 교훈을 향한 폭력적인 불만이 있었다. 하지만 이는 더욱 이상해 보이기도 했는데, 그건 폭력적인 일들이 벌어지는 사이에도 자신들의 이상을 떠올릴 만한 아무 일도 일어나지 않으면 아주 평화롭고 만족스럽게 모든 사람들과 잘 지냈기 때문이다.

카카니엔의 잘 알려진 소수민족 정책이자 국가 정책은 반항적인 소수에게 강한 형벌을 내렸다가 교묘하게 다시 물러서기를 반년에 한번씩 반복하는 것이었다. 그 모습은 구부러진 시험관의 물이 한쪽이 올라가면 다른 쪽이 내려가는 것 같아서 꼭 독일 '소수민족'을 대할 때의 태도와 유사했다. 독일 소수민족은 카카니엔 내부에서 특별한 역할을 했는데 그건 그들이 대체로 국가는 강해야 한다는 단 하나의 요구를 지녔기 때문이다. 이들은 오랫동안 카카니엔의 역사가 의미를 가져야 한다는 믿음을 강하게 가져왔고, 카카니엔 사람들이 반역자로 시작하여 정부 각료가 될 수도 있으며 반대로 정부 각료를 유지하면서 반역자로 나아갈 수도 있음을 깨닫게 되자 스스로를 억압받는 민족으로 여기기 시작했다. 이런 일들은 다른 곳에서도 벌어졌지만 카카니엔에서는 이런 효과를 내기 위한 어떤 혁명이나 소요도 필요치 않았는데 이곳에서는 모든 것이 마치 진동하는 시계추처럼 차근차근 자연스럽고 조용하게, 그저 개념의 모호함에 의지하여 나아갔기 때문이다. 결국 카카니엔에는 억압받는 민족, 그리고 스스로를 억압받는 민족에게 끊임없이 조롱당하고 들볶인다고 느끼는 최상위 계층의 사람들―다름 아닌 억압하는 자들―외에는 그 누구도 존재하지 않았다. 최상위 계층 사람들은 아무것도 일어나지 않는다는 사실, 즉 역사의 부재에 관해 깊은 우려를 드러냈으며 언젠가는 무엇이 일어나야 한다는 강한 신념을 가지고 있었다. 또한 평행운동이 그러하듯 그것이 독일에 대항한다는 의미라면 사람들은 꺼려하지 않았는데 우선 그들이 제국의 형제들 때문에 수치심에 젖어 있었기 때문이고, 두번째 이유는 정부의 주요 요직에 있는 자들이 스스로를 독일인라고 느꼈으며 그래서 사실상 그렇듯 사심없는 방식으로 카카니엔의 공정함을 드러내는 길 외에 다른 방법이 없기 때문이었다.

이런 상황에서 누군가 라인스도르프 백작의 사업을 범게르만적이라 간주했다면 그런 의심은 그의 원래 생각과는 확실히 동떨어진 것이었다. 하지만 누군가 여전히 그렇게 간주한다면, '관할권이 있는 소수민족' 중에서 그들의 요구가 평행운동 위원회에서 받아들여져야 마땅한 슬라브인들의 목소리가 점점 사라졌기 때문이라고 볼 수 있었다. 또한 외국 사절들은 슬라브를 향한 아른하임과 투치, 그리고 독일의 공격에 대한 끔찍한 소식들을 들었으며 이런 소식들은 소문의 형태로 중화되어 백작의 귀에까지 들어왔다. 그 소문은 뭔가 특별한 일이 일어나지 않을 때조차 많은 일이 일어나지 않게 하기 위해 더 어려운 일을 해야 한다는 백작의 두려움을 가중시켰다. 하지만 그는 현실적 정치인이기에 주저하지 않고 대응책을 마련했으며 그 와중에 너무 관대한 셈법을 발휘하는 바람에 처음에는 정치력의 실패처럼 보이기까지 했다. 평행운동을 대중적으로 홍보하는 임무를 띤 선전위원회의 수장은 그때까지 선정되지 않았는데 라인스도르프 백작은 비스니에츠키Wisnieczky 남작을 그 자리에 앉히려고 결심했다. 그 결정은 비스니에츠키가 독일 정당에서 떨어져 나와 은밀하게 반독일적인 정책을 추진한다고 알려진 정당 소속의 장관으로 수년간 재직했다는 사실이 고려된 것이었다. 당시 라인스도르프 백작에겐 자신만의 계획이 있었다. 평행운동이 시작될 때부터 그는 자신의 나라보다 독일에 더 큰 애착을 가진 독일 출신 카카니엔 사람들을 설득하여 끌어들이려고 생각했다. 아무리 다른 '종족'들이 카카니엔을 감옥이라고 부르고 프랑스, 이탈리아, 러시아에 대한 애정을 공개적으로 드러내더라도 그것은 이른바 두메산골의 몽상에 가까우며, 진지한 정치인이라면 그런 애정을 독일 출신 카카니엔인—지리적으로 카카니엔의 목을 조르며 한 세대 전까지 함께 연합해온—이 독일 제국을 친애하는 수준으로 높게 평가하진 않을 것이다. 라인스도르프 백작 스스로가 독일인이기 때문에 독일인들의 음모는 그 어느것보다 더욱 쓰디쓰게 다가왔다. 또한 그는 자신의 유명한 격언을 이 독일 배신자들에게 적용했는데 그것은 "그들은 그들 자신에게서 생겨난다!"는 말이었다. 이 격언은 한동안 정치적 예언에서 수위를 차지했으며 다른 오스트리아 종족이 애국주의에 설득당하면 독일 구성원들도 어느 정도 거기에 합류하도록 강요될 것을 의미했기에 애국운동의 구성원들에게 큰 신뢰를 얻었다. 어떤 일에 관여하지 않는 것보다 차라리 선두에 서지 않는 것이 더 쉽다는 사실을 모두 알고 있었던 것이다. 그리하여 독일인들에게 다가서는 길은 다른 민족을 더 우대함으로써 독일인에게 대항하는 것이었다. 라인스도르프 백작은 그것을 진즉에 알았지만 막상 실행할 시간이 다가오자 폴란드 태생이지만 머릿속은 카카니엔 사람인 비스니에츠키를 선전위원회의 수장으로 앉히는 것으로 그 일을 대신해버렸다.

이 결정이 독일인들에게 모욕을 가했다는 사실—비판자들이 나중에 지적했듯이—을 백작이 알았는지는 판단하기 쉽지 않았다. 아마도 그는 이런 방식으로 진실한 독일의 이익에 봉사한다고 생각했을 것이다. 하지만 그 결과 한편으론 독일 그룹 내에서도 평행운동에 대한 격렬한 반대가 일었고, 결국 평행운동은 독일에 적대적인 타격으로 간주되어 공개적인 저항에 부딪혔으며, 다른 한편으로는 범게르만적 운동으로 간주되어 애초부터 신중한 변명 뒤로 숨겨졌던 것이다. 그런 예상치 못한 결과 역시 백작의 관심을 피해가지 못했으며 모든 곳에서 격렬한 근심을 불러일으켰다. 하지만 이런 시련에 라인스도르프 백작은 더욱 긴장을 늦추지 않았으며 디오티마와 다른 지도자들이 거듭 우려하며 물었을 때조차 그 소심한 사람들에게 겉으로 드러나지는 않지만 의무에 충실한 표정을 지어 보이면서 다음과 같이 대답했다. "이 운동은 눈앞의 성공을 이루지 못했습니다. 하지만 위대한 이상을 가진 사람이 당장의 성공에 매달려서는 안 됩니다. 평행운동에 대한 관심은 더욱 커졌고, 우리가 끝까지 나아간다면 나머지 사람들도 참여하게 될 겁니다!"

108.
구원받지 못한 민족들과 구원의 언어들에 대한
슈툼 장군의 숙고

매순간 대도시 거주민들은 개인의 욕망을 표현하기 위해 수많은 언어들을 사용하지만 유독 사용되지 않는 단어가 있는데, 그것은 '구원하다'라는 말이다. 다른 모든 단어들은 매우 예외적인 상황을 다루더라도 열정적인 말이든 심사숙고 끝에 나온 말이든 혹은 누군가 소리를 치든 아니면 속삭이든 한번은 들리게 마련이다. 가령 "당신은 내가 만난 최악의 사기꾼이에요." "당신처럼 아름다운 여인은 없습니다." 같은 말이 그렇다. 결국

이러한 가장 사적인 감정들은 아름다운 통계적 곡선을 타고 전체 도시에 대량 분포되면서 겉으로 표출된다. 하지만 그 어떤 살아있는 사람도 다른 사람에게 "당신은 나를 구원할 수 있어요!"라든가 "나의 구원자가 돼주시오!"라고 말하지 않는다. 어떤 사람이 나무에 묶여 굶주린 채 방치될 수도 있고 수개월 동안 사랑하는 사람과 함께 무인도에 내버려질 수도 있으며 화폐위조범으로 갇혔다가 풀려날 수도 있다. 그 사람의 입에서 세상의 모든 말들이 튀어나올 수 있지만 그가 현실세계에 있는 자라면 아무리 그 상황에 모순되지 않는 말이라 할지라도 구원이나 구원자란 말은 하지 않을 것이다.

그럼에도 카카니엔의 왕관 밑에 모여 있는 사람들은 스스로를 구원받지 못한 민족이라고 불렀다!

슈툼 폰 보르트베어 장군은 고심했다. 국방부에서 그의 위치 덕분에 그는 카카니엔이 겪는 민족적 어려움에 대한 충분한 지식을 갖추었는데, 이는 수백 가지의 충돌되는 조치로 인해 흔들리는 정치에 관해 군대가 예산청을 통해 가장 먼저 소식을 감지하기 때문이다. 바로 얼마 전 시급한 예산이 취소되는 바람에 국방부 장관이 노골적으로 분노한 사건이 있었다. 한 구원받지 못한 민족이 자신의 지원에 대한 보답으로 양보를 요청한 것이다. 그런데 그 양보란 정부가 구원을 향한 다른 민족들의 열망을 자극하지 않고서는 거의 감행하기 불가능한 것이었다. 그 결과 카카니엔은 외부의 적을 향해 무방비상태에 놓였다. 왜냐하면 그

예산안은 다른 나라 무기와 사정거리에서 차이를 보이는— 마치 칼과 창이 다르듯이—군의 낙후된 총포체계를 대체하기 위한 예산이었고 이 무기구입이 다시금 막혀 얼마나 오래 지연될지 모르는 상황이었기 때문이다. 슈툼 장군이 이 일로 자살을 결심했다고 말할 순 없겠지만 상당한 우울증세가 여러 가지 자잘한 증세와 더불어 나타났다. 또한 그 증세는 카카니엔의 방어력 부재 및 무장해제 상태—인내심의 한계에 다다른 내부적 반목에 의해 비난받은—와 확실히 연관이 있었으며 그 결과 슈툼은 구원받은 민족과 구원받지 못한 민족에 대해 깊이 고민하게 되었다. 디오티마 그룹에서 자신의 반#시민적 지위 탓에 구원이라는 단어를 거의 물리도록 들어왔기 때문에 그 숙고는 더욱 진지했다.

그의 첫번째 의견에 따르면 구원이란 말은 언어학적으로 완전히 규명되지 못한 '부풀려진 말'에 속했다. 군인으로서 그의 견해는 당연히 그랬다. 하지만 그의 일반적 견해를 벗어나면 디오티마로 인해 혼란스러워졌다. 어쨌든 슈툼 장군이 구원이라는 말을 처음 들은 것은 디오티마의 입을 통해서였으며 그 말에 깊이 매료됐기 때문이다. 또한 무기예산 문제에도 불구하고 그 단어는 오늘날 여전히 어떤 호의적인 마법에 휩싸여 있어서 슈툼 장군의 첫번째 견해는 이미 인생에서 물건너간 듯이 취급되었다! '부풀려진 말'이 적합하지 않아 보이는 이유는 또 있었다. 그저 구원의 단어조합 각각에 작고 사랑스럽게 심각함을 덜어내기만 한다면 그것들은 즉각 혀 밖으로 튀어나올 것이다. "네가 정말 나를 구원했어!" 같은 말이 그것이다. 그런 말을 하지 않던 사람들은 그런 구원이란 10분을 기다린 후의 행복이나 혹은 결국에는 사라져버릴 불편함에 불과하다고 주장할 것이다. 이제 장군은 그들의 어리석은 주장을 곧이곧대로 받아들이는 것보다 더 건강한 상식을 해치는 말이 없다는 사실을 깨달았다. 그가 디오티마나 정치인 아닌 다른 어디에서 구원이란 말을 들었는지 자문해보니 교회나 카페, 문화잡지나 자신이 그토록 감탄하며 읽었던 아른하임의 책에서였다. 이제 그는 그런 말이 그저 단순하고 자연스런 인간사를 말하는 것이 아니라 뭔가 추상적이고 일반적이며 복잡한 문제를 의미한다는 것을 깨닫게 되었다. 구원한다거나 구원을 갈망한다는 말은 한 영혼이 다른 영혼과 작용한다는 말과 다르지 않았다.

장군은 자신의 임무를 지시해주는 듯한 이 매혹적인 통찰에 놀라 고개를 끄덕였다. 그는 자기 집무실 문 위에 설치된 둥글고 세련된 붉은 등을 켜서 중요한 회의가 있음을 알렸다. 그리고 서류더미를 든 부하들이 한숨을 쉬며 문턱까지 왔다 돌아가는 동안 사색을 이어갔다. 그가 요즘 어딜 가나 만나게 되는 지식인들은 결코 만족하는 법이 없었다. 그들은 도처에서 벌어지는 모든 일들이 너무 과하거나 모자라다며 비난했고 그들의 눈에는 어떤 일도 제대로 돌아가는 것이 없었다. 시간이 갈수록 장군은 지식인들이 혐오스러웠다. 그들은 불행하게도 항상 바람이 들어오는 곳에 앉아 춥다고 불평하는 예민한 자들이었다. 그들은 학문 너머의 것들은 물론 무지에 대해서도 불만을 토로했고 야만 상태, 지나친 섬세함, 투쟁심, 무관심 등에 관해서도 불평을 늘어놓았다. 그들의 시선이 가닿는 곳에는 도처에 틈새가 발견되었다. 지식인들의 사유는 휴식에 이르지 못했고 어느곳에서도 정주하지 못하고 영원히 방황하는 사물에 주목했다. 그래서 그들은 자신들이 사는 시대는 영혼의 황무지와 같아서 오로지 특별한 사건이나 아주 뛰어난 인간을 통해서만 구원될 수 있다고 결론내렸다. 이런 식으로 이른바 지식인들 사이에서 구원이란 단어가 인기를 끌게 된 것이다. 사람들은 당장 메시아가 나타나지 않으면 세상이 더이상 나아갈 수 없다고 생각했다. 아프고 죽어가는 사람을 살리기 위해 뛰어난 연구를 수행하는 의술의 메시아일 수도 있고 아니면 연극을 저술하여 극장에 있는 수많은 사람들을 감동시키고 반드시 정신적 숭고함에 이르도록 하는 문학의 메시아일 수도 있다. 아주 특별한 메시아를 통해 개별 인간들의 행위가 새로워질 수 있다는 믿음 외에도 강한 손으로 모두를 움직이는 구세주를 기다리는 순수한 믿음도 있었다. 그렇듯 세계대전 이전의 짧은 시기는 메시아적인 시대였기에 모든 민족이 구원받길 원한다 하더라도 그렇게 이상하거나 놀라운 일은 아니었다.

결단코 장군에게 이런 것들은 다른 모든 말들과 마찬가지로 곧이곧대로 받아들일 수 없는 것들이었다. '오늘날 구원자가 다시 나타난다면,' 그는 중얼거렸다. '사람들은 다른 정부를 무너뜨리듯이 구원자의 정부도 무너뜨릴 거야.' 자신의 개인적 경험으로 봤을 때 이런 현상은 사람들이 책과 신문을 너무 많이 읽어서 생긴 것 같았다. '군이 특별한 정부의 허락 없이는 장교들에게 책을 쓰지 못하도록 한 조치는 얼마나 현명한가.' 그는 이렇게 생각하면서 그때까지 느껴보지 못했던 매우 강렬한 충성심이 솟아올라 깜짝 놀랐다. 그는 확실히 생각을 너무 많이 하기 시작했다! 그런 현상은 문명의 정신과 접촉해서 생긴 것인데 문명의 정신은 확고한 세계관을 소유한다는 장점을 잃어버린 게 분명했다. 장군은 이를 명확히 알고 있었고 그래서 구원에 대한 모든 헛소리들을 다른 각도에서 볼 수 있었다. 슈툼 장군의 생각은 이런 새로운 연관성을 해명하기 위해 종교와 역사 수업시간에 대한 기억으로 되돌아갔다. 그가 무슨 생각을 했는지 말하긴 어렵지만 아무튼 그의 머릿속에서 생각을 꺼내어 조심스럽게 펼쳐 보인다면 아마 다음과 같을 것이다. 먼저 종교적인 측면을 잠시 살펴보면 누군가 종교를 믿고 있다면 그 사람은 좋은 크리스천이나 독실한 유대인을 희망이나 번영이라는 건물의 어떤 층에서든 아래로 떨어뜨릴 수 있을 것이며 그 자신은 언제나 자신의 영적인 발로 사뿐히 내려올 것이다. 모든 종교에는 스스로의 세계 가운데 비합리적이고 계산될 수 없는 요소, 즉 그들이 신의 신비라고 부르는 요소가 있기 때문이다. 덧없는 인생에 더 이상 분별력이 없을 때, 오직 이런 요소를 기억하기만 하면 종교를 믿는 누군가는 만족하여 쾌재를 부를 수 있을 것이다. 이렇게 사뿐히 착륙해 쾌재를 부르는 것을 사람들은 세계관이라고 불렀는데 현대인들은 바로 이런 세계관을 잃어버린 것이다. 그는 많은 사람들이 그렇듯 자신의 삶을 숙고하는 일을 포기하거나 아니면 사유와 만족할 만한 결론에 도달하지 못한 틈 사이에서 기이하게 분열하는 자신을 발견할 것이다. 이런 식의 분열은 시간이 지날수록 완벽한 불신의 형태를 띠어서 믿음에 대한 완전히 새로운 굴종이 돼버리는데 그것의 가장 최근 형태는 '사유가 없다면 올바른 삶이 없으며 사유가 너무 많아도 올바른 삶이 없다'는 확신으로 드러난다. 우리의 문화는 대체로 그런 확신에 근거하고 있다. 우리는 교육과 연구에 돈을 많이 쓰고 있지만 오락이나 자동차, 무기 같은 데 쓰는 돈에는 미치지 못한다. 우리는 재능있는 사람들에게 자유롭게 길을 열어주지만 그 재능이 사업가적 재능인지를 주의깊게 따진다. 우리는 모든 생각에 반대가 있다는 것을 인정하지만 그것이 상대편 생각에도 이로워야 한다고 믿는다. 그것은 엄청난 나약함이자 부주의처럼 보이지만 생각에 한계가 있음을 알게 하려는 매우 의식적인 노력이었다. 왜냐하면 우리의 삶을 추동하는 어떤 생각이라도 한쪽으로만 철저하게 치우친다면 반대편 생각에는 아무것도 남지 않고 그러면 우리 문명은 더이상 우리 문명이 아닐 수 있기 때문이다!

장군의 주먹은 어린아이처럼 통통하고 작았다. 그는 마치 복싱 패드를 때리듯이 주먹을 동그랗게 말아 책상머리를 때렸다.

그런 행동은 강한 펀치를 증명하는 듯한 느낌을 주었다. 그에게
는 군인으로서의 세계관이 있었다! 명예나 복종, 최고 사령관,
복무 규칙 III 등으로 불리는 비합리적 요소들이 그것이며 그걸
다 합쳐 요약하면 전쟁이란 다름 아니라 더 강력한 수단이자 질
서의 단호한 행사이며 전쟁 없이는 세계가 더이상 유지되지 못
한다는 확신이었다. 장군이 책상을 칠 때의 동작에서 만약 그 주
먹이 뭔가 정신적인 것, 즉 정신의 피할 수 없는 보완이 아니라
그저 운동선수 같았다면 좀 우스워 보였을 것이다. 슈툼 폰 보르
트베어는 이미 시민적인 것을 충분히 겪어봤다. 그는 도서관 사
서야말로 시민적인 상황에 대한 믿을 만한 관점을 가진 유일한
사람임을 체험했다. 그는 질서의 과도함이라는 역설을 발견했
으며 질서의 완성은 반드시 무위를 가져온다는 사실을 깨달았
다. 왜 군대는 위대한 질서가 있는 동시에 언제나 생명을 내려놓
을 준비가 돼 있는 곳이어야 하는지, 그는 어딘가 우스꽝스럽다
는 생각을 했다. 뭔가 규정하기 힘든 이유로 질서는 살인에 대한
의무로 나아가는 것이다. 그는 이런 흐름으로는 더이상 일을 할
수 없다고 걱정하며 말했다! '또한 정신이란 도대체 무엇인가?'
장군은 불온하게 물었다. '그것은 한밤중에 흰 셔츠를 입고 돌아
다니는 것이 아닌가? 그것은 우리의 인상이나 체험에 명백한 질
서를 부여하는 것과 무엇이 다른가? 그러나 그 경우,'그는 행복
한 영감이 떠올라 단호하게 결론지었다. '정신이 질서화된 체험
에 다름없다면 질서화된 세상에선 정신이 필요치 않을 것이다!'

안도의 한숨을 내쉬며 슈툼 폰 보르트베어는 회의중이라는 표시등을 끄고 부하들이 들어오기 전에 감정의 흔적을 지우기 위해 거울 앞에 다가가 자신의 머리카락을 매끄럽게 쓰다듬었다.

109.
보나데아, 카카니엔: 행복과 균형의 체계

카카니엔에서 정치에 관해선 아무것도 모르지만, 알고는 싶어하는 사람은 바로 보나데아였다. 그녀와 구원받지 못한 민족 사이에는 뭔가 연관성이 있었다. 보나데아(디오티마와 헷갈리지 말 것. 보나데아는 원래 순결의 여신이었으나 그 신전이 운명의 장난으로 인해 탈선의 무대가 되고 만 선량한 사람으로 대법원 판사의 부인이자 그녀를 존중하지도 그리 절실하게 원하지도 않는 남자의 불행한 연인이기도 했다)는 카카니엔의 정치는 소유하지 못한 하나의 체계를 소유하고 있었다.

보나데아의 체계는 지금까지 이중생활Doppelleben 속에 존재했다. 그녀는 지체 높은 가문에 속함으로써 명예를 충족시켰고 사회적 교류에서도 교양있고 빼어난 부인으로 명망을 얻었다. 매번 정신적으로 굴복하고 마는 어떤 유혹에 관해서는 자신의 과도하게 흥분하는 체질 때문이라고도 했고 자신이 어리석음에 빠지는 심성을 가졌는데 그런 어리석은 마음은 낭만적이고 정치적인 범죄처럼, 아주 미심쩍은 상황에서 저질러진 범죄일지라도 그 행위에서 명예로움을 느끼기 때문이라고도 했다. 여기서 그 마음은 명예나 복종, 복무규정 Ⅲ이 슈툼 장군의 삶에서 행한 것과 비슷한 역할을 했다. 그녀의 마음은 잘 조직된 삶의 비합리적인 요소와 같아서 결국 이성이 포섭할 수 없는 모든 것들을 질서 안으로 끌어들였다.

하지만 보나데아의 체계에도 하나의 오류가 있었는데 그것은 그녀의 삶이 두 상황으로 갈라져 있었으며 한 상황에서 다른 상황으로 건너가는 데는 큰 손실이 뒤따른다는 것이었다. 하나의 실수 앞에서 그녀의 마음이 아무리 유창하게 말하더라도 이후에는 매우 의기소침해지며 결국 그녀는 광적으로 들떠 있다가 잉크처럼 검게 가라앉는 상태를 끊임없이 반복하여 한시도 평정에 이르지 못했다. 아무튼 그것은 하나의 체계였다. 말하자면 단순히 통제되지 못한 본능의 놀이—마치 쾌락의 칸에 어떤 이익을 상정해놓고 쾌락과 고통의 대차대조표를 자동적으로 기입하는 삶의 방식 같은—가 아니라 오히려 이런 대차대조를 속이기 위해 세심하게 마련된 심리적 대비책에 가까웠다.

누구에게나 자신의 감정 대차대조표를 선호에 맞게 조율하는 방법이 있어서 하루에 충족되는 쾌락의 최소치를 일정하게 유지되도록 한다. 삶에 있어서 한 사람의 쾌락은 불쾌로 이뤄져 있을 수도 있다. 쾌락이냐 불쾌냐 하는 차이는 큰 문제가 되지 않는데 왜냐하면 잘 알려져 있듯이 마치 춤을 추듯 전혀 무겁지 않게 흘러가는 장례식의 행렬처럼 행복한 우울도 있기 때문이다. 아마 그 반대도 가능할 것인데 흔히 기쁨에 겨운 많은 사람들은 그저 슬픔에 빠진 사람들보다 전혀 행복하지 않다는 점에서 그렇다. 왜냐하면 행복은 불행 못지않게 압박을 받기 때문이다. 그건 공기보다 가볍든지 무겁든지 나름의 법칙으로 하늘을 날 수 있는 것*과 유사하다. 하지만 다른 견해도 있을 수 있다. 만약 부유한 자들의 오래된 지혜가 틀렸다면? 돈이 부자들을 더 행복하게 해준다는 말이 공상에 불과하기 때문에 가난한 사람들은 부자를 부러워할 필요가 없다면? 돈이란 그저 인생의 목적 대신 다른 것을 마련하는 의무만을 더할 뿐이라면, 또한 쾌락의 지속이 기껏해야 자신이 원래 가져야 할 것을 쓸데없이 남아도는 행복으로 차단할 뿐이라면? 그건 이론적으로 말해서 지붕도 없는 집에 사는 한 가족이 추운 겨울밤을 얼어 죽지 않고 보낸 후 다음날 아침 첫 아침햇살에서 느끼는 행복은 따뜻한 침대에서 걸어나온 부자가 같은 햇살에서 받는 행복과 다를 바가 없다는 말이다. 이러한 사례는 조금이라도 힘이 남아 있는 당나귀라면 기꺼이 짐을 메듯이, 자신에게 주어진 짐을 견디는 사람은 행복할 것이라는 실제적인 사고에서 비롯된 것이다. 또한 우리가 당나귀의 경우만 고려한다면 이것은 사실상 인간의 행복에 관한 가장 믿을 만한 개념이라 할 것이다. 하지만 현실에서 개인의 행복 (또는 균형이나 만족 내지는 가장 내적인 개인의 목적이라고 부

---

* 비행(飛行)은 열기구처럼 공기보다 가벼운 기체를 이용하는 방법과 비행기처럼 공기보다 무거운 물체에 날개와 동력장치를 다는 두 가지 방법이 있다.

르고 싶어하는 것)은 마치 성벽의 돌 하나, 또는 강의 물방울 하나도 전체 성벽과 전체 강물의 긴장과 힘으로 유지되는 것처럼, 그렇게 완성될 수 있을 것이다. 한 사람이 스스로 행하고 느끼는 것은 보통 다른 사람들이 그를 위해 행하고 느끼는 모든 것을 고려해본다면 매우 하찮은 것에 불과하다. 어떤 인간도 자기 혼자 균형을 이루고 살 수는 없고 오히려 자신을 둘러싼 사회에 의지하고 있다. 그래서 개개인의 작은 욕망의 공장은 가장 발전된 도덕적 신용―여기에 대해선 더 언급될 것이다―에 의해 영향을 받는다. 왜냐하면 각자의 욕망은 개인뿐 아니라 전체 사회의 정신적 대차대조표에 속하기 때문이다.

자신의 연인을 되찾으려는 보나데아의 노력이 아무 성과도 거두지 못하자 그녀는 디오티마의 지성과 추진력 때문에 울리히를 빼앗겼다고 믿게 되었고 망연자실 디오티마에 대한 질투에 빠져 있었다. 하지만 나약한 사람이 흔히 그러하듯 그녀는 디오티마를 숭배함으로써 자신의 상실감을 일부 상쇄할 어떤 해명과 보상을 찾게 되었다. 이런 상황에서 그녀는 평행운동에 소박한 기여를 한다는 명분으로 디오티마에게 이따금 초청을 받도록 오래전부터 조치를 취해두었지만 그 멤버에 정식으로 포함되지는 못했다. 그녀는 이에 대해 디오티마와 울리히 사이에 모종의 협의가 있었으리라 상상했다. 그렇게 그녀는 둘의 잔인함에 눌려 괴로워했으며 그럼에도 그들을 사랑했기 때문에 독보적인 순수와 헌신의 환상이 내면에서 떠오르는 것을 느꼈다.

남편이 방을 떠나기를 인내심 없이 기다리던 그날 아침 그녀는 마치 깃털을 고르는 새처럼 자주 거울 앞에 앉았다. 그녀는 디오티마의 그리스적인 스타일과는 다른 모양이 잡힐 때까지 머리카락을 묶고 웨이브를 만들고 꼬았다. 그녀는 짧은 곱슬머리를 똑바로 펴서 빗고 솔로 마무리했으며 전체적인 모양이 약간 우스꽝스러워졌음에도 전혀 알아채지 못했는데 그건 멀리 거울 속 웃고 있는 얼굴에서 뭔가 여신과 같은 형상이 떠올랐기 때문이다. 그녀의 숭배를 받는 한 존재의 확신과 아름다움, 또한 그 존재의 기쁨은―아직 깊은 합일에 이르진 못했으나―작고 얕으며 따듯한 신비의 물결을 일으키며 그녀의 내면에서 솟아올랐고 그런 순간엔 거대한 바다의 가장자리에 앉아 발을 담근 듯한 기분이었다. 종교적 숭배와도 같은 이런 양상은―원시 사람들이 신들의 가면 속으로 온몸을 집어넣던 때부터 문명의 의식이 생기던 때까지 신실한 육체적 모방의 욕망은 한번도 완전히 그 의미를 상실한 적이 없었다―그녀를 사로잡아 옷과 장신구에 대한 광적인 집착에 빠지게 했다. 새 옷을 입고 거울 앞에 설 때 보나데아는 넓적다리 양식의 소매*나 살짝 컬이 들어간 앞머리, 종 모양의 긴 스커트 대신 무릎까지 오는 스커트와 소년처럼 짧은 헤어스타일의 시대가 올 줄은 꿈에도 생각하지 못했다. 또한 유행에 대해 논쟁할 수도 없었는데 그녀의 머릿속에 그런 걸 떠올릴 능력이 없었기 때문이다. 그녀는 언제나 정숙한 부인으

---

* 마치 동물의 넓적다리처럼 위쪽이 풍성하고 소매 쪽으로 갈수록 좁아지는 의복 양식.

로 보이게끔 옷을 입었고 반년마다 바뀌는 새로운 유행에 마치 영원을 마주한 듯 경외감에 빠졌다. 그녀의 사고 능력에 호소하여 덧없이 지나가는 것들을 인정하게끔 할 수는 있을지라도 그런 경외감만큼은 전혀 건드릴 수 없었다. 그녀는 세속 세계의 강요를 깊이 내면화시켰고 명함의 한쪽 끝을 접는다든가 친구에게 새해 축하카드를 보낸다거나 무도회에서 장갑을 벗는다든가 하는 시대는 더이상 그런 행동을 하지 않는 시대의 관점에서 보면 마치 백년이나 지난 일처럼 보였고 완전히 상상할 수도 없고 더이상 불가능하며 시대에 뒤처진 일처럼 여겨졌다. 그것이 바로 보나데아가 옷을 입지 않고 있는 모습이 그렇게 기이해 보이는 이유다. 그때 그녀는 모든 관념의 방어에서 벗겨진 채 마치 지진이 덮친 듯 비인간적이고 무자비한 강요에 의해 벌거 벗겨진 희생물이 되었다.

그러나 이 따분한 현실세계의 우여곡절 속에서 겪은 그녀의 주기적 문화 추락은 이제 사라졌고 보나데아가 자신의 외모에 남몰래 그토록 신경을 쓰는 동안 이십대 이후에 볼 수 없었던, 부정한 연인 같은 삶이 전면에 드러났다. 보통 외모에 지나치게 신경을 쓰는 사람은 상대적으로 순결한 사람이라고 간주되기 마련이다. 그렇지만 위대한 스포츠 영웅이 때로 망나니 같은 연인으로 밝혀지고, 엄청나게 호전적으로 보이는 장교가 형편없는 군인으로, 또한 꽤 지적으로 보이는 사람이 멍청한 사람으로 판명되기도 하는 것처럼 겉보기와 그 사람됨은 종종 다르다. 보나데아에게는 어디에 에너지를 쏟느냐는 문제뿐 아니라 새로운 삶을 향해 놀랍도록 강렬하게 나아간다는 점 역시 중요한 문제였다. 그녀는 화가의 애착을 가지고 눈썹을 그렸으며 이마와 뺨에 화장품을 발라서 자연주의를 넘어서 단순한 현실을 돌출시키고 낯설게 만들어 종교적 예술의 스타일로 변화시켰다. 육체를 부드러운 코르셋 속으로 흔들어 넣자 다른 때 같으면 너무 여성스럽게 느껴져 항상 거추장스럽고 부끄럽게 여겨지던 큰 가슴에서 갑자기 자매애를 느끼기도 했다. 손가락으로 그녀의 목을 간질이던 남편은 "내 헤어스타일 망가뜨리지 말아요"라는 그녀의 꾸짖음을 듣고는 적잖이 놀랐다. 그가 "내 손을 잡지 않겠소?"라고 묻자 "안 돼요. 옷을 입고 있잖아요!"라는 대답이 돌아올 때도 마찬가지였다. 하지만 죄의 힘은 육체 안의 계곡에서 풀려나와 봄날의 별처럼 보나데아의 청명한 신세계 주위를 떠돌았으며 그녀는 이 낯설고 부드러운 빛 속에서 마치 나병이 몸에서 떨어져나간 것처럼 '과도한 흥분'에서 벗어난 기분이 들었다. 결혼 이후 처음으로 그녀의 남편은 가정의 평화를 해치는 제3의 인물이 있는지를 미심쩍어했다.

하지만 거기서 일어난 일은 생의 체계^{Lebenssystem} 영역에서 일어난 현상에 불과했다. 현재의 흐름 가운데 등장했으며 그 무시무시한 존재 가운데 인간의 형상이 관찰되는 옷은 기이한 대롱이자 이상 증식한 혹 같은 것이며, 코를 뚫은 화살이나 입술을 뚫은 반지와 그 성격이 유사했다. 하지만 입는 사람들에게 부여하는 개성의 측면에서 보면 옷은 얼마나 매력적인가! 그건 위대한 단어들의 의미가 쭈글쭈글한 종이 위의 선으로 뛰어 들어가는 것과 다를 바가 없었다. 누군가 화려한 길을 걷고 있을 때나 접시 위에 샌드위치를 올려놓을 때, 한 사람의 보이지 않는 선량함과 탁월함이 오래된 성화에서처럼 마치 노른자 같은 황금빛으로, 보름달만큼 크게 그 사람의 머리끝에서 소용돌이를 일으키며 후광으로 떠오르는 것을 상상해보자. 그건 말할 것도 없이 가장 놀랍고도 떨리는 체험이 될 것이다! 또한 그렇듯 보이지 않는 것, 심지어 존재하지 않는 것을 보이게끔 하는 능력은 잘 만들어진 의상이 구현하는 일상을 말해준다.

그런 상황은 우리에게 빚을 지고 있는 사람이 신비한 이자로 빚을 갚고 있으며 그래서 채무 같은 건 없는 것과 같은 상황이다. 왜냐하면 옷은 그런 특성뿐 아니라 확신, 편견, 이론, 희망, 무언가에 대한 믿음, 사유, 심지어 자신의 정당함에 의해서만 완전한 힘을 발휘하는 경솔함까지 갖추고 있기 때문이다. 옷의 이 모든 특성은 우리가 그들에게 빌려준 자산을 우리에게 다시 빌려줌으로써 세상에 우리로부터 발산되는 빛을 선사하는 목적에 봉사한다. 또한 이것은 근본적으로 각자가 가진 체계를 위해 복무하는 것이다. 더 위대하고 다양한 기술로 우리는 가장 기괴한 것들과 함께 완전히 평화롭게 살아가는 망상을 만들어낸다. 왜냐하면 우리는 꽁꽁 얼어버린 세계의 표정을 책상이나 의자, 외침이나 쭉 뻗은 팔, 속도나 구운 닭고기 등으로 인식하기 때문이다. 우리는 머리 위 열린 하늘의 틈과 발아래 살짝 덮인 하늘의 틈 사이에서 마치 닫힌 방 안에 있는 듯 방해받지 않고 땅 위에서 살 수 있다. 우리가 알고 있듯 인생은 아래로는 원자계의 비인간적인 미세함 속으로 사라지고 위로는 우주의 비인간적인 광활함 속으로 사라진다. 하지만 그 가운데 우리는 세계를 구성하는 사물들의 중간층을 다루고 있으며 이것이 우리가 중간 정도의 거리에서 받은 인상에 대한 선호를 증명할 뿐이라는 사실에 전혀 문제를 제기하지 않는다. 그런 태도는 우리 이성의 수준에 현저하게 못 미치지만 또한 우리 감정이 이성 안에 강력하게 자리잡고 있다는 반증이기도 하다. 또한 사실상 우리 인간의 가장 중요한 정신적 무장은 안정된 감정상태를 유지하는 것이며 세상의 모든 흥분과 열정은 자신의 고요한 감정상태를 보호하려는 인간의 엄청나지만 완전히 무의식적인 노력에 비하면 아무것도 아니다! 그것은 아무 문제없이 작동하기 때문에 거기에 대해 왈가왈부하는 것은 별 의미가 없다. 하지만 더 가까이서 보면 그런 정신적 무장은 인간에게 회전하는 별들 사이를 걷게 하는 것만큼이나 극단적으로 인공적인 의식상태이며 거의 무한히 불가해한 세계에 휩싸인 사람에게 윗도리의 두번째와 세번째 단추 사이에 침착하게 손을 넣으라는 명령과 같다. 이런 평정에 도달하기 위해서 바보는 물론 현명한 사람까지 모든 사람이 자신의 기술을 사용한다. 그뿐 아니라 이러한 개인적인 기술의 체계는 사회의 도덕적이고 지적인 균형 속에 영리하게 장착돼 있어서 전체적으로 같은 목적에 봉사한다. 우주의 모든 자기장이 아무도 모르는 사이에 지구의 자기장에 영향을 미치듯 이러한 맞물림은 거대한 자연의 맞물림과도 비슷하다. 왜냐하면 지구에서 벌어지는 현상은 그러한 맞물림의 결과이기 때문이다. 또한 그에 따른 정신적인 안도감은 매우 커서 아무것도 모르는 작은 아이에서 가장 현명한 사람까지 방해받지 않은 상태에서는 스스로를 아주 영리하고 행복한 사람으로 느끼게 해준다.

하지만 어떤 면에서는 감정과 의지의 강박상태라 불릴 수 있는 그런 만족상태는 이따금 반대의 결과를 가져오기도 한다. 다시 한번 정신병원의 용어로 표현하자면, 갑자기 이 세상에 막강한 정신적 비약이 등장해서 그것에 따라 모든 인생이 새로운 중심과 축에 놓이는 것이다. 모든 위대한 혁명을 추동하는 더 근원적인 요인은 나쁜 일들이 축적된 탓이 아니라, 영혼의 평안을 인위적으로 지지해주던 응집력이 다 소모된 탓이다. 이에 대해서는 초기 스콜라학파의 유명한 격언이 가장 적절할 터인데, 그 말은 라틴어로 '크레도, 우트 인텔리감'^{Credo, ut intelligam}(나는 알기 위해서 믿습니다—옮긴이)으로, 이 시대를 위한 언어로 번역하자면 "오 주여, 내 정신에 생산적인 신용을 보증해주옵소서!"가 될 것이다. 모든 인간의 믿음은 신용의 특별한 케이스에 다름 아닐 것이기 때문이다. 사업에서나 사랑에서나, 멀리뛰기에서나 학문에서나, 인간은 승리하고 목표에 도달하기 전에 먼저 믿어야만 한다. 그러니 인생이라고 다를 게 뭐가 있는가?! 인생의 질서가

아무리 잘 뿌리박혀 있다 해도 질서에 대한 확실한 믿음 한조각
이 그 안에 들어 있게 마련이다. 믿음은 마치 식물에 반드시 있
는 새로운 생장점과도 같다. 만약 설명될 수도 없고 보증될 수
도 없는 이 믿음이 다 소진된다면, 곧 파국이 닥칠 것이다. 시대
와 제국은 신용을 잃어버린 사업이 그렇듯이 붕괴되고 말 것이
다. 그리하여 정신적 고요에 대한 근본적인 숙고는 우리를 보나
데아의 아름다운 사례에서부터 슬픈 카카니엔까지 이끌어간다.
왜냐하면 카카니엔은 우리의 현재 발전단계에서 신이 자신의
신용은 물론, 삶에 대한 욕망, 스스로에 대한 믿음, 수행할 임무
가 있다는 유용한 환상을 퍼뜨리는 모든 문화 국가들의 능력까
지를 빼앗은 첫번째 나라이기 때문이다. 그 나라는 영리한 나라
이며 교양있는 사람들을 품고 있다. 그 사람들은 다른 모든 교양
있는 나라의 사람들처럼 소음, 속도, 혁신, 갈등과 같이 우리 삶
의 시각적이고 청각적인 풍경에 속하는 모든 것들의 무시무시
한 소용돌이 속에서, 불안한 마음상태로 살아가고 있다. 카카니
엔 사람들은 머리카락을 곤두서게 하는 수많은 뉴스들을 읽고
들으며, 그 소식에 흥분하거나 심지어 개입할 준비가 되어 있다.
하지만 그런 일은 일어나지 않는데, 일정한 시간이 지나면 그런
열정은 이미 새로운 것에 의해 의식 밖으로 밀려나기 때문이다.
다른 모든 사람들처럼 그들도 살인, 폭행치사, 욕망, 자기희생,
자신을 둘러싼 복잡한 미로 같은 것을 감지하지만 결코 이런 모
험들 속으로 뛰어들지는 않는데, 그들이 일하는 낮 동안은 사무

실이나 회사에 감금돼 있다가 밤이 되어 자유로워지면 여전히 해결되지 못한 팽팽한 긴장이 자신들에게 어떤 만족도 주지 못하는 충족의 형태로 폭발하기 때문이다. 적어도 보나데아처럼 자신을 오로지 사랑에 내어주지 못하는 교양있는 사람들에게는 문제가 생긴다. 그들은 신용이나 속임수에는 더이상 재능이 없다. 그들은 자신들의 웃음, 한숨, 사유가 어디서 비롯되었는지 이제 모른다. 무엇 때문에 그들은 생각했고 웃었던가? 그들의 의견에는 계획이 없었고 그들이 선호하는 것들은 낡았으며 모든 것들은 누군가 허공에서 뛰어드는 계략 같았다. 또한 그들을 통합할 만한 법칙이 없기 때문에 그들은 어떤 일도 성심을 다해 할 수 없었다. 그런 식으로 교양인들은 더이상 갚을 수 없는 빚을 계속 높이 쌓아가는 느낌이었고 그래서 파산을 피할 수 없을 것 같은 기분이었다. 그들은 다른 사람들과 마찬가지로 삶을 즐기면서도 마치 형벌을 받은 것처럼 시대에 저주를 퍼붓든가 아니면 아무것도 잃을 게 없다는 듯 용기를 내어 변화를 약속하는 모든 사유에 마음을 열었다

이런 현상은 세계 어디를 가든 마찬가지였지만, 카카니엔에서 신용을 빼앗을 때 신은 각별한 조치로 모든 민족들이 그 문명이 처한 어려움을 목도하도록 했다. 갑자기 곤란이 닥쳐왔을 때 그 민족들은 하늘의 적당한 기울기 따위를 걱정하지 않고 마치 박테리아처럼 땅에 박혀 가만히 앉아 있었다. 사람들은 보통 자신들이 할 수 있는 일들을 하기 위해서는 스스로를 더 나은 존재

라고 믿어야만 한다는 사실을 잘 모른다. 하지만 그들은 스스로를 자신보다 더 위의 존재로 느껴야 하며 때로는 갑자기 그런 자존감이 아쉬워질 때도 있는 것이다. 그들에게는 상상력이 필요하다. 카카니엔에서는 도대체 벌어진 일이 없었고 그렇듯 아무 것도 일어나지 않음이 오래되고 눈에 띄지 않는 그들의 문화로 생각되었다. 하지만 이런 무無가 오늘날엔 불면증이나 이해 능력이 사라지는 것처럼 우려스러운 일이 돼버렸다. 그래서 만약 지식인들이 민족적으로 동일한 문화가 있다고 스스로를 설득한다면 카카니엔 민족들도 그렇게 믿도록 하는 데 어려움이 없을 것이다. 그런 동일한 문화는 일종의 종교의 대용물 또는 빈의 선량한 황제를 위한 대용물, 아니면 일주일이 7일로 돼 있다는 이해하기 힘든 사실을 해명하는 간단한 방법과 같았다. 왜냐하면 세상에는 이해하기 어려운 일들이 그토록 많지만 민족의 노래를 부를 때 그런 어려움 따위는 사라지기 때문이다. 그래서 선량한 카카니엔 사람이 과연 당신은 무엇이냐는 질문을 받았을 때 되돌아오는 "아무것도 아니오!"라는 즐거운 대답은 아주 자연스러운 것이다. 그 대답은 카카니엔에서 이제껏 한번도 없었던 모든 것을 만들어내는 자유로운 '어떤 것'을 의미하기 때문이다. 하지만 카카니엔 사람들은 그렇게 대담한 사람들이 아니었고 각 민족이 자신들에게 이로워 보일 때만 다른 민족과 협력함으로써 적당히 타협했다. 자신의 고통도 아닌데 깊이 공감하기란 당연히 어려운 일이다. 지난 2천년간의 이타주의 교육 때문에 인류는 매우 이타적으로 되어서 나 또는 당신에게 해를 입히는 것이라도 항상 다른 사람 편을 들곤 한다. 그러나 우리가 그 유명한 카카니엔 민족주의자들을 특별히 야만스럽게 본다면 그것은 잘못된 일이다. 민족주의는 현실적인 일이라기보다는 매우 역사적인 일이었다. 사실 그곳 사람들은 서로를 아주 좋아했다. 비록 사람들이 서로의 머리를 때리고 침을 뱉을지라도 그들은 더 고귀한 문화적 고려 가운데서 그렇게 했다. 그건 평소 파리 한 마리도 해치지 않는 사람이 법정의 십자가 형상 아래서는 상대방에게 죽으라고 저주를 퍼붓는 것과 같다. 이렇게 말해야 옳을 것이다. 그들의 더 고귀한 자아가 잠시 쉴 때 카카니엔 사람들은 안도의 한숨을 내쉬었고 대단히 탐욕적인 식욕 기계인 그들은 역사 기계로서의 자신들의 역할에 놀라움을 감추지 못했다.

110.
모오스브루거의 해체와 보관

모오스브루거는 여전히 감옥에 앉아 정신과 의사의 심문이 재개되기를 기다리고 있었다. 그 시간은 밀폐된 나날들의 더미 같았다. 각각의 날들은 뚜렷하게 다가왔으나 저녁 무렵에는 다시 그 더미 속으로 사라져갔다. 모오스브루거는 분명히 유죄판

결, 교도원, 복도, 법원 뜰, 푸른 하늘 한 조각, 이런 것들 위를 지나가는 한쌍의 구름, 음식, 물, 상관 등의 존재를 정확히 감지하고 있었지만 이런 인상은 계속 유지되기에는 너무나 미약했다. 그에게는 시계도 태양도 없었고 일거리도 시간도 없었다. 그는 항상 배가 고팠다. 그는 자신의 6평방미터 방을 서성이면서 늘 피곤해했는데, 열린 공간에서 몇마일을 걷는 것보다 훨씬 더 피곤한 일이었다. 그는 마치 죽 냄비를 계속 휘저어야 하는 사람처럼 모든 일을 지루해했다. 하지만 전체적으로 바라보면 낮과 밤, 식사와 식사, 회진과 감시 같은 모든 일들이 쉼 없이 이어졌으며 그는 그 반복을 즐기고 있었다. 그의 고장난 생의 시계는 앞으로도 뒤로도 돌려질 수 있었다. 그는 그것을 좋아했으니 자신에게 잘 맞는 일이었기 때문이다. 오래전 일들과 새로운 일들은 더이상 인위적으로 나뉘지 않았고 만약 그것이 같은 것이라면 사람들이 "그렇게 다른 시간"이라고 부르는 것들은 마치 쌍둥이를 구별하려고 그중 한 아이의 목에 묶어둔 붉은 실처럼 더이상 의미가 없는 것이었다. 비본질적인 것들은 그의 삶에서 사라졌다. 이런 삶을 숙고할 때 그는 모든 음절에 똑같은 강세를 부여하면서 천천히 스스로에게 말했으며 이런 방식으로 매일 듣던 것과 다른 음조의 삶을 노래 불렀다. 그는 종종 한 단어에 오랜 시간 머물렀고 마침내 어찌된 영문이지 모른 채 그 단어에서 빠져나왔으며 그 단어는 얼마 후 다시 다른 곳에서 나타났다. 그가 오랜 시간에 걸쳐 이룩한 자신의 정체성을 설명할 적절한 표현을 찾기는 쉽지 않았다. 사람들은 인간의 삶이란 냇물처럼 아래로 흘러간다고 쉽게 상상할 것이다. 하지만 모오스브루거가 인생에서 느낀 물결은 거대하게 가로막은 물을 뚫고 나아가는 냇물이었다. 그 물결은 앞으로 나아가면서 뒤쪽으로도 다른 물결과 섞여 본래의 삶의 물결이 무엇인지 분간할 수 없게 되었다. 어느 밤엔 꿈같은 상태에서 마치 맞지 않는 외투를 걸친 듯 자신이 모오스브루거의 삶을 입고 있는 느낌이 들었다. 그래서 지금이라도 그가 외투를 살짝 열면 기이한 안감이 비단처럼 끝없이 흘러나올 것 같았다.

그는 더이상 세상이 어떻게 돌아가는지 알고 싶지 않았다. 어디에선 전쟁이 벌어지고 어디에선 성대한 결혼식이 열리고 있었다. 발루치스탄(파키스탄 서부에 있던 나라—옮긴이)의 왕은 이제 오겠지, 그는 생각했다. 도처에 군인들이 훈련을 받았고 창녀들이 서성였으며 목수들은 지붕 뼈대 사이에 서 있었다. 슈투트가르트의 선술집에서는 베오그라드에서와 똑같이 구부러진 노란 마개에서 맥주가 흘러나왔다. 누군가 배회하면 어디서나 헌병이 신분증을 요구했다. 그러고는 신분증에 스탬프를 찍었다. 어디서나 빈대가 있든지 없든지 둘 중 하나였다. 일을 하거나 하지 않았다. 여인들은 모두 똑같았다. 병원에 있는 의사들도 모두 똑같았다. 저녁에 일을 마치면 사람들은 거리에서 아무것도 하지 않았다. 도처에서 같은 일이 벌어졌다. 어떤 사람에게도 새로운 생각이 떠오르지 않았다. 모오스브루거의 머리 위 푸른 하

늘로 처음 보는 비행기가 날아갔을 때 그는 아름답다고 생각했
다. 하지만 그 후로 몇차례 더 지나갔고 특별한 건 아무것도 없
었다. 세상의 단조로움은 그의 머릿속에 있는 놀라움과는 달랐
다. 그는 일어나는 일을 그대로 받아들이지 않았고 어디서나 자
신의 방법대로 이해했다! 그는 머리를 흔들었다. "이 망할 놈의
세상!" 그는 생각했다. 그는 사형집행인이 자신을 매달아주기를
바랐다. 그는 잃을 게 많지 않았다….

그럼에도 그는 이따금 아무 생각 없는 듯 문으로 다가가 조용
히 바깥으로 자물쇠가 있는 곳을 찾았다. 그 순간 복도 쪽에서
작은 구멍으로 눈 하나가 안을 들여다보다 말고 그를 성난 목소
리로 불렀다. 그런 모욕을 당하자 모오스브루거는 재빨리 자기
자리로 돌아왔고 스스로 유폐되고 빼앗긴 자임을 느꼈다. 네 개
의 벽과 하나의 철문은 드나들 수만 있다면 특별할 게 없었다.
낯선 창문에 달린 창살 또한 큰 의미는 없었고 나무 침상이나 나
무 책상은 질서 있게 항상 그 자리에 놓여 있었다. 누군가 그런
사물들을 가지고 자신이 하고 싶은 일을 더이상 하지 못하게 될
때 어처구니없는 일이 벌어지는 것이다. 이런 일들은 사람 때문
에 일어난다. 사람에게 봉사하라고 사람에 의해 만들어진 것들,
어떻게 생겼는지조차 신경쓰지 않았던 하인과 노예들이 거만해
진다. 그들이 길을 막는다. 이런 것들이 자신에게 명령을 내린다
는 사실을 알아챘을 때도 모오스브루거는 그것들을 산산조각내
고픈 나쁜 마음을 먹진 않았다. 그는 법정의 하인들과 싸우는 건

자기답지 못한 일이라고 애써 생각해야만 했다. 그러나 주먹이 움찔할 때의 경련이 너무 심하여 병에 걸리는 것은 아닌지 걱정할 정도였다.

넓은 세상에서 사람들은 6평방미터를 지정했고, 모오스브루거는 그 안을 왔다갔다했다. 그런데 그의 생각은 감금되지 않은 건강한 사람의 사고와 매우 유사했다. 얼마 전까지 그토록 그에게 관심을 가졌던 사람들은 빠르게 그를 잊어버렸다. 그는 마치 벽에 내던져진 손톱처럼 이 장소로 보내졌다. 그 안에 갇히자 아무도 그를 알아보지 못했다. 다른 모오스브루거들이 줄지어 들어왔다. 그들은 그가 아니었고 그와 비슷하지도 않았지만 같은 목적에 봉사했다. 성범죄, 암울한 범죄, 끔찍한 살인, 미치광이의 범죄, 책임 능력이 없는 사람의 범죄, 그리고 누구든 주의를 기울이게 되는 일들이 있었지만 경찰과 법원은 자기 일에 만족했다…. 그런 식의 공허하고 일반적인 개념과 기억의 꼬리표는 사건의 말라빠진 잔해를 넓은 그물의 한켠에 가둬놓았다. 모오스브루거의 이름뿐 아니라 세세한 일들까지 모두 잊혀졌다. 그는 '다람쥐이자 토끼이며 여우'가 되었지만 그에 관한 정확한 판별은 의미를 잃었고, 대중의 인식은 어떤 개념도 정립하지 못한 채 그저 너무 먼 거리를 조준한 망원경 속의 일렁거림처럼 흐리고 넓게 중복되는 일반적 인식으로 남게 되었다. 이러한 연관 관계의 취약성, 모든 결정을 짓누르는 삶과 고통의 무게를 애통해하는 일 없이 개념 주위를 배회하는 생각의 잔인함, 그런 것들이 모오스브루거를 대하는 일반적인 영혼이었다. 하지만 그의 바보 같은 머릿속에는 꿈이자 동화가 있었고 의식의 거울 속에 자리한 상처입은, 혹은 기묘한 지점이 있었다. 그곳은 세계의 형상을 반사하는 대신 빛을 투과시키기 때문에, 만약 모호한 흥분 속에 있는 누군가가 그것이 여기저기 있다는 것을 알려주지 않는다면 겉으로 드러나지 않을 것이다.

또한 모오스브루거, 즉 일시적으로 6평방미터의 세계에 수감된 바로 그 모오스브루거와 관련된 것은 식사, 감시, 행정적 처분, 수용소로의 이송 혹은 사형 집행 등으로, 완전히 다른 태도를 갖춘 상대적으로 작은 집단의 사람들에 의해 수행되었다. 임무를 맡은 사람이 감시의 눈길을 보냈고 작은 과실에도 엄중한 경고가 내려왔다. 최소한 두 명 이상의 감시인이 그를 따라다녔다. 복도를 지날라치면 꼭 수갑이 채워졌다. 그들은 이 작은 영역에서 특별한 모오스브루거를 다루기 위해 두려움과 조심성을 가지고 행동했지만 그런 행동은 그에 대한 일반적인 처우와 묘한 대조를 이뤘다. 그는 종종 이런 신중한 조처들을 힘들어했다. 하지만 소장이나 의사, 목사처럼 늘 그의 항의를 듣는 감시자들은 무뚝뚝한 표정을 지으며 그가 규정에 따라 처우받고 있다고 대답했다. 그렇듯 규정은 그에게 쏟아졌던 세계의 관심을 대신하고 있었다. 모오스브루거는 생각했다. '당신은 목에 긴 밧줄을 걸고 있으면서도 누가 그걸 붙잡고 있는지는 볼 수 없다.' 그는 구석에서 세상을 향해 묶여 있었다. 대부분의 사람들은 결코 그에 대해 생각하지 않았고 그가 존재하는지조차 몰랐으며 그의 의미는 기껏해야 동물학을 연구하는 교수가 마을 거리를 돌아다니는 닭들을 관찰하는 정도의 의미밖에 되지 못했다. 사람들은 그가 유령처럼 교수대 위에 끌어올려지는 운명의 순간을 준비하려고 모여들었다. 한 여성 사무원은 그의 행동에 대한 기록을 남겼다. 한 서류담당 사무원은 그 기록들을 정교하게 분류했다. 한 고위법관은 형을 집행하기 위한 가장 최근의 방법을 기안했다. 정신과 의사들은 간질의 특정 사례에서 나타나는 명확한 정신병적 특성과 그것이 다른 요인들과 결합했을 경우에 대해 논쟁을 벌였다. 법학자들은 경감사유나 감형사유의 관계에 관한 논문을 썼다. 한 주교는 일반적인 풍속의 해이를 설파했고 한 사냥터 임차인은 보나데아의 남편인 판사에게 여우의 증가 때문에 법률원칙의 완고함을 지지하는 법관의 성향이 더욱 강해졌다고 불평했다.

그런 비인격적인 사건에서 당장은 말로 표현하기 힘든 인격적인 사건이 재구성됐다. 아마도 모오스브루거의 사례에서 모든 개인적이고 낭만적인 요소들을 제거하고 그 자신과 그가 살해한 사람에게만 관심을 기울이면 그에게 남는 것이라곤 울리히의 아버지가 최근 아들에게 보낸 편지에 적힌, 인용된 글을 표현하는 색인 속 약어들밖에 없을 것이다. 색인은 다음과 같을 것이다. AH. AMP. AAC. AKA. AP. ASZ. BKL. BGK. BUD. CN. DTJ. DJZ. FBgM. GA. GS. JKV. KBSA. MMW.

NG. PNW. R. VSgM. WMW. ZGS. ZMB. ZP. ZSS. Addickes a. a. O. Aschaffenburg a. a. O. Beling a. a. O., 기타 등등. 이 말들을 풀어 쓰면, Annales d'hygiene Publique et de Medecine legale, hgb. v. Brouardel, Paris; Annales Medico-Psychologiques, hgb. v. Ritti… 등등이 되며 약어로 줄여 써도 한 페이지에 이른다. 진실은 인간이 주머니에 넣을 수 있는 수정水晶이 아니라 우리가 빠져들어간 끝없는 물결이다. 우리는 이 각각의 약어들이 12페이지 또는 100페이지의 인쇄물로 묶여 있는 것을 상상한다. 각각의 페이지에는 그것을 쓴 열 개의 손가락을 가진 사람이 있고, 열 개의 손가락에는 열 명의 학생들과 열 손가락을 가진 열 명의 적들이, 그리고 각각의 손가락에는 개개인의 생각을 담은 열번째 조각이 있어서, 우리는 진실이 무엇인지에 대한 작은 상상을 얻는다. 그런 상상이 없이는 유명한 참새라 할지라도 지붕에서 떨어질 것이다. 태양과 바람, 음식이 상상을 불러오며 게으름, 배고픔, 추위가 그것을 죽인다. 하지만 이 것 중 어느것도 생물학, 심리학, 기상학, 물리학, 화학, 사회학 같은 법칙의 작용 없이는 일어날 수 없다. 또한 우리가 도덕이나 법학 훈련에서처럼 그런 법칙을 만들어내는 것이 아니라 그저 추구하기만 한다면 어떤 걱정도 없을 것이다. 모오스브루거 개인적으로는, 사람들도 알듯이 그가 인간 지식에 관한 굉장한 존경을 품고 있었지만—아쉽게도 그가 아는 것은 아주 작은 부분에 불과했다—그는 자신이 처한 상황을 알고는 있을지라도 한번도 완벽하게 이해한 적은 없었다. 그는 그걸 어렴풋이 짐작만 하고 있었다. 그는 자신이 유동적인 상황에 있다고 느꼈다. 그의 강력한 육체도 그리 튼튼하지 않았다. 하늘이 이따금 두뇌 속을 들여다보았다. 그건 전에 방랑생활을 할 때 종종 있던 일이었다. 그는 두꺼운 감옥의 벽을 뚫고 세상에서 스며들어온 확실한 고결함—비록 그가 이따금 그것을 불편해하기는 했지만—을 절대 버리지는 않았다. 그는 눈에 띄지 않게 자신을 둘러싼 끝없는 논문의 바다 한가운데 사람 없는 산호섬처럼, 거칠고 유폐된 두려운 행위의 가능성으로 그렇게 앉아 있었다.

111.
법학자들에게 반쯤 미친 사람은 없다

한 범죄자의 삶은 그가 지식인들에게 부여한 수고로운 지적^{知的} 작업에 비하면 매우 수월한 것일 수도 있었다. 범죄자는 다만 자연에서 건강함이 질병으로 넘어가는 과정이 매끄럽다는 사실을 이용하면 그만이었다. 반면에 그런 경우 법학자는 "자유의지의 긍정적이고 부정적인 근거 또는 행위의 범죄적 성격에 대한 통찰이 서로 교차하고 지양하여 어떤 사유의 법칙도 문제적인 판결로 이어질 수밖에 없음"을 주장한다. 왜냐하면 법학자는 논리적 근거를 바탕으로 "인간은 하나의 행동에 관해서 절대 두

가지 정신상태의 혼합을 용납하지 않는다"고 주장하기 때문이며 그래서 "경험적 사고가 안개와 같은 불확실성으로 빠져들어 육체적으로 제약된 영혼의 상태와 그것에서 비롯된 도덕적 자유의 법칙" 같은 것을 인정하지 않기 때문이다. 법학자는 자신의 개념을 자연에서 구하지 않으며 오히려 자연을 사유의 불꽃과 도덕법칙의 칼로 꿰뚫어버린다. 형법전을 개정하라는 법무부의 요구에 힘입어 울리히의 아버지가 속해 있는 위원회에서도 그와 관련된 논쟁이 불붙었다. 하지만 울리히가 아버지의 진술은 물론 동봉된 내용을 다 터득하는 데는 많은 시간이 걸렸을뿐 아니라 그동안 그에게 자식된 의무를 지우려는 법학자 아버지의 수많은 독촉 편지들까지 받아야 했다.

그의 "너를 사랑하는 아버지"는—가장 쓰디쓴 질책을 담은 편지에서조차 아버지는 그렇게 서명했다—부분적으로 정신이 상인 사람은 자신의 망상이, 만약 그것이 망상이 아니었다면, 행위를 정당화하거나 처벌 가능성을 피할 만한 상태에 있었음을 스스로 증명할 수 있어야만 무죄가 될 수 있다고 주장했다. 그에 비해 슈붕Schwung 교수는—아마도 교수가 그 노인의 40년지기 친구이자 동료라는 사실이 결국 격렬한 반대편으로 이끌었을 것인데—자기책임 능력이 있기도 하고 없기도 한 개인의 행동은 번갈아 나타날 수밖에 없는데 정확한 범죄의 순간에 범죄자가 스스로의 의지를 통제할 수 없었다는 증거가 있을 때에만 무죄로 선고받아야 한다고 주장했다. 이것이 결정적인 법적 구성요건이었다. 일반인들은 범죄자가 자신이 처벌 받을지도 모를 어떤 사유를 인정하는 것이 자신이 범죄행위를 저지른 때의 멀쩡한 자유의지를 받아들이는 것만큼이나 어려우리라는 것을 바로 알 수 있다. 하지만 법률은 사유와 도덕적 행동을 게으르게 내버려둬서는 안 된다. 또한 그 유식한 두 법학자들은 똑같이 법률의 존엄에 몰두했으며 어느 누구도 위원회에서 더 많은 지지를 얻지 못했기 때문에 오류와 수시로 잇따르는 비논리, 악의적 오해, 이상적 관념의 부족 등을 내세워 서로를 비난했다. 처음에 그들은 우유부단한 위원회라는 성城 안에서 이런 일들을 했다. 하지만 위원회가 중지되고 휴회되더니 급기야 무기한 연장되자 울리히의 아버지는 두 개의 소책자, 즉 「형법 §318조와 법의 진정한 정신」 그리고 「형법 §318조와 법학의 오염된 원천」을 썼고 슈퐁 교수는 『법학세계』지에 이에 대한 비평을 기고했으며 이런 자료들은 편지에 동봉돼 울리히에게도 전달되었다.

반박문들에는 수많은 '그리고'와 '또는'이라는 단어가 등장했는데, 이는 이 둘의 견해가 '그리고'로 묶일 수 있는지 아니면 '또는'으로 분리돼야 하는지,라는 질문이 뚜렷이 해명돼야 하기 때문이었다. 오랜 휴지기 끝에 위원회가 다시 소집됐을 때 그들은 다시 '그리고'와 '또는'으로 진영이 갈렸다. 또다른 진영도 있었는데 그들은 주어진 병적 상황에서 자기를 통제하는 심리적 능력이 오르내림에 따라 자기책임과 자기책임 능력의 척도를 올리거나 내리자는 간단한 제안을 내놓았다. 이 진영은 네번째 진영에 의해 반박되었는데 그들은 다른 무엇보다 먼저 범죄자가 자기 행동에 책임질 능력이 있는지를 확실히 결정해야 한다고 주장하였다. 자기책임 능력이 적다는 것은 개념적으로는 자기책임 능력이 있다는 것을 전제로 하며 행위자가 부분적으로 자기책임 능력이 있다면 그는 절대적으로 형벌을 받아야 하는데 이는 무엇이 유죄의 부분인지가 형법상으로 파악될 수 없기 때문이다. 이에 반대하여 새로운 진영이 나왔는데 이들은 그 원칙을 받아들이면서도 자연은 그런 원칙을 따르지 않으며 반쯤 미친 사람들을 만들어낸다고 주장했다. 여기서 법적 선의는 우리가 그들의 죄를 용납하는 것에서 벗어나 상황에 따라 처벌을 완화하는 형식으로 제공될 수 있다는 것이다. 이렇게 해서 '자기책임 능력' 진영과 '자기책임' 진영이 형성되며 이 진영들이 각각의 입장으로 충분히 분열되었을 때 아직 그 적용에 관해 다툼을 벌여보지 않은 문제적 측면들이 드러나게 된다. 당연히 오늘날 어떤 전문가도 자신의 소송을 철학이나 이론에 의지하진 않겠지만 공간처럼 비어 있으면서도 동시에 사물을 끌어담을 수 있는 개별 관점으로서의 두 경쟁자는 최종의 지혜로운 언어를 두고 각각의 실제적인 관점의 장에서 다툴 것이다. 또한 여기서 우리가 모든 인간을 도덕적으로 자유롭다고 볼 수 있느냐는 조심스럽게 에둘러진 질문도 마침내 등장한다. 이는 한마디로 자유의지라는 오래된 선한 질문으로 비록 논외의 문제로 치부되긴 하지만 모든 다양한 의견들의 한가운데 있는 관점이다.

인간이 도덕적으로 자유롭다면 그는 처벌을 통하여 스스로에게 실제적인 강요—이론적으로는 아무도 믿지 않지만—를 부과해야 한다. 하지만 우리가 인간을 도덕적으로 자유로운 존재가 아니라 오히려 변경할 수 없는 자연적 현상의 밀회라고 본다면 우리는 형벌을 통해 그 사람을 범죄에서 효과적으로 떼어놓을 수 있을지언정 그를 자신의 행위에 도덕적으로 책임지는 사람으로 볼 수는 없을 것이다. 이 질문으로 인해 또 하나의 새로운 진영이 등장하는데 그들은 범죄자를 두 부류로 나누자고 제안한다. 하나는 동물학적-심리학적 유형으로 재판관과는 아무런 관련이 없는 부류이며 다른 하나는 법학적 유형으로 그저 가상적 존재이긴 해도 법적으로 자유로운 부류다. 다행히도 이 제안은 이론으로만 존재한다.

　정의에게 정의를 행하게 하는 일은 어렵다. 그 위원회는 20명가량의 학자들로 구성되었는데 그들은 쉽게 계산해봐도 수천 가지의 관점을 제시할 수 있는 사람들이었다. 개정돼야 하는 법률들이 1852년 이후로 계속 유지되었고 따라서 무엇보다도 그 법들은 쉽사리 교체되지 않는, 매우 지속적인 것이라는 사실이 입증되었다. 또한 한 참여자가 옳게 지적했듯이 확고한 사법기구들이 현재 유행하는 정신세계의 흐름을 모두 수용할 수는 없었다. 어떤 양심을 가지고 일을 진척시켜야 할지는 다음과 같은 사실에서 가장 잘 드러났다. 즉 확률적 측면에서 대략 100명 중 70명 정도의 반사회적 범죄자들은 확실히 법적 기구들을 피해간다는 것이다. 그러므로 붙잡힌 25%의 사람들을 더 철저히 고려해야 한다는 것은 너무도 당연한 일이었다! 이런 상황은 차츰 개선되고 있었으며 이런 보고서의 진정한 목적이 전문가들의 머릿속에 매우 아름답게 피어나는, 마치 얼음꽃 같은 이성을 비꼬는 것이라고 본다면 그것은 잘못된 것이었다. 그런 조롱은 머릿속의 온도가 따듯한 수많은 사람들에 의해 이미 행해진 것이었다. 오히려 우리가 절대 잃지 않기를 원하는 것은 흔히 말해지듯 남성다운 강인함, 자부심, 도덕적인 건강함, 견고함과 침착함, 모든 순수한 특성들과 대부분의 덕성이었으며 이것들은 그 위원회의 그룹들이 자신의 이성적 능력을 편견없이 사용하지 못하도록 했다. 그들은 마치 선한 길로 이끌기 위해 주의를 기울이는 나이든 선생이 학생들을 대하듯 사람들을 대했으며 그리하여 그런 태도는 1848년 3월혁명 전前시대*의 정치적 분위기를 떠올리게 했다. 확실히 그 법학자들의 심리학적 인식은 50년가량이나 뒤처져 있었지만 사람들이 자신의 학문영역에 다른 이웃의 도구를 빌려와야 하는 일은 흔히 있는 일이었으며 결핍이 있을 경우 바로 보충되었다. 그럼에도 그 시대의 배후에 영구히 남아 있는 것은—무엇보다 그것이 영원성을 자부하기 때문인데—바로 인간의 마음, 특별히 양심적인 인간의 마음이었다. 비록 인간이 작고 낡은 연약한 심장을 가졌을지라도 이성은 한번

---

* 일반적으로 독일 혁명 전의 반동기인 1815~1848년의 시기를 일컫는다. 포어메르츠(Vormärz)라고 불리는 이 시대는 메테르니히(Metternich)의 시대이자 오스트리아와 프로이센이 자유주의 혁명에 대항하여 대규모의 검열을 실시한 시기이기도 했다.

도 시들거나 딱딱해지거나 뒤엉킨 적이 없다는 것이다!

이는 결국 격렬한 폭발로 이어졌다. 모든 참여자들의 논쟁이 충분히 수그러들고 일이 더이상 진척되지 않자, 타협안을 마련하라는 목소리가 점점 커졌는데, 이는 모든 상투어가 그러하듯 결론이 나지 않는 양자를 멋들어진 말로 봉합하자는 것과 다름없었다. 그 타협안에는 자기책임 능력이라고 불리는 익숙한 개념, 즉 범죄자들이 자신의 정신적·도덕적 특성에 따라—그런 특성이 없어서가 아니라—범죄를 저지른다는 생각에 찬성하는 경향이 있었다. 그건 매우 이례적인 개념으로, 범죄자들을 정의하는 일을 아주 어렵게 만드는 이점이 있어서, 마치 교도소 복장과 박사 칭호를 결합시킨 것 같았다. 하지만 기념해의 소강상태는 물론 자신을 향한 수류탄처럼 보이는 계란처럼 둥근 개념을 마주한 울리히의 아버지는 스스로 사회적 학파로의 획기적인 전환이라고 일컬은 바를 실행했다. 그 사회적 관점은 범죄적으로 '타락한' 인간은 도덕이 아니라 인간 사회에 끼치는 유해함으로 판단돼야 한다는 것이다. 결과적으로, 범죄자가 유해하면 할수록 그의 자기책임 능력은 더욱 커져야 한다. 여기서 피할 수 없는 논리적 귀결에 이르는데 가장 무죄인 듯 보이는 범죄자들, 즉 그 본성상 처벌을 통해 교정이 일어나기 어려운 정신병적 환자들은 정신이 온전한 사람보다 한층 가혹하고 엄격한 벌칙으로 다스려야 하며 그래야만 처벌의 억제 효과가 평등하게 커진다는 것이다. 당연히 사람들은 슈붕 교수가 이러한 사회적 관점에 반대하는 데 많은 어려움을 겪으리라 예상했고 또한 사실상 그렇게도 보였지만 슈붕 교수는 짐작과 달리 울리히의 아버지를 겨냥한 직접적인 이미지를 만들어냈다. 즉 울리히의 아버지가 법학의 길을 벗어났고 위원회 내부에서 끊임없이 제기되는 새로운 논쟁에서 길을 잃었으며 자기 아들을 내세워 구축한 고위층 및 최고위층과의 관계를 이용하려 한다고 공격을 시작한 것이다. 슈붕 교수는 새로운 논문을 통해 실제적인 반박을 하는 대신 '사회적인'이라는 말에 달라붙어서 그것을 '유물론적'이고 '프로이센의 국가정신에 다름없다'라는 말로 음흉하게 중상모략을 이어갔다.

"사랑하는 아들에게," 울리히의 아버지는 썼다. "나는 법학의 사회적 학파를 생각하면서 한번도 로마나 프로이센적인 기원을 언급한 적이 없다. 하지만 너무도 쉽게 유물론과 프로이센 따위를 끌어들여 상층부에 혐오감을 조장하려는 이런 극악무도한 악의에 기반한 중상과 모략에 일일이 대응할 필요는 없을 것이다. 이 정도면 더이상 우리가 방어할 수 있는 비난이 아니며 오히려 상층부에서는 감지될 수 없는 모호한 냄새를 퍼뜨려 필연적으로 부도덕한 중상모략꾼뿐 아니라 죄 없는 희생자들까지 나쁘게 오해되도록 하려는 것이다. 평생 뒤쪽 계단이라고는 이용해본 적이 없는 나는, 어쩔 수 없이 너에게 요청하는바…"

그렇게 이어지다가 편지는 끝을 맺었다.

112.

아른하임은 자신의 아버지 자무엘을 신의 반열에 두었고 울리히를 차지하기로 결심했다.

졸리만은 왕족 출신의 아버지에 대해 뭔가를 더 알아내고 싶어했다

아른하임은 종을 울려 졸리만을 찾았다. 아른하임은 그와 이야기를 나눠야겠다는 생각을 오랫동안 해보지 못했는데, 때마침 그 악동은 호텔 주위를 배회하고 있었다.

울리히의 저항은 마침내 성공하여 아른하임에게 상처를 입혔다.

당연히 아른하임은 울리히가 자신에게 반대한다는 사실을 모르는 채 넘기지 않았다. 울리히는 사심 없이 일했다. 그는 물이 불을 대하듯, 소금이 설탕을 대하듯 아무런 의도도 없이 아른하임에게 영향을 끼쳤다. 아른하임은 울리히가 자신에 대한 적대적이고 경멸 섞인 평을 지어내기 위해 디오티마의 신임을 악용한다고 확신했다.

오랫동안 아른하임이 경멸을 받는 일은 일어나지 않았다. 성공을 위해 그가 취해온 일반적인 방식이 그런 일을 허용하지 않았다. 한 위대하고 완벽한 남자의 영향력은 아름다운 여자가 갖는 영향력과 비슷했다. 한번 부정당하면, 구멍난 풍선이나 모자

를 씌운 조각상처럼 돼버리고 만다. 누구에게 호감을 주지 못하면 아름다운 여인조차 추해지며 아무도 주목하지 않는다면 위대한 사람도 여전히 위대하긴 하겠지만 더 위대한 사람은 되지 못한다. 아른하임이 딱히 다음과 같은 말로 이해하진 않았으나 생각은 이와 비슷했다. '나는 반대를 견딜 수 없어. 왜냐하면 이성적인 사람은 오직 반대로만 번성하기 때문이고 누가 이성적이라면, 나는 그를 경멸하니까 말이야!' 아른하임은 자신의 적을 어떤 방식으로든 무해한 존재로 만드는 게 어렵지 않았다. 하지만 그는 울리히를 이기고 가르치면서 영향을 끼쳐 자신을 숭배하게끔 만들고 싶었다. 이것을 쉽게 이루기 위해 그는 이유는 잘 모를지라도 자신이 울리히를 향해 깊고 모순된 호감을 품고 있다고 스스로를 설득했다. 그는 울리히에게 두려움도 없었고 바람도 없었다. 아른하임은 라인스도르프 백작과 투치 국장에게는 어떤 우정도 품지 않았고 다른 여타의 일들은 느리긴 해도 자신이 원하는 대로 진행되고 있었다. 울리히의 대항은 아른하임의 영향력 앞에서 희미해져갔고 어렴풋한 흔적만을 남겼는데, 그중 유일하게 눈에 띄는 것은 그 우아한 디오티마 부인의 단호함을 다소 위축시켜 그녀의 결심을 연기시킨 것이다. 아른하임은 그 사실을 유심히 캐낸 후 일단 웃어넘길 수밖에 없었다. 애처로운 미소였을까 아니면 사악한 웃음이었을까? 이 경우 그런 구별은 중요하지 않았다. 그는 적수의 비판과 저항도 무조건 자신을 위해 복무해야 맞다고 생각했다. 그것은 좀더 깊은 원인이 거둔 승리였고 놀랍도록 투명한, 스스로 해결되는 삶의 복잡함이었다. 아른하임은 자신과 그 젊은 남자를 결합시키고 그 남자도 이해 못하는 관용에 자신을 내어주는 이런 일들을 운명으로 받아들였다. 왜냐하면 울리히는 아른하임의 모든 구애를 받아들이지 않았기 때문이다. 울리히는 마치 바보처럼 자신의 사회적 이득에 무심했으며 친교의 제안을 알아채지 못하거나 중시하지 않는 듯 행동했다.

아른하임이 일컫는 '울리히의 위트'에는 특별함이 있었다. 부분적으로 그것은 삶이 제공하는 이득을 인식하지 못하는 한 지적인 남자의 무능이자 자신에게 품위와 안정감을 줄 수 있는 목표와 기회에 적응하지 못하는 그의 정신을 의미했다. 울리히는 오히려 삶이 자신의 정신에 적응해야 한다는 우스꽝스런 신념을 드러냈다. 아른하임은 울리히를 눈앞에 그려보았다. 그와 엇비슷한 키에 더 젊었고 자신의 육체에선 꼭 드러나고야 마는 부드러움이 없었으며 외모엔 무조건적인 독립성이 남아 있었다. 그는, 어느 정도 질투를 느끼면서, 이런 자질을 금욕적이고 학구적인 성향으로 돌렸는데, 이는 울리히의 근원이 그런 것에 기반한 듯 보였기 때문이다. 울리히의 얼굴은 전문가의 왕국이 번성하면서 자손들에게 물려준 돈과 영향력에 무관심해 보였다. 하지만 이 얼굴에는 뭔가가 결여돼 있었다. 즉 삶과 삶의 흔적이 놀랄 만큼이나 생략돼 있었다! 그렇듯 불안한 인상을 뚜렷하게 받은 바로 그 순간 아른하임은 자신이 얼마나 울리히에게 관심이 있는지를 새삼 깨달았다. 울리히의 얼굴에서 재앙마저 예견해낼 정도였기 때문이다. 그는 질투와 염려 사이에서 갈등하는 자신을 곰곰이 살펴보았다. 그건 겁쟁이를 안전한 피난처로 대피시킬 때 느낄 법한 슬픈 만족감 같은 것이었다. 질투와 부인否認이 그가 추구하면서도 피해왔던 생각 위로 급작스럽게 끓어올랐다. 울리히는 상황이 요구된다면 자신의 이익뿐 아니라 영혼의 재산 모두를 희생할 수 있는 사람일지도 몰랐다. 그것이 바로 그가 울리히의 위트라고 이해한 진기한 면모의 실체였다. 순간 스스로 고안해낸 그 단어가 뚜렷하게 완성되었다. 누군가 자신이 숨쉴 수 있는 공간의 한계를 넘으면서도 자신의 열망에 초연해질 수 있다면 바로 그런 상황이 그에게 위트를 의미했던 것이다!

졸리만이 마침내 집으로 살금살금 들어와 주인 앞에 섰을 때, 주인은 왜 졸리만을 불렀는지를 까맣게 잊었지만 그렇듯 생기 있고 충성스런 존재가 있음에 위안을 받았다. 아른하임은 과묵한 표정으로 방을 이리저리 거닐었고 졸리만의 검은 원반 같은 얼굴은 그를 따라 움직였다. "거기 앉아," 아른하임은 명령했고 구석에 서서 몸을 휙 돌리더니 제자리에서 말을 이었다. "위대한 괴테는 『빌헬름 마이스터』에서 우리 삶의 옳은 방향을 제시하려는 열망에 가득 찬 격언 하나를 제시한 적이 있지. '생각하라, 행동하기 위해서; 행동하라, 생각하기 위해서'라는 말이었어. 이해하겠니? 아니, 네가 그걸 이해할 리는 없겠지…" 그는 자기 질문에 스스로 답하더니 갑자기 다시 침묵에 빠졌다. '과연 삶의 모든 지혜가 녹아 있는 처방전이야.' 그는 생각했다. '또한 나의 적수가 되고 싶은 사람은 거기서 오직 반만 이해하지. 바로 사유 말이야!' 그것이 그에겐 '그저 위트 있는 사람'이 의미하는 바였다. 그는 울리히의 약점을 알았다. 지식과 말의 지혜에서 나오는 위트는 이런 특성이 가진 지적 본성을 의미하며, 유령 같고 감정적으로 메마른 천성을 가리킨다. 위트가 있는 사람은 항상 지나치게 알려고 하며 감수성이 가득한 사람이라면 멈춰 서는 한계를 뛰어넘으려고 한다. 이런 통찰 덕분에 디오티마와의 사업과 영혼의 자본은 좀더 만족스러운 관점으로 넘어갔다. 생각을 이어가면서 아른하임은 졸리만에게 말했다. "모든 삶의 지혜가 녹아든 격언이라고. 또한 그래서 내가 너한테 책을 빼앗고 일을 하게 하는 이유이기도 하지."

졸리만은 아무 말도 없이 진지한 표정을 지었다.

"너는 언젠가 우리 아버지를 보았지." 아른하임이 갑자기 물었다. "그를 기억하겠니?"

졸리만은 흰자위가 보이도록 눈을 굴림으로써 이 말에 대답했고 아른하임은 심각하게 말했다. "너도 봤다시피 우리 아버지는 절대 책을 읽지 않았어. 우리 아버지가 몇살이라고 생각하나?" 그는 대답을 기다리지 않고 바로 말을 이었다. "그는 벌써 일흔이 넘었고 우리 사업에 관계된 일이라면 어느곳이나 손을 대고 계시지!" 그러고는 아른하임은 다시 침묵하며 방을 서성댔다. 아른하임은 아버지에 관해 말해야겠다는 억제할 수 없는 의무감을 느꼈으나 마음에 품은 모든 것을 말할 수는 없었다. 자기의 아버지조차 이따금 사업에 실패했음을 그보다 더 잘 아는 사람은 없었다. 하지만 아무도 그 말을 믿지 않으려 했는데 누구든 나폴레옹과 같은 명성을 얻으면 비록 실패한 전투조차도 승리로 쳐주기 때문이다. 그래서 아른하임으로서는 아버지 뒤에서 스스로 선택한 사업들, 즉 지식, 정치, 사회 분야에 기여하는 사업들을 지키는 도리밖에 없었다. 나이든 아른하임에게 젊은 아른하임의 능력과 지식은 기쁘게 다가왔을 것이다. 그러나 중요한 질문에 결정을 내려야 할 때면, 또한 며칠에 걸쳐 그 질문을 생산 및 자본관리, 지식 및 경제·정치의 관점에서 토론하고 설명하면, 늙은 아른하임은 모든 것에 감사하면서도 제안된 것과 반대되는 명령을 종종 내렸으며, 이의제기에 대해서는 대책 없이 완고한 미소로 대답했다. 종종 감독자들도 이런 식의 일처리에 고개를 내저었지만 시간이 어느 정도 지나면 결국 늙은 아른하임이 옳았다는 사실이 밝혀졌다. 그것은 마치 늙은 사냥꾼이나 산악 안내원이 기상학 콘퍼런스에 참여해 자기의 류머티즘이 도지는 걸 보고 날씨를 예측하는 것과 다를 게 없었다. 기본적으로 놀랄 일이 아닌 것이, 류머티즘은 학문보다 훨씬 많은 질문에 더 확실한 답을 주기 때문이다. 또한 정확한 예보 역시 사정이 매번 예측한 대로만 흘러가지 않는 세상에서는 큰 의미가 없으며 따라서 중요한 것은 우리가 약삭빠르면서도 끈질기

게 급변하는 시류와 타협하는 것이기 때문이다. 그래서 한 나이든 만물박사가 이론적으로는 예측 불가능한 엄청난 것들을 알고 있음을 이해하는 게 아른하임에게 그리 어렵지 않았을 테지만 아무튼 그가 늙은 자무엘 아른하임이 가진 직관을 처음 발견한 날은 굉장한 날이었다.

"너는 직관이 뭔지 아니?" 깊은 생각 끝에 아른하임은 그런 말을 꺼내는 게 실례라도 되는 듯 조심스레 물었다. 졸리만은 자신이 잊어버린 일에 대해 심문을 당할 때 그러하듯 긴장한 채 눈을 깜빡거렸고 아른하임은 갑자기 화제를 돌렸다. "오늘은 아주 신경이 예민해지는군." 그가 말했다. "너는 당연히 모르겠지! 하지만 내가 지금 하는 말에 주의를 기울여봐. 돈을 버는 것은 너도 생각해보면 알겠지만 항상 편안한 일은 아니지. 모든 것에서 이득을 끌어내고 계산하는 이 끝없는 수고는 좀더 행복했던 옛날 사람들에게 통했을 법한 고귀한 삶의 모습과는 모순되는 것이야. 우리는 살인에서조차 용기라는 고귀한 덕을 실천할 수 있지만 계산에서 그 비슷한 것을 이룰 수 있는지는 의문이야. 거기에는 어떤 정의로운 선함도, 고귀함도, 깊이있는 본성도 없어. 돈을 버는 것은 모든 것을 추상화하는 것이고 불쾌할 정도로 이성적인 일이지. 네가 이해할지 모르지만 나는 돈을 바라볼 때마다 미심쩍게 돈을 세는 손가락이나 다투는 소리, 지나친 꼼수 같은 게 떠올라. 하나같이 혐오스럽지." 그는 말을 멈추더니 다시 고독으로 침잠해 들어갔다. 그는 아이였을 때 자신의 머리를 쓰다듬더니 얼마나 귀엽고 좋은 머리냐고 말하던 친척들을 떠올렸다. 계산을 위한 귀여운 머리. 그는 이런 식의 태도에 질색을 했다! 그들의 빛나는 황금 주화에는 자수성가한 어느 가족의 이성이 빛나고 있었다. 자신의 가족을 부끄러워하는 일은 그에게 경멸할 만한 일이었다. 오히려 그는 자신의 기원, 특히 최고의 가문에 속해 있음을 겸손하게 인정했다. 하지만 지나치게 격렬한 대화나 방정맞은 몸짓 같은 가족의 약점 때문에 자신이 최고의 인간이 될 수 없었던 것처럼, 그는 가족의 이성 역시 두려워했다.

아마도 비이성적인 것에 대한 그의 숭배는 바로 이런 가족사에 기원을 두고 있을 것이다. '귀족은 비이성적이다.' 이 말이 이성이 부족한 귀족에 대한 농담처럼 들릴 수도 있지만 아른하임에게만큼은 다른 의미였다. 그는 유대인으로서 예비역 장교가 될 수 없었던 사실을 떠올릴 수밖에 없었다. 또한 그는 아른하임으로서는 아주 낮은 하사관 직급도 가질 수 없었고 그저 군인에 부적격하다는 설명만을 들었으며 그래서 최근 이 일에서 분별력의 부족을 목격했을 뿐 아니라 자신의 고결함을 지켜주지 못하는 무엇이 있음을 깨닫게 되었다. 이런 기억들이 졸리만에게 더욱 살을 붙여서 말을 이어가게 했다. "그건 가능하지," 그는 중단했던 말을 다시 시작했다. 아무리 그가 질서를 싫어한다 해도 그는 여담을 할 때조차 결국에는 질서를 되찾았다. "귀족이라고 해서 오늘날 귀족적인 성향이라고 불리는 것과 항상 일치할 필요는 없지. 그들의 지체 높은 신분이 딛고 선 그 거대한 토지를 모으기 위해 귀족들은 오늘날 사업가라는 사람들만큼이나 계산적이고 부지런해야 했을 거야. 아마도 사업가들은 귀족들보다 훨씬 더 정직하게 일을 처리할지도 모르지. 너도 알다시피 땅 자체에는 힘이 있어. 다시 말해 흙, 사냥, 전쟁, 천상에 대한 믿음, 경작 같은 것에는 힘이 있는데, 그걸 한마디로 말하면 머리보다 팔이나 다리를 훨씬 많이 쓰는 사람들의 육체적 삶 속에는 힘이 있다는 거야. 그들을 위엄있고 존엄있는 존재로 만들어주고 모든 평범함을 넘어서게 해주는 그 힘은 바로 자연에 있다는 말이지."

아른하임은 자기의 기분 때문에 너무 말을 많이 하는 건 아닌지 싶었다. 만약 졸리만이 의미를 깨닫지 못했다면 아마 이 젊은이는 주인이 하는 말을 듣고 귀족에 대한 존경심을 꺾었을 것이다. 하지만 뭔가 예상치 못했던 일이 벌어졌다. 졸리만은 한동안 자리에서 움찔움찔하더니 주인의 말에 끼어들어 갑자기 질문을 던졌다. "그런데," 졸리만이 물었다. "우리 아버지는 왕인가요?"

아른하임은 깜짝 놀라서 그를 바라보았다. "그건 모르겠는데." 그는 반쯤은 단호하고 반쯤은 흥미로워하면서 대답했다. 하지만 졸리만의 진지하면서도 분노에 찬 얼굴을 보자 그는 문득 측은한 마음이 들었다. 그는 모든 것을 진지하게 생각하는 이 젊은이가 좋았다. '졸리만에게는 위트가 없어.' 아른하임은 생각했다. '오직 비극이 있을 뿐이지.' 아무튼 그에게 그런 위트 없음은 인생의 곤경, 내적 충만과 유사해 보였다. 부드러운 가르침을 주려는 마음으로 그는 소년의 질문에 몇가지 답을 더했다. "네 아버지가 왕이라고 볼 이유는 없단다. 오히려 나는 네 아버지가 하류 계층의 직업을 가졌을 거라 생각해. 왜냐하면 내가 너를 어느 해안도시의 곡예사 무리에서 발견했기 때문이지."

"내 몸값은 얼마였나요?" 졸리만이 캐물으며 끼어들었다.

"얘야, 지금 그게 기억이 나겠니! 하지만 절대 많지는 않았단다. 그건 확실해! 하지만 지금 왜 그걸 따지니? 우리는 우리의 왕국을 창조하려고 태어난 거야! 나는 내년에 너를 상업학교에 보낼 예정이란다. 그 후에 너는 우리 사무실 어딘가에서 일을 배우게 될 거야. 네가 뭘 이룰지는 너한테 달려 있지만 나는 그 과정을 지켜볼 거란다. 가령 너는 흑인들이 이미 진출한 곳에서 우리 이익을 대변할 수도 있을 거야. 물론 매우 신중하게 나아가야 하겠지만 네가 흑인이라는 사실이 아마도 너한테는 큰 장점이 될 거다. 우리의 감독 아래서 자랐던 지난 몇해 동안 네게 얼마나 많은 공력을 들였는지는 너도 잘 알 테고, 지금 한 가지는 말해줄 수 있어. 그건 네가 자연의 고유한 존엄을 간직한 종족에 속한다는 사실이야. 중세 기사도 이야기 속에서 흑인 왕들은 언제나 명예로운 역할을 맡았지. 만약 네가 정신적인 고귀함, 즉 너의 존엄과 선함, 개방성, 진리를 향한 용기, 더 크게는 요즘 사람들에게 흔한 비관용과 질투, 혐오, 사소한 신경질을 물리칠 용기 등을 육성한다면 너는 분명히 사업에서 길을 찾게 될 거야.

왜냐하면 세상에 상품을 공급하는 것뿐 아니라 더 나은 인생의 방식을 제공하는 게 우리의 임무이기 때문이지." 졸리만과 오랫동안 깊은 이야기를 나누지 않았기 때문에 만약 듣는 사람이 있으면 우스워 보이겠다는 생각도 들었지만 사실 그런 사람은 없었고 더욱이 그가 말한 것은 더 깊은 사유의 흐름 가운데 겨우 덮개 정도에 불과한 것이었다. 귀족적인 태도와 고결함의 형성에 대한 그의 언급 역시 감동적인 것으로 그의 내면 깊숙한 곳에선 겉으로 하는 말과는 전혀 다른 입장을 갖고 있었다. 세계가 형성된 이후 지금까지 단 한번도 정신적인 순수함과 선한 의지가 단독으로 출현한 적은 없었고 오히려 모든 것은 시간이 지날수록 그 뿔을 드러내는 비천한 공동체에서 생겨났으며 결국 위대하고 순수한 신념 역시 거기에서 비롯되었다는 사실을 그는 인정하지 않을 수 없었다. 그가 생각하기에, 귀족성의 발흥은 결코 고귀한 인문주의에서 배태된 것이 아니었는데, 그것은 쓰레기 수거 사업이 세계적인 기업으로 성장하지 못한 것과 다를 바가 없었다. 하지만 그중 하나는 18세기의 은빛 문화에서 융성했고 다른 하나는 아른하임에게서 나타났다. 그리하여 인생은 그에게 모순된 질문에 답해야 한다는 명백한 임무를 부과했다. 그것은 위대한 신념을 창조하기 위해선 얼마나 많은 조야한 공동체가 필요하며 또한 허용되어야 하느냐는 질문이었다. 다른 측면에서 아른하임의 생각은 이따금 언젠가 졸리만에게 말했던 직관과 합리성으로 나아가곤 했는데 그러자 갑자기 그에게는

'아버지는 사업을 직관으로 하신다'고 말했던 순간이 생생하게 떠올랐다. 자신이 하는 일을 이성으로는 제대로 책임질 수 없었던 당시의 모든 사람들에게 직관은 하나의 보편적인 대안이었다. 직관은 요즘 사람들이 '시대를 따라잡는다'고 할 때의 의미와 거의 같은 역할을 했다. 모든 잘못된 행동이나 철저하지 못하게 마무리된 일은 직관을 위해, 또는 직관을 통해 창조된 일이라는 이유로 정당화되었고 직관은 요리는 물론이고 책쓰기 같은 분야에까지 응용되었다. 하지만 늙은 아른하임은 그런 걸 전혀 몰랐고 놀라서 아들을 우러러보는 데 온통 빠져 있었다. 그런 아들이 아버지에겐 큰 기쁨이었기 때문이다. "돈을 버는 것은," 그는 아버지에게 말했다. "항상 품위가 좀 떨어지는 생각을 강요하기도 하죠. 하지만 우리 같은 거대 사업가들에게는 역사의 전환점에서 대중의 지도력을 넘겨받을 사명이 있을 겁니다. 우리가 그런 일에 임할 정신적 준비가 되어 있는지는 잘 모르겠지만요! 하지만 나에게 용기를 줄 수 있는 존재가 세상에 있다면, 그건 바로 아버지입니다. 아버지는 그 위대했던 옛 시절 신의 인도하심을 받는 왕과 예언자들이 가졌던 의지와 환상의 능력을 가지고 있습니다. 아버지가 어떻게 사업에 착수하는지는 하나의 비밀이며, 계산에서 벗어난 그 모든 비밀들은 그것이 용기의 비밀이든 발견의 비밀이든 또는 별의 비밀이든 모두 똑같은 서열에 있다고 나는 말하고 싶습니다." 아들이 첫번째 문장을 말하자 늙은 아른하임이 자식을 올려다보던 눈을 돌려 다시 신문으로 향하고는 젊은 남자가 사업과 직관에 관해 말하는 동안 다시는 눈을 들지 않았는데 그 모습은 젊은 아른하임에게 굴욕을 느끼게 했다. 아버지와 아들 사이의 관계는 늘 그러했으며 아른하임의 세번째 생각 또한 이런 기억의 형상이 펼쳐지는 스크린에서 여전히 그것을 분석하고 있었다. 아른하임은 자신을 늘 짓누르는 아버지의 탁월한 사업 재능을 머릿속이 복잡한 자신으로서는 도달할 수 없는 원초적인 힘의 경지로 생각했다. 덕분에 그는 아버지를 모방하려는 헛된 노력을 하지 않고도 고귀한 혈통을 이어받을 수 있었다. 이러한 이중 책략으로 그는 돈을 오직 가장 원초적인 것에만 허용되는 초인적이고 신비한 힘으로 바꾸었으며, 엄청난 두려움에도 불구하고—신화적인 조상을 자신들보다 더 원초적이라고 믿었던 고대 영웅들이 그랬던 것처럼—선조들을 신의 반열에 올려놓았다. 그러나 네번째 생각에서 그는 세번째 생각 위에 놓인 우스꽝스러움을 알지 못했고 다시 한번 진지하게 똑같은 생각을 하면서 이 땅에서 여전히 원하는 역할에 관해 숙고해보았다. 생각의 층들은 서로 겹쳐 있는 여러 층의 토양이 아니라 오히려 강력한 감정의 충돌이 빚어질 때 여러 방향에서 흘러나오는 생각의 흐름이었다. 평생에 걸쳐 아른하임은 위트와 아이러니에 대해 병적일 정도로 강력한 혐오를 간직했는데 그것은 아마 그가 물려받은 기질에서 비롯되었을 것이다. 고상하지도 않은 데다 야비한 지적 놀음처럼 느껴졌기 때문에 그는 그런 경향들을 억눌렀다. 하지만 디오티마와 비교해 그의 감정이 더욱 귀족적이고 반지성적이 된 지금, 위트와 아이러니는 불쑥 튀어나왔고, 그 감정이 발끝을 들고 솟아오를 때 그는 하층계급이나 상스런 사람들한테 종종 들었던, 사랑에 대한 정곡을 찌르는 위트를 말함으로써 숭고한 정서에서 빠져나가고 싶다는 사악한 유혹을 느꼈다. 이 모든 생각의 층을 뚫고 그는 갑자기 뭔가를 응시하는 졸리만의 어두운 얼굴을 보았는데 그 얼굴은 마치 그 위로 불가해한 삶의 지혜가 후두둑 쏟아진 검은 펀치볼 같았다. '내가 이런 상황을 자초하다니 이 얼마나 우스꽝스런 일인가!' 아른하임은 생각했다.

그의 주인이 일방적인 대화를 마쳤을 때, 졸리만은 눈을 뜬 채 의자에 앉아 잠이 든 것처럼 보였다. 그의 눈은 계속 움직이고 있었지만 몸은 누가 깨워주기를 기다리는 듯 아무 미동이 없었다. 아른하임은 졸리만의 눈빛에서 도대체 어떤 음모가 왕의 아들을 하인으로 전락시켰는지를 정확히 알기 원하는 탐욕스런 욕망을 읽어냈다. 마치 발톱을 세워 낚아채려는 듯한 그 눈빛에서 순간 아른하임은 언젠가 자신의 수집품을 훔쳐 달아난 보조 정원사를 기억해내고는 자신에게 자연스런 소유욕이 결여돼 있다고 탄식하며 중얼거렸다. 그런데 갑자기 이런 경우가 디오티마와의 관계에도 해당된다는 생각이 떠올랐다. 생의 정상에서 고통스럽게 동요하며 그는 차가운 그림자가 자신이 접촉해온 모든 것들로부터 자신을 격리시키고 있음을 느꼈다. 인간은 행동하기 위해 생각해야만 한다는 원칙을 이제 막 세운 사람으로서, 그리고 모든 위대한 일을 습득하려고 노력해왔으며 모든 사소한 것들에 의미를 각인하려 해온 사람으로서 떠올리기 쉬운 생각은 아니었다. 하지만 그 그림자는 그에게 절대 부족하지 않은 의지에도 불구하고 그와 욕망의 대상 사이에 드리워져 있었다. 또한 아른하임은 놀랍게도 그것이 자신의 젊은 시절을 감싸고 일렁이는 부드럽게 빛나는 두려움과 결합되었음을 확실히 깨달았다고 믿었다. 그 빛은 마치 잘못 다뤄진 듯 거의 알아볼 수 없는 얼음의 껍데기로 변한 것 같았다. 왜 이 얼음이 디오티마의 천상의 것과 같은 마음에도 녹지 않았는지 그는 알 길이 없었다. 하지만 그리 유쾌하지 않은 고통을 기다려야 했을 때처럼, 갑자기 울리히에 대한 생각이 떠올랐다. 아른하임은 이 남자의 삶에도 자신과 똑같은 그림자가 있지만 전혀 다른 작용을 하고 있음을 깨달았다! 다른 사람을 격렬하게 질투하는 한 사람의 인간적 열정을 우리는 그 열정의 강도에 합당한 올바른 자리에 놓지 못한다. 또한 울리히에 대한 그의 통제할 수 없는 분노가 근본적으로는 서로를 알지 못하는 두 형제의 적대적인 만남과 비슷하다는 사실을 발견하고는 그는 매우 강렬하면서도 통쾌한 느낌을 받았다. 아른하임은 자신과 울리히의 존재를 새로운 호기심으로 비교했다. 울리히는 삶의 이득을 향한 거친 소유욕이 자신보다 부족했고, 존재의 품위와 가치를 얻고자 하는 숭고한 소유욕은 화가 치밀 만큼 더 부족했다. 이런 사람에게는 삶의 무게와 실체가 필요하지 않았다. 울리히의 부인할 수 없는 실제적인 욕구는, 사물에 대한 소유를 갈망하지 않았다. 아른하임에게 그런 모습은 자신의 사무실에서 일하는 직원들의 이타적인 자세를 떠올리게 했지만 엄청나게 오만하다는 점에서 그것과는 달랐다. 말하자면 어떤 소유자도 되기를 거부하는 소유자라고 할 수 있었다. 자발적 가난을 선택한 투사를 떠올릴 수도 있을 것이다. 또한 그는 완전히 이론적인 사람이라고 불릴 수도 있을 테지만, 그가 완벽한 이론가는 아니기 때문에 역시 적합하지 않았다. 아른하임은 언젠가 울리히에게 자신의 지적 능력이 실용적 능력에 미치지 못함을 이야기한 적이 있었다. 하지만 실용적 관점에서 보자면 울리히는 완전히 무능했다. 아른하임이 이런저런 생각에 빠진 것은 처음 있는 일도 아니었지만 그를 사로잡은 자신에 대한 회의적 생각에도 불구하고 어떤 이유에서라도 울리히에게 우위를 부과하기는 어려웠다. 결국 그가 내린 결론은, 두 사람의 결정적인 차이점은 바로 울리히에게 뭔가 결여돼 있음에서 비롯된다는 것이었다. 그럼에도 울리히에게는 참신함과 자유라는 분위기가 있었다. 아른하임이 마지못해 인정한 그 사실은 자신이 소유했다고 믿는—울리히 같은 타인 때문에 의문시되긴 하지만—'총체성의 비밀'을 떠올리게 했다. 만약 계산하는 이성에 열려 있는 태도가 중요하다면, 노련한 현실주의자인 아버지에게서 두려워하는 법을 배웠던 그 불쾌한 위트라는 감정을 그렇듯 비현실적인 사람에게 똑같이 적용하는 게 어떻게 가능했던 것일까? '이런 사람들에게는 전체적으로 뭔가 결여되어 있어!' 아른하임은 생각했다. 하지만 그것은 자기도 모르게 튀어나온 말, 즉 '그 남자에게는 영혼이 있어!'라는 확신의 다른 측면일 뿐이라는 생각이 동시에 떠올랐다.

아른하임은 참신한 영혼을 소유하고 있었다. 직관적 통찰이 중요했기 때문에 아른하임은 자신이 무엇을 말하는지 정확히 설명할 수 없었을 것이다. 하지만 시간이 지나자 다른 사람들도 아른하임의 영혼이 이성과 도덕, 그리고 위대한 이념으로 변해 가는, 돌이킬 수 없는 과정에 들어섰음을 발견했다. 그의 친구이자 적인 울리히에게 이런 과정은 완벽하게 이뤄지지 않았고 그래서 사람들이 제대로 알 수 없는 그의 이중적인 매력은 여전히 남아 있었지만 그 매력은 영혼 없고 합리적이며 기계적인 영역에서 비롯된 요소들과 기이하게 결합돼 있었다. 하지만 울리히의 모든 것들은 문화적 영역의 일부라고 보기엔 어려운 것들이었다. 그의 전부를 곱씹어보고 그것들을 자신의 철학적 작업에 맞게 적용시키면서 아른하임은 단 한순간도 그것을 울리히의 공으로 돌리지 않았고 자신의 것으로만 인정했다. 그렇듯 모든 것을 자신이 발견했다는 인식은 너무나 강해서 그는 스스로 생각을 창조해낸 사람이자 아직 발성되지 않은 소리에서 빛나는 가능성을 발견한 거장 같은 사람으로 간주했다. 이런 생각은 그가 졸리만의 얼굴을 바라보자 식어버렸다. 졸리만은 오랫동안 그를 바라보았고 이제야 다시 물어볼 기회를 잡았다고 믿었다. 그런 작고 우둔하며 거의 야만적인 상대의 도움으로 생각을 정리하는 사람이 얼마나 될까 싶은 생각에 아른하임은 더욱 즐거워졌다. 비록 결과에 이르기까지 아직 많은 것이 확실치 않았지만 그는 상대방의 비밀을 아는 유일한 사람이었다. 그는 고리대금업자가 돈을 빌려줬던 희생자를 사랑할 때의 그런 사랑을 느꼈다. 아마도 자신과는 다른 모험을 타고난 것처럼 보이는 울리히를 어떤 대가를 치르더라도—그를 양자로 삼는 한이 있어도!—데려오겠다는 결심을 갑자기 하게 된 것도 졸리만의 모습 때문이었을 것이다. 아른하임은 아직 시간이 더 필요한데도 조급하게 확정하려는 자신의 열망에 미소지었고, 뭔가를 더 알고자 하는 비극적인 욕망으로 실룩거리는 졸리만의 얼굴을 막아서며 말을 이었다. "이 정도면 됐어. 내가 주문한 꽃을 투치 부인에게 갖다드려라. 뭔가 더 물어볼 것이 있으면 나중에 또 기회가 있겠지."

113.
울리히는 이성을 초월한 것과
이성의 지배 아래 있는 것의 경계에 관한 언어를
한스 제프, 게르다와 함께 이야기했다

울리히는 사회적 학파를 지지하는 고위 애국자들, 그리고 백작 각하를 개인적으로 설득해보기를 원하는 아버지의 바람을 어떻게 충족시켜야 할지 모른 채 그냥 모든 걸 잊어버리기 위해서 게르다를 찾아갔다. 거기에 있던 한스가 만나자마자 울리히를 향한 공격에 나섰다. "당신은 은행장 피셸을 옹호하는 건가요?"

울리히는 게르다가 그렇게 말하더냐고 되물으면서 질문을 피했다.

"제가 그렇게 말했어요." 게르다가 말했다.

"그럼 됐네. 왜 그런지를 알고 싶은가요?"

"그래요, 설명해봐요!" 한스가 다그쳤다.

"쉽지 않아요, 친애하는 한스."

"친애하는,이라는 말은 좀 빼세요!"

"그럼, 친애하는 게르다," 울리히는 그녀에게 몸을 돌렸다. "그건 그리 간단치 않아. 이미 충분히 말했잖아. 이해했으리라 보는데?"

"이해한 건 맞아요. 하지만 당신을 믿지는 못하겠어요." 게르다는 자신이 한스 편에서 싸움에 임한다는 걸 양해해달라는 태가 나도록 애쓰면서 대답했다.

"우리는 당신을 믿지 못하겠어요." 한스가 우호적인 대화 분위기로 재빨리 끼어들었다. "당신이 진실을 말하는지 모르겠다고요. 진실을 어디다 감춰둔 것인지도 모르죠!"

"뭐라고요? 그러니까 당신은 인간이 진실을 말할 수 없다는 건가요?" 울리히는 그가 게르다와 자신의 대화에 뻔뻔하게 개입한다는 걸 알아차리고 바로 물었다.

"물론, 누군가 진지하게 말한다면 진실은 표현될 수 있지요!"

"나한테는 어려운 일이군요. 대신 이야기를 하나 해줄 수 있어요."

"또 이야기라고요! 당신은 마치 위대한 호머라도 되는 듯 이야기를 만들어내는군요." 한스는 또 한번 뻔뻔하고 거만하게 소리쳤다. 게르다는 애원하는 눈빛으로 그를 바라보았다. 하지만 울리히는 상관하지 않고 말을 이었다. "나는 한때 사랑에 깊이 빠졌었죠. 그때가 지금 당신의 나이와 비슷했을 거예요. 나는 당시의 여자들보다는 사랑에 빠진 나 자신과 나의 변화된 환경에 더 깊은 애정을 느꼈어요. 그리고 그때는 내가 당신, 당신의 친구들, 그리고 게르다가 만들어내는 커다란 비밀에 관해 모든 것을 알고 있었던 때죠. 그것이 내가 하고 싶은 이야기였어요."

그 둘은 이야기가 그렇게 짧게 끝나서 깜짝 놀랐다. 게르다가 주저하며 물었다. "당신이 한때 사랑에 빠졌다고요…?" 그러고는 어린 소녀가 던질 법한 떨리는 질문을 하필 그 순간 한스 앞에서 하고 있는 자신에게 화가 났다.

하지만 한스가 끼어들었다. "도대체 왜 우리가 그런 일에 관해 말해야 하죠? 차라리 정신적 파탄에 처했다는 당신 사촌에게 벌어진 일이나 이야기해보세요!"

"그녀는 전세계에 우리 국가를 표상할 이상을 찾고 있어요. 그녀에게 도움을 줄 만한 제안을 해보지 않을래요? 내가 당신들의 제안을 전달할 수 있을 거예요." 울리히가 대답했다.

한스는 경멸하며 웃음을 터뜨렸다. "우리가 그녀의 시도를 깨부수려 한다는 사실을 왜 모르는 척하죠?"

"하지만 왜 당신들이야말로 반대하는 거죠?"

"이 나라의 모든 독일적인 것에 반대하여 계획된 비열한 음모이기 때문이죠." 한스가 말했다. "강력한 반대운동이 일어나고 있다는 걸 당신은 모른단 말인가요? 라인스도르프 백작의 책략을 경계하기 위해 독일민족연합이 결성됐어요. 이미 체조연합이 독일 정신의 훼손에 대항하여 이의를 제기했고요. 오스트리아대학 무기소유연합은 슬라브화의 위협에 맞서 입장을 표명했고 내가 속해 있는 독일청년연합도 거리에 나가는 한이 있어도 가만히 두고보진 않을 겁니다." 한스는 똑바로 일어서더니 자부심에 가득 차 말을 토해냈다. 하지만 이런 말을 덧붙이기도 했다. "하지만 모든 것은 부질없는 일이지요. 이 사람들은 외부적 조건을 과대평가하고 있어요. 결정적인 것은 바로 이 나라에선 아무것도 일어나지 못한다는 것이죠!"

울리히는 그 생각의 근거를 물었다. '위대한 종족은 시작부터 자신의 신화를 만들어냈다. 그런데 오스트리아에 그런 신화가 있는가?' 한스는 되물었다. '오스트리아의 근본 종교나 서사시는 있었나? 가톨릭이나 개신교 같은 종교도 여기서 기원하진 못했다. 인쇄기술이나 화풍도 독일에서 온 것이다. 왕실은 스위스, 스페인, 룩셈부르크에서 왔다. 산업기술은 영국과 독일에서,

빈이나 프라하, 잘츠부르크처럼 아름다운 도시들은 이탈리아와 독일에서 기원했으며, 군대는 나폴레옹의 모범을 따라 정비되었다. 이 국가는 자기 고유의 것을 시도하려 하지 않는다. 그런 국가에 유일한 구원은 독일과의 연합뿐이다.' "이게 당신이 우리한테 듣고 싶어하는 모든 것이에요. 됐나요?" 한스가 말을 마쳤다.

게르다는 그를 자랑스러워해야 할지 아니면 부끄러워해야 할지를 알지 못했다. 자신의 역할을 수행하고자 하는 욕망을 젊은 친구를 통해 만족시키는 게 더 낫긴 하지만 울리히에 대한 그녀의 애정 역시 지난번부터 다시 살아난 것이다. 이상하게도 이 젊은 여성에게는 처녀로 늙고 싶은 마음과 울리히에게 자신을 내맡기고 싶은 두 욕망이 혼재되어 있었다. 두번째 욕망은 당연히 그녀가 수년간 간직해온 사랑에서 비롯되었는데 그 사랑은 확 불타오르는 것이 아니라 겁에 질린 채 내면에서 달아오르는 중이었다. 그녀의 감정은 뭔가 품위가 떨어지는 상대를 사랑하는 사람들의 감정과 비슷해서 이 남자를 향한 추악한 육체적 욕망 때문에 자신의 영혼이 모욕당하는 듯한 느낌을 받았다. 그와 기묘하게 반대되는 것은, 비록 평화를 갈망하듯 단순하고 자연스러운 추구이긴 하지만, 자신은 절대 결혼하지 않고 모든 꿈이 끝난 후 고독하고 조용하면서도 분주한 삶을 살게 될 것이라는 예감이었다. 그건 어떤 확신에서 나온 욕구가 아니었다. 게르다에겐 자신에 대한 뚜렷한 생각이 없었기 때문이다. 오히려 이성이 관심을 기울이기 이미 오래전부터 육체가 간직해온 예감 같은 것이었다. 거기다 한스가 그녀에게 끼친 영향도 한몫 거들었다. 한스는 눈에 띄지 않는 젊은이로서, 그리 크거나 강하진 않았지만 골격이 굵은 편이었으며 손을 머리카락이나 옷에 문질러 닦는 습관이 있었다. 또한 틈이 날 때마다 둥근 철로 테두리가 장식된 작은 거울을 들여다봤는데 그건 그의 매끄럽지 못한 피부에서 항상 고름이 나왔기 때문이다. 하지만 그 순간 게르다는—그 손거울은 빼고—박해자들에 대항해 지하 묘지에서 집회를 열었던 초기 로마의 기독교인들을 떠올렸다. 그녀의 상상이 세부까지 완벽하게 일치하진 않았지만 초기 기독교인들이 공유한 기본적인 두려움은 아마 같았을 것이라고 그녀는 생각했다. 사실 잘 씻고 좋은 향유를 바른 이교도들이 훨씬 마음에 들었음에도 그녀가 기독교를 신봉한 것은 인간이 자신의 성격 때문에 지게 된 희생을 의미했다. 그래서 게르다에게 더 고귀한 것은 퀴퀴하면서 약간 혐오스런 냄새이며 이런 것은 한스가 그녀에게 열어놓은 신비한 관점과 잘 어울렸다. 울리히는 이런 관점을 잘 알고 있었다. 우리는 한스의 심령주의가 죽은 요리사의 영혼을 연상시키는 우스꽝스런 저승의 두드림을 통해 거친 형이상학적 욕망을—신은 아니더라도 적어도 영혼 같은 것이 어둠 속에서 차갑게 목구멍으로 넘어가는 음식을 순가락으로 퍼올리듯이—만족시키는 것을 볼 때 아마도 심령주의에 감사해야 할 것이다. 오랜 옛날부터 신이나 그 동반자들과 사적으로 접촉하려는 욕구는 황홀경의 상태에서나 체험된다고 이야기되었다. 비록 그 섬세하고 어느 정도는 놀라운 체험의 형식이 예외적이고 뭐라 형언하기 힘든 심리적 두려움에서 비롯된 현실적 체험이라 할지라도 말이다. 그런 상황에서 형이상학적인 것은 형상적인 것, 즉 지상의 욕망에 근거한다. 왜냐하면 사람들은 형이상학적인 것 속에서 자신들이 기대하는 당대의 인식을 생생하게 보리라 믿기 때문이다. 하지만 그러한 관념은 시간에 따라 변해가고 신뢰를 잃어갔다. 만약 이 시대에 누군가 신이 자신과 대화를 나누며 자신의 머리를 고통스럽게 들어 올렸다거나 잘 알지는 못하겠지만 아주 부드럽게 자신의 품에 미끄러져 들어왔다면, 아무도, 성직자들조차도 그 체험이 표현한 현상을 믿지 않을 것이다. 왜냐하면 그들은 이성적 시대의 자손으로서 히스테리컬하고 흥분된 상태에 동조함으로써 웃음거리가 되는 상황을 당연히 두려워하기 때문이다. 그 결과 우리는 중세나 고대 세계에서 그렇게 자주, 훌륭하게 기록되었던 사건들을 하나의 환영이자 병리적인 현상으로 간주하든지 아니면 그런 사건들에 지금까지 표현돼온 신화적 언어와는 상관없는 어떤 것이 있는지 그 가능성을 상상해봐야 한다. 중세나 고대의 사건들은 말하자면 순수한 체험의 핵심으로, 엄격한 경험적 근거에 따라 신뢰되었을 것이며 초현실에 대한 우리의 관계에서 어떤 결론을 끌어낼 것인가 하는 질문이 제기되기 오래전부터 무엇보다도 중요시되는 문제였을 것이다. 또한 신학적 이성에 자리잡은 믿음이 오늘날 널리 퍼진 합리주의의 의심과 저항에 맞서 쓰라린 투쟁을 이어나가는 동안 그 모든 전래된 개념적 믿음의 껍질을 내던진 벌거벗은 근원적 체험, 즉 옛날의 종교적 표상에서 벗어나 아마 더이상 종교적 체험이라고 보기 힘들 것 같은 신비에 사로잡힌 존재의 체험이 엄청난 확장을 이룬 결과, 지금은 마치 대낮엔 사라지는 야행성 새처럼 우리 시대에 유령처럼 존재하는 그 잡다한 비합리주의의 영혼을 만들어냈다.

이 잡다한 운동의 유별난 분파가 바로 한스 제프가 맡은 그룹이었다. 우리가 그들 모임 속으로 흘러 들어간 생각을 계산해보면—그들에게 계산과 도표는 혐오되었기 때문에 사실상 거기서 허용되는 세계관은 아니었지만—그 첫번째는 소심하게도 실험적이고 우정에 근거한 결혼, 즉 일부다처제나 일처다부제에 대한 플라토닉한 요청이었다. 예술에 관한 문제에서는 추상적이고 보편적인 것과 영원한 것을 지향하는 취향, 이른바 표현주의를 선호했는데 그런 경향은 조야한 겉모양이나 껍데기 같은 '따분한 외양', 즉 이상하게도 한 세대 전만 해도 혁명적이라고 평가받던 충실한 묘사를 경멸하게 했다. 겉으로 드러나는 모양과 상관없이 마음과 세계의 '정수'를 붙잡으려는 이런 추상적인 시도와 밀접하게 연관된 것으로 가장 구체적이고 한정된 예술이 있었는데 그것은 이른바 지역예술이란 것으로 젊은이들이 범게르만적 영혼에 대한 신성한 의무를 느끼는 분야였다. 그렇게 시간의 길에서 영혼에 둥지를 만들어주고자 주워올린 짚이

자 풀이 발견됐으며 그 과정에서 각별히 위대한 역할을 맡은 젊은이의 권리와 의무, 창조적 약속 같은 풍부한 이상이 더욱 세심하게 고려되어 마땅했다. 지금 시대는 젊은 사람들의 권리에 대해 무지하며 그래서 청소년들이 성년이 될 때까지 아무런 권리를 갖지 못한다고 사람들은 말했다. 아버지와 어머니, 후견인들은 자기가 좋아하는 아이들을 입히고 재우고 먹일 수 있고, 처벌할 수도 있으며, 한스 제프의 견해에 따르면 아이들을 가축처럼 여기는 낙후된 법을 넘어서지 못하는 한 심지어 그들의 삶을 망가뜨릴 수도 있었다. 아이들은 노예가 주인에게 속하듯이 부모에게 속해 있고 경제적으로 예속돼 있으며 자본주의의 대상이 되어 있다는 것이다. 한스 제프가 원래 어디선가 읽었으나 자기 것으로 내면화한 "아이들에게 들러붙은 자본주의"라는 용어는 이제껏 집에서 잘 키워졌으나 지금은 경악에 빠진 그의 학생 게르다에게 준 첫번째 가르침이었다. 기독교는 성인 여성의 멍에는 좀 풀어줬는지 몰라도 권력의 삶에서 동떨어져 무력하게 지내는 딸들의 멍에는 풀어주지 못했다. 이런 전제를 깔아놓고 그는 각자 개성의 법칙에 따라 스스로를 교육하는 아이들의 권리를 그녀에게 가르쳤다. 그에 따르면 아이들은 성장하며 스스로를 만들어내기 때문에 창조적이다. 그들은 세상에 자신의 생각과 느낌, 꿈을 펼쳐 보이기 때문에 왕 같은 존재다. 또한 우연히 만들어진 세계를 알려고 하지 않으며 자신만의 이상적인 세계를 건설하며 자기 고유의 성 정체성을 갖는다. 어른들은 그들의 세계를 강탈함으로써 창조성을 무너뜨리고 고리타분한 죽은 지식을 주입하고 그들의 본성에 어긋나는 실용적인 교육을 함으로써 야만적인 죄를 저지르고 있다. 아이들은 목표를 지향하지 않고 놀이를 통해 창조적이고 유연하게 성장한다. 완력으로 방해받지 않는 한 아이들은 자기 본성에 거스르는 것을 받아들이지 않는다. 그들이 접촉하는 것은 살아 있는 것이다. 아이들은 세계이고 우주이며, 비록 표현하지 못한다 하더라도 궁극적이고 절대적인 것을 바라본다. 그러나 우리들은 아이들에게 목표를 붙잡으라고 가르치고 우리가 거짓으로 현실이라고 부르는 평범한 헛것에 매달리게 함으로써 아이들을 죽인다. 한스 제프가 피셀의 집에서 이런 가르침을 선포했을 때 그는 이미 스물한 살이었고 게르다도 그보다 어리지 않았다. 한스는 오랫동안 아버지가 없었기 때문에 조그만 가게를 운영해 그와 여동생을 먹여살리는 어머니에게 마음놓고 버릇없이 굴 수가 있었으며 따라서 억압에 희생된 불쌍한 아이들을 위한 철학을 전개할 개인적인 계기는 딱히 없었다.

그런 가르침을 받아들이면서 게르다 역시 미래 세대를 부드러운 교육으로 양육하는 것, 그리고 레오 및 클레멘티네와 달리 그 세대들을 더 직접적이고 과격하게 이용하려는 다짐 사이에서 흔들리고 있었다. 그에 비해 한스 제프는 자신의 원칙과 "우리는 모두 아이가 돼야 한다"는 구호에 좀더 확고했다. 한스가 그렇게 완고하게 아이들의 투쟁에 매달리는 것은 아마도 어린 시절부터 독립의 욕구가 있었기 때문일 것이다. 하지만 주요한 요인은 당시 유행하던 청년운동의 언어가 그의 영혼을 바꿔준 첫번째 언어였기 때문이며, 진실의 언어가 대개 그러하듯 화자가 실제 의도하는 것 이상을 말해줌으로써 한 단어에서 다른 단어로 넘어가게 해주었기 때문이다. 그렇게 '우리는 모두 아이가 되어야 한다'는 문장은 가장 중요한 통찰로 발전되었던 것이다. 왜냐하면 아이는 아빠나 엄마가 되기 위해서 변질되거나 변화되어서는 안 되기 때문이다. 우리가 변질된다면 세계의 노예인 '시민'이 되기 위해서 손발이 묶이고 '유용한' 인간으로 길러지는 것이다. 우리가 스물한살이 되어서도 아이처럼 행동하는 데는 어려움이 있을 거라는 우려는 말끔히 사라진다. 왜냐하면 이 투쟁은 아이 때부터 늙을 때까지 지속되며 오직 시민 세계가 사랑의 세상에 의해 무너질 때 끝나기 때문이다. 그건 이른바 한스 제프의 가르침 중 최고의 경지였으며 울리히는 게르다를 통해 그 내용을 알게 되었다.

울리히는 그 젊은이들이 사랑이라고 부르는 것, 다른 말로는 공동체라고 부르는 것 사이의 관계를 발견했고, 거칠게 종교적이고 비신화적으로 신비적이며 또는 아마도 그저 뭔가에 푹 빠져 있는 상태들을 알게 되었다. 또한 그것은 그에게 깊은 감동을 주었지만 울리히가 스스로를 우스꽝스럽게 보이도록 자제했기 때문에 사람들은 그 사실을 몰랐다. 같은 맥락에서 그는 한스에게 동의하면서 단도직입적으로 왜 그가 평행운동을 '완벽하게 이타적인 공동체'의 발전을 위해 이용하지 않는지를 물었다.

"왜냐하면 그건 불가능하기 때문이죠!" 한스가 대답했다.

둘 사이에 이어진 대화는 잘 모르는 사람들에게는 갱단의 은어처럼 이상하게 들렸을 테지만 그건 세계와 정신에 심취한 사람들의 혼합어에 불과했다. 그래서 그냥 대화를 늘어놓는 것보다는 아래 언급된 설명이 더 핵심적일 것이다. 즉 순수한 이타심의 공동체는 한스가 발견한 말로, 이 말에도 의미가 있는 것이 어떤 사람이 더 이타심을 느낄수록 세상의 사물은 더 밝고 강해지며 그 사람이 자신을 더 내려놓을수록 스스로 더 높아지는 기분이 들기 때문이다. 아마 이런 체험은 누구에게나 있을 수 있겠지만 환희나 기쁨, 편안함 등과 혼동되어서는 안 된다. 그런 것들은 더 천박한, 심지어는 타락한 목적에 봉사하는 대용물에 불과하기 때문이다. 우리는 그 순수한 상태를 고상함이라고 불러선 안 되고 오히려 갑옷을 벗는 행위로 묘사해야 할 것이다. '나[我]라는 갑옷을 벗는 것,' 한스는 그렇게 설명했다. 우리는 인류를 둘러싼 두 성벽을 구별해야 한다. 그 하나는 인간이 착하고 이타적인 일을 할 때마다 뛰어넘는 첫번째 성벽이다. 하지만 그건 작은 벽일 뿐이다. 큰 벽은 가장 이타적인 인간의 이기심 속에 있다. 그건 원죄 그 자체다. 모든 감각적 인상과 모든 감정은 자기 헌신일지라도 주는 것이 아니라 받는 것에 가깝다. 또한 이렇듯 이기심에 푹 젖게 하는 갑옷을 우리는 절대로 벗을 수 없다. 한스는 그런 사례를 자세하게 열거했다. 지식은 그저 낯선 것을 흡

수할 뿐이다. 인간은 동물이 그러하듯 상대를 죽이고 찢어서 소화시킨다. 개념은 더이상 움직이지 않는 죽은 몸일 뿐이다. 확신은 변함없는 관계 속으로 얼어붙은, 맹신 같은 탐구가 되었다. 성격은 계속 변화하길 거부하는 타성이 되었다. 어떤 사람에 대한 지식은 대상이 된 본인조차도 감동시킬 수 없다. 통찰은 편협함이 되었다. 진리는 실용적이고 비인간적인 사유를 위한 성공적인 시도가 되었다. 모든 관계에서 죽이고, 냉각시키고, 소유하고, 경직시키려는 욕구는 실용적이고 비겁하며 기만적이고 거짓된 이타성의 추구와 섞여 있었다. "도대체 언제," 한스는 자기가 경험한 여자라곤 순진한 게르다밖에 없었음에도 이렇게 물었다. "사랑이 소유에 불과하지 않을 때가, 또는 한갓 보상을 바라고 자신을 내어주지 않았던 때가 있었나요?"

울리히는 이렇듯 일관성이 떨어지는 주장에 조심스럽게, 그리고 부분적으로 찬성했다. 그는 고통과 금욕조차 우리의 자아에 몇푼어치의 보탬이 된다고 인정했다. 아주 희미한, 말하자면 이기주의의 문법적인 그림자조차 마치 주어 없는 술어는 없는 것처럼 모든 행위에 그늘을 드리우게 마련이다.

하지만 한스는 그런 말에 동의하지 않았다. 그와 친구들은 인간이 살아가야 할 도리를 두고 논쟁했다. 그들은 종종 누구나 먼저 자신을 위해, 그러고 나서 남을 위해 살아야 한다고 생각했다. 또한 그들은 누구나 단 하나의 진실한 친구를 가질 수 있다고 믿었으나 상대 친구는 다른 친구를 필요로 하기 때문에 공동체는 마치 색의 스펙트럼이나 연결체처럼 영혼의 원환圓環 같은 연결고리를 갖는다고 생각했다. 그들이 제일 좋아하는 믿음은 이기심으로 어둡게 뒤덮인 영혼의 공동체가 있다는 것이었다. 그것은 내적이고 거대한 생의 원천으로서 그 기상천외한 잠재력은 아직 알려진 바가 없다. 숲속에서 생존을 위해 싸우며 숲으로부터 보호를 받는 나무는 틀림없이 자신을 확신할 수 있을 것이다. 마찬가지로 오늘날 예민한 사람들은 군중의 어두운 온기, 그들의 역동성, 무의식적 응집력에서 나오는 보이지 않는 작은 진행들을 감지한다. 이런 것들은 숨을 한번 내쉴 때마다 가장 위대한 것과 가장 저열한 것은 혼자가 아니라는 사실을 일깨워 준다. 울리히도 같은 것을 느꼈다. 삶에 깊이 뿌리박혀 길들여진 이기주의는 질서 있는 구조를 분명히 제공하는 반면, 공동체의 숨결은 불명료한 관계의 무더기 속에 머무는 느낌이었다. 울리히는 혼자 있는 것을 더 좋아하는 사람이지만 게르다의 젊은 친구들이 거대한 벽을 무너뜨려야 한다며 과장되게 펼치는 주장을 들으면 공감이 되는 것도 사실이었다.

한스는 아무것도 주시하지 않은 채 똑바로 앞을 보면서 때론 단조롭게, 때론 격렬하게 자신의 신조를 줄줄 풀어냈다. 그러다가 부자연스런 틈이 그 창조 사이에 끼어들어 마치 사과가 쪼개지듯이 둘로 갈라지면서 양쪽이 점점 말라갔다. 그래서 오늘날 인간은 원래 하나였던 것을 인위적이고 반자연적인 방법으로 다시 붙여야 하는 것이다. 하지만 이런 틈을 지양하려면, 우리는 태도를 고쳐 자아를 더 개방해야 한다. 자신을 더 잊어버리고 지워버리고 스스로를 깨고 나올수록 마치 나쁜 결합에서 빠져나오듯이 우리는 공동체를 위한 힘을 더욱 자유롭게 비축할 것이다. 또한 우리가 공동체에 더 가까이 갈수록 우리는 자신의 자아를 더 깨우칠 수 있는데 이는 한스가 체험한바, 진정한 고유성은 텅 빈 개성에 갇혀 있는 게 아니라 점진적으로 공동체에 참여하면서 자신을 개방함으로써 얻어지기 때문이다. 아마도 세계와 결합한 총체적인 공동체의 최고 수준은 이런 식으로 이타성에 도달할 수 있는 사람을 통해 성취될 것이다.

이처럼 명백히 구체적인 방안이 없는 주장들 때문에 울리히는 그것들이 어떻게 현실화될 수 있을지 상상해보았다. 하지만 그는 한스에게 자아의 문을 여는 일이 어떻게 실제 행위로 이어질 수 있는지를 그저 냉담하게 물어볼 수밖에 없었다.

그에 대해 한스는 놀랄 만한 대답을 내놓았다. 감각적 자아 대신에 초월적 자아를, 자연주의적 자아 대신에 고딕 양식의 자아를, 현상의 영역 대신에 존재의 영역을, 절대적인 체험과 엄청난 주어들을…, 그는 이런 것들을 표현 불가능한 체험들로 상상했으며 그것들이 너무 자주 고상함을 상실한 채 평범한 관습이 되고 말았다고 생각했다. 또한 그가 이따금, 아니면 심지어는 자주 마주치는 이런 상황이 얼마간의 짧은 명상의 순간 이상을 유지하지는 못하기 때문에 오늘날 초월은 분명하게 규정되지 않는 육체 바깥의 환영이고 산발적으로 드러날 뿐이며 위대한 예술작품에서나 그 흔적을 남긴다고 주장했다. 그런 예술작품 덕분에 그는 예술이나 다른 초자연적인 삶의 표현 모두에서 자신이 가장 좋아하는 단어인 상징으로 이끌렸고 급기야는 그런 작품의 창조 속에 조금이라도 독일의 피가 섞여 있는 것에 매료되었다. '좋은 옛 시절'의 이러한 숭고한 이미지를 이용함으로써 그는 사물의 본질이 과거에서부터 지속된다는 생각을 더욱 수월하게 주장했고 이런 주장을 바탕으로 모든 논쟁이 터져 나오는 현 시대를 부정할 수 있었다.

울리히는 미신에 가까운 수다에 화가 났다. 도대체 한스가 무엇으로 게르다를 매혹시켰는지는 그에게 오랜 시간 해결되지 않은 질문으로 남아 있었다. 그녀는 대화에 끼어들지 않고 잠자코 앉아 있었다. 한스 제프는 위대한 사랑의 이론을 소유했고 그녀는 아마도 그 안에서 자기 존재에 대한 깊은 의미를 발견한 것 같았다. 울리히는 다음과 같은 주장을 함으로써—물론 대화에 끼어드는 것 자체에 거리낌이 있었지만—대화의 국면을 바꿔나갔다. 울리히는 한 사람이 느낄 수 있는 최고의 정신적 고양은 눈앞에 마주치는 모든 일상에서 자아를 억압함으로써, 다시 말해 한스와 그의 친구들이 느끼듯 이른바 자기를 포기함으로써 가능한 것이 아니라 마치 잔잔한 수면처럼 아무 동요 없이 차분한 상태에서 나오는 것이라고 주장했다.

그때 게르다는 생기를 되찾아 그게 무슨 말인지를 울리히에게 물었다.

비록 그렇게 보이지 않으려고 애쓰는 순간에도 한스는 다름 아닌 사랑에 관해 이야기하고 있다고 울리히는 말했다. 한스가 말한 사랑은 성스러운 사랑, 고독한 사랑, 욕망의 제방을 흘러넘 치는 사랑으로, 항상 느슨해지고 흩어지는 모든 관계의 교유로 묘사되었고 어떤 경우에도 그저 감정이 아니라 사유와 의미의 변화로 간주되었다.

게르다는 자신보다 더 많은 것을 알고 있는 남자가 그것을 눈 치챘는지, 자신이 몰래 사랑하고 있으며 자기 곁에서 비밀스럽 게 앉아 있는 이 남자가 동떨어진 두 육체를 하나로 묶는 뭔가 이상한 빛을 내뿜지는 않는지 유심히 바라보고 있었다.

울리히는 그 시험을 느끼고 있었다. 그 느낌은 마치 그가 유창 하게 말할 수는 있으나 어휘들이 자기 안에 뿌리내리지 못해 매 우 피상적인 이야기만 할 수 있는 외국어를 말하는 듯한 기분이 었다. "이렇듯 누군가는," 울리히가 말했다. "자신의 행동에 주 어진 한계를 뛰어넘는 상황에서 모든 것을 이해하죠. 왜냐하면 영혼은 이미 자신에게 들어온 것만을 받아들이기 때문이에요. 어떤 면에서 영혼은 자기에게 닥친 일들을 이미 다 알고 있습니 다. 연인들에게는 서로 더 알아낼 것이 없죠. 또한 그들은 서로 를 알고 있지도 않습니다. 왜냐하면 사랑에 빠진 사람이 아는 것 이라곤 상대방으로부터 추동되는 자신의 내면을 설명할 길이 없다는 것이 전부이니까요. 그가 사랑하지 않는 사람을 인식한 다는 것은 마치 빈 벽에 햇빛을 채우는 것처럼 상대방을 자신의 사랑으로 데려오는 것을 의미합니다. 무생물을 인식한다는 것은 그것의 특성을 하나하나 탐지한다는 뜻이 아닙니다. 감각적 세계 너머의 장막이 걷히거나 장애물이 치워지는 것을 의미합니다. 거의 알려지지 않은 무생물일지라도 연인의 친교 가운데 완벽한 신뢰를 받으며 들어옵니다. 자연과 연인들의 정신은 서로의 눈을 바라봅니다. 그것은 같은 행위의 두 방향이며 두 방향으로 흘러가는 물길이자 양 끝에서 타오르는 불꽃입니다. 또한 어떤 사물이나 사람을 아무 관계없이 인식한다는 것은 불가능합니다. 왜냐하면 뭔가를 인식한다는 것은 그것을 사물에서 꺼내는 것이기 때문입니다. 그것들은 모양을 유지하지만 내부에서는 재가 되어갑니다. 그들로부터 뭔가 증발해버리고 그저 미라만을 남깁니다. 연인들에게 진실 따위는 중요하지 않습니다. 그들은 막다른 골목이나 세상의 끝, 사유의 죽음 같고, 그 사유가 살아 있을 때는 빛과 어둠이 어깨를 나란히 하고 있는 불꽃의 숨쉬는 가장자리 같습니다. 모든 것이 빛나는 곳에서 어떻게 하나만 빛날 수 있나요? 모두가 충만하게 넘치는 곳에서 누가 확실함과 명백함이라는 알량한 보수를 바라겠습니까? 또한 사랑받는 사람조차도 연인이 더이상 자신에게 속하지 않으며 스스로를 모든 것에—설사 눈이 네 개 달려 뒤엉킨 괴물이라도—자유롭게 내버려둬야 한다는 것을 아는 마당에 어떤 사람이 아직도 자신만을 위해 뭔가를 원하겠습니까?"

이 말을 정복한 사람이라면 별 노력 없이도 그것을 적용할 수 있다. 그것은 마치 삶의 국면들에 차례대로 부드러운 빛을 비춰주는 양초를 손에 들고 걷는 것 같아서 그 삶이 일상에서 굳건하게 붙잡고 있던 일반적인 현상들은 모두 명백한 오해에 불과한 것처럼 보인다. 가령 '소유하다' 같은 단어의 몸짓을 연인에게 적용한다면 얼마나 어리석어 보이는가! 이것은 누군가 원칙을 소유하길 원한다는 부당한 요구에 가깝지 않을까? 아니면 자식이나 사상, 혹은 자기 자신에게 존경받고 싶다는 의미 아닐까? 자신의 먹이를 온몸의 체중을 실어 누르는 큰 동물의 이러한 졸렬한 공격성은 여전히, 그리고 당연하게 자본주의의 기본적이고 인기있는 표현 방식이 되고 있다. 또한 이것에서 우리는 부르주아적 삶의 소유자들과 지식 및 기술의 소유자 사이의 연합을 목격한다. 그들의 연합은 사상가들과 예술가들을 만들어내는 반면 사랑과 금욕이라는 오누이는 저 멀리 외롭게 떨어져 있다. 이 오누이는 삶의 목적과 목표에 비할 때 얼마나 정처 없고 방향 없는 것처럼 보이는가? 하지만 목적과 목표라는 말은 사격수의 언어에서 유래한 것이다. 그러니 목적과 목표가 없다는 것은 원래는 틀림없이 죽일 것이 없다는 말이 아니었겠는가? 이렇듯 언어 자체의 기원—비록 희미하지만 어떤 흔적을 감춘—을 추적하는 것만으로도 우리는 모든 곳에서 심각하게 훼손된 의미가 얼마나 사려 깊은 원래의 의미를 밀어냈는지를 알게 될 것이다. 본래의 의미는 도처에서 느껴지지만 어디에서도 확연히 잡히지 않게 되었다. 울리히는 그런 생각을 더 펼치지 않기로 했다. 하지만 전체 직물織物의 구조를 알기 위해선 한스 자신이 어떤 곳의 실마리를 풀어야 한다고 믿기 때문에 그를 비난할 수는 없었다. 세상은 그 어떤 곳에 대한 감각을 잃어버린 상태였기 때문이다. 한스는 반복해서 울리히의 말에 끼어들어 자신의 말을 보탰다. "당신이 이런 체험을 과학자의 입장에서 보고자 한다면, 거기에는 아마 은행원이 보고 싶어하는 것밖에 없을 겁니다! 모든 경험적 설명은 언뜻 그럴듯해 보일 뿐 천박하고 감각적인 인식 수준을 벗어날 수 없습니다. 당신들의 지식욕은 이른바 자연력이라는 기계적인 반복운동으로 세계를 끌어내리는 것에 불과합니다." 그는 항의하고 이의를 제기했다. 그는 때로는 무례했고 때로는 열정에 넘쳤다. 그는 게르다와의 독대를 방해하는 이 낯선 남자의 침입 때문에 자신의 일을 제대로 전달하지 못한다고 느꼈다. 그녀와 눈을 마주치며 하는 이야기는 마치 공중을 선회하는 매나 희미하게 빛나는 분수 같아서 같은 말을 하더라도 아주 다른 느낌을 주기 때문이다. 한스는 자신이 좋은 시절을 보내고 있음을 알았다. 동시에 그는 아주 편안하고 유창하게 자신의 이야기를 풀어내는 울리히를 보면서 놀랍기도 하면서 화가 치밀었다. 사실 울리히는 정확한 연구자처럼 말하지 않았고 비록 자기가 신뢰하지 않는 것은 말하지 않으려고 했음에도 책임지고 싶은 것보다 더 많은 말을 했다. 그는 억눌린 분노 때문에 자극을 받았다. 그건 기묘하게 고양되고 쉽게 타오르는 기분이었다. 울리히는 한스의 모습, 즉 기름지고 뻣뻣한 머리카락, 우중

충한 피부, 강렬하게 역겨운 몸짓, 마치 심장에서 벗겨낸 피부처럼 자기 내면의 진실이 희미하게 걸쳐 있는, 거품을 머금은 입과 자신의 고조된 기분 사이에 있었다. 하지만 엄밀히 말해서 울리히는 평생 두 측면 사이에 있었다. 그는 자신이 말하는 것을 반쯤은 믿고 유창하게 말하면서도—오늘 그랬듯이—결코 그런 말의 놀이 이상으로는 나아가지 않았다. 그가 그런 말들을 사실로 간주하지 않았고 대화의 불쾌함이 유쾌함과 보조를 맞추었기 때문이다.

그러나 게르다는 마치 풍자꾼이 이따금 내뱉듯 던지는 울리히의 조롱 섞인 대꾸에 신경을 쓰지 않았고 오히려 그가 자신을 열어 보이는 듯한 인상을 받았다. 그녀는 울리히를 근심스런 눈으로 바라보았다. '그는 자신이 아는 것보다 훨씬 더 부드러운 사람이야.' 그가 말할 때 그녀는 생각했고, 마치 작은 소년이 자신의 가슴을 만지는데 아무것도 할 수 없는 그런 느낌을 받았다. 울리히는 그녀의 눈을 바라보았다. 게르다가 자신의 문제를 약간이라도 내비침으로써 근심에 싸인 마음에서 벗어나려 했기 때문에 울리히는 그녀와 한스 사이에서 일어나는 일을 거의 다 눈치채고 있었다. 젊은 연인들이라면 마땅히 가져야 할 소유욕을 그들은 자본주의 영혼의 침범이라며 혐오했고 육체적 욕망 또한 싫어한다고 믿었다. 하지만 그들은 자기억제 또한 부르주아적 이상이라며 경멸했다. 그래서 나타난 것이 비육체적이고 반[역]육체적인 뒤엉킴이었다. 그들은 이른바 서로를 '긍정'하려고 했으며 서로의 눈 속으로 녹아들어가는 부드럽고 떨리는 존재의 합일을 맛보았다. 그들은 서로의 머리와 심장 뒤쪽의 보이지 않는 파장으로 미끄러져 들어갔으며 서로를 이해하는 그 확실한 순간에 각자는 서로를 내면으로 끌어들여 둘이 곧 하나가 되었다. 조금 덜 흥분된 때에 그들은 서로에 대한 찬미에 만족했다. 키스할 때 그들은 마치 위대한 그림이나 극적인 장면을 떠올렸고—말하자면—천년왕국이 그들을 내려다보는 듯한 기분에 휩싸였다. 또한 그들은 사랑의 육체적 흥분과 몸의 경련을 그저 위경련에 불과한 것처럼 여겼지만 그들의 사지는 생각과는 상관없이 서로를 향해 강하게 부딪혔다. 그러고 나서 둘은 당혹해했다. 그들의 말랑말랑한 철학은 주변에 아무도 없다는 생각, 그리고 침침한 방안 뒤엉킨 육체에서 자극적으로 피어나는 욕정을 견뎌내지 못했으며 특히 둘 중 좀더 성숙한 처녀였던 게르다는 마치 봄날에 꽃을 피우지 못하도록 금지당한 나무처럼 그들의 포옹을 순진무구하게 완성시키고 싶은 욕구를 느꼈다. 마치 아이들의 키스처럼 담백하고 노인들의 애무처럼 끊임없이 이어지는 억제된 포옹은 언제나 그들에게 부서지는 듯한 기분을 안겨주었다. 한스가 그런 포옹을 좀더 쉽게 받아들인 이유는 언제나 그랬듯이 그것을 자신의 신념에 대한 시험으로 여겼기 때문이다. "소유한다는 건 우리에게 맞지 않아." 한스는 가르치기 시작했다. "우리는 한걸음씩 계속 이동하는 유목민들이야." 그리고 게르다의 만족하지 못한 채 떨고 있는 몸을 목격하자 게르만적이지 못한 그녀의 혈통을 탓하진 않았으나 주저함 없이 나약함을 지적했다. 또한 신의 뜻에 맞았던 아담을 떠올리며 자신의 신앙을 시험했던 예의 그 갈비뼈(이브, 곧 여자를 뜻함—옮긴이)에게는 거리를 두어야겠다고 다짐했다. 그 순간 게르다는 한스를 경멸했다. 이러한 이유로 그녀는 초기에 울리히와 그렇게 많은 이야기를 나누었을지도 몰랐다. 그녀는 다 자란 성인 남성은 누구든 한스와 별로 다를 바 없이 자기한테 욕을 해놓고는 눈물로 얼룩진 얼굴을 다리 사이에 파묻는 어린아이 같다고 생각했다. 게르다는 그런 체험을 싫어하면서도 자랑스럽게 여겼기 때문에 이것을 울리히에게 알리면서 그가 이 고통스러운 아름다움을 말로 깨버렸으면 하는 두려운 소망이 들었다.

하지만 울리히는 그녀가 바라는 것처럼 자주 이야기를 하지 않았고 대신 농담 투로 그녀의 마음을 가라앉혔다. 비록 게르다가 자신을 믿지 않는다 하더라도 그는 그녀가 자신에게 복종하고 싶어한다는 것과 한스는 물론 그 어떤 사람도 자신만큼 그녀의 기분을 좌우할 수는 없다는 사실을 알기 때문이었다. 울리히는 현실 속의 어떤 남자라도 그 음흉하고 야비한 한스를 대신해 그녀의 구원자가 되었으리라는 생각으로 자신을 합리화했다. 하지만 그가 이 모든 것을 생각하고 있을 때조차 문득 깨닫는 것은 한스가 정신을 차리고 다시금 새로운 공격을 감행한다는 사실이었다. "대체로," 한스는 말했다. "당신은 대상을 개념으로 표현하고자 함으로써 커다란 실수를 하고 있습니다. 대상은 그저 개념적 수준 너머에 있는데 말이에요. 그것이 바로 당신 같은 지식인들과 우리의 차이지요. 사람은 살아가는 법을 배우고 나서 생각하는 법을 배워야 하니까요!" 이 말을 듣고 울리히가 미소짓자 한스는 책망하는 듯한 눈빛으로 자신있게 덧붙였다. "예수는 열두살에 예언자의 반열에 올랐어요. 무슨 박사학위 같은 걸 받은 게 아니죠!"

울리히는 이 말에 자극돼 침묵을 지키겠다는 의무를 저버리고 오로지 게르다에게서만 들을 수 있었던 지식을 누설해 그에게 충고의 말을 던졌다. "당신은 삶을 체험하고 싶다면서 왜 끝까지 밀어붙이지 않는지 이해가 되지 않는군요. 나라면 게르다를 품에 안고서 모든 이성적 생각은 떨쳐버리겠어요. 그래서 우리의 육신이 재가 되거나 아니면 우리가 전혀 상상하지 못할 존재로 회귀할 때까지 그녀를 꽉 껴안고 있을 겁니다." 질투심에 날카롭게 찔린 채 한스는 울리히 대신 게르다를 바라보았다. 게르다는 당황하여 창백해져 있었다. "게르다를 품에 꼭 안고 있겠다"는 말은 그녀에게 비밀스런 약속처럼 다가왔다. 그때 게르다에게는 '다른 삶'이 도대체 무엇인지 전혀 관심이 없었고, 울리히는 원하기만 하면 모든 것을 그 방향으로 돌려놓으리란 확신이 있었다. 게르다의 배신에 화가 치민 한스는 아직 때가 이르지 못했기 때문에 울리히가 말한 일은 일어날 수가 없다고 반박했다. 첫번째 영혼은 첫번째 비행기처럼 산에서 이륙하지 요즘처럼 낮은 지대에서 이륙할 수 없다는 것이다. 아마도 그런 높이에 도달하기 전에 누군가 인류를 구속에서 풀어줄 사람이 나와야 할 것이다. 자신이 구원자가 되지 못하리라는 법은 없겠지만 그건 자신의 문제이고 현재의 수준 낮은 영혼의 상태에서 구원자가 나타나기는 어렵다는 게 한스의 견해였다.

울리히는 오늘날 이미 얼마나 많은 구원자들이 있는지에 대해 이야기했다. 그 훌륭한 협동조합의 장들이 그런 사람들 아닌가! 그는 그리스도가 다시 온다고 해도 전보다 잘하진 못할 거라고 생각했다. 도덕적으로 무장한 신문과 북클럽들은 그리스도에게 크게 공감하지 못할 것이고 세계적인 언론은 아예 지면조차 주지 않을 것이다! 그렇게 해서 대화는 처음으로 다시 돌아갔고 게르다는 자신의 내면으로 가라앉았다.

하지만 한 가지는 달랐다. 겉으로 드러내지 않았지만 울리히는 뭔가에 걸려든 느낌이었다. 그의 생각은 말과 일치하지 않았다. 그는 게르다를 바라보았다. 그녀의 몸은 야위었고 피부는 탁하고 피곤해 보였다. 비록 자신을 사랑하는 이 처녀와 가까워지지 못하는 주요한 요인이긴 했지만 나이든 처녀의 한숨은 어느 순간 그에게 분명하게 다가왔다. 반쯤 육체적인 공동체 유토피아를—그것 역시 그녀의 정서상태와 그리 멀지 않은—공유한 한스도 거기에 영향을 끼쳤다. 게르다가 그리 매력적으로 다가오진 않았지만 울리히는 그녀와 대화를 이어가려고 했다. 그는 그녀를 초청했던 일을 기억해냈다. 그녀는 이 초청을 기억하는 것 같지도, 그렇다고 잊어버린 것 같지도 않았으며 울리히에게도 다시 개인적으로 초청할 기회가 없었다. 그 점이 지나간 위험을 너무 늦게 알아차린 것처럼 불편한 후회로 다가오기도 했고 뒤늦은 평안함을 주기도 했다.

114.
관계는 첨예화되었다. 아른하임은 슈툼 장군에게 관대해졌다.
디오티마는 영원으로 떠날 채비를 했다.
울리히는 책 읽는 사람처럼 살아갈 가능성을 꿈꾸었다

백작 각하는 1870년대 오스트리아 전체를 열광에 빠지게 했던 그 유명한 마카르트 축제행렬을 디오티마에게 전수해주고 싶어했다. 각하는 양탄자로 장식된 자동차들, 호화롭게 치장한 말들, 트럼펫 연주자들, 그리고 일상생활에서 벗어나 중세 복장을 한 자부심 넘치는 사람들을 또렷하게 기억했다. 그래서 디오티마와 아른하임, 울리히는 제국도서관에 가서 동시대인들의 진술을 샅샅이 뒤져야 했다. 디오티마가 입을 삐죽하며 각하에게 이야기했듯이, 이 행사가 어떤 결실을 맺기는 불가능했다. 그런 잡동사니로 사람들을 일상에서 벗어나게 할 수는 없다는 것이다. 그 아름다운 부인은 동반자들에게 햇볕이 좋은 1914년의 어느날, 즉 이미 몇주 전에 시작되어 모든 낡은 시대와 결별할 올해를 기뻐하기 위해 집에 걸어서 가겠다고 말했다. 그러나 그들이 밖에 나오자마자 도서관으로 걸어 들어오는 슈툼 장군과 마주쳤다. 장군은 최고 지식인들을 만나 적잖이 고무되어 집에 가는 동안 디오티마를 경호할 사람들을 더 불러주겠다고 제안했다. 이 말에 디오티마는 몇걸음 가지 못해서 자신이 피곤하며 차가 필요하다는 사실을 깨달았다. 주변에 빈 택시가 없었으므로 그들은 도서관 앞 광장에 서 있었다. 그 광장은 여물통처럼 생긴 사각형의 광장으로 세 면은 근엄한 고대식 벽으로 둘러싸여 있었고 나머지 한 면은 차와 마차들이 빠르게 지나가는 아스팔트 거리—마치 아이스링크처럼 희미하게 빛나는—로 뚫려 있었다. 지나가는 차들 중 어떤 것도 난파선의 선원들처럼 손을 흔드는 네 사람에게 응답하지 않았고 그들은 이윽고 지쳐버려 차가 있는 쪽으로 이따금 무력하게 신호를 보낼 뿐이었다.

아른하임은 팔에 큰 책을 하나 끼고 있었다. 그는 그런 포즈를 좋아했는데 정신을 향한 교만하면서도 공손한 몸짓인 것 같았기 때문이다. 그는 장군과 흔쾌히 이야기를 나눴다. "장군을 도서관에서 뵙게 되다니 기쁩니다. 인간은 정신에 고유한 집을 자주 마련해주어야 합니다." 그는 설명했다. "하지만 요즘 지위가 있는 사람들은 좀처럼 그렇게 하지 않지요."

슈툼 장군은 도서관에 오면 매우 마음이 편하다고 대답했다.

아른하임은 그 말에 공감했다. "오늘날 누구나 작가라고 칭하지만 책을 읽는 사람은 드물지요." 그는 말을 이어갔다. "일 년에 얼마나 많은 책들이 인쇄되는지 들어본 적 있습니까, 장군?
내 기억이 맞다면 독일에서만 하루에 백 권이 넘게 출판된다고
합니다. 매년 천 개가 넘는 잡지도 새로 창간되지요! 모두가 작
가입니다. 모든 사람이 다른 사람의 생각을 자기 것인 양 이용하
지요. 누구에게도 공동체를 향한 책임감이 없습니다. 교회가 영
향력을 상실한 이래 우리의 혼돈을 제어할 어떤 권위도 없습니
다. 교육의 모범도 없고 교육의 이상도 없지요. 이러니 당연히
감정과 도덕은 닻도 없이 표류하고 가장 확고한 인간조차 흔들
리기 시작하는 겁니다!"

　장군은 입이 바짝 마르는 것 같았다. 그에게 말하는 사람은 아
른하임 박사가 아니었다. 그는 광장에 서서 크게 사유하는 사람
이었다. 장군은 얼마나 많은 사람들이 어디론가 향하는 길에서
혼자 중얼거리는지 생각했다. 그들은 물론 문명인들이었다. 군
인이 그랬다면 격리됐을 테고 장교라면 정신병원에 보내졌을
것이다. 슈툼에게 거주지 한가운데서 공개적으로 철학을 한다
는 것은 뭔가 곤혹스러운 일로 여겨졌다. 두 사람과 좀 떨어져
햇빛이 드는 광장 석조 받침대 위에는 동상 하나가 말 없이 서
있었다. 장군은 이제야 처음 보는 그 동상 인물이 누구인지 알
지 못했다. 동상을 주의깊게 본 아른하임은 장군에게 동상의 주
인공이 누군인지를 물었다. 장군은 죄송하지만 모른다고 대답
했다. "우리는 그를 기리기 위해 여기에 동상을 세웠겠지요!" 그
위대한 남자가 말했다. "하지만 현실은 이렇습니다! 우리는 매

순간 끄트머리 정도만 아는 계획과 질문과 도전들 사이에서 분
주하게 움직이지요. 그 사이에 현재는 멈추지 않고 과거로 흘러
갑니다. 이렇게 말해도 좋다면 우리는 바닥을 뚫고 무릎 정도 오
는 시간까지 내려가놓고 거기가 가장 최근의 현재라고 착각하
는 거지요."

아른하임은 웃으면서 대화를 이어나갔다. 그의 입술은 햇살
속에서 끊임없이 움직였고 그의 눈빛은 신호를 주고받는 증기
선처럼 시시각각 변했다. 슈툼은 점점 불편해졌다. 유니폼을 차
려입은 사람들이 우글거리는 광장에 서서 그렇게 다양하게 변
하는 대화의 주제에 집중하기가 얼마나 어려운지를 알아차렸
기 때문이었다. 보도블록의 터진 틈 사이로 풀이 자라고 있었다.
그건 지난해의 풀이었지만 놀라우리만치 신선해 보였는데 마
치 눈 속에 묻힌 시신 같았다. 사실 몇걸음 떨어진 곳은 자동차
가 지나다니는 바람에 거리가 광이 나도록 반들반들한데 여기
돌 틈에서는 풀이 자란다는 사실이 기이하면서도 충격적이었
다. 장군은 이야기를 더 듣고 있으면 사람들이 지켜보는 앞에서
무릎을 꿇고 풀을 뜯어 먹을지도 모른다는 생각에 사로잡혀 두
려워지기 시작했다. 왜 그런지는 잘 몰랐다. 하지만 그는 자신을
막아줄 울리히와 디오티마를 찾아 두리번거렸다.

두 사람은 얇은 그늘막이 둘러쳐진 벽 코너에 서 있었고 목
소리를 알아들을 순 없었지만 뭔가 논쟁이 불붙은 듯한 느낌이
었다.

"그건 가망 없는 생각이에요." 디오티마가 말했다.

"무슨 말이죠?" 관심이 있어서라기보다는 기계적으로 울리히가 물었다.

"삶에는 여전히 개인적인 것이 존재해요."

울리히는 측면에서 그녀의 눈을 바라보려 애썼다. "맙소사," 그가 말했다. "우리는 그 문제를 이미 이야기했잖아요."

"당신은 마음이란 게 없군요. 그게 있다면 언제나 이렇게 말하진 않을 거예요."

그녀가 부드럽게 말했다. 세상에 존재하지 않고 가까이 할 수도 없는 동상의 다리처럼 긴 치마에 감싸인 그녀의 다리를 타고 보도에서 뜨거운 열기가 올라왔다. 그녀가 뭔가를 알아차린 낌새는 없었다. 그건 어떤 사람이나 남자에게 속한 애무가 아니었다. 그녀의 눈빛은 희미해졌다. 행인들의 시선이 쏟아지는 상황에서 그녀가 행동을 삼갔기 때문이었다. 그녀는 울리히 쪽으로 몸을 돌려 간절히 말했다. "한 여자가 의무와 열정 사이에서 하나를 택할 때 자신의 성격말고 무엇에 의지할 수 있을까요?!"

"당신은 선택할 필요가 없습니다!" 울리히가 대답했다.

"너무 확신하는군요. 그건 내 자신에 대해 하는 말이 아니에요." 그의 사촌이 낮게 웅얼거렸다. 울리히가 대답하지 않자 둘은 서로 냉랭하게 침묵하면서 광장 너머를 한동안 바라보았다. 이윽고 디오티마가 물었다. "당신은 우리가 영혼이라고 부르는 것이 흔히 따라다니는 그림자에서 나오는 게 가능하다고 생각해요?"

울리히는 뜻밖이라는 표정으로 그녀를 바라보았다.

"아주 특별하고 뛰어난 사람들의 경우에 말이에요." 그녀가
덧붙였다.

"결국 당신은 심령을 찾는 건가요?" 믿을 수 없다는 듯 그는
물었다. "아른하임이 그런 걸 일러주던가요?"

디오티마는 실망했다. "나를 그런 식으로 오해할 줄은 몰랐어
요!" 그녀는 울리히를 책망했다. "내가 그림자 속에서 나온다고
말한 건 실재하지 않는 것을 의미한 거예요. 우리가 비범한 것을
접할 때 느끼는 희미한 비밀 같은 것이죠. 그건 마치 우리를 괴
롭히는 그물처럼 펼쳐지지만 우리를 가두지도 풀어주지도 않으
니까요. 뭔가 다른 일이 벌어졌던 시간이 있다고 생각하지 않나
요? 내면이 좀더 강해지는 순간이죠. 그때 개인들은 밝아진 길
을 걷죠. 한마디로 예전 사람들이 말하듯 거룩한 길을 걷고 기적
이 일어납니다. 왜냐하면 그들은 언제나 현실의 다른 존재 방식
에 다름 아니니까요!"

디오티마는 현실에 기반을 두지 않고서도 확고하게 말할 수
있다는 사실에 놀랐다. 울리히는 속으로 화가 났지만 사실 깊은
충격에 빠졌다. 이 거대한 여자가 이제는 나와 똑같은 말을 하다
니! 그는 디오티마를 보았고 그의 머릿속에선 작은 벌레를 쪼아
먹는 큰 암탉의 이미지가 다시 떠올랐다. 거대한 여자에 관한 소
년 시절의 근원적 공포가 그를 사로잡더니 또다른 낯선 감각과

뒤섞였다. 일가친척인 여자와 별 생각 없이 같은 생각을 갖게 되어 영적으로 사로잡힌다는 것은 은근히 만족스런 일이었다. 그런 일치는 당연히 우연이고 난센스일 뿐이었다. 그는 같은 핏줄의 마술 따위를 믿지 않았을뿐더러 정신없이 취하더라도 사촌의 말을 진지하게 받아들일 수는 없을 것 같았다. 하지만 최근에 울리히에게 변화가 일어났다. 그는 부드러워졌다. 언제든 공격에 나설 준비가 돼 있던 그의 성격은 부드러움, 꿈, 친밀함에 밀려났고 악한 의지를 품은 그 반대의 성향은 내면에서 이따금 갑작스럽게 터져 나왔다.

그래서 그는 사촌을 조롱했다. "그걸 믿는다면, 당신은 공개적으로든 비밀로든 당장 아른하임의 '완전한' 연인이 되기 위해 달려가야 합니다!"

"제발 입 좀 다물어요. 당신이 뭘 안다고요!" 디오티마가 비난하며 대꾸했다.

"그 문제만큼은 말해야겠어요! 얼마 전까지 나는 당신과 아른하임이 어떤 관계인지 잘 몰랐어요. 그런데 이젠 당신이 진짜 달나라까지 날아가고 싶어하는 사람이라는 걸 확실히 알게 됐죠. 그렇게까지 미친 짓을 할 줄은 정말 몰랐어요."

"내가 얼마든지 경계를 넘을 수 있다고 말했잖아요!" 디오티마는 대담하게 허공을 쳐다보려고 했으나 태양이 눈동자와 눈꺼풀을 비춰서 그녀는 마치 기뻐하는 사람처럼 보였다.

"사랑에 굶주려 착란상태에 빠진 거예요." 울리히가 말했다.

"배고픔이 지나가면 사라지게 마련이죠." 그는 아른하임이 사촌과 어쩌할 계획인지가 궁금했다. 자신의 제안을 후회하고 웃음거리를 선사하면서 퇴각하게 될까? 하지만 그냥 여기를 떠나서 더이상 돌아오지 않으면 그만 아닌가? 그러려면 무심함이 필요하겠으나 평생을 사업으로 살아온 사람이니 그 정도야 식은 죽먹기 아닐까? 그는 아른하임에게서 나이든 사람이 풍기는 욕망을 목격했던 기억이 났다. 그의 얼굴은 이따금 정오가 다 되었는데도 정리가 안 된 방처럼 어두운 노란색을 띠면서 힘겹고 피곤해 보였다. 그건 부딪쳐봤자 아무 성과도 없는 똑같은 두 욕망이 충돌하는 상황으로 가장 잘 설명될 수 있었다. 하지만 그는 얼마나 큰 권력욕이 아른하임을 지배하는지를 상상할 수 없었기 때문에 그것과 맞선 사랑이 취해야 할 대비가 얼마나 커야 하는지도 알 수 없었다.

"당신은 이상한 사람이에요!" 디오티마가 말했다. "항상 예상을 벗어나는 사람이지요. 기품 있는 사랑을 말한 것은 당신 아닌가요?"

"그게 현실적으로 가능하다고 믿어요?" 울리히가 심드렁하게 물었다.

"물론 당신이 말한 것처럼은 안 되겠지요!"

"그래서 아른하임이 당신을 기품 있게 사랑하나요?" 울리히는 작게 웃기 시작했다.

"웃지 말아요!" 디오티마는 화가 나서 쏘아붙이듯 말했다.

"내가 웃는 이유를 오해하는군요." 그는 사과했다. "나는 그저 관심이 생겨 웃은 겁니다. 당신과 아른하임은 예민한 사람들이에요. 당신들은 시를 사랑하지요. 확신하건대 당신들은 자주 호흡으로 서로를 스칩니다. 뭔가의 호흡으로 말이죠. 그것이 무엇인지는 모르겠습니다. 또한 당신들은 이상주의를 바탕으로 그 무엇인가의 근원으로 들어가고 싶어합니다!"

"당신은 늘 인간이 정확하고 근원적이어야 한다고만 말하는 건 아닌가요?" 디오티마가 반발하고 나섰다.

울리히는 적잖이 당황했다. "당신은 광기에 사로잡혔군요!" 그가 말했다. "죄송합니다. 당신이 그럴 리가 없죠!"

그사이 아른하임은 장군에게 지난 두 세대 동안 세계는 거대한 혁명을 겪어왔다고 말하고 있었다. 영혼은 종말을 향해 나아가고 있다는 것이다.

그 말은 장군의 가슴을 찔렀다. 맙소사, 또 새로운 주제가 나오는구나! 솔직히 말해서 지금까지 그는 디오티마의 말에도 불구하고 영혼 따위는 없다고 믿었다. 군사학교나 부대에서는 아무도 이런 식의 설교를 떠들어대진 않았다. 하지만 총과 탱크를 만들어내는 이 남자가 마치 영혼이 가까이 보인다는 듯이 나직이 말하는 것이었다. 장군의 눈은 간지러웠고 그들 주변의 투명한 공기 속에서 침울하게 굴러가기 시작했다.

하지만 아른하임은 설명을 요청해주길 기다리지 않았다. 짧게 면도한 코밑수염과 뾰족한 턱수염 사이의 그 창백한 분홍 입술로 말이 흘러나왔다. 그가 말했듯이 영혼은 교회가 무너지기 시작하면서, 그러니까 부르주아 문화가 시작되면서 왜소해지고 낙후되기 시작했다. 그때부터 영혼은 신과 모든 확고한 가치, 이상들을 잃어버렸고 오늘날 우리는 도덕이나 원칙, 실제의 체험이 없는 삶에 이르게 되었다.

장군은 사람에게 도덕이 없으면 왜 체험을 할 수 없는지 이해하지 못했다. 반면 아른하임은 들고 있던 돼지가죽 장정의 큰 책을 펼쳐 보였다. 거기에는 손으로 쓴 원고의 값비싼 복제물이 인쇄돼 있었는데 그 원본은 아른하임 같은 매우 각별한 사람도 도서관에서 가지고나올 수 없는 것이었다. 장군은 두 페이지에 걸쳐 어두운 땅과 금빛 하늘, 겹쳐진 구름처럼 기묘한 색을 배경으로 한 천사가 날개를 수평으로 펼친 모습을 보았다. 그가 보고 있는 그림은 중세 초기 화가의 아주 감동적이고 빼어난 작품이었다. 하지만 그가 아는 그림이라곤 새 사냥 같은 것뿐이었기에 인간도 아니고 도요새도 아닌, 날개를 달고 긴 목을 한 존재는 동행인이 자신의 주의를 끌기 위해 벌인 탈선이 분명할 것이라고 믿었다.

아른하임은 그걸 손으로 가리키더니 신중하게 말했다. "당신은 오스트리아의 행동을 창조한 여신께서 세계로 귀환하려는 것을 보고 있어요…."

"그래요, 그렇군요." 슈툼은 대답했다. 그림을 너무 과소평가했던 그는 이젠 좀더 주의를 기울여 말해야 했다. "이 위대한 표현력과 완벽에 가까운 간결함은," 아른하임은 계속 말했다. "우리 시대가 잃어버린 것을 뚜렷하게 보여주고 있어요. 이에 비해 우리 학문은 어떤가요? 짜깁기에 불과하죠. 우리의 예술은요? 극단적이고 뭔가를 전달하는 실체가 없어요! 우리 정신에는 통합의 비밀이 결여돼 있어요. 보세요. 그래서 세계에 연합과 공통의 사유를 선사하려는 오스트리아의 계획은 나를 끌어당겼죠. 비록 그게 완전히 가능한지는 잘 모르겠지만요. 나는 독일 사람이에요. 전세계는 오늘날 시끄럽고 졸렬하죠. 독일은 특히 더합니다. 모든 나라에서 사람들은 일을 하든 즐기든 아침부터 늦게까지 스스로를 괴롭히죠. 우리의 경우는 더 일찍 일어나고 더 늦게 잠자리에 듭니다. 세계적으로 계산과 권력의 정신은 영혼과의 관계를 잃어버렸어요. 그 와중에 우리 독일은 가장 많은 상인과 가장 강한 군대를 보유하고 있죠." 그는 황홀하게 광장을 둘러보았다. "오스트리아는 그 모든 것이 아직 덜 발전돼 있어요. 여기에는 아직 과거가 있고 사람들은 근원적인 직관을 품고 있죠. 독일 사람들을 이성주의에서 구하는 일은 아마 이곳에서 시작될 수 있을 겁니다. 하지만 내가 두려워하는 바는," 그는 한숨을 내쉬며 덧붙였다. "그건 참으로 어려운 일이라는 점입니다. 오늘날 위대한 이상은 너무 많은 저항에 부딪혀 있어요. 위대한 이상은 단지 서로를 나쁘게 이용하는 것을 막아주는 데 좋을 뿐입니다. 우리는 이른바 이상으로 무장된 도덕적 평화의 상태에 머물러 있는 것이죠."

아른하임은 자신의 농담에 웃었다. 그러자 그에게는 뭔가가 떠올랐다. "당신도 알다시피 방금 이야기한 독일과 오스트리아의 차이는 언제나 당구 게임을 연상시킵니다. 당구에서도 감각이 아니라 계산에 의존하는 사람은 게임을 망치게 마련이거든요." 장군은 무장된 도덕적 평화라는 표현이 아첨으로 다가오는 것 같았으며 자기가 집중하고 있음을 보여주고 싶었다. 당구에 대해서는 그도 일가견이 있었다. 장군은 말했다. "저도 당구나 볼링을 치지만 독일과 오스트리아의 플레이 방식에 차이가 있다는 말은 들어보지 못했습니다."

아른하임은 눈을 감고 잠시 생각에 빠졌다. "저는 당구를 전혀 치지 않습니다," 그는 말했다. "하지만 저는 공의 높은 쪽 또는 낮은 쪽, 왼쪽 혹은 오른쪽을 친다는 것을 알고 있어요. 또한 목적구의 전체를 맞힐 수도 있고 살짝 스치게 칠 수도 있으며 세게 또는 약하게 힘을 조절하기도 하죠. 강하게 깎아 치거나 약하게 깎아 칠 수도 있습니다. 아마 선택 사항은 그보다 훨씬 많을 거예요. 이런 요소들을 마음대로 선택한다고 보면 무한한 조합 가능성이 존재할 겁니다. 그걸 이론적으로 기술하려면 수학과 통계학적 법칙 외에 고체 역학과 탄성의 법칙까지 필요할 테죠. 물질 계수는 물론 온도의 영향까지도 알아야 할 겁니다. 또한 내 운동 충동의 조화와 단계적 상승을 세밀하게 측정할 수 있는 도구는 물론 부척 ^{副尺}처럼 거리를 정확히 재는 도구도 필요할 겁니다. 그것을 종합하는 능력은 계산자 ^{計算尺}보다 더 빠르고 정확해야 하며 계산 오류나 편차 범위조차 허용할 수 있어야 합니다. 그러니까 두 공이 정확하게 만나는 지점은 명확하게 하나로 정의될 수 있는 게 아니라 충분히 개연성 있는 상황에서 주어진 여러 조합 중 평균치에 가까운 것이라 볼 수 있습니다."

아른하임은 천천히 말했고 마치 병에서 유리잔으로 한방울씩 물을 떨어트리듯 상대방을 집중시키려 했다. 그는 상대에게 어떤 개입도 허용하지 않았다.

"당신도 알다시피," 아른하임은 말을 이었다. "나한테는 모든 것을 할 능력이 필요한데 사실 그건 불가능하죠. 그런 식으로 당구공을 한번 치는 데 아마 평생이 걸릴지도 모른다는 사실은 당신이 수학자가 아니라도 알 수 있을 겁니다. 이성은 우리를 혼란스럽게 할 뿐입니다! 그냥 입에 담배를 물고 귀로는 멜로디를 음미하며 모자를 쓴 채 당구대에 다가가 공이 놓인 모양을 애써 살피지 말고 그냥 쳐버리면 끝이란 말입니다! 장군, 이런 일들은 실제 삶에서 무수히 일어납니다. 당신은 오스트리아인일 뿐 아니라, 군인이기도 하니까 내 말을 이해할 겁니다. 정치, 명예, 전쟁, 예술 같은 삶의 결정적 절차들은 이성을 뛰어넘는 영역에서 완성됩니다. 당신은 믿고 싶지 않겠지만, 우리 같은 사업가들도 계산을 하지는 않습니다. 대신 우리는—당연히 일류 기업가들 얘기입니다. 자그만 사업가들은 여전히 푼돈을 세지요—정말 성공적인 사례들에서 신비를 배우지요. 그 신비는 계산을 비웃습니다. 느낌이나 도덕, 종교, 음악, 시, 형식, 훈육, 기사도, 솔직함, 개방성, 인내 같은 것을 좋아하지 않는 사람은—내 말을 믿으세요—큰 사업가가 되지 못합니다. 그래서 저는 늘 군대를 찬미하죠. 특히 오랜 전통을 소유한 오스트리아 군대를 찬미하는데 당신들이 투치 부인 편에 서 있음을 매우 기쁘게 생각합니다. 정말 위로가 되는 일이에요. 우리 젊은 친구와 더불어 당신의 영향은 매우 중요합니다. 모든 위대한 것들은 같은 특성에 의존합니다. 장군의 위대한 헌신에 신의 가호가 있기를!"

그는 뜻하지 않게 슈톰의 손을 잡고 악수를 하더니 다시 말했다. "진정한 위대함은 이성에 기반하지 않는다는 사실을 아는 사람은 거의 없습니다. 제 말은, 모든 강한 것은 단순하다는 말입니다!" 슈톰 폰 보르트베어는 숨을 참았다. 장군은 그의 말을 한마디도 이해할 수 없었고 다시 도서관으로 돌아가서 몇시간 동안 그 위대한 남자가 자신을 칭찬하며 펼쳤던 견해들에 관련된 책들을 읽어야 할 것만 같았다. 마침내, 이 봄날의 폭풍처럼 머릿속을 뒤흔든 혼란을 뚫고 하나의 놀라운 명료함이 찾아왔다. '맙소사, 그는 나한테 뭔가를 바라고 있어!' 슈톰은 혼자 중얼거렸다. 그는 남자를 힐끗 쳐다보았다. 아른하임은 여전히 책을 손에 들고 있었지만 이제는 진짜 차를 잡으려고 애쓰고 있었다. 그의 얼굴은 방금 누구와 의견을 교환한 사람답게 활기를 띠었고 붉어져 있었다. 장군은 갑자기 위대한 말이 떠오른 사람처럼, 침묵을 지켰다. 아른하임이 그에게 뭔가를 원한다면, 슈톰 장군 역시 위대한 황제폐하의 유익을 위해 아른하임에게 뭔가를 원할 수 있었다. 이런 생각 덕분에 이제 슈툼은 만사에 담긴 진실에 대해 고민하지 않을 수 있었다. 그 책 속의 천사가 날개를 들어올려 영리한 슈툼 장군에게 숨겨진 것을 보여주기만 했다면, 장군은 아마 더 혼란스러워하지도, 기뻐하지도 않을 수도 있었을 것이다.

그사이 디오티마와 울리히 쪽에서는 다음과 같은 질문이 제기되었다. 디오티마처럼 어려운 처지에 놓인 여성은 부적절한 관계로 들어가야 할까 아니면 단념해야 할까, 그도 아니면 육체적으로는 한 남자에 속하면서 정신적으로는 다른 남자에 의존하는, 아니면 누구와도 육체적으로 관계하지 않는 식의 복잡한 제3의 길을 선택해야 할까? 제3의 방식에 관해서는 아직 어떤 오페라의 대본도 나와 있지 않았고 수준 높은 음악만 나와 있을 뿐이었다. 디오티마는 여전히 이것을 자기의 문제가 아니라 '어떤 여성의' 문제로 언급했고 그렇게 이해되기를 바랐으므로 울리히가 그 여성과 디오티마를 하나로 취급할 때마다 울리히는 그녀의 분노에 찬 시선을 받곤 했다.

그래서 그는 에둘러 말했다. "개를 본 적이 있나요?" 그는 물었다. "아마 그렇다고 당신은 믿을 겁니다! 그러나 당신이 본 것은 그저 다소간 개로 간주되는 것일 뿐입니다. 그것에겐 모든 면에서 개의 특성이 있는 것이 아니고 항상 다른 개가 가지고 있지 않은 특성이 있습니다. 그러니 어떻게 우리가 삶에서 '옳은 일'만 할 수 있습니까? 우리는 옳은 일이 아니라 항상 다소간 옳은 무엇인가를 할 수 있을 뿐입니다.

지붕에서 기와가 떨어질 때 언제나 법칙에 씌어진 대로 떨어지나요? 그렇지 않지요! 실험실에서조차 사물은 꼭 그래야 하는 법칙에 따라 움직이지 않습니다. 아무 규칙 없이 모든 방향으로 변화합니다. 그래서 우리가 그걸 실험의 오류로 치부하고 그 중간쯤에 진실한 결과가 있을 거라고 예측하는 것은 완전히 허구입니다.

또는 어떤 돌을 발견하고 그것이 가진 일반적 특성이 다이아몬드라면 그걸 다이아몬드라고 부르기도 하겠지요. 하지만 그 중 하나는 아프리카에서 오고, 다른 하나는 아시아에서 왔다면, 즉 하나는 흑인이 자신의 땅에서 캐낸 것이고 다른 하나는 동양인이 동양에서 캐낸 것이라면 어떨까요? 이런 차이가 과연 그 보석의 공통된 특성을 깎아내릴 만큼 중요할까요? '다이아몬드 더하기 주변 상황은 여전히 다이아몬드'라는 방정식처럼 다이아몬드의 사용가치는 매우 커서 주변 상황의 가치를 무력화시킵니다. 하지만 그 반대가 가능한 정신적 상황이라는 것도 얼마든지 생각해볼 수 있습니다.

모든 것은 보편적인 것에 참여하지만 또한 자기 고유의 것을 간직합니다. 모든 것은 전형적이지만 또한 그것에서 벗어나 비교될 수 없는 영역을 가지기도 합니다. 제 생각에 어떤 창조물의 개성이라는 것은 다른 어떤 것과도 일치하지 않는 성질인 것 같습니다. 제가 언젠가 말했듯이, 우리가 좀더 진실을 추구할수록 개성은 더욱 줄어들게 됩니다. 왜냐하면 오랫동안 개인을 향한 전쟁이 있어왔고 그 때문에 개성은 자리를 빼앗겼기 때문입니다. 만약 모든 것이 이성적이 돼버린다면, 마지막에 우리에게 무엇이 남게 될지 저는 잘 모르겠어요. 아마도 아무것도 남지 않겠지요. 하지만 우리가 개성에 부여하던 잘못된 의미들이 사라지고 나면 마치 최고의 모험을 떠나듯 새로운 종류의 의미로 진입할지도 모릅니다.

그래서 당신은 어떤 결정을 하길 원하나요? '한 여성은' 법을 따라야만 하나요? 그렇게 하면 부르주아의 법에 따라갈 수 있겠죠. 도덕은 법적으로 완벽한 평균이자 집합적인 가치이며 문자 그대로 아무 탈선 없이 따를 수 있습니다. 하지만 개개인의 사례는 꼭 도덕적으로 결정되지 않습니다. 개별 사례들은 도덕과는 대부분 상관이 없고 세계의 무한함과 깊은 연관을 가집니다!"

"당신 말은 연설에 가깝군요," 디오티마가 말했다. 그녀는 자신의 상황에 대해 이렇게 수준 높은 대화가 오간 사실에 적잖이 만족하고 있었다. 하지만 그런 거친 말에 휩쓸리지 않음으로써 자신의 우위를 보여주고 싶었다. "그러면 우리가 말했던 상황에서 여성은 어떻게 해야 하나요?"

"되는 대로 내버려둬야죠." 울리히가 대답했다.

"무엇을요?"

"무엇이든요! 그녀의 남편이든, 연인이든, 금욕이든, 뒤섞인 감정이든."

"도대체 뭘 알고나 하는 말인가요?" 디오티마는 아른하임을 단념하겠다는 그녀의 고귀한 결심이 그저 투치와 한 침대에서 잔다는 사실만으로 매일 밤 좌절된다는 사실을 떠올리고는 깊은 고통에 빠진 채 되물었다. 그녀의 사촌도 뭔가 눈치를 챘음에 틀림없었다. 왜냐하면 그는 재빨리 이렇게 물었기 때문이다. "그 해답을 나랑 구해보지 않겠습니까?"

"당신하고요?" 디오티마는 느리게 대답했다. 그녀는 무해한 농담으로 자신을 방어하려 했다. "제안할 것이 있다면 말해보세요."

"어렵지 않죠!" 울리히는 진지하게 대답했다. "당신은 책을 많이 읽죠, 그렇지 않나요?"

"물론이죠."

"그게 무슨 의미일까요? 제가 답까지 드리죠. 당신은 당신한테 맞지 않는 견해는 무시합니다. 저자가 하는 일 또한 그런 겁니다. 당신이 꿈이나 환상에서 현실을 쫓아내는 것과 비슷하지요. 현실을 생략함으로써 우리는 아름다움과 흥분을 불러들입니다. 확실히 우리는 현실 가운데 끼어들어 감정들이 격렬하게 끓어오르지 않도록 방해하는 회색의 중간지대에서 타협을 이뤄내는 게 분명합니다. 그래서 이런 자제심이 부족한 어린아이들은 어른들보다 더 행복하거나 불행한 것입니다. 덧붙이자면 멍청한 사람들도 현실을 벗어납니다. 멍청함은 진정한 행복을 만들어내죠. 그래서 저는 먼저 다음과 같이 제안합니다. 마치 우리가 소설의 한 페이지에서 만난 주인공이라도 된 것처럼 서로 사랑에 빠져보는 겁니다. 그래서 어떤 경우에도 현실을 살찌우는 피둥피둥한 계획 따위는 내다버리는 것이죠."

디오티마는 뭔가 항변을 해야 할 것 같았다. 그녀는 대화를 이렇듯 지나치게 개인적인 문제에서 멀어지게 하고 싶었고 제기된 문제에 관해 뭔가 이해하고 있음을 보여주고 싶었다. "아주 좋아요," 그녀는 말했다. "하지만 예술은 현실에서 벗어난 휴가이고 바로 그 이유로 현실을 새롭게 만드는 것이라고들 하죠."

"몰상식해서 그런지," 그녀의 사촌이 대답했다. "저는 '휴가'라는 게 없어야 한다고 주장했지요! 우리가 휴가라는 날로 인생에 구멍을 내야 한다니 그건 무슨 말인가요! 어떤 그림이 미적 감각을 과하게 요구한다고 해서 거기에 구멍을 내진 않잖아요? 영원한 행복 가운데 휴가기간이 꼭 필요한가요? 잠으로 휴식을 취해야 한다는 생각조차 저는 이따금 받아들이기 어렵습니다."

"아, 보다시피," 기회를 잡은 디오티마가 끼어들었다. "당신이 한 말은 얼마나 부자연스러운가요! 휴식과 쉼을 거부하는 사람이라니요! 이것이야말로 당신과 아른하임의 차이를 말해주는 사례예요. 한 사람은 사물의 어두운 그림자를 알지 못하는 반면, 다른 한 사람은 그림자와 햇빛을 동원해 인간성을 더 완벽하게 발전시키죠!"

"물론 저는 과장을 했어요," 울리히는 차분하게 인정했다. "우리가 좀더 세부적으로 들어가면 당신은 더 명확하게 알게 될 겁니다. 위대한 작가를 한번 떠올려보죠. 우리는 그들의 삶을 모범으로 삼을 수는 있지만 포도즙 짜내듯 짜낼 수는 없지요. 그들은 자신들을 움직이는 것을 확고하게 표현해내기 때문에 넌지시 말할 때조차 마치 잘려진 철판처럼 보이죠. 하지만 위대한 작가들이 원래 말하려는 바는 아무도 알지 못합니다. 그들조차 그 전부를 한번에 알진 못하죠. 그들은 벌이 날아다니는 들판 같습니다. 그들 자신도 이리저리 날아다니지요. 그들의 사유와 감정은 진실과 오류 사이의 모든 층위를 이루고 필요하다면 반박될 수도 있습니다. 또한 그것들은 우리가 좀더 면밀히 관찰하려 하면 가까이 오거나 멀리 도망갈 수도 있는 가변적인 것이기도 합니다.

책의 페이지에서 그 책이 담고 있는 사유를 떼어내기는 불가능합니다. 그 사유는 우리 곁을 지나치는 사람들 가운데 불쑥 떠오른 어떤 사람의 얼굴처럼 우리에게 신호를 보냅니다. 다시 한번 조금 과장을 하는지 몰라도 이 질문은 하고 싶군요. 제가 말한 것과 다른 것이 우리 삶에서 일어나던가요? 정확하고 계산가능하며 정의내릴 수 있는 표현들에 대해서는 침묵하겠습니다. 하지만 우리 삶을 뒷받침하는 모든 개념들은 딱딱하게 굳어진 은유에 불과합니다. 인간성이란 간단한 개념만 해도 얼마나 많은 생각들 속에서 이리저리 부유하며 떠돌아다닙니까? 인간성은 마치 숨을 내쉴 때마다 모양이 바뀌는 입김 같아서 어떤 고정된 것도, 확고한 인상도, 질서도 없습니다. 그래서 제가 말씀드렸다시피 우리에게 어울리지 않는 것들을 문학작품 속으로 내보내기만 해도 우리는 삶의 근원적인 상태로 돌아가는 것과 마찬가지입니다."

"경애하는 친구," 디오티마는 말했다. "당신의 생각은 나한텐 너무 추상적이에요." 울리히는 한순간 말을 멈추었고, 그녀의 말은 이 멈춤 속으로 가라앉았다.

"그렇군요. 제가 너무 크게 떠든 건 아닌지 모르겠습니다." 그가 대답했다.

"당신은 빠르고 낮게, 그리고 길게 말했어요." 그녀는 약간 조롱을 담아 말했다. "하지만 하고 싶은 말은 한마디도 하지 않았지요. 당신이 '우리가 현실을 제거해야 한다'는 그 말을 반복하는 건 알고 계시죠? 우리가 소풍을 갔을 때 당신에게 이 말을 처음 듣고 저는 오랫동안 잊지 못했어요. 왜인지는 모르겠지만요. 하지만 어떻게 실행해야 할지에 대해선 지금까지 아무 말도 하지 않았죠!"

"제가 분명 이야기를 길게 했던 것 같네요. 하지만 그게 그렇게 간단할 거라고 기대하셨나요? 제 기억이 맞다면 당신은 아른하임과 함께 신성한 곳으로 날아가고 싶어했어요. 당신은 그곳을 다른 종류의 현실이라고 상상했습니다. 하지만 내가 말한 것은 우리가 비현실을 되찾아야 한다는 것이었어요. 현실은 더이상 의미가 없거든요!"

"세상에, 아른하임이라면 아마 절대 동의하지 않을 거예요." 디오티마가 말했다.

"맞아요. 그게 그와 나 사이의 차이점이죠. 그는 자신이 먹고 마시고 잠자는 위대한 아른하임이라는 사실을 알리고 싶었고 자신이 당신과 결혼해야 할지를 몰랐습니다. 또한 그는 의미를 부여하면서 모든 정신의 보물을 모아왔습니다." 울리히는 갑자기 말을 멈추었고, 침묵은 계속 이어졌다.

얼마 후에 그는 달라진 어조로 물었다. "제가 왜 당신과 이런 대화를 하고 있는 걸까요? 갑자기 어린 시절이 떠올랐어요. 믿지 않겠지만 저는 착한 아이였습니다. 따뜻한 저녁달 속의 부드러운 공기 같은 아이였죠. 나는 강아지나 주머니칼과도 심오한 사랑에 빠져들 수 있었죠…" 그는 이 말조차도 끝을 맺지 못했다.

디오티마는 의혹의 눈으로 그를 바라보았다. 그녀는 다시금 그가 한때 얼마나 열렬하게 '감정의 정확성'에 경도됐었는지—지금은 거의 정반대의 편이지만—기억해냈다. 울리히는 아른하임이 감각의 순수함이 부족한 사람이라며 비난했었는데 이제는 그의 넉넉한 감각을 칭찬했다. 또한 아른하임이 인간은 절대 완전하게 미워하거나 완전하게 사랑할 수 없다고 이중적으로 말하는 반면 울리히가 '휴식 없는 감정'을 지지하기에 이르자 그녀는 불편한 마음이 들기 시작했다. 디오티마에게는 이런 생각이 매우 불확실해 보였다.

"당신은 무한한 감정이 있다는 걸 정말 믿나요?" 울리히가 물었다.

"그럼요, 그런 감정은 있지요!" 디오티마는 대꾸했고 발아래 단단한 땅을 다시금 디뎠다.

"아시겠지만 저는 그걸 믿지 못하겠어요," 울리히는 멍하니 말했다. "이상하게도 우리는 무한한 감정에 대해 얼마나 많이 이야기했나요. 하지만 우리는 마치 그것에 빠지기라도 할 것처럼 지금껏 피하려 애써왔죠." 울리히는 디오티마가 경청하지 않고 차를 잡으려는 아른하임을 불안하게 바라보고 있음을 눈치챘다.

"장군에게서 그를 풀어줘야 하는 게 아닌지 걱정이 돼요." 그녀가 말했다.

"제가 차를 잡아서 장군을 데려갈게요." 울리히가 제안하고 돌아서는 순간, 디오티마는 손을 그의 팔에 얹더니 그의 노력에 보답이라도 하듯 부드러운 목소리로 친절하게 말했다. "무한하지 않은 감정이란 모두 가치가 없는 거예요."

115.
네 유두는 양귀비 잎 같다

위대한 안정의 시기 다음에는 격렬한 격동의 시기가 온다는 법칙에 따라 보나데아 역시 병의 재발을 겪고 있었다. 디오티마와 친해지려는 시도는 수포로 돌아갔고 연적과 사이좋게 지냄으로써 울리히를 밀어내고 결국 그를 벌하겠다는 그 아름다운 계획—그녀가 몇번이나 꿈꾸었던—역시 무위로 돌아가고 말았다. 그녀는 연인의 집 문을 다시 두드리면서 스스로 품위를 떨어뜨려야 했다. 하지만 막상 그는 그녀의 끊임없는 방해를 예견한 듯 보였으며 냉랭한 친절함으로—과연 그럴 가치가 있을까 싶은—그녀가 그를 찾아온 이유를 구구절절 늘어놓지 못하도록 입을 막아버렸다. 그에게 뭔가 끔찍한 모습을 보여줘야겠다는 강한 욕구가 있었으나 그녀의 넘치는 예의범절이 감행을 막았고 그래서 그녀는 점차 자신의 장점에 깊은 혐오를 느꼈다. 밤에 채워지지 못한 갈망으로 무거워진 그녀의 머리는 자연의 실수로 원숭이 같은 머리털이 껍질 바깥으로 자란 코코넛처럼 어깨 위에 얹혀 있었고 술병을 빼앗긴 술꾼처럼 대책 없는 울분에 당장 울음을 터뜨릴 지경이었다. 보나데아는 디오티마를 일컬어 역겨운 협잡꾼이라면서 욕을 퍼부었고 그 고귀하고 여성적인 기품—바로 디오티마가 가진 매력의 비밀인—을 냉소적인 말로 무시해버리고 말았다. 그녀에게 그토록 기쁨을 주었던 디오티마 스타일 따라하기는 이젠 하나의 감옥이 되었고, 보나데아는 그 감옥에서 탈출하여 방탕한 자유로 뛰쳐나갔다. 디오티마에게서 하나의 이상향을 만들었던 헤어 아이론과 거울은 그 힘을 잃어버렸고 그녀의 자아를 형성했던 예술적인 의식도 함께 무너져 내렸다. 심지어 인생이 고단할 때조차 달콤하게 즐기던 잠도 이제는 불면증이 온 건 아닌가 싶을 정도로 오랜 시간 기다려야 겨우 찾아왔다. 또한 중환자가 된 것 같은 느낌이 들었고 마치 부상당한 병사를 전장에 방치해둔 것처럼 정신이 나간 상태가 이어졌다. 보나데아가 작열하는 모래 속에 갇힌 듯 시련을 겪고 있을 때 그녀가 그토록 칭송했던 디오티마의 현명한 말들은 완전히 공허하게 여겨졌으며 그녀는 진심으로 그 말들을 경멸했다.

울리히에게 다시 찾아가야 할지를 결정하지 못하고 있을 때 그녀는 그에게 자연스런 공감을 되찾아줄 묘안을 하나 찾아냈다. 그건 애초부터 결말이 준비된 계획이었다. 보나데아는 울리히가 그 요상한 여자와 함께 있을 때 디오티마의 집에 쳐들어갈 작정이었다. 디오티마와의 대화는 핑계일 뿐 공적인 일을 위해서가 아니라 그저 서로 재미를 보기 위해 둘이 만난다고 보나데아는 생각했다. 그에 비해 보나데아의 계획은 공적으로 시작될 것이었다. 이젠 누구도 모오스브루거에게 관심을 기울이지 않으며 사람들이 허세를 떠는 동안 이 남자는 몰락해버리고 말았다. 보나데아는 자신이 필요로 할 때 모오스브루거가 다시 한번 구원자로 나서줄 것을 전혀 의심치 않았다. 그녀가 모오스브루거에 대해 깊이 생각했다면 아마도 겁을 집어먹었을 것이다. 하지만 그녀의 생각은 그저 '울리히가 그 사람에게 그렇게 관심이 있다면, 적어도 잊어버리지는 않았을 거야!'라는 데 쏠려 있었다. 자신의 계획을 더욱 밀어붙이려는 그녀에게 두 가지 말이 떠올랐다. 울리히는 그 살인자에 관해 이야기하면서 인간에게는 두번째 영혼이 있는데 그것은 언제나 죄가 없다고 주장했다. 또한 판단 능력이 있는 사람은 항상 다른 선택을 할 수 있지만, 그렇지 못한 사람은 그런 선택을 할 수 없다고 말했다. 이 말에서 그녀는 자신이 판단 능력이 없기를 원하며 그래서 죄가 없다는 결론을 내렸다. 하지만 울리히는 판단 능력이 있기 때문에 스스로를 구원할 필요가 있다는 것이다. 그 그룹에 어울리도록 옷을 입고 그녀가 디오티마의 창 앞을 밤마다 수차례 배회한 지 얼마 지나지 않아 뭔가 안에서 벌어지는 일을 암시하듯 모든 창에 환하게 불이 들어왔다. 남편에게는 디오티마의 집에 초대를 받았으나 오래 머물진 않았다고 말했다. 그리고 아직 용기가 부족했던 며칠 동안 아무 용건도 없이 찾았던 그 집의 문 앞에서 그녀의 거짓말과 산책은 갑자기 끓어오르는 충동이 되어 곧장 정문 계단으로 발길을 이끌었다. 아는 사람한테 발견될 수도 있었고 근처를 지나던 남편에게 목격될 수도 있었다. 또는 건물 집사가 알아볼 수도 있었고 경찰이 다가와 검문을 할 수도 있었다. 그녀의 산책이 더 잦아질수록 그런 위험들도 더 커질 것이었고 오래 머뭇거린 대가로 우발적인 사건에 휘말릴 가능성도 더 높아질 것이었다. 사실 보나데아가 수차례 그 집 문으로 스쳐 지나가거나 별로 들키고 싶지 않은 길까지 갔던 것은 사실이었지만 마치 수호천사라도 된 것처럼 그곳에 가야겠다는 절박함이 있었기 때문에 생뚱맞고 환영받을 가능성도 희박한 곳으로 이번만큼은 꼭 들어가야만 했다. 그녀는 무슨 일이 벌어질지 잘 모르는 채 일에 착수한 암살자 같은 기분이 들었고 총소리나 공기를 가르며 날아가는 염산의 번쩍임조차 이것보다는 덜 흥분될 듯한 상황으로 휩쓸려 들어갔다.

그럴 의도는 없었지만 마침내 그 집의 벨을 누르고 안으로 들어섰을 때 보나데아는 정신이 나간 것 같았다. 그 작은 라헬이 눈에 띄지 않게 울리히에게 다가가 누군가 밖에서 만나고 싶어 한다는—그 누군가가 베일을 깊게 드리운 낯선 부인이라는 말은 하지 않은 채—소식을 전했다. 라헬이 그의 뒤에서 살롱의 문을 닫자 보나데아는 얼굴에서 베일을 걷어버렸다. 더 지체하면 모오스브루거의 운명은 다할 것이라는 확신이 들었다. 그녀는 질투 때문에 난처해진 연인이 아니라 숨이 가쁜 마라톤 선수처럼 울리히를 맞이했다. 별로 힘들이지 않고 그녀는 모오스브루거가 구제될 가망성이 거의 없다는 말을 어제 남편에게 들었다고 거짓말을 했다. "나는 이 파렴치한 살인을," 그녀는 마지막으로 말했다. "전혀 혐오하지 않아. 하지만 침입으로 오해받을 것을 무릅쓰고 이렇게 찾아온 것은 당신이 그 부인의 집에 와 있고 영향력 있는 손님들에게 도움을 호소할 수 있기 때문이야. 당신에게 여전히 그럴 의지가 있다면 말이야!" 그녀는 자신이 무엇을 원하는지 알지 못했다. 울리히가 깊이 동감한 나머지 감사해하며 디오티마를 부르고 그래서 그녀가 보나데아와 울리히를 손님이 없는 다른 호젓한 곳으로 데려가는 것? 아니면 디오티마가 그들의 목소리에 이끌려 영접실로 건너와서 보나데아가 울리히의 훌륭한 뜻을 이해하기에 전혀 부족하지 않은 사람임을 깨닫게 되는 것? 보나데아의 눈은 촉촉하게 빛났고 손은 떨렸다. 그녀는 크게 말했다. 울리히는 큰 당혹감에 빠져서 연신 웃으면서 그녀를 조용히 시켰고 어떻게 하면 그녀가 빨리 떠나게 할지를 고민할 시간을 벌었다. 만약 라헬이 도와주지 않는다면 보나데아가 소리를 지르거나 울음을 터뜨리는 지경에 이를지도 모르는 난처한 상황이었다. 작은 라헬은 빛나는 눈을 크게 뜨고 그들 곁에 계속 서 있었다. 그렇게 아름다운 낯선 여자가 온몸을 떨며 울리히에게 대화를 청하는 것을 보고 그녀는 뭔가 아슬아슬한 관계를 상상했다. 그녀는 모든 대화를 엿들었고 특히 모오스브루거라는 이름은 마치 총알처럼 귀를 파고들었다. 비록 이런 감정이 왜 생기는지는 알지 못했으나 격렬하게 동요하는 부인의 목소리에 담긴 슬픔과 열망, 질투가 라헬을 뒤흔들었다. 그녀는 부인이 울리히의 연인이며 그래서 순간 감정이 복받쳤으리라고 짐작했다. 그녀는 마치 온 맘을 다해 노래를 부르는 사람에게 끼어들어 함께 노래를 부르는 것 같은 기분이었다. 그녀는 비밀을 지켜달라는 듯한 눈빛으로 문을 열어서 두 사람을 모임에서 사용하지 않는 방으로 안내했다. 그건 라헬이 드러내놓고 여주인을 속인 첫번째 행동이었고 만약 발각될 경우 어떤 일이 일어날지는 그녀도 잘 알고 있었다. 하지만 세상은 아름다웠고, 이토록 비정상적인 상황에서 끓어오르는 흥분으로 그녀는 앞뒤 가릴 여유가 없었다.

불이 들어오고 보나데아의 눈에 차츰 주변 사물이 보이기 시작하자 그녀의 다리는 거의 힘이 풀렸고 볼은 질투로 붉게 달아올랐다. 그곳은 바로 디오티마의 침실이었던 것이다. 스타킹이며 머리빗 등이 널려 있는 그곳에는 모임을 위해 머리끝부터 발끝까지 급하게 갈아입고 나간 한 여인의 흔적이 남아 있었다. 하녀에겐 방을 치울 시간이 없었든가 아니면 어차피 그 방은 내일 아침까지 다시 치워야 하니까 그냥 놔둔 것일 수도 있었다. 큰 모임이 열리는 날에는 모든 방을 비워야 하니 침실에까지 가구를 옮겨두었던 것이다. 방은 다닥다닥 붙여놓은 가구들과 분, 비누, 향수 따위의 냄새로 가득 찼다. "하녀가 어리석은 짓을 했네. 여기 있을 수는 없지!" 울리히는 웃으며 말했다. "아무튼 당신은 오지 말았어야 했어. 여기서 모오스브루거를 위해 해줄 수 있는 일은 없어."

"내가 방해가 됐다는 말이군, 그렇지?" 보나데아는 거의 들리지 않게 중얼거렸다. 그녀의 눈은 사방으로 흔들렸다. '그 하녀는 어찌 울리히를 이렇듯 은밀한 곳까지 데려온단 말인가? 자주 있는 일이 아닐까?' 그녀는 고통스럽게 스스로에게 물었다. 하지만 그에게 결백의 증거를 내놓으라고 할 수는 없었고 낮은 목소리로 그를 책망할 뿐이었다. "불의한 일이 벌어지는데 당신은 어떻게 두 발 뻗고 잘 수가 있지? 나는 밤새 한숨도 못 잤고 그래서 당신을 찾아온 거야." 그녀는 뒤돌아서서 아득하고 모호하게 번들거리는 창밖의 풍경을 응시하고 있었다. 그건 나무 꼭대기일 수도, 저 아래의 앞마당일 수도 있었다. 아무리 화가 났다고 해도 그녀는 이 방이 길 쪽을 향하지 않는다는 것쯤은 분간할 수 있었다. 마음만 먹으면 다른 창문에서 여길 내려다볼 수도 있을 것 같았다. 자신이 지금 열린 커튼으로 빛이 들어오는 연적의 침실에서 별로 믿을 수 없는 연인과 함께 있다고 생각하니 그곳은 마치 보이지 않는 청중 앞에 선 무대와 같이 그녀의 마음을 요동치게 했다. 그녀는 모자를 벗었고 외투를 벗어 던졌다. 그녀의 이마와 따뜻한 가슴 끝이 차가운 창유리에 닿았고 연정의 눈물이 눈가를 적셨다. 천천히 그녀는 감정을 수습하고 다시 친구쪽으로 몸을 돌렸다. 하지만 그녀가 바라보던 곳의 푹신하고 유연한 어둠은 여전히 그녀의 눈에 남아서 뭔가 알지 못할 깊이를 간직하고 있었다. "울리히!" 그녀는 간절하게 말했다. "당신은 나쁜 사람이 아니야! 그저 그렇게 보이도록 애쓸 뿐이지. 당신은 온 힘을 다해 난처한 일을 만들고 있어!"

보나데아의 이렇듯 모순된 말 때문에 상황은 또다시 위태로워졌다. 육체에 의해 지배된 여인이 정신적 고결함에서 위로를 찾겠다는 우스꽝스러운 갈망은 아니었고 오히려 그 아름다운 육체 스스로가 부드러운 사랑의 품위를 얻을 권리가 있음을 주장하는 한마디였다. 울리히는 그녀에게 다가가 팔을 어깨에 둘렀다. 그들은 다시 밖의 어둠을 응시했다. 끝없는 어둠 속에서 집밖으로 새어나온 빛이 마치 두꺼운 안개가 습기로 공기를 가득 채우듯 대기로 퍼져나갔다. 때는 늦은 겨울이었음에도 썩 춥지 않은 10월의 밤을 보는 듯한 인상이 강하게 들었고 전체 도시가 마치 거대한 양모 이불로 덮인 듯 보였다. 그러더니 문득 양모 이불은 10월의 밤 같다고 말해도 괜찮겠다는 생각이 들었다. 그는 부드러운 모호함을 피부로 느끼면서 보나데아를 더 가까이 끌어당겼다.

"다시 저들에게 돌아갈 거야?" 보나데아가 물었다.

"모오스브루거에게 덧입혀진 불의를 벗겨줄 거냐고? 아니, 난 그에게 불의가 가해졌는지도 잘 모르겠어. 내가 그에 대해 뭘 알지? 재판에서 그를 슬쩍 한번 본 적이 있고 그에 관한 글 몇편을 읽었지. 그건 마치 내가 언젠가 당신 유두가 양귀비 잎처럼 생겼다고 꿈속에서 상상한 것과 비슷할 거야. 그렇다고 과연 내가 그걸 믿어도 되는 걸까?"

그는 생각에 잠겼다. 보나데아도 생각에 빠졌다. 그는 중얼거렸다. '사실상, 한 인간이란 아무리 생각해봐도 타인에게 그저 일련의 비유에 불과할 거야.' 보나데아는 숙고한 끝에 결론을 내렸다. "이제 이 집에서 나가자!"

"불가능해." 울리히가 대답했다. "내가 떠나면 사람들이 궁금해할 거고 당신이 왔다는 사실이 새나가면 쓸데없는 주목을 받게 될 거야."

그들은 다시 침묵에 빠져 창밖을 내다보았다. 10월의 밤, 1월의 밤, 양모 담요, 고통 또는 기쁨 따위의 뭐라 규정하기 힘든 것들이 그들을 감싸고 있었다.

"왜 당신은 자연스런 행동을 하지 않지?" 보나데아가 물었다.

그는 최근에 꾸었던 분명한 꿈을 기억했다. 그는 꿈을 잘 꾸지 않는 사람이었고 꾸더라도 기억을 거의 하지 못했다. 그러니 그 기억이 돌연 떠올랐다는 건 기이한 일이 아닐 수 없었다. 그는 꿈에서 산허리를 가로지르려고 했는데 번번이 극심한 현기증 때문에 물러나고 말았다. 굳이 해석하지 않더라도 그 꿈은 전에 없던 모오스브루거에 관한 꿈이었다. 꿈의 형상에는 여러 의미가 있게 마련으로 그 꿈은 또한 정신의 헛된 시도를 육체적 표현으로 드러낸 것이기도 했다. 그건 그가 최근 대화나 모임에서 반복적으로 주장했던 것이며 마치 길도 없는 데를 다니면서 어떤 지점을 벗어나지 못하는 상황을 암시하는 것이었다. 그는 자신의 꿈에 묘사된 그 순진한 구체성에 웃지 않을 수 없었다. 매끄러운 바위와 미끄러운 땅이 밟혔고 쉬어가거나 목표로 삼을 만한 외로운 나무가 있었으며 걸어갈수록 길은 급격하게 가팔라졌다. 그는 더 높거나 낮은 길을 찾는 데 모두 실패했고 이미 현기증에 시달리고 있었다. 그는 함께 가던 사람에게 포기하자고, 저 골짜기 밑에 누구나 다니는 편안하고 평범한 길이 있을 거라고 말했다. 그 의미는 분명했다! 불현듯 울리히에게는 자기가 어울리는 사람들이라면 보나데아와도 잘 지낼 수 있겠다는 생각이 들었다. 또한 그는 분명히 양귀비 잎같이 생긴 그녀의 유두를 꿈에서 보았을 것이다. 그건 마치 넓고 근사한 것을 더듬는 듯이 뭔가 연관이 없는 것, 그러니까 당아욱빛 어두운 청적색이 아직 불이 켜지지 않은 꿈의 틈새로 안개처럼 풀려나오는 것 같았다. 순간 뭔가 표현하기는 어렵지만 어떤 의식의 빛이 들어와 한순간 그 방에서 일어나는 모든 것이 보이는 듯한 느낌이 들었다. 그는 꿈과 그것의 표현 사이의 관계를 잘 알고 있었다. 그것은 자신이 종종 생각했던 것들의 비유이거나 은유에 불과했기 때문이다. 은유는 감정에 완전히 녹아들지 못하므로 진실과 거짓을 다 가지고 있다. 누군가 은유를 그 자체로 취해서 현실의 외양을 띤 의미의 형상을 입힌다면 그는 꿈과 예술을 얻을 것이다. 하지만 꿈과 예술 그리고 실제적인 전체의 삶 사이에는 유리벽이 가로놓여 있다. 만약 누군가 이성을 이용해 증명 불가능한 것을 증명 가능한 것과 분리시킨다면 지식과 진리는 드러나겠지만 감정은 파괴될 것이다. 유기물을 두 조각으로 쪼개는 어떤 박테리아처럼, 인간은 은유의 근원적인 생명체를 현실과 진리라는 확고한 실체, 그리고 직관, 믿음, 예술성이라는 모호한 분위기로 나눈다. 거기에는 제3의 가능성이 없는 것처럼 보인다. 하지만 큰 고민 없이 시작한 일이라도 은연중에 성공하는 경우는 얼마나 많은가! 울리히는 자신의 머릿속과 기분을 이끌어가는 거리의 혼잡에서 마침내 벗어나 모든 길들이 시작되는 중앙광장에 도달한 느낌이었다. 그는 자신이 왜 자연스럽게 다음 행동을 이어가지 않느냐는 질문에 대답하면서 이 모든 걸 보나데아에게 이야기했다. 그의 말을 다 이해하지는 못했으나 그녀에게 굉장한 날이었음은 틀림없었다. 잠시 생각에 빠져 있던 그녀는 울리히의 손을 세게 쥐면서 이렇게 요약하여 대답했다. "꿈속에서도 당신은 생각을 하진 않잖아. 어떤 사건을 체험할 뿐이지!" 그건 진실에 가까웠다. 그는 그녀의 손을 꼭 쥐었다. 갑자기 그녀의 눈에는 다시 눈물이 가득 고였다. 아주 천천히 눈물은 그녀의 뺨을 타고 흘러내렸고 그 짠 눈물에 잠긴 피부에서 뭐라 설명할 수 없는 욕망의 향기가 풍겨 나왔다. 울리히는 그 향기를 들이마셨고 끈끈하고 모호한 상태, 포기와 망각을 향한 강한 열망을 느꼈다. 하지만 그는 정신을 가다듬고 그녀를 부드럽게 문으로 안내했다. 그 순간 그는 여전히 해야 할 일이 있었고 그걸 내키지 않는 욕망 때문에 날려버릴 순 없다는 사실을 확실히 알았다. "당신은 이제 가야 해," 그는 낮게 말했다. "그리고 나를 화나게 하지 마. 언제 다시 만날 수 있을지 모르겠어. 지금 난 할 일이 너무 많아!"

놀라운 일이 일어났다. 보나데아는 아무런 저항도 하지 않았고 화를 내거나 상처를 드러내지도 않았다. 더이상 질투를 느끼지도 않았다. 그녀는 스스로 이야기 속에 있음을 느꼈다. 그녀는 그를 안고 싶다고 생각했다. 또한 누군가 그를 지상으로 끌어와야 한다는 암시에 사로잡혔다. 그녀는 자기 아이들에게 해주듯 그의 이마에 신의 가호를 비는 십자가 성호를 그어주고 싶었다. 그건 너무나 아름다운 나머지 작별 인사로는 불가능한 일이었다. 그녀는 모자를 쓰고 그에게 키스를 했고, 다시 한번 베일 위로 키스를 했는데 그때 베일은 달궈진 격자 막대기처럼 뜨거워졌다. 문 옆에서 엿들으며 지키고 있던 라헬 덕분에 집안에서 행사가 끝났는데도 보나데아는 눈에 띄지 않고 집을 나설 수 있었다. 울리히는 라헬의 손에 큰돈을 팁으로 쥐여주고는 그녀의 침착함을 높이 칭찬했다. 여기에 용기를 얻은 라헬은 무심코 돈과 함께 그의 손을 한참 동안 붙잡고 있었다. 그는 웃음이 나왔고 이에 그녀의 얼굴이 갑자기 붉어지자 다정하게 그녀의 등을 두드렸다.

116.
인생의 두 나무,
그리고 정확성과 영혼을 위한 사무국 설치 요청

그날 밤 투치 자택에서의 모임은 평소보다 손님이 적었다. 평행운동 모임에 참석하는 사람들이 줄어들었고 다른 사람들도 일찍 자리를 뜬 탓이었다. 마지막에 백작 각하가 나타났지만—아무튼 그는 자신의 일에 반대하는 민족주의자들의 책동에 관한 난감한 소식을 전해들은 터라 수심이 가득하고 얼이 나간 듯한 표정이었다—그 역시 흩어지는 모임을 막지는 못했다. 사람들은 그의 등장으로 뭔가 각별한 소식이 전해지길 기대했으나 그가 어떤 소식도 꺼내놓을 기미를 보이지 않는 데다 사람들에게 거의 신경을 쓰지 않자 그나마 남아 있던 사람들마저 모두 떠났다. 울리히가 돌아왔을 때 그는 방이 거의 비어 있음을 보고 깜짝 놀랐다. 이윽고 '핵심 그룹'만 자리에 남았고 그사이 집으로 돌아온 투치 국장이 가세했다.

백작은 늘 하던 말을 반복했다. "우리는 물론 88년의 평화적 지배*를 상징으로 삼을 수 있을 겁니다. 거기에는 위대한 사상이 담겨 있지요. 하지만 우리는 또한 정치적 의미를 부여해야 합니다! 그것이 없으면 너무 흥미가 떨어지게 마련이니까요. 말하자면 발등에 떨어진 일에 관해서는 뭐라도 하게 마련입니다. 독일 민족주의자들은 비스니에츠키가 슬라브인 편이라면서 그에게 분노하는 반면 슬라브인들은 그가 관료 재직시 양의 탈을 쓴 늑대 짓을 했다면서 그에게 분노합니다. 하지만 분명한 사실은 그는 정파를 초월한 진정한 애국자였다는 점이고 저는 그를 신뢰합니다. 지금 우리는 그런 경향에 맞서 재빨리 문화적 측면을 보완해서 사람들에게 긍정적인 면을 부각시켜야 합니다. 오스트리아의 해 또는 세계의 해는 정말 훌륭한 생각이지만 어떤 상징이든 점차 현실화되어야 한다는 게 제 주장입니다. 다시 말해서 우리는 상징의 의미를 꼭 이해하지 않고도 깊이 감동할 수가 있습니다. 하지만 시간이 지나면서 감동의 거울에서 벗어나 그사이 내 마음이 찾아낸 뭔가 필요한 일을 하게 되는 것입니다. 제가 하는 말이 이해가 되십니까? 우리의 경애하는 부인이 최선의 노력을 해주셔서 이 집에서 수개월 동안 뜻깊은 토론이 이어졌습니다. 하지만 참석자는 점점 줄어들었고 그래서 이제는 우리

* 평행운동이 기획한 오스트리아 기념해인 1918년은 황제 프란츠 요제프 1세가 88세 되는 해이다. 하지만 그는 소설 속 시점으로부터 2년 후인 1916년 사망했다.

가 뭔가를 결정해야 할 때가 온 것이 아닌가 합니다. 그 대상이 뭐가 될지는 잘 모릅니다. 아마 성 슈테판 성당의 두번째 첨탑이나 황제-왕실의 아프리카 식민지가 될 수도 있겠지요. 뭐가 되든 상관없습니다. 왜냐하면 어차피 마지막 순간에는 전혀 다른 무엇이 탄생할 것이기 때문입니다. 중요한 것은 참여자들의 상상력이 물거품이 되기 전에 제때에 활용하는 것입니다."

라인스도르프 백작은 자신이 유익한 말을 했음을 느꼈다. 다른 사람들을 위해 아른하임이 말을 이어받았다. "비록 일시적일지라도 조만간 행동을 취함으로써 사유의 결실을 맺을 필요가 있다는 백작 각하의 말은 매우 현실적인 지적입니다! 여기 우리가 모인 지적인 모임에서 얼마 전부터 하나의 새로운 기운이 감지된다는 사실은 그와 관련해 큰 의미가 있을 겁니다. 처음에 이 모임을 괴롭혔던 불명료함은 사라졌습니다. 이제 새로운 제안은 더이상 나오지 않고 오래된 제안들은 거의 언급되지 않으며 누구도 완고한 고집을 부리지 않습니다. 모든 사람들은 이 운동에 참여하라는 초대에 응함으로써 스스로 동의의 의무를 이행하고 있음을 잘 알고 있습니다. 그러므로 제안이 수용할 만하다면 받아들여질 여건이 마련되었다고 생각합니다."

"박사, 우리가 어떡하면 좋겠소?" 백작은 그사이 찾아낸 울리히를 향해 말했다.

"이미 정리에 들어갔지요?"

울리히는 아니라고 말해야 했다. 서면으로 이뤄지는 의견 교환은 개인적인 접촉에 비해 아주 즐겁게 이어지고 있으며 개선을 제안하는 의견 역시 줄지 않고 있었다. 그래서 울리히는 여전히 연합체들을 구축하고 백작 각하의 이름으로 그들을 정부 각 부처—최근 들어 긍정적으로 응대하는 경향이 급격히 떨어진—에 보내고 있다고 보고했다.

"당연합니다!" 백작 각하는 사람들에게 돌아서며 말했다. "우리 민족에게는 엄청난 애국심이 있습니다. 하지만 그들의 주장을 모든 면에서 만족시키려면 백과사전 같은 지식이 필요할 겁니다. 우리 행정부가 대처하기엔 너무 방대할 테고 그래서 이제 우리가 위에서 개입해야 할 시기가 온 것입니다."

"이런 상황에서," 아른하임이 다시 말을 이었다. "백작 각하는 보르트베어 장군이 최근 위원회에서 주목을 이끌어낸 주제에 관심을 가지실 것 같습니다."

라인스도르프 백작은 처음으로 장군을 바라보았다. "그게 뭐였습니까?" 그는 무례함을 무릅쓰고 양해도 없이 곧바로 물었다.

"참 당황스럽습니다! 그건 제 의도가 전혀 아니었거든요!" 슈툼 폰 보르트베어는 부끄러워하면서 물러나려 했다. "위원회에서 군인의 역할이란 겸손한 임무로 제한돼 있습니다. 그리고 저는 이 원칙을 지켜왔습니다. 하지만 백작 각하께서도 기억하시겠지만 첫번째 모임에서—군인으로서의 저의 임무를 다한다는 생각으로—만약 위원회에 더 좋은 생각이 떠오르지 않는다면 우리 포병에 현대적인 무기가 없으며 우리 해군에도 나라를 지

킬 만큼의 충분한 전함이 없다는 걸 기억해주십사 제안드린 적
이 있습니다…"

"그리고요?" 백작은 그의 말에 끼어들었고 자신의 불쾌감을
숨김없이 드러내면서 디오티마에게 놀랍고 의아하다는 시선을
보냈다.

디오티마는 아름다운 어깨를 으쓱해 보였고 체념한 듯 다시
어깨를 내렸다. 그녀는 땅딸보 장군이 무슨 알 수 없는 힘에 조
종되는지 자기가 가는 곳마다 마치 악몽처럼 불쑥 나타나는 데
이젠 익숙해졌다.

"그러니까," 슈툼 폰 보르트베어는 자신의 겸손 때문에 성공
직전에 다시 움츠러들까봐 서둘러 말했다. "최근에 누군가 그런
제안을 들고나오기만 하면 그것을 지지하려는 목소리가 높아졌
습니다. 사람들은 육군과 해군이 보편적인 사상이자 위대한 사
상이 될 수 있으며 결국 황제폐하까지도 기뻐하실 거라고 말하
고 있습니다. 또한 프로이센도 눈을 크게 뜰 거라고 말입니다.
참, 아른하임 씨에겐 양해를 구해야겠군요!"

"괜찮아요. 프로이센은 전혀 신경을 쓰지 않을 겁니다." 아른
하임이 웃으며 말했다. "게다가 오스트리아만의 문제가 제기되
는 자리라면 당연히 제가 오지도 않았겠지요. 지금이야 체면을
지키느라 이렇게 듣고 있긴 합니다만."

"그래서 아무튼," 장군은 마무리를 지었다. "가장 간단한 방법
은 더이상 말로만이 아니라 군사적 조치를 취해야 한다는 목소

리가 점점 커지고 있습니다. 개인적으로 저는 이러한 흐름이 위대한 문명적 사유와 결합되면 좋겠다고 생각합니다. 하지만 말씀드렸다시피, 군인이 끼어들어선 안 되겠고, 여전히 문명적 사유가 더 나은 것을 끌어내지 못한다는 사실 때문에 그런 목소리들이 최상의 지식인 계층에서 점점 커지고 있는 것 같습니다."

백작은 눈을 고정시킨 채 미동도 없이 말을 끝까지 듣더니 내면의 고통스런 갈등을 숨기고 심드렁하게 엄지손가락을 들어 올렸는데, 이는 자신조차도 억누를 수 없는 행동이었다.

평소엔 말을 잘 하지 않던 투치 국장이 낮고 느린 목소리로 끼어들었다. "저는 외무부가 거기에 반대하지는 않을 거라고 믿습니다."

"아, 그럼 그 부서들은 벌써 검토를 했다는 건가요?!" 라인스도르프 백작이 아이러니하면서도 화가 난 투로 말했다. 투치가 친절과 냉정을 잃지 않고 대답했다. "각하가 농담을 다 하시는군요. 국방부는 외무부와 공모하는 것보다는 아마 군비 축소를 더 반길 겁니다." 그는 설명을 더 이어갔다. "백작 각하도 군 참모부에 의해 건의되어서 최근 10년간 축성된 남티롤^{Südtirol} 지역의 방어시설에 관해 알고 계시겠지요? 그 시설은 매우 훌륭하고 최신식이라고 합니다. 당연히 그곳엔 전기로 작동되는 방어 철책과 지하에 묻힌 디젤모터에서 전기를 공급받는 거대한 서치라이트도 설치돼 있습니다. 우리가 뒤처졌다고는 누구도 말할 수 없지요. 한 가지 문제는 그 모터를 포병부대가 주문한 반면 연료는 국방부의 건설부대가 제공하기로 했다는 것입니다. 그건 규정에 따른 것이었는데 결국 그 때문에 그 방어시설은 작동조차 되지 못했다고 합니다. 왜냐하면 두 부대는 기계를 점화할 때 필요한 성냥을 건설부대에서 제공하기로 한 연료로 봐야 할지 아니면 포병부대에서 제공해야 하는 모토의 부속품으로 봐야 할지를 두고서 의견이 일치하지 않았기 때문입니다."

"흥미롭군요!" 비록 투치가 가스모터와 디젤모터를 혼동했고, 성냥 같은 점화 방식이 더이상 사용되지 않는다는 사실을 알았음에도 아른하임은 그렇게 말했다. 재미있는 자기풍자로 관료사회에서 떠도는 이야기를 투치 국장은 재미있게 따라하듯 말했다. 모든 사람들이 미소짓거나 웃었으며 장군이 가장 즐거워했다.

"당연히 진짜 비난받아야 할 것은 정부입니다." 장군은 농담을 좀더 이어갔다. "왜냐하면 우리가 정규예산 밖의 돈을 요구할 경우 재무부는 즉각 우리에게 헌법적 정부의 작동 원리를 모르고 있다고 대답합니다. 그래서—신이 막아주시길 바라지만—회계연도 개시 이전에 전쟁이 발발한다면 기동하는 첫날에 우리는 방어진지의 지휘 장교에게 전신을 보내서 성냥을 구입하라고 해야 합니다. 만약 그 산골 마을에서 성냥을 팔지 않는다면 그 장교의 사환 주머니에 있을지 모를 성냥으로 전쟁을 치를 수밖에 없을 겁니다."

아마도 장군이 좀 멀리 나갔던 탓일까. 농담의 끈이 얇아지자

평행운동이 직면한 심각한 문제들이 다시 전면에 드러났다. 백
작이 생각에 잠겨 말했다. "시간이 갈수록…" 어려운 상황에서
는 말을 끝내지 말고 다른 이들이 말하게 두는 것이 더 현명하다
는 생각이 그에게 떠올랐다. 여섯 사람은 마치 우물 구멍을 물끄
러미 쳐다보는 사람들처럼 잠시 아무 말이 없었다.

디오티마가 말했다. "아니, 그건 불가능해요."

"뭐라고요?" 모든 눈빛이 궁금해했다.

"그러면 우리는 독일이 비난당하는 일, 즉 군비 확장을 하게
될 거예요." 그녀는 짧게 말을 마쳤다. 그녀의 영혼은 장군이 주
목받는 순간에 붙들린 나머지 방금 오고간 일화를 흘려들었거
나 아니면 잊어버렸던 것이다.

"그럼 뭘 해야 하죠?" 라인스도르프 백작이 고마워하면서도
여전히 걱정에 빠져 물었다. "우리는 당장 뭔가를 마련해야 합
니다!"

"독일은 비교적 힘으로 가득 찬 단순한 나라입니다." 아른하
임이 자신의 친구가 던진 비난에 뭔가 변명을 해야겠다는 듯 말
했다. "화약과 슈납스(독일의 독한 술─옮긴이)면 그만이죠."

투치는 굉장히 대담하게 느껴지는 이 비유에 미소를 지었다.

"우리가 다가가려 하는 인사들에게 독일이 점점 더 혐오감을
주고 있다는 건 부인할 수 없는 사실입니다." 라인스도르프 백작
은 슬쩍 끼어들 기회를 놓치지 않았다. "유감스럽지만 그 인사들
은 다들 그렇게 생각하지요!" 그는 의아하다는 듯 덧붙였다.

아른하임이 그 사실을 이미 알고 있다고 말하자 백작은 놀랐다. "우리 독일인들은," 아른하임이 말했다. "불행한 민족입니다. 우리는 유럽의 심장을 가지고 살아갈 뿐 아니라 이 심장 때문에 고통을 당하고…."

"심장이라고요?" 백작이 내키지 않는 듯 물었다. 그는 심장이 아니고 머리를 기대했고 머리라는 말을 더 쉽게 받아들였다. 그러나 아른하임은 심장을 고수했다. "기억하시나요," 아른하임이 물었다. "얼마 전 프라하 시정부가 프랑스에 엄청난 물량의 물품을 주문했던 적이 있습니다. 물론 우리도 입찰에 나섰고 더 좋은 상품을 더 싼 조건으로 내걸었죠. 일종의 감정적인 차별이 아니었나 싶습니다. 저는 그들을 완전히 이해한다고 말할 수 있습니다."

아른하임이 말을 더 이어가기 전에 슈툼 폰 보르트베어 장군이 기꺼이 말을 꺼냈다. "전세계 사람들은 힘들게 일을 합니다. 그렇지만 독일인만큼은 아니죠." 그는 또 말했다. "전세계 사람들은 시끄럽게 떠들어대지만 단연 독일인들이 최고입니다. 도처에서 사업은 수천년 문화적 전통과의 끈을 잃어버렸지만 독일이 가장 심합니다. 세계 각처에서 최고의 젊은이들이 병영으로 들어갔지만 독일만큼 많은 군대가 있는 곳은 없습니다. 그러니 우리는 형제 나라로서 지켜야 할 의무가 있는데," 그는 결론을 내렸다. "그것은 독일에 너무 뒤처져서는 안 된다는 것입니다. 제 말에 모순이 있다면 양해를 부탁드립니다. 하지만 오늘날 지성인들은 그런 복잡한 문제에 직면해 있습니다."

아른하임이 동의한다는 듯 고개를 끄덕였다. "미국은 아마 우리보다 더 나쁠 겁니다." 그가 덧붙였다. "하지만 미국인들은 그저 완벽하게 순진할 뿐이고 우리 같은 정신적 충돌은 없습니다. 우리 독일인들은 모든 면에서 세상의 추동력이 교차하는 지점인 중간에 위치한 민족입니다. 그 어떤 것보다 우리에게는 종합 Synthese이 중요합니다. 우리는 그것을 압니다. 우리에게는 모종의 죄의식이 있습니다. 하지만 제가 처음부터 말씀드렸듯이, 우리도 다른 이들을 위해 고통을 당하고 그들의 잘못을 우리의 모범으로 삼으며 누가 뭐라든 전체 세계를 위해 모욕당하거나 희생당한다고 인정하는 게 옳을 겁니다. 또한 독일의 방향 전환은 아마도 일어날 수 있는 가장 중요한 일이 될 것입니다. 제가 추측하기로 당신이 말한바, 겉으로는 충돌하는 것처럼 보이는, 우리를 향한 열정적인 반대에는 그런 전환에 대한 예감이 들어 있지 않나 생각합니다."

이제 울리히가 대화에 참여했다. "여기 계시는 분들은 친독일적인 흐름을 과소평가하시는군요. 믿을 만한 소식에 의하면 장차 우리 운동을 향한 강력한 반대시위가 있을 것이라고 합니다. 그들은 우리를 독일에 적대적인 모임이라고 여긴다는군요. 백작 각하는 빈의 거리에서 그들 군중을 목격하실 겁니다. 사람들은 비스니에츠키 남작의 등용에 반대해서 일어날 겁니다. 그들은 투치 국장과 아른하임이 은밀하게 연합한다고 믿는 반면, 백작 각하는 평행운동에 미치는 독일의 영향력을 차단한다고 생각합니다."

라인스도르프 백작의 눈은 태연한 개구리 눈 같기도 하고 성난 소의 눈 같기도 했다. 투치는 천천히 눈을 치켜뜨더니 뭔가를 묻는 듯이 울리히를 강렬하게 쳐다보았다. 아른하임은 크게 웃고는 일어섰다. 아마도 그는 백작 각하가 그 둘의 어리석은 암시에 유감을 표하는 의미로 유머러스한 표정을 취해줄 것을 기대했던 것 같은데 막상 그렇지 않자 디오티마 쪽으로 몸을 돌렸다. 투치는 울리히의 팔을 잡고 그런 말을 어디서 들었는지를 물었다. 울리히는 친구 집에서 들었으며 비밀이 아니라 꽤 널리 퍼진 소문이라고 말했다. 투치는 울리히에게 얼굴을 더 가까이 대더니 사람들에게서 좀 떨어지자고 말했다. 거리를 두고서 갑자기 그는 속삭였다. "당신은 왜 아른하임이 여기 있는지 아직 모르나요? 그는 모슈토프^{Mosjoutoff} 제후의 가까운 친구이자 러시아 황제의 측근이에요. 그는 러시아와 밀접하게 지내고 있으며 우리 운동에 평화적으로 기여하고 있습니다. 비공식적이긴 하지만 러시아 황제의 개인적인 심복인 셈이죠. 이건 이념의 문제이기도 합니다. 당신에게 도움이 되면 좋겠네요. 친구!" 그는 조롱하는 투로 말을 맺었다. "라인스도르프는 그것에 대해 아무것도 몰라요!"

투치 국장은 이 소식을 관료들의 조직을 통해 접했다. 그는 평화주의를 아름다운 여인이 가진 신념과 같은 운동이라고 생각했기 때문에 그 소식을 믿었다. 아른하임이 디오티마에게 매료되고, 다른 어느곳보다 그의 집에서 시간을 보내는 것도 그런 이유 때문이었다. 전에 투치는 거의 질투에 빠진 상태였다. 그는 '정신적인' 친밀함은 그저 어느 정도로만 가능하다고 믿었지만 그 '정도'를 캐내기 위해 교활한 수단을 동원하기는 싫었기 때문에 억지로 아내를 신뢰하기로 했다. 하지만 이러한 남성적이고 반듯한 행동이 성적인 욕망보다 더 강하다는 것을 증명하는 반면, 그 욕망은 여전히 질투를 불러일으킬 수도 있었는데 그 결과 그는 직업을 가진 남자가 자신의 일을 내팽개치지 않는 이상 절대 아내를 감시할 수 없다는 사실을 처음으로 직시하게 되었다. 기관차 운전사조차 자기 아내를 데리고 다니지는 않는데 제국을 경영하는 사람이 질투를 한다는 게 말이 되지 않는다고 그는 생각했다. 하지만 고결한 무관심으로 일관하는 것이 외교관인 그에게는 어울리지도 않았고 자신의 직업적 자존감을 위협하는 일이기도 했다. 그래서 그는 걱정하는 모든 것들을 무탈하게 해명함으로써 예전의 자존감을 회복한 데 대해서 깊이 감사해했다. 자신이 아른하임에 대한 모든 것을 알고 있는 반면 아내는 그의 인간적인 면을 볼 뿐 그가 러시아 황제의 밀사라는 사실을 전혀 예감하지 못한다는 사실이 심지어 아내에게 내려진 작은 형벌처럼 보였다. 투치는 다시금 매우 즐겁게 시시콜콜한 것들을 그녀에게 캐물었고 그녀는 너그러우면서도 조바심을 내며 대답했다. 또한 그는 겉보기엔 무해한 질문들을 생각해냈고 그 대답에서 자신의 결론을 끌어낼 수 있었다. 투치는 '사촌'에게도 기꺼이 그 사실을 말했고 아내에게 아무것도 말하지 않은 채라인스도르프 백작이 다시 대화의 주도권을 쥘 때 사태가 어떻게 돌아갈지를 궁금해했다. 백작은 혼자 자리에 앉은 채였고 어려움이 쌓여가는 동안 그의 내면에서 무슨 일이 일어나는지 아무도 알아채지 못했다. 그의 투쟁 의지는 다시 돋아나는 듯 보였다. 그는 콧수염을 꼬더니 느리고 확고하게 말했다.

"뭔가 일어나야 합니다."

"백작, 결단을 내리셨습니까?" 사람들이 그에게 물었다.

"나한테는 아무것도 떠오르지 않소." 그는 솔직하게 답했다. "하지만 뭔가가 반드시 일어나야 해요!" 그러고는 자신의 의지가 충족되지 않는 한 자리를 뜨지 않을 것처럼 굳게 앉아 있었다.

그의 태도는 막강한 효과를 발휘했다. 모든 사람들은 마치 저금통을 아무리 흔들어도 동전이 나오지 않을 때처럼 내면에서 달그락거리는 대답을 찾아내기 위해서 쩔쩔매는 듯한 느낌에 사로잡혔다.

아른하임이 말했다. "우리가 그런 일에 휘둘려서는 안 됩니다!"

라인스도르프는 대답하지 않았다.

평행운동에 어떤 내용을 담으려는 제안들의 전체 이야기가 다시금 반복되었다.

라인스도르프 백작은 마치 항상 반대방향을 향하면서도 언제나 똑같은 궤도를 움직이는 진자처럼 반응했다. '교회를 생각하면 안 될 말이오. 자유주의자들을 고려하면 그건 안 되지요. 건축가협회에서 이미 반대했습니다. 아마도 재무부서에서 꺼려할 겁니다.' 그런 식의 지적은 끝도 없이 이어졌다.

울리히는 그곳에서 한걸음 떨어졌다. 그는 돌아가며 말하고 있는 다섯 사람이 자신의 감각이 수개월 몸담았던 혼탁한 흐름에서 말끔히 증발된 것 같은 느낌이 들었다. 그가 디오티마에게 했던 말, 즉 '우리는 비현실을 강조해야 한다'든가 '우리는 현실을 폐기해야 한다'는 말은 도대체 무슨 뜻이었을까? 지금 그녀는 저기 앉아서 그런 말들을 곱씹으면서 그의 모든 것들에 대해 생각할 것이다. 또한 무슨 생각으로 그는 우리가 책에 나오는 등장인물처럼 살아야 한다고 그녀에게 말했던 것일까? 그녀가 이미 오래전에 아른하임에게 그런 일들을 다 말했을 것이라고 그는 확신했다!

하지만 울리히는 동시에 자신이 다른 사람들처럼 지금이 몇 시인지 또는 우산값이 얼마인지 정도는 알고 있다고 확신했다. 비록 그가 지금 자기 자신과 다른 사람들의 중간에 자리를 잡고 있다고 해도, 정신이 나가거나 멍한 상태에서나 나올 법한 기묘한 태도를 취하지는 않았다. 오히려 그는 보나데아가 있었을 때 감지한 왕성한 명료함을 느끼고 있었다. 울리히는 지난가을 투치와 함께 경마장에 갔던 일을 떠올렸다. 그날 우연히도 엄청난 베팅 손실이 있어서 평화롭던 군중이 순식간에 성난 파도가 되어 광장으로 밀려들었고 사방에 있는 모든 것들이 파괴되었을 뿐 아니라 매표소가 약탈당하기까지 했다. 경찰이 들이닥쳐서 그들을 평상시의 평화로운 여흥을 즐기려는 인간의 무리로 돌려놓기 전까지 공포의 상황은 이어졌다. 그런 사태에서 인생은 가능하거나 가능하지 않다는 식의 모호한 말놀이나 비유 따위를 떠올리는 건 우스운 일이었다. 울리히는 인생이 거칠고 궁핍하며 오늘 일만으로도 충분히 고단하기 때문에 내일 일을 지나치게 걱정할 필요가 없다는 자신의 생각에서 조금의 오류도 느끼지 않았다. 인간 세계는 공허하게 떠도는 것이 아니라 정도에서 벗어나는 모든 불규칙성을 꺼려한 나머지 엄밀한 확고함을 요청한다는 사실을 어떻게 무시할 수 있는가! 더욱이 어떤 훌륭한 관찰자가 걱정과 본능, 생각들의 이렇듯 생생한 결합이―비록 그 생각이란 잘해봐야 자기합리화로 악용되거나 흥분제로 이용되지만―뭉쳐지고 형성되면서 신념을 자극하여 자연스런 행동과 자제를 이끌어낸다는 사실을 놓치겠는가! 우리는 포도에서 와인을 짜내지만 와인통보다 훨씬 더 아름다운 것은 먹을 수도 없는 거친 땅으로 된 포도밭과 죽은 나무로 만들어진 헤아릴 수 없이 반짝거리는 말뚝들이다! '한마디로 창조란,' 그는 생각했다. '이론에서 생겨난 것이 아니라,' 그는 폭력이라고 말하고 싶었지만 뜻하지 않게 다른 단어가 튀어나왔고 이렇게 생각을 마무리했다. '오히려 창조란 폭력과 사랑에서 비롯되었으며 이 둘 사이의 세간의 결합은 잘못된 것이다!'

울리히에게 폭력과 사랑은 결코 일반적인 의미가 아니었다. 악과 완고함에 이끌리는 그의 성향은 '폭력'이란 단어 속에 숨어 있었다. 폭력은 회의적이고 사실적이며 의식적인 행위에서 흘러나온 전부를 의미했다. 어떤 완고하고 차가운 폭력성이 직업 성향에까지 영향을 미친 결과 그는 의도적으로 무자비한 수학자가 되기를 원했을 것이다. 그런 숨김은 무성한 나무숲이 줄기를 감추는 것과 비슷했다. 또한 우리가 사랑을 일반적인 의미에서 이야기하는 것이 아니라 그 이름에서 사랑의 결핍 때문에 육체의 원자 속까지 달라진 상태를 갈망한다면, 또는 마치 무無처럼 우리가 모든 특성을 소유할 수 있다고 느낀다면, 또는 삶이─지금, 여기에 대한 망상으로 터질 듯이 가득 차 있으나 매우 불확실하고 대단히 비현실적인 상태인─현실을 구성하는 수십개의 빵틀로 추락하기 때문에 단지 그렇고 그런 일들이 일어나는 것처럼 보인다면, 또는 회전하는 모든 궤도에서 하나가 사라진다면, 혹은 우리가 세워놓은 모든 체계 가운데 그 어느것도 멈춰 서서 쉼의 비밀을 간직하지 않는다면, 그렇다면 이것들은 아무리 서로 다르게 보인다 해도 모든 방향으로 줄기를 감추고 있는 나무의 가지처럼 함께 연결돼 있는 것이다.

이 두 나무에서 그의 삶은 각각 자라났다. 그는 언제부터 그 나무에 거친 혼란의 신호가 등장했는지 알 수 없었다. 하지만 미숙한 나폴레옹식 계획에 이끌려 인생을 꼭 이뤄내야 할 사명으로 바라보던 때였으므로 아마 오래전 일이었을 것이다. 이렇듯 인생을 공격하고 지배하려는 욕구는 언제나 뚜렷하게 드러났기 때문에 그 욕구는 스스로를 현존하는 질서에 대한 거부로, 또는 새로운 질서를 향한 끊임없는 고투로, 또한 논리적이고 도덕적이면서 심지어는 육체적으로도 준비되고 단련된 욕망으로 내보이길 원했다. 그리고 울리히는 일생에 걸쳐 옹색한 정확성에 반항하면서 그 모든 것들을 가능성감각과 에세이즘이라고 불렀다. 역사는 인간에 의해 발견되는 것이고, 우리는 세계 역사 대신에 이념의 역사를 살아내야 하며, 인간은 절대 실행될 수 없는 것들을 점유해야 하고 결국엔 모든 비본질적인 것들을 놓아버린, 마치 현실의 인간이 아니라 책에 등장하는 인물처럼 살아야하며 그래서 남겨진 것들을 마법적인 전체에 통합시켜야 한다고 그는 요구했다. 이처럼 현실에 적대적이면서 매우 첨예한 그의 생각들은 명백하고 무자비한 열정으로 현실에 영향을 끼치려 한다는 점에서 공통점이 있었다.

그의 삶에 형상을 마련한 다른 나무와의 관계를 파악하는 일은 좀더 그늘지고 꿈같았기 때문에 더욱 어려웠다. 근원적으로 그건 세계를 향한 천진난만한 관계의 기억, 그리고 신뢰와 헌신에 뿌리를 둔 것이었다. 한때 두번째 나무는 광대한 지구를 바라보는 것 같았지만 실은 그저 보잘것없는 도덕이 움트는 작은 화분에 불과했다. 의심할 바 없이 소령 부인과의 어리석은 연애 행각은 그의 부드러운 그늘을 완벽하게 드러내려는 유일한 시도였으며 그 이후 끊이지 않았던 퇴행의 시작이기도 했다. 그때 이후 표면에서 떠도는 잎과 가지들은 시야에서 사라졌지만 아무튼 그가 아직 존재한다는 유일한 신호였다. 이렇듯 활동을 멈춘 그의 반쪽은 활동적이고 분주한 나머지 반쪽의 유용성에 의해 각인된 무의식적인 확신—그의 활동적인 자아에 그늘을 짙게 드리운 확신—에서 극명하게 드러났을 것이다. 모든 일 가운데서—육체적인 욕망뿐 아니라 그 아래의 정신적인 것까지—그는 어떤 결실에도 이르지 못한 채 준비만 하다 끝난 수인囚人 같았고 결국 세월이 가면서 마치 램프에서 기름이 타들어가듯이 자신이 유용하다는 느낌을 점점 잃어버렸다. 그의 발전은 두 길로 뚜렷하게 나뉘었는데, 하나는 대낮의 길이고 다른 하나는 어둠 속에 유폐된 길이었다. 따라서 오랫동안 그를 필요 이상으로 억압한 도덕적 정지 상태는 두 길을 하나로 합치지 못한 탓이었는지도 모른다.

이제 울리히도 그 결합이 불가능한 이유가 이른바 문학과 현실, 은유와 진실 사이의 불편한 관계로 설명될 수 있다는 사실을 깨달았다. 문득 이 모든 것이 그가 최근 상관없는 사람과 별 목적 없이 나눈 대화에서 얻은 우연한 영감보다 나아봤자 얼마나 나을까라는 생각이 들었다. 비유적인 것과 명확한 것이라는 두 근본 행동양식은 인류 역사를 돌이켜볼 때 언제나 구분될 수 있었다. 명확함은 깨어 있는 사고와 행동의 법칙이며 자신의 의지를 희생자에게 차근차근 강요하는 협박범만큼이나 논리적인 결론을 이끌어내는 법칙이다. 또한 이것은 오로지 상황을 명확히 끌어가지 않으면 재앙에 직면할 만큼 절박한 상황에서 기인한 것이기도 하다. 반대로 비유적인 것은 여러 의미들을 꿈속에서 결합시키는 이미지 같은 것이며 예술이나 종교적 직관의 방식으로 사물과 관계하는 것이다. 비록 삶 속에서 좋아함과 싫어함, 찬성과 반대, 경외, 복종, 통솔력, 모방이나 그 반대의 것들이 있다고 해도 자연과 인간의 다양한 관계들은 순수하게 물질적이지 않거니와 그럴 수도 없으며, 오직 비유로만 파악될 수 있을 것이다. 의심할 바 없이 우리가 더 고귀한 인간성이라고 부르는 것은 비유와 진리라는 이 위대한 삶의 두 양식을 주의깊게 구분함으로써 함께 녹여내려고 노력하는 것이다. 하지만 비유 가운데 진실이 될 만한 모든 것을 거품에서 떼어낸다면, 우리는 아마도 일부의 진실만을 얻게 될 것이며 비유의 온전한 가치는 파괴될 것이다. 이런 식의 분리를 정신의 발전 과정에서 피하기는 어렵겠지만 결국 분리는 물질의 증발이나 증류처럼 내부의 힘과 영혼을 수증기로 날려버리고 만다. 오늘날 도덕적 삶의 개념이나 규칙은 푹 삶아진 비유 같아서 그 주위로 기름진 부엌의 수증기가 혐오스럽게 피어오른다는 말을 피하기가 어려워졌다. 또한 여기서 여담이 허용된다면, 오늘날 모든 보편적인 것에 대한 숭배는 그저 이렇듯 모든 것 위에 모호하게 맴도는 인상에 다름 아니다. 그래서 오늘날 거짓말을 하는 사람은 나약해서가 아니라 인생을 지배하는 사람이라면 거짓말도 좀 할 수 있어야 하기 때문이라고 말한다. 사람들이 폭력적인 이유는, 오랫동안 아무 소용없는 토론을 거친 끝에 폭력의 단순함이야말로 하나의 구원처럼 여겨졌기 때문이다. 개별적인 생각이 오랫동안 하지 못했던 모든 것을 복종 가능하게 해주었기 때문에 우리는 조직으로 모여들었다. 또한 사랑의 감정은 곧 잠이 오게 하는 반면 조직 사이의 적대감은 우리에게 피의 복수라는 끊임없는 상호작용을 일으켰다. 이것은 인간이 선하냐 악하냐의 문제가 아니라 인간이 고귀함과 비천함의 감각을 잃어버렸다는 문제였다. 이런 방향 상실이 가져온 또 하나의 역설적인 결과는 오늘날 지식에 대한 불신을 주렁주렁 매단 지나친 정신적인 치장이다. 세계관을 행위와 연결한다는 취지는 정치가 그렇듯 거의 현실에 녹아들지 못했다. 그건 모든 관점을 입장으로 만들겠다는, 그리고 모든 입장을 관점으로 간주하겠다는 병적 욕망에 지나지 않았다. 마치 거울의 방에서 하나의 이미지가 끊임없이 반사되는 것처럼 자신에게 부여된 생각을 계속 반복하는 일종의 광적인 욕구처럼 말이다. 널리 퍼진 이런 현상은 사람들이 바라듯 휴머니즘이 아니라, 사실상 휴머니즘의 몰락을 의미했다. 대체적으로 인간관계 속에 잘못 자리잡은 영혼을 완전히 제거해야만 한다는 점이 더욱 뚜렷해졌다. 울리히가 이런 생각을 하던 그때 그는 자신의 삶에 의미가 있다면 그건 인간 존재의 근원적인 두 영역을 각각 분리해서 드러내고 서로를 향해 맞서도록 했다는 것임을 깨달았다. 그와 비슷한 사람들은 분명히 오늘날도 태어나지만 그들은 고립돼 있고 그런 고립 가운데 나누어진 것을 새롭게 결합시킬 수 없었다. 그는 자신의 철학적 실험의 가치에 대해 아무런 허상도 품지 않았다. 비록 그의 생각과 생각 사이에 논리적 일관성을 잃지는 않았지만 그건 마치 사다리 위에 사다리를 놓은 것 같아서 맨 꼭대기는 자연스런 삶의 경지에서 볼 땐 매우 불안하게 흔들렸던 것이다. 그는 이런 일들에 깊은 거부감을 느꼈다.

그리고 아마 이런 이유로 울리히는 갑자기 투치를 쳐다보았을 것이다. 투치가 입을 열었다. 마치 아침에 처음 들리는 소리에 귀를 기울이듯이 울리히는 그의 말을 들었다. "나는 당신이 말한 것처럼 우리 시대가 위대하고 인간적이며 예술적인 성취를 소유하지 못했다고 감히 판단할 능력이 없어요. 내가 확실히 말할 수 있는 건 외교문제가 여기보다 더 어렵게 돌아가는 곳은 없다는 것입니다. 우리의 위대한 기념해에도 프랑스의 외교 정책은 원한을 갚으려는 욕구와 식민지 경영에 의해 움직이리라는 예측이 가능하고, 영국의 경우엔 흔히 전진의 기술이라고 불리는 그들의 방식대로 세계의 장기판에 졸을 내보낼 것이 예상되며, 독일은 늘 그렇듯이 뭐 하나 투명하지 않으면서 밝은 태양 아래 있겠다고 말할 겁니다. 하지만 우리의 노쇠한 제국은 자기만족에 빠져 우리 모두는 어느 방향으로 끌려가는지에 무관심하지요!" 마치 투치는 제동을 걸고 경고를 하려는 것 같았다. 그는 분명히 어떤 아이러니한 의도 없이 말했다. 아이러니의 향기는 오직 순수한 사실성, 즉 이 세계의 자족이 하나의 거대한 위험이라는 생각을 전달하는 그의 메마른 태도에서만 풍길 뿐이었다. 울리히는 마치 커피콩을 씹은 것처럼 투치의 태도에 정신이 번쩍 들었다. 투치는 자신의 경고를 더욱 날카롭게 다듬으면서 말을 마쳤다. "오늘날 누가 감히," 그가 물었다. "위대한 정치적 이상의 실현을 믿겠습니까? 그걸 믿는 사람은 범죄자나 희대의 도박꾼이 분명합니다! 당신들 역시 믿지 않겠지요? 외교는 그저 현재의 상태를 유지하는 것입니다."

"지금 상태를 유지하다가는 전쟁에 이릅니다." 아른하임이 응답했다.

"그럴 수도 있겠네요." 투치가 말했다. "우리가 할 수 있는 단하나 마지막 남은 것은 우리가 참여할 가장 좋은 때를 선택하는 것입니다! 러시아 황제 알렉산더 2세의 일을 기억하시나요? 그의 아버지 니콜라이는 폭군이었습니다. 하지만 그는 자연사했지요. 반면 알렉산더는 고결한 사람으로서 자유주의적인 개혁을 시도했지요. 그 결과 러시아의 자유주의는 급진주의로 변화되었고 알렉산더는 세 번의 암살기도에서 살아남았지만 네번째 시도 때 죽고 말았습니다."

울리히는 디오티마를 바라보았다.

그녀는 꼿꼿하고 주의 깊게, 진중하고 육감적인 자세로 남편의 말에 수긍했다. "그 말이 맞아요. 우리 토의에서도 나는 지적인 급진성을 감지하고 있어요. 급진주의에 조금만 틈을 주면 아마 전부를 차지하려 할 겁니다."

투치는 아른하임을 상대로 작은 승리를 거뒀다는 생각에 미소가 새어나왔다.

아른하임은 아무 반응 없이 앉아 마치 막 벌어진 싹처럼 입술을 벌리고 숨을 쉬고 있었다. 감옥에 갇힌 것처럼 디오티마는 깊은 계곡 너머의 아른하임을 건너다보았다.

장군이 뿔테 안경을 닦았다.

울리히가 천천히 입을 열었다. "뭔가 삶에 의미있는 일을 위해 부름받았다고 느끼는 사람들이 오늘날 공유하는 것이 하나 있습니다. 그건 우리를 개인적인 견해가 아니라 진실로 이끌 수 있는 그 지점에서 '사유'를 경멸한다는 사실입니다. 모든 것이 결코 소진되는 법이 없는 각자의 견해들에 의존할 때 그들은 입 빠른 의견과 반쪽짜리 진실에 집착하는 것입니다."

아무도 여기에 응답하지 않았다. 왜 꼭 대답을 해야만 하는가? 누군가 한 말은, 그저 말일 뿐이다. 문제는 여섯 사람이 한 방에 앉아서 중요한 대화를 나눈다는 것이다. 그들이 한 말이나 하지 않은 말, 그들의 감정, 예감, 가능성 들은 서로 다른 수준에서 이 행위에 녹아들어 있었다. 그건 마치 옷을 잘 갖춰 입은 사람이 중요한 서류에 서명을 하는 순간에도 그의 위와 간은 어둠 속에서 움직이고 있는 것과 비슷한 것이다. 이런 위계질서는 훼손되어서는 안 된다. 그 안에 진실이 있기 때문이다!

울리히의 나이든 친구 슈툼은 이제 안경을 다 닦아 쓰고는 울리히를 바라보았다.

이 사람들 모두와 항상 친밀하게 지내왔다고 믿었지만 울리히는 갑자기 자신이 매우 고립된 것 같은 기분이 들었다. 몇주전, 또는 몇달 전에도 똑같은 기분이었던 적이 있었다. 창조적으로 내쉬어진 작은 호흡 하나가 자신이 포함된 딱딱한 달빛 풍경을 거스르는 기분이랄까. 울리히는 인생의 모든 결정적인 순간에 그런 충격과 고립의 인상을 받았던 것만 같았다. 그를 괴롭히는 것은 불안이었을까? 그는 자신의 기분을 명백하게 이해할 수 없었다. 그런 기분은 그가 삶에서 지금까지 한번도 진실한 결정을 내리지 않았고 지금이야말로 그런 결정을 내려야 할 때임을 말하고 있었다. 하지만 적당한 단어가 떠오르지 않았고 그저 불편한 감정 속에서 고립감에 휩싸일 뿐이었다. 뭔가가 그를 거기 있는 사람들에게서 떼어내는 것 같았고, 아무 상관없는 그들을 갑자기 손과 발로 억지로 밀어내려는 것 같았다.

그 방에 침묵이 찾아오자 현실정치인으로서의 의무를 깨달은 라인스도르프 백작은 독촉하며 말했다. "그래서 무엇을 해야만 할까요? 비록 일시적일지라도 우리 운동이 마주한 위험에서 벗어나려면 어떤 결정을 해야만 할까요?"

그러자 울리히는 엉뚱한 제안을 내놓았다. "각하," 그가 말했다. "평행운동에는 단 하나의 해야 할 일이 있습니다. 바로 정신의 총체적 재고조사를 실시하는 것입니다! 우리는 1918년이 도래하면 옛날 정신은 파기되고 더 수준 높은 정신이 시작되리라는 것을 반드시 보여주어야 합니다. 황제의 이름으로 영혼과 정확성을 위한 세계 사무국을 설립할 것을 제안드립니다. 다른 모든 사업들은 이미 불가능해졌거나 아니면 허상이 돼버렸습니다!" 그는 생각에 깊이 빠져 있었던 몇분 동안 떠오른 것들을 덧붙였다.

그가 말하는 동안 사람들은 놀란 나머지 눈이 빠져나오는 것처럼 보였고 몸 전체가 앉은 자리에서 들썩거리는 듯 보였다. 사람들은 울리히가 집주인의 전례를 따라서 뭔가 이야기를 이어갈 줄 알았는데, 막상 어떤 위트 있는 말도 나오지 않자 그는 마치 자신의 어리석은 장난 때문에 기울어진 탑에 둘러싸여 낭패를 맛본 어린아이처럼 앉아 있었다. 오직 라인스도르프 백작만이 친근한 표정을 지었다. "지극히 맞는 말이오," 그는 놀란 채 말했다. "하지만 이제 그저 암시에 그쳐서는 안 되고 구체적인 실물이 나와야 합니다. 그 점에서 재산과 교양은 우리를 아주 위태롭게 하고 있어요!"

아른하임은 울리히의 농담에 속아넘어간 귀족 어른을 구출해야겠다고 생각했다.

"우리 친구는 본인의 사상에 빠져 있습니다." 아른하임이 말했다. "그는 옳은 삶을 향한 어떤 화학적인 방법이 있다고 믿습니다. 마치 화학 질소나 고무가 있는 것처럼 말이죠. 하지만 인간의 마음이란,"—그는 순간 울리히를 향해 가장 기사도 넘치는 미소를 지어 보였다—"쥐들처럼 실험실에서 길러질 수 없으며 얼마 안 되는 쥐들만 봐도 알 수 있듯이 광대한 곡창이 필요한 법입니다!" 그는 곧장 그런 무모한 비유를 사과했으나 사실 내심으론 꽤 기뻐했는데 라인스도르프처럼 전문적 토지경영을 하는 귀족에게 어울리기도 했거니와 실행에 대한 책임감과 생각만 그런 것 사이의 간격을 적절하게 표현해주었기 때문이다.

하지만 라인스도르프 백작은 화를 내며 고개를 흔들었다. "나는 박사의 말을 잘 알고 있습니다." 그가 말했다. "예전 사람들은 이미 있어왔던 관계들 속에서 성장해왔고, 그렇게 적응하며 사는 것은 신뢰할 만한 방법이었습니다. 하지만 오늘날 모든 것이 바닥에서부터 흔들리는 역동의 시대에 우리는 아무리 영혼이 중요하더라도 수공업 체제를 공장의 지능적인 체제로 바꿔야만 합니다." 그건 그 귀족 자신에게조차 놀라움을 안겨준 주목할 만한 발언이었다. 그 말을 하기 전에 백작은 자제력을 잃은 표정으로 그저 울리히를 바라만 보고 있었기 때문이다.

"그러나 저 박사 선생이 하는 말은 거의 실현 불가능합니다." 아른하임이 단호하게 말했다.

"왜 그렇게 생각하죠?" 라인스도르프 백작이 단호하고 싸울 듯한 어투로 말했다.

디오티마가 중재에 나섰다. "하지만 백작," 그녀는 마치 사람들이 말하고 싶어하지 않는 것, 즉 정신을 차리라는 요청을 하듯이 말했다. "내 사촌이 말한 것들은 이미 오래전부터 시도됐던 일들이에요! 오늘처럼 길고 격렬한 토론을 거친 후에 어찌 다른 결론이 나오겠습니까?" "그런가요?" 화가 난 백작이 대답했다. "나는 처음부터 똑똑한 친구들에게서 아무것도 나오지 않을 거라고 생각했어요! 정신분석이니 상대성이론이니 하는 것들은 뭐가 됐든 허무한 잡동사니일 뿐입니다. 그들은 모두 특정한 방식으로 세계를 예단하고 싶어하죠. 당신들한테 말하건대 울리히 박사가 완벽하게 자기 의견을 표현하진 못했지만 본질적으론 그가 옳습니다! 새로운 시대가 올 때마다 뭔가 새로운 것들이 만들어지지만 만족할 만한 것은 나오지 않죠!" 평행운동의 실패에서 비롯된 예민함이 표면을 뚫고 나왔다. 라인스도르프 백작은 자신도 의식하지 못한 채 턱수염을 꼬는 대신 엄지손가락을 돌리고 있었다. 그것은 아른하임에 대한 비호감이 겉으로 드러난 것처럼 보였다. 울리히가 '영혼'이라는 말을 꺼냈을 때 라인스도르프 백작은 매우 놀랐지만 그 뒤의 말은 내심 마음에 들었기 때문이다. '아른하임 같은 사람이 그렇게 떠들어대는 영혼은,' 그는 생각했다. '속임수에 불과하지. 그런 건 필요없어. 이미 종교가 있으니까.' 하지만 아른하임 역시 입술이 창백해질 정도로 기분이 좋지 않았다. 지금까지 라인스도르프 백작이 그런 식으로 말을 한 상대는 장군 외에는 없었다. 아른하임은 당하고만 있을 사람은 아니었다! 하지만 단호하게 울리히 편을 드는 라인스도르프 백작을 보면서 그는 깊은 인상을 받았고 울리히를 향한 자신의 쓰디쓴 감정을 떠올리지 않을 수 없었다. 아른하임은 울리히와 직접 그런 일들을 이야기해보고 싶었지만 여러 사람들 앞에서 오늘의 우연한 충돌을 빚기 전까지 그럴 기회가 없었다는 사실이 당혹스러웠다. 그래서 자신이 무시하는 라인 스도르프 백작에게 대항하느니 차라리 자신의 성향과 맞진 않지만 격렬한 흥분을 감수하면서 울리히에게 말을 던져보았다. "당신은 지금까지 한 말을 모두 믿습니까?" 그는 격식 따위는 생략하고 단도직입적으로 물었다. "그것이 실행 가능하다고 생각합니까? 우리가 정말 '비유의 법칙'에 따라 살아갈 수 있다고 보시나요? 백작 각하가 완전히 자유를 준다면 당신은 무엇을 하겠습니까? 간절하게 부탁합니다. 말해주십시오!"

더없이 끔찍한 순간이었다. 디오티마는 이상하게도 며칠 전 신문에서 읽은 기사를 떠올렸다. 한 여인이 자신의 나이든 남편이 결혼의 의무를 '완수하지' 않으면서 헤어지지도 않는다는 이유로 연인에게 남편을 살해하도록 간청했으며 그 때문에 사형을 선고받았다는 소식이었다. 이 사건은 그 남자의 의학적인 몸 상태와 그것을 거스르는 욕구 때문에 디오티마의 관심을 끌었다. 그런 상황에서는 스스로 뭘 어찌해볼 수 없다는 점에서 그 누구도 비난받긴 어려웠다. 오히려 그런 상황을 만든 반자연적인 상태가 문제일 것이다. 그녀는 순간 왜 그런 생각이 떠올랐는지 알지 못했다. 하지만 최근 울리히가 자신에게 여러 차례 '흔들리며 떠다니는 것'에 대해 이야기했으며 자신이 어떤 뻔뻔스러움을 그것과 연결시켰다며 화를 냈던 순간을 기억해냈다. 그녀 자신조차도 공허 속에서 영혼을 끌어내는 특권층에 대해 이야기했다. 결국 그녀는 사촌이 자신처럼 열정적이면서도 확신이 부족하다는 결론을 내렸다. 그 모든 것은 라인스도르프와의 친선이 깨진 그녀의 머리와 가슴속에 있었고 저 비난받는 기사 속 여인의 이야기와 얽혀 있었다. 그래서 그녀는 입술을 벌리고 앉아서 누군가 아른하임이나 울리히 편을 들면 무서운 일이 벌어지겠지만 그렇다고 아무 편도 들지 않고 간섭하려 한다면 더 무서운 일이 벌어질 것이라는 느낌에 사로잡혔다.

아른하임이 자신을 공격하는 동안, 울리히는 투치를 바라보고 있었다. 투치는 갈색 주름 사이에 숨겨진 열정적인 호기심을 숨기느라 애쓰고 있었다. 그는 자신의 집에서 벌어진 모든 야단법석이 자기들끼리의 충돌을 거쳐 이제야 정점을 향해 치닫는다고 생각했다. 그는 물론 울리히에게 조금의 동정도 품지 않았다. 울리히가 한 말은 그의 천성과 아주 맞지 않았다. 투치는 한 사람의 가치는 의지나 소명 같은 데 있지 감정이나 사유에 있다고 믿지 않았으며 비유 따위의 엉터리 말을 하는 것은 매우 저속하게 느껴졌기 때문이었다. 울리히는 이런 사실을 어느 정도 예감했는데, 언젠가 자신이 투치에게 인생이 아무 성과 없는 여행처럼 흘러간다면 자살을 할지도 모른다고 말한 적이 있기 때문이었다. 울리히는 그걸 논리적으로 설명하지 않고 그저 고통스러울 정도로 솔직하게 말했으며 지금도 그 말 때문에 부끄러워하고 있었다. 다시금 그는 자기에게 결정의 때가 다가왔음을 정확히 설명할 수 없을 것 같은 느낌이 들었다. 순간 그에게는 게르다 피셀이 떠올랐고 그녀가 찾아와서는 마지막 대화를 이어갈 위험성이 있겠구나 싶었다. 울리히 자신이야 노닥거림에 불과했지만 그들의 대화는 거반 언어의 극단까지 이르렀으며 오직 마지막 한걸음만이 남았음을 알았다. 언제가는 그 처녀의 불안정한 열망에 다정하게 끌려들어가 정신의 허리띠를 풀어버리고 '두번째 성벽'으로 기어오르게 될지도 모르는 일이다. 하지만 그건 미친 짓이었다. 그가 게르다와 그렇게까지 나아간 것은 그녀와 있으면 편안함을 느꼈기 때문이었다. 그는 아른하임의 화난 얼굴을 볼 때마다, 그리고 그에게서 '현실적 감각'이 없다는 비난을 받을 때마다 묘하게 말짱한 것 같으면서도 화가 치미는 흥분에 빠졌다. 그럴 때마다 아른하임은 "죄송하지만 이것도 저것도 아닌 터무니없는 입장은 너무 어린애 같은 태도입니다"라고 말했고 울리히는 그럴수록 어떤 대답도 하고 싶지 않았다. 울리히는 시계를 보았고 마치 상대방을 달래듯이 웃으면서 대답을 하기엔 시간이 너무 늦었다고 말했다.

그 말로써 그는 다른 사람들과의 관계를 되찾았다. 투치 국장은 심지어 일어섰고 뭔가 도망가듯이 딴청을 피움으로써 울리히의 무례함을 덮어주었다. 라인스도르프 백작도 한동안 가만히 있었다. 그로서는 울리히가 '프로이센인'을 물리쳐주었으면 더 좋았겠지만 그러지 않아도 상관은 없었다. '누군가 마음에 든다면, 그냥 마음에 드는 거지.' 그는 생각했다. '아무리 다른 사람이 똑똑하게 말을 한다고 해도 말이야!' 또한 아른하임의 '전체의 비밀'이라는 생각에 과감하면서도 무의식적으로 접근하면서 그는 순간 전혀 지적으로 여겨지지 않는 울리히의 표정을 바라보았고, 생각을 정리했다. '우리는 친절하고 호감이 가는 사람이 멍청한 말을 하진 않을 거라고 즐겨 말하지.'

모임은 즉시 끝나버렸다. 장군은 뿔테 안경을 벗어 제복 상의에 넣을 곳을 찾아 더듬더니 결국은 바지에 달린 총 지갑에 넣었다. 그는 지혜를 뜻하는 이 문명의 도구를 어디다 두어야 하는지 여전히 알기 어려웠기 때문이다. "이거야말로 무장한 평화 이념 같군요!" 그는 급하게 끝나버린 모임을 슬쩍 비꼬면서 공범자처럼 투치에게 말을 건넸다.

오직 라인스도르프 백작만이 그간 해왔던 논의들을 신중하게 돌아보았다. "그래서 우리가 합의한 것이 무엇이었죠?" 그는 물었고 아무도 대답이 없자 조용히 덧붙였다. "차차 알게 되겠죠!"

117.
라헬의 어두운 날

남성성에 눈뜨면서, 그리고 라헬을 유혹하겠다는 결심이 굳어지면서 졸리만은 마치 사냥꾼이 야생을 대하거나 도축업자가 동물을 대하는 것만큼이나 냉정해졌다. 하지만 졸리만은 자신의 목표가 어디까지인지, 어떤 방식으로 거기에 도달할 것인지, 어떻게 만나서 해결해야 될지를 알지 못했다. 한마디로 말해서

한 남자의 의지는 한 소년의 나약함으로 바뀌는 것 같았다. 라헬 역시 무언가 일어날 것을 알았고 보나데아와의 모험이 있던 날 자신도 모르게 울리히의 손을 잡은 이후로 정신이 약간 나간 것 같기도 하고 매우 강렬한 애욕의 감정에 사로잡힌 것 같기도 했다. 그건 졸리만에게도 행운의 계시 같았다. 하지만 그땐 상황이 좋지 않았고 그래서 시간은 지체되었다. 요리사가 병에 걸리는 바람에 라헬은 집안의 모임을 준비하느라 외출 시간을 빼앗기고 말았다. 아른하임이 자주 디오티마의 집에 방문하긴 했지만 두 청춘을 감시하기라도 하려는 듯 아른하임은 졸리만을 거의 데리고 가지 않았고 그래서 그 둘은 주인들이 있을 때 아주 잠깐 서로의 무표정하고 시무룩한 얼굴을 볼 수밖에 없었다.

그 무렵 그들은 서로를 증오했는데, 각자가 서로를 너무 짧은 쇠사슬에 묶은 것 같은 고통을 주었기 때문이다. 졸리만은 자신의 끓어오르는 욕망을 폭력적인 일탈로 이끌어갔다. 그는 주인 모르게 호텔에서 빠져나올 계획을 세우고는 침대 시트 한 장을 훔쳐서 자르고 꼬아서 줄사다리를 만들어 탈출하려고 했다. 하지만 계획이 수포로 돌아가자 엉망이 된 침대 시트를 지하실 통로에 처박아두었다. 그러고는 밤에는 어떻게 하면 건물의 돌출부와 장식을 이용하여 외벽을 오르내릴 수 있을지를 헛되이 연구하는 한편 낮에 길을 걸으면서는 그 유명한 도시의 건축물을 자신이 타고다녀야 할 길로 바라보았다. 반면 라헬은 그가 이런 계획과 어려움을 자신에게 스치듯 속삭여주고 난 후 밤에 불을 끄고 있을 때 종종 그의 얼굴이 검은 보름달처럼 벽 아래서 떠오르거나 수줍어하며 대답해야 할 것 같은 찌르륵거리는 소리가 들리는 것 같았다. 그녀는 밖에 아무도 없는 것을 확인할 때까지 창밖으로 몸을 한껏 내밀어 텅 빈 밤거리를 내다보았다. 그녀는 이 낭만적인 혼란을 불쾌하게 여기지 않았고 오히려 갈망하는 슬픔으로 받아들였다. 이 갈망은 원래 울리히를 향한 것이었다. 졸리만은 누군가의 사랑을 받을 만한 사람은 아니었지만 그럼에도 뭔가를 내주고 싶은 사람임에는 틀림없다고 라헬은 생각했다. 그들이 최근 떨어져 지냈다는 것, 서로의 목소리를 거의 들을 수 없었으며 둘 다 주인들을 별로 좋아하지 않았다는 사실 등등이 마치 연인들 사이의 불확실성, 신비함, 탄식 가득한 밤처럼 작용했다. 그녀는 불타는 유리처럼 자신의 빛나는 상상을 한곳에 모았으며 그 빛은 단순히 기분 좋은 따뜻함을 넘어 더이상 견딜 수 없는 강렬한 열기를 뿜어냈다.

아무튼 라헬은 줄사다리나 벽을 타고 오르는 것에 헛되이 매달리지 않는, 좀더 실용적인 사람이었다. 납치를 당하는 것 같은 비현실적인 꿈은 이윽고 함께 지낼 수 있는 하룻밤으로 바뀌었고 이런 밤조차 불가능하다면 감시당하지 않는 15분이라도 얻어보려 했다. 디오티마도 라인스도르프 백작이나 아른하임도, 성대하지만 남는 것은 없었던 모임이 끝난 후 자기들끼리 한두 시간 함께 머물며 사업의 성과에 대해 염려하곤 했지만 그중 한 시간이 네 번의 15분으로 이뤄져 있다는 생각은 하지 못했다.

하지만 라헬은 촌각을 계산했고 아직 건강이 회복되지 않은 요리사가 일찍 퇴근했기 때문에 젊은 동료에게 돌아가는 부담은 여전했으며 한동안 집안일에서는 좀 놓여나긴 했지만 사람들은 그녀가 어디에 있는지조차 알 수 없었다. 시험 삼아서—마치 자살을 하려는 사람이 여러 시도들을 하다가 그중 하나가 실수로 성공에 이르듯이—라헬은 여러 차례 졸리만을 자신의 방으로 끌어들였다. 그녀는 들켰을 때 둘러댈 말들을 준비했고 굳이 건물 벽을 타지 않고도 자기의 방으로 올 수 있음을 그에게 알려주었다. 하지만 지금까지 그 젊은 연인들은 상황을 지켜보면서 대기실에서 하품을 하고 있을 수밖에 없었는데 마침내 내실에서 들려오는 목소리들이 타작하는 소리처럼 끊임없이 이어지던 어느 밤 졸리만은 소설에서 읽은 사랑스런 문장을 끌어내어 이제 더이상 참을 수 없다고 그녀에게 속삭였다.

방 안에 들어왔을 때 문을 잠근 것은 졸리만이었다. 하지만 그들은 감히 불을 켜지 못했고 마치 한밤중에 공원에 서 있는 두 동상이 그러하듯 앞을 보지 못한 채 모든 감각을 빼앗긴 사람처럼 마주서 있었다. 그는 남성의 정복욕을 발휘해 라헬의 손을 꽉 잡거나 다리를 꼬집어서 소리를 지르게 하고 싶었지만 아무 소리도 내선 안 되었기 때문에 참을 수밖에 없었고, 마침내 소심한 장난을 쳐봤으나 라헬은 참기 힘든 냉담함으로 반응할 뿐이었다. 라헬은 척추 위에서 운명의 손길을 느꼈고 그 손길은 그녀를 점점 앞으로 밀어내 마치 이미 모든 환상을 빼앗긴 것처럼 이마와 코가 차가워졌다. 졸리만 역시 매우 당혹스러워했다. 그는 뼛속까지 서툴렀고 언제까지 그렇게 어두운 곳에서 마주보고 서 있어야 하는지조차 알 수 없었다. 결국 그 행위에는 교양이 있어야 했기에 경험이 더 많은 라헬이 유혹하는 역할을 맡았다. 그녀에게 도움을 준 것은 최근 디오티마에 대한 사랑 대신 자리를 차지한 원한이었다. 이제 그녀는 주인의 행복에 같이 기뻐하기를 멈추고 자신만의 연애에 몰입했다. 그녀는 확연히 달라졌다. 그녀는 졸리만과의 만남을 숨기기 위해 거짓말을 했을 뿐 아니라 디오티마의 머리를 빗기다 일부러 머리카락을 뽑기도 했는데 그것은 자신의 행동을 늘 감시당했던 것에 대한 복수였다. 하지만 그녀를 가장 분노케 한 것은 이전 같으면 기뻤던 것으로, 디오티마가 입던 슈미즈 드레스나 팬티, 스타킹 따위를 얻어입는 일이었다. 이 옷들을 거의 3분의 1이나 줄여서 완전히 고쳐 입었음에도 그녀는 마치 맨몸에다 예의범절의 멍에를 씌운 듯 감옥에 갇힌 기분이 들었다. 하지만 이런 옷가지들이 이번만큼은 상황에 꼭 필요한 새로운 아이디어를 이끌어냈다. 왜냐하면 그녀는 한참 전에 여주인의 옷을 세탁하면서 속옷가지들의 변화에 대해 졸리만에게 말한 바 있었고, 현재 긴급한 상호간의 친밀감을 위해 그냥 그 속옷들을 보여주기만 하면 되었기 때문이다. "이것 봐, 그들이 얼마나 못됐는지를 보라고," 그녀는 졸리만에게 어둠 속에서 달빛에 비치는 작은 팬티의 솔기를 보여주며 말했다. "그들이 이런 식으로 음모를 꾸며나간다면 우리집에서 계확한 그 전쟁에 관해서도 주인 나리를 속일 게 분명해." 소년은 부드럽고 위험한 팬티를 조심스럽게 만져보았고 그녀는 숨죽이며 말을 이었다. "졸리만, 네 팬티가 너의 피부처럼 검다는 데 나는 돈을 걸겠어. 사람들이 늘 그렇게 말하거든." 그러자 졸리만은 모욕을 가하듯, 그러나 부드럽게 자신의 손톱으로 그녀의 다리를 만졌고 라헬은 몸을 자유롭게 하기 위해 더 가까이 다가갔으며 어떤 적합한 결론도 없는 이러저러한 말들을 늘어놓아야했다. 하지만 마침내 그녀는 자신의 작고 날카로운 이빨로 졸리만의 얼굴을 마치 커다란 사과라도 되는 듯 깨물었다. 그녀가 이 천진난만한 짓을 반복할 때마다 그의 얼굴은 장난스럽게 그녀의 얼굴에 짓눌렸다. 그때부터 그녀는 긴장을 날려버렸고 졸리만 역시 자신의 서투름을 잊어버렸으며 어둠을 틈타 격렬한 사랑의 몸짓이 사납게 날뛰었다.

사나운 욕정이 해소되자 두 연인은 바닥에 쿵 하고 누워버렸다. 욕정은 벽 사이로 사라져버리고 어둠은 마치 죄인들이 서로에게 검게 문지른 한줌의 석탄처럼 그들 사이에 깔렸다. 그들은 시간이 엄청 지나간 것으로 착각하여 두려워했다. 라헬의 수줍은 마지막 키스는 졸리만에게는 귀찮게 느껴질 뿐이었다. 그는 불을 켜고는 이제 약탈을 끝냈으니 도망갈 일만 남은 도둑놈처럼 굴었다. 부끄러움에 재빨리 옷을 갖춰입은 라헬은 어떤 목적도 깊이도 없는 눈으로 그를 바라보았다. 그녀의 헝클어진 머리카락이 눈 위로 흘러내렸고 그 너머로 그녀는 다시금 지금까지 잊고 있었던 자신의 명예롭고 큰 이상을 바라보았다. 그녀는 최상의 덕성을 갖추었을 뿐 아니라 잘생기고 부자인 데다 도전적인 연인을 꿈꾸어왔는데 지금 그녀 앞에는 여전히 옷을 덜 갖춰입고 끔찍하게 못생긴 졸리만이 있었다. 게다가 그녀는 그가 말한 어떤 이야기도 믿지 않았다. 만약 불이 꺼져 있었다면 그녀는 졸리만의 살찌고 긴장된 얼굴을 헤어지기 전까지 품에 안고 있었을지도 모른다. 하지만 불은 켜져 있었고 그는 그녀의 새로운 연인이자 모든 타인을 배제하는 존재이며 수천 사람의 가능성이 이 작고 우스꽝스런 악마 속에 쪼그라든 존재였다. 이제 라헬은 다시 유혹당할 수 있는 하녀로 돌아갔고 이 일로 생길지도 모를 아이에 대해 극도로 두려워하기 시작했다. 그녀는 이런 변화로 말미암아 탄식을 내뱉을 정도로 위협을 받았다. 졸리만이 허둥대다가 팽팽한 윗도리의 단추를 제대로 끼우지 못하자 그녀는 옷 입는 것을 도와주었다. 하지만 다정함은 없었고 오직 서둘러 아래층으로 내려가기 위한 행동일 뿐이었다. 그녀는 두려울 정도로 모든 것을 내어주었고 여기서 발각된다면 더 견딜 수가 없었던 것이다. 아무튼 그들이 나갈 준비를 다 끝냈을 때, 졸리만은 자부심에 찬 나머지 돌아서서 그녀를 향해 함박웃음을 지어 보였고 문을 열기 전에 그녀는 그에게 속삭였다. "키스를 한번 더 해줘야지!" 그건 당연한 일이었지만 둘 모두에게 키스는 마치 입술에 치약을 묻힌 것 같은 맛이 났다. 대기실에 돌아와서야 그들은 시간에 여유가 있었음에 놀랐다. 문 뒤로 들리는 대화

소리는 이전보다 더 커졌던 것이다. 손님들이 문을 열고 나서자 졸리만은 사라져버렸고 반시간쯤 뒤에 라헬은 거의 예전의 사랑이 느껴질 정도로 엄청 세심하게 여주인의 머리를 빗겨주고 있었다.

"내 훈계가 너한테 통한 것 같아 기쁘구나!" 디오티마는 칭찬했고 그렇게 많은 질문에도 만족을 얻지 못한 부인은 작은 하녀의 손을 친절하게 쓰다듬었다.

118. 그래도 그를 죽여라!

발터는 사무용 복장 중에서 괜찮은 것을 골라 클라리세의 거울 앞에서 넥타이를 매고 있었다. 요즘 취향에 맞게 굴곡진 틀로 꾸며진 거울이었지만 기포가 많은 싸구려 유리 탓에 깊이가 없고 뒤틀린 모습으로 보였다. "사람들 말이 정말 옳아," 그가 화난 음성으로 말했다. "그 유명한 운동은 그저 사기라고!"

"도대체 그들이 소리치는 이유는 뭐지?" 클라리세가 말했다.

"요즘 삶에 이유 같은 게 있나! 거리에 나가면 적어도 줄지어서 행진이라도 하잖아. 서로의 몸이라도 부딪히면서 말이야! 그들은 생각하지도, 쓰지도 않잖아. 벌써 뭔가 될 징조라고!"

"그러니까 네 생각엔 사람들의 분노는 다 그 운동 때문이라는 거지?"

발터는 어깨를 으쓱해 보였다. "신문에서 독일 중재자가 수상에게 떠벌리는 소릴 못 읽어본 거야? 독일 민중에 대한 폄훼라는 둥 차별이라는 둥 하는 소리 말이야. 체코 연맹들의 그 조롱하는 듯한 선언은? 폴란드 유권자들이 선거구에 돌아왔다는 작은 소식은? 행간을 읽을 줄 아는 사람이라면 죄다 엄청난 소식임을 알 거야. 왜냐하면 항상 결정권을 쥐고 있는 폴란드 사람들이 정부를 곤경에 처하게 했기 때문이지! 긴장된 상황이야. 그런 애국주의 운동 따위로 모두를 자극할 때가 아니란 말이야!"

"오늘 아침 시내에 갔을 때," 클라리세가 설명했다. "말을 탄 경찰들이 행진하는 것을 봤어. 한 부대 규모가 나섰더군. 어떤 여자가 그들이 어디엔가 주둔하고 있다고 말했어!"

"물론 군대 또한 병영에서 대기하고 있지."

"뭔가 일이 터질 거라고 봐?"

"그거야 알 수 없지!"

"경찰이 사람들 사이로 밀고 들어갈까? 그 큰 말의 몸뚱어리가 사람들 틈에 있다고 생각하면 얼마나 끔찍한지!"

발터는 넥타이를 풀더니 다시 한번 맸다. "이런 일을 겪어본 적이 있어?" 클라리세가 물었다.

"대학생이었을 때."

"그 이후론 없었고?"

발터는 고개를 저었다.

"넌 언젠가 뭔가 일이 터지면 울리히의 잘못이라고 말한 적이 있지?" 클라리세는 다시 한번 확인하듯 물었다.

"그런 적 없어." 발터는 움찔하며 대답했다. "그에게 정치적 사건은 의미가 없어. 나는 그저 울리히가 그렇게 경솔한 일에 휘말릴 줄 알았다고 말했을 뿐이야. 그는 이 모든 일을 저지른 사람들에 속해 있다고!"

"나도 시내로 나가고 싶어!" 클라리세가 말했다.

"절대 안 돼! 너는 너무 흥분할 거야." 발터는 단호하게 잘라 말했다. 그는 시위 현장에서 일어나는 일들에 대해 사무실에서 들어 알고 있었기에 클라리세가 가지 않았으면 했다. 거대한 군중 속에서 그녀의 히스테리가 심해질 것이 뻔하기 때문이었다. 클라리세는 임신부처럼 다뤄야 했다. 임신이라는 단어를 그저 상상만 했을 뿐인데도 그의 마음은—연인의 냉담함에도 불구하고—모성으로 바보처럼 따뜻해졌다. '그런 모순된 관계도 있는 법이지!' 그는 약간의 자부심을 느끼며 중얼거렸고 클라리세에게 제안했다. "네가 원한다면 집에 그냥 있을게."

"아니야," 그녀가 대답했다. "너라도 거기 있어야지."

그녀는 혼자 머물기로 했다. 발터가 다가오는 시위에 대해 말해주고 설명해줄 때 클라리세는 커다란 비늘이 따로따로 움직이는 뱀을 눈앞에 떠올렸다. 그녀는 이런저런 말을 듣는 대신 그 장면을 직접 목격하고 싶었다.

발터는 팔로 그녀를 감쌌다. "내가 집에 있을까?" 그는 다시 물었다.

그녀는 팔을 치우고 시선을 외면하면서 선반에서 책을 한권 꺼냈다. 그녀가 좋아하는 니체의 책이었다. 발터는 나가는 대신 그녀에게 부탁했다. "어디쯤 읽고 있는지 좀 보여줘."

벌써 늦은 오후가 지나고 있었다. 봄의 모호한 기운이 방에 들어찼고 창과 벽을 스며드는 새소리가 들리는 것 같았다. 대지 위에서, 시트와 녹슨 황동 손잡이에서 꽃향기가 스멀스멀 올라왔다. 발터는 책으로 손을 뻗었다. 클라리세는 한 손가락을 펼쳐진 페이지에 끼운 채 두 손으로 책을 잡고 있었다.

이윽고 그들의 결혼생활 내내 있었던 '끔찍한' 장면이 펼쳐졌다. 그 일들은 동일한 전개과정을 겪었다. 그건 마치 불이 꺼진 극장무대 양쪽 사이드에 두 개의 조명이 켜지면서 한쪽에는 발터가, 다른 쪽에는 클라리세가 등장하는 무대와 같았다. 그들은 모든 남자들과 여자들 중에서 선발되었고 그들 사이에는 깊은 어둠의 심연이 보이지 않는 사람들의 온기로 따듯하게 데워져 있었다. 이제 클라리세가 입을 열고 말하면 발터가 대답하며 모든 청중은 숨죽이며 경청한다. 왜냐하면 그들의 대화는 이제껏 한번도 볼 수 없었던 빛과 소리의 장관이었기 때문이다. 그런 장면이 지금 또 펼쳐지고 있었다. 발터가 요청하듯 팔을 뻗었고 몇 걸음 떨어진 곳에서 클라리세는 열린 페이지 사이로 손가락을 꽉 끼우고 있었다. 책을 아무곳이나 펼쳐보다가 그녀는 아름다운 문장과 마주쳤다. 문장 속에서 그 거장은 의지의 추락에 따른 빈곤에 대해 말했으며, 삶의 모든 영역에서 전체를 희생하여 개별자들이 번성하는 현상이 뚜렷해진다고 주장했다. "삶은 아주 작은 영역으로 축소돼가고 그 삶에서 남은 것들은 빈약해진다." 이것이 그녀가 기억하는 문장이었고 발터가 끼어들기 전까지 그 대략적인 윤곽만 그려질 뿐 전체적인 맥락은 떠오르지 않았다. 그런데 그렇게 좋지 않은 상황임에도 그녀는 대단한 것을 발견해냈다. 이 문장에서 니체는 모든 종류의 예술, 심지어는 삶의 모든 형식들에 대해 이야기했는데 그가 든 예는 모두 문학뿐이었던 것이다. 그녀는 그런 일반화를 이해하지 못했기 때문에 니체가 사유의 전체적인 영역을 장악하지 못했다고 생각했다. 그건 음악에도 적용될 수 있기 때문이었다! 클라리세에게는 남편의 병적인 피아노 소리가 마치 바로 옆에서인 듯 생생하게 들리는 것 같았다. 그것은 사유가 그녀를 향해 흘러나올 때, 그리고 또다른 거장의 표현에 의하면 '도덕적 추가'의 순간이 내면의 '예술가'를 엄습할 때 손의 터치가 멈칫하면서 나오는 선율, 감정이 풍부한 멈춤이었다. 클라리세는 발터가 조용히 그녀를 갈망할 때의 소리를 알아들을 수 있었다. 또한 그녀는 그의 얼굴에서 풀려나오는 음악을 볼 수 있었다. 그 순간 오직 빛나는 것은 그의 입술이었으며, 그는 마치 손가락이 잘린 채 실신한 사람처럼 보였다. 지금도 그는 그렇게 보였으며 그녀를 향해 팔을 뻗으면서도 긴장된 미소를 지어 보였다. 당연히 니체는 이런 사실을 알 수 없었지만 그녀가 우연히 어떤 페이지를 펼쳤고 그곳을 짚은 것은 하나의 신호였으며, 갑자기 그 모든 것을 보고 듣고 이해했을 때 그녀는 번개 같은 발견의 순간에 충격을 받았고 니체라는 산의—발터를 그 아래 묻어버렸으며 자신의 발바닥 아래 있는—정상에 서게 되었다. 깊은 사유에 다가설 수도 없고 창조적이지도 못한 많은 사람들의 '실용적인 철학과 문학'은 누군가의 위대하고 낯선 사상을 자신들의 사소하고 개인적인 것에 적용해서 만들어지는 것이었다.

그사이 발터는 클라리세에게 다가갔다. 그는 참여하기로 했던 시위를 잊어버리고 그녀와 함께 집에 머물기로 했다. 그는 자신이 다가서자 반감을 품고 벽에 기대 선 그녀를 바라보았다. 한 남자를 피하려는 한 여자의 노골적인 태도는 그에게 혐오감을 전달하기는커녕 그녀가 피하고자 하는 바로 그 원인에 해당하는 남성적인 관념을 깨우는 결과가 되고 말았다. 왜냐하면 남자라면 누구든 저항하는 상대에게 자신의 의지를 강요하고 명령할 준비가 되어 있기 때문이다. 또한 이런 남성성을 증명할 필요성은 남자는 뭔가 특별해야 한다는 젊은 시절 미신의 찌꺼기를 몰아낼 필요성만큼이나 발터에게 의미있게 다가왔다. '인간은 특별할 필요가 없어!' 그는 반항적으로 중얼거렸다. 그런 환상을 몰아내지 못하는 인간이 너무 나약하게만 보였다. '우리 모두에게는 과장하려는 경향이 있지.' 그는 경멸에 빠져 생각했다. '우리 모두에게는 병적인 것, 무시무시한 것, 고독한 것, 사악한 것이 있어. 우리 모두는 자신에게 가능한 것만을 할 수 있는 거야. 그건 아무 의미도 없어!' 그 무시무시한 것들의 파괴적인 성

장을 멈추게 하고 유기적으로 분해하는 대신, 또한 점점 더 침묵
에 빠지는 시민적 혈관에 뭔가 새로운 생명을 주입하는 대신 그
것들을 키워나가야만 하는 인류의 광기에 그는 혐오를 느꼈다.
그래서 발터는 음악과 미술이 단순히 즐겁게 향유되는 세련된
예술을 넘어서는 그날이 오기를 고대했다. 그토록 원하는 아이
도 그에겐 이런 새로운 과업에 속했다. 타이탄과 불을 가져온 인
간이 되고 싶었던 젊은 시절의 욕망은 약간 과장을 보태자면 이
젠 누구든 남들과 같아져야 한다는 믿음으로 바뀌었다. 요즘 그
는 아이가 없어서 부끄러웠다. 클라리세와 자신의 수입이 허락
했다면 적어도 다섯명의 아이는 낳았을 것이다. 그랬으면 아마
도 따뜻한 인생의 중반기에 접어들었을 것이다. 그는 삶을 꾸려
가는 위대한 보통 사람들의 평균을 평균적으로—이런 욕망이
얼마나 모순적인지는 생각하지 않고—넘어서고 싶어했다. 하
지만 그가 생각을 너무 많이 했든지 아니면 옷을 갖춰입고 이런
대화를 나누기 전에 잠을 너무 많이 잤든지, 그의 얼굴은 때마침
뜨겁게 달아올랐다. 그리고 곧장 그녀는 왜 그가 책으로 다가왔
는지 알겠다는 신호를 주었다. 그녀의 반감을 드러낸 이렇듯 고
통스러운 신호에도 불구하고 서로를 향한 섬세한 공감이 있었
다는 사실 덕분에 그의 내면에 숨겨진 잔인함과 단순함은 가라
앉고 말았다. "왜 당신이 읽은 부분을 보여주지 않지? 같이 이야
기해볼 수도 있잖아!" 그는 주눅이 든 채 요구했다.

  "이야기할 수 없어!" 클라리세가 중얼거렸다.

"너무 신경질을 내는군!" 발터가 목소리를 높였다. 그는 펼쳐진 책을 뺏으려 했다. 클라리세는 고집스럽게 그 모습을 바라보았다. 한동안 책을 두고 씨름을 벌이다가 발터는 문득 생각했다. '도대체 이 책으로 뭘 하겠다는 거지?' 그러고는 클라리세를 내버려두었다. 그의 손에서 풀려난 순간 클라리세는 마치 폭력의 위협에서 벗어나기 위해서 뻣뻣한 덤불을 헤쳐 도망치는 사람처럼 벽을 향해 달려들었다. 그러지만 않았더라도 상황은 쉽게 끝났을 것이다. 그녀는 숨을 쉬지 못한 채 창백해져서는 그를 향해 날카롭게 소리쳤다. "너는 뭔가 해보려고 않고 그저 아이나 만들었으면 하잖아!"

그녀의 입에서 마치 독을 품은 불처럼 이 말이 튀어나가자 발터 역시 자신도 모르게 숨가쁘게 소리쳤다. "이야기를 하자고!"

"말하기 싫어, 네가 역겹다고!" 클라리세가 대답했다. 그녀는 갑자기 자신의 목소리를 최대한 높였고 의도적으로 쥐어짜냈기 때문에 마치 그녀와 발터 사이에 무거운 도자기가 떨어져 깨지는 것 같았다. 발터는 한발 물러서서 놀란 눈으로 그녀를 바라보았다.

클라리세는 그렇게 나쁘게 말하고 싶진 않았다. 다만 그녀는 선량함이나 태만 때문에 적당히 넘어가기가 두려웠을 뿐이다. 그렇게 되면 자신과 발터는 다시 끈으로 묶이게 되고, 그건 지금처럼 단호하게 모든 질문을 제기할 시점에 일어나서는 안 되는 일이기 때문이다. 사태는 정점으로 치달았다. 사람들이 거리로 나서는 이유를 설명할 때 발터가 사용했던 이 '정점'이라는 단어는 그녀의 머릿속에 깊이 각인돼 있었다. 왜냐하면 결혼 선물로 니체의 책을 선물해준 탓에 그 철학자를 떠올리게 하는 울리히가 문제가 생길 때마다 바로 한 정점에 맞선 다른 정점에 서 있었기 때문이다. 니체는 그녀에게 하나의 이미지를 던져주었다. 그녀가 '높은 산'에 오른다면 높은 산이란 그저 땅이 높은 정점으로 솟아오른 것이 아닐까? 사물들이 얽혀 있는 모양은 누구도 풀 수 없는 수수께끼처럼 기묘했고 클라리세 역시도 정확한 해법을 알지 못했다. 하지만 바로 그 이유 때문에 그녀가 혼자 있어야 하고 발터를 집에서 쫓아내야 했다. 순간 그녀의 얼굴에 타오른 거친 분노는 순수하거나 진지한 것이 아니라 인간의 모호한 영역에서 육체적으로 끓어오르는—발터에게도 종종 나타나는—'피아니스트의 분노'였다. 그러자 발터 역시 아내를 한동안 어리둥절해서 쳐다보더니 갑자기 얼굴이 창백해져서는 이빨을 드러내며 맞서 소리를 질렀다. "그 천재를 조심해! 당신은 조심해야 한다고!"

발터는 그녀보다 더 크게 소리를 질렀다. 또한 그의 어두운 예언은 자신도 모르는 어떤 강력함으로 자신의 목구멍에서 터져 나왔고 자신에게조차 너무나 끔찍했기 때문에 마치 일식이라도 일어난 것처럼 방의 모든 것이 캄캄하게 어두워지는 것 같았다.

클라리세 역시 그 말에 충격을 받았다. 잠시 그녀는 입을 다물었다.

일식과도 같았던 감정은 너무도 강렬하여 결코 간단하게 넘길 일이 아니었고 그가 무엇을 의도했든 그 안에는 울리히를 향해 무의식적으로 터져 나온 발터의 질투가 숨겨져 있었다. 발터는 왜 그를 천재라고 했을까? 그 말은 차라리 언제 깨질지 모를 자만심의 표출이었다. 발터는 옛일의 한 장면을 떠올렸다. 울리히가 제복을 입고 귀향했을 때 그 야만인은 벌써 여자와 진짜 관계를 맺고 있었고 발터는 그보다 나이가 많았음에도 여전히 공원의 동상을 보며 시를 짓고 있었다. 울리히는 정확성과 속도, 그리고 강철 같은 정신을 고향으로 가져온 전령이었다. 하지만 인문주의자 발터에게 그의 등장은 야만족의 침입이나 다를 게 없었다. 비록 스스로를 지적으로 생각하는 반면 울리히를 벌거벗은 의지밖에 없는 인물로 바라보았지만 발터는 육체적인 면에서나 결단력에서나 그 어린 친구보다 유약한 자신의 면모에서 묘한 불쾌감을 느꼈다. '발터가 아름다움과 선함에 감명을 받을 때 울리히는 머리를 가로젓고 있다.' 이런 인상은 그들 사이에 늘 존재했으며 점점 더 확고해졌다. 만약 발터가 클라리세와 다투던 그 페이지를 보았다면 아마 그는 거기 씌어진 '붕괴' Zersetzung 란 전체에서 비롯된 생의 의지를 개별적인 것으로 몰아가는 것이며 그것이 자신의 예술적 집착에 대한 하나의 비판이 되리라는 것을 클라리세만큼 이해하진 못했을 것이다. 반면 발터는 아마도 그 단어를 친구 울리히에 대한 탁월한 묘사로 받아들였을 것이다. 현대의 경험주의적 미신에서 비롯된 개별적인 것에 대한 과대평가에서부터 결국 그가 울리히를 '특성 없는 사람' 또는 '사람 없는 특성'이라고 이름짓게 한 자아의 야만적인 분열에 이르기까지 고스란히 울리히에게 해당되었기 때문이다. 반면 울리히는 본인의 과대망상 때문에 이런 지적들을 기쁘게 받아들였으리라고 발터는 믿었다. 그것이 바로 발터가 울리히를 비꼬아 일컬어 '천재'라 부르는 사정이었다. 누군가 고독한 개인으로 불려야 한다면 그건 당연히 자신이어야 하는데 그럼에도 발터는 자연스런 인류의 의무를 누리기 위해 그렇게 불리기를 포기했으며 그 점에서 그는 자신의 친구에 앞선 총체적 세대에 속한다고 느꼈다. 자신의 비아냥거림에 대해 클라리세가 한마디도 안하는 동안 그는 생각했다. '만약 그녀가 울리히 편을 들며 단 한마디만 해도 가만있지 않을 거야!' 그러고는 마치 울리히가 자신을 잡아 흔들기라도 하는 것처럼 증오로 몸을 떨었다.

분노가 치민 나머지 그는 모자를 쥐고 밖으로 뛰쳐나가고 싶은 욕망에 사로잡혔다. 그는 아무것도 보지 않고 거리를 내달릴 것이다. 집들은 아마도 바람 속에서 질서 있게 몸을 숙일 것이다. 얼마 있지 않아 그는 속도를 줄여 지나치는 사람들의 얼굴을 바라볼 것이다. 그를 향해 친절한 시선을 보내는 얼굴들 덕분에 그는 마음을 가라앉힐 것이다.

지금 발터는 의식이 이런 환상에 삼켜지기 전에 클라리세에게 자신의 의도를 설명하고자 했다. 하지만 말은 입 대신에 눈 속에서 빛나고 있었다. 인류와 형제 사이에 함께한다는 기쁨을 어찌 말로 설명하겠는가! 클라리세는 아마도 그에게 개성이 부족하다고 말할 것이다. 하지만 자의식에 관한 클라리세의 애착은 뭔가 비인간적인 면이 있었고 그는 자신에게 가해진 그런 교만한 요구를 더이상 따르려 하지 않았다. 무분별한 사랑의 환상이나 인간적인 무법상태로 내몰리기보다는 어떤 질서 안에서 그녀와 함께 있기를 발터는 간절히 원했다. '누군가의 존재와 행위의 모든 것은 비록 다른 사람들과 반대편에 서는 경우일지라도 근본적으로 그들과 함께 움직인다는 느낌이 있어야 한다.' 대체로 그는 이런 식으로 말하고 싶어했다. 발터는 언제나 사람들과 잘 지내왔기 때문이다. 논쟁을 벌이는 와중에도 사람들은 그에게 끌렸고 그는 인간 사회에는 모든 일들에 균형을 부여하는 힘이 내재돼 있어서 항상 결국에는 원형을 되찾는다는 평범한 의견을 가지고 있었으며 그것은 삶에 안정된 확신을 가져다주었다. 그에게 새를 유혹하는 사람이 떠올랐다. 새들은 그런 사람에게 거리낌 없이 날아오고 그 사람들은 심지어 외모조차 새 같은 모습을 하고 있다. 모든 사람에게는 동물성이 있어서 뭔가 설명하기 힘든 방식으로 동물과 연관돼 있다고 그는 믿었다. 그는 언젠가 이런 이론을 숙고해본 적이 있었다. 과학적인 것은 아니었지만 그는 음악적인 사람은 과학을 뛰어넘는 직관을 소유했다고 믿었고 유년 시절부터 자신의 동물성은 물고기에 가깝다고 거의 확신했다. 약간의 두려움을 주긴 했지만 물고기는 언제나 그의 마음을 강하게 사로잡았고 학창 시절의 첫 방학 때부터 그는 물고기에 열광했다. 그는 몇시간이나 물가에 서서 물고기를 낚아챘으며 문득 경악을 자아낼 정도로 혐오감이 들 때까지 그들의 시체를 풀밭 위에 내버려두었다. 또한 부엌에서의 생선도 어린 나이의 그를 끌어당겼다. 살을 발라낸 생선뼈가 배 모양의 그릇에 담긴 채 마치 잔디와 구름처럼 푸르고 하얗게 윤을 내고 있었다. 무슨 이유에선지 부엌의 규칙에 따르면 물고기 뼈는 식사가 다 준비되고 뼈가 쓰레기통에 버려질 때까지 반쯤 채워진 물에 잠겨 있는 게 보통이었다. 물고기가 담긴 그릇은 소년의 마음을 비밀스럽게 끌어당겼기 때문에 항상 그는 아이다운 호기심으로 몇시간이나 그 주변을 맴돌았고 누군가 왜 그러느냐고 물으면 막상 대답할 말을 찾지 못했다. 지금 같으면 두 요소가 아니라 완전히 하나에 속한 물고기의 마법이 작용해서라고 대답할 수 있을 것이다. 또다시 발터는 거울 같은 깊은 수면에서 종종 보았던 것처럼 물고기들을 바라보았다. 그것들은 경계에서 공허한 요소를 마주한 땅 위의 자신처럼 움직이지 않았다. (그건 편안한 상태도, 그렇지 않다고도 할 수 없지. 발터는 이리저리 생각을 짜내보았다. 우리의 어떤 부분은 발바닥 정도의 공간을 차지하는 땅에 속해 있고 다른 부분은 공기 위에 우뚝 솟아 있지. 그래서 우리는 넘어지고 쫓겨날 수밖에 없는 거야.) 하지만 물고기의 땅, 그들의 공기, 음료, 먹이, 적으로부터의 위협,

어렴풋한 사랑의 충동, 그리고 그들의 무덤까지 모든 것은 그들을 묶어주는 하나였다. 물고기들은 자신을 움직이게 하는 것들 안에서 움직였다. 그 움직임은 마치 우리가 꿈속 아니면 안전하고 부드러운 어머니 자궁 속으로의 귀환에서나—이런 믿음 또한 당시엔 유행이 시작되고 있었지만—체험할 수 있는 것이었다. 그러나 왜 그는 물고기를 죽여서 뼈를 발라냈는가? 그건 말도 못할 엄청난 희열을 그에게 안겨주었기 때문이다! 그리고 그는 희열의 이유를 알고 싶지 않았다. 왜냐하면 그 사람, 발터는 수수께끼에 푹 빠진 사람이었기 때문이다! 클라리세는 언젠가 물고기를 물속의 부르주아라고 불렀다. 발터는 이 말에 움찔 놀랐다. 그가 상상에 빠져 행인들의 얼굴을 바라보며 서둘러 길을 가고 있을 때는 낚시하기 딱 좋은 날씨였다. 사실 비가 오진 않았지만 습기가 내려와 그가 처음 본 인도와 차도는 이미 짙은 암갈색을 띠고 있었다. 어딘가로 움직이는 사람들은 칼라 없는 검은 옷을 입었고 빳빳한 모자를 쓰고 있었다. 발터에겐 그 모습이 놀랍지 않았다. 아무튼 그들은 부르주아는 아니었고 분명히 퇴근 후 자유롭게 무리지어가는 노동자들이었고, 아직 일을 다 마치지 못했던 다른 사람들은 발터처럼 서둘러 이 무리를 따라가는 것이었다. 그를 불편하게 하는, 뭔가 아주 으스스하게 드러난 그들의 목을 제외한다면 사람들 모습은 매우 행복한 느낌을 주었다. 그러고는 갑자기 비가 쏟아졌다. 뭔가 공기중을 가르면서 흰 빛이 번쩍하자 사람들이 흩어져 달렸고 물고기가 떨어졌다.

그러고는 작은 개를 부르는 소리라고는 믿기지 않는 부드럽게 떨리는 목소리가 들렸다.

이 마지막 장면은 그와는 워낙 상관이 없었기에 그를 깜짝 놀라게 했다. 그는 자신이 꿈을 꾸었던 것인지 알지 못했고 그저 믿을 수 없는 속도로 이미지의 세계를 떠돌아다닌 것 같았다. 그는 여전히 혐오로 일그러진 젊은 아내의 얼굴을 바라보았다. 그는 자신을 믿을 수 없었다. 그는 뭔가 구체적인 불만을 늘어놓으려 했다는 사실을 기억했으며 그의 입은 여전히 열려 있었다. 하지만 그때부터 몇분 혹은 몇초가 지났는지, 아니면 그저 천만분의 일초가 지나간 것에 불과했는지 알 수 없었다. 하지만 그는 뭔가 따뜻한 자부심을 느끼기도 했는데 그 느낌은 냉수로 목욕을 한 후에 피부의 떨림이 더 두드러지는 것과 비슷했다. '내가 무엇을 이겨낼 수 있는지 한번 보라고!' 숨겨진 감정이 터져 나오는 순간에 그는 부끄러움을 느꼈다. 그때 그는 정돈된 것, 자신을 제어하는 것, 그리고 거대한 것들 속에서 자신을 삼가는 것들이 일탈보다 정신적으로 훨씬 우월하다고 말하고 싶었다. 또한 그의 확신은 뿌리를 공기중으로 드러냈고 삶의 화산이 뿌려놓은 먼지가 그 뿌리를 뒤덮고 있었다. 그래서 성인이 된 이후 그를 강하게 사로잡은 감정은 바로 공포였다. 그에게는 뭔가 무시무시한 일이 일어나리라는 확신이 있었다. 이런 불안에는 논리적인 이유도 없었다. 그러나 클라리세와 울리히가 자신을 몰아내려 한다는 강한 확신의 이미지는 여전히 남아 있었다. 그는 이런 악몽을 떨쳐버리기 위해 생각에 집중했고 자신의 과격함으로 중단된 대화를 좀더 이성적인 쪽으로 끌어갈 말을 하고 싶었다. 그의 혀는 뭔가 움직일 기미가 보였지만 자신도 인식하지 못하는 말이 제약 없이 튀어나올지도 모른다는 의심이 그를 가로막았고 머뭇거리는 사이 갑자기 클라리세가 자신에게 던진 말을 듣게 되었다. "울리히를 죽이고 싶다면, 죽여버려! 너는 양심의 가책이 너무 많아. 그런 양심을 가지고는 좋은 음악을 만드는 예술가가 될 수 없어!" 발터는 오랫동안 그 말이 이해되지 않았다. 종종 어떤 것들은 스스로 해답을 찾기도 하는데 발터는 자신의 정신 나간 상태가 누설될까 두려워 해답을 주저하고 있던 것이다. 이 불확실한 순간에 그는 클라리세가 다름 아닌 자신이 지나온 무시무시한 생각들의 근원을 말했다는 사실을 깨달았거나 아니면 그렇게 설득되었다. 그녀가 옳았다. 발터가 원하는 게 있다면 그건 오직 울리히의 죽음을 목도하는 일이었다. 사랑처럼 빨리 식어버리지 않는 우정에 있어서 그런 종류의 일은 아주 드물지 않았다. 그것이 한 사람의 가치를 격렬하게 뒤흔든다면 말이다. 발터에게 살의는 없었다. 울리히가 죽는다는 생각을 하면 이윽고 옛날 친구에 대한 어린 시절의 사랑이 부분적으로 되살아났기 때문이다. 극장 같은 곳에서 그런 악한 행동에 대한 시민적인 억제가 거대한 예술적 감정에 의해 일시적으로 지양되는 것처럼, 발터에겐 비극적인 해결책을 궁리하는 것이 그 의도된 희생자에게는 뭔가 아름다운 역할을 부여한다고 느껴졌다. 그는 겁을 집어먹었고 어떤 피도 볼 수 없었지만 기분만큼은 매우 고양되었다. 그는 울리히의 교만이 한번쯤 산산조각나기를 바라고 있었지만 행동을 취하지는 않았다. 하지만 아무리 많은 것을 덧붙이려 해봐도, 생각이란 천성적으로 논리적이지 않았다. 오히려 환상을 제거한 현실의 저항만이 시적 인간 속의 모순을 잘 드러내주었다. 그래서 지나친 시민적 양심이 예술가에겐 방해가 될 수 있다는 클라리세의 지적이 옳을 수도 있었다. 이 모든 생각이 우유부단하게 아내와 대치중인 발터의 머릿속에 떠올랐다.

하지만 클라리세는 열정적으로 다시 한번 말했다. "그가 너의 일에 방해가 된다면, 그를 제거해도 상관없어!" 그녀는 자극적이고 흥미로운 생각인 듯 다시 말을 내뱉었다.

발터는 팔을 뻗으려 했다. 팔이 마비된 것 같은 느낌 속에서도 그는 그녀 쪽으로 좀더 가까이 다가간 것 같았다. "니체와 예수 그리스도는 그 어정쩡함 때문에 망하고 만 거야!" 그녀는 그의 귀에 속삭였다. 그건 완전 엉터리였다. 예수를 끌어대다니 말이나 되는가! 예수가 어정쩡함 때문에 망했다니, 도대체 무슨 말인가? 그런 비교는 당황스러울 뿐이었다. 하지만 발터는 그녀의 입술이 움직이는 걸 보면서 뭐라 말할 수 없는 선동을 감지했다. 다수의 견해에 확실히 부합하자는, 어렵게 쟁취한 자신의 결정은 특별한 존재를 향한 잠재된 욕구에 끊임없이 미혹되고 있었다. 그는 자신의 힘이 닿는 한 강하게 클라리세를 붙잡아 움직이지 못하게 했다. 그녀의 눈은 마치 두 개의 작은 원판처럼 보였다. "네가 어떻게 그런 생각에 빠질 수 있는지 모르겠어!" 그는 수차례 반복해 말했지만 어떤 대답도 없었다. 그는 자신도 모르는 사이에 그녀에게 점점 더 다가선 것이 틀림없었다. 왜냐하면 클라리세가 더이상 다가오지 못하도록 마치 새처럼 열손가락의 손톱을 그의 얼굴 앞에 펼쳐 보였기 때문이다. '미쳤군!' 발터는 생각했다. 하지만 그녀를 놓아줄 순 없었다. 모든 이해를 거부한 흉측함이 그녀의 얼굴에 드리워져 있었다. 그는 한번도 광기를 목격한 적이 없었다. 하지만, 그것만큼은 광기임에 틀림없다고 생각했다.

그러더니 갑자기 그는 신음하듯 말했다. "너는 그를 사랑하는구나?!" 그건 각별히 독특한 말도 아니었고 그들 사이에서 처음 제기된 논쟁도 아니었다. 하지만 클라리세가 미쳤다고 여기지 않기 위해서라도 그는 그녀가 울리히를 사랑한다고 믿고 싶었다. 이런 자기희생은 아마도 초기 르네상스 시대의 미인에 가까운 얇은 입술의 아내를 칭송해 마지않았던 그의 눈에 클라리세가 생애 처음으로 못생겨 보였다는 사실과 깊은 연관이 있었을 것이다. 이런 추함은 그녀의 얼굴이 그에 대한 사랑으로 부드럽게 감싸이는 대신 자신의 정적을 향한 거친 사랑에 노출되었기 때문일 것이다. 엄청난 혼란이 뒤따랐고 그 혼란은 뭔가 공적이고 사적인 의미로 가득 찬 매우 새로운 것이 다가온 것처럼 그의 심장과 눈 사이를 떨리게 했다. 하지만 그가 아주 비인간적으로 "너는 그를 사랑하는구나"라고 신음하듯 내뱉었다는 사실은 이미 그의 존재가 클라리세의 광기에 전염되었음을 말해주는 게 아닐까? 그런 생각은 그에게 공포를 안겨주었다.

조용히 그의 손에서 풀려난 클라리세는 다시금 그에게로 다가갔고 마치 노래를 부르듯 몇차례 그에게 대답했다. "나는 네 아이를 원치 않아! 나는 네 아이를 원치 않아!" 그러면서 그녀는 도망치듯 빠르게 그에게 키스했다.

그러고는 그녀는 가버렸다.

그녀가 정말 "그가 내게서 아이를 갖고 싶어한다"고 말했을까? 발터는 그녀가 그렇게 말한 기억이 나지 않았지만 그런 가능성이 있었던 것 같기는 했다. 그는 질투에 사로잡혀 피아노 앞에 섰고 뭔가 뜨겁고도 차갑게 밀려오는 공기를 느꼈다. 이것이 천재와 광기의 흐름일까? 아니면 굴복과 미움의 흐름? 아니면 정신과 사랑의? 그는 클라리세에게 길을 열어주고 자신의 마음을 그 길 위에 놓아 그녀가 걸어가게 해줄 수 있을 것 같았다. 또한 강력한 말로 그녀와 울리히를 섬멸할 수 있을 것 같았다. 그는 울리히에게 달려갈지 아니면 그 순간 지구와 별들 사이의 영원한 투쟁이 될지 모르는 자신의 협주곡을 작곡해야 할지, 아니면 금지된 바그너 음악의 물의 요정 같은 저수지에서 먼저 흥분을 가라앉히는 게 좋을지 결정을 하지 못했다. 이런 숙고 덕분에 그가 처해 있었던 표현 못할 상황은 점차 나아져갔다. 그는 피아노 덮개를 열고 담배에 불을 붙였다. 한동안 그의 생각은 멀리 흩어졌고 건반 위의 손가락은 작센의 마법사를 다룬, 척수를 녹이며 일렁이는 음악을 연주하기 시작했다. 이런 느린 도입부가 한동안 계속된 후 자신의 아내와 울리히가 저들의 행동을 책임질 수 없는 상황에 있음을 분명하게 깨달았다. 그는 고통스러웠지만 당장 그녀를 설득하러 찾아가봤자 아무 소용도 없음을 잘 알았다. 갑자기 사람들이 그리워졌다. 그는 모자를 쓰고 자신의 근원적 욕구를 해결하기 위해 도심으로 갔고 찾을 수만 있다면 누구나 즐기는 것들에 뒤섞이고 싶었다. 걸어가면서 그는 마치 자신이 다른 부대와 합류하는 악마적 군사력을 지휘하는 대장이 된 느낌이 들었다. 하지만 전차 안에서 벌써 삶은 완전히 일상으로 되돌아왔다. 울리히가 건너편 상대 진영에서 보인다 해도, 라인스도르프의 저택이 군중들에게 둘러싸인다 해도, 혹은 울리히가 가로등에 매달려 있거나 군중의 발에 짓밟히다가 발터가 그를 떨면서 구조해준다고 해도, 이 모든 것은 기껏해야 미리 정해진 가격, 정거장, 경고음 같은 것들의 질서있고 밝은 체계—이제 다시 조용히 호흡을 되찾은 발터에게는 친숙하기 그지없는—위에서 도망치듯 흘러가는 그림자에 불과할 것이다.

119.
대항 그룹과 유혹

당시 사태는 이제 결말로 치닫는 것처럼 보였고, 끈기있게 아른하임에 맞서 대항책을 마련하며 견뎌오던 레오 피셸 은행장에게도 만족할 만한 시간이 찾아오는 것 같았다. 때마침 부인은 집에 없었고 그래서 그는 최신 주식 시황을 담은 오후 리포트를 손에 들고 게르다의 방으로 갔다. 그는 편안한 의자에 앉아 잡지의 작은 기사를 가리키더니 기분 좋게 물었다. "애야, 그 유식한 자산가가 왜 여기에 머무는지 아니?"

집에서 피셸은 어떤 식으로든 아른하임을 언급하지 않았는데 진지한 경제인으로서 사람들이 칭송하는 부자 떠버리 따위에 아무 관심이 없다는 것을 보여주기 위해서였다. 혐오가 투시력을 주지는 않지만, 주식시장에서의 소문은 적잖이 옳은 적이 있으며 그 사람에 대한 피셸의 적대감은 떠도는 말과 결합하여 적절한 해명을 던져주었다. "뭐 아는 게 있어?" 그는 다시 물었고 딸의 시선을 자신의 승리에 가득 찬 눈빛에 붙잡아두려 했다. "갈리치아* 지역의 석유를 손아귀에 넣고 싶기 때문이야!"

피셸은 다시 일어서서는 마치 개한테 목줄을 채우는 사람처럼 잡지를 움켜잡더니 밖으로 나갔다. 이런 소식을 확인해줄 사

---

* 현재 폴란드 남동부와 우크라이나 서부 지역으로, 1914년 당시엔 오스트리아-헝가리 제국의 영토였다.

람들에게 전화를 걸어봐야겠다는 생각이 문득 들었던 것이다. 그는 방금 잡지에서 읽은 소식을 오래전부터 생각해온 것 같았다. (주식 정보라는 것은 흔히 빼어난 문학작품 같은 효과를 지닌다.) 또한 그는 그를 떠버리라고 비난하던 것을 완전히 잊어버리고 그렇게 분별있는 남자라면 모든 것을 맡겨도 좋다는 식으로 호의를 갖게 되었다. 그는 게르다에게 자신의 말을 해명하느라 애를 쓰고 싶지 않았다. 말을 보태봤자 사실의 가치만 떨어지고 말 것이다. "갈리치아의 유전 지대를 자신의 손아귀에 넣고 싶은 거라고!" 이 단순한 문장의 무게를 혀로 음미하면서 그는 자리를 떠나 생각했다. '기다릴 줄 아는 사람이 결국 승리하지!' 그건 주식시장의 오래된 규칙이며 다른 모든 진리가 그렇듯 영원한 진실을 보장해주는 말이었다.

　그가 밖으로 나가자 게르다는 격정에 사로잡혔다. 그전까지 그녀는 아버지에게 당혹해하거나 놀라는 모습을 전혀 보이지 않았지만 이제는 서둘러 옷장을 열고 외투와 모자를 꺼내 거울 앞에 앉아 머리와 복장을 가다듬으며 의문에 휩싸여 자신의 얼굴을 들여다보았다. 그녀는 울리히에게 달려가기로 작정했다. 아버지한테 그 말을 전해 듣는 순간 그녀는 디오티마의 모임이 돌아가는 사정에 비추어 그 소식이 울리히에게 얼마나 중요한지 알았기 때문에 누구보다도 그가 먼저 소식을 들어야 한다고 생각했다. 그리고 방문을 결정하는 순간, 자신의 내면에서 ―마치 오랫동안 주저했던 덩어리처럼― 어떤 움직임이 다가오는 것을 느꼈다. 지금까지 그녀는 자신이 울리히의 초대를 잊어버린 것처럼 보이려고 애썼으나 그 어두운 감정의 덩어리로부터 첫번째 실마리가 서서히 풀려나오자 그보다 훨씬 뒤로 물러나 있던 것들이 멈추지 않고 마구 달려나왔고 자신을 돌아볼 새도 없이 이미 결정은 내려져 있었다.

'그는 나를 사랑하지 않아!' 그녀는 최근 들어 더욱 뾰족해진 얼굴을 거울에 비춰 보면서 혼자 중얼거렸다. '이런 모습이니 어떻게 그가 나를 사랑하겠어!' 그녀는 기가 죽어 생각했다. 그러더니 갑자기 당돌하게 덧붙였다. '그는 그럴 만한 가치가 없어. 내 상상일 뿐이라고.'

그녀는 완전히 용기를 잃고 말았다. 지나간 시간이 그녀의 진을 빼고 말았다. 울리히와의 관계를 놓고 볼 때 지난 수년간 그녀는 최선을 다해 아주 쉬운 문제를 복잡하게 만들어온 느낌이었다. 한스는 서툰 연애 감정으로 그녀의 마음을 더 날카롭게 할 뿐이었다. 게르다는 한스를 엄격하게, 요즘 들어서는 이따금 경멸스럽게 대했지만 그는 스스로에게 해를 입히려는 소년처럼 오히려 더 폭력적으로 응답할 뿐이었다. 또한 그를 자제시켜야 할 때면, 그는 그녀에게 팔을 두르고 알 듯 모를 듯 몸을 만지는 바람에 그녀의 어깨는 더 마르고 그녀의 피부는 더 신선함을 잃고 말았다. 그녀가 모자를 꺼내 쓰려고 옷장을 열었을 때 모든 고통은 중단되었고 거울 앞에서의 두려움도 사라져버렸으며 걱정을 그대로 간직한 채 그녀는 다급히 일어나 달려 나갔다.

들어오는 게르다를 보고 울리히는 모든 것을 눈치챘다. 보나 데아가 방문할 때처럼 그녀도 베일을 두르고 있었다. 그녀는 온 몸을 떨고 있었으나 억지로 꾸며낸 듯한 자연스러움으로—어리 석게도 뻣뻣해 보일 뿐인데도—그 사실을 숨기려 했다.

"아버지에게서 매우 중요한 소식을 들었거든. 그래서 온 거야." 그녀가 말했다.

'정말 이상하군!' 울리히는 생각했다. '나한테 말을 놓는 건 처음인데!' 친근함을 강요하는 듯한 그녀의 말투에 화가 났지만 그는 마치 그녀의 방문이 당연할 뿐 결코 놀랄 일이 아니며 오히 려 늦은 감이 있는 것처럼 대함으로써 자신의 기분을 숨기려 했 다. 하지만 정반대의 결과가 초래되었으니 그녀는 명백히 극단 으로 치닫고 있었다. "오랫동안 친하게 지내왔으면서도 반말을 하지 않은 건 항상 서로를 피해왔기 때문이야." 게르다가 설명 했다. 그건 오면서 생각했던 도입부였을 뿐이고 그를 놀라게 해 줄 말은 따로 있었다.

하지만 그는 팔을 그녀의 어깨에 얹고 키스를 하는 것으로 짧 게 대답했다. 그녀는 초가 녹듯이 무력해졌다. 그녀의 숨결과 그 를 잡으려고 내민 손가락은 의식을 잃은 사람의 것과 같았다. 순 간 그는 유혹자의 잔인함에 지배된 느낌이 들었고, 그 유혹자는 마치 죄수가 간수의 팔에 붙들려가듯이 아무 저항도 없이 육신 에 의해 끌려가는 한 영혼의 우유부단함을 느꼈다. 겨울 오후의 창으로부터 생기 없는 빛이 어두운 방으로 들어왔고 그 밝은 빛의 조각에 서서 그는 처녀를 품에 안고 있었다. 그녀의 머리는 빛의 부드러운 베개 위에서 노랗고 날카롭게 도드라졌고, 얼굴에는 기름 같은 색이 돌아서 그 순간만큼은 마치 죽은 사람처럼 보였다. 그는 그녀의 머리카락과 목 사이에 드러난 여기저기에 천천히 키스했고 마침내 입술에 가까이 다가갔을 때는 한 아이가 어른의 목을 껴안고 있을 때의 연약한 팔이 떠올라서 약간의 거부감이 들기도 했다. 그는 맹금류의 발톱에 찍혀 깃털이 일어선 비둘기 같았던, 고통에 사로잡힌 보나데아의 아름다운 얼굴을 떠올렸고 그가 한번도 향유해보지 못한 디오티마의 동상 같은 사랑을 그려보았다. 이 두 여인이 그에게 선사하는 아름다움 대신 이상하게도 지금 그의 눈앞에는 게르다의 정열로 일그러진, 가녀리고 추한 얼굴이 놓여 있었다.

하지만 게르다는 이렇듯 멀쩡하게 무력한 상태를 오래 방치하지는 않았다. 그녀는 아주 잠깐 눈을 감았다고 믿었지만 울리히가 자신의 얼굴에 키스하는 동안 마치 별이 시간과 공간의 무한지대에 서 있는 듯 아무런 경계와 지속이 없는 무아지경에 빠졌고, 그가 처음으로 멈칫하는 사이에 정신을 차려 다시 자신의 다리로 버틸 수 있었다. 그건 상상된 열정이 아니라 실제의 첫키스였고, 그녀의 느낌엔 준 것이 아니라 받은 것이었으며 그녀의 육체에 미친 파장 또한 어마어마해서 그 순간 이미 성숙한 여인이 된 기분이었다. 그 과정은 마치 이를 뽑는 것과도 같았다. 이를 뽑을 때 우리는 비록 육체적으로는 뭔가 손실을 감수하지만 불편함이 궁극적으로 제거되는 더 큰 충만함을 느끼기 때문이다. 그래서 이렇듯 충만한 상황이 찾아오자 그녀는 완전히 새로운 결정을 하게 되었다. "넌 아직 내가 무슨 말을 하러 왔는지 묻지도 않았잖아!" 그녀는 친구에게 말했다.

"나를 사랑한다는 말이겠지!" 울리히는 어딘가 기가 꺾인 목소리로 대답했다.

"아니야, 네 친구 아른하임이 네 사촌을 속이고 있다고 말하려던 거야. 그는 완전히 다른 목적을 가지고 연인을 이용하고 있어!" 게르다는 자기 아빠가 찾아낸 바를 그대로 이야기했다. 그 소식의 단순명료함에 울리히는 깊은 인상을 받았다. 그는 터무니없는 실망을 향해 영혼의 날개를 펴고 날아가는 디오티마에게 경고를 해야겠다는 의무감을 느꼈다. 이런 이미지에서 나쁜 만족을 느끼긴 했지만 그는 아름다운 사촌에게 연민을 느꼈기 때문이다. 그는 진심으로 피셸을 존중하고 있었고 비록 그에게 큰 근심을 안겨준 처지이긴 하지만 그의 믿을 만한 데다 빼어난 확신으로 장식된 옛날식 사업 감각에 깊은 존경을 품고 있었다. 그의 옛날 감각은 아주 간단한 설명으로 새롭고 위대한 정신의 비밀을 꿰뚫어보고 있었다. 울리히의 기분은 게르다의 존재가 선사한 부드러운 요구에서 점점 더 멀어지고 있었다. 그는 불과 며칠 전 자신이 그 처녀에게 마음을 열 수도 있겠다고 생각했던 것이 믿기지 않았다. '두번째 성벽을 넘는 것은,' 그는 생각했다. '한스가 말했듯 상사병에 걸린 두 천사의 신성모독적인 만남 같은 거야!' 그리고 그는 마음속으로 손가락을 뻗어 맛을 보듯 오늘날 레오 피셸 같은 사람들의 합리적 노력 덕분에 얻게 된, 현실적인 삶의 그 매끄럽고 딱딱한 표면을 느껴보았다. 그때 그가 할 수 있는 말은 오직 '너의 아빠는 훌륭하다'뿐이었다.

엄청 중요한 소식을 가져온 게르다는 뭔가 다른 것을 기대했다. 그녀는 그 소식이 어떤 효과를 불러올지 몰랐다. 하지만 그건 마치 오케스트라에서 모든 악기가 소리를 뿜어내는 순간이 아닐까 싶었다. 그리고 울리히가 갑자기 내보인 무관심은 다시금 평균, 평범, 현실 등을 내세워 그녀의 기를 죽이던 고통스러운 기억을 떠올리게 했다. 그녀는 이런 것을 소녀 시절에 익히 경험한바, 사랑을 얻기 위한 찔러보기 같은 것으로 이해하려 했다. 하지만 지금 뭔가 유치하게나마 그녀가 추정해보건대 '이미 그들이 서로 사랑하고 있는 경우라면,' 자신의 모든 것을 헌신했음에도 상대 남자가 진지하게 받아들이지 않는다는 것은 분명 받아들일 만한 경고였다. 그 때문에 자신이 획득한 자신감을 상당 부분 잃어버렸다는 건 사실이지만, '진지하게 받아들여지지 않는다는' 점은 그녀에게 한편으로 좋은 일이기도 했다. 거기에는 한스와의 관계를 유지하기 위해 필요했던 긴장이 없었으며 또한 왜 그런지는 모르겠으나 울리히가 아버지를 존경한다는 사실은, 한스 때문에 아빠에게 상처를 주면서 깨뜨렸던 어떤 질서를 다시 세우는 기분이 들게 했다. 자신의 신념을 잃어버림으로써 가족의 품으로 향하는 듯한 이 유순하고 기묘한 귀환은 그녀를 혼란스럽게 한 나머지 울리히의 팔을 부드럽게 물리치고 이렇게 말하게 만들었다. "우리는 서로를 인간적으로 이해하자, 그러면 나머진 알아서 되겠지." 그 말은 이른바 '행동공동체'라는 프로그램에서 유래된 것이며 여전히 한스 제프와 그의 집단에 남아 있는 마지막 선언이었다.

그러나 울리히는 다시금 그녀의 어깨에 팔을 둘렀다. 아른하임에 대한 소식을 듣고는 중요한 일이 앞에 놓인 걸 알았으니 우선 게르다와의 만남부터 정리해야겠다는 생각이 들었기 때문이다. 그 모든 일들을 해결해야 한다는 것이 몹시 불쾌하긴 했지만 그는 거부당했던 팔로 다시 그녀를 감싸며 침묵이 폭력 없이도 강력하게 저항을 억누를 수 있음을 보여주려 했다. 게르다는 자신의 등을 누르는 팔에서 남성성을 느꼈다. 그녀는 머리를 숙였고 마치 자신이 치마 속에서 생각을 모으는 중이라는 듯 무릎 쪽을 유심히 바라보았다. 그 생각 덕분에 그녀는 이른바 절정의 순간이 일어나기 전에 울리히와 '인간적인 이해'에 도달하길 바랐다. 하지만 자신의 얼굴이 텅 빈 껍질처럼 점점 칙칙하고 공허해지는 듯하더니 마침내 붕 떠올라서 그녀의 시선이 유혹자의 시선 바로 밑까지 다가서게 되었다.

그는 몸을 기울이더니 살이 흔들릴 정도로 가차없이 키스를 퍼부었다. 게르다는 저항 없이 일어서 그가 이끄는 대로 움직였다. 대략 열 걸음 정도를 가니 울리히의 침실이 나왔고 처녀는 마치 심각한 부상을 당한 환자처럼 그에게 몸을 의지했다. 그녀가 끌려가지 않고 스스로 걷고 있음에도 내딛는 한발 한발은 마치 남의 것인 듯했다. 그렇게 흥분되면서도 동시에 공허한 경우를 게르다는 이제껏 경험하지 못했다. 마치 모든 피가 빠져나간 것 같았다. 그녀는 얼음처럼 차가웠고 아주 멀리서 비추는 거울을 통해 얼룩덜룩 창백한 자국을 남긴 채 구리처럼 붉어진 자신의 얼굴을 알아볼 수 있었다. 그리고 갑자기 교통사고 순간을 목격했을 때처럼 한순간 대단히 예민해진 시각으로 남자의 닫힌 침실에서 모든 세부적인 것들을 한꺼번에 볼 수 있었다. 순간 그녀는 자신이 더욱 똑똑하고 계산적으로 변해 마치 울리히의 부인이 되어 이 방에 들어온 것 같았다. 그 덕에 매우 행복해질 수도 있었지만 그녀는 여기에 어떤 이익을 바라고 온 것이 아니며 그저 자신을 주기 위해 왔다고 말하고 싶었다. 그러나 그런 말은 나오지 않았고 대신 '어차피 벌어져야 할 일이야!'라고 중얼거리며 옷의 단추를 풀었다.

울리히는 그녀를 내버려두었다. 그는 연인들이 하듯 부드럽게 도와주지 않았으며 그저 곁에 서서 자기의 옷을 벗었다. 게르다는 야수 같은 힘과 아름다움 사이에서 균형을 잡은 한 남자의 늘씬하게 잘 빠진 몸을 바라보았다. 그녀는 아직 속옷을 걸치고 있었음에도 자신의 몸이 소름으로 뒤덮인 것을 알고 소스라치게 놀랐다. 너무도 비참하게 거기 서 있던 그녀는 다시금 자신을 도와줄 말을 찾았다. 그녀는 울리히를 자신의 연인으로 만들 만한 말을 하고 싶었다. 그녀의 머릿속에 떠오른 것은 영원한 달콤함 속에 녹아드는 무언가로, 의지가 아니라 개념 속에서만 가능한, 아주 놀라우며 정의되지 않는 말이었다. 순간 그녀는 마치 팬지꽃이 발밑에서 불꽃을 들고 줄을 지어 신호를 보내는 것처럼 양초가 끝없이 늘어선 들판에 그와 함께 서 있는 자신을 떠올렸다. 하지만 그녀는 이런 상상에 대해 한마디도 할 수가 없었다. 그녀는 자신이 추하고 비참하다는 느낌에 부끄러워 팔을 떨었고 결국 옷을 끝까지 벗을 수 없었으며 조용하고 기묘하게 떨리는 움직임을 멈추기 위해 핏기 없는 입술을 다물 수밖에 없었다. 바로 그때 그녀의 고통과 난처함을 목격한 울리히는 지금까지 기울여온 그 많은 인내가 물거품이 될 수도 있음을 알아채고는 그녀의 어깨 끈을 풀었다. 게르다는 마치 소년처럼 침대로 미끄러져 들어갔다. 울리히는 한동안 옷을 벗은 젊은 여자의 움직임을 바라봤다. 그건 물고기의 반짝거림만큼이나 사랑과는 무관한 것이었다. 그는 게르다가 이제 피할 수 없는 일을 가급적 빨리 이겨내기로 결심했다고 믿었다. 또한 그는 그녀를 따라 들어간 낯선 육체로의 열정적인 침입이 비밀스럽고 금지된 장소를 향한 어린아이들의 애착과 과연 얼마나 닮았는지 여전히 알 수 없었다. 그의 손은 불안으로 소름이 돋아 있는 그녀의 피부를 건드렸고 그 역시 매혹보다는 두려움을 느꼈다. 그는 이미 반쯤은 생기를 잃고 반쯤은 미성숙한 그 몸을 원하지 않았다. 그는 자신의 행동이 전혀 이해되지 않았고 침대에서 벗어남으로써 지금 무슨 일이 벌어지는지에 대한 생각을 모아야겠다는 마음밖에 없었다. 절망적인 조급함으로 그는 요즘 사람들이 신실함이나 믿음, 양심이나 만족도 없이 자신을 정당화하기 위해 찾아내는 보편적 이유들을 불러냈다. 그리고 이런 노력 끝에 그는 사랑의 감동 대신에 반쯤 미쳐버린 살육이나 치정 살인, 또는—만약 그런 것이 있다면—삶의 이미지 뒤에 도사린, 공허의 악마에 이끌린 치정 자살 같은 것을 찾아냈다.

이런 상황과 무슨 연관성이 있는지는 모르겠으나 언젠가 디오티마와 만난 밤, 깡패와 싸움이 있던 일이 떠올랐고, 그래서 이번만큼은 일을 빨리 끝내려고 했지만 순간 뭔가 놀라운 일이 일어나고 말았다. 게르다가 다시 내면의 모든 것을 끌어내 의지로 바꾸었고 그 의지로 자신이 견디고 있던 부끄러운 불안을 눌러버린 것이다. 게르다는 마치 사형을 당하는 듯한 기분이었다. 순간 그녀는 그렇듯 기묘하게 벗은 몸으로 울리히가 바로 옆에서 자신을 만지고 있음을 느꼈고 그녀의 육체는 자신의 모든 의지를 벗어던졌다. 자신의 가슴속 깊은 어딘가에서 그녀는 울리히를 끌어안고 머리카락에 키스하며 숨결을 입술에 포개보고 싶다는, 여전히 말하기 힘든 우정과 부드럽게 떨리는 욕망을 느꼈고 그녀가 실제 그의 존재를 접했을 때 그런 상상은 마치 눈 조각이 따뜻한 손 안에서 녹듯이 그녀 안으로 스며들었다. 하지만 울리히는 평상시처럼 옷을 입고 자신의 친숙한 방에 드나들던 사람이지—별로 생각할 시간도 주지 않은 채—옷을 벗은 데다 적대감을 품고 있으며 그녀의 희생에 큰 관심이 없는 남자가 아니었다. 갑자기 게르다는 자신이 소리를 지르고 있음을 알아챘다. 작은 구름이나 비누거품처럼 하나의 비명이 공기에 떠 있었고 다른 비명이 뒤를 쫓아가고 있었다. 뭔가와 격투할 때처럼 가슴에서 솟아나온 작은 비명에 이어 흐느낌에서부터 날카로운 외침이 증폭되어 터져 나왔다. 그녀의 입술은 떨리며 뒤틀렸고 마치 치명적인 욕망에 빠지듯 축축해졌다. 그녀는 뛰어오르고 싶었지만 몸을 일으킬 수 없었다. 그녀의 눈은 말을 듣지 않았고 자신이 허락하지도 않은 신호를 보냈다. 게르다는 벌을 받아야 하거나 의사에게 가야만 하는 아이처럼 관용을 구했으나 비명으로 찢기고 뒤틀려 한발짝도 앞으로 나아갈 수 없었다. 그녀는 손을 가슴에 얹었고 자신의 긴 허벅지를 격렬하게 조이면서 손톱으로 울리히를 위협했다. 자기 자신을 향한 육체의 반항은 끔찍할 정도였다. 그녀는 마치 무대에 선 것처럼 강렬한 느낌을 받았지만 또한 어두운 객석에 홀로 떨어진 관객이기도 해서 자신의 운명이 격렬한 비명 속에서 연기되는 광경을, 다시 말해 자기도 모르게 연기되는 자신을 바라볼 수밖에 없었다.

울리히는 완전히 공포에 빠져 그 작은 학생의 베일에 휩싸인 눈─시선에서 완고함이 뚜렷하게 뿜어져 나오는─을 바라보았다. 그러고는 욕망과 금욕, 영혼과 영혼 없음이 표현하기 어려운 방식으로 한데 얽힌 그녀의 묘한 움직임을 물끄러미 응시했다. 순간 그의 눈에는 창백한 금색 피부와 검은 솜털─촘촘하게 자란 곳은 붉게 변하기도 한─이 들어왔다. 히스테리성 발작을 목격했음이 점차 분명해졌지만 그는 뭘 어찌해야 될지 알지 못했다. 그는 공포와 괴로움을 주는 그녀의 비명이 점점 더 커질까 봐 두려웠다. 그는 그럴 때 더 큰 고함을 지르거나 갑자기 뺨을 때리면 비명을 멈출 수 있다는 말을 기억했다. 이런 공포를 이용해 위기를 모면할 수 있다는 막연한 생각이 들자 그는 좀더 젊은 사람이라면 아마 게르다와 섹스를 계속 시도하지 않을까 싶었다. '그렇게 하면 발작에서 벗어날지도 모르지.' 그는 생각했다. '아마 그녀에게 굴복해서는 안 될 거야. 이 어리석은 여자는 너무 나간 거라고!' 그는 아무것도 하지 않았다. 하지만 그가 그녀에게 아무것도 하지 않겠다는 위로의 말을 무의식적으로 끊임없이 속삭이는 동안 그런 식의 분노가 이리저리 따라왔을 뿐이다. 그는 그녀에게 아무 일도 일어나지 않았다고 설명했고 자신을 용서해달라고 했으나 공포 속에서 불려나온 말들은 그에게 너무나 어리석고 천박해 보여서 쿠션을 집어서 도저히 멈추지 않는 비명이 나오는 그녀의 입을 틀어막고 싶은 유혹과 싸워야만 했다.

마침내 발작은 가라앉기 시작했고 그녀의 육체는 안정을 찾았다. 축축하게 젖은 눈을 하고 그녀는 침대에서 몸을 일으켰다. 그녀의 작은 가슴은 아직 정신의 지배를 받지 않은 채 축 처져 있었다. 울리히는 깊은 숨을 내쉬면서 자신이 견뎌내야 했던 비인간적이고 육체적이기만 한 광경에 깊은 혐오를 느꼈다. 그 사이 게르다는 일상의 정신을 회복했다. 마치 잠이 깨기까지 한

동안 눈을 뜨고 있는 것처럼 그녀의 눈은 멍하게 열려 있었고 몇 초 동안 의식없이 앞을 바라보았다. 그러더니 그녀는 자신이 나체 상태로 울리히를 바라보고 있음을 알아차렸고 순간 피가 얼굴 쪽으로 확 솟구쳐 오르는 듯했다. 울리히는 이제껏 속삭여왔던 말을 그녀에게 다시 한번 반복하는 수밖에 없었다. 그는 팔로 그녀의 어깨를 감싸고 자기 가슴 쪽으로 당긴 후 아무 말도 하지 말라고 그녀에게 말했다. 게르다는 자신이 갑자기 발작에 빠지기 전의 그 상황으로 돌아왔지만 이제 펼쳐진 침대며 진지하게 속삭이는 남자의 품에 안긴 알몸의 육체, 그리고 자신을 여기까지 끌고 온 감정 등 모든 것들이 이상하게 창백하고 황량해 보였다. 하지만 그녀는 그사이 별로 기억하고 싶지 않은 뭔가 끔찍한 일이 일어났다는 사실을 알았고 좀더 부드럽게 들리는 울리히의 목소리는 온통 그녀가 아픈 사람이라는 말뿐이었다. 생각해보면 그녀를 아프게 한 건 바로 울리히였다. 하지만 아무 상관없었고 그녀는 한마디 말도 없이 그곳을 떠나고만 싶었다. 그녀는 머리를 숙이고 울리히를 밀치더니 자신의 내의를 집어서 마치 옷 같은 것은 아무 문제가 아니라는 어린아이처럼 머리부터 넣어 입었다. 울리히는 그녀가 옷 입는 것을 도왔다. 그는 스타킹 신는 것도 도와주었는데 그 행위 또한 아이에게 옷을 입혀주는 것과 다르지 않았다. 한참 만에 다시 땅을 밟아보는 사람처럼 게르다는 비틀거렸다. 그녀는 이제 돌아가야 할 부모의 집을 자신이 어떤 기분으로 나섰는지 기억이 났다. 그녀는 시험을 통과하

지 못한 사람처럼 매우 비통하고 부끄러웠다. 그녀는 울리히의
말에 아무 대답도 하지 않았다. 아주 오래전 울리히가 '외로움
이 자신을 방종으로 이끌었다'고 했던 말이 떠올랐다. 그에게 화
가 난 건 아니었다. 그녀는 다만 그의 말을 듣고 싶지 않았을 뿐
이다. 그가 택시를 잡아주겠다고 하자 그녀는 고개를 가로저었
고 헝클어진 머리에 모자를 쓰고는 그를 쳐다보지도 않고 떠나
버렸다. 그녀가 베일을 손에 들고 떠나는 모습을 바라보면서 울
리히는 멍하니 서 있는 한 아이가 된 듯한 기분이었다. 아마 그
는 그녀를 그렇게 떠나보내지 말았어야 했는지도 모르지만 어
떻게 그녀를 잡아야 할지 아무 생각도 나지 않았다. 또한 그녀를
도와주느라 옷을 반밖에 걸치지 못했는데 그건 사람과 무엇을
할지 결정하기 위해선 옷을 완전히 갖춰 입어야 하는 것처럼, 그
가 홀로 남겨진 심각한 상황에 대처할 준비가 전혀 돼 있지 않았
음을 뜻했다.

120.
평행운동이 혼란을 불러오다

시내에 들어서자 발터는 이상한 공기를 감지했다. 사람들은
여느 때처럼 걷고 있었고 자동차와 전차도 다를 게 없었다. 저기
어디쯤 이상한 움직임이 있는가 싶었지만 그것이 뭔지 알아챌

쯤엔 이미 사라지고 없었다. 모두가 한 방향을 가리키는 아주 작은 푯말을 들고 있는 것 같았고 몇걸음 더 못 가서 발터는 그 푯말이 자신에게 다가오고 있음을 느꼈다. 그는 무리가 이끄는 방향으로 나아갔고 문화부의 관리이자 투쟁하는 화가이며 음악가이자 클라리세의 고통당하는 남편인 그가 이 중 어느것도 아닌 사람에게 자리를 내주고 있다는 느낌을 받았다. 또한 분주함과 화려하고 잘난 척하는 건물들로 가득 찬 거리는 이른바 '기대감에 찬 상태'를 떠올리게 했으며 마치 크리스털의 표면이 액체에 녹기 시작해 더 이전의 상태로 돌아가는 듯한 느낌을 주었다. 비록 미래의 혁신을 거부할 만큼 과거지향적이긴 했지만 그는 기꺼이 현재를 부정할 줄도 알았고 현시대에 감지되는 질서의 파괴에서 좋은 예감을 받기도 했다. 그 거대한 무리에서 만난 사람들은 그에게 최근의 꿈을 떠올려주었다. 그들은 활동적인 분주함을 가진 것 같았고 보통 사람들보다 훨씬 더 자연스러운 유대를 형성했으며 이성, 도덕, 훌륭한 안전으로 보장받았고 자유롭고 느슨한 공동체를 형성했다. 그는 펼쳐도 바로 흩어지지 않는, 끈으로 묶인 큰 꽃다발을 떠올렸다. 또한 누군가 옷을 벗겨놓았는데 아무 말도 하지 않고 나체로 웃고 있는 육체를 떠올렸다. 그는 걸음을 더 빨리하여 앞으로 나아갔고 곧 대기중인 엄청난 경찰 부대와 마주쳤지만 마음에 어떤 동요도 일지 않았다. 그 광경은 경보가 울리길 기다리는 병영처럼 그를 매혹시켰고 그들의 붉은 칼라, 말에서 내린 기병, 자신들의 도착이나 출발을 알리는 개개인들의 움직임은 그의 감각을 호전적으로 고조시켰다.

차단선 뒤쪽은, 아직 격리되진 않았지만 어두침침한 풍경을 하고 있었다. 거리에는 여성들이 거의 없었고 다른 때 같으면 비번을 맞아 근처를 어슬렁거리던 알록달록한 제복의 장교들도 압도적인 불확실함 때문에 어디론가 사라져버렸다. 그처럼 도심으로 향하는 많은 사람들이 있었지만 그 움직임이 만들어내는 인상은 또다른 것이었다. 그는 강한 바람이 불어와 뒤로 흩어진 왕겨와 그 찌꺼기를 떠올렸다. 이제 그는 첫번째 그룹을 바라보았다. 그들은 단지 호기심 때문이 아니라 기이한 열정을 따라갈 것인지 아니면 집으로 돌아갈 것인지를 결정하지 못하고 따로 뭉쳐 있었다. 발터가 질문을 해본 결과 여러 대답이 나왔다. 그가 조언을 구한 어떤 사람들은 애국자들의 거대한 시위가 있었다고 대답했고 다른 사람들은 지나치게 설치는 애국주의자들에 대항하는 시위가 있었다고 믿었다. 또한 그 시위가 슬라브인들의 요구에 순순히 응하는—누구나 그렇게 믿듯이—정부의 나약함에 대항하는 범독일주의자들의 시위인지, 아니면 끊임없는 불안에 맞서 모든 고결한 카카니엔인들이 나서야 한다는 친정부주의자들의 시위인지에 대한 의견도 각각이었다. 그들은 발터 자신과 마찬가지로 방관자들이었고 그가 사무실에서 들었던 말 이상은 들을 수 없었다. 하지만 소문을 듣고 싶은 참을 수 없는 욕구 때문에 또다시 질문을 하고 말았다. 또한 그가 접촉한 사람들이 무슨 일이 벌어지는지 잘 모르거나 그저 호기심으로 치부하고 웃어버리더라도 그가 가까이 다가갈수록 모든 사람들이 하나같이 진지하게 도달하는 결론은, 그것이 무엇인지 설명하려는 사람은 없을지라도 결국 무엇인가가 일어나야만 한다는 것이었다. 그가 계속 접촉할수록 그들의 얼굴에서는 비이성적인 범람과 이성을 넘어서는 흐름이 목격되었다. 그들에게는 자신들을 이곳에서 탈출시키는 뭔가 기이한 것이라면 무슨 일이 벌어지는지, 어디로 흘러가는지는 중요하지 않았다. 비록 '스스로를 탈출시키는'이라는 말이 그저 일상적인 흥분을 일컫는 단어의 순화된 의미로 이해될 수도 있지만 그것은 황홀과 변용이라는, 오래전에 잊혀진 상태와 먼 친족성을 가진 말이고 옷과 피부를 벗어던질 정도의 무르익은 무의식상태로 접어드는 것을 의미했다.

자기 마음에 전혀 들지 않는 예감을 교환하고 이야기를 나누면서 발터는 뭔가를 기다리는 쪼개진 그룹이자 별 목표 없이 나아가던 사람들이 점점 대열을 이뤄가는 무리에 섞여 들었다. 예감에 찬 무대로 향하는 그들은 아직 확고한 의도는 없지만 눈에 띄게 밀도와 힘을 키워가고 있었다. 하지만 여전히 움직임은 저 앞쪽 보이지 않는 곳에서 확실한 소요가 일어 뒤쪽까지 이상한 파문이 전달되면 마치 굴 앞을 서성대다가 자기집으로 쏙 들어가버리는 토끼 같은 면이 있었다. 무리에는 이미 뭔가 행동을 마치고 '전쟁터'에서 귀환한 일군의 학생들과 젊은이들이 합류해 있었다. 알아들을 수 없는 소리, 단절된 소식과 흥분된 물결이 앞에서 뒤로 전달되었고 사람들은 자신의 본성이나 신념에 따라 분노나 불안, 투쟁욕이나 도덕적 명령을 감지했고 이것으로 인해 모여든 사람들은 각자의 머릿속에서 상이한 형식을 띠지만 매우 흔해빠진 상념에 의해 어떤 상태로 이끌려갔으며, 비록 최고의 의식상태에 있다고는 하지만 두뇌보다는 오히려 근육에 호소하는 공통의 생명력에 참여하게 되었다. 이런 대열 한가운데 있던 발터 역시 분위기에 전염되었고 마치 술에 취하기 시작할 때처럼 흥분되면서도 공허한 상태에 빠져들었다. 어떻게 자신의 고유한 의지를 지닌 인간이 한순간에 공동의 의지를 가진 대중—생각하는 능력을 잃은 채 선과 악의 극단적 열광으로 뛰어드는—으로 변모하는지 우리는 알지 못한다. 참여한 개인들은 평생에 걸쳐 절제와 신중함에 헌신하던 사람들인데도 말이다. 아마도 감정을 배출할 출구를 찾지 못한 채 점점 거세진 흥분이 이완된 상태를 뚫고 돌연 가시화되면서 솟구쳤을 것이고 그들 중 가장 흥분되고 예민하며 억압에 취약한 사람들, 그리고 이른바 갑자기 폭력이나 감상적인 의협심에 기우는 극단적인 사람들이 앞장서서 길을 열었을 것이다. 그들은 군중 속에서 가장 머뭇거림이 적은 지점이었다. 하지만 그들에게서 터져나온 것이 아니라 그들을 뚫고 나온 함성, 어쩌다 그들의 손에 들어간 돌, 그들이 부수고 들어간 감정은 다른 사람들에게로 난 길을 열었다. 그 사람들은 참을 수 없을 지경까지 흥분이 고조

돼 있었고 이성을 잃고 밀려가면서 반쯤은 강요된, 그리고 반쯤
은 자유로운 체험을 공유하는 군중행동의 특징을 보여주고 있
었다. 모든 스포츠 경기 또는 연설의 현장에서 목격되는 이런 흥
분이 중요한 것은 그것이 심리적 발산이어서가 아니라 과연 어
떤 원인으로 그런 상태에 도달하느냐는 질문 때문이다. 만약 삶
의 감각이 의미있다면, 비록 무감각한 것이라도 의미가 있기에
그것이 반드시 정신박약을 드러내는 것은 아닐 것이다. 발터는
그것을 누구보다도 더 잘 알고 있었고 거기에 대처할 모든 개선
안에 관해 많은 생각을 했다. 그래서 그는 건조하고 냉담한 자세
로 이런 공동체의 교활함—비록 정신을 고양시키긴 하지만—
에 맞섰다. 순간 클라리세 생각이 번뜩 머리를 스쳤다. '그녀가
여기 오지 않길 잘했지.' 그는 생각했다. '아마 그녀는 이런 압박
을 견뎌내지 못했을 거야!' 하지만 생각을 이어가자 이내 찌르
는 듯한 통증이 엄습했다. 그는 그녀에게서 받은 너무나 뚜렷한
광기의 인상을 기억해냈다. 그는 생각했다. '그렇게 오랫동안
알아채지 못했다니 나도 정신이 나간 게야! 그녀와 계속 살다보
면 나도 미치게 될 거야. 아니야, 그렇지 않아.' 그는 다시 생각했
다. '하지만 뻔한 일이라고! 내 손 사이에서 그녀의 아름다운 얼
굴은 추하게 굳어졌어!' 하지만 회한과 절망이 의식을 현혹시키
는 바람에 그는 더이상 생각할 수 없었다. 이런 고통에도 불구하
고 거리에서 함께 달리느니 그녀를 사랑하는 게 훨씬 더 아름답
다고 그는 생각했다. 그러고는 불안을 떨쳐버리며 자신이 행진

하는 줄로 더 깊이 들어갔다.

그러는 사이 울리히는 다른 길을 따라서 라인스도르프의 저택에 도착했다. 문에 들어서자 입구에 이중으로 보초가 서 있었고 마당에는 경찰에서 발행한 경고문구가 붙어 있었다. 자신이 민중의 목표가 되었음을 알고 있는 백작 각하는 그를 태연하게 맞아들였다. "뭔가를 취소해야겠습니다." 백작이 말했다. "당신에게도 말했지만 많은 사람들이 원하는 것은 확실히 쓸모가 있는 법이죠. 물론 예외도 있겠지만!"

잠시 후 집사가 들어와 군중이 저택에 다가오고 있다는 그간의 소식을 보고했다. 집사는 문과 블라인드를 닫아야 할지를 조심스럽게 물었다. 백작은 고개를 흔들었다. "그게 무슨 말인가!" 그는 겸손하게 말했다. "그건 사람들에게 우리가 겁먹고 있음을 보여주는 짓이네. 그들로서는 기뻐할 일이지. 게다가 밖에는 경찰에서 보내준 보초들이 있지 않은가!" 그러나 그는 울리히에게 돌아서서는 도덕적 분개를 담아 말했다. "우리집 창을 부수라고 하라지요! 당신에게 말했지만 지식인들에게서는 아무것도 나올 게 없어요!" 그의 근엄한 조용함 뒤에서는 깊은 분노가 작용하는 듯 보였다.

무리가 다가오자 울리히는 창문에 다가갔다. 길가에서는 정연한 행진의 발걸음에서 피어오른 먼지구름 같은 경찰들이 구경꾼들을 해산시키고 있었다. 저 멀리 뒤쪽으로는 차량들이 꼼짝 못하고 서 있었고 그 주위로 끝도 없이 늘어선 검은 물결 속에 거만한 조류가 흐르고 있었으며 그 위로 밝게 떠오른 사람들의 얼굴이 춤을 추듯 흩어져 있었다. 행진의 선두에서 라인스도르프 저택이 보이기 시작하자 명령이 내려져 속도가 느려지는 것 같았다. 정체된 물결이 뒤쪽으로 이어지더니 전진하던 줄이 서로 뒤엉키기 시작하는 광경은 펀치를 한방 날리기 전에 한동안 응축되는 근육을 떠올리게 했다. 다음 순간 그 펀치는 공기를 가르고 윙윙거리며 다가왔고 매우 기이해 보였는데, 그것은 분노의 외침을 내지르는 소리가 들리기 전에 먼저 그들의 벌어진 입이 보였기 때문이다. 대열이 시야에 들어서자 반복적인 외침에 따라 얼굴들이 위로 젖혀졌고 멀리 뒤편에서 나온 소음이 가까이 다가온 소리에 뒤덮여 아주 멀리서도 이 무언의 연극이 계속 반복되고 있음을 볼 수 있었다.

"민중의 목구멍이군!" 방금 울리히의 뒤로 다가온 라인스도르프 백작이 마치 매일 먹는 빵을 일컫듯 친숙한 언어로 진지하게 말했다. "도대체 뭐라고 부르짖는 것입니까? 나는 소음 때문에 알아들을 수가 없군요."

울리히는 그들이 주로 "멈춰!"라고 외치고 있다고 알려주었다.

"맞아요. 하지만 무슨 말인가 더 있지 않나요?"

울리히는 춤추듯 불분명하게 울리는 '멈춰' 소리 틈에 종종 분명하고 길게 이어지는 "라인스도르프를 타도하라!"라는 말을 들었지만 그에게는 말하지 않았다. 심지어 그는 수차례 "아른하임 만세!"라는 말과 "독일 만세"라는 외침을 번갈아 들었지만 두꺼운 창유리가 소리를 가로막고 있었기 때문에 확신할 수는 없었다.

울리히는 아른하임이 예상 외의 인물임을 드러내주는 이야기를 적어도 라인스도르프에게는 전해줘야 할 것 같아서 게르다가 떠난 직후 바로 이곳에 왔다. 하지만 아직 입을 열지 못하고 있었다. 그는 창문 아래 어두운 무리의 움직임을 바라보았고 장교 시절의 경멸스러웠던 기억이 떠올라 중얼거렸다. '중대 하나로 이 광장을 쓸어버릴 수 있다!' 그는 사납게 격노하던 입들이 두려움으로 급격하게 다물어지는 장면을 떠올렸다. 입은 점점 기가 꺾여 잠잠해지고 입술은 망설이며 이빨을 덮는다. 그의 상상 속에서 그 위협적인 검은 무리는 개에 쫓기는 닭의 무리로 변신했다. 그의 내면에서 모든 사악함이 다시 한번 단단하게 뭉쳐지는 듯 보였지만 도덕적인 사람이 무자비하고 난폭한 사람 앞에서 물러나는 것을 보며 흡족해하는 옛날식 감정은 늘 그렇듯 양날의 칼을 품고 있었다. "당신, 괜찮은가요?" 울리히 뒤에서 왔다갔다하던 백작은 근처에 어떤 물건이 없음에도 불구하고 울리히가 날카로운 것으로 스스로를 찌르는 듯한 움직임을 감지했던 것이다. 아무 대답이 없자 라인스도르프는 선 채로 머리를 흔들더니 말했다. "우리는 경애하는 황제께서 민중에게 공동 결정권을 부여한 그 자애로운 최근의 결정을 잊지 말아야 합니다. 모든 면에서 우리 군주의 위대한 관대함에 비해 여전히 미흡한 정치적 성숙을 받아들여야겠지요! 나는 그런 말을 첫번째 만

남에서 한 적이 있어요."

이 말을 듣고 울리히는 백작이나 디오티마에게 아른하임의
계략을 말해줘야겠다는 생각을 포기했다. 아른하임에 대한 적
대감에도 불구하고 그는 다른 사람들보다 아른하임에게 더 친
근함을 느꼈다. 또한 자신이 마치 울부짖는 작은 개를 큰 개가
덮치듯 게르다에게 했던 기억이 되살아나 끊임없이 그를 괴롭
혔지만 오히려 그 덕분에 아른하임이 디오티마에게 했던 비열
한 행위를 떠올릴 때의 거북함이 덜해진 것도 사실이었다. 조급
하게 기다리는 두 영혼 앞에 펼쳐진 소리치는 육체의 무대는 사
람들이 보기에 따라서는 우스꽝스러워 보일 수도 있었을 것이
다. 그리고 울리히가 라인스도르프에게는 신경을 쓰지 않고 열
심히 내려다보는 저 아래 거리의 사람들 역시 그저 코믹한 연극
을 보여주는지도 모른다! 울리히를 매혹시킨 것은 바로 그것이
었다. 보이는 모습과 달리 사람들은 절대 누구를 공격하거나 파
괴하려고 하지 않았다. 그들은 심각하게 분노한 것처럼 보였지
만 불을 뿜는 총을 들고 나아갈 정도의 심각함은 아니었다. 심지
어 불을 끄는 소방관 정도의 심각함도 되지 않았다! '아니야, 그
들이 하는 것은,' 그는 생각했다. '오히려 예배 의식에 가까워.
그건 깊이 모욕당한 감정으로 행하는 신성한 행위이자 개개인
이 정확히 이해할 필요가 없는, 반쯤은 문명적이고 반쯤은 야만
적인 공동체의 의식 같은 것이야.' 그는 그들을 부러워했다. '그
렇게 불쾌해지려고 애를 쓰면서도 저들은 어쩌면 저렇게 유쾌

해 보일 수 있을까!' 그는 생각했다. 군중이 보증함으로써 고독으로부터 보호받는 듯한 느낌이 저 아래서 따뜻하게 올라왔고 그는 아무 보호 없이 이 위에 서 있어야만 했다. 그는 마치 자신의 형상이 건물 외벽 사이에서 두꺼운 유리 뒤로 보이는 듯한 느낌에 한동안 생생하게 사로잡혀 있었고 그것이 자신의 운명을 표현해준다는 생각이 들었다. 그가 만약 지금 분노의 집단에 참여하거나 아니면 라인스도르프 백작 편에 서서 대기하는 보초들에게 주의를 주거나 그것도 아니라면 사람들과 친밀감을 느낄 수라도 있었다면 자신의 운명은 좀더 나아졌을 것이다. 동료들과 카드놀이를 하고, 흥정하고, 갈등하고, 즐거움을 나누던 사람이 상황이 요구되면 별일도 아닌 것처럼 그들을 쏘아죽이기도 한다. 하지만 모든 사람이 다른 일에 신경쓰지 않고 각자의 일에 몰두하며 각자의 인생을 살아가도록 해주는, 확실한 인생의 화해법이 있을 것이라고 울리히는 생각을 이어갔다. 거기엔 아마도 고유한 규칙이 있을 것이고 그것은 자연적 본능만큼이나 믿을 만한 것이다. 또한 그 규칙에서부터 올바른 인간의 신뢰할 만한 기운이 형성되며 이런 조화의 능력이 없는 사람은 고독하고, 무분별하며, 심각하기만 해서 마치 애벌레가 그러하듯 위험하진 않지만 혐오스런 방식으로 다른 사람들을 불편하게 만들 것이다. 그는 순간 고독한 인간의 부자연스러움과 자신의 즉흥적 사고—아마도 끓어오르는 군중의 자연스럽고 공동체적인 감정에 자극을 받은 것이 분명한—를 향한 깊은 혐오의 감정에 사로잡혔다.

그사이 시위는 한층 더 격렬해졌다. 라인스도르프 백작은 방 뒤편에서 흥분한 채 이러저리 움직였고 때때로 두번째 창을 통해 거리를 내려다봤다. 그렇게 보이지 않으려 노력하는데도 그는 상당히 괴로워 보였다. 그의 돌출된 눈은 두 알의 단단한 석탄처럼 얼굴의 무르고 파인 골에서 튀어나와 있었고 마치 막중한 시련을 겪는 사람처럼 등 뒤로 팔을 교차해 자주 죽 뻗어 보였다. 갑자기 울리히는 계속 창가에 서 있었던 자신이 백작으로 여겨진다는 사실을 깨달았다. 저 아래의 모든 시선은 그의 얼굴을 향하고 있으며 막대기들은 단호하게 그를 향해 휘둘러졌다. 몇걸음 더 저쪽으로 거리가 굽어져서 마치 무대 뒤편으로 사라지는 것 같은 곳에서 사람들은 마치 분장을 지우는 배우처럼 보였다. 관객도 없는 곳에서 으르렁거리는 것은 우스운 일이었던만큼 사람들은 자연스럽게 얼굴에서 격앙된 표정을 지웠으며 적지 않은 이들은 웃거나 마치 소풍이라도 나온 듯 즐거워 보이기까지 했다. 그걸 바라본 울리히 역시 웃었으나 새로 온 군중들은 백작이 웃는 것으로 착각해 분노가 더욱 무섭게 일어났으며 그 모습을 본 울리히는 이번에는 주체하지 못할 정도로 크게 웃었다.

하지만 갑자기 그는 역겨움에 사로잡혔다. 그의 눈이 으르렁거리는 사람들의 입에서 밝은 표정의 사람들을 따라가며 움직이는 동안 그의 마음은 이런 광경에 더이상 몰두하지 못했고 기이한 변화가 찾아왔던 것이다. '나는 이런 삶에 더이상 참여할 수 없어. 또한 더이상 반항할 수도 없어!' 그는 생각했다. 동시에 그는 자신의 등 뒤 벽에 걸린 거대한 그림, 긴 제국 책상, 뻣뻣하게 줄지어 선 초인종 끈과 창문 휘장 등을 감지했다. 그 방은 자체로 하나의 작은 무대였고 그 무대 한켠에 그가 서 있었으며 밖에는 좀더 큰 무대가 펼쳐지고 있었다. 두 무대는 그가 그 사이에 있다는 사실과는 상관없이 각자 고유의 결합 방식을 지니고 있었다. 그러더니 그가 등 뒤에서 감지했던 그 방에 대한 상상이 수축되고 뒤집어지더니 매우 푹신한 것이 주위를 감싸듯 그를 뚫고 지나가는 것이었다. '매우 기이한 공간의 역전이군!' 울리히는 생각했다. 사람들은 그의 뒤를 지나갔고 그는 그들을 통과해 어떤 무無의 지점에 이르렀다. 아마도 그들은 그의 앞과 뒤에서 나아갔고 그는 한결같이 흘러가는 시냇물 가운데의 돌처럼 그 사이에서 씻기고 있었다. 그건 완전히 이해될 수 없는 체험이었고 울리히에게 떠오른 것은 그저 자신이 처한 투명하고 공허하며 고요한 상황이었다. 그는 생각했다. '사람이 자신의 공간을 벗어나 어떤 숨겨진 장소로 갈 수 있을까?' 잠시 우연히도 비밀스런 연결 문을 통해 나아간 것 같은 기분이 들었던 것이다.

그는 강하게 전신을 흔들어 꿈에서 빠져나왔고 놀란 채 서 있던 라인스도르프 백작은 그에게 물었다. "오늘 무슨 일이 있는 건가요? 당신은 너무 심각하게 생각하는 게 아닌가 싶소! 나는 여기 머물고 싶어요. 비록 고통스럽더라도 우리는 비독일적인 것으로 독일적인 것을 물리쳐야 해요." 이 말 덕분에 울리히는 다시 웃을 수 있었고 주름과 골짜기로 가득한 백작의 얼굴을 감사하는 마음으로 바라보았다. 그는 비행기가 착륙할 때의 그 각별한 순간을 떠올렸다. 그때 몇시간 동안 딱딱한 등고선으로 축소돼 있던 지상은 다시 둥글고 풍만하게 떠오르고, 땅에서 자라는 지상의 존재라는 오래된 의미가 다시 찾아온다. 하지만 동시에 그에겐 아무 맥락도 없이 범죄를 저지르겠다는 생각이 스쳐지나갔고 아마도 그건 어떤 상념도 없이 떠오른 실체 없는 이미지에 불과했을 것이다. 아마도 이 상념은 모오스브루거와 연관이 있었을 것이다. 모르는 두 사람이 같은 공원 벤치에 앉게 되듯이 운명의 우연에 이끌려간 그 백치 같은 사람을 돕고 싶은 마음이 그에게 있었기 때문이다. 하지만 '범죄'란 사실 다른 사람들과 평화롭게 지내왔던 삶을 포기하고 자신을 유폐시키려는 강박에 불과했다. 이른바 반국가적이고 반인간적인 태도라고 불리는, 다양한 방식으로 정당화되고 가치를 인정받은 감정은 어디서 비롯되거나 무엇으로도 증명된 것이 아니며 그저 거기 있는 것이었다. 울리히는 비록 강하지는 않더라도 그런 감정을 평생 간직해왔다. 지금까지 세상의 모든 혁명에서 사유하는 사람들은 늘 처참하게 실패했다고 말해도 과언이 아닐 것이다. 그들은 새로운 문명이 도래할 것이라고 약속함으로 시작한다. 그들은 지금까지 인간 영혼이 도달한 것을 마치 적들의 유산인 듯 쓸어버린다. 또한 이전에 성취된 경지에 도달하기도 전에 다음

혁명에 의해 전복되고 만다. 그래서 이른바 문명의 시기라고 불리는 것은 좌절된 시도의 긴 우회로에 다름 아니며 이런 우회로 밖에 자신을 위치시키는 것은 울리히에게 낯선 일이 아니었다. 그런 우회로에 새로운 점이 있다면 결정을 좀더 강력하게 해서 행동을 할 준비가 된 것처럼 보인다는 것이었다. 그는 이런 생각에 조금도 참여하려고 하지 않았다. 그는 지금이 다시금 보편적이고 이론적인 것을 좇는 시대가 아니라는 데—이미 자신이 피로를 느낀 것처럼— 동의했고 이제 해야 할 일은 뭔가 개인적이고 스스로를 피와 살, 팔과 다리가 있는 존재로 충만케 할 활동적인 일이어야 한다고 생각했다. 그는 자신의 의식 밖에 있는 기이한 '범죄'의 순간에 자신은 세상을 인식하지 못하겠지만 신은 왜 그것이 하나의 열정적이고 부드러운 체험인지를 알 것이라고 믿었다. 그것은 방금 전의 기이한 공간적 체험과 연결되어 있었다. 그때 아직도 기억할 수 있는 희미한 메아리가 창문의 이쪽과 저쪽에서 하나로 합쳐져서 세상과 신비하게 흥분된 관계를 맺었고 만약 울리히에게 생각할 충분한 시간이 있었다면, 그것은 자신들이 구애했던 여신에게 잡아먹히고 만 영웅들의 전설적인 성적 충동을 떠올리게 했을지도 모른다.

하지만 한동안 자신의 내면과 투쟁하고 있었던 라인스도르프 백작에 의해 그의 생각은 끊겨버리고 말았다. "나는 이 폭동에 맞서기 위해 여기에 머물러야겠어요." 백작이 말을 이었다. "그래서 나는 떠날 수가 없소. 하지만 친애하는 당신은 당신 사촌이 놀란 나머지 광장에 오지 않은 기자들한테 뭔가 이야기를 하기 전에 가능한 빨리 그녀에게 가시오. 그리고 그녀에게…," 그는 결정을 내리기 전에 잠시 머뭇거렸다. "그래요, 이렇게 말하는 게 좋겠소. 강한 처방이 강한 효과를 낳습니다! 그러곤 이어서 말하세요. 삶을 발전시키려는 사람은 위기에 처했을 때 불태우거나 찌르는 것을 피하면 안 됩니다!" 그는 생각하느라 다시 말을 멈췄고 결단을 내리느라 불안한 모습이었다. 그가 뭔가를 말하려다가 다시 생각에 잠길 때마다 턱수염이 치켜 올라갔다가 수직으로 내려갔다. 하지만 결국 그의 천성적인 선함이 깨어나더니 말을 이었다. "그녀에게 걱정할 필요가 전혀 없다고 전해주세요! 그런 야수 같은 사람들을 두려워할 필요가 없다고 말입니다. 사실에 더 근접할수록 그들은 더욱 현실적 관계에 적응하게 될 겁니다. 당신도 알아챘는지 모르지만 방향키를 넘겨받았을 때 다른 편에 서지 않는 사람은 없었습니다. 이것은 사람들이 생각하듯 뻔한 것이 아닙니다. 제가 감히 말하자면 그것은 정치에서의 현실이자 척도이며 연속성이기 때문에 오히려 매우 중요한 지점입니다!"

121.
토론

울리히가 디오티마 집에 도착했을 때 라헬은 문을 열어주면서 부인은 집에 없으며 아른하임 박사가 그녀를 기다리고 있다고 말해주었다. 울리히는 부끄러운 일을 저질렀던 이 작은 친구가 얼굴을 붉히는 것도 알아채지 못한 채 자기도 들어가겠다고 말했다.

거리에선 아직도 여기저기 소요가 일었고 창가에 서 있던 아른하임은 그에게 인사하기 위해 다가왔다. 주저하면서도 만나기를 원했던 상대와 우연히 마주치자 아른하임의 얼굴에는 생기가 돌았지만 신중하게 접근하고 싶은 나머지 쉽게 입을 열지 못했다. 울리히 역시 갈리치아의 유전 지대에 관해 이야기를 꺼내야 할지 망설였고 결국 첫 인사 후 두 남자는 입을 닫은 채 창가로 다가가 아래에서 벌어지는 소요를 묵묵히 바라보았다.

잠시 후 아른하임이 입을 열었다. "나는 당신을 이해할 수 없어요. 삶에 투신하는 것이 글을 쓰는 것보다 천배는 더 중요하지 않나요?"

"나는 글을 쓰지 않습니다." 울리히가 간단하게 대답했다.

"그렇다면 다행이군요!" 아른하임이 호응하며 말했다. "글쓰기란 마치 진주 같은 일종의 질병이지요. 저길 한번 봐요…," 그는 잘 다듬어진 손으로 거리를 가리켰고 거리의 움직임은 속도에도 불구하고 어딘가 교황의 성호 같은 인상을 주었다. "저들은 각각 무리를 지어 옵니다. 그리고 이따금 그 가운데 입이 하나 벌어져 소리를 지르지요! 그렇지만 언젠가 다른 기회가 오면 그 사람은 이렇게 쓸 겁니다. '그 점에서 당신이 옳습니다!'"

"하지만 당신은 저명한 작가이지 않습니까?"

"아, 그건 중요하지 않아요." 하지만 이 대답 후에, 그렇듯 호의적으로 모든 질문을 열어놓고 아른하임은 울리히 쪽으로 아주 가까이 다가가 가슴을 마주하고 또박또박 간격을 두고 말했다. "뭐 좀 물어봐도 될까요?"

당연히 안 된다고 대답할 수는 없었다. 하지만 울리히가 무의식적으로 약간 뒤로 물러섰기 때문에 그런 수사적인 예의는 그를 다시 끌어당겨 묶는 끈 같은 역할을 했다. "제가 바라기는," 아른하임이 말했다. "지난번 우리의 의견충돌을 나쁘게 받아들이지 말고 비록 당신의 견해가 종종 저와 다르긴 하지만 제가 당신의 생각에 관심이 있다는 좋은 뜻으로 받아들여주면 좋겠어요. 그러니 당신 생각이 정말 그런지 제가 질문을 좀 해보겠습니다. 그러니까 요약해서 말하면 우리가 억제된 현실적 양심을 지니고 살아야 한다는 말인가요? 이게 맞는 표현인가요?"

울리히는 미소를 띠고 대답했다. "잘 모르겠군요. 당신이 무슨 말을 하는지 좀더 들어보겠습니다."

"당신은 두 세계를 망설이며 떠도는 삶을 유동하는 상태에 내맡겨진 삶으로 비유했지요? 당신은 또한 굉장히 매혹적인 것들에 관해 사촌에게 이야기했습니다. 만약 당신이 나를 그런 것들에 무지한 프로이센의 군사·상업주의자로 알았다면 저로서는 매우 모욕적이었을 겁니다. 하지만 당신은 가령 우리의 현실과 역사는 그리 중요하지 않은 우리 자신의 일부에서 비롯되었다고 말했습니다. 그러니까 우리가 일어난 일들의 형식과 유형을 바꿔야 한다고 나는 이해했어요. 당신의 견해에 따르면 이런저런 사람들에게 무슨 일이 일어났는지는 그리 중요하지 않다는 것이죠."

"제 말의 의미는," 울리히가 머뭇거리며 신중하게 개입했다. "현실이란 수천 개의 뭉치로 정교하게 완성된 하나의 직물이라는 겁니다. 하지만 그런 발전을 이뤄낸 고루한 방법에 대해선 아무도 관심이 없다는 것이죠."

"다른 말로 하자면," 아른하임이 끼어들었다. "당신의 주장은 그러니까 현재의 의심할 바 없이 불만족스런 상황은 지도자가 새로운 생각으로 권력의 영역에 침투하는 데 모든 역량을 동원하는 대신, '세계 역사'를 만들어내야 한다고 믿기 때문이라는 것이죠. 그건 아마도 시장을 통제하는 대신 시장의 요구에 따라 상품을 생산해내기만 하는 제조업자와 비교될 만한 일입니다. 당신도 보다시피 그런 생각은 제 견해와도 매우 가깝습니다. 하지만 당신의 이런 생각 때문에 거대한 산업이 움직이도록 끊임없이 관여해야만 하는 저 같은 사람이 끔찍한 괴물로 비춰진다는 사실을 당신은 알아야 합니다! 가령 당신이 우리 행위의 실제적 의미, 즉 우리 행위의 잠정적이면서도 결정적인 특성을 포기하라고 요구한다고 해도—우리 친구 라인스도르프가 황홀해하며 말하듯이—우리는 절대 포기할 수 없을 겁니다."

"나는 아무것도 요구하지 않습니다." 울리히가 말했다.

"아, 당신은 많은 것을 요구합니다! 당신은 실험 정신을 요구하지요!" 아른하임은 활기차고 따뜻하게 말했다. "당신은 책임 있는 지도자는 역사를 만들 것이 아니라 더 많은 실험을 하기 위한 기초실험보고서를 작성해야 한다고 요구합니다. 저는 이 생각에 매료됐어요. 하지만 혁명이나 전쟁 같은 건 어떻게 되나요? 당신의 실험이 실행되고 실제의 일에 적용된다면 죽은 사람들이 다시 살아날 수 있나요?"

울리히는 담배를 피우고 싶은 욕망에 굴복하듯이 말을 해야겠다는 유혹에 넘어가고 말았으며 비록 50년 후에 모든 실험이 전혀 가치 없음이 밝혀지더라도 우리는 할 수 있는 모든 것을 진지하게 수행해야만 한다고 대답했다. 하지만 이런 '진지함'에 구멍이 뚫린 것도 그리 이상한 일이 아니었다. 사람들은 인생을 스포츠 같은 시합에 내맡기고도 아무렇지도 않게 지냈다. 심리학적으로 삶은 실험에 내맡겨졌다고 봐도 무리가 아니었다. 결여된 것은 무한책임을 지겠다는 확고한 의지였다. "거기에 결정적인 차이가 있는 것이죠." 울리히는 결론을 지었다. "예전 사람들은 특정한 가정假定에서 출발하는 연역적인 삶을 살았습니다.

그런 시대는 지나갔지요. 오늘날 사람들은 앞서가는 이념 따위에 매달리지 않습니다. 하지만 그렇다고 귀납적인 사고를 하는 것도 아니지요. 그들은 그저 원숭이처럼 그런 시도를 흉내낼 뿐입니다!"

"탁월하군요!" 아른하임이 흔쾌히 동의했다. "하지만 마지막 질문 하나만 하지요. 당신 사촌이 자주 하는 말에 따르면 당신은 정신적으로 매우 위험한 사람들에게 깊은 관심을 보인다고 하더군요. 우연히 알게 됐지만 저는 이 점도 잘 이해하고 있습니다. 그런 사람들을 대하는 올바른 방법이 없고 사회적 대처 역시 수치스러울 정도로 제멋대로죠. 하지만 지금은 이런 사람들을 무고하게 죽이느냐 아니면 다른 무고한 사람을 죽이느냐 하는 선택밖에 남지 않았습니다. 당신은 할 수만 있다면 사형을 당하기 전날 밤 그를 몰래 탈출시키겠습니까?"

"아닙니다!" 울리히가 말했다.

"아니라고요? 정말인가요?" 아른하임은 갑자기 생기를 띠며 말했다.

"모르겠어요. 저는 아니라고 믿습니다. 물론 저는 잘못된 세계에서 내 마음대로 행동할 권리가 없다고 주장함으로써 빠져 나올 수 있겠지요. 하지만 제가 뭘 해야 할지 모르겠다는 사실은 인정할 수밖에 없습니다."

"그 사람이 더이상의 해를 끼치지 못하게 해야 한다는 것은 분명합니다." 아른하임이 신중하게 말했다. "하지만 그가 발작을 일으킬 때는 분명히 악마에 사로잡혀 있었을 겁니다. 악마는 언제나 신적인 것과 유사성을 품고 있죠. 예전 같으면 그런 사람이 발작을 일으키면 아마 사막으로 쫓아버렸을 겁니다. 그때부터 그는 살인을 저질렀을지도 모르죠. 하지만 크게 보자면 아브라함이 이삭을 살해하려 한 것과 다르지 않을 겁니다! 바로 그거예요. 우리는 오늘날 그걸 어찌 다뤄야 할지 모르며 더이상 진실하게 대하지도 못하죠!"

아마도 아른하임은 이 마지막 말로 뭔가에 압도당했을 것이며 그래서 자신이 무슨 말을 하는지조차 정확히 알지 못했다. 모오스브루거를 구했겠느냐는 질문에 울리히가 어떤 '영혼과 경솔함'을 담아 주저없이 그렇다고 대답하지 않은 것이 아마도 아른하임의 패기를 자극했을 것이다. 하지만 이 대화에서 라인스도르프 백작의 집에서 한 자신의 '결심'을 우연찮게 떠올리는 징조를 찾아내긴 했지만 울리히는 아른하임이 모오스브루거를 언급할 때의 그 사치스런 수사에 화가 치밀었기 때문에 건조하면서도 집요하게 되물었다. "당신이라면 그를 구해주겠습니까?"

"아니요," 아른하임은 미소를 지으며 대답했다. "하지만 나는 다른 제안을 하고 싶네요." 그러고는 반대할 시간도 주지 않고 말을 이었다. "나는 이 제안을 오래전부터 하고 싶었고 이것으로 당신이 나를 향한 불신—솔직히 내 마음을 상하게 하는—을 버렸으면 합니다. 나는 당신이 내 편을 들어주면 좋겠습니다!

당신은 거대한 경제기업의 내부를 상상해본 적이 있나요? 거기엔 두 지도부가 있지요. 최고경영진과 이사진들이 그것이고 보통 그 위에 당신 나라에서 부르듯이 이사회가 존재하는데 두 대표회의는 거의 매일 만나다시피 합니다. 이사들은 당연히 대주주들의 신뢰를 받는 사람들입니다." 여기서 그는 울리히에게 잠시 틈을 주었고 그가 뭔가 알아챈 것은 아닌지 떠보고자 했다. "제가 말했듯이, 대주주들은 이사진과 이사회에 자신들의 대표를 파견해두지요." 그는 재촉하듯 물었다. "이런 대주주들을 보면 뭔가 떠오르는 것 없나요?"

울리히에겐 아무것도 떠오르지 않았다. 재정에 관해서라면 서기나 계산원, 쿠폰, 옛날식 문서 증명서 따위의 흐릿한 관념밖에 없었다.

아른하임은 한번 더 재촉했다. "당신은 이사진을 선출해본 적이 없나요? 그런 적이 없군요!" 그는 자기 질문에 스스로 대답했다. "당신은 기업의 대주주가 될 의향이 없으니 그걸 생각할 이유도 없겠군요." 그가 너무 확고하게 말했기 때문에 울리히는 그렇게 중요한 특성을 가지지 못해 부끄러움마저 느낄 지경이었다. 쉽게 몇걸음만으로 악마에서 이사진으로 건너가는 것은 아른하임의 착상이기도 했다. 그는 웃으며 말을 이었다. "당신에게 지금껏 한 사람에 대해서 말을 하지 않았는데 어떤 면에서는 가장 중요한 사람입니다. 저는 '대주주'에 대해 말했지요. 그건 별로 위협적으로 들리지 않을 겁니다. 하지만 그 사람은 항상 단 하나의 개인이고 이름도 없이 공공에 알려지지 않은 최대 주주로, 자신 대신 내세운 사람들 뒤에 숨어 있습니다!"

울리히는 비로소 아른하임이 매일 신문에 등장하는 일을 말하고 있음을 깨달았다. 아른하임은 그런 일에도 긴장을 불어넣을 줄 알았다. 울리히는 호기심에 이끌려 로이드 은행의 대주주는 누구냐고 물었다.

"아무도 모릅니다." 아른하임은 조용히 대답했다. "정확히 말하자면 전문가들은 누군지 알지요. 하지만 그걸 밝히는 일은 흔치 않습니다. 그보다는 핵심에 다가가보죠. 한편에 주문자가 있고 다른 쪽엔 제작자가 있는 양분된 권력이 존재하는 곳에서는 자동적으로 가능한 모든 이윤추구 방식이 동원되는 현상이 나타납니다. 그 현상이 도덕적이거나 아름답거나 상관없이 말이죠. 저는 '자동적으로'라는 표현을 썼는데 이는 그런 현상이 높은 차원에서 개인적인 의향과 아무 상관이 없기 때문입니다. 주문자는 제작자와 직접적인 접촉을 하지 않고 일선 업무 조직들은 개인적인 차원이 아니라 한 사람의 공적인 직원으로 대처하면 그만입니다. 당신은 오늘날 이런 관계를 경제 영역뿐 아니라 도처에서 목격할 겁니다. 가령 우리 친구 투치는 늙은 개 한 마리를 쏘아죽이진 못할망정 고귀한 양심의 평정상태에서 전쟁을 위한 신호를 보낼 수는 있을 겁니다. 또한 당신의 친구 모오스브루거는 수천명에 달하는 사람에게서 사형 선고를 받을 텐데 막상 그걸 제 손으로 실행할 사람은 세 명에 불과하다는 말이지요.

예술의 경지에 다다른 이런 '간접성' 덕분에 전체 사회와 각각의 개인은 양심을 보장받게 된 것입니다. 우리가 누르는 버튼은 항상 희고 깔끔하지만, 그 버튼이 연결된 다른 쪽 끝에서는 다시 그 버튼을 누를 일이 없는, 전혀 다른 사람들의 관심사가 있는 법이죠. 혐오스러운가요? 그런 식으로 우리는 수천 명을 죽이거나 근근이 살아가도록 하며 고통의 산을 옮기기도 하지만 뭔가를 해내기도 합니다! 저는 이같은 사회적 분업이라는 형식 속에서—비록 장엄하고 위험한 방식이긴 하지만—승인된 목적과 대가를 지불한 수단이라는, 인간 양심의 고대적 이원론과 정확히 일치하는 인식이 들어 있다고 주장하고 싶습니다."

혐오스럽냐는 아른하임의 질문에 울리히는 어깨를 으쓱해 보였다. 아른하임이 말한 도덕적 의식의 분열은 현대적 삶의 가장 무시무시한 현상이자 오래전부터 있어온 일이었다. 하지만 그런 분열은 오늘날 노동 분업의 결과 끔찍한 마음 상태에 이르렀고 피할 수 없는 것이 되었다. 울리히는 그것에 바로 분노를 표출하고 싶지 않았고 오히려 길가에서 먼지를 뒤집어쓰고 저주를 퍼붓는 도덕주의자 옆을 시속 100km로 달리는 듯한 코믹하고 만족스런 느낌을 받았다. 아른하임이 말을 멈추자 울리히가 먼저 말했다. "모든 노동 분업의 형식은 발전될 겁니다. 그래서 질문은 그것이 혐오스럽냐가 아니라 우리가 과거로 회귀하지 않고도 품위 있는 상황에 가닿을 수 있느냐가 되어야 하지요!"

"탈탈 털어버리시는군요!" 아른하임이 끼어들었다. "우리는 노동 분업을 훌륭하게 조직했지요. 하지만 통합에 대한 요청에는 무관심했습니다. 우리는 최신 특허에 따라 도덕과 영혼을 끊임없이 파괴했고 종교적이고 철학적 전통이라는 구식 처방으로 분열을 봉합할 수 있으리라 믿었던 겁니다! 저는 이런 식으로 조롱하고 싶진 않습니다." 그는 태도를 바꿨다. "거기에 대한 농담도 좋다고 할 순 없겠지요. 하지만 우리가 양심을 새롭게 조직해야 한다고 라인스도르프 백작 앞에서 당신이 내놓은 제안은 그저 농담이라고 생각하지 않습니다!"

"그건 농담이었어요," 울리히가 냉담하게 답했다. "저는 그럴 가능성이 있다고 믿지 않습니다. 차라리 악마가 유럽 세계를 건설했으며 신은 그 경쟁자가 마음껏 능력을 발휘하도록 내버려뒀다고 믿고 싶어요!"

"훌륭한 생각이군요!" 아른하임이 말했다. "하지만 그렇다면 내가 당신을 믿으려 하지 않는다면서 왜 그렇게 화를 낸 거죠?"

울리히는 대답하지 않았다.

"당신이 방금 한 말은 올바른 삶을 위해 택해야 할 방법에 관해 얼마 전 언급한 진취적인 발언과도 모순된 것입니다." 아른하임은 조용하고 완고하게 말했다. "세세한 부분에서 당신에게 동의하느냐를 떠나서 당신이 활동적인 경향과 무관심을 동시에 소유하고 있다는 점을 저는 인정할 수밖에 없습니다."

여기에조차 울리히가 대답할 기미를 보이지 않자 아른하임은 무례함에 맞서기라도 하듯 한껏 예의를 갖춰 말했다. "저는 오늘날 거의 모든 것이 걸려 있는 경제적 결정을 함에 있어서도 우리가 얼마나 도덕적 책임을 고려해야 하는지, 그리고 그렇게 결정을 내림으로써 얼마나 환호하는지에 대해 당신이 관심을 좀 가지도록 해볼 작정입니다." 이런 예의바른 책망에도 약간의 억압적인 제안이 담겨 있었다.

"죄송합니다," 울리히가 말했다. "당신의 말을 깊이 생각해보던 중이었습니다." 그러고는 여전히 생각에 잠긴 듯 말을 덧붙였다. "만약 여자가 남편에게 육체를 맡기는 걸 이성적이라고 생각하는 남자가 한 유부녀의 영혼에 신비로운 감정을 불어넣고 있다면 당신은 그것을 시대에 걸맞은 우회로이자 의식의 분열이라고 여기겠는지 저는 묻고 싶습니다."

이 말에 안색이 약간 변했지만 아른하임은 상황을 통제하는 힘을 잃지는 않았다. 그는 차분하게 대답했다. "당신이 무슨 말을 하는지 모르겠군요. 하지만 만약 당신이 사랑하는 어떤 여자에 관해 이야기하는 거라면 그렇게 말할 수는 없을 겁니다. 왜냐하면 현실의 모습은 원칙이라는 윤곽에 비해 항상 더 풍부한 법이니까요." 그는 창가에서 벗어나 울리히에게 앉기를 권했다. "당신은 쉽게 수긍하지 못하는군요!" 아른하임은 칭찬인지 유감인지 모를 목소리로 계속 말했다. "하지만 저는 당신에게 개인적으로 반대하는 것이 아니라 반대하는 원리를 제시하는 것입니다. 개인적으로 자본주의 최고의 적인 사람이 사업 세계에서는 가장 충실한 부하인 경우도 드물지 않죠. 저 역시 어느 정도는 그런 경우에 속할 겁니다. 그렇지 않다면 당신한테 이런 얘기를 하지도 않겠지요. 단호하고 열정적인 사람들은, 필요하다고 인식하는 순간 아주 현명한 양보의 옹호자가 됩니다. 그래서 저는 제 의도를 끝까지 밀고나가 당신한테 이렇게 제안해보겠습니다. 제 회사에 들어와서 일해보시죠."

이 제안을 하면서 아른하임은 일부러 그리 자극적이지 않게 말했다. 오히려 그는 아무런 강조 없이 빠르게 말함으로써 상대방을 놀라게 하는 싸구려 효과를 줄이려는 것처럼 보였다. 울리히의 놀란 눈빛에 응답하면서 그는 자신의 입장에 관해서는 아무것도 밝히지 않은 채 실행돼야 할 세부 사항으로 곧장 들어갔다. "당연히 당신은 훈련이 돼 있지 않을 테니 처음부터 지도적위치를 맡을 수는 없을 겁니다." 그는 부드럽게 말했다. "그리고 그런 욕망도 없을 거구요. 그래서 당신이 내 곁에서 맡아줄 만한 자리를 제안하는데, 이른바 책임비서라는 직책으로 당신에게 특별히 마련해주고 싶은 자리입니다. 바라기는 당신이 이 제안을 불쾌하게 여기지 말았으면 합니다. 저는 탐나는 봉급을 드리기 위해 이 자리를 생각한 게 아니에요. 다만 일을 하면서 시간이 지나면 당신이 원하는 만큼의 수입을 받을 수 있을 겁니다. 수년 내에는 당신이 나를 다르게 바라볼 날이 오리라 확신합니다."

말을 마쳤을 때 아른하임은 흥분을 느꼈다. 사실 그는 울리히가 수락한다고 해도 큰 성취가 없으며 거절한다면 그저 웃음거리가 될 게 뻔한 이런 제안을 한 자신이 놀라웠다. 자신 앞에 있는 이 남자가 자신이 이루지 못할 일을 할 수 있다는 희망은 대화를 나누는 사이에 사라져버렸고 남자를 끌어들여 자기 휘하에 두어야겠다는 필요성도 마음을 털어놓는 과정에서 어리석은 일이 돼버리고 말았다. 그가 울리히의 '위트'라고 불렀던 그 무엇을 두려워했다는 사실은 이제 부자연스러워 보였다. 그 남자 아른하임은 위대한 남자였고 그런 남자에게 삶이란 단순해야 하는 법이다! 그는 다른 모든 위대한 사람들과 어울렸고 가능하면 모험에 기대지 않았으며 아무것도 의심하지 않았다. 자신의 본성에 어긋나기 때문이었다. 하지만 다른 한편으로는 당연히 아름답고 모호한 것들이 있었으며 우리는 그것에서 가능한 한 많은 것을 끌어내고 싶어한다. 아른하임은 오늘날 힘과 규율의 빼어난 직조라는 서구 문화의 견고함을 지금처럼 강렬하게 느껴본 적이 없었다. 울리히가 그런 사실을 몰랐다면, 또한 아른하임이 자신을 그런 힘과 규율로 유혹한다는 사실을 몰랐다면, 그는 모험가에 불과할 것이다. 여기서 아른하임은 그 내밀한 속내에도 불구하고 말을 아꼈다. 그는 울리히를 양자로 받아들일 생각이었다는 사실을 명확히 말할 준비가 돼 있지 않았다. 그건 큰 의미는 없는 생각이었다. 수많은 생각과 마찬가지로 책임질 필요가 없는 하나의 생각일 뿐이었고 모든 활동하는 인간에 영향을 주는 삶의 변덕 따위에 떠밀린 것이었다. 인간은 결코 만족을 모르기 때문이다. 아마도 아른하임은 이렇듯 미심쩍은 형태의 생각을 가진 게 아니라 비슷한 충동을 느낀 것일지도 모른다. 아무튼 그는 그 기억을 피하고 싶어했고 울리히의 세대와 자신 세대의 간격이 그리 크지 않다는 점을 머릿속에 쓰라리게 간직했다. 그리고 그 뒤에는 울리히가 디오티마에 대한 경고의 의미로 자신에게 헌신할지도 모른다는, 희미한 두번째 예감이 자리잡고 있었다. 그는 울리히와의 관계가 마치 원분화구에서 감지되는 이상이나 전조를 미리 알려주는 기생화산 같음을 이미 몇번이나 느꼈다. 또한 지금 화산이 터지고 그의 말이 분출되어 삶 속으로 길을 내어 흐르는 것에 마음이 불편해졌다. '무슨 일이 벌어질 것인가?' 아른하임의 머릿속에 문득 생각이 스쳤다. '이 남자가 제안을 받아들인다면?' 자신의 상상 속에서 중요성을 부여해준 그 젊은 남자가 어떤 결정을 내릴지 기다려야 하는 긴장된 시간이 다가오고 있었다. 그는 뻣뻣하게 앉아서 싸움에 임하듯 입술을 벌린 채 생각했다. '피할 길이 없다면 다스리는 수가 있겠지.'

생각과 감정이 자리를 잡아가는 중에도 상황은 정리되지 않았고 질문과 대답이 끊임없이 이어졌다.

"그럼 사업가의 관점에서는 도저히 정당화될 수 없는 이 제안을 위해서," 울리히가 건조하게 물었다. "제가 어떤 특성을 발휘해야 하나요?"

"당신은 항상 이런 식으로 잘못 판단하는군요." 아른하임이 대답했다. "내 입장에서 사업가적 정당함이란 그저 푼돈이나 세는 게 아닙니다. 당신 때문에 잃는 것은 내가 얻기를 바라는 것에 비하면 아무것도 아니죠!"

"당신은 확실히 호기심을 자극하는군요." 울리히가 말했다. "제가 이익이 된다는 말은 좀처럼 들어본 적이 없어서요. 제가 제 분야에서 작은 기여를 했다고 할 수도 있겠지만 당신도 아시다시피 저는 그 분야에서도 완전히 환멸을 느꼈습니다."

"당신이 뛰어난 지적 능력을 소유했다는 사실은," 아른하임이 대답했다. (여전히 겉으로 드러나는 목소리에는 그의 조용하고 흔들림없는 확신이 있었다.) "제가 굳이 언급하지 않아도 스스로 잘 알고 있겠지요. 하지만 우리 분야에서 더 날카롭고 더 신뢰할 수 있는 지성을 발휘할 수도 있을 겁니다. 그것이 제가 당신을 제 곁에 두고 싶어하는 이유이며 당신의 개성이자 인간적 특성입니다."

"제 특성이라고요?" 울리히는 웃을 수밖에 없었다. "제 친구 중 하나는 저를 특성 없는 남자라고 부르던데, 그건 모르시나요?"

아른하임은 살짝 조급함을 내보이며 말했다. "그걸 몰랐다니, 한번 얘기해봐요!" 그의 얼굴이 움찔하더니 뭔가 불만족스런 기분이 어깨까지 드러났지만 그의 말만큼은 의도한 대로 착착 흘러나왔다. 울리히는 그 표정을 포착했고 아주 쉽게 아른하임에게 자극을 받아서 지금까지 삼가왔던 태도를 내려놓고 완전히 개방적인 대화로 전환했다. 그사이 그들은 자리에서 일어났고 울리히는 상황을 더 잘 관찰하기 위해 뒤로 몇걸음 물러나 말했다. "당신은 많은 의미심장한 질문을 했는데 저 역시도 결정을 내리기 전에 알고 싶은 것이 있습니다." 아른하임이 수락하는 몸짓을 보이자 울리히는 단도직입적으로 말을 이었다. "어떤 사람이 말하길 여기서 진행되는 평행운동과 관련된 당신의 참여는— 투치 부인과 저 역시도 미력한 힘을 보태고 있지만—갈리치아의 유전에서 많은 지분을 차지하기 위한 것이라고 하던데요."

아른하임은, 변변치 못한 불빛 때문일 수도 있겠지만 어딘가 창백해진 것 같았다. 그는 울리히 쪽으로 천천히 걸어갔다. 울리히는 그런 식의 무례함을 스스로 예견했어야 했다고 생각했고 자신의 신중하지 못한 솔직함 때문에 상대방은 불편한 대화를 순간적으로 피해갈 명분을 얻었다는 사실에 후회가 들었다. 그래서 그는 가급적 상냥하게 덧붙였다. "너무 불쾌해하지 마시길 바랍니다. 우리가 솔직하게 대화를 나누지 않으면 큰 의미가 없기 때문입니다."

몇마디 말로 허비된 시간 덕분에 아른하임은 마음의 평정을 되찾을 수 있었다. 그는 웃으며 울리히에게 다가가서 손을, 아니 더 정확히는 팔을 그의 어깨에 올리고는 비난에 찬 목소리로 말했다. "어떻게 그런 증권가의 루머에 빠져들 수 있나요!"

"저는 루머로 접하지 않고 그 분야를 잘 아는 사람에게 들었습니다."

"그래요, 저 역시 사람들이 말하는 걸 들었습니다. 하지만 당신이 그걸 믿다니요! 당연히 제가 여기에 즐기러 온 것은 아닙니다. 사업을 완전히 멈추게 놔둔 적은 한번도 없지요. 또한—비밀을 좀 지켜주시길 바라지만—몇몇 사람들과 그 유전에 관해 이야기를 나눈 건 부인하고 싶지 않아요. 하지만 그게 본질은 아니죠!"

"제 사촌은," 울리히가 말을 이었다. "당신의 석유에 관해서는 전혀 눈치채지 못하고 있어요. 사람들이 당신이 러시아 황제의 심복이라고 말하는 바람에 그녀는 당신의 체류 목적을 알아내라는 남편의 요청을 받았습니다. 하지만 제가 확신하건대, 그녀는 이런 외교적 임무를 제대로 수행하지 않을 겁니다. 바로 그녀 자신만이 당신이 여기에 머무는 이유라고 굳게 믿고 있으니까요!"

"어찌 그리 무례하신가요!" 아른하임은 팔로 울리히의 어깨를 다정하게 슬쩍 건드렸다.

"항상 어디에나 부차적인 의미라는 게 있는 법이죠. 비록 풍자의 외양을 띠긴 했지만 당신은 학생들에게나 어울릴 법한 막나가는 말을 한 겁니다!"

어깨에 둘러진 아른하임의 팔 때문에 울리히는 어딘가 위태로워 보였다. 우스꽝스럽고 불편해서 딱해 보일 정도였다. 하지만 울리히는 오랫동안 친구가 없었고 그래서 다소 혼란스러웠다. 그는 팔을 치우고 싶었고 자기도 모르게 치우려고 애쓰고 있

492

었다. 하지만 이렇듯 작은 거부의 몸짓을 알아챈 아른하임은 최대한 모른 체하려고 했다. 아른하임의 난처함을 감지한 울리히는 예의상 가만히 있었지만 이젠 점점 더 자신을 누르기 시작해 마치 허술한 제방이 무거운 힘에 터져버릴 것 같은 기분을 견디고 있었다. 울리히는 자신의 주위에 외로움의 벽을 쌓아올렸고, 다른 사람의 맥박을 타고 벽 속의 작은 틈을 뚫고 흘러나온 지금의 삶은 멍청하기도 하고 우습기도 하면서 조금은 흥분되기까지 한 느낌을 주었다.

울리히는 게르다를 떠올렸다. 그는 넓은 세상에 오직 애착과 혐오의 두 극단밖에 없다는 듯 아무 속박 없이 타인과 합일하고자 하는 내면의 욕구를 옛 친구 발터가 끌어냈음을 기억했다. 이 욕구가 마치 물과 공기, 그리고 빛이 하나의 은빛으로 뭉쳐 물결을 이루고 강의 전체에까지 밀려가듯 그의 내면에서 다시 차오르기엔 이미 너무 늦었다. 자신의 모호한 상황 가운데 오해를 불러일으키지 않도록 경계를 늦추지 말아야 하는 것은 매혹적인 일이었다. 하지만 그가 근육에 힘을 주자 보나데아가 했던 말이 떠올랐다. "울리히, 당신은 나쁜 사람이 아니야. 그저 좋은 사람이 되기 어려울 뿐이야!" 그날따라 놀랍게도 영리해진 보나데아는 이런 말도 했었다. "꿈속에서도 당신은 생각을 하지 않잖아. 당신은 꿈을 살아내는 사람이니까!" 그때 울리히는 말했다. "나는 아이였어. 달빛 속의 공기처럼 부드러운…." 그는 사실 그때 다른 이미지가 떠올랐음을 기억해냈다. 그 이미지는 타오르는 마그네슘 불꽃의 정점이었다. 불꽃을 튀기며 부서지는 모습에서 자신의 마음을 보았다. 하지만 그건 오래전 일이었고 그런 비유를 입 밖에 꺼낼 확신이 없었으며 그래서 다른 비유를 들었던 것이다. 그런데 방금의 대화는 보나데아가 아니라 디오티마와의 대화였다는 사실이 그에게 떠올랐다. '삶의 차이란 그 뿌리에선 매우 가깝게 자리잡고 있구나.' 그는 그렇게 느끼면서 몹시 불투명한 이유로 친구가 되고자 하는 그 남자를 바라보았다.

아른하임이 울리히의 어깨에 둘렀던 팔을 내렸다. 그들은 대화를 처음 시작했던 창문 앞 오목한 곳에 서 있었다. 저 아래 거리에는 평화롭게 램프가 빛났지만 이미 지나간 행렬의 흥분이 여전히 남아 있었다. 이따금 사람의 무리가 떼를 지어 열띤 대화를 나누며 지나갔고 여기저기서 누군가 입을 열어 위협을 가하거나 깔깔대는 웃음 뒤에 '부-부' 하는 외침을 내뱉었다. 사람들은 반쯤은 정신이 나간 것 같았다. 어두워진 방의 풍경을 담고 수직으로 드리워진 커튼 사이로 불안정한 거리의 불빛이 들어왔다. 그는 아른하임의 형상을 보았고 반쯤은 밝고 반쯤은 어두운 이중 조명의 효과를 열정적으로 극대화시키고 있는 그의 존재를 감지했다. 울리히는 문득 들었던, 아른하임을 향한 만세 소리를 기억했다. 아른하임은 벌어진 일들에 개의치 않고 마치 시저 같은 침착함으로 생각에 잠겨 거리를 내려다보았고 이 순간의 화폭 속에 자신의 지배적인 형상을 투사했으며 자신에게 쏟아지는 모든 시선에서 스스로의 존재를 느끼는 듯 보였다. 그의 곁에서 사람들은 자의식을 이해하게 될 것이다. 보통의 의식은 세계의 우글거리고 빛나는 것에 질서를 부여할 수 없다. 왜냐하면 당장은 의식이 날카로워질수록 세계는 더욱 경계를 잃어버릴 게 뻔하기 때문이다. 하지만 자의식은 마치 영화감독처럼 개입해 행복한 장면들을 예술적으로 만들어낸다. 울리히는 그 남자의 행복을 시샘했다. 지금 이 순간 그에게 범죄를 저지르는 일보다 쉬운 것은 없을 것이다. 왜냐하면 이미지를 만들어내야 하는 절박한 요청에 그 남자는 구식 상황까지 무대에 올릴 것이기 때문이다! '칼을 들어서 그의 운명을 완성하라!' 서툰 연기를 펼치는 배우의 목소리가 들리는 듯했는데 울리히는 자기도 모르는 사이 아른하임의 뒤편에 불안하게 서 있었다. 그는 그의 목과 어깨의 어둡고 넓은 면을 보았다. 특히 목은 그를 자극했다. 울리히의 손은 오른쪽 주머니에서 주머니칼을 찾고 있었다. 그는 까치발을 하고 아른하임의 어깨 너머로 다시 한번 거리를 내려다보았다. 반쯤 어두워진 거리에선 물결에 이끌리는 모래처럼 사람들이 몸을 이끌며 나아가고 있었다. 이 시위 이후 반드시 뭔가가 잇따를 것이고 그래서 미래는 물결을 일으킬 것이며 어떤 종류의 초인적이고 창조적인 침투가 일어날 터인데 그것은 항상 그렇듯 부정확하고 경솔한 것이 될 것이다. 울리히는 자신이 본 것에서 그 과정을 감지했고 잠시나마 확신을 가졌지만 더 평가하기에는 욕지기가 날 정도로 피곤했다. 그는 조심스럽게 까치발을 내렸고 별로 중요하지도 않으면서 자신을 흥분하게 했던 잠시 전의 장난스런 생각에 부끄러움을 느꼈다. 그는 아른하임의 어깨에 손을 얹고 이렇게 말하고 싶은 강한 유혹을 느꼈다. '고맙습니다. 저는 새로운 걸 시도해보고 싶습니다. 당신의 제안을 받아들이겠습니다!'

하지만 울리히가 실제 그렇게 하진 않았기 때문에 두 사람은 아른하임의 제안에 대한 대답을 건너뛰었다. 아른하임은 대화 초반의 주제로 다시 돌아갔다. "영화를 자주 보러 가나요? 그래야 마땅하죠!" 그가 말했다. "현재의 형식으로 보자면 영화의 미래는 아주 밝지 않지요. 하지만 좀더 큰 상업적 투자가 이뤄진다면—전기화학이나 염색산업 쪽이 되겠죠—아마 수십년 내에 절대 멈출 수 없는 발전을 목격하게 될 겁니다. 모든 생산 증대 및 확대 수단이 이쪽으로 들어오고 우리 시인과 예술가들도 참여하게 되면 독일전자회사 또는 독일염색업에 의해 후원을 받는 예술이 탄생할지 모릅니다. 황홀한 일이죠! 당신은 글을 쓰나요? 아니, 이미 질문했던 거군요. 하지만 왜 글을 쓰지 않나요? 당신이 옳아요. 미래의 시인이나 철학자는 저널리즘을 딛고 등장할 겁니다! 우리 저널리스트들이 점점 발전하는 반면 시인들은 점점 형편없어지는 게 보이지 않나요? 물어볼 것도 없이 당연한 발전 과정입니다. 저로서는 그런 진행 과정에 일말의 의심도 없습니다. 위대한 개인의 시대는 이제 끝나고 있지요!" 그는 몸을 앞으로 숙였다. "이렇게 나쁜 조명에선 당신이 어떤 표정을 하고 있는지 볼 수가 없군요." 그는 조금 웃었다. "당신은 정신의 재고조사를 요청하셨죠? 그걸 믿습니까? 정신의 삶이 측정될 수 있다고 생각하는 건가요? 당연히 당신은 아니라고 말했죠. 하지만 저는 당신을 믿지 못합니다. 왜냐하면 당신은 인간에 비길 수 없다는 이유로 악마를 껴안을 사람이니까요."

"그런 말이 어디서 나옵니까?" 울리히가 물었다.

"『군도』 *Die Räuber* (실러의 대표 희곡—옮긴이) 미발표본의 서문에 있지요."

'당연히 미발표본 서문이겠지.' 울리히는 생각했다. '설마 일반인들이 보는 책이겠어!'

"위대한 의지를 위해 끔찍한 악덕에 열광하는 정신들…." 아른하임은 기억이 닿는 한까지 인용을 이어갔다. 그는 다시 상황의 지배자가 된 기분이었고 울리히는 어떤 이유에서든 굴복하는 느낌이 들었다. 더이상 아른하임에게는 적대적인 냉혹함이 없었고 다행히 지나가버린 그 제안에 대해선 이제 언급할 필요도 없었다. 하지만 마치 레슬러가 상대방의 지친 기색을 파악하고 마지막 온 힘을 모으듯이 그는 자신의 제안에 무게를 가득 실어 여지를 남겨두려 했다. "이제 당신이 저를 처음보단 더 잘 이해하리라 믿습니다. 솔직하게 고백하자면 저는 이따금 외로움을 느낍니다. '새로운' 사람들은 지나치게 경제적으로 사고합니다. 사업 가문도 2, 3세대가 지나면 상상력을 잃어버리죠. 그들은 그저 말 잘 듣는 행정가, 성城, 사냥꾼, 군인, 귀족 사위나 만들어낼 뿐입니다. 나는 세계 도처에서 이런 사람들과 알고 지냅니다. 영리하고 우수한 사람들도 있지만 방금 실러 인용에서 언급했듯이 그들은 불안하고 제멋대로이며 불행한 상태에 있어서 하나의 생각조차 끌어낼 수 없을 정도지요."

"죄송하지만 대화를 더 이어갈 수 없을 것 같습니다." 울리히가 말했다. "투치 부인이 친구의 집에서 상황이 가라앉길 기다리고 있지만 저는 이제 가봐야 합니다. 그러니까 당신은 제가 사업을 잘 모름에도 불구하고 사업적인 것을 제거하는 데 요구되는 불안을 간직하고 있다는 점에서 저를 신뢰하는 것인가요?" 울리히는 떠나기 위해 불을 켰고 대답을 기다렸다. 아른하임은 그 행동이 적절한 것이었음을 보여주듯 위엄 있는 우정으로 어깨에 팔을 얹더니 대답했다. "너무 많은 말을 한 것 같아 미안하군요. 외로워서 그랬거니 이해해주세요. 사업은 권력을 향해 나아가고 사람들은 우리가 권력과 무슨 상관이냐고 종종 되묻곤 하지요. 당신이 그걸 나쁘게 보지 않으면 좋겠습니다!"

"오히려 그 반대입니다!" 울리히가 단호하게 말했다. "저는 당신의 제안을 진지하게 생각해보기로 결심했습니다!" 그가 빨리 말을 했으므로 그런 성급함은 흥분으로 받아들여질 수도 있었다. 디오티마를 기다리던 아른하임에게 울리히의 반응은 당혹스럽고 걱정스럽게 다가왔고 그 제안을 거둬들이도록 점잖게 설득하는 일이 이젠 쉽지 않을 것 같았다.

122.
귀로

울리히는 걸어서 집으로 갔다. 아름답지만 어두운 밤이었다. 집들은 크고 오밀조밀하며 기묘하게 모여 탁 트인 거리와 이어졌고 그 위 하늘로 어둠이나 바람, 구름이 지나가고 있었다. 거리는 대낮의 동요가 깊은 잠에 빠지기라도 한 듯 텅 비었다. 울리히가 보행자를 만날 때 발걸음 소리는 마치 중요한 소식을 전해주듯 오랜 시간 뚜벅뚜벅 그에게 다가왔다. 그 밤은 마치 극장에 있는 듯한 기분을 주었다. 사람들은 스스로 세계의 현상이 된 듯했다. 자신보다 더 큰 그림자가 나타나 메아리를 만들고 그 소리가 빛나는 표면을 통과하자 커다란 그림자는 크게 움찔하는 광대처럼 움직였으며 높게 솟아올랐다가 다음 순간 다시 겸허하게 발꿈치로 기어들어갔다. '얼마나 행복한 밤인가!' 그는 생각했다.

그는 돌길 곁의 아치를—두꺼운 기둥에 의해 길과 분리된—통과해 약 열 걸음 정도를 걸었다. 귀퉁이에서 어둠이 튀어나왔고 반쯤 어두운 통로에서는 습격과 살인의 음모가 깜빡이는 것 같았다. 과격하고 고대적이며 잔인하게 장엄한 쾌락이 영혼을 사로잡았다. '이건 너무 지나친 감이 있다.' 울리히는 지금 이곳을 아른하임이 걷고 있다면 얼마나 자만에 빠져 스스로를 연출

할까 하는 생각에 문득 빠져들었다. 울리히는 자신의 그림자와 메아리에서 더이상 기쁨을 찾지 못했고 벽에 울리던 유령 같은 음악도 사라져버렸다. 울리히는 아른하임의 제안을 받아들이지 않을 생각이었다. 하지만 지금 그에겐 아연실색한 채 마땅히 있어야 할 자신의 이미지를 찾지 못하는 유령이 삶의 화랑畵廊에서 길을 잃은 모습이 떠올랐고, 얼마 지나지 않아 덜 위압적이고 덜 웅장한 지역에 이르자 마음은 상당히 편안해졌다.

넓은 거리와 광장은 어둠을 향해 열려 있었고 평화롭게 불빛을 반짝이는 평범한 집들에는 그 어떤 마법적인 것도 없었다. 열린 공간으로 들어가면서 그는 평화로운 공기를 들이마셨고 왜 그런지는 모른 채 최근에 다시 본 어린 시절의 사진첩을 떠올렸다. 그 속에는 어린 시절 일찍 돌아가신 어머니가 있었고, 옛날식 옷을 입은 채 환하게 웃고 있는 그 아름다운 부인 앞에는 작은 소년이 있었다. 그는 소년을 겨우 알아보았다. 사람들이 소년에게 받은 주도적 인상은 용감하고 사랑스러우며 영리한 작은 아이라는 이미지였다. 아직은 완전히 그의 것이 아닌 희망도 보였다. 마치 그를 향해 양 날개를 열고 다가오는 황금 그물처럼 명예롭고 약속된 미래라는 모호한 기대도 있었다. 당시 그 모든 것은 불투명했음에도, 십여년 후에 그 오래된 사진첩은 매우 의미있는 것으로 읽혔으며, 아주 쉽게 현실이 될 수도 있었던 불확실한 확실성의 한가운데서 움직임을 자제하느라 혼란에 빠진 부드럽고 공허한 아이의 얼굴은 울리히 자신을 바라보고 있었다. 그는 아름다운 어머니를 자랑스러워하긴 했지만 아이에게 선 어떤 호감도 느끼지 못했으며, 전체적으로 거대한 공포에서 벗어난 것 같다는 인상을 받을 뿐이었다.

마치 접착제가 바짝 마르거나 떨어져 나간 것처럼 옛날 사진 속 자기만족에 휩싸인 자신의 분신이 자신을 응시하는 체험을 한 사람은 아마도 어떻게 접착제가 다른 사람에게는 떨어지지 않고 붙어 있는지를 되묻는 울리히의 심정을 이해할 것이다. 그 는 전에 성벽이 있었던, 지금은 링슈트라세가 끊어진 곳을 따라 나무가 무성한 지역에 와 있었고 나무들 위에 길게 걸린 거대한 하늘의 선이 그를 매혹시킨 탓에 방향을 틀어 그것을 따라 나아 갔고 가까이 다가가는 듯 보였지만 실제로 가까워지지 않는, 겨 울 공원 위 내밀하게 빛을 내뿜는 화관^{花冠}을 향해 다가갔다. '이 건 일종의 이성의 주관적 축소로군,' 그는 중얼거렸다. '하루에 서 다음 날까지 우리에게 자신과 완전히 일치하는 확고한 삶의 감각을 전해주는 밤의 고요를 만들어내니 말이야. 결국 행복은 대부분의 경우 모순을 해결하는 능력에 있지 않고 그것을 사라 지게 하는 데 달려 있어. 긴 가로수 길에서 하늘로 난 작은 틈은 결국 사라지는 것과 마찬가지지. 또한 사물의 시각적 관계에 따 라 항상 눈에 일치하는 형상을 만들어내듯이, 아주 가까이 있는 것은 크게 보이고 멀리 있는 것은 크더라도 작게 보이며 틈은 사라지고 전체적인 모습은 매끄러운 윤곽으로 체험되지. 그렇 듯 눈에 보이지 않는 관계인 이성과 감각을 통해 우리는 의식하지 못하는 사이에 완전히 대상을 지배하고 있다는 느낌에 가닿는 거야. 이런 과정이야말로 내가 하고 싶다고 그렇게 되는 게 아니야.'

길을 막는 넓은 웅덩이가 나오는 바람에 그는 걸음을 멈췄다. 지금 갑자기 마법에 의해 거리와 마을에 나타난 것은 아마도 발 앞에 놓인 웅덩이거나 양편에 서 있는 빗자루 같은 나무들이었을 것이다. 또한 그것은 그가 어린 시절 처음 감행한 이래 수차례 자신을 유혹하던 시골로의 '탈출 여행'처럼 성취와 헛됨 사이에 자리잡은 단조로운 영혼을 깨웠다. '모든 게 그렇게 소박해지는군!' 그는 느꼈다. '감정은 잠이 들고 생각은 나쁜 날씨 뒤의 구름처럼 풀어지며 영혼에서 갑자기 아름답고 투명한 하늘이 나타나잖아. 그 하늘 아래서 길을 나선 소 한 마리가 빛을 뿜고 있어. 현상들은 마치 세계에 다른 것은 없다는 듯 강렬함을 보여주지. 떠도는 구름은 전 지역에 영향력을 끼치고 싶어해. 풀은 어두워졌다가 잠시 후 다시 물기를 머금고 반짝거렸어. 다른 어떤 일도 일어나지 않았지만 그건 한 해변에서 다른 해변으로 떠나는 항해 같은 것이었지. 한 노인이 마지막 치아를 상실했고 이 작은 사건은 주변 이웃들에게 삶의 기억을 자아내는 하나의 전환점이 되었어. 매일 밤 해가 저물고 고요가 찾아올 때 새들은 마을 주위에서 똑같이 노래했지만 세상이 태어난 지 아직 7일밖에 안 된 것처럼 새소리는 항상 새롭게 다가왔지. 시골에선 여전히 신들이 사람들에게 다가왔던 거야.' 그는 생각했다. '사람들은 실존하고 무언가를 체험하지만 수많은 사건이 일어나는 도시에서 사람들은 더이상 사건을 자신과 연결지을 수 없게 되었어. 그렇게 악명 높은 삶의 추상화가 시작된 거야.'

이런 생각을 하면서도 울리히는 세부적인 면에서 보자면 추상화가 인간의 권력을 수십배 약화시키는 면이 있지만 전체적으로는 수백배 더 강하게 해준다는 사실 역시 알고 있었다. 그 점에서 과거로의 회귀는 진지하게 검토할 일이 아니었다. 또한 자주 자신의 삶에서 중요하게 여겨지는 뚜렷이 유별나고 추상적인 사유 하나가 떠올랐으니, 사람들이 그것 때문에 부담을 느끼면서도 소박하게 꿈꾸는 삶의 법칙이란 서사의 질서에 다름 아니라는 생각이었다. 거기에 포함된 단순한 질서란 이렇게 말할 수 있을 것이다. "그런 일이 있고 나서 저런 일이 있었다!" 그것은 수학자들이 말하는바, 시간과 공간에서 일어나는 모든 일들을 하나의 끈으로 연결하여 우리를 안심시키는 것으로, 삶의 압도적인 다양성이 1차원으로 제시되는 단순한 일련의 순서를 말한다. 결국 삶의 끈 역시 그 유명한 '서사의 끈'으로 이루어져 있다는 말이다. '언제' '이전에' '이후에'라고 말할 수 있는 사람은 얼마나 안정돼 있는가! 그 사람에게 나쁜 일이 일어날 수도 있고 고통에 휩싸일 수도 있을 것이다. 하지만 일어난 일들을 시간의 순서에 맞춰 배열할 수 있다면 그 사람은 따뜻한 햇볕에 배를 쪼이는 것처럼 편안해질 것이다. 이것이 바로 소설이 사용하는 예술적 기법이다. 방랑자가 몰아치는 빗속에서 말을 타고 시

골길을 나아가거나 아니면 영하 20도의 눈길을 헤치고 걸어가
더라도 독자들은 편안한 상태에 머문다. 또한 엄마들이 아이를
안심시키는 서사의 영원한 책략이자 이미 증명된 '이성의 주관
적인 압축'이 삶 자체의 일부가 아니라면 이해하기 어려운 일이
될 것이다. 대부분의 사람들은 스스로에게 이야기꾼으로 관계
를 맺는다. 사람들은 시적인 전개를 좋아하지 않으며 삶의 끈에
서 '왜냐하면'과 '그러기 위해서' 같은 매듭이 있더라도 그걸 풀
어내기 위해 고민하는 일을 굉장히 싫어한다. 그들은 사건의 질
서정연한 순서를 좋아한다. 그래야 필연성이 있는 것처럼 보이
기 때문이고 삶이 혼돈에서 벗어나 일정한 '길'을 따라가는 것
처럼 보이기 때문이다. 또한 울리히는 사적인 삶이 여전히 집착
하는 이런 기본적인 서사가 자신에게 사라졌다는 것을 알아차
렸다. 하긴 분명히 모든 것은 이미 서술 불가능하게 돼버렸고,
더이상 하나의 '끈'을 따라가지 않고 끊임없이 직조된 표면을
따라 퍼져나가고 있기도 했다.

  이런 생각을 하면서 다시 나아갈 때 그는 괴테가 예술에 관
해 쓴 글이 떠올랐다. "인간은 가르치는 존재가 아니라 살아가
는, 행동하며 영향을 끼치는 존재다!" 그는 존경을 담아 어깨를
움찔했다. '배우가 무대나 분장에 대한 생각을 잊어버리고 연기
에 몰입하듯이 오늘날 사람들은 자신의 모든 행위의 바탕이 되
는 교훈의 불확실한 배경을 잊어버릴 수밖에 없어.' 그는 생각했
다. 괴테에 대한 이런 생각은 언제나 그 작가를 맹세용으로 써먹

는 아른하임에 대한 생각과 뒤섞였는데, 울리히는 그 남자가 자신의 어깨에 팔을 얹었을 때의 묘한 혼란이 떠올라 순간 불쾌해졌다. 그사이 그는 길가의 나무 밑에 서서 집으로 가는 길을 찾고 있었다. 거리의 이름을 힐끔거리면서 그는 어둠에서 풀려나오는 그림자 속으로 거의 뛰다시피 가다가 길을 막고 다가서는 창녀를 피하기 위해 급히 걸음을 멈추어야만 했다. 그녀는 자신에게 물소처럼 뛰어든 그에게 화를 내는 대신 그 자리에 서서 웃었고, 울리히는 문득 상술 가득한 웃음이 밤에 작은 온기를 퍼뜨리는 듯한 느낌을 받았다. 그녀는 세상 남자들이 남긴 더러운 쓰레기인 듯 진부한 표현으로 유혹하는 말을 던졌다. "같이 가요, 꼬마!" 그녀는 그런 식의 말을 했다. 그녀의 어깨는 어린아이처럼 기울어 있었고 모자 아래로 금발이 솟아올라 있었으며 가로등불 아래라 그런지 얼굴은 창백해 보였고 이따금 사랑스러워 보이기도 했다. 이토록 어린 여성의 요란한 밤 화장 밑에는 수많은 주근깨가 숨어 있었다. 그녀는 그를 올려다보았고 울리히보다 아주 작았음에도 다시 한번 그를 '꼬마'라고 불렀다. 그녀가 하룻밤에 수백번을 내뱉는 그 말에 어떤 감정도 실려 있지 않다는 것은 전혀 이상한 일이 아니었다.

울리히는 감동을 느꼈다. 그는 그녀를 밀치는 대신 말을 못 알아들었다는 듯 그녀가 계속 제안을 하도록 내버려둔 채 서 있었다. 그는 뜻하지 않게 아주 작은 보상으로 전체를 내어주겠다는 상대를 만났다. 그녀는 최선을 다해 친절을 다할 것이며 그의 마음에 들지 않는 일은 피할 것이다. 그가 동의의 표시를 해준다면 마치 아무 잘못도 없이 헤어졌다 처음으로 다시 만나는 친구가 그러하듯 그녀는 부드러운 신뢰와 약간의 머뭇거림으로 그와 팔짱을 낄 것이다. 그리고 만약 그녀가 좋은 거래를 성사시켰다는 만족스런 상태에서 돈에 대한 근심 없이 함께 있도록 원래의 가격보다 몇배를 더 약속하고 그 돈을 테이블 위에 놓는다면, 무관심 덕분에 개인적인 편견에서 자유로울뿐더러 감정의 요구에 충실해야 한다는 헛된 혼란도 없는, 순수한 감정의 장점이 부각되는 일이 벌어질 것이다. 반쯤은 진지하고 반쯤은 장난스럽게 이런 생각이 머리를 스쳤고, 그는 거래가 성사되기를 기다리는 그 작은 사람을 완전히 실망시킬 수는 없었다. 심지어 그는 그녀의 관심을 원하는 자신을 깨달았다. 하지만 어리숙하게도 그는 그녀의 직업세계 언어로 말을 거는 대신 한번의 거래에 해당할 만큼의 돈을 지갑에서 꺼내 그녀의 손에 쥐여주고 다시 길을 나섰다. 그는 기이함에 놀라서 거부하는 그녀의 손을 꽉 잡고 몇마디 친근한 말을 건넸다. 그러고는 그 자원자를 머릿속에 둔 채 자리를 떴고, 그녀는 근처 어둠 속에서 소곤대고 있던 동료들에게 가서는 돈을 보여주고 뭔가 알 수 없는 일이 벌어진 것에 조롱을 늘어놓았다.

이 만남은 마치 몇분 동안 사랑스런 전원에 있었던 것처럼 한동안 생생하게 머릿속에 남아 있었다. 그는 짧게 스쳐 지나간 여자 친구의 미숙한 가난 연기에 속지 않았다. 하지만 그녀가 어떻게 눈을 치켜뜨고 낮고 서툰 탄식을—제때 내뱉도록 훈련받은—내쉬는지를 떠올릴 때 그는 그 조야하고 아무 희망 없이 서툴게 가격을 흥정하는 연기에서 이유는 모르겠지만 깊은 감동을 느꼈다. 그것은 아마도 쓰레기 위에서 펼쳐진 인간 희극이기 때문이 아닐까. 이미 소녀와 이야기를 나눌 때부터 울리히는 자연스럽게 모오스브루거를 떠올렸다. 모오스브루거, 그는 병적인 희극배우이자 이날 밤의 울리히처럼 불운한 밤에 창녀를 만나 끔찍한 살인자가 되었던 것이다. 거리의 벽이 무대장치처럼 흔들리다가 일순간 조용해지자 그는 달밤의 다리 곁에서 그를 기다리던 낯선 존재 앞으로 갑자기 등장했다. 머리끝에서 발끝까지 그에게는 놀라운 체험이었음에 틀림없었을 것이다. 울리히는 순간 그것을 상상할 수 있을 것만 같았다! 마치 파도처럼 무언가 그를 높이 들어올리는 기분이 들었다. 그는 균형을 잃었지만 그 움직임에 맞서 버틸 필요는 없었다. 그의 심장은 오그라들었으나 상상력은 혼란스러워지면서 사방으로 퍼져나갔고 무력화된 관능에서 멈추고 말았다. 그는 흥분을 가라앉히려고 애썼다. 그는 여태껏 하나의 목표 없이 살아왔고 그래서 강박관념에 매달리는 정신병자나 자기 역할에 신념을 가진 자들을 부러워하기까지 했다. 하지만 모오스브루거는 그만이 아니라 다른 모든 사람을 매혹시켰다. 그는 아른하임이 질문하는 목소리를 들었다. "당신은 그를 놓아주겠습니까?" 그러고는 스스로 대답했다. "아니에요. 아닐 겁니다." "절대 안 됩니다!" 그는 이렇게 덧붙였지만 뭔가 극단적인 흥분으로 향하는 환영에 사로잡혔고 욕망과 강요, 의미와 필연성, 최선의 행위와 환희에 찬 영접이 서로 구별되지 못하고 하나가 된 형언할 수 없는 상태에 붙들려 있었다. 그는 모오스브루거와 같은 불운한 창조물은 모든 사람에게 공통된 억압된 본능을 타고난 사람이며 상상 속의 살인과 환상 속의 능욕을 육체로 실현한 사람이라는 견해를 떠올렸다. 그러니 이런 걸 믿는 사람들은 그를 통해 자신의 욕망을 충족시키고 또한 자신의 도덕을 회복하기 위해 다시금 그를 옹호하고 사이좋게 지내고 싶어할 뿐이었다. 그러나 울리히의 불화는 좀 다른 것이었다. 그는 아무것도 억압하지 않았고 그래서 살인자의 형상에서 다른 세계의 형상과 하나도 다를 것이 없는 점을 목격할 뿐이었다. 그들 모두는 자신이 간직한 오래된 형상, 즉 반쯤은 이미 만들어진 의미와, 반쯤은 다시 솟아나오는 무의미로 이뤄져 있었다! 질서의 만연하는 비유. 그것이 모오스브루거가 그에게 남긴 의미였다! 갑자기 울리히는 말했다. "그 모든 것은," 그는 마치 손등으로 뭔가를 밀쳐내는 듯한 동작을 했다. 그는 자기 혼자 중얼거리지 않고 크게 말했으며 입술을 꽉 다물고 말끝에는 침묵을 지켰다. "그 모든 것은 결정이 나야만 해!" 그는 '모든 것'이 무엇을 의미하는지 세세한 부분에 대해선 더이상 알고 싶지 않았다. 그것은 그가 '휴가'를 떠난 이래—마치 꿈꾸는 사람에게는 일어나 움직이는 것 빼고는 모든 게 가능한 것처럼—그를 한곳에 묶어주었던 것이자 그가 몰입했고 괴로워했으며 때로는 기뻐하기도 했던 것이다. 모든 것은 첫번째 날부터 지금 집으로 돌아가는 이 마지막 순간까지 그를 불가능의 영역으로 이끌었다. 울리히는 다른 사람들처럼 도달할 수 있는 목표를 위해 살 것인지 아니면 이러한 '불가능성'을 진지하게 추구해야 할지를 마침내 결정해야 한다는 느낌이 들었다. 이제 집 근처에 거의 도착했으니 그는 뭔가 더 가까이 있다는 각별한 느낌으로 마지막 거리를 서둘러 걸었다. 날개를 단 듯하고 행동을 촉구하는 발걸음이었지만 이렇다 할 내용이 없어서 다시금 독특한 자유를 안겨주는 기분이었다.

그 순간은 다른 많은 일들처럼 흘러갔지만 거리에서 집으로 향하는 골목에 접어들었을 때 그는 몇걸음 떼지 않아서 집 안의 불 켜진 창문을 목격했고 잠시 후 정원 앞 창살문 앞에 이르러 상태를 다시금 확인했다. 늙은 하인은 그날 밤 다른 곳에 사는 친척들과 지낸다며 허락을 구한 상황이었고, 그는 게르다와의 만남 이후 낮시간 동안 집에 돌아온 적이 없었으며 지하에 거주하는 정원사 부부는 자신의 방에 들어왔을 턱이 없었다. 그런데 온 집에 불이 켜져 있었으니 누군가 낯선 사람이 들어왔던 것 같았고 도둑인가 싶어서 그는 깜짝 놀랐다. 울리히는 어리둥절했고 이런 기이한 상황을 피하고 싶지 않았기 때문에 거리낌없이 집으로 걸어 들어갔다. 무슨 일이 벌어질지 알 수 없었다. 그는 창가에서 안으로 움직이는 듯 보이는 한 사람의 그림자를 보았다. 하지만 좀더 많은 사람들일 수도 있었다. 그는 자신이 집으로 들어설 때 누군가 총을 쏘지 않을까, 아니면 자신이 먼저 총을 쏴야 하지 않을까 자문했다. 다른 때 같으면 울리히는 경찰을 부르든지 아니면 뭔가 결행하기 전에 상황을 알렸을 텐데 이번만은 혼자 하고 싶었고 전에 부랑자에게 두들겨맞은 그밤 이후 종종 가지고 다니던 총은 꺼내고 싶지도 않았다. 그는 자신이 무엇을 원하는지 몰랐고 뭔가 일어나기만을 바랐다!

하지만 그가 문을 열어젖히고 들어갔을 때 그렇게 혼란스런 마음으로 마주친 침입자는 다름 아닌 클라리세였다!

123.
방향 전환

아마 처음부터 울리히의 행동은 항상 위험으로 이끄는 최악의 것을 믿지 않으려 했으며 그래서 모든 것을 무해하게 바라보는 사유에 의해 추동되었을 것이다. 하지만 그의 나이든 하인이 안에서 갑자기 튀어나오자 그는 그를 거의 때려눕힐 뻔했다. 다행히도 울리히는 적당한 때 행동을 멈췄고 클라리세가 전보 하나를 받아두었다는 이야기를 하인에게 들었다. 또한 그 젊은 부인은 하인이 떠나기 바로 직전인 한 시간 전에 도착했고 돌아가려 하지 않았으며 그래서 하인은 자신의 외출을 포기하고 집에 머물기로 했다. 하인은—그렇게 말해도 괜찮다면—젊은 부인이 매우 격앙돼 보였다는 이야기를 전했다.

울리히가 그에게 감사를 표하고 방에 들어서자 클라리세는 안락의자에 약간 옆으로 누워 다리를 웅크리고 있었다. 그가 문을 열자 그녀의 쭉 뻗은 날씬한 몸매, 소년같이 짧게 자른 머리, 그리고 팔에 기댄 계란형의 사랑스런 얼굴이 누군가를 유혹하는 모습처럼 나타났다. 그는 도둑이 든 줄 알았다고 그녀에게 말했다. 그녀의 눈에선 브라우닝 자동권총에서 총알이 발사되는 듯 불꽃이 일었다. "그럴지도 모르지!" 그녀가 대답했다. "그 늙고 교활한 하인은 나를 쫓아내려고 하더군. 나는 그에게 가서 자라고 했지만 아래층 어딘가에 숨어 있을 줄 알았지! 이렇게 좋은 집에서 사는구나!" 그녀는 앉은 채로 그에게 전보를 건네주었다. "네가 혼자 집에 들어왔을 때 어떤 모습일지 한번 보고 싶었어." 그녀는 말을 이었다. "발터는 콘서트에 갔어. 자정이 넘어야 돌아올 거야. 하지만 발터에게 여기 온다는 말은 하지 않았어."

울리히는 클라리세의 말을 들으면서 전보를 열어 읽어보았다. 그는 갑자기 창백해졌고 믿기 어렵다는 듯 그 놀라운 내용을 다시 읽었다. 비록 그가 평행운동의 진행과 '감경된 책임능력'을 묻는 아버지의 편지에 답장을 게을리해왔지만, 자신도 모르는 사이에 꽤 오랫동안 어떤 독촉도 오지 않았다. 이제 그 전보는 분명히 생전에 아버지 스스로 격식에 맞춰 정확하게 다듬어 두었을 표현으로, 또한 어느 정도는 책망을 숨기지 않으면서도 근엄함을 담아 부친 자신의 죽음을 전하고 있었다. 그들 부자는 서로 호감이 없었고 사실 울리히에게 아버지는 십중팔구 불편한 존재였음에도 그가 그 기묘하고 으스스한 문장을 두 번 읽고 나니 '나는 이제 세상에서 완전히 혼자가 되었다!'는 생각이 들었다. 그건 문자 그대로의 의미가 아니었으며 둘의 좋지 않은 관계를 고려해도 그렇게 해석될 수는 없었다. 오히려 놀랍게도 그가 느낀 것은 자신을 묶어두었던 끈이 끊어져 자유롭게 떠돌게 되었다는, 또는 아버지와 마지막 끈을 맺고 있던 세계와 비로소 완전히 낯선 관계를 이루게 되었다는 의미였다.

"아버지가 돌아가셨어!" 그는 클라리세에게 말했고 자기도 모르게 침통함을 담아 전보를 들어 보였다.

"오!" 클라리세가 대답했다. "축하할 일이네!" 그러고는 잠시 신중하게 침묵하다 덧붙였다. "넌 이젠 정말 부자가 되겠다?" 그녀는 유심히 실내를 둘러보았다.

"아버지가 그리 부자는 아니었어." 울리히는 거리를 두며 말했다. "여긴 아버지와 상관없는 곳이야."

클라리세는 마치 무릎을 구부려 절을 하듯 아주 작은 미소로 그 충고에 대응했다. 겉으로 드러나는 그녀의 많은 행동은 사람들에게 자신의 교육 수준을 보여주기 위해 절을 하는 소년처럼 성급했고 작은 공간에 어울리지 않게 과장되었다. 울리히가 고향으로 떠날 채비를 지시하기 위해 잠시 자리를 비워야 했기 때문에 그녀는 다시 방에 혼자 남게 되었다. 발터와의 거친 말싸움 후 그녀는 멀리 가지 못했다. 그들 집에는 방문 앞에서 다락방으로 이어지는, 거의 쓰지 않는 계단이 있었는데 그녀는 남편이 떠나는 소리가 들릴 때까지 거기에 숄을 두르고 앉아 있었다. 발터가 계단을 내려갈 때 그녀는 극장에서 무대장치를 매달 때 쓰는 다락에 있는 듯한 기분이 들었다. 그녀는 출연하는 장면이 없어 쉬는 시간에 숄을 어깨에 두르고 무대 위의 기둥에 앉아서 아래를 내려다보는 여배우를 떠올려봤다. 지금 그녀는 그런 여배우였고 모든 사건은 그녀의 발밑에서 이뤄지고 있었다. 그러자 인생은 하나의 연극 무대라는, 그녀가 좋아하는 예전의 비유가 떠올랐다. '우리는 인생을 반드시 이성으로 파악할 필요는 없어.' 그녀는 생각했다. 그녀보다 아는 게 많은 사람이라도 알면 얼마나 더 알겠는가? 그저 우리는 바다제비처럼 삶에 대한 정확한 본능을 가져야 한다! 우리는 새처럼 팔을―그녀에게는 대화, 키스, 눈물도 포함되겠지만―활짝 펼쳐야 한다. 이런 상상 속에서 그녀는 더이상 발터의 미래를 믿을 수 없다는, 일종의 보상을 얻었다. 그녀는 발터가 방금 내려간 가파른 계단을 내려다보았고 팔을 뻗었으며 할 수 있는 한 그런 상태로 있었다. 그런 식으로 그를 도울 수 있을지도 모른다! '급격한 하강이나 상승은 적대적인 동족 관계이며 결국 같은 것이지.' 그녀는 생각했다. 그녀는 벌린 팔과 계단 아래로의 깊은 시선을 '환호하는 세계의 기울기'라고 이름지었다. 그녀는 몰래 거리의 시위를 보러 가기로 마음먹었다. '대중'을 그녀는 얼마나 좋아했던가. 이른바 사람들의 거대한 드라마가 시작된 것이다!

그렇게 클라리세는 울리히에게 오게 되었다. 도중에 그녀는 둘 사이에서 벌어지는 일에 대해 자신이 더 높은 통찰력을 보이는 순간마다 자신을 미쳤다고 여기던 발터를 생각하며 종종 교활한 미소를 머금었다. 그가 참을성 없이 아이를 원하면서도 막상 두려워했다는 사실은 그녀를 기쁘게 해주었다. 그녀에게 '미쳤다'는 말은 흡사 번개가 되거나 무시무시한 신체가 되어 사람들을 놀라게 하는 것을 의미했다. 그것은 우월함과 지배력이 자라난 것처럼 자신의 결혼생활에서 한걸음씩 발전된 특성이었다. 여하튼 그녀는 자신이 때로 다른 사람들에게 이해받지 못한다는 사실을 알았고, 울리히가 다시 들어오자 그의 삶에 깊게 침입해 들어온 사건은 과연 무엇이었는지에 관해 말해야겠다는 생각이 들었다. 그녀는 안락의자에서 급히 일어나 곁방들을 가로질러 그에게 다가가 말했다. "애도를 표하네, 늙은 친구!"

그녀가 예민해졌을 때 내는 목소리임을 감지하긴 했지만 그 모습에 울리히는 놀랐다. '이따금 그녀는 돌연 상투적이 되는군.' 그는 생각했다. '마치 실수로 다른 책의 한 페이지가 끼어들어간 책 같아.' 그녀는 말을 평소처럼 하지 않았고, 고개를 옆으로 돌려 어깨너머로 내뱉었으며 그건 악센트가 틀린 것이 아니라 뒤섞인 단어를 듣는 듯한 효과를 가중시켜 그녀 자신이 그런 잘못된 단어 배열로 이뤄진 듯한 매우 섬뜩한 인상을 주었다. 울리히가 대답을 하지 않자 그녀는 멈춰 서서 말했다. "이야기를 좀 해봐!"

"기분을 바꿔보는 게 어때." 울리히가 말했다.

거부의 의미로 클라리세는 어깨 높이에서 손을 이리저리 흔들어 보였다. 그녀는 생각을 모아 말을 이었다. "발터는 아이를 가질 생각뿐이야. 이해가 되니?" 그녀는 대답을 기다리는 듯 보였다.

울리히가 뭐라고 대답해야 한단 말인가?

"하지만 난 싫어!" 그녀가 사납게 소리쳤다.

"그렇게 화낼 필요 없어." 울리히가 말했다. "네가 원하지 않으면 그렇게 되지 않을 거야."

"하지만 그것 때문에 그는 몰락할 거야!"

"항상 죽겠다는 사람이 더 오래 사는 법이야! 너와 나는 곧 쭈글쭈글해지겠지만 아마 발터는 기록보관소 소장이 되어 머리가 희게 세더라도 청년 같은 얼굴로 남아 있을 거야."

클라리세는 생각에 잠겨 방향을 틀더니 울리히에게서 멀어졌다. 얼마 떨어지지 않아 그녀는 다시 멈춰 '눈으로' 그를 '사로잡았다.' "손잡이가 사라진 우산을 본 적 있어? 내가 떠나면 발터가 그렇게 될 거야. 나는 그의 손잡이야 그는…," '우산^{Schirm}이야'라고 그녀는 말하고 싶었지만 순간 더 나은 말이 떠올랐다. "그는 나의 보호자^{Schirmherr}야." 그녀는 말했다. "그는 나를 보호해야 한다고 믿어. 그걸 위한 첫번째 소원이 내 배를 부르게 하는 거지. 그러고는 자연의 어머니는 아이에게 직접 수유를 한다고 연설을 해. 그는 아이를 자신의 방식대로 키우고 싶다는 거야. 너도 그를 잘 알잖아. 그는 권리를 갖길 원하고 그럴 듯한 구실을 대면서 우리 사이에서 속물 하나를 만들고 싶어한다고. 하지만 지금까지 해왔던 대로 내가 거부한다면, 그는 파멸하고 말거야! 그러니까 나는 그의 모든 것이지.”

울리히는 이 과장된 주장을 믿지 못하겠다는 듯 웃었다.

“그는 널 죽이고 싶어해!” 클라리세가 짧게 덧붙였다. “뭐라고? 그건 너의 제안인 것 같은데?” “나는 너의 아이를 가지고 싶어.” 클라리세가 말했다. 울리히는 놀란 나머지 이빨 사이로 휘파람을 불었다. 그녀는 버릇없는 요구를 한 어린 소녀처럼 웃었다.

“난 발터처럼 오래 알고 지내온 친구를 배신하고 싶지 않아. 그건 내 성향에 맞지 않아.” 울리히가 천천히 말했다.

“그래? 넌 그다지나 행실이 바르구나?” 클라리세는 울리히가 이해하지 못하는 의미를 추가하고 싶어하는 눈치였다. 그녀는 생각에 잠기더니 다시 공격에 나섰다. “하지만 네가 내 연인이 된다면, 그는 너를 손에 넣고 말 거야!”

“무슨 말이지?”

“아주 확실해. 내가 잘 설명을 못할 뿐이지. 너도 그를 신중하게 바라봐야만 할 거야. 그는 우리 둘에게 매우 불쾌하게 대할 테지. 너는 당연히 그를 속일 수 없을 테고 그러니 그에게 뭔가 보상을 해주려 할 거야. 뭐 그런 식이지. 그리고 가장 중요한 것은 네가 그에게 가장 소중한 것을 달라고 할 거라는 사실이야.

너도 부정할 수 없겠지만 우리는 마치 돌덩이에 새겨진 형상처럼 서로 붙어 있거든. 인간은 스스로를 만들어내야 해! 그것을 위해 우리는 서로를 다그쳐야 한다고!"

"그렇군." 울리히가 말했다. "하지만 너는 다가올 일들을 너무 빨리 건너뛴 거 같아."

클라리세는 다시 웃었다. "아마 내가 성급했겠지!" 그녀는 말했다. 그녀는 그에게 다가가 다정하게 팔짱을 끼었다. 하지만 그녀의 팔에 선뜻 자리를 내주지 않은 채 그의 팔은 몸통에 힘없이 걸려 있었다. "내가 마음에 들지 않아? 나를 좋아하지 않니?" 그녀가 물었다. 아무 대답이 없자 그녀가 말을 이었다. "네가 날 좋아하는 걸 알고 있어. 네가 우리집에 올 때 날 바라보는 눈길에서 알게 됐어. 언젠가 내가 너를 악마라고 했던 거 기억나니? 나한텐 그랬어. 생각해봐. 나는 네가 불쌍한 악마라고 한 게 아니야. 너는 악을 이해하지 못한 채 행하려고 한 악마야. 너는 위대한 악마야. 무엇이 선한 줄 알고 네가 하고 싶어하는 것의 반대를 행했으니 말이야! 너는 우리가 살아가는 삶이 혐오스럽다는 걸 알면서도 삶을 이어가야 한다고 했잖아. 그러고는 완전히 예의 바르게 말하지. '나는 친구를 배신하지 않아!' 하지만 수백번이나 '나는 클라리세를 가지고 싶어'라고 생각했기 때문에 그렇게 말하는 거야. 하지만 네가 악마이기 때문에 네 안에는 신적인 것이 있는 거야, 울로^{Ulo}(울리히의 어릴 적 별칭―옮긴이)! 위대한 신의 어떤 것! 속이려는 사람에게 사실을 알려줘선 안 되지! 너는 나를 원하고…"

이제 그의 두 팔을 붙잡고 얼굴을 똑바로 들고 그 앞에 서 있는 그녀의 몸은 누군가 건드려 잎이 부드럽게 늘어진 식물처럼 뒤로 젖혀졌다. '이제 그때처럼 그녀의 얼굴은 흠뻑 젖게 될 거야!' 울리히는 두려워졌다. 하지만 그런 일은 없었다. 그녀의 얼굴은 여전히 아름다웠다. 그녀는 평상시의 어렴풋한 미소 대신 마치 자신을 방어하려는 듯 붉은 입술 사이로 이빨이 드러나게 활짝 웃었다. 그녀의 입은 사랑의 신 큐피드의 두 번 구부러진 활처럼 보였으며 그 모습은 이마의 언덕에서 한번, 그리고 투명한 머릿결의 구름에서 또한번 물결쳤다.

"오랫동안 너는 거짓말하는 입으로 나를 데려가길 원했지. 네가 진짜 어떤 사람인지를 보여주려고만 했으면 좋았을 텐데!" 클라리세가 말을 이었다. 울리히는 부드럽게 그녀의 팔에서 벗어났다. 마치 그가 앉힌 것처럼 그녀는 안락의자에 주저앉으면서 그를 잡아끌었다.

"그런 식으로 과장하면 안 돼." 울리히가 그녀의 말을 나무랐다.

클라리세는 그를 놔주었다. 그녀는 눈을 감고 팔꿈치를 무릎 위에 괸 채 두 팔로 머리를 받쳤다. 두번째 공격이 시작되었고 그녀는 차가운 논리로 맞서보리라 다짐했다. "그렇게 단어에 집착할 필요는 없어." 그녀가 대답했다. "내가 신이나 악마라고 한 것은 하나의 표현법일 뿐이야. 하지만 하루종일 집에 혼자 있거나 주위 사람들을 방문할 때 나는 종종 생각했어. '내가 왼쪽으로 가면 신이 나올 것이고 오른쪽으로 가면 악마가 등장할 거야.' 또는 내가 뭔가를 손으로 들어올릴 때도 왼손이냐 오른손이냐에 따라 똑같은 예감을 가졌지. 내가 발터에게 그걸 말했더니 그는 화가 나서는 주머니에 손을 넣더군. 그는 꽃이나 달팽이 같은 것에 행복해하는 사람이야. 하지만 우리가 살아가는 삶은 끔찍하도록 슬프지 않니? 거기엔 신도 악마도 없어. 그래서 나는 일년 내내 돌아다니지. 뭐가 올 수 있을까? 아무것도 없어. 예술이 기적과 변화를 일으키지 않는다면 아무것도 없지."

그 순간 그녀는 아주 온화한 슬픔에 빠진 듯했고 그 모습에 울리히는 그녀의 부드러운 머릿결을 만져보고 싶다는 유혹을 느꼈다. "하나하나로 보면 맞는 말이야, 클라리세." 그는 말했다. "하지만 나는 그 하나하나가 어떻게 튀어나왔는지, 그리고 어떤 관계를 맺고 있는지 모르겠어."

"간단해." 그녀가 똑같은 태도로 대답했다. "시간이 지나면서 하나의 생각이 떠올랐어. 한번 들어봐." 그녀는 일어섰고 갑자기 활기를 되찾았다. "언젠가 네가 우리의 상황은 갈라진 틈으로 가득 차 있고 그 틈을 통해 이른바 불가능한 상황을 내다볼 수 있다고 말하지 않았니? 대답할 필요는 없어, 나는 오래전부터 알고 있었으니까. 우리는 모두 질서 안에서 살기 원하지만 아무도 그렇게 살진 못해! 난 음악을 연주하거나 그림을 그리지. 하지만 그건 벽에 난 구멍을 숨기려 가림막을 세우는 것과 다를 게 없어. 너와 발터 역시 내가 잘 이해하지 못하는 이념을 가지고 있지만 그것 역시 신통치는 않지. 또한 네가 말했듯이 우리는 게을러서든 아니면 습관적으로든 그 구멍을 외면하거나 악한 행동으로 도망가버려. 그래, 대답은 간단한 거야. 우리는 그 구멍으로 들어가야 해! 그리고 나는 할 수 있어! 나에겐 나로부터 빠져나갈 수 있는 날들이 있어. 그러면 우리는—이걸 어떻게 설명해야 하지?—더러운 껍질을 벗겨낸 사물 사이에서 깨끗해진 자신을 보게 될 거야. 또는 마치 샴쌍둥이처럼 공기를 통해 모든 것과 연결된 느낌을 갖게 될 거야. 믿을 수 없을 정도로 멋진 상태지. 모든 것이 음악과 색깔과 리듬으로 변하고 나는 세례받은 시민 클라리세가 아니라 엄청난 행복으로 돌진하는 빛나는 파편이 될 거야. 하지만 너도 모든 것을 알고 있어! 왜냐하면 네가 현실은 불가능한 상태를 그 안에 지니고 있으며 우리의 경험은 내면으로 들어가는 개인적이거나 실제적인 것이 아니라 마치 노래나 그림처럼 밖으로 표출되는 종류의 것이어야 한다고 말했을 때 이미 그런 뜻이 담겨 있었기 때문이지. 나는 네가 했던 말을 그대로 반복할 수 있을 거야!" 그 "종류의 것"이라는 표현은 클라리세가 서둘러 말을 이으려고 할 때 마치 야생의 음률처럼 다시 떠올랐고 규칙적으로 다음과 같은 주장을 덧붙이게 만들었다. "너는 그걸 할 능력이 있지만 하려고 하지 않아. 나는 왜 네가 하려 하지 않는지 모르지만 너를 흔들어 깨우고 말 거야!"

울리히는 그녀가 말하도록 내버려두었다. 그는 그녀가 말도

안 되는 곳까지 나아가면 묵묵히 고개를 저을 뿐 논쟁을 벌이려
고 하지는 않았으며 자신의 손을 그녀의 머리카락 위에 조용히
대고 그 아래서 혼란스럽게 뛰는 생각의 맥박을 손가락 끝으로
감지하고만 있었다. 그는 여태껏 클라리세가 그렇게 격렬하게
흥분한 것을 보지 못했고 그녀의 마르고 강한 육신 속에 한 여
인의 빛나는 열정이 매혹적이고 부드럽게 확장되는 공간이 있
다는 사실에 깜짝 놀랐다. 모든 것에 닫혀 있다고만 믿었던 여성
이 갑자기 자신을 열 때의 그 놀라움은 이번에도 그에게 큰 영향
력을 행사했다. 비록 이성을 거슬러 말했음에도 그녀의 말은 그
의 마음을 불편하게 하지 않았다. 그녀의 말은 그의 내면에 가까
이 다가왔다가 어리석음 쪽으로 다시 물러났고 웅웅거림 또는
윙윙거림처럼 끊임없이 빠르게 움직이는 진동의 강렬함 때문에
듣기에 좋거나 나쁘거나는 별 의미가 없었다. 그녀의 말은 마치
거친 음악을 들을 때처럼 결정이 쉽게 내려지는 것 같았다. 또한
그녀가 말에서 길을 잃어 빠져나오지 못하던 바로 그 순간 그는
정신을 차리게끔 손을 뻗어 그녀의 머리를 흔들었다.

  하지만 그의 의도와는 반대의 상황이 벌어졌다. 클라리세가
갑자기 몸으로 그를 밀쳤던 것이다. 그녀가 너무나 빠르게 팔
을 그의 목에 두르더니 자기의 입술로 그의 입술을 눌렀기 때문
에 그는 저항할 새도 없이 속절없이 당할 수밖에 없었다. 그녀가
재빨리 다리를 끌어올려 그에게 미끄러지듯 올라탔고 결국 그
의 무릎 사이에서 무릎을 꿇고 앉았을 때, 그는 그녀의 가슴 끝

이 어깨에 닿는 것을 느꼈다. 그는 그녀가 뭐라고 하는지를 거의 알아듣지 못했다. 그녀는 자신의 구원의 능력과 그의 나약함에 관해 더듬더듬 말했고 울리히가 '야만인'이 되었기 때문에 발터가 아니라 그를 통해 세계의 구원자를 임신하게 되리라고 중얼거렸다. 사실상 그녀의 말은 저음의 성급한 중얼거림에 가까웠고, 소통이 아니라 자신과 대화를 나누는 거친 놀이처럼 들렸다. 그리고 그 빙글빙글 도는 소리의 흐름 가운데 이따금 그가 알아듣는 말은 '모오스브루거'나 '악마의 눈' 같은 말뿐이었다. 방어를 위해 그는 작은 압제자의 팔을 붙들어 다시 안락의자에 밀쳐넣었고 그녀는 다시금 발로 저항하며 머리를 그의 얼굴에 들이대면서 팔로는 그의 목을 필사적으로 감으려 애썼다. "그만두지 않으면 널 죽일 거야!" 그녀는 크고 또렷하게 말했다. 그녀는 애정과 울분이 뒤섞여 물러서지 않은 채 점점 더 흥분에 휩싸이는 소년 같았다. 그녀를 자제시키려는 노력 덕분에 그녀의 몸에서 새어나오는 욕망의 분출은 조금 줄어드는 것 같았다. 그럼에도 자신의 팔로 그녀를 꽉 붙잡고 아래로 누르는 순간 그는 그녀의 성욕을 강하게 느꼈다. 그녀의 육체가 그의 감각을 뚫고 들어올 것만 같았다. 그는 오랫동안 그녀와 알고 지냈고 종종 다소 거친 싸움을 하기도 했지만 낯설고도 친근한 작은 친구와 이렇듯 거칠게 뛰는 심장으로 머리끝부터 발끝까지 접촉해보기는 처음이었다. 그리고 그의 완력에 의해 클라리세의 움직임이 가라앉고 진정되면서 온몸의 이완된 빛이 부드럽게 그녀의 눈에 드러날 때 그가 원하지 않았던 일은 거의 일어날 것처럼 보였다. 그 순간 그는 마치 자기 자신과 끝장을 봐야겠다는 요청에 직면한 사람처럼 게르다를 기억해냈다.

"나는 하고 싶지 않아, 클라리세." 그는 말했고 그녀를 놓아주었다. "이제 혼자 있고 싶어. 떠나기 전에 해야 할 일도 많고."

그의 거부의사를 알게 되자 클라리세는 마치 다른 톱니바퀴가 강한 충격으로 자신의 머릿속에 끼어든 느낌을 받았다. 그녀는 고통으로 일그러진 표정을 하고는 한걸음 떨어져 있는 울리히를 보았고 그가 무슨 말을 하는지 몰랐으나 그의 입술의 움직임을 보고는 점점 더 커지는 혐오감을 느꼈다. 그러고는 자신의 스커트가 무릎 위로 치켜 올라가 있는 것을 발견했다. 그녀는 뭔가를 기억하기 전에 일단 일어서서 마치 잔디에 앉아 있었던 것처럼 머리와 옷을 정돈하고는 말했다. "당연히 짐을 싸야지. 더 이상 붙잡지 않을게!" 그녀는 입가의 좁은 틈으로 새어나와 조롱인지 아닌지 구분하기 힘든 원래의 미소를 지어 보였고, 좋은 여행을 기원했다. "네가 돌아올 때면 아마 마인가스트가 와 있을 거야. 그게 내가 원래 하려던 말이었어." 그녀는 덧붙였다.

울리히는 주저하며 그녀의 손을 잡았다.

그녀는 장난치듯 그의 손가락을 문질렀다. 그녀는 무슨 일이 있어도 자기가 무슨 말을 했는지 알고 싶었다. 그렇게 흥분해서 아무것도 기억할 수 없으니 아무 말이나 했을 가능성이 컸다. 그녀는 무슨 일이 있었는지 대충 알 것 같았고 자신은 용감하고 희생할 각오가 돼 있으나 울리히는 소심하다는 걸 알기 때문에 크게 신경쓰지 않았다. 그녀는 그가 어떤 의혹도 품지 않고 여전히 좋은 친구인 채로 헤어졌으면 하는 바람이었다. 그녀는 낮게 말했다. "오늘 만남이나 우리가 나눈 이야기는 당분간 발터에게 말하지 말았으면 좋겠어." 그녀는 현관 앞에서 한번 더 손을 내밀었고 더 나오지 말라고 했다.

울리히가 방으로 돌아왔을 때 그는 정신이 없었다. 자신에게 남겨진 유산을 넘겨받는 데 오랜 시간이 걸릴 테니 그는 라인스도르프 백작과 디오티마에게 편지를 써야 했고 여러 일들을 처리해두어야 했다. 하인이 싸놓은 가방에 자잘한 생활용품이며 책 등을 꾸려넣고 모든 일을 마쳤음에도 잠자리에 들고 싶은 마음이 일지 않았다. 그는 분주했던 하루 때문에 지치고 흥분되었으며 이런 기분은 사라지기는커녕 점점 더 뒤섞이며 고양되었고 극도로 피곤함에도 잠이 오지 않는 상태로 이어졌다. 생각을 하는 것이 아니라 이리저리 떠오르는 기억을 더듬어보다가 울리히는 여러 차례의 인상에서 체험한바, 클라리세는 단순히 비정상이 아니라 이미 정신병적 상태에 있다는 사실을 분명히 인정했다. 하지만 그녀가 발작에 빠져 있는 동안—사람들이 그것을 뭐라고 부르든—그녀는 울리히 자신의 생각과 유사한 말을 쏟아냈다. 이것은 새롭고 근본적인 사유를 불러올 수 있었지만 이미 반쯤 잠에 빠진 그에게는 아직 할 일 많이 남았다는 불쾌한 생각만 떠올랐다. 그가 계획했던 일년 중 반이 훌쩍 지나갔고 어떤 문제에도 아직 해답을 찾지 못했다. 문득 게르다가 책을 써보라고 했던 기억이 스쳐 지나갔다. 하지만 그는 현실적인 것과 그림자 같은 것 사이에 끼어들어 살고 싶지 않았다. 그는 투치 국장과 나눈 대화를 기억해냈다. 디오티마의 살롱에 서 있는 자신과 투치의 모습에는 뭔가 극적인 무대 같은 면모가 있었다. 그는 자신이 책을 쓰거나 아니면 자살을 하게 될 것이라고 가볍게 말했던 순간을 기억했다. 하지만 죽음에 대한 생각은, 지금 가까이서 숙고해보면 전혀 자신의 상황을 현실적으로 표현한 말이 아니었다. 만약 그가 좀더 나아가 아침에 기차를 타는 대신 자살을 한다고 생각해보면 아버지가 죽었다는 소식을 들은 순간의 그 부적절함처럼 다가올 것이다. 옅은 잠 속에서 그는 상상 속의 형상을 뒤쫓기 시작했다. 그는 어떤 무기의 총신을 들여다보았고 거기에서 그늘진 무無, 저 깊은 곳을 가리는 그림자를 감지했으며 자신의 어린 시절 가장 좋아했던 장전된 총의 똑같은 이미지가 뭔가 알지 못할 타깃을 향해 겨눠지고 날아가는 자신의 의지를 뜻했다는, 드물고도 특이한 우연의 일치를 문득 발견했다. 그의 마음은 그렇듯 권총이나 투치와 함께 서 있는 장면으로 가득 찼다. 이른 아침 목초지의 풍경. 열차에서 바라본, 길게 휘어지는 강 언덕에 짙은 저녁 안개 가득 찬 모습. 유럽의 다른 한쪽 그가 사랑하는 사람과 헤어졌던 곳. 연인의 모습은 잊었지만 흙으로 된 거리와 갈대로 덮인 지붕은 어제처럼 생생하다. 또다른 연인의 겨드랑이 털. 그녀에 대해 오직 단 하나 남은 기억. 조각으로 남은 멜로디. 독특한 움직임. 영혼의 깊은 열정에서 나온 격렬한 말들 때문에 감지될 수 없었던, 그러나 잊혀진 것들 속에서 살아남은 화단의 향기. 그는 여러 길에서 고통스럽게 겨우 서 있는 사람들을 보았다. 마치 오래전에 줄이 끊어진 채 버려진 꼭두각시 인형들 같았다. 사람들은 그런 이미지가 세상 가장 덧없다고 생각하겠지만 어떤 순간 전체 인생은 이미지들 속으로 녹아들어가며 단지 이미지들만이 인생의 길 위에 서 있고 오직 그것들을 통해서 인생은 제 길을 가는 듯 보인다. 또한 운명은 어떤 결정이나 이념이 아니라, 이렇듯 비밀스럽고 반쯤 어리석은 이미지들에 복종하고 만다.

하지만 그가 거의 눈물을 흘릴 정도로 모든 의미없는 헛수고를 자랑스러워하는 동안, 잠을 이루지 못한 지친 상태 가운데 어떤 예감이 떠올랐다. 더 확실히 말하자면, 그를 둘러싸고 놀라운 감정이 펼쳐졌다. 모든 방에는 아직 클라리세가 머물 때 켜놓은 등불이 타고 있었다. 빛의 물결은 벽과 사물들 여기저기를 누비며 흐르고 있었고 그 사이의 공간에 생기있는 무언가를 불어넣고 있었다. 아마도 고통을 상실한 피로에 내재된 부드러움이었을 그 무언가는 몸의 전체 감각을 변화시켰다. 이처럼 항상 무시돼온 육체의 자기각성은 워낙 부정확하게 정의된 나머지 더 유연하고 확장된 상태로 넘어가버렸다. 마치 실로 묶인 제본이 풀리는 듯한 이완이었다. 벽이나 사물에서도 어떤 실제적인 변화는 일어나지 않았고 어떤 신도 이 무신론자의 방에 들어오지 않왔다. 또한 울리히는 절대 자신의 명확한 판단을 포기하지 않았으므로(고단함이 그를 속이지 않는 한), 변화를 가져올 수 있는 것은 오직 그와 주변의 관계밖에 없었다. 그 관계는 감각과 이성이라는 적대적인 부분으로 이뤄진 객관적인 것이 아니라 마치 지하수처럼 깊고 폭넓게 퍼진 주관적 느낌으로, 그 위에는 감각과 사유라는 객관적인 기둥이 있었는데 그것들은 오늘날 서로 부드럽게 밀치거나 당기면서 존재한다. 이런 차이는 만들어지는 동시에 그 의미를 잃어버린다. '그건 다른 태도를 말하는 거야. 내가 달라지고 그래서 나와 연결된 것들도 달라지는 것이지!' 울리히는 훌륭한 관찰이라고 생각했다. 하지만 사람들은 그의 고독을—그 자신뿐 아니라 주변에서도 발견되며 그래서 양자가 묶여 있는—말할 수도 있을 것이며 그 스스로도 이런 고독은 점점 두터워지고 커진다고 느끼고 있었다. 그 고독은 벽을 뚫고 나아가고 스스로 몸집을 키우지 않으면서도 도시에서 자라나며 세계로 뻗어나간다. '세계라고?' 그는 생각했다. '그런 세계 따위는 없어!' 그런 개념은 이제 아무 의미도 없다는 생각이 떠올랐다. 하지만 울리히는 항상 충분한 자기통제를 해왔기 때문에 이렇듯 과장된 표현은 순간 그를 불편하게 했다. 그는 더이상 다른 말을 찾지 않았고 오히려 완전한 자각상태에 다가갔으며 몇분 지나지 않아 갑자기 일어섰다. 날이 밝아왔고 그 창백한 빛깔은 빠르게 시들어가는 인공적인 불빛과 섞여들어가고 있었다.

울리히는 일어서서 몸을 쭉 폈다. 그의 몸에는 털어버릴 수 없는 것이 남아 있었다. 그는 눈 위를 손가락으로 문질렀지만 시야에는 부드럽게 가라앉으며 접촉하는 사물이 남아 있었다. 그리고 설명하긴 어렵지만 자신이 수년 전 서 있었던 자리로 돌아가지 않겠다는 부정의 힘이 갑자기 쭉 빠져나가는 것을 느꼈다. 그는 웃으며 고개를 저었다. '소령 부인의 공격이군.' 그는 그 느낌을 조롱하듯 이름 붙였다. 이성적으로 생각해봤을 때 그가 어리석은 짓을 되풀이할 상대가 없었기 때문에 그런 위험은 없었다. 그는 창을 열었다. 별다를 것 없는 공기였고 도시의 첫번째 소음이 울려 퍼지는 평범한 아침이었다. 차가운 공기가 침실을 씻어내는 동안 감정의 몽상에 대한 유럽의 혐오가 분명한 강인함으로 그를 채웠고 그는 필요하다면 최고의 정확함을 가지고 이 상황과 마주하리라 결심했다. 하지만 오랜 시간 아무 생각 없이 아침을 바라보며 창가에 서 있던 그에게는 여전히 반짝이며 미끄러지는 모든 감각이 남아 있었다.

갑자기 하인이 근엄한 표정으로 자기를 깨우러 들어오자 그는 깜짝 놀랐다. 그는 샤워를 하고 재빨리 활기찬 체조를 하고는 역으로 출발했다.

영혼과 정확성의 딜레마

지난 2013년 『특성 없는 남자』 1·2권을 펴내고 8년이 지나서야 『특성 없는 남자』 3권을 세상에 내놓는다. 후속 권을 약속해놓고 이렇게 늦어진 데 대해 독자 여러분께 죄송하다는 말씀을 먼저 드린다. 1·2권을 내놓고 3권부터는 공역을 추진하다가 함께 번역하기로 한 분이 중도에 포기하는 안타까운 일을 겪었다. 솔직히 말하면 그때 역자도 포기하고 싶었다. 워낙 내용이 난해한 데다 미완성 대작이라는 분량상의 압박이 다시금 마음을 약하게 했기 때문이다. 반쯤 자포자기 상태에 있는데 후속 권에 대한 독자들의 문의가 끊이지 않았다. 한편으로 죄송하면서도 누군가 이 책을 읽고 있으며 또 기다려준다는 사실에 감동할 수밖에 없었다. 너무나 부족한 능력이지만 독자들의 기대에 부응하고 싶어 조금씩이나마 번역을 이어온 결과 이렇게 3권의 분량이 완성되었다. 이 책이 2권에서 끝나지 않고 독자들과의 약속을 지킬 수 있었던 것은 책을 읽어주시고 기다려주신 분들 덕분이다. 그분들께 깊은 감사의 인사를 전한다.

3권은 『특성 없는 남자』 제2부의 중후반부에 해당한다. 로베르트 무질은 생전에 『특성 없는 남자』를 전체 3부, 2권의 단행본으로 펴냈는데 이번 번역으로 2부까지가 출간되면서 전체의 3분의 2 정도가 완역되었다. 제3부는 무질도 미완성 상태로 끝을 맺었으니 체계가 어느 정도 갖춰진 부분까지는 완역이 된 셈이라 역자로서 마음의 빛을 조금이나마 던 기분이다.

제국의 현실과 이념

3권에 들어서면서 1차 세계대전이 발발하기 직전 오스트리아–헝가리 제국의 위태로운 역사적 상황은 점점 더 확연하게 모습을 드러낸다. 이 제국의 전신인 오스트리아 제국[1804-1867]은 원래 프로이센을 포함하는 대독일주의의 꿈을 키워가고 있었다. 그러나 소독일주의를 추구한 비스마르크가 이끈 프로이센과의 전쟁에서 패함으로써[1866] 제국은 서서히 몰락의 길을 걸었고 궁여지책으로 헝가리 왕국과의 국가연합을 타진해[1867] 무질이 '카카니엔'이라고 부른 오스트리아–헝가리 이중제국이 탄생했다.

영토로는 오스트리아, 헝가리, 체코, 폴란드, 크로아티아, 슬로베니아, 이탈리아 북부 등을 아우르는 대제국의 면모를 여전히 과시했으나 오스트리아-헝가리 제국의 통치 체제는 안정되지 못했다. 프로이센에 굴욕적인 패배를 겪은 탓도 있었지만 각 지역에 뿌리내린 민족주의가 안정된 통치를 방해하는 주원인이 되었다. 제국은 독일인, 마자르인, 슬라브인 등 여러 민족이 뒤섞인 다민족국가였고 1848년 혁명 이후 불붙은 자유주의적 사고가 각 민족의 독립 요구를 촉발하던 중이었다. 이런 갈등 상황은 1914년 극에 달했고 결국 발칸의 민족주의자 가브릴로 프린치프가 사라예보에서 페르디난트 황태자 부부를 저격함으로써 1차 세계대전이 촉발되었다.

『특성 없는 남자』의 인물들은 이런 역사적 상황 속에 실재했던 이념을 대변하고 있다. 라인스도르프 백작은 오스트리아 제국의 구체제, 즉 황제 치하의 '진실한 오스트리아'를 꿈꾸는 귀족으로 독일 황제의 30주년 즉위식에 맞서 오스트리아 황제 70주년 기념행사인 평행운동을 고안한 애국주의적 인물이다. 그의 곁에 오스트리아 문화로 세계 평화에 기여하자는 영혼의 이상주의자 디오티마가 있고, 그녀 곁엔 프로이센 출신의 독일인이자 세계적 자본가로서 디오티마의 영혼에 매혹되어 평행운동에 참여한 아른하임 박사가 있다.

한편 라인스도르프의 애국주의 운동은 오스트리아 내의 독일

민족주의인 범게르만주의의 극렬한 반대에 부딪힌다. 독일인의 탁월함과 반유대주의에 기반을 둔 범게르만주의 입장에서는 평행운동이 반독일적으로 보였기 때문이다. 2부의 끝부분에서 라인스도르프 백작 저택으로 모여드는 시위대는 이러한 범게르만주의자나 민족주의자 같은 반대 세력의 움직임을 짐작하게 한다. 청년 한스 제프는 전형적인 범게르만주의자로서 유대인을 멸시하고 독일민족주의의 부활을 꿈꾸는 불안정한 인물로 등장한다. 반면 게르다의 아버지인 유대인 레오 피셀은 한스 제프의 독일민족주의에 맞서면서 평행운동의 국가적 지향에도 동의하지 않는 자유주의적 인물로 그려진다. 여기에 더해 예술적 천재의 탄생을 꿈꾸는 니체주의자 클라리세와 생명과 자연의 건강성을 흠모하는 자연주의자 발터가 있고, 새롭게 부상하는 민중계급의 아이콘으로 라헬과 졸리만 등이 가세하며 스토리를 확장시킨다. 오스트리아 관료주의의 상징인 투치 국장, 위대한 지식의 지도를 그리려다 실망하고 군국주의적 결론으로 치닫는 슈툼 장군도 주요한 인물이다. 어떤 법적·과학적 담론으로도 포섭되지 않는 문제적 범죄자 모오스브루거, 그리고 이 범죄자를 옹호하는 한편 당대의 욕망을 상징하는 보나데아도 빠질 수 없는 인물들이다.

낡은 영혼, 부족한 정확성

오스트리아-헝가리 제국의 상황에 녹아든 인물 지도는 대략 이 정도로 그려볼 수 있겠다. 그런데 작품에서 우리가 목격하는 것은 신념 넘치는 각 인물의 확고한 정체성이 아니라 그런 신념들을 가능하게 한 부정확한 근거일 뿐이다. 이런 부정확성은 인물의 내면에서 벌어지는 자기분열적 의식에서 드러나기도 하지만, 각 인물의 담론으로 뛰어들어가 그 허위의식을 파헤치는 주인공 울리히에 의해 밝혀지기도 한다. 이 점에서 울리히는 모든 '특성 있는 것'에 대한 부정 정신으로 존재하는 인물이라고 할 수 있다.

가령 울리히가 범게르만주의자이자 반유대주의자 청년인 한스 제프 무리와 '진보'의 의미에 대해 토론을 벌이는 장면을 살펴보자. 울리히가 보기에 단순히 계산적이고 합리적이란 이유로 진보를 부정하는 젊은이들의 태도는 너무 낭만적이고 퇴행적이다. 울리히는 이론적인 판단을 내리는 대신 현상에 숨겨진 본질을 좀더 정확하게 짚어내는 데 주력한다. 가령 진보의 내적 논리에서 울리히는 '평균'의 동력을 발견한다.

그래서 우리는 지금 시대를 날아다니는 수많은 이념들이 있다고 가정해보는 거야. 그 이념들이 매우 느리고 자동적으로 위치를 옮겨 다니면서 어떤 평균값에 도달한다는 것이고 그것이 이른바 진보 또는 역사적 상황이라고 불리는 것이지. 하지만 가장 중요한 것은 우리의 인간적이고 개인적인 운동은 여기서 아무런 역할도 하지 못한다는 거야. 우리는 오른쪽이나 왼쪽으로 갈 수 있고 깊게 혹은 얕게 생각하거나 행동할 수 있어. 또한 신식으로나 구식으로, 예측 불가능하거나 생각한 바대로 할 수도 있지. 그러나 이 모든 것은 평균에는 완전히 무의미해. 신과 시계는 평균에만 관심이 있고 우리에게는 관심도 없다고!"(231면)

울리히는 현대적 진보의 '계산적 특성'이 평균값에 대한 추종을 가져왔다고 주장한다. 울리히가 보기에 현대의 실증주의적 정신은 삶의 모든 변수들을 평균에 위치시키는 특징을 가진다. 가령 '징병대상자가 신체의 일부를 잘라버리는 일정한 비율'이 계산될 수 있다면, 그 현상은 더이상 한 인간이 마주한 실존이 아니라 공동체의 평균적 현상으로 해석될 수 있다는 것이다. 이를 울리히는 "기계적 정확성이 삶의 부정확성까지 대체해버린" 무시무시한 상황이라고 진단하다. 결국 '인간 없이 진행되는 진보'의 냉혹함 가운데 한 개인의 삶과 의지는 무엇인지를 되묻고 있는 것이다.

이처럼 좀더 본질에 다가선 사유로 이념의 정체성을 해체하는 울리히의 시도는 이 작품의 가장 인상적인 장면들이 아닐 수 없다. 이 작품에서 또 하나의 인상적인 시도가 있다면 현대가 처한 아이러니한 상황을 밝혀내는 일종의 고현학考現學이다. 무질이 보기에 현대는 생략과 과장을 통한 부정확성이란 특징을 가진다. 부정확성은 테니스 선수나 경주마를 '천재'로 부르는 시대적 현상으로 드러나며, 그런 현상은 고정된 하나의 적敵이 아니라 어디서나 유령처럼 불쑥불쑥 튀어나오는 현대의 모습으로 존재한다. 이 작품에서 현대성의 유령 같은 측면을 가장 잘 대변하는 인물은 아른하임일 것이다. 그는 특히 '돈'이 가진 반복의 특성을 현대적 규율사회의 권력, 폭력성과 연결하는 대담한 사유를 전개한다.

하지만 돈은 확실히 폭력처럼 인간관계를 유지하는 확실한 수단이며 우리로 하여금 그것의 순진한 사용을 단념하도록 하지 않습니까? 돈은 정신으로 승화된 권력이며, 유연하면서도 고도로 발전한, 창조적이면서도 특별한 권력의 형식입니다. 사업은 간계와 억압, 사기와 착취에 근거하지 않습니까? 또한 이 간계와 억압은 문명화되고 내면화되어 자유의 외양을 걸치고 있지 않습니까? 돈을 마련하는 능력에 따라 권력을 계급화하여 이기심을 조직해낸 자본주의는 가장 위대할 뿐 아니라 가장 인간적인 질서이자 당신의 영광을 드러내는 것입니다. 인간의 행동을 측정하는 데 이보다 더 정확한 도구는 없을 겁니다! (261면)

지적인 삶을 산업으로 육성하는 지식인이자 장사와 이상주의를 결합할 줄 아는 부르주아 자본가 아른하임은 도덕과 이성 같은 시민적 덕목이 돈에서 가장 강력하게 구현돼 있음을 발견한다. 그는 이성과 도덕 같은 시민적 덕목이 경찰이나 정부, 군대와 같은 폭력의 형식에 의지해야 마땅하듯이, 돈 역시 자본주의의 위대한 질서이자 자유주의로 승화된 억압과 간계임을 강조한다. 산업 부르주아 아른하임을 내세워 무질은 현대의 자본주의적 삶 속에 숨겨진 파괴적 본질을 날카롭게 진단하고 있는 것이다.

이처럼 담론의 해체 내지는 현대성의 고발이라 할 무질의 실험적 사유를 여기 다 펼쳐놓을 필요는 없을 듯하다. 다만 역자는 무질의 이러한 독특한 사유 소설이 오스트리아적인 현상이 아닐까 생각해보았다. 서구의 동쪽 끝을 차지하고 있던 제국의 몰락은 그저 한 나라의 몰락이 아니라 서구 정신의 몰락이라는 성격을 띤다. 20세기초 빈을 빛낸 프로이트, 후설, 부버 같은 지식인들이 하나같이 고민했던 것이 바로 유럽 정신의 위기였거니와 그것은 시효를 다한 유럽의 과학적이고 실증주의적 정신을 벗어나 새로운 인간성을 찾아내지 못하는 한 인류에게 희망은 없다는 절실한 과제를 담고 있었기 때문이다.

무질은 이런 정신을 소설로 표현한 또 하나의 오스트리아적 거장이었다. 그가 소설에서 표현한 실험적 사유는 실증적이고 과학적인 사고를 벗어나 현상 속에서 선험적 본질을 밝혀내려 했던 후설의 현상학적 방법, 또한 현대라는 가면 뒤에 숨겨진 사회적 내면을 파악하고자 했던 짐멜의 사회학과 통하는 것이었다. 하지만 그것을 직관이나 현대성 같은 어느 하나의 학문적 용어로 규정하려 할 때 무질이 가진 전체적 세계는 힘없이 무너지고 말 것이다. 무질에겐 아주 작은 비유 하나에도 시적 정확성을 담아내려는 치열한 정신의 힘, 어떤 담론에도 본질을 양보하지 않으려는 부정의 정신 같은 것이 어떤 이론적 탐구보다 중요했을 것이다. 그럼에도 이 장대한 소설을 두 단어로 정리해보라면 역자는 영혼과 정확성이라고 말하고 싶다. 무질에게 영혼은 아름답지만 너무 낡은 것이었고 정확성은 새롭지만 여전히 부족한 것이었다. 영혼과 정확성이 처한 이런 현대적 딜레마를 벗어나기 위해 무질은 '다른 가능성'을 향한 끊임없는 정신적 모험을 시도한 것이 아닐까.

옮긴이의 말을 마치면서 특별한 감사의 말을 전하고 싶다. 사실 역자가 북인더갭 운영자로서 편집 및 출간까지 같이하기 때문에 객관적 입장에서 교정해줄 편집자가 절실했는데 이번에도 소설가 김조을해가 처음부터 끝까지 원고를 읽어주었다. 워낙 어려운 원고인 데다 역자의 부족함이 더해져 많이 힘들었을 텐데 꼼꼼하게 작업해준 노고에 깊은 감사를 전한다. 이 작품이 그나마 읽을 만한 책으로 다가간다면, 그것은 오로지 도와준 이의 수고 덕분일 것이다.

아울러 김조을해 작가의 응원에 힘입어 3권을 내면서 1-3권을 묶은 합본 양장판을 함께 출간함을 알려드린다. 합본 양장판은 1930년에 발간된 원서 1권과 같은 형태의 편집이란 의미가 있고 또 번역-편집상의 몇몇 오류를 수정한 개정판의 의미도 있을 것이다. 1천페이지에 이르는 두꺼운 책이지만, 의지를 갖고 독파할 독자들이 반드시 있으리라고 믿는다.

3권을 번역해놓고 나니 이제 역자도 무질이 이 책을 처음 출간했던 나이인 오십대 초반에 접어들었다. 남은 과제는 무질이 미완성으로 남겨놓은 제3부(원서의 제2권, 1932)인데 이번에는 곧 출간하겠다는 약속을 함부로 드리지 않으려 한다. 먹고사는 틈틈이 번역을 하는 것이 이제 일상이 되었으니 언젠가 나오지 않을까 정도로 말씀드린다. 응원해주시고 기다려주신 덕분에 3권이 나올 수 있었던 것처럼, 4권도 그런 과정 속에서 나올 것이라고 소망할 뿐이다. 독자들께 다시 한번 마음 깊이 감사드린다.

2021년 9월

안병률

538

특성 없는 남자 3

초판 1쇄 발행 2021년 9월 30일

지은이 로베르트 무질
펴낸이 안병률
펴낸곳 북인더갭
등록 제396-2010-000040호
주소 10364 경기도 고양시 일산동구 고봉로 20-31 617호
전화 031-901-8268
팩스 031-901-8280
홈페이지 www.bookinthegap.com
이메일 mokdong70@paran.com

ISBN 979-11-85359-41-0 04850
      978-89-964420-7-3 (세트)